GLENNA McREYNOLDS

Kelch und Schwert

W0249396

Buch

Man schreibt das Jahr 1190. Tief in den Wäldern von Wales entkommt die junge, schöne Ceridwen, Tochter des keltischen Königs und einer Druidenprinzessin, in letzter Minute ihrer Eskorte, die sie strengstens bewacht nach Balor Keep begleitet. Aus politischem Kalkül soll sie dort mit Caradoc vermählt werden – jenem Ritter, der einst ihre Familie tötete und der seither das Königreich von Carn Merioneth knechtet. Auf ihrer Flucht wird Ceridwen von dem geheimnisvollen Magier Dain Lavrans gefangengenommen. Er allein weiß um Ceridwens magische Kräfte, von denen sie selbst nichts ahnt, und daß sie den Schlüssel zu einem uralten Rätsel in sich trägt: dem Tor zu Zeit und Raum. Obwohl Dain ein Freund von Caradoc ist, weigert er sich, Ceridwen an den machthungrigen Ritter auszuliefern – denn Ceridwen und Dain haben sich unsterblich ineinander verliebt. Als die sagenumwobene Nacht von Beltaine anbricht, in der sich der Weissagung nach die Grenzen zwischen Zeit und Raum aufheben, finden die beiden Liebenden zusammen – nur um grausam wieder getrennt zu werden. Und es kommt zu dem alles entscheidenden, erbitterten letzten Kampf in den tiefenHöhlen von Carn Merioneth ...

Autorin

Glenna McReynolds wurde bereits mehrfach als Autorin ausgezeichnet. Nach mehreren erfolgreichen Taschenbuchveröffentlichungen in den USA wurde »Kelch und Schwert«, ihr erster historischer Roman, als Hardcover veröffentlicht und eroberte sofort die Bestsellerlisten. Glenna McReynolds lebt mit ihrem Mann und zwei Kindern in den westlichen Rocky Mountains. Weitere Bände von Glenna McReynolds sind im Blanvalet Verlag in Vorbereitung.

Von Glenna McReynolds ist außerdem erschienen:

Stein und Efeu (35299)
Schild und Feder (35557)

GLENNA McREYNOLDS

KELCH UND SCHWERT

Roman

Aus dem Amerikanischen
von Elke Bartels

BLANVALET

Die Originalausgabe erschien unter dem Titel
»The Chalice and the Blade«
bei Bantam Doubleday Dell Publishing Group Inc., New York.

Umwelthinweis:
Alle bedruckten Materialien dieses Taschenbuches
sind chlorfrei und umweltschonend.

Blanvalet Taschenbücher erscheinen im Goldmann Verlag,
einem Unternehmen der Verlagsgruppe Random House.

Sonderausgabe September 2002
Copyright © der Originalausgabe 1997 by Glenna McReynolds
Copyright © der deutschsprachigen Ausgabe 1998
by Blanvalet Verlag, München,
in der Verlagsgruppe Random House GmbH
Umschlaggestaltung: Design Team München
Umschlagfoto: Artothek/Christie's
Druck: Elsnerdruck, Berlin
Made in Germany · Titelnummer: 35847
ISBN 3-442-35847-7
www.blanvalet-verlag.de

1 3 5 7 9 10 8 6 4 2

Meinen Eltern,
Richard und Lois Gillis –
immer in meinen Träumen,
immer in meinem Herzen.

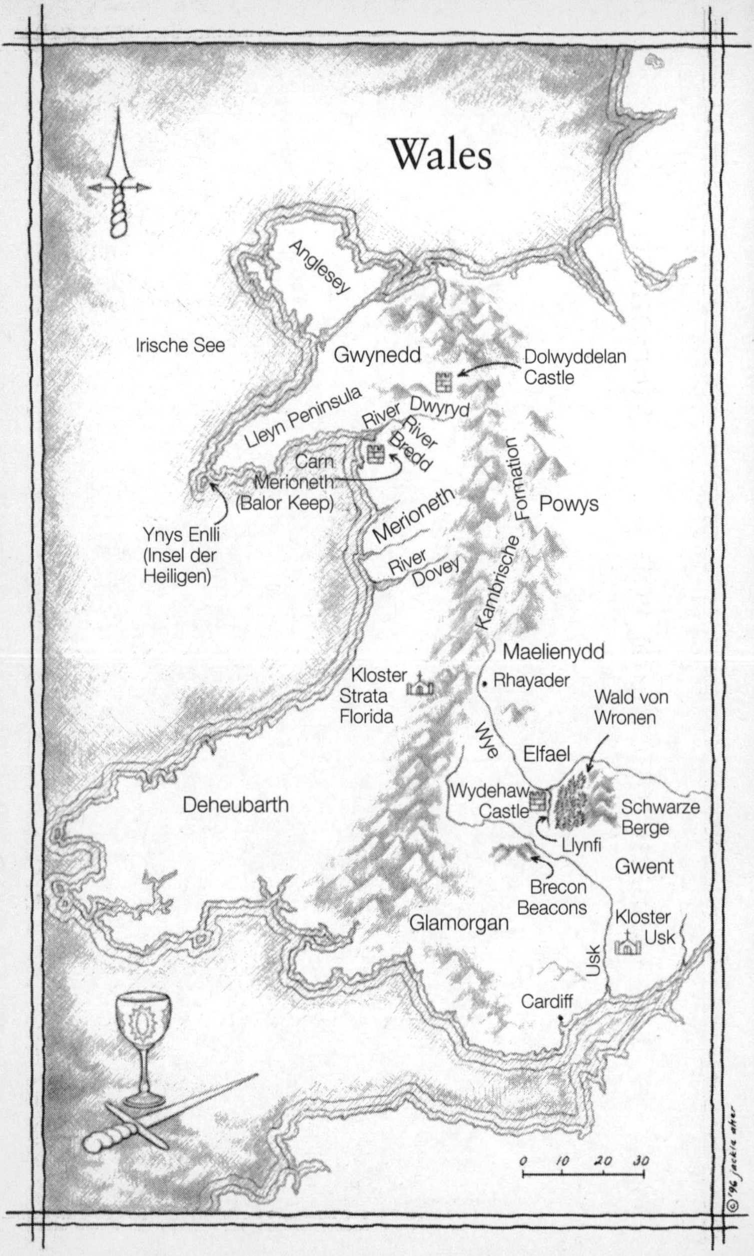
Wales
Anglesey
Irische See
Gwynedd
Dolwyddelan Castle
Lleyn Peninsula
River Dwyryd
River Bredd
Carn Merioneth (Balor Keep)
Ynys Enlli (Insel der Heiligen)
Kambrische Formation
Powys
Merioneth
River Dovey
Maelienydd
Kloster Strata Florida
Rhayader
Wald von Wronen
Wye
Elfael
Wydehaw Castle
Schwarze Berge
Llynfi
Deheubarth
Gwent
Brecon Beacons
Glamorgan
Kloster Usk
Usk
Cardiff
0 10 20 30
© '96 jackie aher

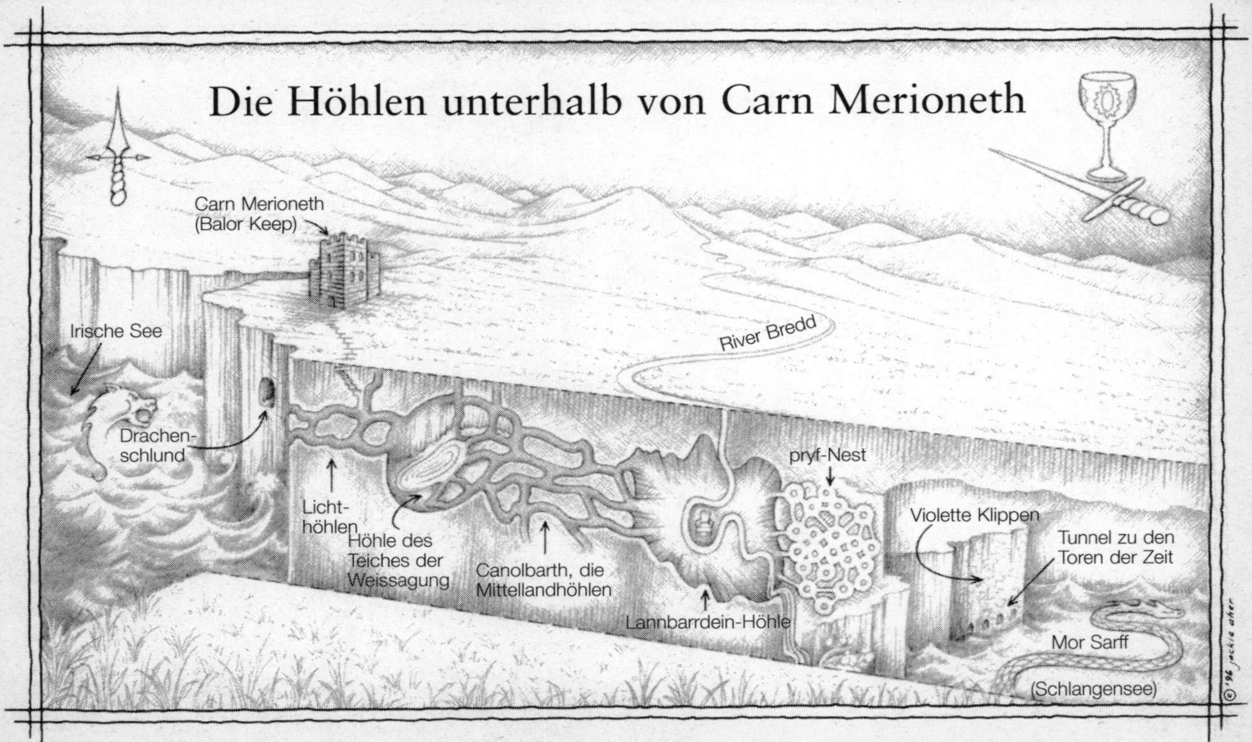
Die Höhlen unterhalb von Carn Merioneth
Carn Merioneth (Balor Keep)
Irische See
Drachenschlund
Lichthöhlen
Höhle des Teiches der Weissagung
Canolbarth, die Mittellandhöhlen
River Bredd
Lannbarrdein-Höhle
pryf-Nest
Violette Klippen
Tunnel zu den Toren der Zeit
Mor Sarff
(Schlangensee)
© '96 jackie aher

Personen

Carn Merioneth

Rhiannon – *Burgherrin auf Carn Merioneth, direkte Nachfahrin einer Druidenpriesterin aus Anglesey*
Ceridwen ab Arawn – *Tochter von Rhiannon*
Mychael ab Arawn – *Sohn von Rhiannon, Zwillingsbruder von Ceridwen*
Arawn – *Burgherr auf Carn Merioneth*
Nemeton – *berühmter Barde aus der Bretagne,* Beirdd Briant *der Quicken-Tree, Erbauer des Hart Tower*
Moriath – *Tochter von Nemeton*

Wydehaw Castle

Dain Lavrans – *der Magier von Wydehaw*
Lord Soren D'Arbois – *ein Lehnsherr der Mark, Baron von Wydehaw*
Lady Vivienne D'Arbois – *Ehefrau des Barons*
Elixier und Numa – *Dains Jagdhunde*
Ragnor The Red – *Hauptmann der Wache in Wydehaw Castle*
Madron – *Hexe, die im Wald von Wroneu lebt*
Edmee – *Tochter von Madron*
Morgan ab Kynan – *Dieb von Cardiff, ein walisischer Prinz*
Morgans Schar von Männern:
Owain – *der Hauptmann*
Rhys
Drew
Rhodri
Dafydd

Balor Keep

Caradoc – *der Keiler von Balor, Herrscher der Burg*
Helebore – *exkommunizierter Priester, Arzt von Balor*
Snit – *Lakai von Helebore*
Gwrnach – *Zerstörer von Carn Merioneth, Vater von Caradoc*
Gruffudd – *ein Wächter auf Burg Balor*

Die Quicken-Tree

Rhuddlan – *Anführer der Quicken-Tree*
Die Quicken-Tree:
Moira
Elen
Aedyth
Naas
Llynya
Shay
Nia
Trig – *Hauptmann der Liosalfar*
Die Liosalfar:
Wei
Math
Bedwyr

Andere

Llywelyn – *regierender Prinz von Gwynedd von 1194 bis 1240*
Jalal al-Kamam – *sarazenischer Händler, Sklavenhändler*
Kalut ad-Din – *sarazenischer Händler, Sklavenhändler*

Im Jahre 1190 brach Richard Löwenherz von Europa aus zu einer göttlichen Mission auf, um das Heilige Land von den Ungläubigen zu säubern. Eine riesige Heerschar christlicher Soldaten nahm das Kreuz und folgte ihm. Und scheiterte. Einige überlebten, viele starben, und ein paar verschwanden – entweder aus eigenem Antrieb oder von anderen dazu gezwungen – in den Wüsten Palästinas, zur damaligen Zeit Herrschaftsgebiet des großen Saladin.

Von jenen, die vermißt wurden, fanden drei ihren Weg aus der Einöde heraus und wieder zurück in ihr Heimatland. Der eine, bei dem die Erlebnisse in der Wüste derart tiefe seelische Wunden hinterlassen hatten, daß er nicht mehr zu retten war, wanderte nach Norden in die Festung seines Vaters, um an Starken und Schwachen gleichermaßen Rache zu üben. Der zweite verpflichtete sich Gott, Familie und Vaterland und fand so Linderung für die Wunden seines Körpers und seiner Seele. Der letzte nutzte alles, was er über Schmerz, Geheimnisse und Glück gelernt hatte, über Magie und Medizin, über Begierde, Unterwerfung und Macht, und ließ sich als Hexenmeister nieder – man nannte ihn *Das Schwert*.

Sieben Jahre vor Richard Löwenherz' Kreuzzug waren Englands Schlachten in größerer Nähe zur Heimat ausgetragen worden, auf saftigen grünen Wiesen und in flachen Mooren, inmitten der dichten Wälder des Königs und tief in den Bergen von Wales. Die Waliser – *Cymry* in ihrer eigenen Sprache und »Krieger« in jeder anderen – gingen zum Angriff über und kämpften sowohl gegen die englischen Invasoren als auch gegen ihre eigenen Leute mit gleicher Heftigkeit. Palisaden wurden niedergebrannt, Dörfer geplündert und neue Lehnsmänner eingesetzt, wo zuvor andere geherrscht hatten.

Nur drei Menschen, eine junge Frau und zwei Kinder, überlebten die Schlacht um Carn Merioneth, eine prachtvolle Festung an der Küste der Irischen See. Die Frau, ungewöhnlich weise für ihr Alter und in den uralten Bräuchen bewandert – ein hellseherisches Wesen –, schlug sich nach Süden durch und versteckte die Kinder vor der zerstörerischen Macht, die in ihrem einstigen Zuhause entfesselt worden war. Für das erste Kind fand sie Zuflucht in einem Kloster, und im Laufe der Jahre ging der Junge ganz in einem ruhigen, kontemplativen Leben auf. Für das zweite Kind, ein Mädchen, wählte die Frau jene Abtei, in der sie ihre eigene Jugend verbracht hatte, denn sie wußte um die dort gehüteten Geheimnisse und vertraute darauf, daß das Kind sie entdecken würde. Das Mädchen enttäuschte ihre Hoffnungen nicht, und mit der Zeit wurde sie der Katalysator ihrer eigenen Zerstörung und zugleich der Schlüssel zu ihrer eigenen Rettung – sie war *Der Kelch*.

Prolog

Oktober 1183
Carn Merioneth
Merioneth, Wales

Seit drei Nächten ertönte die Harfe nun schon hoch oben auf den Klippen über der Irischen See, ihre Saiten liebkosend zum Leben erweckt von zarten, ringgeschmückten Fingern, die geheimnisvolle Melodien ersannen und sie dann freiließen, um leicht wie Federn auf dem Wind dahinzuschweben. Am nördlichen Horizont fiel ein einzelner Stern in einem glitzernden Bogen von Himmelsstaub ins Meer, durch die liebliche Musik in den Tod hinabgelockt.

Es war Rhiannon, Tochter von Teleri, Tochter von Mair, die den Zauber mit ihrem Spiel erschuf. Sie hegte und pflegte ihn, gab sich ihm verträumt hin, während sie auf die Stimme ihres Herzens hörte und auf das Lied und die Wellen, die Hunderte von Metern unter ihr donnernd gegen die Felsen brandeten – denn in der endlosen Nacht von Calan Gaef war jeder Moment der Verzückung zugleich ein Moment der Furcht weniger.

Eine verirrte Brise strich über die Landspitze und umwehte die natürliche Bodensenke, wo Rhiannon spielte, zerzauste ihr Haar und trieb die feinen Dunstschleier über dem Ozean zum Land hinauf. Flammen eines Feuers aus Eibenholz, Eiche und Asche erhellten die Höhlenwände hinter ihr und flackerten über die dunklen, gewundenen Linien, die einst ein Volk in den Stein geritzt hatte, das schon lange vergessen war. Als Kind hatte Rhiannon jene Malereien oftmals mit den Fingern nachgezeichnet, während sie auf den Zehenspitzen stand, um die sonderbaren Geschöpfe aus längst vergangener Zeit zu berühren, und sie hatte den Widerhall ihrer Macht und Schönheit durch die Jahrtausende hindurch in ihren Fingerspitzen gespürt.

Drachen hatte ihre Mutter sie genannt, Meeresdrachen, Wächter der Tore der Zeit, die in der Tiefe lebten und ihre gewaltigen Körper hin- und herwälzten, um schäumend die Wogen aufzuwühlen und so für den Wechsel der Gezeiten zu sorgen, damit der Mond immer wieder zur Sonne zurückkehrte. Ihre Mutter hatte sie gesehen, und sie hatte Rhiannon versprochen, sie würde ihnen eines Tages ebenfalls begegnen. *Mit der Zeit, mit der Zeit.*

Und so war es geschehen.

Der Wind frischte auf, und Rhiannons Fingerspitzen flogen förmlich über die Harfensaiten, zupften an jeder einzelnen mit blendender Schnelligkeit, um ihr Lied dem Rhythmus des Sturms anzupassen, der sich weit draußen auf dem Meer zusammenbraute.

Im Inneren der Burg, hoch oben auf den Klippen, erwachte Ceridwen mit einem Ruck aus dem Schlaf. Sie hatte in dieser Nacht eigentlich überhaupt nicht einschlafen wollen, aber die Musik ihrer Mutter hatte sie eingelullt und in angenehme Träume gelockt, ohne daß sie sich auch nur im geringsten dagegen hätte wehren können.

»Verdammt«, flüsterte sie. Es war ihr neues Lieblingswort, »verdammt«, eine kühne Wahl für ein Kind von fünf Jahren.

Die Harfe draußen war inzwischen verstummt. Ihre melodischen Klänge hatte der mitreißende Rhythmus Hunderter Trommeln verdrängt. Die Zeremonie in den Höhlen hatte bereits begonnen, und wenn sie sich nicht beeilten, würden sie sie noch verpassen.

»Mychael, wach auf.« Ceridwen rollte sich im Bett herum und rüttelte ihren Zwillingsbruder an der Schulter. »Wach auf!«

Am Ende der großen Halle, in der sie schliefen, war es ziemlich dunkel; und obwohl Ceridwen bereits den Unterschied in der Luft spüren konnte, der ihr sagte, daß die Nacht langsam dem neuen Tag wich, war es noch lange vor Sonnenaufgang. Die schwachen Flammen des heruntergebrannten Feuers im Kamin halfen zwar, die Finsternis zu durchdringen, doch sie wünschte trotzdem, das Mädchen Moriath hätte ihnen eine Kerze dagelassen. Denn wenn sie dort hingelangen wollten, wo es Ceridwen mit Macht hinzog, würden sie Licht brauchen oder aber Gefahr laufen, sich schmerzhaft die Zehen zu stoßen.

»Nun komm schon«, drängte sie Mychael sanft. »Dies ist unsere Chance, Liebchen.«

Doch alles, was ihr ihre Überredungskünste einbrachten, war ein gedämpftes Murren und der Anblick eines zerzausten Blondschopfes, der sich noch tiefer unter den Decken vergrub.

»Du schläfst ja noch mehr als ein kleines Baby«, sagte sie angewidert, wobei sie ihren schmeichelnden Ton aufgab und sich mit Schwung auf das Bett zurückfallen ließ.

»Laß das.«

Die Erwiderung war praktisch nutzlos ohne eine begleitende Bewegung, aber sie schöpfte neuen Mut. Zumindest war Mychael endlich wach. Wie er weiterhin den Langschläfer spielen konnte, wenn direkt unter ihnen das Herz der Erde hämmerte und pulsierte, war ihr ein Rätsel. Andererseits war ihr so ziemlich alles, was Mychael tat, ein Rätsel. Er war ruhig und in sich gekehrt, ganz im Gegensatz zu ihr. Er war nachdenklich, sie nicht. Er benahm sich, sie war alles andere als folgsam. Und vor allem hatte sie nicht die Absicht, die ganze Nacht brav im Bett zu bleiben, während alle anderen Burgbewohner fröhlich aßen und tranken und in den Höhlen tanzten.

Sie beugte ihren Kopf dicht über die Decke. »Wie ein kleines Nuckelbaby«, sagte sie verächtlich.

Nichts geschah, und sie seufzte tief.

Die Höhlen waren der wundervollste Teil von Carn Merioneth – die labyrinthähnlichen Tunnel, die stillen, tiefen Teiche, die bizarren Steinsäulen. Noch lange nach jedem ihrer kurzen Ausflüge in die Höhlen blieben diese faszinierenden Eindrücke in ihrem Gedächtnis haften und beschäftigten ihre Phantasie.

Ihr und Mychael war es strengstens verboten, jemals allein die Höhlen zu betreten, und häufig – so wie in dieser Nacht – waren sie von dem Vergnügen ausgeschlossen, während die anderen alle unter der Erde verschwanden. Gelegentlich nahm ihre Mutter sie mit in jene Höhlen, die sich zu den Klippen hin öffneten, zum Drachenschlund der Lichthöhlen oder zu den Canolbarth, denen im Landesinneren, aber »gelegentlich« war eben nicht genug für Ceridwen, und es reichte ihr auch nicht, nur die oberen zu sehen. Sie brannte darauf, die tiefer liegenden Höhlen zu erforschen, die jenseits der Canolbarth, diejenigen, von denen sie überzeugt war, daß sie mit Schätzen und vielleicht sogar mit Drachenskeletten gefüllt waren. Ihre Mutter erzählte phantastische Geschichten über Drachen und die *tylwyth teg*, walisische Feen, die in den Bergen lebten und ohne Zweifel auch in den Höhlen, obwohl ihre Mutter dies nicht direkt gesagt hatte.

Ceridwen wollte zu gerne einen Drachen oder eine Fee sehen. Sie könnte ganze Tage damit verbringen, die Tunnel zu erkunden, und sie würde es auch tun, wenn Mychael nur ein klein wenig mehr Interesse an den großartigen Abenteuern gezeigt hätte, die sie sich ausdachte. Aber leider zog er es vor, still dazusitzen und zu träumen. Und ohne ihn zu gehen war einfach undenkbar. Sie ging niemals ohne ihn irgendwohin.

»Nuckelbaby«, sagte sie spöttisch und laut genug, daß er sie selbst unter all den dicken Decken hören konnte, und endlich bekam sie die gewünschte Reaktion. Die Bettdecken wurden abrupt zurückgeschlagen, um ein ärgerliches Gesicht zu enthüllen, das ihrem bemerkenswert ähnlich war.

»Ich bin kein Baby.« Er funkelte sie böse an.

Seine Augen waren blau wie die ihres Vaters, von einem blassen silbrig schimmernden Meerblau, Augen, um die alle Frauen ein großes Aufhebens machten. Ceridwens Augen hatten zwar genau die gleiche Farbe, aber um sie machte niemand großes Aufhebens, außer ihre Mutter.

»Kannst du es hören?« fragte sie aufgeregt, zu erleichtert, daß er sich endlich erhoben hatte, um über seinen finsteren Blick gekränkt zu sein. »Hör doch nur!«

Von tief unter ihnen ertönte der urtümliche, an- und abschwellende Rhythmus der Trommeln. In der Halle war das Geräusch nur sehr schwach wahrnehmbar. Ceridwen konnte die Rhythmen selbst kaum hören, aber sie fühlte sie, konnte spüren, wie sie gegen ihre Haut pulsierten und in sie eindrangen, um durch ihre Adern zu jagen. Die roh behauenen Holzbalken der Burg vibrierten vom gewaltigen Dröhnen der Trommeln, das Bett zitterte.

»Die Tänze sind schon vorbei«, sagte Mychael nach einem Augenblick nachdenklichen Schweigens. »Da bin ich mir ganz sicher.«

»Egal. Von dem Festessen wird auf jeden Fall noch etwas übrig sein. Komm mit, laß uns endlich gehen.« Sie kletterte hastig vom Bett und zog ihren Zwillingsbruder mit sich. Es würde Monate, vielleicht sogar Jahre dauern, bis sich ihnen wieder eine so günstige Gelegenheit wie diese böte, während Mutter und Vater und alle anderen unten in den Höhlen beschäftigt waren und keine Moriath in der Nähe war, um sie mit Argusaugen zu beobachten.

»Ceri, hör auf.« Mychael schreckte zurück, bevor sie ihn vollständig vom Bett herunterziehen konnte. »Da unten ist es bestimmt schrecklich kalt.«

»Du darfst auch meinen Umhang tragen.« Wieder zerrte Ceridwen ungeduldig an seinem Arm, aber er rührte sich nicht. »Den schönen Umhang mit dem weißen Pelz und den kleinen schwarzen Flecken darauf«, lockte sie erneut, aber noch immer ohne Erfolg.

»Ich glaube nicht, daß wir heute nacht in den Höhlen sein dürfen«, meinte er mit zweifelnd gerunzelter Stirn.

»Wir dürfen doch nie in den Höhlen sein«, erwiderte sie, gründlich verzweifelt über seinen Mangel an Weitblick. »Nun komm. Ich werde dir dafür auch eine Honigpastete aus der Küche holen. Ich habe gesehen, wo die Köchin sie versteckt hat.« Die Bestechung war ihr letztes Mittel, um ihren Bruder zum Mitkommen zu bewegen, aber sie hatte gehofft, erst in einem späteren Stadium ihres Abenteuers darauf zurückgreifen zu müssen.

Um schließlich doch noch zur Südseite der äußeren Burgmauer und zum Eingang der Höhlen zu gelangen, brauchte es einiges. Nicht nur eine, sondern zwei Honigpasteten, ihren Hermelinumhang, ihre neuen Hirschlederstiefel und ein brenzliges Ausweichmanöver, um einem umherwandernden Wachtposten zu entgehen.

Im Inneren der Höhlenöffnung gab es zwei Pfade. Einer führte zu den Lichthöhlen und den Meeresklippen, der andere schlängelte sich tief in das Erdinnere hinunter. Ceridwen zögerte keinen Augenblick. Sie folgte dem steileren Tunnel, ermutigt von den Fackeln, die in den eisernen Haltern an den Felswänden loderten, und verlockt vom pulsierenden Dröhnen der Trommeln.

Sie brachte es einfach nicht über sich.

Rhiannon hob den heiligen Kelch mit Drachenwein an ihre Lippen, aber sie konnte sich nicht überwinden, davon zu trinken. Überall um sie herum mischte sich das wilde Volk der Berge,

Wiesen und Höhlen unter die Bewohner von Carn Merioneth. »Quicken-Tree« nannten sich die Wilden, einzige Abkömmlinge einer uralten Rasse. Rhiannon hielt sie insgeheim für *tylwyth teg* und wußte, sie lag mit ihrer Vermutung nicht ganz falsch, obwohl die Quicken-Tree selbst keinen derartigen Anspruch erhoben. Jetzt versammelten sie sich in Gruppen entlang der steinernen Simse, die kreisförmig auf dem Höhlenboden verliefen, wo der Teich der Weissagung zu Rhiannons Füßen brodelte und dampfte. Ihr Anführer, Rhuddlan, stand neben ihr, um als Leiter bei der dreifachen Vereinigung zu fungieren, die sie und er und der Druide vollziehen würden. Ihr gegenüber, nur schemenhaft durch die dichten, langsam wallenden Nebelschwaden zu erkennen, stand Nemeton, der keltische Priester und große Magier persönlich. Er wartete, die Hände flehend erhoben, eingehüllt in seine himmelblaue Robe, die ihm bis über die Füße fiel, und immer noch konnte sie nicht aus dem Kelch trinken.

Nemeton war ein imposanter Mann, hochgewachsen und hager, mit Augen von leuchtendgrüner Farbe und langem, bis auf die Schultern fallendem, rotbraunem Haar, ein berühmter Barde aus der Bretagne, den sein Lehnsherr wegen seiner Heilkräfte und der hohen Kunst seiner Weissagung in die Mark von Wales geholt hatte. Rhiannons Mutter hatte in Nemeton sogar noch mehr erkannt, so wie er erkannt hatte, daß auch Carn Merioneth mehr war, als es zu sein schien.

Es ging das Gerücht, er hätte die Ehefrau seines Barons verführt und ermordet und sei zur Strafe in den Norden verbannt worden. Ferner hieß es, auf seinen Kopf sei eine Belohnung ausgesetzt worden und er würde noch immer von walisischen Prinzen und Clanoberhäuptern des Berglandes gejagt. Bis zu seiner schrecklichen Tat habe er ebensogut wie sein Lehnsherr gelebt, so erzählte man sich, in Wohlstand und großer Bequemlichkeit hinter Schloßmauern, was ein krasser Gegensatz zu der Höhle war, die er angeblich auf der Insel Anglesey bewohnte, oder zu den primitiven Sommerhütten aus Weidengeflecht und Buschwerk, die die Quicken-Tree für ihn in den Bergen errichteten.

Viermal in jedem Jahr kam Nemeton nach Carn Merioneth, wo ihn einst Rhiannons Mutter willkommen geheißen hatte und jetzt Rhiannon. Einer seiner Besuche fiel immer auf Calan Gaef, die verfluchte Nacht des Glaubens, obwohl Rhiannon doch keinerlei Glauben mehr hatte, der ihr Kraft hätte spenden können.

Es gab ein üppiges Festmahl und ausgelassene Tänze und Musik: Harfen, Flöten, die mit dem Bogen gestrichene Leier *crwth* und Stimmen, die sich zu Liedern erhoben, die in vielen Teilen des Landes gesungen wurden. Dann hatte einer nach dem anderen nach seiner Trommel gegriffen, um eine neue Melodie anzustimmen, und allmählich hatte das Lied der Trommeln alles andere übertönt, bis nichts mehr übrigblieb als das Geräusch von Händen, die auf straff gespannte Häute schlugen.

Als das Dröhnen der Trommeln immer stärker anschwoll und in einem ohrenbetäubenden Wirbel seinen Höhepunkt erreichte, war für Rhiannon der Augenblick gekommen, von dem Drachenwein zu trinken. Aber sie konnte nicht. Der Goldrand des juwelenbesetzten Kelches fühlte sich warm an ihren Lippen an, der betäubende Geruch des Weins füllte ihre Nase und ließ ihr beinahe die Sinne schwinden, doch beklemmende Furcht gebot ihr, sich zurückzuhalten.

Sie warf einen verstohlenen Blick auf Nemeton, während sie sich fragte, was er wohl von ihrem Zögern halten mochte, konnte jedoch keinerlei Ungeduld an dem Druiden erkennen. Er war anscheinend eher geneigt, das zu sehen, was war, als zu überlegen, was er von den Dingen halten sollte.

Hatte er tatsächlich die Ehefrau des alten Barons ermordet, oder war ihm, wie es gelegentlich passieren konnte, lediglich ein Fehler bei der Auswahl und Dosierung seiner Heilmittel unterlaufen? Es hieß, Krokussamen hätten die Adlige getötet. Eine noch tödlicher wirkende Pflanze ließ sich wohl kaum finden. Trotz ihrer eigenen umfangreichen Kenntnisse der Heilkunde hatte sich Rhiannon niemals mit Krokus befaßt. Ob er in einer tödlichen Dosis einen Geschmack hat, fragte sie sich. Hatte er eine Farbe? Einen Geruch?

Der Wein wirbelte in dem funkelnden Kelch, als ihre Hand zu zittern begann, und schwappte gegen ihre Lippen, aber immer noch wagte sie es nicht, davon zu trinken. In jedem der vergangenen fünf Jahre seit dem Tod ihrer Mutter hatte sie ihren Anteil des Drachenweins getrunken und in den Teich der Weissagung geblickt, um den ewigen Zyklus von Leben, Tod und Wiedergeburt zu zeichnen. Noch niemals zuvor hatte sie an der Unbedenklichkeit von Nemetons Trank gezweifelt. Aber sie war auch noch niemals zuvor von dem Mann betrogen worden, den sie mehr als ihr Leben liebte.

Ihr Blick fiel auf ihren Ehemann, Arawn.

Du hast Augen, so herrlich grün wie die Blätter einer Eberesche im Hochsommer, hatte sie Arawn zu Nemetons Tochter sagen hören, mit einer Stimme, die rauh und kehlig von der Leidenschaft der Küsse geklungen hatte, die er ihr geraubt hatte. Wann war das gewesen? War es wirklich erst drei Tage her?

Es schien schon ein ganzes Leben zurückzuliegen. Rhiannon schloß die Augen gegen eine Woge von Schmerz. Moriath war die Tochter des Druidenpriesters, eine unfromme Novizin, die des Klosters in Usk verwiesen worden war. Rhiannon hatte sie willkommen geheißen und ihr die Aufsicht über die Kinder übertragen, die inzwischen zu wild und übermütig geworden waren, als daß ihr altes Kindermädchen allein mit ihnen hätte fertig werden können. Sie hatte keine Unfrömmigkeit in dem jungen Mädchen entdecken können, nur eine gewisse Andersartigkeit, eine Andeutung übersinnlicher Fähigkeiten, Eigenschaften, die verständlicherweise Verdacht und Bedenken bei den christlichen Damen von Usk erregen würden. Hatte nicht Rhiannons eigene Gegenwart die gleiche Wirkung, wenn Geistliche zu Besuch nach Merioneth kamen? Denn obwohl sie Christin war, basierte ihre christliche Gesinnung eher auf der Lehre der keltischen Kirche als auf der katholischen, und durch ihre Mutter reichte ihr Glaube sogar noch weiter zurück, bis auf das geistige Erbe einer Druidenpriesterin aus Anglesey.

Wieder blickte sie argwöhnisch auf den Wein. Würde Nemeton sie vergiften, um seine Tochter an ihre Stelle zu setzen? Der Priester hatte zwar als erster von dem Wein getrunken, doch es wäre eine Kleinigkeit für ihn, sich eines raschen, unauffälligen Tricks zu bedienen, während er den Kelch von seinen Lippen absetzte. Rhuddlan hatte ebenfalls davon getrunken, aber es hieß allgemein – und sie glaubte daran – daß es nichts auf Erden gab, was einen Quicken-Tree vergiften könnte.

Hatte Arawn auch nur einmal an die Gefahr gedacht, in die er sie alle mit seiner Tändelei bringen konnte, oder hatte die Leidenschaft seinen Verstand getrübt? Es sah ihm eigentlich gar nicht ähnlich, und dennoch war das Mädchen ungewöhnlich schön, auf seine eigene sonderbare Art.

Rhiannon hob ihren Blick und ließ ihn durch die Höhle schweifen. Außer ihr selbst gab es noch andere, auf die es in dieser Nacht Rücksicht zu nehmen galt. Sie konnte nicht ewig zögern. Der hintere Teil der großen Höhle war in undurchdringliche Dunkelheit getaucht, jenseits der Bereiche, wo der Lichtschein all der vielen flackernden Feuer noch hinzudringen vermochte, aber Rhiannon wußte, die Leute waren da und spürten die Kälte, während sie das Ritual voller Spannung beobachteten und atemlos warteten. Die Zeit war gekommen.

Ihr Blick fiel auf den Teich. Dichter Dampf trieb in wirbelnden Schwaden über die Oberfläche des brodelnden Wassers, und ein paar ätherisch feine Kräusel entwichen aufwärts in die Finsternis, drangen in jeden Tunnel, jede Ritze und jeden Winkel der Höhlen ein und bahnten sich schließlich schlängelnd ihren Weg in die Freiheit des Nachthimmels hinauf, um nur den Kern ihres Wesens zurückzulassen, der hinabsinken würde, immer tiefer und tiefer hinab in den Abgrund der Unendlichkeit, dorthin, wo Erde, Luft, Feuer und Wasser eins wurden. Jener Abgrund war es, aus dem Rhiannon Kraft schöpfte.

Sie war Rhiannon, Tochter von Teleri, Tochter von Mair, bis zurück zur Tochter von Heledd und noch weiter zurück zu der ersten Tochter der Muttergöttin. Sie war Rhiannon, Mutter von Ceridwen, dem willensstarken Kind ihres Herzens, der Tochter, die in späteren Jahren ihre Nachfolgerin sein würde, um die Harfe zu spielen und die Drachen aus der Tiefe herbeizurufen. Sie war Rhiannon, Mutter von Mychael, liebenswerter, stiller Sohn.

Ihre Kinder waren ihr kostbarster Schatz, und somit stand ihre Entscheidung fest.

Mit geübter Anmut neigte sie den Kelch – fort von ihren Lippen – und ließ den Strahl in weitem Bogen in das Wasser fließen, bis der gesamte Wein über den Rand in den Teich geflossen war. Sie würde nicht davon trinken. Sie würde in dieser Nacht nicht sterben, weder für die Götter noch für ein unfrommes Mädchen.

Sie fing Nemetons Blick auf, aber falls er ihr Sakrileg bemerkt hatte, so ließ er zumindest nichts davon erkennen. Jetzt gab es nichts anderes mehr zu tun, als darauf zu warten, daß sich der brodelnde Teich der Weissagung beruhigte, von dem Drachenwein zu einer glatten, spiegelnden Oberfläche abgekühlt. Worte würden gesprochen werden und Erkenntnisse gesucht, doch in dieser Nacht von Calan Gaef, in der es ihre Aufgabe war, die Türen zwischen den Welten zu öffnen und in die Tiefen der Zeit zu sehen, würden ihr die Götter den Blick in die Zukunft verwehren. Ein Seufzer entrang sich ihrer Kehle, wo der Wein hätte hinunterfließen sollen. Was geschehen war, war geschehen. Welches Schicksal auch immer ihr beschieden sein mochte, weil sie die Götter mit dem Wein betrogen hatte, es wäre sicherlich nicht schlimmer als das, was sie bereits hatte durchmachen müssen.

Das Dröhnen der Trommeln wurde schwächer, um dem Gesang zu weichen, den Nemeton jetzt anstimmte. Nach und nach fielen andere Stimmen in das Lied ein, hoben und senkten sich in einem hypnotischen Rhythmus der Gleichheit und lullten Rhiannons Geist ein, bis sie von einer tiefen inneren Ruhe erfüllt war. Sie richtete ihren Blick erneut auf den Teich und gestattete ihren Gedanken, ungehindert über die sich langsam glättende Oberfläche und die verbleibenden Spuren von Dampf zu wandern. Sie erwartete nichts, suchte nichts und war daher überrascht von dem Streifen rötlichen Lichts, der plötzlich über das Wasser raste. Ein anderer folgte dem ersten, grau und grün, schimmernd und sich schlängelnd wie die elegante Bewegung eines Fischschwanzes. Als sie den dritten erblickte, spielte ein Lächeln um ihre Lippen. Die Drachen kamen.

Sie waren ein atemberaubender Anblick, diese leuchtenden, schillernden Streifen von Licht. Rhiannon hatte sie nicht gerufen, dennoch existierte eine starke Verbindung zwischen ihr und den Drachen. Während sie zuschaute, vereinten sich die Farben, rollten übereinander und brachen dann wieder auseinander in doppelt so viele Teile. Sie bewegten sich so schnell, schossen hierhin und dorthin, um miteinander zu verschmelzen und auseinanderzustreben und sich wieder und wieder zu teilen und ihre Anzahl zu verdoppeln, bis der gesamte Teich von ihren Bewegungen leuchtete und pulsierte.

»Nein.« Das Wort wurde in die Stille hinein gesprochen, als ob es der Tod persönlich wäre.

Bei dem unerwarteten Geräusch blickte Rhiannon erstaunt auf, und ihr Lächeln verblaßte.

Wieder murmelte Nemeton, der ihr gegenüberstand, das eine Wort, und seine Miene war unbeschreiblich grimmig, während er in den Teich starrte. »Nein!«

Rhiannon richtete ihren Blick erneut auf die Stelle, wo abermals Dampfschwaden von der Wasseroberfläche aufstiegen, und erhaschte einen letzten Blick auf das, was Nemeton in den Sekunden gesehen hatte, in denen er ihre Aufmerksamkeit abgelenkt hatte.

Es waren die Drachen selbst, die aus der Meerestiefe jenseits der Höhlen hereinkamen, auf einem Weg, der sie zu ihren Nestern führen würde.

Einer war von rubinroter Farbe, Ddrei Goch, dessen gewaltiger schuppenbedeckter Körper sich zusammenringelte, umspült von Seewasser; der andere blaßgrün, Ddrei Glas, und er ritt auf der Gischt der Wellen. Und vor ihnen auf den Klippen von Carn Merioneth rückte im schwachen Licht der Morgendämmerung ein Trupp verbündeter walisischer und englischer Soldaten gegen die Burg vor, während ein erbitterter Schlachtruf die Luft um sie herum erzittern ließ.

Rhiannon schrie entsetzt auf. »Zu den Waffen!« rief sie. Die Leute in der Nähe des Teiches reagierten schnell, und keiner von ihnen schneller als Arawn, dessen gebrüllte Befehle von den Felswänden widerhallten und Männer zu den unterirdischen Gängen stürzen ließen, die aus den Höhlen herausführten.

»Du hast dich verlaufen.«

»Hab' ich nicht.«

»Doch, das hast du, Ceri. Du weißt überhaupt nicht mehr, wo wir sind, und ich auch nicht.«

Trotzig schüttelte Ceridwen den Kopf, wobei sie gleichzeitig die Lippen zusammenpreßte, um ihr Zittern zu unterdrücken. Es war ganz schrecklich. Sie hatten sich verirrt. Alles sah vollkommen gleich aus, ganz egal, in welche Richtung sie sich wandte. Die Felswände waren alle dunkel und kalt und feucht, jeder Pfad ein endloser Tunnel ins Nichts.

Sie hatte einen verhängnisvollen Fehler gemacht, als sie darauf bestanden hatte, allein in die Canolbarth zu gehen. Hier gab es nirgendwo Drachenskelette und auch keine Feen oder Schätze. Es gab niemanden und nichts außer Dunkelheit und noch mehr Dunkelheit und klammer Feuchtigkeit und Gerüchen, die ihr höchst zuwider waren.

»Ich will zu Mama«, schniefte Mychael, und ein Schluckauf folgte.

»Sei still.« Sie wünschte sich ebenfalls, ihre Mutter wäre bei ihnen, wünschte es sich wahrscheinlich noch verzweifelter als ihr Bruder. Warum kam denn bloß niemand, um sie zu holen? Es war schon sehr lange her, seit sie sich davongeschlichen hatten. Irgend jemand mußte doch sicher nach ihnen suchen, und sie waren genau hier, in der Mitte des Tunnels, wo sie jeder sehen könnte. Die Trommeln waren inzwischen verstummt, das Fest war zu Ende. Wo steckten die anderen nur alle?

Die hellen Fackeln, denen sie vom Höhleneingang aus gefolgt waren, waren nach einer Weile kleinen Öllampen gewichen. Ceridwen wußte nicht, wann die Veränderung stattgefunden hatte oder warum oder wo. Sie hatte nur einmal flüchtig aufgeschaut und bemerkt, daß es merklich dunkler in den Gängen geworden war. Als sie versucht hatten, sich an den Lampen zu orientieren und den Weg zurückzugehen, den sie gekommen waren, waren sie statt dessen an einem ganz anderen Ort gelandet, in einem unterirdischen Stollen, noch düsterer und feuchter als die übrigen.

Dort, wo sie jetzt standen, lief Wasser in kleinen Rinnsalen an den Felswänden herab, um sich in Pfützen auf dem Boden zu sammeln. Ihre Schuhe waren durchnäßt, und sie fror erbärmlich, Mychael neben ihr zitterte vor Kälte, wahrlich ein trauriger Anblick in ihrem nassen, schmutzigen Pelzumhang und den ruinierten Hirschlederstiefeln.

»Ich bin müde, Ceri, und schrecklich hungrig, und du wirst große Schwierigkeiten kriegen, wenn wir nach Hause kommen. Hast du vielleicht noch eine Honigpastete? Oder ein Stück Käse?«

Sie hörte ihm zu, wie er mit weinerlicher Stimme weiterplapperte und unermüdlich jammerte und drohte. Sie steckten bereits in großen Schwierigkeiten, aber das behielt Ceridwen lieber für sich. Ihr Bruder war auch so schon verängstigt genug. Und sie nicht minder.

»Ich habe Durst, und wenn wir nicht im Bett liegen, wenn ’riath kommt, um uns zu holen, werden wir auch mit ihr Ärger kriegen.« Ein erneuter Schluckauf unterstrich seine jammervolle Tirade.

Ceridwen seufzte tief, während ihr Blick die Wände nach etwas absuchte, obwohl sie nicht wußte, was das sein sollte. Moriath konnte fürchterlich schimpfen, aber lieber würde sie sich bis nach Ynys Enlli, der Insel der Heiligen, ausschimpfen lassen und wieder zurück, als noch einen einzigen Augenblick länger in den Höhlen zu verbringen.

»'riath!« rief Mychael plötzlich laut, und Ceridwen fuhr zu ihm herum, um ihn erneut zu ermahnen, still zu sein – nur um zu sehen, wie er in einen Tunnel davonflitzte.

»Mychael!« Eine neue Woge von Furcht schlug über ihr zusammen, als er um eine Kurve bog und im Nichts verschwand. »Mychael, du kleiner Mistkerl, komm sofort zurück!«

Sie jagte ihm nach, mit wehenden Röcken und Füßen, die nur so über den Boden flogen. Na warte! Wenn sie ihn erwischte, konnte er sich auf eine ordentliche Abreibung gefaßt machen. Aber so klein Mychael auch war, er schaffte es, seinen Vorsprung zu halten, während er durch die Pfützen planschte, immer ein paar Schritte zu weit entfernt, als daß sie ihn zu fassen bekommen hätte. Bald darauf bekam Ceridwen Seitenstiche und fluchte wütend. Sie hätte nicht geglaubt, daß es noch schlimmer kommen könnte. Verdammter Mychael. Warum mußte er ihr unbedingt beweisen, daß sie sich geirrt hatte?

Sie schrie ihm nach, und er rief ununterbrochen nach Moriath. Das Echo ihrer Stimmen überlappte sich in dem Irrgarten von engen Gängen und hallte von den Wänden wider, um dann vollkommen geschluckt zu werden von der schieren Dichte der Felsen um sie herum. Noch zwei weitere Male verlor Ceridwen ihren Bruder aus den Augen, und jedesmal wurde sie zu noch größerem Tempo angespornt.

Als sie ihn das nächste Mal erblickte, unternahm sie eine allerletzte Anstrengung, raffte ihre Röcke und rannte Hals über Kopf hinter ihm her. Keuchend streckte sie die Hand nach ihm aus, und ihre Fingerspitzen streiften seinen Umhang. Sie streckte sie noch ein wenig mehr, bekam Tuch und Pelz zu fassen und krallte ihre Finger hinein, bevor sie Mychael mit einem unsanften Ruck zurückzog.

»Mychael!« warnte sie ihn, als er sich ihrem Griff zu entwinden versuchte, ihre Stimme trotz ihrer Atemlosigkeit nicht weniger wütend. Dann stürzte er zu Boden, und sie warf sich in einem Gewirr von Armen und Beinen auf ihn. Sie hätte ihn geschlagen, wenn sie noch die Kraft dazu besessen hätte. Aber sie war völlig erschöpft.

Eine Weile lag sie so da, reglos und außer Atem, während sich ihre Kleider überall dort, wo sie den Boden berührten, mit Wasser vollsogen.

»Ceri, schau doch«, sagte Mychael, noch bevor sie wieder genügend Atem schöpfen konnte, um mit wütenden Worten über ihn herzufallen. Er zeigte auf eine Stelle an der Felswand oberhalb einer der Öllampen. Zeichen waren dort in den Stein geritzt, die sich weiß gegen den dunklen Hintergrund abhoben, und ein Pfeil wies in die undurchdringliche Dunkelheit eines roh behauenen Schachtes.

Ceridwen erkannte einige der weißen Linien als Buchstaben, und sie wußte, Buchstaben ergaben Wörter, aber das war auch schon der gesamte Umfang ihres Wissens. Es gab gerade Linien und gebogene Linien und solche, die einander kreuzten. Zu beiden Seiten der Buchstaben waren Symbole in den Stein geritzt, die sie von einem Ring, den ihre Mutter trug, wiedererkannte.

Sie kämpfte gegen das Gewicht ihrer völlig durchgeweichten Röcke an, als sie sich mühsam aufrappelte und die Hand ausstreckte, um die unverständlichen Zeichen zu berühren. *PRYF*. Es war ein kurzes Wort. Sie zeichnete die Buchstaben mit den Fingerspitzen nach, während sie überlegte, was sie wohl bedeuten mochten, und sich fragte, ob der Pfeil wohl zum Ausgang zeigte oder einen Weg wies, der noch tiefer in die Höhlen hineinführte.

»Komm schon.« Mychael schubste sie unsanft vorwärts, als er neben ihr auf die Füße kam. »Laß uns gehen. ’riath ist dort drinnen. Ich habe sie gesehen, und sie kann uns wieder nach Hause bringen.«

Ceridwen beäugte den Schacht mit unverhohlenem Mißtrauen. Er war noch enger als die anderen und der Fels rauh und scharfkantig. Sie hatte nicht das Gefühl, daß dies der Weg nach Hause war.

»Ich habe sie nicht gesehen.«

»Aber ich. Nun komm schon.« Diesmal war er derjenige, der zog und zerrte und seine Finger in ihren Umhang grub.

Sie sträubte sich, stemmte beide Füße auf den Boden. Der Geruch war jetzt noch stärker als vorher, strömte aus dem Schacht heraus, süß und erdig und warm. Intensiv.

»Nein«, erklärte sie energisch. »Ich weigere mich, auch nur einen Fuß dort hineinzusetzen.«

»Na, wer benimmt sich jetzt wie ein Nuckelbaby?« fragte Mychael verächtlich.

Sie hätte sich gegen seinen Vorwurf verteidigt, hätte sie Zeit dazu gehabt, doch die Zeit wurde allmählich knapp. Ein Windstoß wirbelte aus dem Schacht herauf, begleitet von einem durchdringenden, klagenden Heulen, ein warmer Luftzug, der die Öllampen eine nach der anderen in schneller Folge verlöschen ließ, bis Ceridwen und Mychael in völlige Dunkelheit gehüllt waren.

»Verdammt, verdammt, verdammt, verdammt.« Ceridwen fluchte für jede einzelne Lampe, die sie verloren hatten, während sie Mychael packte und gegen die Wand zurückwich. Ihre Augen bemühten sich vergeblich, irgend etwas anderes als schwarze Leere zu erkennen. »Dreimal verdammt!«

»Du wirst Ärger kriegen, du wirst Ärger kriegen«, höhnte Mychael zwischen erstickten Schreien der Furcht, als er auf sie zu klettern und sich gleichzeitig unter ihrem Umhang zu verstecken versuchte.

Sie schlang einen Arm um ihn und drückte sich noch fester mit ihm an die Wand, zwei kleine Körper, dicht aneinandergeschmiegt, während der warme Atem der Erde über sie hinwegstrich. Dann legte sich der Wind wieder, genauso plötzlich und unerwartet, wie er aufgekommen war, und in der Dunkelheit zu Ceridwens Rechten erschien das flackernde Licht einer Fackel, das sich schwankend und im Zickzack hüpfend einen Weg in ihre Richtung bahnte. Zusammen mit dem Licht kam das Geräusch stolpernder Füße, und wenig später waren hastige, keuchende Atemzüge und lautes Schluchzen zu hören.

Qual schwang in der Stimme mit, Verzweiflung in den tiefen Schluchzern. Es war eine Frau. Der hohe, schrille Klang der Stimme war unverkennbar.

»'riath«, flüsterte Mychael, und diesmal glaubte Ceridwen ihm. Es spielte keine Rolle, daß er sie an einer ganz anderen Stelle entdeckte als dort, wo er sie ursprünglich zu sehen geglaubt hatte; er hatte sie gefunden, und das war das einzige, was zählte.

Daß es wirklich Moriath war, wurde mit jedem Schritt, den sie näher kam, offensichtlicher. Ihr hübsches rötliches Haar hatte sich aus seiner geflochtenen Krone gelöst und hing in wirren Strähnen um ihre Schultern. Tränen strömten über ihre Wangen, und ihre Kleider waren zerrissen und über und über mit Blut beschmiert.

Als sie aufblickte und Ceridwen und Mychael sah, fiel sie mit einem Schrei der Bestürzung auf die Knie, wobei die Fackel aus ihren Händen rollte. Mychael erreichte das Mädchen als erster und warf sich ihr aufjauchzend in die Arme, mit Ceridwen weniger als eine Haaresbreite hinter sich.

Moriath hielt die Kinder so fest an sich gepreßt, daß sie kaum atmen konnten, während sie die letzten trockenen Stellen auf ihren Kleidern mit ihren Tränen benetzte. Ceridwen schöpfte an Trost, was immer sich aus einer solch jämmerlichen, aber dennoch von Herzen herbeigesehnten Rettung an Trost schöpfen ließ, bevor ihre Neugier schließlich die Oberhand gewann.

»Bist du gefallen?« fragte sie und streckte die Hand aus, um Moriaths aufgelösten Zopf glatt zu streichen, der über ihre entblößte Schulter fiel. Das Mädchen war schmutzig und schrecklich zerkratzt, und Ceridwen dachte, sie müsse von hoch oben vom Eingang der Höhlen in die Tiefe gestürzt sein. Wieder tätschelte sie sanft den zersausten Zopf. Arme Moriath.

Das Mädchen gab zunächst keine Antwort, sondern wischte sich mit ihrem zerrissenem Ärmel über die Augen, was so gut wie gar nichts nützte, denn ihre Tränen strömten ungehindert weiter. Als offensichtlich war, daß sich so kein Fortschritt erzielen ließ, griff sie nach der Fackel und erhob sich ungewohnt schwerfällig auf die Füße.

»Kommt, Kinder, beeilt euch. Wir müssen fort von hier.«

»Fort? Wohin denn, 'riath?« fragte Mychael und hob den Kopf, den er in ihren Röcken vergraben hatte. Er drückte sich an sie, die Arme um ihre Knie geschlungen, und blickte verängstigt zu ihr auf.

»In die Berge. Und wenn der Schnee kommt, werden wir nach Süden wandern. Es wird ein großartiges Abenteuer.«

Da stimmt doch irgendwas nicht, dachte Ceridwen beunruhigt. Es sah Moriath gar nicht ähnlich, sich an sie und Mychael zu klammern und herzzerreißend zu weinen. Sie war auch nicht der Typ, der einfach so stolperte und sich schmutzig machte und seine

Kleider zerriß. Moriath sah immer sauber und hübsch aus. Ihre Augen waren vom schönsten Grün. Ceridwen hatte noch nie zuvor erlebt, daß sie so wie jetzt ganz rot und verquollen waren.

»Du magst doch Abenteuer, nicht wahr, Ceri?« fragte das Mädchen und liebkoste ihre Wange mit zitternder Hand. Ein schwaches Lächeln verzog ihre Lippen. »Das ist ohne Zweifel der Grund, warum du hier unten in den Höhlen bist. Du hast einen guten Instinkt, Kleine, auch wenn er in diesem Fall unangebracht ist.«

»Einen 'stinkt?« wiederholte Ceridwen verwirrt. Nichts ergab mehr einen Sinn.

Mychael lachte und zeigte mit dem Finger auf seine Schwester. »Nein, du Dummkopf. 'riath hat gesagt, du stinkst.«

»Hat sie nicht!« Sie schlug seine Hand fort und blickte dann Moriath bestätigungsheischend an. Doch die junge Frau schenkte ihnen keinerlei Aufmerksamkeit. Sie hatte die Fackel wieder erhoben und starrte gedankenverloren den gewundenen Schacht hinunter. Lange Zeit stand sie vollkommen reglos da, als wüßte sie nicht so recht, was sie als nächstes tun sollte, bis Ceridwen ziemlich unbehaglich zumute wurde und Mychael ungeduldig an ihren Röcken zog.

»Ja. Wir müssen gehen«, sagte sie leise, dann wandte sie sich zu den weißen, in die Felswand eingeritzten Schriftzeichen um. Mit einer raschen Bewegung zog sie die lodernde Fackel über das seltsame Wort, bedeckte es mit einer Schicht von Rauch und Ruß und machte es auf diese Weise unkenntlich, so daß es von dem dunklen Untergrund nicht mehr zu unterscheiden war.

Ceridwen beobachtete erstaunt, wie die Buchstaben und Symbole verschwanden, sich von Grau in Schwarz verwandelten und mit dem Stein verschmolzen, und sie fragte sich, was Moriath wohl zu verbergen hatte und vor wem.

Von dem unterirdischen Schacht in frische Luft und Freiheit zu gelangen war nicht übermäßig schwierig für jemanden, der sich in dem Irrgarten von Tunnels auskannte. Unten in den Höhlen hatte Moriath kein Wort mehr gesagt, war nur hin und wieder in heftige Schluchzer und Tränen ausgebrochen, die sie schließlich mit aller Macht zurückgedrängt hatte – bis zum nächsten Ausbruch der Verzweiflung. Ceridwen fand, das ganze Abenteuer hatte sich zu einer einzigen großen, schrecklichen Katastrophe entwickelt, und sie verstand beim besten Willen nicht, warum sie nicht einfach wieder in ihr Bett zurückkehren konnten oder zumindest in die Burg. Sie wollte nicht in die Berge wandern. Sie war müde und hungrig, und sie wollte nach Hause. Sie wollte zu ihrer Mutter.

Dichtes Brombeergestrüpp versperrte den Ausgang der Höhle, als sie ihn endlich erreichten – noch etwas, was dazu beitrug, ihren Tag zu einer höchst unerfreulichen Erfahrung zu machen. Mühsam bahnten sie sich einen Weg durch das Dickicht, wobei sie ständig gestochen und gekratzt wurden, bis auf Mychael. Er döste wohlbehalten in Moriaths Armen, seine Wange an ihre Schulter geschmiegt, und sein leises Schnarchen machte Ceridwen ihre Erschöpfung beinahe unerträglich.

»Verdammt«, murmelte sie zornig vor sich hin. Eine dornige Ranke verfing sich in ihrem Gewand, hinterließ einen langen Riß im Stoff, und sie fluchte abermals. »Verdammt!«

»Kind«, sagte Moriath, als sie auf einer kleinen Bodenerhebung gleich hinter dem Dickicht stehenblieb und eine Hand nach hinten streckte. Einen Moment lang befürchtete Ceridwen schon, das Mädchen würde sie für ihre unflätige Ausdrucksweise schelten, ihr vielleicht sogar eine Ohrfeige versetzen.

Das war der Augenblick, als sie es hörte ... das ferne Klirren von Metall gegen Metall, die gellenden Schlachtrufe, das Knistern und Prasseln eines riesigen Feuers. Sie stolperte vorwärts, um gleich darauf abrupt und zu Tode erschrocken neben Moriath innezuhalten. Ihr Herz begann, wie wild zu hämmern. Eine Woge beklemmender Furcht rollte über sie hinweg bei dem Anblick, der sich ihr bot.

Dort unten im Tal brannte Carn Merioneth lichterloh, während seine Palisaden, die Burg und alles Leben darin von tosenden, bis hoch in den Himmel lodernden Flammen verschlungen wurden.

Ein Hauch von Magie

So steht es geschrieben in den Annalen der Zeit –
nichts macht eine Schwertklinge so schmiedbar
wie ein Kelch süßen Weins

1. Kapitel

MÄRZ 1198
WYDEHAW CASTLE,
SÜDWALES

»Jesus. Heilige Maria.« Noll, der Diener, bekreuzigte sich hastig, als er in der Dunkelheit am Fuße der Wendeltreppe kauerte, die in den Turm hinaufführte. Er war durch den Burghof gelangt, einzig und allein von der Macht der Furcht vorwärts getrieben, und jetzt weigerten sich seine Beine, ihn auch nur einen Schritt weiter zu tragen. Von Regen durchnäßter, schlüpfriger Stein stützte seinen Rücken. Doch nichts war in der Lage, seinen kraftlosen Knien Halt zu geben – weder Muskeln noch Sehnen noch Knochen noch sein Glaube an die Jungfrau Maria, Heilige Mutter Gottes.

Sein Herr hatte ihm aufgetragen, den Hexenmeister zu holen, aber damit hatte sein Herr eindeutig zuviel von ihm verlangt. Noll legte den Kopf zurück und starrte hinauf zu den unheilverkündenden Schatten von Dunkelheit, die sich mit jeder geschwungenen Treppenstufe in den Turm noch um eine Nuance vertieften. Regen rann in kleinen Bächen aus seinem Haar und über sein Gesicht, trübte seinen Blick und verstärkte noch die Pein dieser unwirtlichen, gottverlassenen Nacht.

Da! Dort oben, wo der graue Stein in Schwarz überging! War es vielleicht nur eine Täuschung des Lichts, jene kaum wahrnehmbare Bewegung und die verschwommene, schattenhafte Silhouette? Oder war es der Hexenmeister, Dain Lavrans, der Dämonen aus den Nebelschwaden herbeibeschwor und sie die Treppe hinunterschickte, um ihn zu begrüßen?

Panische Angst erfaßte Noll, und einen Moment lang blieb ihm fast das Herz stehen, dann raste sein Blut auf einer Spur eisiger Furcht durch seine Adern. Er hielt es einfach nicht mehr aus und machte kehrt, um Hals über Kopf in die große Halle zurückzulaufen – oder notfalls auch auf zittrigen Knien zu kriechen, wenn es denn nicht anders ging –, dorthin, wo er nur wenige Minuten zuvor noch das Vergnügen gehabt hatte, ein wohlgestaltetes Mädchen mit Lavendelzweigen im Haar in die Kehrseite zu zwicken.

Plötzlich hielt er mitten in der Bewegung inne, während das Licht seiner Laterne mit jedem Windstoß, der durch das zum Wachturm offene Gewölbe fegte, unruhig flackerte und zu verlöschen drohte.

Der Baron würde ihn mit Stockhieben bestrafen, wenn er versagte, und was würde dann aus dem hübschen Mädchen, wenn er blutüberströmt und blau und grün geschlagen neben der Feuerstelle lag, nichts als ein Haufen Fleisch für die Hunde? Welcher Mann würde wohl dann sein Gesicht in ihrem duftenden Busen vergraben?

Hugh, ohne Zweifel, der elende Schweinehund, ein Stallbursche ohne jede Ahnung von der Raffinesse, die vonnöten war, um eine Küchenmagd herumzukriegen. Das Mädchen hatte wahrlich etwas Besseres verdient, und hatte sie Noll nicht vorhin strahlend angelächelt? Zugegeben, es war ein etwas zahnloses Lächeln gewesen, das schon, aber nichtsdestotrotz ein Lächeln, und welcher Mann legte schon Wert darauf, daß eine Frau noch alle ihre Zähne hatte, wenn ihr Busen weich und üppig wie Pfirsiche im Spätsommer war?

Wieder warf Noll einen Blick auf die steile Turmtreppe, die in Dunkelheit zu enden schien, und unter dem Impuls der Wollust verwandelten sich seine Furcht und sein Zittern in Mut. Sein Herr hatte gesagt, hol den Hexenmeister her, und kein Leibeigener, dem sein Leben lieb war, würde einem Baron der Mark den Gehorsam verweigern, einem jener landhungrigen normannischen Freibeuter, die große Gebiete in Wales erobert hatten und sie »kraft der Macht ihres Schwertes und des Schicksals« hielten.

Mit dem Rücken zur äußeren Mauer schlich Noll die Wendeltreppe zum Hart Tower hinauf, wobei er seine Füße, seine Knie und die eine Hand benutzte, die nicht die Laterne umklammert hielt, um sich in der Dunkelheit vorwärts zu tasten. Eine schwächere Schattierung von Finsternis und kalte, feuchte Windstöße kennzeichneten jede Schießscharte, an der er vorbeikam. Auf halbem Weg die erste volle Treppenwindung hinauf verwandelten sich die gemeißelten Stufen von Grau in Schwarz. Noll bekreuzigte sich abermals und dachte an dralle Sinnesfreuden, an den Duft von Lavendel und die reife Süße von Pfirsichen. Eine Vierteldrehung weiter schimmerte eine Treppenstufe cremigweiß im Laternenlicht. Die nächste war schwarz und die übernächste wieder weiß – eine unmißverständliche Warnung, daß er die Domäne des Hexenmeisters betrat.

»Jesus, Maria und Josef!« Er stieß das Gebet zischend zwischen klappernden Zähnen hervor, als wenig später eine dicke Eichentür, in Druidenstein gefaßt und mit Eisen beschlagen, in seinem Blickfeld erschien. Ein Wasserspeier mit einer scheußlichen Fratze versperrte ihm den Weg, grinste ihn heimtückisch vom mittleren Brett aus an, mit einem bronzenen Türklopfer, der von seinen Fangzähnen herabhing. Bergkristallaugen glühten in dem flackernden Licht der Laterne, erst blau, dann golden und grünlich.

Großer Gott! War denn nichts in diesem Winkel der Burg, was es auf den ersten Blick zu sein schien?

Noll hob die Hand, um den Türklopfer zu betätigen, und als er dies tat, richtete sich plötzlich das Haar überall auf seinem Körper auf; jedes einzelne winzige Härchen sträubte sich, um für sich allein zu zittern. Er wußte, es war die Macht des Hexenmeisters, und in dem Moment, als sein Fleisch Metall berührte, durchzuckte ein gewaltiger Blitz die Luft, gefolgt von einer riesigen, grellweißen Stichflamme und einem ohrenbetäubenden Donnerschlag.

Noll tat einen lähmenden letzten Atemzug, umklammerte den Türklopfer mit spastischem Griff und fiel in tiefe Ohnmacht.

Im Inneren des Turms hallte das Klappern von Bronze, die auf Bronze schlägt, wie ein schwaches Echo des Blitzschlags wider. Bei dem Geräusch drehte Dain Lavrans sich um, während sich seine Finger unwillkürlich fester um den großen Brocken von Zinnober schlossen, den er in der Hand hielt. Das Stück stellte ein Vermögen an Zinnoberrot für Schreibstubenmönche dar und eine Quelle der Quecksilbergewinnung für jene, die sich – so wie er – mit einem anderen Glauben beschäftigten.

Hinter ihm trommelte Schneeregen gegen ein verglastes Fenster. Der Blitz mußte in unmittelbarer Nähe eingeschlagen sein, wahrscheinlich in den Festungswall, und wenn ihn nicht alles täuschte, hatte er einen der dort patrouillierenden metallköpfigen Wachtposten getroffen und ihm den Helm auf dem Kopf festgeschweißt. Der Baron würde sicherlich nach ihm schicken lassen – als ob er Hirne, die derart geröstet worden waren, wieder in ihren Normalzustand versetzen könnte!

Seine Oberlippe kräuselte sich in verdrießlichem Humor. Sie erwarteten einfach zuviel von ihrem dänischen Hexenmeister, diese normannischen Eroberer der Mark.

Er legte den Zinnoberklumpen auf einem Regal ab und durchquerte dann die Kammer, um der ersten Aufforderung des Abends Folge zu leisen, während er sich die Kapuze seines Umhangs über den Kopf zog, um sein Gesicht in Schatten zu hüllen. Die Spange, mit der er seinen Umhang über seinem abgetragenen Lederwams zusammenhielt, war durch einen Raub in seinen Besitz gelangt, eine mit Granatsteinen besetzte keltische Brosche mit geschliffenen Bernsteinen rechts und links. Hirschlederstiefel umhüllten seine Füße, bis hinauf zu seinen Knien mit Lederriemen zugeschnürt.

Heute nacht sah er nicht wie sein normannischer Lehnsherr aus, mit seidener Kniehose, Samttunika und hermelinverbrämtem Mantel angetan. Heute nacht war Dain Jäger – und es gefiel ihm gar nicht, daß seine Jagd durch die Torheit irgendeines Trottels verzögert wurde.

Er zog an der Tür, und als sie sich nicht öffnen wollte, fletschte er wütend die Zähne und riß noch einmal daran. Die Nacht schien ein gerüttelt Maß an Unannehmlichkeiten für ihn bereitzuhalten, weit mehr als die üblichen Mißtöne und Streitigkeiten auf Wydehaw Castle.

Langsam schwang die eisenbeschlagene Tür auf und schleifte den unglückseligen Diener mit sich. Seine knochige Faust war um den Türklopfer erstarrt, während sein Körper schlaff wie ein nasser Lappen auf den Fußboden herabhing. Seine andere Hand hielt noch immer die Laterne umklammert, deren Flammen den Binsenteppich in Brand zu stecken drohten.

Fluchend griff Dain nach der Laterne und trat ein paarmal kräftig auf die Funken und den schwelenden Saum der Tunika des Dieners, was jedoch eher dazu diente, seine Gemächer zu retten als das Leben des Unglücklichen. Der Baron von Wydehaw schätzte seine Leibeigenen nicht sonderlich. Dieser hier würde nicht vermißt werden, wenngleich offensichtlich war, daß sich ein so nervenschwacher Bursche nur auf ausdrücklichen Befehl von Lord Soren D'Arbois persönlich zu seiner Tür vorgewagt haben dürfte.

Dain trat die letzten Reste glühender Asche in den Staub. Man würde es ihm nicht danken, und in Wahrheit hatte er dem Mann keinen Gefallen getan, denn er ließ den Trottel einfach hilflos an der Tür hängen, eine kühne Warnung an alle anderen, die womöglich auf die Idee kamen, den Magier von Wydehaw zu stören. Bis Mitternacht würde jeder Schloßkretin die Geschichte kennen, wie Dain Lavrans den Diener Noll an die Fänge des Wasserspeiers geschmiedet hatte und wie die Kräfte des Zauberers durch Nolls Körper geströmt waren und seine Kleider versengt hatten. Bis zum Morgen hätte sich die Geschichte im gesamten Dorf herumgesprochen. Das Wissen würde in den Wald eindringen, zwischen den Bäumen hindurchgleiten, in Grotten und Moore hinein und jeden Geächteten und Heiligen vor der schwarzen Seele warnen, die im Burgturm hauste.

Bei dieser Vorstellung verzogen sich Dains Lippen zu einem trockenen Lächeln. Sein Ruf als Hexenmeister war hart erkämpft und ohne Zweifel wohlverdient, obwohl er der erste wäre, der zugeben würde, daß er in der Schuld seines Vorgängers im Turm stand. Noch heute erzählten sich die Bewohner des Schlosses und der umliegenden Dörfer in ehrfurchtsvollem Flüsterton Geschichten über die magischen Leistungen Nemetons, des bretonischen Barden. Der greifbarste Beweis für das hohe Ansehen, das der Mann zu seiner Zeit genossen hatte, war die Existenz des Turmes selbst mit seinen vielfarbigen Treppenstufen, der aus drei Räumen bestehenden Zimmerflucht und der fast an Zauber grenzenden Funktionsweise dessen, was die Schloßbewohner die »Druidentür« nannten.

Seit vielen Jahren schon hatte Dain starke Zweifel an jeder Art von Religion; tatsächlich konnte er an keine mehr wirklich glauben, besonders nicht an jene ausgestorbenen Glaubenslehren aus alter Zeit, wie sie die keltischen Priester verkündeten. Dennoch hatte er eine Reihe interessanter Dinge hinter der Druidentür und in den umliegenden Wäldern von Wroneu entdeckt, genug, um ihn in Wydehaw zu halten, obwohl er ursprünglich nur eine Nacht hatte bleiben wollen, um anschließend weiter in den Norden zu reisen.

»Erlend«, rief er jetzt dem Bediensteten zu, der sich irgenwo im Chaos des Arbeitszimmers versteckte.

»Ja?« Ein verhutzelter alter Mann lugte hinter einem schweren Damastbehang hervor, der vor einen halbmondförmigen Teil des Raumes gezogen war. Rauch folgte ihm und legte sich wie ein Heiligenschein um seinen spärlich behaarten Schädel.

Dem Hexenmeister zu dienen wurde von den meisten als eine Strafe betrachtet, die praktisch der Todesstrafe gleichkam, aber der alte Erlend schien bewußt gesündigt zu haben, um in der Behaglichkeit des Hart Tower zu landen. Er hatte Dain einmal erklärt, mit zweiundsechzig brauche er niemanden mehr zu fürchten, weder Gott noch den Teufel, noch irgend jemanden dazwischen.

Dain hatte nur gelächelt.

»Paß auf das Kohlenbecken auf und trink nicht aus dem gekennzeichneten Faß, hast du gehört?« Dain gab seine Anweisungen in dem Tonfall eines Mannes, der es gewöhnt war, daß man ihm gehorchte.

»Sehr wohl«, erwiderte Erlend in der Art und Weise eines Menschen, für den Gehorsam mehr und mehr zu einem Fremdwort wurde.

Dain zog schweigend eine dunkle Braue hoch, eine Warnung, die es besser zu beherzigen als zu ignorieren galt.

Erlend musterte das fragliche Faß aus argwöhnisch verengten Augen. »Gift, richtig?«

Dain hielt den Blick des Mannes noch eine Sekunde länger fest, dann wandte er sich ab und trat über Nolls schlaffen Körper hinweg. Eine knappe Handbewegung ließ zwei schlanke Jagdhunde in großen Sätzen aus einem dunklen Winkel der Kammer herbeispringen. Der alte Mann würde mit dem Abend anfangen, was er wollte.

In der großen Halle von Wydehaw Castle herrschte ohrenbetäubender Lärm; in das laute Quietschen und die übertrieben schrillen Schreie der Serviermägde mischten sich das Gegröle und rauhe Gelächter betrunkener Schloßwachen. Chaos regierte die Bediensteten am unteren Ende der Tafel, ließ sie hierhin und dorthin flitzen, während ihre Hände Bratenwender und Tranchierbretter packten und ihre Füße behende vor möglichen Katastrophen und den Hunden auswichen.

Der Großteil der versammelten Gesellschaft hatte die Anwesenheit der Gefangenen, die an die Wand links des Podiums gekettet war, vollkommen vergessen; nicht jedoch der rothaarige Ritter. Unter dem Schleier ihrer Wimpern hervor beobachtete Ceridwen ab Arawn verstohlen, wie sein Blick lüstern über ihren Körper wanderte. Die Intensität seiner Aufmerksamkeit glich der einer Raubkatze, die sich an ihre Beute anschleicht und nur auf den richtigen Moment wartet, um mit einer mit scharfen Klauen bewehrten Tatze auszuholen und sich einen Bissen zu schnappen.

Ceridwen fröstelte, als sie ein Schauder vom Kopf bis zu den Zehenspitzen überlief und erneut tiefe Furcht in ihr weckte. Noch niemals zuvor hatte sie eine derart eisige Kälte bis tief in ihre Knochen gespürt, und dennoch – wenn sie in dieser Nacht an der Kälte sterben würde, könnte sie sich noch glücklich schätzen.

Der Ritter, ein wahrer Berg von eisenbeschlagenem Leder, Kettengliedern und verborgenen Dolchklingen, rutschte auf der Bank herum. Wieder stieg Panik in ihr auf und ließ sie erschrocken nach Luft schnappen. Keuchend und mit schmerzender Brust heftete sie ihren Blick auf den Fußboden, um nichts anderes mehr sehen zu müssen als die Tonfliesen, die die Feuerstelle einrahmten. Heiße, rotglühende Kohlestückchen sprangen knisternd aus dem Feuer, rollten auf den reichverzierten Boden, und allmählich dämmerte ihr, daß die Muster, die in die Quadrate gebrannten Tons eingeritzt waren, kopulierende Tiere darstellten.

Abscheu und Übelkeit krochen in ihr hoch und drehten ihr den Magen um. Ein massiger Bär mit glitzernden Augen und breiter, gewölbter Brust schien lüstern nach ihr zu schielen – in einer perfekten Parodie auf den Ritter; und schlimmer noch, in einer erschreckend akkuraten Darstellung des abscheulichen Bräutigams, dem zu entkommen sie so verzweifelt versucht hatte. Die Äbtissin in Usk hatte sie oft gewarnt, daß ihr nichts Gutes im Leben widerfahren würde, aber ein so schreckliches Ende hatte die Dame nicht vorhersehen können.

Ceridwen wandte den Kopf und barg ihr Gesicht in dem schwachen Trost ihrer Schulter, während sie die Augen schloß und innerlich betete, daß sich der Riese nicht von seinem Platz erheben würde. Das Geräusch hölzerner Stuhlbeine, die über den Steinfußboden scharrten, und das begleitende Grunzen eines schweren Körpers zerstörte jedoch ihre letzte schwache Hoffnung, und eine Woge der Verzweiflung schlug über ihr zusammen. Er kam, um sie zu holen.

Vergewaltigung war das mindeste, was sie erwartete, und mehr, als sie ertragen zu können glaubte, besonders durch den rothaarigen Ritter. Er war derjenige gewesen, der sie im Wald gefangengenommen hatte. Durch den Geruch ihres eigenen Schweißes und Blutes konnte sie noch immer Spuren der widerwärtigen, üblen Ausdünstung wahrnehmen, die er auf ihren Kleidern hinterlassen hatte. Voller Grauen erinnerte sie sich an die Hitze seines Atems auf ihrem Hals, an die Grausamkeit seines Mundes, als er wollüstig seine Zähne in ihre Haut gegraben hatte – um zwei halbmondförmige, blutige, blauverfärbte Abdrücke auf ihrer Schulter zurückzulassen, die er entblößt hatte, indem er brutal den Ärmel ihres Kleides und einen Teil ihres Mieders zerriß.

Ihre Beine hatten schon vor Stunden unter ihr nachgegeben und sie hilflos wie ein Opferlamm von der eisernen Stocklaterne herabhängen lassen, aber sie zwang sich, wieder aufzustehen, um sich auf einen allerletzten Kampf vorzubereiten. Schmerz schoß durch ihre Glieder, als sie ihren verletzten Fuß belastete. Der brutale Kerl hatte ihr auf übelste Weise den Knöchel verrenkt, als sie am Fluß vor ihm zu fliehen versuchte. Er hätte sie beinahe in den angeschwollenen grauen Fluten des Llynfi ertränkt, und sie hätte es als eine Gnade empfunden, aber leider war ihr kein solches Glück beschieden gewesen.

Verzweifelt packte sie ihre Ketten mit beiden Händen und balancierte auf ihrem anderen, unversehrten Fuß. Ihre Nase war blutig von seinem Fausthieb. Mehr Blut rann von ihrer Schläfe an der Seite ihres Gesichts herab, und ihre Rippen schmerzten von dem harten Griff seines kettengepanzerten Armes, als er sie auf ihrem wilden Ritt zum Schloß an sich gepreßt hatte.

Er kam näher, und die Tränen, die zu vergießen sie sich bisher zu sehr gefürchtet hatte, quollen jetzt unter ihren Lidern hervor und strömten über ihre Wangen. Sie hatte vergeblich versucht, sich zu retten, hatte vergeblich versucht, ihren Bruder Mychael und die

Zuflucht des Mönchsklosters Strata Floria zu erreichen. Alles war verloren. Es gab kein Zurück mehr, und jede Hoffnung auf einen schnellen, barmherzigen Tod war an diesem Ort zügelloser Ausschweifungen, an den man sie gebracht hatte, zweifellos vergebens.

Ein Hund schnappte nach dem Ritter, als dieser vorbeiging, und erntete dafür einen raschen, brutalen Tritt in die Seite. Winselnd kroch das arme Tier unter einen Tisch. Ein anderer Hund knurrte warnend über einem stibitzten Knochen, hielt sich aber wohlweislich außer Reichweite der stiefelbewehrten Füße. Das Manöver nützte ihm jedoch nichts, denn der Ritter sprang blitzschnell zur Seite und landete einen wohlgezielten Tritt mit seinem schweren Stiefel. Die Fleischkeule fiel auf den Boden, und der Rest des Rudels stürzte sich auf den Knochen und balgte sich in einem wild knurrenden, schnappenden Durcheinander zu Ceridwens Füßen.

Mit einem erstickten Aufschrei wich Ceridwen gegen die Wand zurück. Großer Gott! Wenn der Ritter sie nicht in Fetzen risse, täten es sicherlich die Hunde.

Ein großer Rüde, eher Wolf als Hund, schoß vorwärts und erhob mit furchteinflößendem Knurren und gesträubtem Nackenfell Anspruch auf die Keule, während er sich keine Handbreit von ihr entfernt gegen seine Rivalen behauptete. Die völlig ausgehungerten Tiere umkreisten einander drohend und brachten Ceridwen auf diese Weise in die Kampflinie. Von den unteren Tischen stieg brüllendes Gelächter über die Possen irgendeines Narren auf – und der rothaarige Ritter kam unaufhaltsam weiter auf sie zu, bahnte sich seinen Weg durch das Knäuel erbittert miteinander kämpfender Hunde.

Es gab einfach keine Rettung mehr, und schließlich kapitulierte Ceridwen tief in ihrem Herzen und ergab sich in ihr Schicksal. Kraftlos ließ sie sich zu Boden sinken und betete um einen schnellen Tod inmitten der Hunde.

»Salvator mundi«, flüsterte sie mit geschlossenen Augen. *»Salva nos omnes. Kyrie eleison, Christe eleison. Christe eleison –«*

Urplötzlich senkte sich Stille über die Halle und stahl die flehenden Worte von ihren Lippen. Sie öffnete die Augen wieder und spähte verwundert durch die wirren Strähnen ihres Haares. Das seltsame Schweigen ließ den Ritter mitten in der Bewegung innehalten, während sich seine Brauen in momentaner Verwirrung zusammenzogen. Eine Unterströmung gespannter Erwartung – oder war es Furcht? – schlängelte sich durch den langen Saal und berührte Bedienstete und Speisende gleichermaßen. Vereinzeltes Gelächter wurde hastig unterdrückt, Rufe nach mehr Ale ignoriert. Die Hunde erstarrten und wurden still, dann trotteten sie einer nach dem anderen mit gesenktem Kopf und eingekniffenem Schwanz davon und verzogen sich in die schützende Dunkelheit unter den Tischen.

Ceridwen beobachtete, wie sich die Verwirrung des rothaarigen Riesen in Unbehagen verwandelte, als er sich langsam zu der hohen Eichentür in seinem Rücken umwandte. Innerhalb eines Atemzugs nahm sein Gesicht eine wachsbleiche Farbe an, und als sie seinem Blick folgte, fühlte sie, wie auch aus ihrem Gesicht alles Blut wich.

Zwei riesige Jagdhunde standen auf der Türschwelle, einer so schwarz, daß er bläulich im Licht der Fackeln schimmerte, der andere so weiß, daß es ihr in den Augen schmerzte, sein blankes, glattes Fell zu betrachten. Sie richtete ihre Aufmerksamkeit auf die Lücke zwischen den beiden Tieren, angezogen von einer kaum wahrnehmbaren Bewegung in der Dunkelheit, dem flüchtigen Aufblitzen eines Augenpaares und einem Geräusch, das nicht mehr als ein Raunen war.

Ein neues Gefühl der Angst, weitaus stärker als die Furcht, die ihr die Knie hatte schwach werden lassen, erfüllte sie und brachte Panik in ihrem Gefolge mit sich. Obwohl sie vor Kälte zitterte, brach Schweiß auf ihrer Stirn aus. Mit einer Gewißheit, die wie ein Messer in ihr Herz schnitt, wußte sie, daß – was immer es auch sein mochte, was dort in der Finsternis lauerte – der wahre Schrecken dieses Ortes war, eine Gefahr, noch tödlicher als der Ritter. Verborgene, ursprüngliche Instinkte drängten an die Oberfläche ihres Bewußtseins und setzten sich über die Kapitulation ihres Herzens hinweg. Hastig rappelte sie sich auf, stützte sich auf ihren unverletzten Fuß und riß wie wild an den Ketten, die sie an die Wand fesselten. Sie rasselten und klirrten von der Kraft der Verzweiflung, die ihren Bewegungen innewohnte, aber sie gaben nicht nach. Wieder zerrte sie mit aller Macht an ihren Fesseln, während ihre Hysterie wuchs – bis sich die Dunkelheit zwischen den beiden Hunden plötzlich teilte.

Eine Gestalt, deren Gesicht unter einer Kapuze verborgen war, löste sich geschmeidig aus den Schatten. Das Wesen unter den schwarzen Falten von Kapuze und Umhang hob eine lange, elegante Hand in einer anmutigen Geste, und die beiden Hunde sprangen in großen Sätzen vorwärts, um für ihren Herrn den Weg freizumachen.

In dem Moment schien selbst Hysterie noch eine zu farblose Bezeichnung, um die seltsame Mischung aus panischer Angst und Faszination zu beschreiben, die in Ceridwen aufstieg.

2. *Kapitel*

Unter den Falten seiner Kapuze hervor musterte Dain die Menschen in der zum Bersten gefüllten Halle. Er kannte viele von ihnen mit Namen, obwohl nur wenige es wagten, ihn persönlich anzusprechen. Der Baron, Lord Soren D'Arbois, war einer von ihnen, und auch sein hübsches Hurenweib, Lady Vivienne.

Ragnor The Red war da, und in seiner Miene spiegelten sich sowohl Bösartigkeit als auch Furcht, eine Kombination, von der Dain wußte, daß nur er sie in Wydehaws brutalstem Ritter erzeugen konnte. Der Mann hatte eindeutig atavistische Neigungen, und Dain rechnete ernsthaft damit, daß der Normanne eines Tages, der unrühmlichen Tradition seiner Wikingervorfahren folgend, überschnappen und Amok laufen würde. Für sich selbst, obwohl Däne von Geburt, hegte Dain keine derartigen Befürchtungen. Die Methoden und das Chaos des Krieges hatten schon lange ihren Einfluß auf ihn verloren.

Er bevorzugte ein eher wissenschaftlich ausgerichtetes Leben, falls man schnelle, geschickte Finger und eine Begabung, Blei in Gold zu verwandeln, denn wissenschaftlich nennen konnte. Einige nannten es betrügerische Tricks. Andere bezeichneten es als Magie. Er selbst nannte es eine Verlockung und eine Gefahr zugleich, denn der Weg führte diejenigen, die ihm folgten, weit über Reichtum hinaus.

Seine Schritte brachten ihn auf gleiche Höhe mit Father Aric, und der Priester wäre beinahe gestolpert in seiner Hast, den Schatten auszuweichen, die die Hunde und ihr Herr warfen. Elixir und Numa trotteten ungerührt weiter, waren sich der Unhöflichkeit des Mannes zwar bewußt, aber nicht darüber beleidigt. Dain dagegen versagte ihm solchen Großmut. Er blieb stehen und verbeugte sich, die Hände vor der Brust gefaltet, wohlwissend, wie viele Stunden der junge Priester anschließend auf den Knien verbringen würde, um sich vom schwarzen Schandfleck seiner Begrüßung reinzuwaschen.

Father Aric bekreuzigte sich wieder und wieder, die Augen zugekniffen, seine Hand eine verschwommene Silhouette religiöser Ergebenheit, als sie über das Märtyrerkreuz hin- und herflog. Die Kirche hatte Aberglauben zum Gipfel der Kunst erhoben, und Father Aric gehörte zu ihren geschicktesten Handlangern, ein disziplinierter Praktiker von Ordensregeln und religiöser Heuchelei.

Dain überlegte, ob er seine Pose weiter beibehalten sollte, bis sich entweder die Frömmigkeit des Priesters erschöpfte oder sein Arm erlahmte, doch am Ende siegte sein gesunder Menschenverstand. Der Abend war noch nicht so weit vorgerückt, um ihn an seiner Jagd zu hindern. Er ließ seine Hände sinken und setzte sich wieder in Bewegung, kam jedoch nicht weiter als bis zu einer Ecke des großen Kamins.

Numa versperrte ihm den Weg; ihr milchweißer Körper zitterte, ihr Blick war über die Flammen und den aufsteigenden Rauch hinweg starr auf die gegenüberliegende Wand geheftet. Ragnor war dort, und die Hündin hegte eine ebenso große Abneigung gegen ihn wie jedes Mädchen. Dennoch war es ganz und gar untypisch für sie, ihrem Herrn nicht zu gehorchen, nur um einem persönlichen Groll nachzugeben.

»Gå«, flüsterte Dain, wobei er seine Stimme modulierte, um den Befehl zu wenig mehr als einem gehauchten Wort zu machen.

Als Numa noch immer zögerte, warf er erneut einen Blick über das Feuer, während er herauszufinden versuchte, was sie wie gebannt verharren ließ. Ein Bündel Lumpen war mit Ketten an die Stocklaterne gefesselt, und in seinen Falten verbarg sich ohne Zweifel irgendein Gör, oder – in Anbetracht der Tatsache, daß Ragnor in unmittelbarer Nähe war – wahrscheinlich eine Jungfrau. Andererseits gab es reichlich Mädchen in Wydehaw und auch genügend Jungfrauen, wenn man den Begriff etwas großzügiger auslegte.

Ein Gewirr weißblonder Haarsträhnen in dem kleinen Haufen zerrissener Kleider erregte für einen Moment seine Aufmerksamkeit. Dann schritt er weiter, wobei er Numa mit einem Wedel seines Umhangs gegen ihre Flanke zu verstehen gab, daß er keine weitere Rebellion duldete.

Als Dain den Fuß des Podiums erreichte, ertappte er sich dabei, wie er sich noch einmal umdrehte und zu der Feuerstelle hinüberschaute. Als ein Mann, den nur wenig bezwingen konnte, von seinen eigenen Marotten einmal abgesehen, überraschte es ihn, daß er sich überhaupt umgewandt hatte. Doch er führte seine ungewöhnliche Reaktion auf Numas intensives Interesse zurück. Das Gesicht, das er plötzlich aus dem Lumpenbündel hervorschauen sah, war eine weitere Überraschung für ihn, und diesmal konnte er nichts und niemandem die Schuld an seiner Reaktion zuschieben, außer einer bisher unbekannten Facette seines eigenen Wesens. Ihm war bis jetzt nicht bewußt gewesen, daß er die Überzeugung hegte, Juwelen sollten nur dann an die Kette gelegt werden, wenn man sie um den Hals tragen wollte.

Blaßblaue Augen mit der erstaunlich kristallinen Klarheit von Aquamarinen starrten ihm aus einem knabenhaften, mit Blut und Schmutz verkrusteten Gesicht entgegen. Panische Angst sprach aus dem Blick des Mädchens, und obwohl Dain stolz auf seine Fähigkeit war, die Unschuldigen und die weniger Unschuldigen gleichermaßen in Furcht und Schrecken zu versetzen, beunruhigte ihn ihre Reaktion. Sie müßte schon aus wesentlich härterem Holz geschnitzt sein, um eine Nacht mit Ragnor zu überleben.

Er verdrängte die Erkenntnis dieser neuen Überzeugung – was ihn auf eine Gesamtsumme von zwei, möglicherweise auch drei brachte – und wandte seine Aufmerksamkeit wieder dem Gutsherrn und der Gutsherrin zu. Er war sich nicht zu schade dafür, Jagd auf ihre heimtückischeren Schwächen zu machen und sie auszubeuten, wenn er die Kraft dazu hatte, aber heute jagte er anderes Wild. Sein Freund, der walisische Rebell Morgan ab Kynan, war in den Bergen jenseits des Waldes von Wroneu gesehen worden; zwar einen Monat zu spät nach Dains Berechnung, aber deshalb nicht weniger willkommen. Nach dem langen Winter hatte Dain das dringende Bedürfnis nach guter Gesellschaft, und Morgan und seine Schar von Männern waren Gesellschaft, wie sie besser nicht sein könnte.

Außerdem kursierten schon seit Monaten Gerüchte über ihren gemeinsamen alten Freund, Caradoc, den einige jetzt den »Keiler von Balor Keep« nannten – Dains Ansicht nach ein unheilverheißender Name. Das meiste dessen, was ihm zu Ohren gekommen war, war entweder zu phantastisch oder zu grauenhaft, um mehr als ein Körnchen Wahrheit zu enthalten, doch selbst an dem einen Körnchen war noch etwas, was ihn beunruhigte. Bei Morgan konnte man sich darauf verlassen, daß er die Spreu vom Weizen getrennt hätte.

»Lord D'Arbois … Mylady«, begrüßte er das hübsche junge Paar auf dem Podium.

»Dain, guter Freund«, erwiderte Vivienne mit seidenweicher, neckischer Stimme. »Ich hoffe doch, unser Ersuchen hat Euch nicht von wichtigeren Angelegenheiten abgehalten.«

»Ich stehe immer zu Euren Diensten, Mylady.«

Ein flüchtiges Lächeln verzog Soren D'Arbois' Lippen. »Ja, das ist einer Eurer liebenswerteren Züge, *Sorcier,* diese Bereitwilligkeit zu dienen.«

Der Lord und die Lady waren einander ebenbürtig, beide von hoher Stirn und hohen Wangenknochen, mit honigblondem Haar und hübschen, feingeschnittenen Gesichtern. Sorens Nase war zwar etwas habichtsähnlicher, aber es war Viviennes Mund, der den stärkeren Zug von Grausamkeit erkennen ließ. Es ging das Gerücht, der alte Baron hätte seinen ältesten Sohn mit einer zu nahen Blutsverwandten verheiratet, und als Dain jetzt Ehemann und Ehefrau betrachtete, war er geneigt, die Geschichte zu glauben.

»Bereitwilligkeit kann eine Tugend, aber auch ein Laster sein, Baron.«

»Die Dame hat mir versichert, daß es nicht eines Eurer Laster ist«, antwortete D'Arbois trocken, während er einen Weinpokal an die Lippen hob. Er leerte ihn mit einem Schluck und wischte sich dann den Mund an seinem Ärmel ab. »Aber jetzt laßt uns zum Geschäftlichen kommen, Lavrans. Ragnor hat mir ein Rätsel gebracht.«

»Und ich dachte, er wollte Rehe jagen«, sagte Dain sanft spottend.

»Das hat er auch getan«, erklärte D'Arbois. »Der Rehbock ist entwischt, aber nicht die Ricke.« Ein schwaches Lächeln umspielte seinen Mund, als er zum Kamin hinüberwies. »Seht selbst.«

Ein gequälter Schrei hallte durch den großen Saal. Dain fuhr herum, um zu sehen, wie Ragnor das Mädchen brutal am Genick und am Kleid packte und auf die Füße zerrte. Numa zitterte an seiner Seite und zog in einem stummen Knurren die Lefzen hoch.

Um sie zu beruhigen, strich Dain sanft mit den Fingern an ihrer langen Schnauze entlang.

Ragnor schüttelte das Mädchen grob, und wieder schrie sie gellend auf. Frisches Blut quoll aus der langen Platzwunde an ihrer Schläfe und hob sich als ein greller Streifen von Rot gegen die weißblonden Strähnen ihres Haares ab. Numa hob eine Pfote, bereit, sich auf den Ritter zu stürzen. Dain fluchte unterdrückt und bedeutete Elixir mit einer knappen Handbewegung, an seine linke Seite zu kommen und die Hündin in Schach zu halten. Es lohnte einfach nicht, sich wegen eines verzweifelten Mädchens auf einen Kampf einzulassen, auch wenn ihre Augen noch so faszinierend waren.

»Mylord«, sagte Dain in beiläufigem Tonfall, »wenn Ihr das nächste Mal nach einem Rätsel verlangt, schickt jemanden auf die Jagd, der eine etwas leichtere Hand hat, denn Ragnor hat das eine, das er mitgebracht hat, übel zugerichtet.«

»Schlimmer, als ich gewollt hätte«, stimmte D'Arbois zu, dennoch ohne eine Spur von Bedauern in der Stimme. »Aber ich hoffe doch, Ihr werdet in der Lage sein, sie wieder zusammenzuflicken und sie anschließend zurückzubringen, wenn sie wieder heil und in einem Stück ist, damit wir gemeinsam ihre Geheimnisse ergründen können.«

Dain enthielt sich der Bemerkung, daß er es vorziehen würde, weibliche Geheimnisse allein zu erforschen, wenn sich die Gelegenheit ergab oder er Verlangen danach empfand. Der Baron hatte bereits häufig genug Andeutungen über die Möglichkeit von Mesalliancen der verschiedensten Arten fallenlassen, erotische Spiele, an denen zumindest er und Dain beteiligt sein sollten, und Dain hatte sich ebensooft dagegen gesträubt, wenngleich das Thema nie offen zur Sprache gekommen war. D'Arbois einzige Stärke war seine Fähigkeit, sich vor einer direkten Zurückweisung zu schützen. Trotzdem wäre es Dain lieber gewesen, das Mädchen nicht verarzten zu müssen. Mädchen hatten die Angewohnheit zu schreien, wenn er eine Wunde nähte. Sie schrien aus allen möglichen Gründen. Manchmal flehten sie auch, aber niemals um die richtigen Dinge.

»Wenn Mylord es wünscht.« Dain bewegte sich in Richtung Kamin, weil ihm kaum eine andere Wahl blieb, und wurde prompt von einem warnenden Wutgeheul des rothaarigen Riesen belohnt. Bei einem anderen hätte dieses theatralische Gebaren reichlich übertrieben gewirkt. Bei Ragnor war nun einmal nichts anderes zu erwarten. Sie standen einander wie Figuren auf einem Schachbrett gegenüber – und Dain erkannte, daß der wahre Spaß des Abends gerade erst begonnen hatte. Er war herbeigerufen worden, um eine Rolle in einer häßlichen Szene zu spielen; die Rolle desjenigen, der die juwelengleiche Schönheit aus den Klauen der rasenden Bestie befreien sollte. Niemand sonst, noch nicht einmal D'Arbois, hatte dies gewagt. Und zwar aus gutem Grund.

Überall um sich herum hörte Dain, wie auf Böcken stehende Tische zurückgeschoben oder abgebaut wurden, um Platz für die beiden Kontrahenten zu schaffen. Die Jagdhunde und Mischlinge bewegten sich mit den Tischen, sorgsam darauf bedacht, nicht Elixirs Aufmerksamkeit auf sich zu lenken. Dain selbst war eher um Numa besorgt. Da sie weiblichen Geschlechts war, ließ sich weniger leicht abschätzen, wie sie reagieren würde, was sie mit ihrer Reaktion auf das Mädchen bereits hinreichend bewiesen hatte.

Bedienstete huschten wie stumme Gespenster durch die Halle, eifrig bestrebt, die Tische abzuräumen und die Humpen neu zu füllen, um alles für das seltene Vergnügen vorzubereiten, das mit Spannung erwartet wurde. Dain hoffte nur, er würde nicht enttäuschen, obwohl er geglaubt hatte, er hätte sein Tagwerk bereits vollbracht, indem er Noll an die Druidentür geschmiedet hatte.

Die Stocklaternen wurden mit frischem Pech gefüllt. Fackeln wurden in eiserne Halter gesteckt und um die Feuerstelle herum aufgestellt, um einen lodernden Ring um jenen Teil der Wand zu bilden, wo das Mädchen von seinen Ketten und Ragnors Faust herabbaumelte. Dain betrat den hell erleuchteten Kreis allein, während er die Hunde mit einem leise gemurmelten Befehl hinter sich zurückließ. Alles sprach bereits für ihn, vorausgesetzt, das Mädchen war auf seiner Seite. Er musterte sie, eine blasse Silhouette gegen die rußbedeckte Wand, und sah, wie sie unter seinem prüfenden Blick erbleichte.

Wer weiß, vielleicht setzte er auch zuviel voraus.

Numa winselte hinter ihm in typisch weiblicher Ungeduld, doch wenn er zuließe, daß seine Hündin dem Ritter an die Gurgel ging, würde nicht mehr viel Platz für seinen eigenen persönlichen Ruhm bleiben – und er war mehr als nur ein Mann, der Hunde zu dressieren verstand, sehr viel mehr.

Ein gedämpftes Murmeln erhob sich ringsumher in der großen Halle, als in Windeseile Wetten abgeschlossen wurden. Ragnor wog gut und gerne zwei Zentner, aber Dain hatte nicht die Absicht, die Darbietung zu einer körperlichen Tortur ausarten zu lassen, nicht, wenn der Verstand des Ritters so schwach war wie sein Arm stark, und nicht für irgendein bleiches, zitterndes Bündel von einem Mädchen. Finesse und das Abpassen des richtigen Zeitpunkts waren die entscheidenden Kriterien – und eine passende Beschwörungsformel, um Ragnors Eingeweide in eine brodelnde, sich verknotende Masse der Furcht zu verwandeln.

Ein leises Lächeln spielte um Dains Lippen. Er wußte genau das richtige Mittel.

Er bewegte sich mit langsamen, gemessenen Schritten, um Ragnor genügend Zeit zu geben, über seine unmittelbare Zukunft und die gesamte darauffolgende Ewigkeit nachzudenken, sollte er von Wydehaws Magier besiegt werden, aber wiederum nicht genug Zeit, um seinen Eröffnungsschachzug zunichte zu machen. Als er noch fünf Schritte von dem Ritter entfernt war, schob er seine Finger in die tiefe Tasche seines Umhangs und schöpfte eine Handvoll des bunten Sammelsuriums heraus, das er darin aufbewahrte. Ein schneller Blick zeigte ihm, daß er einen schwarzen Stein erwischt hatte. Er ließ ihn wieder in die Tasche gleiten und kramte weiter. Drakonit eignete sich für verschiedene Zwecke, aber Riesen zu fällen gehörte nicht dazu.

Als nächstes brachte er ein Stück versteinerter Schlangenzunge zum Vorschein, doch er brauchte immer mehr Schlangenzungen, als er vorrätig hatte. Ein glitzerndes Meerjungfrauen-Fangnetz, wertlose Glasperlen, ein paar Rattenzähne … er fand einfach nichts, was er bis zum Ende benutzen konnte, und es würde ein verdammt kostspieliger Trick werden, Ragnor zu schlagen, wenn die grüne Kristallkugel dabei zu Schaden käme oder vielleicht sogar verlorenginge.

Knapp außerhalb der Reichweite des Ritters blieb Dain stehen. Seine Nase kräuselte sich angewidert; der Kerl stank schlimmer, als man es für möglich halten würde. Er wandte seine Aufmerksamkeit dem Mädchen zu und ließ seinen Blick über ihr Gesicht und ihren Körper schweifen, während er die Tiefe ihrer Kopfwunde registrierte, den benommenen, von lähmender Angst erfüllten Ausdruck ihrer Augen und die halbkreisförmigen blutigen Abdrücke auf ihrer entblößten Schulter.

Das letztere gab ihm zu denken. Eine Flamme des Zorns erwachte in seiner Brust zum Leben und irritierte ihn nicht wenig. Der Ritter roch nicht wie ein Mensch, ganz einfach deshalb, weil er kein menschliches Wesen war, aber das war nicht Dains Angelegenheit. Das Schicksal des Mädchens war im Moment wichtiger. Wieder warf er einen Blick auf die blutige Bißwunde auf ihrer Schulter, und zu seiner Empörung loderte die Flamme seines Zorns hoch genug, um seinen Verstand anzusengen.

»Es gibt bessere Methoden, ein Mädchen zu vernaschen, Ragnor«, schalt er, während er seinen Blick auf den Ritter heftete. Er trat einen Schritt näher und beugte den Kopf, um etwas zu flüstern, was nur für Ragnors Ohren bestimmt war. »Soll ich Euch von D'Arbois an die Wand meines Turmes ketten lassen, damit ich Euch den zarten Gebrauch von Zähnen und die sanfteren Verwendungsmöglichkeiten Eurer Zunge und Eures Schwanzes lehren kann?«

Der Ritter stolperte rückwärts und zischte ein Schimpfwort, das Dain laut auflachen ließ. Wenn er von sich behaupten könnte, Analverkehr sei seine einzige Sünde, dann wäre er ein besserer Mann als der, der er tatsächlich war.

Er rückte noch einen Schritt näher, und sein Gelächter verwandelte sich in eine grimmig hervorgestoßene Drohung. »Widerwärtiger, geiler Hurensohn. Ich könnte Eure Eier zum Frühstück verzehren und würde nichts anderes dabei empfinden als das Vergnügen, Nahrung im Magen zu haben.«

»V-Verfluchter Bastard.« Angstvoll wich Ragnor weiter gegen die Wand zurück, wobei er das Mädchen und ihre Ketten mit sich zerrte. Die Metallglieder glitten rasselnd an der Stocklaterne entlang und kratzten über die Wand.

»Ihr wiederholt Euch, Schwachkopf«, sagte Dain, während er ihm folgte. »Falls die ganze Angelegenheit auf Beschimpfungen hinausläuft, werde ich wohl doch einen etwas mächtigeren Feind brauchen ... aber für einen tödlichen Kampf sind wir beide durchaus ebenbürtige Gegner. Steht still, tapferer Ritter, und ich werde

Euch meine Waffe enthüllen.« Mit einem flüchtigen Wedeln seiner Hand erschien der grüne Tand zwischen seinen Fingerspitzen, die nur eine Sekunde zuvor noch leer gewesen waren.

Ragnor zuckte zusammen und zog sich so weit an die Wand zurück, wie es die Ketten des Mädchens zuließen. Fackellicht schoß wie ein Blitzstrahl durch den transparenten Ball, der nicht größer als ein kleines Hühnerei war, und steckte ihn in Brand, um heiß und grün in Dains Hand zu glühen.

»Kennt Ihr Schlangensteine, hochverehrter Trottel?« Dain rollte den Ball geschickt über seine Finger und dann über seinen Handrücken, so daß es aussah, als ob er über seine Haut schwämme, ein einzelnes Tröpfchen Wasser auf seinem Weg zurück ins Meer, glatt und still, ohne das geringste Kräuseln. Er ließ die grüne Kugel einen Moment auf seinem Handgelenk ruhen und lächelte Ragnor an. »Ah ja, ich sehe, Ihr wißt Bescheid.« Der Ball glitt in die Lücke zwischen seinem Zeigefinger und Daumen, balancierte dort für die Zeitspanne eines Atemzugs und rollte dann in seine offene Handfläche.

»Ich schenke Euch Brochans wundervollen Talismann!« rief er laut, während er die grünschimmernde Kugel hochhob und seine Stimme durch die Halle schallen ließ. »Geboren aus dem Schaum von tausend Schlangen, die in einem wilden, zischenden Knäuel unter den Steinen von Domh-ringr leben, durchtränkt von ihrem Gift und ihrem Blut und gehärtet von ihrem feurigen Atem!«

Die Zuschauer um ihn herum schnappten nach Luft, ein höchst erfreuliches Geräusch in Dains Ohren. Er beugte sich vor und hielt dem Ritter sein Geschenk auf den ausgestreckten Fingerspitzen hin. »Gebt das Mädchen auf, Ragnor, oder nehmt sie und den Stein. Ihr könnt entweder beides haben oder keines von beiden. Das sind die Bedingungen, die ich Euch anbiete.«

Statt einer Antwort zog der Ritter einen scharfen Dolch aus seinem Gürtel. Ein Muskel pulsierte nervös an seinem rechten Augenwinkel und bewirkte, daß sich seine gesamte Gesichtshälfte verzerrte und zu zucken begann. »Und dies ist meine Bedingung, Z-Zauberer. Nehmt Euren verfluchten Stein, oder ich steche Euch mitten ins H-Herz!«

»Auf die Gefahr hin, daß Eure Seele Schaden nehmen wird, Sir Schielauge.« Dain glitt vorwärts und konzentrierte seine Aufmerksamkeit auf die Dolchklinge, während er einen gedämpften Sprechgesang anstimmte. »Mit diesem Stein, ob Ihr ihn nehmt oder nicht, verhänge ich einen Zauber über Euch und zwinge Euch, in einem Land der Feenträume zu wandeln. Dieses kleine Etwas, dessen Macht die Heerscharen des Königs in todesähnlichen Schlaf versinken lassen könnte …«

Der dunkle, melodische Klang der Stimme des Hexenmeisters faszinierte Ceridwen und zog sie so unwiderstehlich an wie Flammen eine Motte, entzückte sie mit einer Verheißung süßen Vergessens. Nur der Tod wird mir Vergessen bringen, dachte sie, ein Feentod, um dem Teufel namens Ragnor zu entfliehen, ein immerwährender Schlaf voll süßer Feenträume, der sie für ihren verhaßten Verlobten bis in alle Ewigkeit unerreichbar machen würde. Ein passenderes Schicksal hätte selbst die Äbtissin Edith nicht vorhersagen könne. Tatsächlich hatte sie Ceridwens Schicksal folgendermaßen vorausgesagt: daß ein schwieriges, eigensinniges Mädchen, das sich zu intensiv in die Geheimnisse und Ketzereien vertiefte, die es in den aussortierten Dokumenten der klösterlichen Schreibstube entdeckt hatte, ohne Zweifel und verdientermaßen durch einen bösen Zauber den Tod finden würde.

Was die fromme Dame nicht gewußt hatte, war, daß ein böser Zauber geradezu als Erlösung und als der Weg des Heils erscheinen würde, verglichen mit den gräßlichen Ketzereien und Prophezeiungen, die Ceridwen in jenen uralten ausrangierten Handschriften gelesen hatte. Auf vergilbtem, brüchigem, in rotes Leder gebundenem Pergament hatte ihr Name gestanden. Und unter ihrem Namen war ihr Schicksal verzeichnet gewesen, und unter ihrem Schicksal ihr Ende.

Ein Schauder überlief sie. Nein, sie würde nicht wie ein Lamm zur Schlachtbank geführt werden, nicht von einer uralten Prophezeiung. Sie hatte sich dies wieder und wieder eingeredet, hatte es bei jedem Gottesdienst an jedem einzelnen Tag in ihrem Herzen gesagt und stumm in Gottes Ohr geflüstert, bis sie sich selbst davon überzeugt hatte, daß sich jene vernichtenden Passagen in der vergilbten Handschrift nicht auf sie bezogen, sondern auf die gleichnamige Göttin der alten Religion. Und war nicht ohnehin jedes Wort der alten Geschichten die reine Ketzerei? Und was war denn Ketzerei? Doch nichts anderes als die abscheulichsten Lügen!

Dann – es lag noch keine zwei Wochen zurück – waren die abscheulichen Lügen plötzlich Wahrheit geworden. Der Fürst hatte nach ihr schicken lassen, um sie mit dem Sohn des Zerstörers von Carn Merioneth zu verloben und sie an genau jenen Ort zurückzuholen, den zu vermeiden sie sich um jeden Preis geschworen hatte – aus Angst, daß sie die unglückselige Ceridwen aus dem roten Buch wäre. Seit jenem Tag hatte sie die Hölle durchgemacht, hin- und hergerissen zwischen tiefer Verzweiflung, Leugnen und Zorn.

Ein Schluchzen stieg in ihrer Kehle auf. Lieber würde sie sterben, als noch mehr von Ragnors Demütigungen zu ertragen, lieber würde sie freiwillig in den Tod gehen, bevor sie die ewige Verdammnis ihrer bevorstehenden Ehe akzeptierte.

»... und wisset« – die Stimme des Hexenmeisters riß sie aus ihren trübsinnigen Gedanken und holte sie wieder in die Gegenwart zurück – »wer auch immer versucht, den tödlichen Bann des Zaubers zu brechen, bevor die tausend Jahre vorbei sind, der soll mit Euch in der ewigen Hölle schmoren ...«

Tausend Jahre Schlaf und barmherziges Vergessen? dachte Ceridwen. Es war mehr, als sie sich jemals zu erträumen gewagt hätte. Derart ermutigt stürzte sie sich auf den tödlichen Schlangenstein und riß ihn an sich. Augenblicklich pulsierte Wärme in ihrer Handfläche und strömte in ihre Finger hinauf, erweckte ihre erstarrten Glieder schmerzhaft zum Leben, bis sie mit einem erstickten Schrei den Talisman an ihre Brust preßte und in den versprochenen Zauberschlaf versank.

Dain beobachtete verblüfft, wie das Mädchen besinnungslos zu Boden sank, während sie seine Kugel aus grünem Glas mit ihren schmutzigen Fingern umklammert hielt. Er mußte zugeben, daß er sie völlig falsch eingeschätzt hatte. Offensichtlich war sie doch aus wesentlich härterem Holz geschnitzt, als er dachte. Kein anderer hätte es gewagt, ihm seinen Tand zu stehlen, noch dazu direkt vor seinen Augen.

Schnelle Schritte kündeten von Ragnors Rückzug. Der Feigling hatte das Mädchen in dem Moment fallen lassen, als sie den Stein berührte, und dabei einen höchst unmännlichen Schrei der Furcht ausgestoßen.

Seufzend blickte Dain sich in der Halle um. Die Sache war erledigt, was auch immer jetzt geschehen mochte. Er entdeckte den Seneschall und winkte ihn zu sich.

»Befreit das Mädchen von seinen Ketten.«

Der Mann kam geschäftig herbeigeeilt, um der Aufforderung Folge zu leisten. Ein Schnippen von Dains Fingern brachte Elixir und Numa an seine Seite, für einen Moment jedenfalls. Numa verließ ihn gleich darauf wieder, um das Mädchen zu beschnüffeln, das gerade die Fürsorge des Seneschalls empfing.

Seltsames kleines Ding, dachte Dain versonnen. Wer hätte gedacht, daß noch genügend Kampfgeist in ihr steckte, um den Talisman zu packen und sich vor der Bestie von Wydehaw zu retten? Wenn sie doch jetzt nur noch genug Mumm übrig hätte, um die Schreie zu unterdrücken, die ganz sicherlich in ihrer Kehle aufsteigen würden, während er sie wieder zusammenflickte.

Ein Lächeln spielte um Lady Viviennes Mund, als sie beobachtete, wie Dain Ragnor in die Enge trieb und Ragnor vor Angst kreidebleich wurde. Es war immer ein Vergnügen, den Hexenmeister zu sehen, wie er sich bewegte, so geschmeidig wie ein Raubtier. Was für ein attraktiver, gefährlicher Mann. Wie faszinierend. Und wie schwer faßbar. Er war seit Wochen nicht mehr in die Halle gekommen, und ihr war schon lange kein Vorwand mehr eingefallen, um nach ihm schicken zu lassen. Lügen konnte doch sehr ermüdend sein, besonders, wenn es ihr nicht das einbrachte, was sie wollte.

Inzwischen war schon eine echte Krise nötig, um Lavrans dazu zu bewegen, aus seinem Turm herunterzukommen, obwohl es über Viviennes Verstand ging, wieso ein kümmerlicher Wurm von einem Mädchen eine Krise darstellen sollte. Dennoch war sie dankbar für die Gelegenheit und für die Unterbrechung in der stumpfsinnigen Plackerei ihrer Abende. Hätte sie gewußt, daß die Ehe mit einem Lehnsherrn der Mark auf wenig mehr hinauslaufen würde als darauf, als Verbannte in einem unzivilisierten Land zu leben, hätte sie bei ihrem Vater energischer gegen die Eheschließung protestiert. Hätte sie geahnt, daß ihre Ehe mit Soren schon so schnell zu einer platonischen Beziehung verkümmern würde, hätte sie sich ganz und gar geweigert, ihn zu heiraten, ungeachtet ihrer ursprünglichen Faszination von ihm oder der Alternative eines Skandals.

Als jüngeres Mädchen hatte sie sich mit amourösen, wenn auch unschuldigen Tändeleien die Zeit vertrieben – ein Flüstern, eine Liebkosung, ein Kuß, vielleicht auch noch eine Liebkosung – und sich dann einen Spaß daraus gemacht, ihre Beichtväter mit den äußerst detaillierten und zu Anfang reichlich ausgeschmückten Schilderungen ihrer Sünden zu quälen, während sie ihre Missetaten mit all der atemlosen Leidenschaftlichkeit und dem hintergründigen Zögern einer königlichen Kurtisane offenbarte. Mehr als ein Priester war ihr in einen dunklen Winkel der Kirche gefolgt, um sie zu bedrängen, nachdem er ihr Absolution erteilt und Buße auferlegt hatte. Alle bis auf einen hatten feststellen müssen, daß sie sich keinesfalls unter Druck setzen ließ und nur schwer zu verführen war, aber andererseits war der eine, dem sie sich schließlich hingegeben hatte, auch jung und attraktiv gewesen und hatte sich ihr mit nichts als einem erwartungsvollen Lächeln genähert. Zwei Wochen lang hatte sie ihm Tag und Nacht gebeichtet, so süß war ihre Liebe gewesen. Am Ende hatte sich jedoch erwiesen, daß Impulsivität und Diskretion sich nicht vertrugen, und sie waren in flagranti erwischt worden.

Zur Strafe war der junge Priester aus Paris verbannt worden, um drei Jahre lang in einer Benediktinerabtei in sich zu gehen und über seine Sünden nachzudenken. Ihre Strafe hatte auf lebenslängliche Gefangenschaft in der Mark von Wales gelautet.

Seitdem hatte ihr kein Mann mehr Lust bereitet, bis auf Soren, als sie jung verheiratet gewesen waren. Wenn er seine Männer und Jünglinge auch nur halb so gut befriedigte, wie er seine Ehefrau am Anfang ihrer Ehe befriedigt hatte, dann konnten sie sich wahrhaft glücklich schätzen. Es war zwar nichts gänzlich Unbekanntes, diese unglückselige Neigung ihres Ehemannes, aber sie war verdammt frustrierend an einem so isoliert gelegenen Ort wie Wydehaw, wo der interessanteste mögliche Ersatz ein Einsiedler war, der in einem Turm hauste mit einem einzigen Eingang, einer Tür, die man nicht aufbrechen konnte.

Einmal hatte sie versucht, Lavrans heimlich ein Betäubungsmittel zu verabreichen, um ihn anschließend in ihr Bett schaffen zu lassen, aber er hatte kaum sein Weinglas an die Lippen gehoben, als er plötzlich sein charmantestes Lächeln aufgesetzt und den Wein kurzerhand auf den Binsenteppich geschüttet hatte. Und dabei hatte man ihr versichert, das Mittel sei absolut geruch- und geschmacklos. Zur Strafe für seinen Fehler hatte der verdammte Blutsauger, der ihr den Trank verkauft hatte, einen ihrer Tobsuchtsanfälle über sich ergehen lassen müssen – ein Vorfall, den er nicht so schnell vergessen hatte, nicht, nachdem sie seine Arzneien über den gesamten Fußboden verstreut und darauf herumgetrampelt und sich anschließend geweigert hatte, für den Schaden aufzukommen. Sie hatte gehört, er litte noch immer unter der Maßregelung. Was nur gerecht war. Sie litt schließlich auch. Sie litt an unerfüllter Liebe, oder vielleicht war es ja auch unbefriedigte Wollust. Manchmal war es schwierig, die beiden auseinanderzuhalten.

Dains Stimme erhob sich in der Halle, und Vivienne beugte sich in ihrem Stuhl vor, während ihr Lächeln in Erwartung seines nächsten Schachzugs verblaßte. Die Menge schnappte keuchend nach Luft, als er einen Talisman hochhob. Ein Schlangenstein. Wahrlich ein mächtiger Zauber, um ein kleines Bettelmädchen zu retten.

Ragnor zog einen scharfen Dolch, hielt ihn jedoch auf eine Art, die eher zu seinem Schutz als zum Angriff diente, aber Vivienne widerstrebte es, ein Risiko einzugehen. Sie legte ihrem Ehemann eine Hand auf den Arm und beugte sich zu ihm.

»Das Mädchen ist das Blut des Hexenmeisters nicht wert. Halte deine Bestie zurück, bevor er zu weit geht.«

»Nein.« Der Baron von Wydehaw wandte seinen Blick nicht eine Sekunde von dem von Fackelschein erhellten Kreis ab.

»Ich an deiner Stelle würde nicht zulassen, daß er auch nur einen Kratzer abbekommt«, erklärte sie beharrlich, während sie ihren Ehemann anstarrte, bis er gezwungen war, mit einem flüchtigen Seitenblick Notiz von ihr zu nehmen.

»Hast du kein Vertrauen in Lavrans?« fragte er.

»Ich vertraue nur darauf, daß er eines Tages mir gehören wird, und wenn dieser Tag kommt, will ich nicht, daß er dank Ragnors Zorn durch Narben verunstaltet ist«, stieß sie zwischen zusammengebissenen Zähnen hervor, zornig über die Hinhaltetaktik ihres Ehemanns. »Halte die Bestie zurück.«

Ein seltsamer Schrei durchschnitt die Luft und lenkte ihrer beider Aufmerksamkeit abrupt auf das Drama zurück, das sich vor dem Kamin abspielte. Ragnor hatte die schmutzige kleine Bettlerin einfach fallen lassen und räumte schleunigst das Feld.

Soren brach in lautes Gelächter aus, ein herzhaftes Lachen, anders als alles, was sie seit längerer Zeit von ihm zu hören bekommen hatte.

»Soviel zu der Bestie, meine Liebe«, sagte er. »Ich glaube, unser *Sorcier* hat den Sieg und das Mädchen errungen, während Ragnor bewiesen hat, daß er nicht mehr Mumm in den Knochen hat als ein Wassermolch.«

Vivienne ließ sich wieder in ihren Stuhl zurücksinken, teils erleichtert und teils von Unzufriedenheit erfüllt, wobei die Unzufriedenheit überwog. Die Formulierung ihres Ehemanns tat nur wenig, um ihre Stimmung zu heben, da die Bemerkung nicht ganz korrekt war. Aus lauter Verzweiflung hatte sie Ragnor einmal in ihr Bett geholt – eine schreckliche Erfahrung –, grob und viehisch, wie der hirnlose Mann selbst, schlimmer noch als ihre Nächte mit dem Seneschall, der sie lediglich zu Tode gelangweilt hatte. Der Koch zumindest hatte nach frisch gebackenem Brot gerochen, als sie ihn gehabt hatte. Und an ihre Erfahrungen mit dem Gutsverwalter wollte sie lieber gar nicht erst zurückdenken.

Dain Lavrans war derjenige, den sie wollte.

»Ja«, murmelte sie vor sich hin, während sie ihn aus schmalen Augen beobachtete. Es war der Hexenmeister, den sie begehrte.

3. Kapitel

Dain schob den schweren Riegel an der Druidentür vor, um die Bediensteten auszusperren, die das Mädchen in den Turm getragen und anschließend Noll weggeschafft hatten, und um jeden anderen abzuhalten, der auf die Idee kommen könnte, ihn in dieser Nacht aufzusuchen. Ragnor würde überall in der Burg herumschleichen und dem Mädchen auflauern, aber im Nordturm des oberen Burghofes hatten schon weitaus verwegenere Männer als der rothaarige Riese vor Angst Blut und Wasser geschwitzt und schließlich die Flucht ergriffen. Dain wußte, der Ritter würde es nicht wagen, auch nur seine Stiefelspitze auf eine der schwarzen oder weißen Treppenstufen zu setzen. Solange sich das Mädchen im Hart Tower befand, war sie sicher vor Ragnor The Red. Vielleicht war sie sogar vor Wydehaws Magier sicher. Dain hatte sich noch nicht so ganz entschieden.

Er wandte sich von der Tür ab und warf einen Blick zu der Stelle hinüber, wo sie reglos auf einer Pritsche neben dem Feuer lag. Sie sah tödlich bleich aus, aber seine erste oberflächliche Untersuchung hatte ergeben, daß die Blutung an ihrer Schläfe inzwischen zum Stillstand gekommen war und ihr Atem ruhig und gleichmäßig ging. Der Bastard hatte ihr den Knöchel gebrochen, doch Dain hatte schon jede Menge gebrochener Knochen gerichtet. Wenn er erst einmal die Schwellung zum Abklingen gebracht hätte, würde er diesen Bruch besser als die meisten anderen behandeln können.

Elixir und Numa hatten sich zu beiden Seiten des Kamins niedergelassen, ihre eleganten Köpfe auf die ausgestreckten Vorderpfoten gelegt, ihre Schwänze dem wärmenden Feuer entgegengereckt. Erlend war gezwungen gewesen, sein warmes Bett zu verlassen, um Eier für einen Breiumschlag zu holen. Kurz nach Ragnors Rückzug war tatsächlich ein vom Blitz getroffener Wachtposten in die Halle gebracht worden; D'Arbois hatte das arme

Schwein jedoch zum Dorfarzt schaffen lassen, damit Dain seine Aufmerksamkeit voll und ganz darauf konzentrieren konnte, das Mädchen zusammenzuflicken.

Er schlüpfte aus seinem Umhang und hängte ihn zum Trocknen an einen Haken neben dem Kamin. Das Lederwams folgte, von geschickter Hand aufgeschnürt. Regen, vermischt mit Hagelkörnern, strömte vom Himmel herab, prasselte gegen die hölzernen Läden, die die beiden unverglasten Fenster des Turmes schützten. Der Winter war lang und streng gewesen, eine harte Überlebensprobe für alle, die innerhalb der Schloßmauern lebten. Selbst seine eigenen Vorräte, so mannigfaltig und gut versteckt sie auch waren, würden nicht mehr sehr viel länger reichen, bevor auch er die schlechte Lage zu spüren bekäme. Es war kein gutes Jahr, um zusätzliche Mäuler zu stopfen.

Wieder warf Dain einen Blick über seine Schulter auf das besinnungslose Mädchen. Es war allerdings ziemlich unwahrscheinlich, daß sie bis Beltaine überleben, geschweige denn seiner Speisekammer zur Last fallen würde. Ragnor hatte bereits einen Vorgeschmack von ihr bekommen, und nach seiner Reaktion zu urteilen, würde er sich nicht mit einer Kostprobe begnügen. So klein und zierlich wie sie war, würde es nicht mehr als ein oder zwei weitere Bissen erfordern, um sie endgültig zu erledigen.

Dain schnitt eine Grimasse und preßte verärgert die Lippen zusammen. Er war nur wirklich nicht für die vom Pech verfolgten Opfer plündernder Ritter verantwortlich, aber hätte er einen Grund gehabt, das Mädchen vor Ragnor zu schützen, es wäre ihm ein leichtes gewesen, dies zu tun. Es war keine Schwierigkeit, dem Ritter mit magischen Zaubersprüchen und finsteren Beschwörungen Angst einzujagen. Dennoch würden sich seine Anstrengungen am Ende als vergeblich erweisen. Wenn nicht die rothaarige Bestie, dann würde irgendein anderer, dessen Wollust stärker als sein Aberglaube war, über sie herfallen. Dain haßte es nur, gute Arbeit und kostbare Heilkräuter für nichts und wieder nichts zu verschwenden.

Er hob eine Hand zu den Regalen voller Vorratsbehälter, die sich an einer gekrümmten Wand seiner Kammer entlangzogen. Tongefäße enthielten den Großteil seiner getrockneten *materia medicae:* Kräuter, Arzneipflanzen und weniger appetitliche Ingredienzien. Rezepturen, die mehrere Tage ziehen mußten, wurden in verschlossenen Gläsern aufbewahrt. Getrocknete Kräuter, Blumen und andere Pflanzen hingen in Bündeln von den Dachsparren herab. Er hatte sogar seine eigene Sammlung von Reliquien auf dem Kaminsims arrangiert, doch bisher hatte keiner der kleinen Knochen irgendwelche heiligen Kräfte offenbart.

Die wirklich starken Mittel, Artefakte und Fossilien, die er im Laufe der Jahre gesammelt hatte, lagerten in einer eisenbeschlagenen, am Fußende seines Bettes festgeketteten Truhe. Ein großer Teil seiner Vergangenheit und der größte Teil seines Erbes war zwischen den Falten purpurroter Wolle eingebettet, mit der die Truhe ausgeschlagen war. Viele seiner Geheimnisse und ein wenig von dem Schmerz und dem Kummer seiner Vergangenheit verbargen sich in dem Stoff.

Rasch ließ er seine Finger über die eingeritzten Buchstaben auf jedem der Tonbehälter gleiten und wählte aus, was er für die Herstellung von *pudre ruge* benötigte. Paarweise trug er die Gefäße zum Tisch hinüber, auf dem sein Mörser und die Stößel lagen. Vom höchsten Bord nahm er Tonkrüge mit Bilsenkraut und Mohnsamen für einen Schlaftrunk. Wenn das Mädchen aus ihrer Ohnmacht erwachte, bevor er mit seiner Arbeit anfing, würde er sie wieder in einen Zustand der Bewußtlosigkeit versetzen oder zumindest so stark betäuben müssen, wie er es für vertretbar hielt. Denn zuviel von dem Gebräu würde das herbeiführen, was sein grüner Schlangenstein nicht konnte – einen echten Todesschlaf.

Das Mädchen hielt den Tand noch immer mit beiden Händen an die Brust gepreßt, was ihm für den Moment recht sein sollte. Er war ausgesprochen großzügig und nachsichtig mit jenen, die an seinen raffinierten Zauber glaubten.

Als nächstes kamen Verbandsbinden, in ordentlichen Stapeln auf dem Tisch aufgereiht. Er füllte den Kessel mit Wasser und hängte ihn über das Feuer, bevor er einen Lederbeutel mit Gewürzen neben das Kohlenbecken legte. Die meisten Schloßbewohner suchten den Dorfarzt auf oder die Hexe, Madron, die am Waldrand lebte, um ihre Krankheiten kurieren und ihre Wunden nähen zu lassen, was Dain ebenfalls nur recht sein konnte. Er hatte nicht das Bedürfnis, sich von morgens bis abends um spuckende, jammernde Knappen kümmern zu müssen, und Tatsache war, daß er selbst ebenfalls zu Madron ging, wenn er irgendwelche Beschwerden hatte. Er und die Hexe hatten viel gemeinsam mit ihren Arzneipflanzen und ihren Tricks und auch, was den Respekt betraf, den ihnen die wilderen Bewohner der Wälder entgegenbrachten.

Ein heftiges Hämmern des bronzenen Türklopfers kündete von Erlends Rückkehr. Niemand sonst würde es wagen, einen derartigen Spektakel mit dem furchteinflößenden Wasserspeier zu veranstalten.

»Mylord, Mylord.« In der Stimme des alten Mannes schwang ein Unterton der Verzweiflung mit. »Macht auf, Mylord. Schnell!«

Mylord? Dain, der gerade nach dem gekennzeichneten Weinfaß greifen wollte, hielt mitten in der Bewegung inne. Der schlitzohrige Graubart hatte offenbar mehr als nur Eier mitgebracht und um nichts davon höflich gebeten.

Dain eilte zur Tür und entriegelte sie, und der alte Mann stolperte in den Raum, die Hände voller Beute, sein Bart mit Kuchenkrümeln durchsetzt. Unter ihm, am Fuße des in Dunkelheit gehüllten Treppenaufgangs, fluchte ein Mann lästerlich.

»Der Teufel soll dich holen, du gottverdammter Broträuber!«

»Brot?« fragte Dain, während er die Mengen von ergatterten Nahrungsmitteln beäugte.

»Richtig.« Erlends wäßrige Augen funkelten fast. »Gutes Brot, das einfach so herumlag, und unterwegs hab' ich noch ein paar Feigentörtchen verdrückt. Tut mir schrecklich leid, Spielmann«, beteuerte er, »aber es kam plötzlich so über mich, ich konnte wirklich nichts dafür, und jetzt sind sie alle aufgegessen, jedes einzelne von ihnen.«

»Der Teufel, hast du gehört!« rief der Mann erbost herauf. »Jawohl, und ich glaube, er ist bereits ganz in deiner Nähe, du verfluchter alter Bastard!«

»Und die Eier?« erkundigte sich Dain, ohne auf die Beleidigungen zu achten, die die Wendeltreppe heraufschallten.

»Genug für alle.« Erlend hinkte zum Tisch hinüber und ließ das vom Regen durchweichte Brot aus seinen Händen auf die Tischplatte rollen, behielt jedoch eine Pastete für sich, die er sich verstohlen unter den Arm klemmte.

Dain verriegelte erneut die Tür und kehrte zu seinen Regalen zurück. »Wie viele sind genug?«

»Sieben.«

»Na schön, dann gib sie her.« Er nahm eine Kupferschüssel von dem Bord und stellte sie vor den alten Mann auf den Tisch. Erlend klopfte diverse Taschen und den Wulst über seinem Gürtel ab, bis es ihm schließlich gelang, fünf Eier zu lokalisieren und unter seiner Tunika hervorzuziehen. Dain betrachtete sie stirnrunzelnd, als der Diener sie in die Schüssel legte. »Und der Rest?« wollte er wissen.

»Das sind alle. Alle sieben.« Der alte Mann strahlte.

»Natürlich«, erwiderte Dain und schalt sich insgeheim dafür, daß er eine wahrheitsgemäßere Zählung erwartet hatte.

»Braucht Ihr mich sonst noch für irgend etwas?« fragte Erlend, während er vergeblich versuchte, die Pastete unauffällig in seinem Ärmel zu verstecken.

»Ich werde dich rufen, falls ich dich brauche.«

»Ist ein ziemlich winziges Ding, nicht?« meinte der alte Mann mit einem Blick auf das reglose Mädchen auf der Pritsche. »Schätze, ich könnte Euch dabei helfen, ihr das Gewand auszuziehen.«

Dain fühlte, wie sich ein Muskel an seinem Kiefer verspannte. »Und ich schätze, das wirst du lieber bleibenlassen.« Er konnte seine Gereiztheit ebenso schlecht verbergen wie Erlend seine stibitzte Pastete. »Geh und iß dein geklautes Abendessen, und dann such dir anderswo ein Bett.«

»Anderswo? Ich würde nirgendwo sicher sein, nicht mit meiner…« Erlend biß sich auf die Zunge und preßte die Lippen zu einer störrischen Linie zusammen.

»Pastete.« Dain beendete den Satz mit kaum verhüllter Ungeduld. In dieser Nacht schien aber auch rein gar nichts nach Plan zu verlaufen.

»Ja«, gestand der Diener schließlich, wenn auch höchst widerwillig. »Es ist eine Pastete.« Er zog die Pastete von der Größe eines Brotlaibes unter seinem Arm hervor. »Aber keine besonders gute, das schwöre ich bei der Seele meiner alten Mutter.«

»Das kannst du dir sparen«, sagte Dain barsch, dem daran gelegen war, den Mann endlich loszuwerden. »Ich weiß, wie Renauds Pasteten schmecken.« Was sollte es ihm schon ausmachen, wenn Erlend unter die Röcke des Mädchens spähen wollte? Nichts. Es spielte wirklich keine Rolle, und dennoch würde er es nicht erlauben. »Du kannst heute nacht den Raum unter der Treppe benutzen.«

Erlend öffnete den Mund, um zu protestieren, dann zögerte er, und seine Lippen bewegten sich stumm, bevor er zu sprechen wagte.

»Da unten stinkt's so erbärmlich wie in den fauligen Eingeweiden des Teufels persönlich dank all der vielen Mixturen und Tränke, die Ihr dort aufbewahrt. Und Ihr wißt es ebenso sicher, wie Ihr hier vor mir steht.«

»Dann vielleicht in der oberen Kammer?« fragte Dain, eine dunkle Braue in gespielter Unschuld hochgezogen. Das Maß an Aufsässigkeit, das er an einem Abend dulden konnte, war inzwischen voll. Zum Glück hatten seine Worte die gewünschte Wirkung und ersparten ihm die Mühe einer übleren Drohung.

»Ihr seid ein hinterhältiger, selbstsüchtiger Mann, Bardenbürschchen«, knurrte der alte Diener, während er zu den Stufen strebte, die in den darunterliegenden Raum führten. »Ihr würdet Euch schon keinen Zacken aus der Krone brechen, wenn Ihr mir erlaubtet, einen kurzen Blick unter die Röcke zu werfen. Schließlich gibt es dort nichts, was ich nicht schon mal gesehen hätte. Nichts, was es wert wäre, deswegen die Nacht in Eurem seltsamen, verfluchten Raubvogelhorst zu verbringen.«

Dain blieb unerbittlich.

Murmelnd und vor sich hin schimpfend verschwand Erlend schließlich unter der Luke im Fußboden. Dain wandte sich wieder zu dem Faß um, nach dem er gegriffen hatte, einem kleinen Faß von D'Arbois' bestem Wein, ein Geschenk der stets hoffnungsvollen Lady Vivienne. Das Siegel war unversehrt. Ein Lächeln breitete sich auf seinem Gesicht aus. Es war gut zu wissen, daß es noch ein paar Dinge gab, die der Alte nicht wagte.

Er stellte etwas Wein zum Erwärmen auf das Kohlenbecken und fügte Wasser und Gewürze hinzu. Ein gewaltiger Donnerschlag krachte am Himmel und verhallte grollend in der Ferne. Wind rüttelte an den Fensterläden. Mit vorsichtiger Hand maß er Bilsenkraut und Mohnsamen ab und gab die Zutaten in seinen Mörser. Die Flüsse Wye und Llynfi, die zu beiden Seiten von Wydehaw Castle flossen, würden mit jeder Stunde, die der Regen herabströmte, stärker anschwellen. Wer weiß, vielleicht hatte das Mädchen ihm ja auch einen sinnlosen Ausflug erspart. Der Abtrünnige, den er suchte, hatte ohne Zweifel das Wetter und die Flüsse beobachtet und sich wahrscheinlich längst auf höher gelegenes Gebiet verzogen.

Als der Schlaftrunk gemischt war, goß er einen Becher davon voll und kniete sich neben sie. Armes, zerlumptes, schmutziges kleines Ding. Verloren und allein. Er kippte etwas warmes Wasser aus dem Kessel in ein Becken, befeuchtete einen sauberen Lappen und wusch behutsam ihre Stirn. Schmutz und verkrustetes Blut lösten sich, um eine Haut zu enthüllen, so zart wie das Lächeln eines Seraphs.

Sanft wischte er mit dem Tuch über ihren Nasenrücken, dann unter jedem Auge entlang. Sie war wirklich übel zugerichtet worden. Abgesehen von der Wunde an ihrer Schläfe – einem Riß von der Länge einer Spanne, den er würde nähen müssen – hatte sie bläulich verfärbte Schwellungen auf beiden Wangen und einen dunkelroten Abdruck auf dem Hals, wo Ragnor seine Zähne hineingegraben haben mußte – ohne Zweifel als Vorbereitung auf den Biß in ihre Schulter.

Dain ließ seinen Blick an ihrem Körper hinabwandern. Bevor er die Schläfenwunde versorgte, würde er erst die Verletzungen verarzten müssen, die sie durch die Vergewaltigung erlitten hatte. Ragnor sprang verdammt brutal mit Mädchen um. Er hätte gleich daran denken sollen, sie auf innere Blutungen zu untersuchen. Er hatte schon genügend Pannen für einen Abend erlebt, ohne daß auch noch das Lebensblut des Mädchens zwischen ihren Beinen heraussickern und sie ihm unter den Händen wegsterben würde, während er so überaus sorgfältig ihre Kopfwunde behandelte.

Er griff hinunter und zog kurzerhand den Saum ihrer groben wollenen Tunika und des langen Untergewandes hoch, ohne einen Gedanken an Anstand zu verschwenden. Die schlechte Qualität des grauen Wolltuchs genügte, um ihren Mangel an Wert zu beweisen, außer daß das Hemd unter den wärmenden Kleidungsstücken aus feinem, mit seidenen Bänden besetztem Leinen bestand – ein Rätsel, wahrlich –, und unter dem Hemd fand sich ein weiteres Rätsel. Ihre nackten Glieder waren glatt und sauber, das Haar auf ihrem Schamhügel fein gekräuselt. Sie war nicht geschändet worden, weder von Ragnor noch von sonst irgend jemandem, zumindest nicht innerhalb der letzten Stunden.

Ob sie vielleicht noch völlig unberührt war?

Der Anblick ihrer unverletzten Weiblichkeit brachte ihn auf diese Frage, und nachdem sie sich erst einmal in seinem Kopf festgesetzt hatte, verlangte sie umgehend nach einer Antwort. Dain richtete sich auf und strebte erneut zu seinen Regalen. Versteckt in einer Ecke zwischen der Wand und einer Konsole fand er ein kleines Fläschchen mit Rosenöl, ein Geschenk der Jungfer Edmee.

Es war eine relativ einfache Untersuchung, mit einem behutsamen, nach Rosen duftenden Finger durchgeführt. Als er fertig war, lehnte er sich auf die Fersen zurück und zog ihr wieder die Röcke hinunter. Ja, sie war auf brutale Weise mißbraucht worden, aber sie war noch immer jungfräulich.

Er hatte einen Grund gebraucht, sie zu retten, und nun hatte er zwei gute Gründe gefunden. Eine Jungfrau, die ein Unterhemd aus feinstem Leinen und Seide trug, konnte ihm ein ansehnliches Lösegeld einbringen – vorausgesetzt, daß es ihm weiterhin gelingen würde, sie vor den Klauen des Barons und Ragnors Bett zu bewahren, und vorausgesetzt, er konnte denjenigen aufspüren, der zu zahlen bereit war.

Ein leises Stöhnen kam über ihre Lippen, ein zittriger Laut, in dem Schmerz und Kummer mitschwangen. Dain griff nach dem Schlaftrunk.

»Mychael.« Sie sprach den Namen in einem qualvollen Flüstern, das ihn abrupt innehalten ließ. Sein Blick wanderte zu ihrem Gesicht hinauf. Sie war schlimm zugerichtet und mit Blutergüssen übersät, dennoch hatten ihre Züge eine Feinheit an sich, die er höchst reizvoll fand. Er würde sein Bestes tun, um zu verhindern, daß sie bleibende Narben zurückbehielt.

Ungewollt streckte er eine Hand aus und streichelte ihre Wange, auf fast die gleiche Art und Weise, wie er Numa zu beruhigen pflegte. Es würde sich problemlos arrangieren lassen, sie bei sich im Turm zu behalten. Wenn Soren sie heil und in einem Stück wollte, könnte man ihn sicherlich überzeugen, so lange zu warten, bis Dain sie für geheilt erklärte. Und Ragnor ließe sich im Zaum halten, oder besser noch, er sorgte dafür, daß er fortgeschickt wurde, um weiter entfernt in Elfael auf Raubzug zu gehen. Der Gefallen, den er dem Mädchen und ihrem Herrn tat, würde Dain wenig kosten und ihm möglicherweise großen Gewinn einbringen. So war das Leben in Wydehaw.

Nachdenklich zeichnete Dain die Kurve ihrer Wange mit seinen Fingerspitzen nach. Ja, er würde sie bei sich behalten … *und ihre Jungfräulichkeit unangetastet lassen?* Sein Daumen glitt über ihre volle Unterlippe, während der Hauch ihres Atems seine Haut wärmte.

Die Nacht war nicht das, was sie hätte sein sollen. Wäre alles nach Plan verlaufen, wäre er jetzt in Morgans Lager und säße in fröhlicher Runde mit den anderen zusammen, um sich an gestohlenem D'Arbois-Vieh gütlich zu tun und die neuesten Nachrichten aus dem Norden zu verdauen. Weinflaschen wären herumgereicht und Geschichten erzählt worden, und ohne Zweifel wären sie irgendwann im Laufe der Nacht auf die sonderbaren Gerüchte zu sprechen gekommen, die um Caradoc kursierten. Vatermord war durchaus nichts Beispielloses, und es ließ sich nicht bestreiten, daß keinerlei Liebe zwischen Vater und Sohn bestanden hatte, doch es war die Art und Weise, wie der Mord angeblich verübt worden war, die Dain so beunruhigend fand und daher nur schwer glauben konnte.

Am Morgen würde er sich auf die Suche nach Morgan machen und erfahren, wie weit Caradoc von dem schmalen, geraden Weg abgekommen war, der drei Halbwüchsige dazu gebracht hatte, das Kreuz zu ergreifen und Richard Löwenherz in die Hölle zu folgen. Denn sie waren noch unreife Jungen auf dem Kreuzzug gewesen, er und Caradoc und Morgan, und nicht etwa die Männer, die zu sein sie geglaubt hatten – eine Tatsache, die sich in den blutigen Wüsten von Palästina erwiesen hatte und die Dain erneut als Gefangener in den Zelten des sarazenischen Händlers Jalal al-Kamam zu spüren bekommen hatte.

Andere wiederum brauchten nicht so weit von zu Hause fortzugehen, um sich bewußt zu werden, daß es um ihre Mannestugend noch eher kümmerlich bestellt war. Dain ergriff eine Handvoll vom blaßblonden Haar des Mädchen und erinnerte sich wieder an das verblüffend intensive Blau ihrer Augen. Sie bewegte sich unruhig im Schlaf, während sich ihrer Kehle ein gedämpftes Stöhnen entrang, und er ließ die weißgoldenen Strähnen wieder auf das Kissen zurückfallen.

Sie war ausnehmend hübsch.

Stunden später wusch Dain sich die Hände, um sich von ihrem Blut zu säubern. Ein Dutzend Kerzen brannten auf dem Fußboden um die Pritsche herum und in den eisernen Haltern, die er neben sich auf den Tisch gestellt hatte, um genügend Licht zu haben. Noch nie zuvor hatte er eine Wunde derart penibel und mit so vielen kleinen Stichen genäht, sowohl auf ihrem Gesicht als auch auf ihrer Schulter. Er hatte ihr eine Portion des Schlaftrunks eingeflößt, bevor er mit der Nadel in ihr Fleisch gestochen hatte, wohlwissend, daß er nicht in der Stimmung für Schreie und Gewimmer war.

Jetzt dagegen hätte er ein gelegentliches Jammern oder auch eine Träne durchaus begrüßt. Sie war einfach zu still, und außerdem faszinierte sie ihn von Stunde zu Stunde mehr. Er hatte ein Buch in den Falten ihres zerrissenen Umhangs gefunden, mit goldgeprägten Lettern auf dem Einband und in rotes Leder bebunden, ein seltener Gegenstand, um ihn in der Wildnis mit sich herumzuschleppen.

Zum Schluß streute er seine Spezialmischung von *pudre ruge* auf die Wunde und versiegelte das Ganze mit Albumen. Ragnor hatte das Mädchen bewußt verletzt; die Schnittwunde verlief zu dicht an ihrem Haaransatz entlang, als daß es sich um einen Unfall hätte handeln können. Mit der Zeit würde die Narbe kaum noch zu sehen sein, aber Dain würde dem Ritter kein Kompliment über die akkurate Sorgfalt seiner Folter machen. Für wirklich geschickte Arbeit war eine Klinge aus Damaszener Stahl erforderlich. Verglichen mit dem, was Dain zufügen konnte, sah Ragnors Schnitt wie Gemetzel aus. Vielleicht würde er der rothaarigen Bestie eines Tages eine persönliche Lektion mit seinem syrischen Dolch erteilen.

Dain kehrte zum Fußende der Pritsche zurück und entfernte die kalte Kompresse um den Knöchel des Mädchens. Die Schwellung war endlich zurückgegangen. Vorsichtig tastete er am Knochen entlang, wobei er das Gelenk behutsam mit den Fingerspitzen untersuchte, um herauszufinden, wo die Bruchstelle verlief. Als er soviel in Erfahrung gebracht hatte, wie er wissen mußte, wappnete er sich innerlich, umfaßte ihren Fuß mit beiden Händen und zog kräftig.

Ihr schmerzerfüllter Aufschrei ließ ein flüchtiges Lächeln der

Erleichterung um seine Lippen spielen. Er hatte bisher noch niemanden mit seinen Betäubungstränken umgebracht, ein Versäumnis auf der Liste seiner Sünden, das er bei dem Mädchen nicht hatte nachholen wollen.

Nachdem er den gebrochenen Knochen gerichtet und ihren Knöchel bandagiert und sich die gesamte Prozedur hindurch ihr Schluchzen und Schniefen angehört hatte, bewegte er sich um die Pritsche herum und trat an ihre Seite. Jetzt konnte er nichts mehr für sie tun, außer ihr die Tränen abzuwischen.

Er beugte sich über sie, um nach einem Tuch zu greifen, und das Schniefen hörte prompt auf, gefolgt von einem leisen Seufzen. Als er sich vorbeugte, berührte seine harte Brust ihre Brüste, offenbar ein ungewohnter Kontakt für sie.

Ohne von ihr abzurücken, blickte Dain in ihr Gesicht und sah, daß ihre Augen weit offen waren, riesig und leicht glasig von den Nachwirkungen des Schlaftrunks, ihre Iris ein milchig-blauer, leuchtender Rand um die dunklen Tiefen ihrer Pupille. Ihre Wimpern waren lang und feucht und von einem goldenen Schimmer überhaucht.

Er hielt ihren Blick fest, voller Neugier auf diese Frau, die wieder zusammenzuflicken er sich derart abgemüht hatte. Zu seiner Überraschung starrte sie ihn mit gleicher Intensität an.

»*Chérie*«, murmelte er. Es geschah nicht oft, daß er das normannische Kosewort benutzte, doch jetzt kam es ihm mühelos über die Lippen, als er seine geheimnisumwitterte Maid betrachtete.

Er benutzte seine Handfläche, um ihr das Haar aus der Stirn zu streichen. Sie fühlte sich warm an, aber nicht fiebrig. Ihre Haut war weich und zart wie die eines Kindes, doch sie war kein Kind mehr.

»Seid Ihr wach, Mädchen?« fragte er.

Wach? dachte Ceridwen benommen. Wie erwachte man zum Tode? Und wer würde es vorziehen, nicht hellwach zu sein, wenn der Todesbote so atemberaubend attraktiv war?

Sie blickte zu ihm auf, musterte ihn Stück für exquisites Stück und setzte ihn zu einem traumähnlichen Ganzen zusammen. Ihr war noch vage in Erinnerung, daß sie einen grünen Talisman gestohlen hatte, einen Stein, auf dem der Fluch eines feenhaften Todesschlafs lastete; und sie wußte noch, daß sie ihn einem unheimlichen, höchst bedrohlich wirkenden schwarzverhüllten Dämon gestohlen hatte, flankiert von zwei gespenstischen Hunden.

Oder vielleicht war er auch gar kein Dämon. Sein Zauber hatte sie in dieses neue Land des Todes entführt, so sich ihre Glieder zwar bleischwer anfühlten, ihre Gedanken und ihr Herz jedoch von Leichtigkeit erfüllt waren; wo ein Geschöpf von unübertroffener Schönheit sie mit sanften Berührungen und der süßen, dunklen Melodie seiner Stimme lockte.

Ein Seufzer stieg in ihrer Brust auf. Sie hätte keine glitzernden schwarzen Augen bei einem Prinzen aus dem Feenreich erwartet, dennoch waren seine Augen dunkler und leuchtender als eine Nacht voller Sterne, von dem gleichen samtigen Onyxschwarz wie das glatte, üppige Haar, das sein Gesicht einrahmte, über seine Brust herabwallte und sich in einer losen, seidigen Masse auf ihren Brüsten sammelte.

Ach, und erst sein Gesicht! Sie hob eine Hand und zeichnete mit zarten Fingerspitzen die fast perfekte Symmetrie seiner Züge nach. Er besaß die seltene Art von Schönheit, die kein sterblicher Mann verkörperte und der keine sterbliche Frau widerstehen konnte. Wirklich, er war ein magisches Wesen, denn nur Magie konnte eine derart kunstvolle Linie von der Stirn bis zum Kinn erschaffen haben – sie liebkoste seine Wange und ließ ihre Finger zu der langen, maskulinen Kurve seines Kinns hinuntergleiten – oder einen solch verführerisch geschwungenen Mund, der selbst eine Jungfer unwillkürlich an heiße Küsse denken ließ. Ihre Fingerspitzen strichen bewundernd über seine Lippen.

Er lächelte, und sie fühlte, wie eine verlegene Röte in ihre Wangen krochen. Erstaunlich, daß sie selbst im Tode noch erröten konnte. Seine Augen, so klar wie die Nacht, neckten sie, funkelten von einem inneren Licht erfüllt, genau wie die Sterne, die um seinen Kopf glitzerten. Noch nie zuvor hatte sie solche Sterne gesehen. Die kosmischen Gestirne tanzten in einem weiten Halbkreis um ihn herum, schimmerten in flammenden Schattierungen von Gelb, Rot und Blau, während sie Schweife von Feuer hinter sich herzogen. Der Anblick dieses überirdisch schönen Geschöpfes, umgeben von seinem himmlischen Firmament, blendete sie derart, daß sie atemlos vor Ehrfurch war.

»Süßer Prinz der *tylwyth teg*«, flüsterte Ceridwen, gründlich hingerissen von ihm. Der Tod war also letztlich doch eine weise Entscheidung gewesen und nicht die Verzweiflungstat eines Feiglings.

Dains Lippen verzogen sich zu einem trockenen Lächeln. Törichtes Ding, ihn für jemanden zu halten, der so rein und edel wie ein Prinz des Feenvolkes war. Obwohl – wäre er ein Elf gewesen, hätte er ohne Zweifel Erlösung in dem anbetungsvollen Leuchten ihrer Augen finden könne, denn die alten Geschichten besagten, daß Elfen in der Hoffnung lebten, die Liebe eines Menschen zu erringen.

Er selbst hatte es schon lange aufgegeben, sich nach Liebe zu sehnen, aber er wußte, er erzeugte mühelos Wollust in anderen, und er sah auch dies in ihren Augen. Arme, unerprobte Jungfrau. Er würde sein Bestes tun, um sie ihrem Mychael unberührt zurückzubringen und ihr die interessanten Freizeitbeschäftigungen zu ersparen, die sich abenteuerlustigen Naturen boten.

»Wie heißt Ihr, *Chérie?«* fragte er mit seiner wohltönendsten Stimme und ließ Honig seine Worte versüßen, um ihr Informationen zu entlocken.

»Ceridwen«, flüsterte sie. »Ceridwen ab Arawn. Und Ihr?«

Er zögerte nur einen winzigen Moment. »Dain.«

»Dain.« Sie wiederholte seinen Namen mit einem seelenvollen Seufzer, und Dain konnte sich einfach nicht helfen; er grinste. Vivienne könnte tatsächlich noch Unterricht bei dem Mädchen nehmen.

»Und wo ist Euer Mychael, Kleine?«

»In Strata Floria.«

Sein Grinsen verblaßte. Was für ein Pech. Er hatte sich die Verantwortung für ein walisisches Mädchen aufbürden lassen, das den Namen eines bleichen Mönchs auf den Lippen führte, statt den eines reichen Herrn und Gebieters. Aber wiederum – hatte nicht ein Prinz von Powys, Rhys ap Gruffudd, den Zisterziensermönchen große Flächen Weideland zugesprochen, die sich oben im Hochland bis nach Rhayader erstreckten? Sicherlich müßte es doch selbst dem asketischsten Orden im Laufe der Jahre gelungen sein, einen gewissen Profit aus einer solch großzügigen Gabe zu erwirtschaften und einen wenn auch bescheidenen Reichtum anzuhäufen.

Aber ob sie sich einer Frau zuliebe davon trennen würden?

Dain grübelte eine volle Minute über diese Frage nach, ohne daß er eine Antwort gefunden hätte, die nach seinem Geschmack war. Frauen und heilige Männer kamen nicht mehr annähernd so gut miteinander aus wie zu der Zeit, bevor George VII. die Kirche von »Unzucht treibenden Priestern« gesäubert hatte.

»Dain.« Wieder sprach sie seinen Namen mit verträumter Stimme, in die sich Ehrfurcht und Verwunderung mischten. Nun, sie hatte allen Grund, sich zu wundern. Was sollte er nur mit ihr tun?

»Ist Mychael Euer Onkel?« fragte er, in der Hoffnung auf einen Abt.

»Mein Bruder«, antwortete sie.

Es wurde immer schlimmer! Der Bruder eines so jungen Dings, wie sie es war, konnte wohl noch kaum die Zeit gehabt haben, um in der Kirchenhierarchie aufzusteigen – und dennoch war da immer noch das Hemd. Jemand umhegte das Mädchen. Jemand Wohlhabendes.

»Wo hat Ragnor Euch eigentlich gefunden, *Chérie*?« fragte Dain, während er gedankenverloren ihre Wange streichelte und seine Finger in die seidige Fülle ihres Haares gleiten ließ. Er erwartete nicht wirklich, eine Antwort auf seine Frage zu bekommen, und er war ganz sicherlich nicht auf die eine gefaßt, die sie ihm gab.

»Im Wald von Wroneu.« Sie seufzte und schmiegte ihr Gesicht in seine liebkosende Hand. »Als ich um mein nacktes Leben gerannt bin.«

Seine Augen verengten sich zu Schlitzen, und seine Finger hielten abrupt inne in ihrer ziellosen, sinnlichen Wanderung. »Und vor wem seid Ihr davongelaufen?«

»Vor meinem eigenen Cousin.« Ihr Tonfall wurde bekümmert und wütend. Sie hob ihm ihr Gesicht entgegen. »Der Dieb von Cardiff, Morgan ab Kynan. Möge Gott die Seele Seines Dieners für die Heuchelei seiner Sünden verdammen.« Ihre Stimme brach mit einem Schluchzen, und sie schloß die Augen, um einen neuen Schwall Tränen zurückzudrängen.

Jeder, der ein Herz besaß oder einen Funken Mitgefühl, hätte das Mädchen nicht weiter bedrängt. Dain hatte weder das eine noch das andere, nicht, nachdem sie Morgans Namen genannt hatte. Dies war einfach eine zu köstliche Geschichte, um sie sich entgehen zu lassen, die Geschichte, wie ein walisischer Prinz und Dieb von unübertroffener Geschicklichkeit sein seltenes Juwel verloren hatte ... und noch faszinierender, wieviel er wohl zu zahlen bereit wäre, um sie zurückzubekommen.

»Ja, Morgan ist ein Sünder«, erwiderte er betont mitfühlend, obwohl er wußte, daß seine Worte weit von der Wahrheit entfernt waren. Die einzige Sünde, die Dain seinem Freund vorwerfen konnte, war die, daß er ihm niemals von seiner kostbaren Cousine erzählt hatte. Nicht, daß ihre Begegnung unter anderen Umständen chancenreicher gewesen wäre. Dain hatte sich seine Chancen bei Jungfrauen von hoher Geburt gründlich verscherzt, als er sein Schwert niedergelegt und zu geheimeren Waffen gegriffen hatte.

»Und völlig herzlos«, fügte Ceridwen hinzu, während Tränen ungehindert über ihre Wangen strömten.

»Herzlos, allerdings. Nicht eine Spur von Herz«, pflichtete Dain ihr bei, dann fügte er in beiläufigem Tonfall hinzu: »Was glaubt Ihr, was ist seine herzloseste Tat?«

Ihre Lippen bebten so entzückend, daß er seine gesamte Selbstbeherrschung aufbieten mußte, um nicht seinen Mund auf ihren zu pressen und so das Zittern ihrer Lippen zu beschwichtigen. »Die Tat, die mich zu Tode geschunden zwischen den Klauen des Keilers von Balor zurücklassen würde.«

»Caradoc –«

Sie riß entsetzt die Augen auf. »Pssst«, ermahnte sie ihn, während sie ihre Fingerspitzen auf seine Lippen legte. »Um Gottes willen, sprecht seinen Namen nicht aus. Es heißt, der Klang allein genügte schon, ihn zu wecken.«

Dain verkniff sich das Lachen, obwohl er sich an manchen Morgen erinnern konnte, als selbst ohrenbetäubendes Gebrüll nicht gereicht hatte, um Caradoc nach einer durchzechten Nacht aufzuwecken. Wenn das Mädchen so etwas für möglich hielt, dann mußte sie Gerüchte gehört haben, die ihm entgangen waren.

»Süße Ceridwen, warum sollte Euch der Herr von Balor Keep weh tun wollen?« Er konnte sich nicht dazu überwinden, seinen alten Freund »Keiler« zu nennen.

»Keine Braut des Keilers von Balor wird ihre Hochzeitsnacht

überleben«, erwiderte sie mit gedämpfter Stimme, wobei ihre Augen noch größer wurden, falls das überhaupt möglich war.

Dain fühlte, wie sich seine Lippen zu einem Grinsen verzogen. »Vielleicht ist es der Name, den sie nicht ausstehen können, *Chérie.*«

»Vielleicht«, pflichtete sie ihm düster bei.

Erst dann begriff er die volle Bedeutung dessen, was sie gesagt hatte.

»Morgan bringt Euch als Braut nach Balor Keep?«

»Ja.«

Ragnor wird binnen kurzem tot sein, dachte Dain, und Morgan wird ihm wahrscheinlich in den Tod folgen, nachdem Caradoc Ragnor das Fleisch von den Knochen geschnitten und ihn in der Wildnis zum Sterben ausgesetzt hat. Man mißbrauchte nicht die Verlobte eines mächtigen Burgherrn, ohne dafür zu büßen. Man verlor auch keine Braut – und ganz sicherlich faßte man ihr nicht unter die Röcke, um mit rosenölbenetzten Fingern zwischen ihren Schenkeln einzudringen.

Die Vorstellung gab ihm zu denken, und ihn überkam der Drang, sie noch einmal zu untersuchen, um sicherzugehen, daß er keinen Schaden angerichtet hatte.

»Aber jetzt nicht mehr«, murmelte Ceridwen, während ihre Hand über das Vorderteil seiner Tunika strich. Ein glückseliges Lächeln spielte um ihre Lippen. »Jetzt bin ich gestorben und zu Euch gekommen.«

Bevor er ihr versichern konnte, daß sie quicklebendig war, fühlte er, wie sich ihre Finger in seinem Haar vergruben und sanften Druck ausübten, um ihn zu sich hinunterzuziehen.

»Ein Friedenskuß, süßer Prinz?« fragte sie. »Um mich im Paradies willkommen zu heißen?«

Sie war nicht besonders stark, aber dennoch irgendwie stark genug, um ihren Willen durchzusetzen, als sie ihn noch näher an sich zog. Ihre goldüberhauchten Wimpern senkten sich, was ihm einen Moment Zeit ließ, über die Fragwürdigkeit seiner Reaktion nachzudenken – aber ein Moment war nicht annähernd lang genug, um ihn von einer Dummheit abzuhalten.

Ihre Lippen trafen sich – ihre süß und unschuldig geschlossen, in der Erwartung, den Segen eines Heiligen zu empfangen. Doch das hätte seine Fähigkeiten überstiegen, selbst wenn er durch und durch edel und reinen Herzens gewesen wäre, denn in dem Augenblick, als sein Mund ihren berührte, gewann sein Instinkt die Oberhand über alle Vernunft.

Wärme war das erste, was er empfand, dann weiche Nachgiebigkeit, dann noch mehr. Edmee war zwar stets großzügig, aber Küsse gehörten nicht zu ihren Geschenken, und es gab so vieles, was er vergessen hatte – so vieles, was er versäumt hatte. Dain öffnete die Lippen, um mit seiner Zungenspitze behutsam die Umrisse von Ceridwens hübschem Mund nachzuzeichnen, und wurde mit einem Seufzer belohnt.

Der innige Klang ihres leisen Stöhnens löste ein Vibrieren in seinem Inneren aus, ganz nahe an der Stelle, wo einst sein Herz gewesen war. Ihrer beider Atem vermischte sich und wurde eins, strömte von einem Leben zum nächsten. Die Fülle des Äthers benebelte seine Sinne und stieg ihm geradewegs zu Kopf, berauschender als Wein, stärker als sein tödlichster Trank. Sie schmeckte nach Frau, wie jede Frau, alle Frauen, eine betörende Mischung von Aromen, die er unmöglich alle absorbieren konnte. Sie durchströmten ihn, weckten einen sinnlichen Hunger und eine Wildheit in ihm, die er schon lange seinem Willen unterworfen zu haben glaubte.

Unter diesem Eindruck löste er schließlich seinen Mund von ihrem, während sein Puls schneller jagte, als er vor irgend jemandem zugegeben hätte. Im Gegensatz dazu war die Frau unter ihm ein Bild des Friedens, als sie mit einem seligen Lächeln auf dem Gesicht in Schlaf hinüberglitt, ohne auch nur im entferntesten zu ahnen, welche Verwüstungen sie in weniger als einer Minute in ihm angerichtet hatte, und das ohne jede bewußte Anstrengung.

Dain wußte, er war ein Scharlatan. Er wußte auch, wann er jemanden vor sich hatte, der nicht das war, was er auf den ersten Blick zu sein schien, obwohl er im Fall des Mädchens nicht genau definieren konnte, was es war, das er in ihrem Kuß gefühlt hatte.

Er streckte die Hand aus, um sie zu berühren, fing sich jedoch gerade noch rechtzeitig und zog sie wieder zurück. Ihr Haar war zu einer Wolke wirrer Locken getrocknet und lag wie das Licht Gottes um sie herum ausgebreitet, ein silbrig glänzender Heiligenschein, der ihr schmales, mit Blutergüssen übersätes Gesicht einrahmte. Weiter unten lagen die zersausten Überreste eines dicken, feuchten Zopfes unter einem ihrer Arme. Sie brauchte jemanden, der sie pflegte und sich um sie kümmerte, aber er hatte alles getan, was er zu tun wagte – vielleicht sogar schon mehr, als er hätte wagen dürfen. Jetzt blieb nichts mehr für ihn zu tun, als Morgan zu finden und ihre Rückkehr zu arrangieren.

Ein Lächeln verzog seinen Mund, und ein gedämpfter Fluch entschlüpfte ihm. Sie war dazu bestimmt, Caradocs Braut zu werden, und dank der Gnade Gottes und Dains eigenem primitiven Zauber war nichts passiert, was sie daran hindern würde, jene Versprechen zu erfüllen.

4. *Kapitel*

Ceridwen hörte Glocken in der Ferne läuten, melodisches Geläut, das die Gläubigen zur Prim rief, der ersten Gebetsstunde bei Tagesanbruch. Ihr schien soviel Zeit entglitten zu sein, daß es guttat, sich wenigstens eines einzelnen Augenblicks bewußt zu werden. Sie war in ihren Erinnerungen hierhin und dorthin gewandert, hatte sich im Geist an diesen und an jenen seltsamen Ort treiben lassen, Orte, die sie noch nie zuvor gesehen hatte.

Trotz ihrer starken Schmerzen zauberte das sanfte Lecken einer warmen Zunge an ihren Fingern ein schwaches Lächeln auf ihre Lippen. Sie hob ihre Hand und fühlte eine samtige Hundschnauze.

»Guter Jack«, flüsterte sie und dachte an den alten Spaniel ihres Vaters, obgleich es schon eine halbe Ewigkeit zurückzuliegen schien, seit sie das letzte Mal den Hund oder ihren Vater oder ihr Zuhause – Carn Merioneth – gesehen hatte.

Mit träger Anstrengung wandte sie den Kopf, und ein Schrei erstickte in ihrer Kehle. Es war kein Spaniel, der dort an ihrer Seite hockte, sondern einer der Gespensterhunde, der weiße.

»Na, endlich seid Ihr aufgewacht«, sagte plötzlich eine krächzende Stimme von der anderen Seite.

Ceridwen drehte mit einer ruckartigen Bewegung den Kopf, ein Fehler, dessen Folgen sie augenblicklich zu spüren bekam. Ein scharfer, stechender Schmerz durchzuckte sie, ließ den Raum um sie herum verschwimmen und in nebelhafte Ferne zurückweichen. Sie kniff die Lider zusammen und kämpfte gegen die schwindelerregende Dunkelheit an, die sie abermals zu verschlingen drohte.

»Hier. Ihr sollt diesen Trank hier trinken. Hat mir der Bardenbursche ausdrücklich aufgetragen.« Ein warmer Becher wurde an ihre Lippen gedrückt.

Der Hund war also wirklich und nicht etwa Teil der wilden, wundervollen Träume, die sie von einem dunkeläugigen Prinzen der *tylwyth teg* geträumt hatte, und wenn der Hund Realität war, dann war auch der schwarzverhüllte Dämon nicht bloß eine Traumgestalt gewesen.

Sie zwang ihre Lider, sich zu heben, um einen flüchtigen Blick auf den Mann neben ihr zu erhaschen. Es war nicht er. Erleichterung durchflutete sie und ließ einen Teil ihrer Furcht schwinden, aber nichts von ihrem Schmerz. Ihr Kopf dröhnte und pochte, jeder einzelne Knochen im Leib tat ihr weh, und ihr Körper schmerzte überall.

»Trinkt«, befahl der alte Mann, während er den Becher hob und Wein in ihren Mund träufelte. »Dain wird mir bei lebendigem Leib die Haut vom Hintern abziehen und sie der Hündin zum Fraß vorwerfen, wenn Ihr's nicht tut.«

Sie trank den süßen Wein, wenn auch eher, um sich nicht an der Flüssigkeit zu verschlucken, als um die Kehrseite des Graubarts zu retten.

»Ihr werdet bemerken, daß ich Euch dabei nicht angerührt habe. Mit keinem einzigen Finger. Ich berühre nur den verdammten Becher und noch nicht mal soviel wie auch nur eines Eurer feinen weißen Haare.« Seine Stimme ging in unverständliches Gemurmel über, aus dem sie nur die Worte »zart«, »hübsch« und »möchte wirklich wissen, was ihn das angeht« heraushören konnte.

Ein dumpfes Knurren stieg aus der Kehle des Hundes zu ihrer Linken auf, und Ceridwen zuckte vor Schreck zusammen. In dem Moment verschluckte sie sich tatsächlich, und sie hustete und spuckte und wäre beinahe in Ohnmacht gefallen, als das Tier mit einem Satz über sie hinwegsprang – aber es war der alte Mann, auf den sich die Hündin stürzte, den Kopf schief geneigt, während sich ihre weiße Schnauze um seine Kehle schloß.

»Ruft sie zurück! Ruft sie zurück!« krächzte er voller Panik.

In einer Mischung aus Entsetzen und Faszination beobachtete Ceridwen, wie sich die scharfen Zähne der Hündin in die papierdünne Haut des Alten gruben. Alles, was sie denken konnte, war: *Ja, dies ist ein Kunststück, das der Hund wirklich gut beherrscht.*

Ein gurgelnder Laut aus der Kehle des Mannes rüttelte sie schließlich aus ihrer Benommenheit auf und sorgte dafür, daß sie ihre Sprache wiederfand.

»Hund« war das einzige Wort, das sie zu benutzten wußte, und »komm her«.

Ihre Stimme, schwach und rauh, war kaum laut genug, um die nötige Entfernung zu überbrücken, doch sie reichte, um die Aufmerksamkeit des Hundes zu erregen. Blaßblaue Augen hefteten sich auf sie.

»Na komm«, wiederholte sie und machte eine entsprechende Handbewegung.

Die Albinohündin, schlank und sehnig und von muskulösem Körperbau, gehorchte sofort. Sie ließ von dem alten Mann ab, der kraftlos auf dem Boden zusammensackte, und kehrte an Ceridwens Seite zurück.

Der Graubart hustete, um Speichel hochzuziehen, den er an seinem Ärmel abwischte. Dann betastete er vorsichtig seinen Hals, und als er seine Finger wieder fortnahm, waren sie blutbeschmiert. Ceridwen erwartete, daß er gehen würde, doch statt dessen griff er nach einem kleinen Topf auf dem Kohlenbecken und füllte den Becher, den er verschüttet hatte.

»Dafür ist mir der Giftmischer aber was schuldig«, murmelte er. Er hielt Ceridwen erneut den Becher an die Lippen und warf ein wachsames Auge auf die Hündin. »Paß nur ja auf, Numa, sonst wirst du dich eines Nachts an einem Spieß über den Feuern der Hölle schmorend wiederfinden.«

Numa, dachte Ceridwen, verwundert über die Fremdartigkeit des Namens. Sie hatte bereits einen anderen eigentümlichen Namen an diesem Ort gehört. Dain. Dain, so hatte sich der süße Prinz genannt. Dain.

Ein Lächeln huschte über ihre Lippen. In ihrem Traum hatte er sie geküßt.

»Trinkt«, sagte der Graubart, wobei er den Becher schräger hielt und ein paar Tropfen der Flüssigkeit zwischen ihre Lippen goß. »Ich will verdammt sein, wenn Ihr mir unter den Händen wegsterbt, während ich auf Euch aufpassen soll.«

Der Tod war ebenfalls in ihrem Traum gewesen, doch jetzt war klar, daß sie nicht gestorben war. Und wenn sie nicht tot war, bedeutete das zwangsläufig, daß sie noch immer mit dem Keiler von Balor verlobt war. Verzweiflung bemächtigte sich ihrer bei diesem Gedanken. Sie würde nach Hause zurückkehren, aber Carn Merioneth existierte nicht mehr. Die hölzernen Palisaden jener prachtvollen Festung waren vor langer Zeit von einer Feuersbrunst verzehrt und durch die Steinblöcke von Balor Keep ersetzt worden. In ihren Alpträumen loderten die Flammen noch immer, züngelten hoch in den Himmel und hinauf zu dem rachsüchtigen Gott, der Gwrnach, Caradocs Vater, auf sie alle losgelassen hatte.

Jene, denen es gelungen war, den zerstörerischen Flammen zu entkommen, waren im Burghof abgeschlachtet worden, und damit hatte der schöne Traum, der Carn Merioneth einst gewesen war, ein abruptes Ende gefunden. Sämtliche Burgbewohner waren bei dem Angriff ums Leben gekommen, bis auf die beiden, die sich in den unterirdischen Gängen verirrt hatten, sie und ihr innig geliebter Bruder Mychael, und die junge Frau, die sie schließlich gefunden hatte. Moriath war ihr Name gewesen, und sie war vor Jahren verschwunden. Bis auf die Briefe, die Ceridwen wie einen kostbaren Schatz hütete, war auch Mychael für sie verloren gewesen, von dem Tag an, als Moriath ihn in dem Mönchskloster in Strata Floria abgeliefert hatte.

Sie schluckte den Wein, den der alte Mann ihr einflößte, und schob seine Hand fort. »Genug.«

»Nichts da! Ihr müßt alles trinken.«

Sie schüttelte den Kopf und hob ihre andere Hand, um ihn abzuwehren. Ihre Bemühung war erfolgreicher, als sie gehofft hatte. Er sprang zurück, verzog sich hastig außer Reichweite.

»Seid vorsichtig mit dem verdammten Ding«, rief er erschrokken und stieß eine Reihe unflätiger Flüche aus.

Mit einem Gefühl amüsierten Erstaunens wurde Ceridwen sich bewußt, daß sie noch immer den Schlangenstein umschlossen hielt. Seine grünen Tiefen fingen die ersten Strahlen der Morgensonne ein, die durch die Fenster strömten, und reflektierten das Licht, warfen bunte, fächerförmige Prismen auf die gestreiften Damastvorhänge, die um die Ecken des riesigen Bettes drapiert waren, in dem sie lag.

Brochans wundervoller Talisman. Sie öffnete ihre Finger und ließ ihn in ihre Handfläche gleiten, so wirklich wie der Tag. Und wenn der Stein Realität war, warum dann nicht auch der Ort, an den er sie entführt hatte, das süße Vergessen eines feenhaften Todesschlafs?

Sie senkte die Wimpern und schloß erneut ihre Hand um den Stein, um ihn an ihre Brust zu drücken. Ja, es war besser, noch einmal den Feentod zu suchen, als sich in Caradocs grausamem Griff wiederzufinden. Er wollte gar nicht um ihre Hand anhalten; es ging ihm nur darum, daß sie ihm auf Gedeih und Verderb ausgeliefert war. Sie hatte es gelesen, hatte es in einem Buch gelesen, das den Schlüssel zu den verbrecherischen, unglaublichen Gelüsten des Keilers enthielt. Nur Mychael konnte sie retten. Mychael, liebenswerter, sanfter Heiliger, war unangreifbar für das Böse. Wer wußte es schon, wenn sie mehr religiöse Inbrunst bewiesen hätte, vielleicht wäre auch sie dann unerreichbar für Caradoc gewesen.

Sie hatte es aber nicht getan, und Gott hatte sie zur Strafe dafür verlassen, hatte sie ihrem Schicksal preisgegeben, und nun irrte sie ziellos in einer fremden Männerwelt umher, mit wenig Hilfe, um ihren Weg zu finden.

Eine Woge von Mattigkeit überrollte sie und verwirrte ihre Gedanken. Sie sehnte sich nach Schlaf, und genau dorthin führte sie ihr Herz, zurück in die himmlischen Gefilde von Dain, dem dunkeläugigen Prinzen der Lichtelfen. Sie stieß einen leisen Seufzer aus und gab sich ganz der willkommenen Schwere hin, die in ihre Glieder kroch und ihr den Weg zu den Sternen wies.

Erlend hielt den halbvollen Becher in der Hand und schnalzte mißbilligend mit der Zunge. Sie hatte ihn nicht ausgetrunken. Er konnte nichts dafür, wirklich nicht, schließlich hatte er sich die größte Mühe gegeben, ihr das Zeug einzuflößen; aber der Teufel sollte ihn holen, wenn irgendein anderer vortreten und die verdammte Schuld daran auf sich nehmen würde.

Das dunstige Licht der Morgendämmerung sickerte durch einen uralten Hain von Eichen und Haselbüschen inmitten der Wälder von Wroneu und fing die Silhouette eines jungen Mannes ein, der zwischen den Bäumen dahinrannte. Morgan ab Kynan beobachtete den Wachtposten von der offenen Klappe des Zeltes aus, wo er kaum zwei Stunden Schlaf gefunden hatte. Der irritierte Ausdruck auf Rhys' Gesicht verriet ihm, daß Dain gesichtet worden war; zweifellos überschritt er in diesem Moment bereits die Grenzen des Lagers, begleitet von seinen beiden Jagdhunden.

»Ist es Lavrans?« rief er und schnitt eine Grimasse, als er seine Stiefel anzog. Er biß die Zähne zusammen gegen den alten Schmerz in seinem rechten Bein.

»Ja. Unterhalb des Wasserfalls«, erklärte der junge Mann, als er vor dem Zelt anhielt, völlig außer Atem von seinem Spurt die Bergflanke hinauf.

»Ich hatte darum gebeten, von seinem Kommen unterrichtet zu werden, bevor er den Fluß erreicht.«

Der Wachtposten hatte Mühe, ein grimmiges Lächeln zu verbergen. »Du weißt genausogut wie ich, daß er selbst im hellen Tageslicht so unsichtbar wie ein Schatten in der Nacht ist.«

Morgan nickte. »Und Ceridwen?« Er griff nach dem Weinschlauch, den er über die geschnitzte, mit bunten Troddeln geschmückte Zeltstange gehängt hatte, und trank einen Schluck. Er spülte sich den Mund aus und spuckte den Wein auf den Boden.

»Keine Spur von ihr jenseits der Schlucht. Sie ist noch immer auf dieser Seite, und wir werden sie finden. Dafydd kundschaftet gerade das Gelände westlich des Lagers aus.« Rhys benutzte seinen Ärmel, um sich den Schweiß von der Stirn zu wischen. »Ich habe noch nie ein Mädchen erlebt, das sich derart vor seinem Bräutigam gefürchtet hätte.«

Morgans Mund wurde schmal. »Du kennst Caradoc nicht.« Er schnallte sich seinen Gürtel um und griff nach seinem Bogen.

»Warum bringst du sie dann zu ihm?«

Die Augen des Wachtpostens ließen eine Mißbilligung erkennen, die er nicht laut zu äußern wagte. Es war ein Problem, an das sich Morgan noch sehr gut von seiner eigenen Jugend her erinnern konnte, diese Schwäche, sich Hals über Kopf zu verlieben, und gewöhnlich in eine Frau, die für einen anderen bestimmt war und von der man besser die Finger lassen sollte. Er konnte durchaus verstehen, daß sich Rhys von dem Mädchen angezogen fühlte. Ceridwen ab Arawn hatte ein ziemlich hübsches Gesicht und noch alle ihre Zähne. Normalerweise genügte das schon, um das Blut eines Jungen in Wallung zu bringen, doch Ceridwen hatte noch mehr – ein bezauberndes Lächeln, wenn sie es vorzog, Gebrauch davon zu machen, was jedoch nicht oft geschah, und eine Stimme wie kühles Wasser, das durch eine Waldlichtung plätschert. Sie hatte auch ihre Stimme in der vergangenen Woche nicht oft gebraucht, außer um zu klagen oder um zu bitten und zu flehen.

Ihr Flehen war an diesem Morgen nicht Morgans Problem; das

Problem bestand darin, sie endlich zurückzuholen, das widerspenstige Frauenzimmer. Er und eine Schar von fünf Männern hatten die ganze Nacht lang die Hügel durchkämmt, doch weder Glück noch Geschicklichkeit hatten ausgereicht, um das Mädchen zu finden und sicher ins Lager zurückzubringen.

»Sie geht zu Caradoc«, erklärte Morgan dem jungen Wachtposten, »weil der mächtigste Prinz in ganz Nordwales es so will, damit sie ihre Söhne auf dem Land ihrer Vorfahren gebären kann. Es ist der gleiche Grund, warum auch Caradoc sie will – um durch Blutsbande doppelt an das Land gebunden zu sein, das er errungen hat.«

»Durch Verrat und Betrug errungen und wer weiß, wodurch sonst noch.« Rhys überlief ein Schauder. »Es heißt, es sei seine eigene Dolchklinge gewesen, die Gwrnach von der Kehle bis zum Schwanz aufschlitzte.«

»Stimmt, das behaupten einige«, pflichtete Morgan ihm bei. Er hatte die Gerüchte ebenfalls gehört, und er wußte von dem Haß, den Caradoc auf seinen Vater gehegt hatte, aber er wußte auch, wie eine kaum merkliche Drehung der Klinge und die winzigste Absichtsänderung eine Tötung in grausame Verstümmelung verwandeln konnen. Zweitausendsiebenhundert Moslems waren von Löwenherz' Kreuzrittern im Heiligen Land abgeschlachtet worden. Ihr Befehl hatte gelautet, die Männer zu köpfen, aber am Ende hatten sie alle blindlings auf die Geiseln eingehackt und sie niedergemetzelt, während sie bis zu den Knien durch Blut und Eingeweide wateten. Wie viele hatte er selbst getötet und wie viele verstümmelt? Er würde es niemals wissen. Tod war Tod, und der Tod durch das Schwert war niemals schön.

Morgan schlang sich seinen Köcher über die Schulter und strebte mit langen Schritten zu der Stelle, wo die Pferde angebunden waren.

Rhys lief neben ihm her, einen trotzigen Ausdruck auf seinem jungenhaften Gesicht. »Ich bin immer noch der Meinung, sie wäre glücklicher, wenn sie bei den Nonnen in Usk geblieben wäre.«

Wenn Rhys mehr daran gelegen ist, sie zu beschützen, als sie zu beschlafen, dachte Morgan, dann besteht ja noch Hoffnung für ihn. Denn es war immer die Sache mit dem Bett, die junge Männer dazu brachte, vollkommen den Verstand zu verlieren.

»Laß Rhodri und Drew den Fluß überqueren und schick Owain zu mir«, befahl Morgan, ohne Rhys' Zusammenfassung der Sachlage Beachtung zu schenken. Der Junge war ein guter Fährtenleser, und mit der Zeit würde er sogar noch besser werden, aber seine Gefühle für das Mädchen hatten offenbar sein Urteilsvermögen beeinträchtigt. Ceridwen war keine Nonne, noch nicht. »Sie hat vor, zu Mychael nach Strata Floria zu gehen.«

»Warum?« fragte der junge Wachtposten überrascht. »Die Mönche werden sie nicht aufnehmen, selbst wenn ihr Bruder zu ihrem Orden gehört.«

»Sie will nicht in das Kloster, um Zuflucht zu finden, sondern um Mychael aus seiner mönchischen Versunkenheit aufzurütteln und ihm ein Schwert in die Hand zu drücken.«

»Sie glaubt, Mychael wird um Balor Keep kämpfen?« Rhys' Tonfall ließ starke Zweifel erkennen.

Morgan teilte seine Skepsis. Er kannte Ceridwens Bruder seit dessen Geburt, und es war sehr viel wahrscheinlicher, daß Mychael heiliggesprochen würde, als daß man ihn zum Ritter schlüge. Der Junge hatte sich mit wahrer Inbrunst dem Mönchsleben verschrieben. »Als die Festung noch ihrem Vater gehörte«, antwortete er, »wurde sie Carn Merioneth genannt, und wenn Ceridwen sie zurückgewinnen könnte, würde Mychael ihr ohne Zweifel das Schloß überlassen und ihr erlauben, überhaupt keinen Herrn zu haben, außer vielleicht den Herrn und Gebieter ihrer Wahl.«

»Und hat sie ihre Wahl getroffen?« In der jungen Stimme schwang eine verräterische Menge Hoffnung mit.

Morgan blieb stehen und blickte den Wachtposten mit einem tadelnden Grinsen an. »Sie hat mich gefragt, Junge, aber ich glaube nicht, daß sie mit dem Herzen bei der Sache war.«

Rhys funkelte den anderen Mann vorwurfsvoll an. »Warum ist sie dann davongelaufen?«

Wieder breitete sich ein wissendes Grinsen auf Morgans Gesicht aus. »Ich habe ihr erklärt, ich hätte einer Frau noch mehr zu bieten als nur meinen Schwertarm. Sollte sie gewillt sein, sich die Sache noch einmal durch den Kopf gehen zu lassen, und mir einen Antrag mit etwas mehr ... äh, Leidenschaft darin machen, bekommt sie womöglich, was sie sich erhofft hat.«

Rhys, dem die unzüchtigen Seiten des Lagerlebens nicht fremd waren, war deutlich schockiert über die dreisten Annäherungsversuche seines Herrn.

»Du hättest Ceridwen ab Arawn heiraten können, das schönste, lieblichste und freundlichste Mädchen der gesamten Chri-stenheit, und du beleidigst sie mit Anzüglichkeit und Lüsternheit und –« Er brach abrupt ab, während sein Blick zu einer Stelle hinter Morgans rechter Schulter schweifte. Eine verlegene Röte kroch in seine Wangen. »Ich werde deine Befehle an Owain und Drew weitergeben«, sagte er brüsk und machte auf dem Absatz kehrt, um ins Lager zurückzumarschieren.

»Du bist ein hoffnungsloser Romantiker«, sagte plötzlich eine unverwechselbare Stimme – eine, die fähig war, sowohl Französisch als auch Walisisch mit gleicher Mühelosigkeit zu verstümmeln – wenige Meter hinter ihm.

»Und du bist ein hoffnungsloser Zyniker«, entgegnete Morgan, während er sich langsam zu seinem Freund umwandte.

»Du kommer sent.« Dain stieß sich von der Eiche ab, wo er eine Weile gewartet und zugehört hatte. »Du bist spät dran. Ich hatte dich schon vor Sankt Winnal erwartet.«

Der Waliser zuckte zusammen. »Jedesmal, wenn du den Namen eines Heiligen aussprichst, erwarte ich förmlich, daß ganz in der Nähe ein Blitz einschlägt.«

Dain lachte. »Ein Blitz, Morgan? Im Morgengrauen? Für einen simplen Ketzer?«

»Du bist mehr als ein Ketzer. Du bist ein Heide. Vielleicht sogar noch Schlimmeres.«

»Ein Ungläubiger?«

»So könnte man dich gut und gerne nennen, wenn man die allgemeine Definition zugrunde legt, ganz gleich ob christlich oder moslemisch.« Ein widerstrebendes Lächeln spielte um seinen Mund.

Der in einen dunklen Umhang gehüllte Däne trat aus dem Schatten in einen Strahl von Sonnenlicht und schritt mit seiner natürlichen Eleganz auf die Lichtung, die manch einer irrtümlich für Schwäche hielt – bis er gesehen hatte, welche Kraft und tödliche Geschicklichkeit sich dahinter verbarg, wenn Dain eine Schwertklinge schwang. Morgan hatte die kraftvolle Eleganz seines Freundes im Umgang mit dem Schwert gesehen, öfter, als er sich erinnern mochte.

»Im Wald geht es ja heute morgen schon ziemlich lebhaft zu. Es wimmelt überall von deinen Männern«, sagte Dain und bot seinem Freund den Weinschlauch an, den er trug. Ein Pferd, ein kräftiger Apfelschimmel von gut eineinhalb Metern Schulterhöhe, stand ruhig zwischen den Bäumen hinter ihm. »Vielleicht ist mein Wein ja mehr nach deinem Geschmack.«

Morgan nahm den Schlauch an. »Keiner von ihnen hat dich entdeckt«, erwiderte er. »Es ist direkt ein Wunder, daß wir noch nicht hinterrücks im Schlaf ermordet wurden. Wo sind deine Hunde?«

»Numa bewacht meine Räume, und Elixir bewacht die Druidentür und die Turmtreppe.«

»Hast reiche Beute gemacht, wie?« fragte Morgan. Sein Humor gewann allmählich wieder die Oberhand. Seine Wachen hatten nur Dain und sein Pferd übersehen, nicht Dain, sein Pferd *und* zwei große Hunde. Es war zwar nur ein schwacher Trost, aber immerhin ein Trost. Das Pferd hatte sich nicht von der Stelle gerührt, wie ihm auffiel, dennoch schien es selbst jetzt immer weiter in den sich verlagernden Schatten des Waldes zu verschwinden.

»Reiche Beute? Schon möglich.« Dain wies auf das mit Troddeln geschmückte Zelt. »Und was ist mit euch? Walisische Kriegerverbände reisen gewöhnlich nicht auf Saladins Art.«

Morgan ignorierte die Anspielung auf den Wüstenherrscher; er zog es vor, die Vergangenheit ruhen zu lassen, besonders wenn die Gegenwart ein solch heilloses Durcheinander war.

»Das Zelt war ein Geschenk von Llywelyn, Prinz von Gwynedd, an jemand anderen, ein Mädchen, das abzuholen ich gebeten worden bin – ein richtiges Irrlicht, das mir mit verdammter Regelmäßigkeit entwischt.«

»Hat sich dein Charme schon so abgenutzt?« Dain hob eine rosenrote Quaste und drehte sie ins Licht, um sie genauer zu betrachten.

»Nicht stärker als deiner, wie ich zu behaupten wage.« Morgan zog neckend eine Braue hoch. »Was macht die liebe Edmee?«

»Sie ist perfekt.« Die Bemerkung hing in der Luft, mit tausend verschiedenen Bedeutungen gespickt, während geschickte, in der Kunst des Zauberns bewanderte Finger durch die seidenen Fäden glitten und die Quaste dann wieder gegen die Zeltwand zurückfallen ließ. »Und dein Mädchen?«

Der Waliser lachte schallend. »Nicht ganz so perfekt und noch nicht einmal *mein* Mädchen, ihren Wünschen zum Trotz. Sie geht in den Norden.«

»Das hat sie mir erzählt.« Dain beobachtete, wie sich Morgans Augen fast unmerklich weiteten, bevor es ihm gelang, seine Überraschung zu kontrollieren. Von den dreien war Morgan der einzige, der sich nach ihrer Rückkehr aus dem Heiligen Land noch so etwas wie eine Spur von Unschuld und Naivität bewahrt hatte, aber andererseits war Morgan – mit Abstand der jüngste der drei Männer – auch der einzige gewesen, der damals mit einer gehörigen Portion Arglosigkeit zu dem Kreuzzug aufgebrochen war.

»Du hast Ceridwen ab Arawn in deinem Turm?«

»Richtig. Sie war die ganze Nacht über dort.«

Mehr als ein Mädchen hatte sich von Morgans harmloser Art, seinem attraktiven Gesicht und seinen Augen, so blau wie ein Sommerhimmel, verführen lassen. Es überraschte Dain nicht, daß auch Ceridwen von ihm betört war, aber es ärgerte ihn. Wie war es ihr nur gelungen, sich ihre Jungfräulichkeit zu bewahren, wenn sie anscheinend jedem Mann, dem sie begegnete, einen unsittlichen Antrag machte? Seltsame Frau.

»Dann bin ich ein Kind des Todes.« Morgan schlug sich eine Hand vors Gesicht, und ein Schwall dunklen Haares fiel ihm in die Stirn. Genauso plötzlich hob er wieder den Kopf. »Und du ... nein.« Er hielt nachdenklich inne. »Nein, Caradoc würde dich nicht töten, nicht wegen einer Frau.«

»Noch nicht einmal wegen einer anverlobten Braut?«

»Großer Gott, Dain«, fluchte Morgan. »Sie hat es dir gesagt, und du hast sie trotzdem verführt? Hast du denn überhaupt kein Ehrgefühl mehr?«

Die Antwort darauf war so offensichtlich, daß sich eine Erwiderung eigentlich erübrigte, dennoch antwortete Dain.

»Ich setzte mich eben durch. Das ist alles.«

»Es ist inzwischen vier Jahre her, seit wir Jaffa verlassen haben, sieben seit Acre. Kannst du noch immer nicht vergessen?«

»Kannst du es?«

Morgan hielt Dains Blick fest, dann fluchte er abermals und trank einen großen Schluck von dem Wein.

»Es spielt keine Rolle«, sagte er, während er Dain den Weinschlauch zurückreichte. »Ich will sie trotzdem zurückhaben.«

»Und ich bin hier« – Dain lächelte – »um über die Rückgabe einer Jungfrau zu verhandeln.«

Nach einem Moment verblüfften Schweigens erwiderte Morgan das Lächeln seines Freundes und belegte ihn mit einem unflätigen Schimpfwort. »Ich hätte mir eigentlich denken könne, daß dich ein unerfahrenes Mädchen nicht reizen würde.«

»Es hatte weniger mit dem Mangel an Erfahrung zu tun, sondern vielmehr damit, daß sie nicht bei Bewußtsein war.«

Morgans Lächeln verschwand im Bruchteil eines Augenblicks. »Sie wurde verletzt?«

»Brutal. Einer von D'Arbois' Rittern, Ragnor, hat sie im Wald überfallen und nach Wydehaw gebracht. Er ist nicht gerade behutsam mit ihr umgegangen.«

»Dann ist er derjenige, der dafür büßen wird. Owain!« Morgan wandte sich ab und rief seinen Hauptmann herbei. Ein großer Mann mit derben Zügen erhob sich augenblicklich von seinem Platz am Feuer. »Laß die Männer aufsitzen. Wir reiten nach Wydehaw.«

»Warte.« Dain legte seinem Freund eine Hand auf den Arm, um ihn zurückzuhalten. »Komm lieber allein. Wir werden uns unterhalten, nachdem du sie gesehen hast.«

Morgan zögerte einen Moment, einen mißtrauischen Ausdruck in seinen blauen Augen, bevor er sprach. »Du verlangst reichlich viel, lieber Freund. Es ist für einen walisischen Prinzen nicht ganz ungefährlich, das Schloß eines Lehnsherrn der Mark zu betreten, ohne daß er seine Männer zur Unterstützung dabeihat.«

»Falls es nötig ist, werde ich dir beistehen«, versprach Dain. »Aber ich bezweifle doch stark, daß deine Anwesenheit überhaupt bemerkt wird, es sei denn, du marschierst geradewegs in die große Halle und machst deine Aufwartung beim Abendessen.«

»Was hast du vor, Magier?« Morgans Gesicht verzog sich zu einem spitzbübischen Grinsen. »Wirst du einen Stab aus Eberesche schwenken und uns mit einer einzigen Handbewegung in deinen Turm hexen?«

»Wenn ich nur den richtigen Zauber finden könnte, täte ich es«, erwiderte Dain, wobei er eine Braue hochzog, um die Ernsthaftigkeit seines Wunsches zu unterstreichen.

Morgan hob eine Hand, um sich hastig zu bekreuzigen, dann fing er sich wieder und schenkte Dain ein verlegenes Lächeln.

»Manchmal machst du mir wirklich angst, Lavrans. Ich wundere mich, daß du es nicht selbst mit der Angst zu tun bekommst, bei all deinen Experimenten und deiner Beschäftigung mit Dingen, von denen man besser die Finger lassen sollte«, erwiderte Morgan, obwohl er seinen Freund kaum für das verurteilen konnte, was aus ihm geworden war. Dafür verdankte er ihm viel zuviel. Hätte Dain ihn damals nicht beschützt, er wäre für Gott und seine Freunde verloren gewesen, nachdem ihn die Todsünden und finsteren Künste der Sarazenen all seines Glaubens beraubt hatten.

»Sag deinen Männern, sie sollen im Lager bleiben«, war alles, was Dain darauf erwiderte. »Du wirst spätestens bis zum Morgen wieder hier sein. Und mach dir keine Sorgen, Morgan. Der Weg in den Turm führt nicht über Zaubersprüche oder Hexerei, obwohl du dir vielleicht noch wünschen wirst, es wäre so, bevor wir dort sind.«

»Was willst du damit sagen?«

»Ich habe einen anderen Eingang durch die untere Kammer gefunden.«

Morgan schnitt eine Grimasse. »Ein ziemlich übelriechender Ort.«

»Es sind nur die Schwefelverbindungen, die ich für die Alchemie brauche.«

»Der Schwefel stinkt höllisch«, knurrte Morgan, obgleich er dabei versöhnlich lächelte. Es war das, was er Dain immer entgegenbrachte, Versöhnlichkeit, denn tief in seinem Herzen befürchtete er, Gott würde es niemals tun – und noch tiefer, an einem Ort in seinem Inneren, an den er kaum zu rühren wagte, befürchtete er, daß er selbst die Schuld an der schlimmsten aller Taten trug, die Dain um des Überlebens willen begangen hatte, jene, die es den Sarazenen ermöglicht hatte, tief in Dains Seele zu greifen und ihn von dem stoischen Krieger, der er einst gewesen war, in den gefährlich gerissenen und klugen Magier zu verwandeln, der er heute war.

Nein, er konnte sich wirklich nicht zum Richter über seinen Freund erheben. Er konnte nur verzeihen und dankbar dafür sein, daß er längst nicht alles von dem gesehen hatte, was zwischen Dain und Jalal al-Kamam passiert war; denn das wenige, was er miterlebt hatte, verfolgte ihn des Nachts in seinen Träumen.

»Allmächtiger!«

»Faß sie nicht an«, warnte Dain, und Morgan zog hastig seine Hand von Ceridwens Gesicht zurück und ballte sie zur Faust.

Sie lag auf Dains Bett, in Kissen und Decken gekuschelt, während warmer Sonnenschein durch das verglaste Fenster auf sie herabströmte und ihre zierliche Gestalt in Licht hüllte. Edmees geschickte Hand war in dem ordentlichen Zopf zu erkennen, den sie aus der dicken Lockenmähne des Mädchens fabriziert hatte. Dennoch hatten sich einzelne feine Strähnen wieder gelöst und bauschten sich wolkengleich um ihr schmales Gesicht.

»Wo ist der Schlächter, der hierfür sterben wird?«

»Es ist nicht so schlimm, wie es aussieht, Morgan. Sie wird ein paar Narben zurückbehalten, aber das meiste dessen, was du siehst, ist Heilsalbe, kein Blut. Die Blutergüsse werden bald zurückgehen.« Dain zog den Halsausschnitt des sauberen Hemds beiseite, das Edmee dem Mädchen angezogen hatte, um die genähte Wunde zu inspizieren. Er spürte, wie Morgan neben ihm erstarrte, als er die schartige Bißwunde auf ihrer Schulter erblickte. »Auch dies hier wird mit der Zeit besser aussehen«, erklärte Dain. Sein Finger fuhr behutsam über die beiden halbmondförmigen Vertiefungen in der bleichen Kurve ihrer Haut. Sie war weiß Gott fürs Leben gezeichnet. Die Bißverletzung würde zwar verheilen, aber niemals ganz verblassen. Er tauchte ein Tuch in eine Schüssel mit warmem Wasser.

»Und der Rest?« wollte Morgan wissen.

»Du kannst ihrem Herrn versichern, daß sie mit etwas Glück nicht hinken wird.«

Ein wüster, gutturaler Fluch kam über die Lippen des Mannes. »Der Prinz von Gwynedd wird sich vielleicht mit so wenig beschwichtigen lassen, aber Caradoc kann ich nicht nur mit tröstlichen Versicherungen und Glück kommen. Er wird mehr wollen.«

»Mehr?«

»Ragnor.« Er sprach den Namen ohne Gnade.

Es würde auch dem Mädchen das Leben erleichtern, wenn die Bestie fortgeschafft würde, aber Dain bezweifelte, daß D'Arbois bereit wäre, ihnen den Ritter auszuliefern. Hier mußten härtere Maßnahmen ergriffen werden.

»Du wirst nicht umsonst Dieb von Cardiff genannt, Morgan. Entführe den Kerl, wenn du ihn haben willst.« Vorsichtig, um das Mädchen nicht zu wecken, wischte Dain mit dem feuchten Lappen über ihre Schulter und wusch den Salbenverband des vergangenen Abends ab. Eine Bißverletzung, besonders von einem so stinkenden, üblen Mund wie Ragnors, würde eher zu eitern anfangen als eine Wunde von einer Dolchklinge. Als sich der Biß frei von Infektion erwies, wandte Dain seine Aufmerksamkeit der feineren Schnittwunde an Ceridwens Schläfe zu.

In dem Moment ertönte lautes Gebrüll von draußen, begleitet vom Hufgetrappel vieler Pferde.

»Besser Ragnors Kopf als meiner«, sagte Morgan, während er zur Fensternische hinüberging, um in den Burghof hinunterzuspähen.

»Bist du sicher, daß unbedingt ein Kopf dafür rollen muß?«

»Caradoc wird sich mit nichts Geringerem als Blut zufriedengeben, je mehr desto besser.« Zornige Flüche und das Knallen einer Peitsche mischten sich in das schrille, angstvolle Wiehern der Pferde.

»Dann sind die Gerüchte, die ich aus dem Norden gehört habe, also wahr?«

»Die meisten, wenn nicht alle.« Morgan wies zum Fenster hinüber. »Wer ist das, der mit einem solchen Getöse ankommt?«

»Dein Mann, Ragnor.« Dain brauchte nicht erst einen Blick in den Burghof hinunterzuwerfen, um zu wissen, daß der Ritter gekommen war. Er erkannte ihn an seiner Stimme und an dem typischen Spektakel, der seine Rückkehr zu begleiten pflegte. Er lenkte seine Aufmerksamkeit wieder auf das Mädchen. Die Stiche, mit denen er die Schläfenwunde vernäht hatte, sahen gut im hellen Tageslicht aus, eine feine, unauffällige Naht an der Seite ihres Gesichts. Es wäre eine Schande zuzulassen, daß all dies zwischen den Fängen des Keilers von Balor zu Staub zermahlen würde, falls so etwas überhaupt möglich war. »Man erzählt sich so einiges über Balor Keep«, sagte er, »Geschichten von seltsamen Vorkommnissen und unerbittlichem Vorgehen, Handlungsweisen, die sehr an Gwrnach erinnern.«

»Caradoc ist ein harter Mann, das stimmt schon«, gab Morgan zu. »Vielleicht ist er ein bißchen wild geworden, aber er ist auch nicht schlimmer als andere.«

»Ich habe gehört, die Schloßmauer sei ein Geschenk des Hauptmanns von Llywelyns Kriegerverband gewesen.«

Morgan schmunzelte. »Ich war dabei, in der Nacht, als Llywelyns *penteulu* sein Vermögen in der Kampfarena von Balor Keep verlor, als sie auf einen wilden Eber wetteten. Ja, mehr als einer hat gesagt, Caradoc hätte seine Burg mit Schweineblut erbaut.«

Der Lärm draußen ließ das Mächen unruhig werden; ein kaum merkliches Flattern ihrer Augenlider verriet ihr Erwachen aus den Tiefen eines Betäubungsschlafes. Dain tauchte seinen Finger in einen Becher Wein, der schwach mit Opium versetzt war, und befeuchtete ihre Lippen mit der Flüssigkeit. Er war noch nicht bereit, sie aufwachen zu lassen, nicht, wenn Morgan dabei war. Als ihre Zunge hervorschnellte, ließ er sie den Trank von seinen Fingerspitzen lecken, während er sein Verlangen, das gleiche zu tun, sowohl studierte als auch bekämpfte.

»Caradoc wird es dir nicht danken, wenn du ihm eine Opiumsüchtige als Braut schickst.« Die Worte waren leise gesprochen, mit einer Besorgnis, die nicht nur der Frau galt.

»Ich bin schon vorsichtig«, erwiderte Dain, doch er stellte das Weinglas beiseite und ließ seine Hand über ihre Lider gleiten, um sie mit bloßer Willensanstrengung dazu zu bringen, noch eine Weile länger zu schlafen. Es ging zwar nicht so weit wie Magie, aber er hatte noch nie die Macht eines beschwörenden Gedankens unterschätzt, besonders nicht in Kombination mit dem passenden Heilkraut. Er senkte seine Hand und stellte fest, daß ihre Wimpern das gleiche getan hatten. Manchmal schien es, als hätte er ein spezielles Talent für solche Dinge.

»Wird Ragnor morgen wieder auf die Jagd gehen?« fragte Morgan und wandte seine Aufmerksamkeit wieder dem Burghof zu.

»Ja«, erwiderte Dain, genau in dem Moment, als Ceridwen seufzend seinen Namen sprach. Nun ja, vielleicht doch kein so großes Talent, dachte er, während er ihren Mund berührte, um ihr zu bedeuten, still zu sein.

»Was?« fragte Morgan.

Ceridwen lächelte unter seiner Liebkosung, und Dain räusperte sich.

»Ja«, sagte er, diesmal lauter, als er sich aufrichtete und den Bettvorhang hinter sich zuzog. Er würde sich um das Mädchen kümmern, nachdem Morgan gegangen war. »Er hat es auf Wildschweine abgesehen, und er wird nicht eher ruhen, bis er eines abgeschlachtet hat.«

»Was ist mit seinem Herrn?«

»D'Arbois zieht es vor, zahmeres Wild zu jagen.«

Morgan lachte leise, seine Aufmerksamkeit weiterhin auf den Mann im Burghof gerichtet. »Ich habe dich niemals für zahm gehalten, Lavrans.«

»Das sollte D'Arbois besser auch nicht tun. Komm.« Dain wies auf seinen Arbeitstisch, wo eine Mahlzeit aufgetragen worden war: Ale, Brot, Käse, eingelegte Früchte und ein süßer Sahnepudding. »Laß uns essen und verhandeln.«

Am Ende entschieden sie, das Mädchen vorläufig in Wydehaw zu lassen, im Hart Tower. Sie war noch zu geschwächt, um eine Reise über die Berge zu machen, zu attraktiv, um sie in D'Arbois' Obhut zu geben, und wegen ihrer Herkunft und Ahnenreihe zu kostbar für Caradoc, als daß er sich übermäßig darüber aufregen würde, daß ihre Gesundheit Vorrang vor seinem dringenden Bedürfnis hatte, sie in Balor Keep zu haben. Es genügte vollauf, wenn der Keiler von Balor seine Braut an Beltaine in Empfang nahm.

Morgan lachte über diese letzte Bemerkung Dains. »Sie ist mir dreimal innerhalb von wenigen Tagen entwischt, und du glaubst, du könntest sie einen ganzen Monat hier festhalten? Könnte dein bisher bester Trick sein.«

»Es ist kein großer Trick dabei, wenn Numa das Mädchen nicht aus den Augen läßt.« Dain beugte sich vor und vertilgte den letzten Rest Pudding mit seinem Silberlöffel. »Was ist nun, hast du die Liste?«

»Ich werde sie bestimmt nicht vergessen. Mandeln, Reis, Safran, Gewürze und Paradiesäpfel, Orangen – also, die wirst du niemals kriegen, nicht von einem Waliser –, Veilchenzucker, um Himmels willen, und hundert Goldstücke. Das ist mehr, als Caradoc in einem Jahr, in zwei, sogar in drei Jahren für sie ausgegeben hätte!

Und ich bezweifle, ob er einen Strang Safran von den Zotteln an einem Schafshintern unterscheiden könnte!«

Dain zog eine Braue hoch und kämpfte gegen ein süffisantes Grinsen an, als er vielsagend seinen Löffel ableckte.

Morgan war empört. »Wenn du das gehört hast, dann hast du eine Lüge gehört.«

»Ich habe sogar noch Schlimmeres gehört.«

»Noch Schlimmeres!« rief Morgan, als könnte es unmöglich etwas noch Schlimmeres geben als Geschlechtsverkehr mit Schafen.

»Richte ihm einfach meine Grüße aus, erkläre ihm, wie wichtig reichhaltiges Essen ist, um ihre Gesundheit wiederherzustellen, und überzeuge ihn davon, daß das Geld gut angelegt ist für eine Braut von solch großer Schönheit und Anmut ... und Jungfräulichkeit.« Ein langsames Grinsen breitete sich auf Dains Gesicht aus.

Morgan schob scharrend seinen Stuhl vom Tisch zurück und murmelte: »Sag lieber nichts mehr. Was ich nicht weiß, kann er auch nicht aus mir herausquetschen, und dann wird er dich nicht töten müssen, weil du ›ein bißchen herumgespielt‹ hast, wo kein Mann herumspielen sollte, wenn er nicht gezwungen sein will, das Mädchen zu heiraten. Was ist mit D'Arbois? Was wirst du ihm erzählen?«

»Ich werde ein Huhn ausnehmen, bevor er zu Abend ißt, und ihm die Bedeutsamkeit des Mädchens aus den Eingeweiden prophezeien.« Noch immer grinsend erhob sich Dain von seinem Platz, um seinen Gast zur Tür zu begleiten. »Findest du allein durch den Belagerungstunnel zurück?«

»Ja, und ich treffe dich bei Einbruch der Dunkelheit in dem Wäldchen am anderen Ende mit ihren Habseligkeiten – nicht, daß es sonderlich viel wäre. Die einzige Mitgift, die sie hat, ist ihre Abstammung.« Der Waliser zögerte einen Moment, während er Dains Blick auffing. »Sie hatte ein Buch bei sich, ein rotes Buch. Ein paar Seiten darin waren beschrieben, ein paar waren leer, und einige waren in einer Sprache beschrieben, die mir völlig unbekannt ist. So merkwürdig, wie es ist, aber das Buch könnte das Wertvollste sein, was sie besitzt. Es würde mir wirklich für sie leid tun, wenn sie es verloren hätte.«

»Immer mit der Ruhe, Morgan«, erwiderte Dain und wandte sich seinen Regalen zu. »Das Buch war in ihrem Umhang, als sie hier strandete. Hier ist es.« Er griff hinauf und zog den in rotes Leder gebundenen Wälzer von einem Bord.

»Ah ja, das ist es. Nein, laß nur, ich muß es nicht sehen«, erklärte Morgan hastig, als Dain es ihm geben wollte. »Es war schon unheimlich genug, als ich es das erste Mal durchgeblättert habe. Auf ein zweites Mal kann ich gut und gerne verzichten.«

»Schon wieder Magie?« fragte Dain mit einem neckenden Grinsen.

»Vielleicht«, erwiderte Morgan. »Oder vielleicht ist es auch etwas anderes. Ich würde das Buch nicht haben wollen, aber Ceridwen hat jeden Abend darüber gehockt, und um ihretwillen bin ich froh, daß sie auch in Zukunft nicht darauf verzichten muß.«

Dain stellte das Buch wieder auf das Regal zurück, neugieriger als je zuvor. Wenn Morgan sich davor fürchtete, seine Seiten auch nur anzufassen, dann mußte das Sendschreiben des jungen Dings tatsächlich außergewöhnlich sein.

5. Kapitel

Dain stand vor dem Kamin des Turmzimmers, in der Hand das Bündel, das Morgan ihm an diesem Abend gegeben hatte. Sein Freund hatte recht gehabt. Es enthielt wirklich nicht viel.

Er trat näher ans Feuer, während er seinen Daumen über die schmalen geflochtenen Lederriemen gleiten ließ, mit denen Ceridwens Kleider und persönliche Habseligkeiten zusammengeschnürt waren. Schnee schmolz in den dunklen Falten seines Kapuzenumhangs und tropfte zischend und dampfend in die Feuerstelle. Der Winter war wieder zurückgekehrt und hatte ihnen erneut Schnee und eisige Kälte beschert. Die weichen, gefrorenen Flocken hatten zu fallen begonnen, als Dain in dem kleinen Wäldchen, das den Tunnelausgang umgab, auf den walisischen Prinzen und seine Männer gewartet hatte. Im Grunde war es mehr ein Dickicht als ein Wald, so daß er gezwungen gewesen war, den Treffpunkt zu Fuß anzusteuern, aber die dichten Wälder begannen wieder in der Nähe der Flüsse und boten einen sicheren Ort, um ein Pferd zu verstecken.

Die Zypriotin hatte den ganzen Tag dort auf ihn gewartet, mit einer Geduld, die kein Schlachtroß für sich beanspruchen konnte. Dain hatte die Stute an diesem Morgen zwischen den Bäumen zurückgelassen, bevor er und Morgan ihre erste Exkursion durch den unterirdischen Gang unternommen hatten. Genau wie er erwartet hatte, war Morgan nicht in der Lage gewesen, sie zu finden, als er später allein durch den Tunnel zurückgekehrt war, und er hatte wirklich nach ihr gesucht, lange und angestrengt. Nichts wäre gut genug, hatte der Waliser erklärt, es sei denn, Dain gäbe ihm ein Fohlen, das die Fähigkeit besaß, im Nu zu verschwinden.

Dain lächelte. Es würde schon etwas mehr dazugehören als das edle Geblüt der Zypriotin, um ein anderes Pferd zu befähigen, gespenstergleich mit den Nebelschwaden zu verschmelzen. Ein wüster Fluch, der aus dem Raum eine Treppe tiefer heraufschallte, ließ sein Lächeln noch breiter werden. Er hatte Erlend abermals in die Alchemiekammer verbannt, und der alte Mann war alles andere als glücklich darüber, eine weitere Nacht zwischen den Schmelztiegeln, Glaskolben und Flaschen verbringen zu müssen und dem, was er die »widerlich stinkigen« Verschlackungspfannen nannte.

Fröstelnd warf Dain ein zusätzliches Reisigbündel ins Feuer, eine Großzügigkeit, die sich nur wenige andere in Wydehaw leisten konnten. Die Flammen erwachten knisternd und prasselnd zu neuem Leben. Es kam zwar nur selten vor, daß er die Hitze der Wüste vermißte, doch jene Jahre hatten seine Widerstandsfähigkeit gegen die Kälte geschwächt und ihn für einen gewissen Komfort und Luxus empfänglich gemacht, den er mehr genoß, als gut für ihn war.

Aber wenn der Vorwurf der Dekadenz der Preis für sein Vergnügen an diesem Abend war, dann war er gerne bereit zu zahlen. Er hatte nach Edmee schicken lassen und Erlend beauftragt, auf sämtlichen Feuerstellen im Turm Wasser für ein Bad zu erhitzen.

Dain griff nach der Schnalle auf seiner Schulter, um sich seines feuchten Umhangs zu entledigen – und hielt abrupt inne, gewarnt durch ein unbehagliches Prickeln, das sein Rückgrat hinunterlief.

Sein Instinkt, geschärft durch tausend Nächte der Gefangenschaft, veranlaßte ihn, einen Moment lang reglos zu verharren und den Atem anzuhalten. Numa lag auf dem Bett; ihr schmaler Kopf ragte aus einem Spalt zwischen den Bettvorhängen hervor, aus ihrer Brust stieg ein dumpfes, warnendes Grollen auf. Erlend wird doch sicher nicht der Grund für ihr wütendes Gebaren sein, dachte Dain, obwohl er zugeben mußte, daß er überrascht gewesen war angesichts der Abdrücke an der Kehle des alten Mannes. Glücklicherweise hatte die Hündin nicht so fest zugebissen, wie sie es sonst zu tun pflegte.

Er blickte zur Druidentür hinüber, hörte jedoch weder Schritte, noch spürte er die Anwesenheit irgendeines Eindringlings, der die Turmtreppe heraufgeschlichen kam. Als nächstes warf er einen Blick über seine Schulter zu der Luke im Fußboden, dann zur Tür, die zum Horst führte. Nichts. Keine der beiden Türen ließ irgend etwas Verdächtiges erkennen. Im übrigen saß nur Elixir neben dem

Kamin und starrte ihn mit einem beinahe unschuldigen Ausdruck auf seinem höllenhundschwarzen Gesicht an.

Der Ausdruck, der so ganz und gar nicht zu der gewohnten Unnahbarkeit des Tieres zu passen schien, erregte Dains Verdacht. Langsam wandte er sich wieder Numa zu, und seine wildesten Vermutungen wurden bestätigt: Die Hündin knurrte *ihn* an.

»*Kom.*« Sein Befehl war streng, fordernd. Die Situation mit dem Mädchen war völlig außer Kontrolle geraten.

Die Albinohündin sah aus wie das personifizierte schlechte Gewissen, als sie vom Bett kroch. Gleich darauf ertönte eine andere Stimme, die aus den Tiefen der Decken und Kissen kam, und hielt das Tier zurück.

»Numa, bleib hier.«

Und die Hündin gehorchte.

Auflehnung war etwas gänzlich Neues innerhalb der gekrümmten Wände des Hart Tower, und selbst als Abwechslung war sie höchst unwillkommen.

Dain legte das Bündel auf den Tisch und ging auf das Bett zu, wobei er den Kopf schieflegte, um durch die Öffnung zwischen den teilweise vorgezogenen Bettvorhängen zu spähen. Er rief die Hündin nicht noch einmal, weil es sinnlos gewesen wäre. Die Schlacht, die soeben begonnen hatte, ging über ihren Verstand.

Ceridwen hielt die Laken und Decken umklammert und preßte sie an ihre Brust, während sich ihre Finger tief in das dicke Zobelfell gruben, mit dem die oberste Decke gefüttert war. Furcht pulsierte mit jedem Atemzug durch ihr Herz, und eine innere Stimme beschwor sie zu fliehen, aber Flucht war ein Ding der Unmöglichkeit. Ihr Kopf schmerzte derart, daß sie kaum aus den Augen sehen konnte; ihre Sinne waren noch immer benommen von dem Schlaftrunk, und ihre gebrochenes Fußgelenk war mit dicken Schienen und Bandagen beschwert, die zu heben ihr einfach die Kraft fehlte.

Ihr blieb keine andere Wahl, als dem Dämon gegenüberzutreten, und sie hatte nichts außer ihrem Verstand und Numa zu ihrer Verteidigung.

Verdammter Köter. Warum mußte er auch unbedingt die Aufmerksamkeit der unheimlichen Erscheinung erregen?

»Sie geht jedem an die Kehle, der zu nahe kommt«, warnte Ceridwen und war bestürzt, wie zaghaft ihre Worte klangen. Sie würde schon etwas mehr Beherztheit aufbringen müssen, um sich aus dieser bedrohlichen Lage zu retten, aber genau wie Flucht, so schien auch das außerhalb ihrer Reichweite.

»Wie ihr Herr es ihr beigebracht hat«, erwiderte die schwarzverhüllte Gestalt, während sie unaufhaltsam näher kam. Umrahmt vom hellen Lichtschein des Kaminfeuers in seinem Rücken, warf Dain einen riesigen Schatten auf das Fußende des Bettes.

Ceridwen strengte ihre Augen an, um seine Bewegungen durch den schmalen Spalt zwischen den Bettvorhängen zu verfolgen. »Numa hat jetzt eine Herrin«, sagte sie, bemüht, Kraft in eine Stimme zu zwingen, die leider noch immer ziemlich furchtsam und zittrig klang.

Die Gestalt verschwand um die Ecke des Bettes, verschmolz mit den langen Bahnen von Stoff, die von den Pfosten des Betthimmels herabwallten, und ihr Herz begann zu rasen. Sekunden dehnten sich zu kleinen Ewigkeiten, verstrichen in qualvoller Stille. Er war dort draußen irgendwo und schlich sich an sie an, um ihr etwas Schlimmes anzutun, das wußte sie, aber sie konnte seine Position nicht ausmachen – bis die Vorhänge auf der Seite des Bettes plötzlich mit einem Ruck aufgerissen wurden.

»Und jetzt hat auch die Herrin einen Herrn und Gebieter«, sagte er, als er drohend über ihr aufragte, die leibhaftige Verkörperung von Finsternis und Tod. Ein Schrei erstickte in ihrer Kehle. »Hütet Euch, *Chérie,* und setzt Euer Vertrauen nicht in jemanden, der am Ende gezwungen ist, Euch zu enttäuschen. Die Hündin gehört mir.« Die dunkle Stimme, die aus den Tiefen der Kapuze ertönte, war furchteinflößend in ihrer Drohung, und dennoch schwang etwas seltsam Vertrautes darin mit, ein vager Unterton, der sie an eine erfreulichere Episode erinnerte, an Sanftheit und Wärme.

Sanftheit und Wärme? Von jemandem wie ihm? Hatte ihr Instinkt, in der Vergangenheit immer so untrüglich und wahrlich ihre größte Stärke, sie in dieser Stunde der Not nun auch noch verlassen? Verwirrt von dem flüchtigen Gefühl, wandte sie den Blick von den unheimlichen gesichtslosen Falten der Kapuze ab und starrte auf die Brosche an seiner Schulter, die seinen Umhang zusammenhielt. Sie war groß und aus schimmerndem Gold gearbeitet, ein edles Stück.

Kerzenlicht tanzte über das Geschmeide, erweckte Granat und

Bernstein zu warmem, pulsierendem Leben und flackerte über die feinziselierten Windungen eines Drachenschweifes. Nein, dies ist kein unbesiegbares Gespenst, kein allmächtiger Dämon, dachte Ceridwen, denn unter dem Umhang trug er ein gefüttertes Wams aus dickem, grün gefärbtem Rindsleder. Die Farbe war eine Schattierung dunkler um die eisernen Ziernägel, die sich fächerförmig auf seiner Brust ausbreiteten und eine Reihe obskurer Symbole bildeten, ein Beweis dafür, daß er viel Schutz brauchte, sowohl den Schutz schweren Leders als auch den von Talismanen.

Sie musterte ihn mit einem verstohlenen, abschätzenden Blick, während sie sich fragte, mit welcher Art von Mann sie jetzt um ihr Leben verhandelte. Er war groß, wenn auch nicht annähernd so groß wie die teuflische Bestie, die im Wald über sie hergefallen war. Und noch entscheidender: Er hatte sie nicht totgeschlagen, was darauf hindeutete, daß sie für ihn in irgendeiner Weise von Nutzen sein mußte.

Ja. Sie senkte ihre Wimpern, überwältigt von einer neuen Woge von Schmerz in ihrem Kopf. So war es immer, ein Mann bediente sich einer Frau und nutzte sie für seine Zwecke aus, ganz gleich, ob sie etwas mit ihm anfangen konnte oder nicht. Sie holte tief Luft und versuchte, den Atem langsam und vorsichtig wieder auszustoßen. Ein gebrochener Seufzer war alles, was ihr ihre Bemühungen einbrachten, und ein heftiger Schmerz, der wie eine Messerklinge durch ihr Hirn schnitt.

Was für eine gottverfluchte Woche dies doch gewesen war, seit Llywelyns Aufforderung an sie ergangen war. Sie hatte sich schon lange vergessen geglaubt, was ihr bei weitem lieber gewesen wäre, als von einem wie Caradoc aus der Versenkung hervorgeholt zu werden. Zweimal war sie Morgans Wachen entwischt, nur um wieder eingefangen zu werden. Der dritte Versuch, in die Freiheit zu entfliehen, war ihr Verderben gewesen, hatte sie körperlich zugrunde gerichtet und hilflos dem Mann ausgeliefert, der sie aus Gründen gerettet hatte, die ihr ein Rätsel waren.

Sie schloß die Augen, senkte den Kopf und holte zitternd Luft. Sie fühlte so viele verschiedene Qualen, von denen jede einzelne für sich allein vielleicht noch zu ertragen gewesen wäre, aber die bloße Anzahl der Verletzungen, die sie erlitten hatte, überwältigte sie. Der entsetzliche Schmerz wäre noch ihr Tod. Was sie brauchte, waren Waffen und den Mut und die Kraft, sie zu schwingen, nicht Schwäche.

Eine Hand berührte ihr Gesicht, behutsam und seltsam beruhigend. Die Geste überraschte sie, bestätigte sie doch, daß ihre Erinnerung an Sanftheit und Wärme und Güte sie nicht getrogen hatte.

»Braucht Ihr mehr von dem Mohntrank?«

»Nein«, flüsterte sie, plötzlich zutiefst niedergeschlagen. Freundlichkeit von einem Feind war ein untrügliches Zeichen dafür, daß ihm der Sieg sicher war. »Ich habe schon zuviel davon eingenommen. Ich kann nicht mehr klar denken, wenn ich –«

»Ruhig, ganz ruhig«, unterbrach er sie beschwichtigend und tupfte eine einzelne Träne von ihrer Wange. »Es ist keine Sünde, *cariad,* Eure Schmerzen zu lindern. Ich werde diesmal einen schwachen Trank zubereiten.«

Er weiß es nicht, dachte sie, als er sich vom Bett abwandte und durch die Kammer ging. Was sie sich wünschte, *war* eine Sünde; sie sehnte sich danach, den Kampf aufzugeben und zurückzukehren – nicht nach Usk, sondern in jene ferne, entrückte Welt, die sie durch den Stein gesehen hatte. Ein anderer Mann erwartete sie dort, ein Mann von warmem, strahlendem Licht, ein Mann, der dafür sorgen würde, daß sie für immer frei war. Sie war einfach schon zu lange Gefangene gewesen, fünfzehn Jahre in einem Nonnenkloster und sieben Tage in einer todbringenden Männerwelt. Es schien, als könnte eine Frau den politischen Absichten und der Prophezeiung einer gottlosen Ehe ebensowenig entrinnen, wie ein Kind aus Klostermauern entfliehen konnte.

Sie blickte auf, um ihren Peiniger zu beobachten, während sie sich fragte, ob er sie wohl wieder in jenen Himmel zurückschicken könnte; und wenn ja, ob sie es dann wagen würde zu gehen?

Er blieb zwischen Tisch und Kamin stehen und legte mit einer einzigen schwungvollen Bewegung seinen Umhang ab. Er hatte eine Art, sich zu bewegen ... so geschmeidig und elegant. Sie dachte wieder daran, wie er den Schlangenstein in seinen Fingern hatte erscheinen lassen. Sie hatte schon andere mit diesem Talent gesehen, aber keiner hatte die Eleganz und Leichtigkeit des Hexenmeisters besessen. Jetzt ließ er den Umhang auf einen geschnitzten Eichenstuhl fallen und wandte sich zu einer Reihe von

Regalen um. Für den Bruchteil einer Sekunde war sein Gesicht im hellen Feuerschein zu sehen, und bei seinem Anblick stockte Ceridwen der Atem in der Kehle.

Es war Dain, der süße Prinz der *tylwyth teg*.

Sein Haar war nicht schwarz, wie sie zuerst geglaubt hatte, sondern von einem intensiven Kastanienbraun und noch seidiger, als es in jener Nacht ausgesehen hatte, eine lange Mähne, die aus seiner Stirn zurückgekämmt war und ihm bis zur Mitte des Rückens herabwallte. Die Linie von seiner Stirn bis zu seinem Kinn war lang und kantig, aber dennoch kunstvoll genug, um eine eher schablonenhafte Schönheit in den Schatten zu stellen. Und sein Mund – er war genauso, wie sie ihn in Erinnerung hatte, die Unterlippe voll, die Oberlippe feingeschwungen und energisch, mit einem Ausdruck spöttischer Sinnlichkeit um die Mundwinkel.

Er blickte zu ihr hinüber und ertappte sie dabei, wie sie ihn anstarrte. Braun waren seine Augen und strahlend vor Intensität, und seine Augenbrauen bildeten einen Winkel wie die entfalteten Schwingen eines Vogels. Als er ihren Blick auffing, zog er in einer wissenden Geste eine Braue hoch, und plötzlich dämmerte ihr die Erkenntnis und löste tiefe Beschämung und Reue in ihr aus.

»*Ihr* wart es, von Anfang an.« Ceridwen unternahm noch nicht einmal den Versuch, die Bestürzung aus ihrer Stimme herauszuhalten oder die Tränen zurückzudrängen, die in ihren Augen aufstiegen. Sie konnte nun einmal nichts dafür, daß ihr die Tränen kamen, wenn das Leben auf Schritt und Tritt trostloser wurde.

»Ja, ich war es«, gestand er, wobei er noch intensiver in die seltsame Sprachmelodie verfiel, an die sie sich jetzt wieder deutlich erinnerte. Er war weder Waliser noch Normanne, aber er war auch nicht das, was sie geträumt hatte.

»Es gab überhaupt keinen Prinzen des Feenparadieses.« Eine Träne kullerte über ihre Wange, und sie wischte sie mit dem Handrücken fort. Eine unerträgliche Müdigkeit kam über sie und beraubte sie ihrer letzten Kraft. Sie hatte sich ihm anvertraut, hatte ihm alles erzählt, von Morgan und dem Keiler, von Mychael und ihre eigenen Hoffnungen und Gott weiß was sonst noch alles. Es war einfach zuviel, so viele Fehlschläge und Enttäuschungen auf einmal.

Dain beobachtete, wie sie auf das Bett hinunterblickte und nach etwas suchte und schließlich mit seinem Schlangenstein zum Vorschein kam.

»Und das hier?« fragte sie mit schriller Stimme, in der eine Erregung mitschwang, die Dains Ansicht nach für sie beide nichts Gutes verhieß. »Brochans wundervoller Talisman? Was ist das?«

»Italienisches Glas.«

Er hätte sie belügen können, aber er tat es nicht, und er war sich nicht sicher, warum. Er hoffte nur, diese gedankenlose Art, die Wahrheit zu sagen, wäre nicht kennzeichnend für die weitere Entwicklung der Dinge – ebensowenig wie der vor kurzem erlebte Ausbruch von Rebellion und Ungehorsam.

Sie gab einen gedämpften Laut der Verzweiflung von sich, als sie seine Antwort hörte.

Vielleicht ist ihr mit einem Tonikum aus Roter Betonie und Eisenkraut besser geholfen, überlegte Dain. Sie war völlig überreizt, etwas, was er um ihretwillen zu vermeiden gehofft hatte, andererseits war es kein Wunder, daß ihre Nerven in einem solchen Zustand waren. Sie war geschlagen und gefoltert worden, gefangengenommen und in Ketten gelegt, und war schließlich an einem fremden Ort aufgewacht, mit niemandem zur Gesellschaft außer ihm. Stärkere Herzen als ihres hätten bei der bloßen Vorstellung schon vor Angst gezittert.

»Und der Kuß?« fragte sie.

Ach, sie hätte besser daran getan, ihn nicht nach Küssen zu fragen, aber das Mädchen wußte offensichtlich nicht, wann es ratsam war, den Mund zu halten.

»Der war absolut wirklich«, erwiderte er wahrheitsgemäß, obwohl ihnen beiden auch in diesem Fall mit einer Lüge besser gedient gewesen wäre.

Bei dieser Erklärung kam ein noch sehr viel lauteres Stöhnen der Verzweiflung über ihre Lippen, und sie verkroch sich weinend – nein, heftig schluchzend – unter den Decken und jammerte in einem fort, daß sie dazu verdammt sei, von Männern betrogen und beherrscht und von Dämonen geküßt zu werden, wobei sie Dain kurzerhand mit Ragnor und dem Keiler von Balor in einen Topf warf. Normalerweise hätte er eine solche Fehleinschätzung nicht weiter übelgenommen, besonders nicht, wenn sie von jemandem stammte, der so naiv war, aber in diesem Fall bestand sein Zartgefühl doch darauf, beleidigt zu sein.

»Ragnor ist ein viel zu großer Idiot, um einen vernünftigen Dämon abzugeben«, erwiderte er, wobei er seine Stimme hob, um ihr lautes Schluchzen zu übertönen, »und was er Euch angetan hat, war alles andere als ein sanfter Kuß. Und was Caradoc angeht, so weiß ich zufällig, daß er sich gut genug mit Mädchen auskennt, um jede Begegnung höchst angenehm zu machen.« Rote Betonie und Eisenkraut und etwas Honig, um das Gebräu zu versüßen, sagte er sich, als er die Behälter vom Regal nahm. Sie war völlig aufgelöst und außer sich vor nervöser Erregung.

»Und was ist mit Euch?« Ihre Stimme, obwohl noch immer tränenreich, hatte plötzlich einen scharfen Unterton.

Mit ihm? Er blieb auf halbem Weg zum Tisch stehen und blickte sie verwundert an. Was sollte denn mit ihm sein? Sie hatte wirklich ein seltenes Talent, ihn zu überraschen, soviel stand fest.

»Ich bin mehr als intelligent genug, um ein Dämon zu sein«, erwiderte er, während er inständig hoffte, sie würde ihn nicht danach fragen, wie es um seine Erfahrung mit Mädchen bestellt war, da er sich in seinem Bestreben, mehr über *sie* zu erfahren, einige ziemlich dreiste Freiheiten herausgenommen hatte. »Und ich bin schneller und gelehrter als die meisten, die mir begegnet sind.«

»Habt Ihr viele getroffen?« Die Frage wurde von einem Schniefen begleitet, und sie benutzte eine der Bandagen auf dem Nachttisch, um sich die Nase zu putzen. Selbst mit geflochtenem Haar sah sie schlimm aus, ihr Gesicht geschwollen und mit Blutergüssen verunziert, ihre Haut von seinem roten Puder verschmiert. Hatte er sie wirklich einmal hübsch gefunden?

»Ein paar«, korrigierte er sie und strebte weiter zu dem Tisch, wo er die Keramikgefäße abstellte.

»Der Keiler von Balor? Kennt Ihr ihn?«

»Ja.« Er ließ seinen Blick über die Hunderte von getrockneten und trocknenden Pflanzen schweifen, die in Bündeln von den Dachsparren herabhingen. Mit raschen Schritten strebte er zu dem einen Heilkraut, das er suchte, und brach eine ausreichende Portion von den Stengeln ab.

»Dann helft mir, um Gottes willen«, bat sie, wobei der eindringliche Klang ihrer Stimme in pure Verzweiflung umschlug.

»Oder laßt mich gehen, damit ich mir wenigstens selbst helfen kann.«

»Ihr könntet doch gar nicht laufen«, bemerkte er verärgert. Ragnor würde am kommenden Morgen beginnen, für seine brutalen Manieren zu büßen.

»Dann wollt Ihr mich also für Euch selbst behalten?«

»Nein.« Er legte das Eisenkraut in den Mörser, um es zu Pulver zu zermahlen. »Wenn Ihr wieder gesund seid, wird Caradoc herkommen und Euch abholen. Euer Cousin, Morgan, reitet morgen zu ihm, um ihn über Eure Verspätung zu informieren.«

»Es wäre besser, mich sofort zu töten.« Ihre Verzweiflung schlug in Hoffnungslosigkeit um, dann in Zorn. »Und Ragnor gleich mit dazu, denn der Keiler wird nicht behutsam mit ihm umgehen.«

Dain warf ihr einen kurzen, kritischen Blick zu und tat dann noch einen Stengel Eisenkraut in den Mörser, ein kurzes Stück, um ihre Stimmung ein klein wenig zu heben.

»Ragnor wird schon seine gerechte Strafe bekommen, während auf Euch nur die Ehe wartet, Kleine«, sagte er in dem Versuch, sie etwas aufzumuntern. »Die meisten Frauen finden durchaus Gefallen daran.«

»Ich bin aber nicht die meisten Frauen.«

Er war geneigt, ihr zuzustimmen, behielt seine Meinung jedoch für sich und goß eine sorgfältig abgemessene Menge Wasser in den Topf auf dem Kohlenbecken.

»Und wenn Ihr glaubt, alles, was mich erwartet, wäre die Ehe, dann seid Ihr ein Dummkopf, und zwar um so mehr, weil Ihr über Dinge redet, von denen Ihr keine Ahnung habt.«

Etwas von dem Wasser spritzte in das Kohlenbecken. Er hatte noch nie erlebt, daß jemand Sarkasmus und Mutlosigkeit so überaus geschickt in einem Satz zu kombinieren verstand, und noch dazu in einem derart herabwürdigenden Ton. Sie hatte ihn einen Dummkopf genannt!

Er rieb Feuerstein an Zunder und setzte das Wasser für den Beruhigungstee auf.

»Ihr könnt mich nicht gegen meinen Willen hier festhalten«, fuhr sie in einem Tonfall fort, in dem neben Verzweiflung jetzt auch eine gehörige Portion Entschlossenheit mitschwang, was wieder einmal bewies, daß sie ein selten vielseitiges Geschöpf war.

Dennoch verlor ihre Anwesenheit allmählich den Reiz des Neuen für ihn. Er würde Morgan einen Kurier schicken, um ihn wissen zu lassen, daß der Preis auf zweihundert Goldstücke gestiegen war.

Sie hatte ihn als Dummkopf bezeichnet!

»Ich werde Euch festhalten, *Chérie.*« Dain blickte sie mit einer vielsagend hochgezogenen Braue an. »Ich werde Euch so lange hier festhalten, bis ich bereit bin, Euch gehen zu lassen.«

Sie nahm seine Erklärung mit Schweigen auf, was genau die Reaktion war, die er bezweckt hatte. Zumindest bildete er sich ein, sie damit endgültig zum Verstummen gebracht zu haben.

»Ekel!« Das Wort drang aus den Tiefen des Bettes an sein Ohr.

Dain schob grimmig das Kinn vor, ließ sich jedoch nicht dazu herab, sie eines weiteren Blickes zu würdigen. »Wenn es sein muß, kann ich auch das Ekel spielen.«

Ihre Erwiderung – denn er war sich sicher, daß sie eine hatte, und ohne Zweifel eine scharfe – wurde von lautem Gepolter auf der Treppe abgeschnitten, als Erlend die Stufen heraufkam und bei jedem Schritt wüst fluchte. Gleich darauf schwang die Tür zum Turmzimmer auf, und der alte Mann erschien auf der Schwelle.

»Ihr werdet Euch noch krank machen mit Eurer ewigen Baderei.« Er hievte einen Kessel Wasser hinter sich herauf, wobei er den heißen Griff mit einem gefalteten Lappen umfaßt hielt.

»Füll die Wanne und stör mich nicht weiter«, wies Dain ihn ungeduldig an; dann wandte er sich ab, um die zerstoßenen Kräuter in den Topf auf dem Kohlenbecken zu geben.

Erlend stampfte im Raum umher und leerte sowohl den Kessel, den er heraufgeschafft hatte, als auch den Topf mit kochendem Wasser auf der Feuerstelle in den hölzernen Badezuber, während er unwirsch etwas vor sich hinknurrte, was wie »manche Leute kommen aber auch auf seltsame Ideen« klang. Dain beschäftigte sich derweil damit, Honig in eine Tasse zu füllen, und kämpfte gegen die Versuchung an, Ceridwens spitze Zunge mit einem stärkeren Schlafmittel zum Schweigen zu bringen. Von wegen Dummkopf! Sie war hier diejenige, die sich töricht benahm, weil sie ihn mit ihrer völlig unangebrachten Widerspenstigkeit provozierte.

Ein leises, rhythmisches Klopfen an der Tür ließ beide Männer innehalten. Erlend blickte Dain mit einem verschmitzten, zahnlosen Grinsen an.

»Die schon wieder, wie?«

Dain ignorierte ihn und ging zur Tür. Bei Edmee konnte man sich zumindest darauf verlassen, daß sie eine beruhigende, friedliche Bereicherung des Abends sein würde.

Er öffnete die Tür und strich dem Mädchen zur Begrüßung leicht mit der Hand über die Wange, eine Geste, die sie lächeln ließ. Dann nahm er ihr das Tablett ab, das sie trug, und bedeutete ihr hereinzukommen – ein Angebot, das jedoch durch Erlend behindert wurde, der eilfertig herbeigeflitzt kam und sich grinsend und nickend wie ein Hampelmann vor dem Mädchen verbeugte, seine Kappe in der Hand.

»Guten Abend, Jungfer Edmee. Also, ich muß schon sagen, Ihr habt Eure Sache wirklich gut gemacht mit dem jungen Ding, verdammt gut, wie Ihr sie dazu gebracht habt, die Arznei zu trinken und alles. Ich hab' mich gefragt, ob Ihr wohl auch für mich hier oder da 'ne Minute Zeit hättet.« Er lachte mit einem trockenen, krächzenden Geräusch. »Ich hab' da so einen Schmerz in der Seite, wißt Ihr, und da dachte ich –«

Dain war nicht in Stimmung, sich die lüsternen Überredungsversuche des alten Dieners anzuhören, und hetzte Elixir mit einer knappen Handbewegung auf den Mann. Erlend schrie erschrokken auf und wich den gefletschten Zähnen des Hundes mit einer Behendigkeit aus, die Dain ihm in seinem Alter gar nicht mehr zugetraut hätte.

»Hinaus mit dir«, sagte er, dann rief er den Rüden mit einem gedämpften Befehl zurück, auch wenn die Verlockung, Elixir den alten Bastard zum Abendbrot verspeisen zu lassen und ihn ein für allemal los zu sein, groß war.

»Ich geh' ja schon, Spielmann, bin ja schon draußen.« Erlends Stimme verlor sich in mißmutigem Gemurmel über »verdammte Köter« und »verdammt undankbare Herrn«.

Dain folgte ihm zur Bodenluke und schob den Riegel vor, nachdem der Diener die Stufen hinunter verschwunden war. Wenn sich doch alle seine Probleme so leicht lösen ließen.

Dann wandte er sich wieder Edmee zu. »Hat sie heute gut gegessen?«

Das Mädchen nickte und antwortete ihm auf ihre eigene Art, mit ihren Händen und ihrem wechselnden Mienenspiel, wobei sie sich hier und da einer anmutigen Pantomime bediente, um ihre stummen Aussagen näher zu erläutern.

»Der Lord und die Lady? Gemeinsam?« Er wiederholte die Worte laut und in einem Tonfall, der sie zum Lächeln bringen sollte. Edmee hatte ein bezauberndes Lächeln. »Vielleicht war es ganz gut, daß ich nicht hier war, als sie gekommen sind. Ich bin bisher nie in der Verlegenheit gewesen, sie beide gleichzeitig abwimmeln zu müssen. Könnte tatsächlich zuviel für mich sein.«

Ein fröhliches Licht erschien in ihren Augen, und ihre Schultern bebten. Er hatte sie zum Lachen gebracht. Der Abend war also doch noch nicht völlig verloren.

Ihre Finger flogen in einer Serie rascher Gesten und Zeichen, und jetzt war Dain derjenige, der lachen mußte.

»Nein, Edmee, ich kann keinen Unliebeszauber verhängen, und du weißt genausogut wie ich, daß es nicht direkt Liebe ist, die sie in den Hart Tower führt.« Es war auch nicht direkt Wollust gewesen, die sie diesmal zu ihm geführt hatte. Wie er Morgan zuvor erklärt hatte, hatte er ein Huhn vor D'Arbois und Lady Vivienne ausgenommen, und er hatte beide bei der Erwähnung von Caradocs Namen erbleichen sehen. Er war sich sicher, daß sie gekommen waren, um sich mit eigenen Augen davon zu überzeugen, ob es dem Mädchen gutging.

Von ihrem Aussichtspunkt auf dem Bett aus beobachtete Ceridwen das Paar mit wachsender Neugier. Das stumme Mädchen war schon einmal im Turm gewesen, früher am Tag. Sie hatte etwas Vertrautes an sich; das glatte Oval ihres Gesichts, ihr rotbraunes Haar und die sanften grünen Augen kamen ihr seltsam bekannt vor, dennoch wußte Ceridwen, daß sie sich noch nie zuvor begegnet waren. In Usk hatte es niemals eine Stumme gegeben.

Das Mädchen und Dain waren wirklich ein attraktiver Anblick, ein auffallend schönes Paar. Er hatte Ceridwen zwar gewarnt, ihr Vertrauen nicht in jemanden zu setzen, der sie unweigerlich enttäuschen würde, aber seine Warnung war zu spät erfolgt. Sie wußte, es ergab keinen Sinn, sich von einem mystischen Wesen verraten zu fühlen, das niemals existiert hatte, doch ihr Herz hörte nicht auf die Stimme der Vernunft. Von dem Moment an, als Caradoc sie in Usk aufgespürt hatte, hatte sie einen Retter gebraucht, und in der Nacht – benommen von Dains Betäubungsgetränk und verzaubert vom dunklen Feuer seines Blickes – hatte sie geglaubt, in ihm ihren ersehnten Retter gefunden zu haben.

Sie hatte sich getäuscht.

Bedrückt sank sie in die Kissen zurück und zog die Decken bis zum Kinn. Sie war allein und verlassen, wieder einmal, und die herzliche Freundschaft, die sie zwischen den beiden anderen auf der gegenüberliegenden Seite der Kammer beobachtete, verstärkte noch ihr Gefühl der Einsamkeit. Sie war ihrer ganzen Familie und aller Freundschaft beraubt worden. Selbst wenn sie wollte, würde sie nicht zu den Nonnen und Novizinnen im Kloster zurückkehren können, nicht, wenn der Prinz von Gwynedd sie verheiratet und in Balor Keep sehen wollte. Und es gab keine anderen Menschen, zu denen sie gehörte, außer einem Cousin mit einem Hang zum Stehlen, der nach der Pfeife des Prinzen tanzte.

Eine quälende Träne kullerte über Ceridwens Wange. Ärgerlich wischte sie sie mit einem Zipfel des Zobelfells ab. Es wurde wirklich Zeit, daß sie sich zusammenriß und nicht bei jeder Gelegenheit zu weinen anfing. Vielleicht würden ihre Tränen ja zusammen mit dem Schmerz verschwinden. Sie hätte niemals gedacht, daß sie das Kloster einmal vermissen würde, und dennoch war es so – ihr fehlte die stille Geschäftigkeit der Nonnen, die Ruhe und Gelassenheit langer, in absolutem Schweigen verbrachter Stunden, der Trost gemeinsamer Gebete. Das Zusammensein mit Morgan und seinen Männern, auch wenn es nur für einige wenige Tage gewesen war, hatte sie auf den Gedanken gebracht, ob sie nicht doch besser für das Ordensleben geeignet war, als sie ursprünglich geglaubt hatte. Sie vermißte ihre Freundin Bronwyn und Schwester Judith und Schwester Isobel.

Ceridwen unterdrückte ein schmerzerfülltes Schluchzen, als sie die Augen schloß und im Geist eine Reihe von Gebeten sprach. Die Vertrautheit der Worte brachte ihr ein gewisses Maß an Trost, wie auch der Glaube. Sie würde sich hüten, ihren Gott aufzugeben.

Eine leichte Berührung an ihrem Arm ließ sie abrupt die Augen öffnen und den Kopf drehen. Es war das stumme Mädchen, das ihr das Abendessen brachte. Mit sicheren, geschickten Handgriffen half Edmee ihr, sich in den Kissen aufzusetzen, dann reichte sie

Ceridwen Dains Beruhigungstrank in einem silbernen Becher. Ceridwen trank einen Schluck und stellte fest, daß er süß schmeckte. Der Gedanke, das Getränk oder die Mahlzeit abzulehnen, kam ihr nicht in den Sinn. Sie mußte unbedingt gesund werden, und sie brauchte Kraft, entweder um zu kämpfen oder um bis ans Ende der Welt zu laufen und Caradoc zu entrinnen.

6. *Kapitel*

Das stumme Mädchen hatte ihr auf den Nachttopf geholfen, bevor sie sie wieder zu Bett gebracht und die Bettvorhänge zugezogen hatte, aber Ceridwen hatte nicht den Eindruck, daß sie anschließend den Turm verlassen hatte. Sie hatte nicht die schwere Tür in den Angeln quietschen hören, und im Zimmer waren zu viele Geräusche von Bewegung.

Gelächter drang an ihr Ohr, amüsiert und volltönend. Es war Dain, der da lachte, das wußte sie, denn sie erkannte den Unterton seiner Zynikerseele in dem Laut. Verzweifelt kroch sie tiefer unter die Decken und versuchte, ihre Schmerzen zu vergessen und einzuschlafen. Sie konnte weder sein Lachen noch seine Gesellschaft gebrauchen, und sie würde auch nicht um seine Heilkräuter bitten, aber an Schlaf war nicht zu denken. Er entzog sich ihr mit der gleichen beharrlichen Flinkheit wie die Freiheit.

Wasser wurde irgendwo im Raum in einen Behälter gegossen, ein kräftiger, rauschender Schwall, der spritzend auf mehr Wasser traf. Das Gelächter brach ab, gefolgt von einem inbrünstigen Stöhnen des Wohlbehagens aus einer Männerkehle.

Im sicheren Inneren des von Vorhängen verhüllten Bettes konnte Ceridwen spüren, wie die Schwingungen jenes abgrundtiefen Seufzers durch die Kammer vibrierten, um sie zu berühren. Sie erschauerte, aber nicht vor Kälte. Numa winselte leise und kroch zum Fußende des Bettes, um ihren Kopf zwischen den langen Bahnen von grün-gelb gemustertem Damast hinauszustrecken. Heller Kerzenschein strömte durch die Öffnung herein, zusammen mit dem Gemurmel einer einseitigen Unterhaltung.

»Bist du sicher, daß du das tun willst?« fragte Dain mit einer Stimme, so sanft und zufrieden wie das Schnurren einer Katze.

Die Stille, die auf diese Frage folgte, bestätigte Ceridwens Verdacht, daß es das stumme Mädchen war und nicht der alte Mann, das sich im Turmzimmer aufhielt.

»Wenn du gefährlich spielen willst«, ließ sich Dain erneut vernehmen, »werde ich meinen Wetteinsatz vielleicht erhöhen.«

Nach einer kurzen Pause des Schweigens ertönte wieder sein belustigtes Gelächter.

Neugierig reckte Ceridwen den Hals, um ihn zu sehen – und erblickte mehr von seiner Kehrseite, als sie sich angesichts all der Jahre, die sie in einem Nonnenkloster verbracht hatte, jemals hätte vorstellen können. Ihr erster Gedanke war, schamhaft den Blick abzuwenden, doch ihr zweiter durchkreuzte ihre ursprüngliche Absicht mit bemerkenswerter Schnelligkeit. Dain war splitterfasernackt und wunderschön, schlank und muskulös und naß, mit dem sehnigen Körper eines Kriegers, von seinen breiten Schultern bis hinunter zur festen Kurve seines Hinterteils und der Länge seiner straffen Schenkel.

Ihr Blick schweifte über seinen Körper, verweilte einen Moment auf den Schatten zwischen seinen Schenkeln und folgte dann der Linie der glatten Muskelstränge auf seinem Rücken und weiter hinauf zu der Stelle, wo er mit dem Symbol einer uralten Religion gezeichnet war: Ein dunkler Torques umkreiste einen seiner kräftigen Oberarme mit den geschmeidigen, anmutigen Linien einer mit Waid gefärbten Tätowierung, und über dem Torques war eine Wiederholung der obskuren Symbole auf seinem Wams. Der Mann hatte sich tatsächlich bis auf die Haut mit Talismanen eingedeckt.

Während Ceridwen neugierig zuschaute, griff er mit einer Hand hinauf zu den Trockengestellen über dem Badezuber und wählte ein paar Blumen aus, deren Blüten noch eine gewisse Frische aufwiesen und die ohne Zweifel aus den Pflanztöpfen vor dem Fenster stammten. Er ließ sich wieder in das Wasser zurückgleiten und lächelte dem Mädchen zu, das auf einem Hocker in der Nähe der Wanne saß. Zwischen ihnen war ein Tisch aufgestellt mit einem Spielbrett und Spielfiguren darauf.

Edmee war vollkommen bekleidet und trug bereits Veilchen in ihrem Haar, zu denen Dain jetzt noch blaue Irisknospen und rosa Rosenblüten hinzufügte, indem er jeden Stengel vorsichtig in den Kranz aus geflochtenen Zöpfen um ihren Kopf schob. Die Wirkung war die einer etwas komisch anmutenden Frühlingsgirlande. Das Mädchen bewegte sich kein einziges Mal, während Dain ihr

Haar schmückte. Ihr Blick war ausschließlich auf das Spielbrett konzentriert.

»Hüte dich, Edmee«, warnte er sie, als er die letzte Blüte in ihre Flechtkrone steckte. »Wenn du mir jetzt Schach bietest, werde ich dich mit zwei Zügen matt gesetzt haben.«

Das Mädchen blickte mit grünäugiger Gelassenheit zu ihm auf und konzentrierte sich dann wieder auf das Brett.

Er lachte erneut und zog eine der Rosen, die er gerade in ihr Haar geschoben hatte, wieder heraus. Dampf wogte in Schwaden um ihn herum, befeuchtete und glättete seine kastanienbraune Mähne zu langen, seidigen Strähnen und verlieh seiner Haut einen silbrigen Schimmer. Er hob die Blüte an seine Nase und drehte den Stengel hin und her, während er darauf wartete, daß Edmee ihren Zug machte.

Ceridwen beobachtete das Ganze voller Neugier, fasziniert und zugleich seltsam beunruhigt über die Szene, über die Sinnlichkeit, die ihr innewohnte, und die Andeutung unbekannter Gefahren. Was sie sah, hatte einen Hauch des Verbotenen, und zwar um so mehr, weil sie heimliche Zuschauerin war; dennoch schienen die beiden so zwanglos, Dain so vollkommen natürlich und ungeniert in seiner Nacktheit. Es war durchaus üblich, daß Frauen Männer badeten. Das war es nicht, was eine heiße Röte in Ceridwens Wangen kriechen ließ, sondern vielmehr das Spiel zwischen den beiden. Die Luft schien förmlich vor Spannung zu knistern, und sie glaubte zu spüren, daß bald mehr aus dem lockeren Getändel wurde.

Ihr Blick schweifte flüchtig zu dem eifrigen Mädchen und dem Schachbrett hinüber und wurde dann wieder von Dain angezogen. Flackerndes Kerzenlicht malte Schatten auf seinen Körper, die sich ständig verlagerten, sie glitten über die ringförmige blauschwarze Tätowierung und die schwellenden Muskeln seiner Oberarme und an der nackten Länge seines Rückens hinunter. Sie tanzten in der dunklen Feurigkeit seiner Augen und verharrten in den Winkeln seines lächelnden Mundes.

Die Rose streifte über seine Lippen, und er blies in die Blüte, teilte die rosigen Blütenblätter und ließ sie flattern, während seine Augen unverwandt weiter auf Edmee ruhten – bis auf den Moment, als er die Blüte wieder an die Nase hob, um ihren Duft zu inhalieren, und dabei einen scharfen Blick zum Bett hinüber warf.

Ceridwen erbleichte unwillkürlich. Der Blick war von einer durchdringenden Intensität und geradewegs auf sie gerichtet. Es war ausgeschlossen, daß er sie in den dunklen Tiefen des Bettes sehen konnte, daß er wußte, daß sie wach war und ihn beobachtete – es sei denn, er war tatsächlich der Hexenmeister, für den Ragnor ihn hielt.

Sie senkte hastig die Wimpern, um sich vor seinem durchbohrenden Blick zu schützen, unsicher, ob der Zugriff auf ihr Innerstes, den sie fühlte, wirklich war oder nur in ihrer Einbildung existierte. Sie hatte an seine magischen Kräfte geglaubt, als er mit wehendem, dunklem Umhang in die Halle gestürmt war, seine beiden gespenstisch anmutenden Hunde rechts und links neben sich. Jetzt erschien ihr jene Vision eher als eine etwas überspannte Phantasievorstellung, ein eindrucksvoller Trick, um labile Gemüter und Schwachköpfe auf den Leim zu locken.

Nun, sie gehörte nicht dazu. Die Kraft ihres Verstandes, so hatte ihr die Äbtissin Edith versichert, würde sie eines Tages noch ins Grab bringen. Nein, sie würde nicht auf seine Tricks hereinfallen. Wenn er Macht besaß, dann war es höchstwahrscheinlich nur die Macht zu täuschen ... und zu faszinieren, wie sie zugeben mußte, als sie jetzt beim Klang seines melodischen Lachens erneut den Kopf hob. Er war anders als alle anderen, spielte sowohl den gespenstischen Dämon als auch den Lichtelf mit gleicher Mühelosigkeit; und auch die Bestie, davon war sie überzeugt, wenn er in der entsprechenden Stimmung war.

Edmee hatte ihre Figur gesetzt. Das Spiel endete schnell, genau wie Dain vorausgesagt hatte, in zwei Zügen; aber es war Edmee, die seinen König einkassierte, nicht umgekehrt.

»Du Hexentochter«, sagte er lachend. »Du hast mich geschlagen. Na schön, hinaus mit dir.« Er entließ sie mit einer abweisenden Handbewegung. »Nimm dir deine Gewinne und laß mich in Frieden.«

Er rollte sich in dem Zuber auf den Rücken und lehnte den Kopf gegen den Rand, scheinbar ohne das Mädchen zu beachten, während sie mit schwingenden Hüften an seinen Reihen von Regalen entlangging und auswählte, was sie mitnehmen würde.

»Nicht das da!« rief er. »Es sei denn, es ist für deine Mutter. Sie kennt sich gut genug mit dem Gebrauch von Krokussamen aus.«

Ceridwen sah, wie das Mädchen eine Samenkapsel aus dem Behälter nahm und ihn dann auf das Bord zurückstellte, bevor sie weiterschlenderte. Als sie fertig war, kehrte sie zu Dain zurück und breitete ihre Beute auf dem Spieltisch aus, damit er sie inspizieren konnte.

»Du spielst gut und triffst eine kluge Wahl, Edmee. Madron wird stolz auf dich sein.«

Das Mädchen antwortete auf seine Bemerkung mit einer Geste, die Ceridwen nicht sehen konnte, worauf Dain schwieg.

»Das war niemals Teil des Abkommens, das wir getroffen haben«, murmelte er schließlich. Und dann: »Ich gebe ja zu, du verstehst dich sehr gut darauf, mir Freude zu bereiten, aber ...« Er verstummte, als Edmee ihre Hand ins Wasser tauchte.

»Jesus«, fluchte er leise. »Deine Mutter würde mich mit einem Fluch belegen, um meine Eier schrumpfen zu lassen, wenn sie wüßte, was wir hier treiben!«

Ceridwen ihrerseits war sich nicht sicher, was die beiden dort trieben, oder eher, was das Mädchen mit ihm tat, aber sie wußte genug, um zu begreifen, daß die gedämpften Laute, die Dain von sich gab, von sinnlicher Lust zeugten und nicht etwa von Schmerz. Die Ermutigung, die in seinen geflüsterten Worten mitschwang, war unmißverständlich, ebenso unmißverständlich wie die Wirkung, die diese Worte auf Ceridwen ausübten. Heiße Röte der Erregung kroch über ihre Haut, ließ sie sich in peinlicher Weise ihres Körpers bewußt werden, während sie gleichzeitig die Schmerzen übertönte, die sie fühlte.

Alle göttlichen Gebote und menschlichen Anstandsregeln verlangten von ihr, den Blick abzuwenden, aber sie konnte nichts anderes tun, als wie gebannt die Szene zu beobachten, die sich ihren Augen bot: die intensive Zärtlichkeit im Blick des Mädchens und der sanfte Rhythmus ihrer Berührungen; die kleinen Wellen von Wasser, die gegen Dains straffen Unterleib schwappten; die Linie seines muskulösen Halses, als er den Kopf über den Rand der Wanne zurückbeugte und sein langes Haar in einem nassen Schwall auf den Fußboden herabhing.

Sie war zu nichts anderem fähig, als atemlos zu starren und zu staunen und die seltsame Hitze dessen zu spüren, was sie sah.

Dain schloß seufzend die Augen, als er sich ganz dem Zauber

hingab, den Edmee mit ihrer Hand wob. Bei einer der besonders aufreizenden Streichelbewegungen, die er ihr beigebracht hatte, entrang sich seiner Kehle ein gebrochenes Stöhnen, aber der Laut rührte nur zum Teil von Lust her, die andere Hälfte war Frustration. Wann immer Edmee ihn besuchte, hoffte er jedesmal, es würde zu dem hier kommen oder zu mehr; aber er fragte nie, hatte sie auch nie bedrängt, selbst beim ersten Mal nicht, als sie ihn so unschuldig mit dem Mund verführte.

Jetzt war ihr Mund nicht mehr ganz so unschuldig wie damals beim Julfest. Sie hatte sich bei allem, was er sie gelehrt hatte, als recht talentiert erwiesen – vom Schachspiel über die Zubereitung von Arzneien, die zu lernen ihre Mutter sie hergeschickt hatte, bis hin zu der Kunst, einem Mann höchst sinnliche Wonnen zu bescheren.

O doch, die Tochter der Hexe verstand sich ausgezeichnet darauf, den Schaft eines Mannes mit der Zunge zu liebkosen, wie sie bald genug erneut beweisen würde, aber heute abend wollte er mehr. Heute abend wollte er einen Kuß.

Und schuld daran war das törichte junge Ding hinter seinen Bettvorhängen, weil sie mit einer Süße an seinen Lippen geseufzt hatte, die er noch immer schmecken konnte.

Ein Kuß. War denn das wirklich zuviel verlangt? Dain hob den Kopf und bewegte sich lautlos und geschmeidig durch das Wasser, um nach Edmee zu greifen. Das Mädchen wich ihm mit einem raschen Schritt aus. Fluchend und lachend ließ er sich wieder in die Wanne sinken.

»Du bist unvernünftig«, rief er. »Können wir das hier denn nicht wenigstens einmal Gesicht an Gesicht tun? Mit all unseren Körperteilen an den Stellen, wo sie am besten zusammenpassen?« Und genau da liegt die Wahrheit, dachte er. Er hätte sich weitaus mehr als einen Kuß genommen, wenn es ihm gelungen wäre, sie einzufangen. Nach vier Jahren der Keuschheit war er der Verlockung von Edmees Mund erlegen, und jetzt sehnte er sich danach, sich tief im Schoß einer Frau zu vergraben.

Edmee schüttelte störrisch den Kopf, und Dain fluchte abermals, diesmal jedoch, ohne dabei zu lachen.

»Ich weiß, was du denkst, Edmee, und ich versichere dir zum tausendsten Mal, daß du dich irrst. Ich kann dir so viel geben, ohne dich zu schwängern.« Er beobachtete sie, wie sie in Gebärdensprache antwortete, und seine Miene wurde noch grimmiger. Es war nicht nur die Gefahr einer Schwangerschaft, die sie zurückscheuen ließ. Sie war noch Jungfrau, und obwohl er ihr versprochen hatte, sie in diesem Zustand zu belassen – zumindest beim ersten Mal –, war sie fest entschlossen, sich für die Ehe aufzusparen.

Es spielte keine Rolle für sie, daß das, was sie mit ihm tat, bei vielen als der Gipfel der Intimität galt; sie war nun einmal nicht bereit, ihn auf irgendeine andere Weise zu nehmen – und eine andere Möglichkeit, seine körperlichen Bedürfnisse zu befriedigen, gab es für ihn in Wydehaw nicht. Tatsache war, daß ihn außer Vivienne keine andere Frau haben wollte. Einige der Frauen waren zu fromm, um sich mit einem Hexenmeister einzulassen, und sie alle fürchteten sich vor ihm. Frömmigkeit und Furcht, dasselbe Paar das ihn von Lady Viviennes vielbenutztem Bett fernhielt.

Was Edmees Kuß betraf, so zog er es vor, einfach zu ignorieren, warum sie nicht küssen wollte – aus dem gleichen Grund, aus dem er es vorzog, keine Notiz von dem zu nehmen, was sie ursprünglich zu ihm geführt hatte. »Magermilch«, so hatte sie es auf ihre eigene wunderliche Art genannt. Er hatte den Ausdruck noch nie gehört, noch nicht einmal in den Zeiten von Jalal al-Kamam, und als ein Heilmittel gegen Stummheit stufte er es als ebenso absurd und wirkungslos ein wie die absolut lächerlichen Mixturen, die er auf Märkten von Akabah bis London zum Verkauf angeboten gesehen hatte.

Klug wie sie war, hatte Edmee nicht verraten, was sie wirklich wollte, bis sie ihn drei- oder viermal gehabt hatte. Zu dem Zeitpunkt war er schon auf dem Weg, vorübergehend süchtig nach ihr zu werden. Drei Monate später hatte sich an seinem Verlagen noch immer nichts geändert, und keine noch so logischen Argumente hatten sie davon überzeugen können, daß er sie zwar nicht heilen konnte, ihr mit seinem Kuß aber auch keinen Schaden zufügen würde.

Tatsächlich war die Vorstellung von der Schädlichkeit eines Kusses nicht so ganz von der Hand zu weisen, denn vor ein paar Jahren hatte Edmee einen Jungen geküßt, der kurz darauf an Fieber gestorben war. Innerhalb einer Woche nach seinem Tod hatte sie ebenfalls Fieber gehabt, und es war jene Krankheit gewesen, die ihr die Stimme geraubt hatte.

Dain hatte die Geschichte von ihrer Mutter erfahren, welche die höchst irrige Überzeugung hegte, daß ein Mädchen, das nicht küssen wollte, auch sonst nichts Ungehöriges tun würde. Madron unterliefen nicht viele Fehler, weder als Heilerin noch als Schwindlerin, Zauberin oder in ihrer Eigenschaft als Mutter. Dain konnte nur hoffen, sie würde niemals bemerken, wie sehr sie sich in bezug auf ihn geirrt hatte, und er hoffte inständig, Edmee würde jetzt endlich an seine Seite zurückkehren und ihm den Rest geben. Es wäre eine immense Erleichterung für ihn, sowohl körperlich als auch geistig, wenn auch nicht seelisch. Seine Seele verlangte nach einem leidenschaftlichen Kuß.

Edmee umkreiste die Wanne, in sicherem Abstand und höchst mißtrauisch, und sie gab ihm genau das, was er verdient hatte für seinen dreisten Versuch, die Grenzen zu überschreiten, die sie gesetzt hatte; aber er war nicht übermäßig besorgt. Er beherrschte keine Kunst feiner als die, zu reizen und zu verlocken und Sex in ein sinnlich aufgeladenes Schlachtfeld von Machtstreben und Willenskraft zu verwandeln. Trotz allem, was sie gelernt hatte, war Edmee keine Meisterin in der Kunst des Verführens. Dain war eine leichte Beute gewesen. Er war es auch jetzt noch, aber in diesem Spiel war sie es ebenfalls.

»Komm«, sagte er mit betörend sanfter Stimme und streckte ihr eine Hand entgegen. Sie zögerte noch immer, also fügte er ein betont harmloses Lächeln hinzu. »Bitte, Edmee. Komm und tu es so mit mir, wie du es willst.«

Bei diesen Worten ergriff sie endlich seine Hand, das entzückende Schätzchen, und er zog sie langsam an sich. Bei jedem Schritt, den sie machte, erhob er sich höher aus dem hölzernen Badezuber, bis er aufrecht vor ihr stand, während Wasser an seinem Körper herabströmte und heiße Erregung in seinen Lenden aufflammte.

Mit einem gedämpften Murmeln ließ sich Edmee vor ihm auf die Knie sinken. Er griff hinunter, um ihren Kopf mit beiden Händen zu umfangen. Die erste Berührung war immer eine sanfte, um den Liebhaber auf die kommenden Genüsse einzustimmen. Er war derjenige, der ihr dies beigebracht hatte, und sie hatte es nicht vergessen. Sie vergaß niemals die erste zarte Liebkosung oder sonst irgend etwas, was er sie gelehrt hatte. Sie spielte mit seinem Körper, als ob sie eine Harfe in den Händen hielte, geschickt und behutsam, und sie tat es mit einer selbstvergessenen Hingabe, die er über alles liebte: die Art, wie sie ihre Zunge an seinem prallen Glied entlanggleiten ließ, das Gefühl warmer Lippen, die sich um ihn schlossen, das vorsichtige Schaben von Zähnen über seine Haut – und er hatte nichts anderes dabei zu tun, als den Regen von Lust zu genießen, den ihre Liebkosungen erzeugten.

Sie drückte ihre Zunge in den Schlitz an der Spitze seiner Eichel, und Dains Schenkel spannten sich an. Gott, sie war wirklich gut, unglaublich gut, aber heute abend würde es einfach nicht genug sein. Der Gedanke schoß ihm durch den Kopf, noch während die Feuer der Erlösung zwischen seinen Schenkeln züngelten und er zum ersten Mal kraftvoll zustieß.

Zur Hölle mit dem verdammten Fratz. Er wollte einen Kuß, wenn er den Höhepunkt der Verzückung erreicht hatte. Er stieß erneut zu, drängte seinen Schaft noch tiefer zwischen ihre Lippen, und Edmee packte ihn um die Hüften, so daß sie gemeinsam einen uralten Rhythmus aus Hitze und Reibung anstimmen konnten. Ein heißes, erregendes Prickeln lief über sein Rückgrat – und es wurde noch heißer und erregender durch ein neues Bewußtsein, das plötzlich in ihm aufstieg.

Sie schaute zu.

Er wandte seinen Blick unter schweren Lidern von Edmee ab und sah zum Bett hinüber, starrte forschend in die dunklen Schatten, von dem Wunsch und dem Bedürfnis getrieben, Ceridwens Liebkosung auf seinem Körper zu fühlen, auch wenn es nur die leuchtende Liebkosung ihrer Augen war.

Voyeuristische Vergnügungen gehörten durchaus zu seinem Repertoire, aber dies hier war anders. Es ging sehr viel tiefer, sein Bedürfnis, auf einer elementaren Ebene mit ihr in Berührung zu kommen. Ceridwen hatte ihn geküßt und war entzückt gewesen ... und hatte ihn gleichermaßen in Verzückung versetzt.

Eine Kerze am Ende des Tisches verlöschte flackernd in einem plötzlichen Luftzug, wobei sie einen letzten Lichtstrahl durch den Spalt zwischen den Damastvorhängen zu den Kissen dahinter sandte und ihm bewies, daß ihn sein Instinkt nicht betrogen hatte.

Sie erwartete ihn tatsächlich dort in den Schatten, atemlos zuschauend, während ihre hellblauen Augen in einer Mischung aus Schock und der reinen, unbefleckten Glut des Verlangens glitzerten.

Es *war* genug.

Sein Kopf fiel zurück, als er kehlig aufstöhnte und wilde Lust wie ein Blitzschlag durch seinen Körper zuckte und ihn den Trank absondern ließ, auf den Edmee so begierig war.

7. Kapitel

März 1198
Balor Keep,
Merioneth, Wales

Emsig, emsig, emsig. So emsig. Snit huschte durch die pechschwarze Finsternis entlang der Innenseite der Zwischenmauer und hielt seinen Lederbeutel voller hart erkämpfter Beute umklammert: Regenwurmsporen, Augen von Wassermolchen und auch ein paar Molchbeine und Schwänze für seinen Herrn, Helebore, plus eine Kleinigkeit für den Herrn seines Herrn, Caradoc.

Caradoc, der Undankbare, dachte Snit, denn der Keiler schien grundsätzlich mit nichts zufrieden. Immerhin war es erst zwei Tage her, seit Snit dem Burgherrn ein seltenes, winzigkleines Tierchen gebracht hatte, das er in einem Spinnennetz entdeckt hatte, doch der Keiler hatte sich noch nicht einmal dazu herabgelassen, es eines Blickes zu würdigen. Aber die Ausbeute dieses Abends würde ihm sicherlich Segen bringen. Ein wunderschöner graugesprenkelter Stein war es, besetzt mit gefallenen Sternen. Die meisten der Sterne, die über Balor vom Himmel fielen, landeten im Meer. Selbst wenn sie ein ganzes Stück landeinwärts herabstürzten, hatte ihr Kurs sie zu dem Zeitpunkt, wenn sie die Erde erreichten, bis auf das Wasser hinausgetragen, wo sie zischend auf der Oberfläche verglühten und versanken. Tatsächlich, so vermutete Snit, mußte es einen ganzen Berg von gefallenen Steinen draußen vor der Küste von Balor geben.

Aber einer ... ein breites Grinsen verzog sein Gesicht, als er den Stein durch das Leder seines Beutels befingerte. Einer war auf festen Boden gekracht, und er, Snit, hatte seine Scherben gefunden, eingebettet in glatten grauen Fels.

»Reich, reich, reich«, summte er frohgemut vor sich hin. »Jawohl, ich werde reich sein.«

Er kam zu einer Ecke und blieb abrupt stehen, während sein Blick ängstlich hierhin und dorthin schweifte. Es war sicherer, dicht an der schützenden, soliden Steinmauer zu bleiben, aber leider war das nicht immer möglich.

»Oftmals muß man notgedrungen den Burghof durchqueren«, sagte er sich klar und deutlich, während er sich innerlich darauf vorbereitete, wie rasend quer durch den Hof zu der Tür zu stürzen, die ihn in die Burg führen würde und zu den Gemächern seines Herrn.

Die weite, offene Fläche breitete sich bedrohlich vor ihm aus, überflutet vom kalten Licht des Vollmonds und all seinen begleitenden Schatten, unheimlichen Schatten, von denen jeder einzelne ein todsicheres Versteck für Räuber und Mörder war – und er, Snit, mußte sich zwischen all diesen finsteren Gestalten hindurchschleichen und seinen kostbaren Stein nach Hause schaffen.

Er stieß einen unverständlichen Schwall Flüche aus. Seit Morgan ab Kynan mit seinem Kriegerverband und dem Gefangenen, Ragnor, aus dem Süden zurückgekehrt war, gab es noch mehr Räuber und Mörder als gewöhnlich. Caradoc würde den rothaarigen Riesen zur Strafe für sein Verbrechen von oben bis unten aufschlitzen. Balor hatte eine Herrin bekommen sollen, eine richtige Lady, und nun mußten sie sich alle in Geduld fassen und warten. Snit empfand die Verzögerung fast als persönliche Beleidigung. Seit über zwei Wochen hortete er nun schon Geschenke für die Braut von Balor, und er brannte darauf, das Mädchen mit den Gaben zu überhäufen.

Morgans Trupp würde nicht lange bleiben. Das taten sie nie. Sie blieben nie lange genug, um irgend etwas zu erfahren oder irgend etwas zu sehen oder zu hören. Selbst jene, die in Balor Keep lebten, sahen niemals die Dinge, die Snit sah, oder nahmen die Geräusche der undurchdringlichen Dunkelheit wahr.

Der Dieb von Cardiff war schon ein etwas seltsamer Freund für jemanden, der so bedeutend und einflußreich wie der Keiler war. Morgan war heiter und offen – höchst sonderbare Eigenschaften für einen Dieb – ohne irgendwelche erkennbaren finsteren Wesenszüge, ein Mann mit wenig Tiefgang im Vergleich zu Snits

Herrn. Der Krieg hatte sie zu Freunden gemacht. Snit wußte alles darüber, allerdings nur vom Hörensagen und aus Gerüchten, da der Keiler niemals ein persönliches Wort an ihn richtete. Es schickte sich nicht für ihn.

Eine Wolke schob sich vor den Mond, und Snit faßte das als gutes Zeichen auf. Er flitzte über den Burghof, die Schultern eingezogen und den Lederbeutel an die Brust gepreßt, und nutzte den Schatten der Wolke aus, um sich vor dem Gesindel zu verbergen. Mit einem lauten Stoßseufzer traf er schließlich auf die Steinmauer, die die südliche Begrenzung der großen Halle bildete. Geschafft. Kein Räuber oder Mörder hatte ihn angerührt.

»Pfui! Schämt euch!« rief er in den Burghof hinaus, während er hämisch über sein Davonkommen frohlockte.

Ein Wachtposten am Fuße des überdachten Treppenaufgangs der Burg bekreuzigte sich hastig und murmelte ein Gebet. Snit sah die Geste aus den Augenwinkeln und spuckte dem Mann verächtlich vor die Füße. Trottel.

Er wandte sich ab und tastete sich an der Mauer entlang, bis er zu der Stelle kam, die er suchte, – eine Tür, nicht größer als der Deckel einer Holzkiste. Tatsächlich war die Tür genau das einmal gewesen, was ihre Form und Größe erklärte. Snit fummelte an seinem Gürtel nach dem Schlüssel und öffnete das Schloß an der Haspe. Dann schlüpfte er hinein und verriegelte die Tür hinter sich mit einem Eichenbrett.

Im Inneren der großen Halle von Balor Keep beobachtete Morgan, wie Caradoc einen gewaltigen Krug Ale an die Lippen hob und den gesamten Inhalt in einem Zug austrank. Als das irdene Gefäß leer war, schmetterte der Keiler es krachend auf den Fußboden und verlangte nach einem neuen. Dichtes goldblondes Haar fiel zu beiden Seiten seines Gesichts in weichen Wellen bis auf seine Schultern herab, aber es tat nichts, um die Strenge seiner Züge zu mildern oder die dunkle Wut in seinen Augen. Er war eine beeindruckende Erscheinung, hochgewachsen und von kräftiger, muskulöser Statur, und er hatte sich an diesem Abend in prachtvolle Gewänder aus feinem schwarzen Kamelott und schwerem, golddurchwirkten Seidenstoff gekleidet – zu Ehren der Braut, die nicht gekommen war. Sein Wappenrock war gesteppt und wattiert und mit dickem Goldfaden bestickt, die Damasttunika, die er darunter trug, war reinweiß und mit dem gleichen Goldfaden durchwirkt; ein wahres Vermögen an Kleidern, alles für nichts und wieder nichts.

Von den langen Tischen zu beiden Seiten der Feuerstelle stieg keinerlei Stimmengemurmel oder Gelächter auf, obwohl alle bis auf den letzten Platz besetzt waren. Männer verzehrten schweigend ihr Essen; der Zorn ihres Lehnsherrn breitete sich wie ein erstickendes Tuch über sie, das sie hatte verstummen lassen und ihnen jeden Bissen vergällte, den sie aßen. Die einzige Person, die zu sprechen wagte, war ein Kind, ein kleines Mädchen, das Morgans Schätzung nach nicht älter als drei Jahre war und dem Aussehen nach Caradocs Tochter sein mußte. Sie war ein ziemlich ernsthaftes kleines Ding und obendrein recht herrisch; sie kommandierte die Bediensteten herum und stellte Forderungen an eine dunkelhaarige Frau, von der Morgan annahm, daß sie ihre Mutter war. Beide würden gehen müssen, wenn Ceridwen Herrin von Balor Keep wurde.

Morgan saß an dem Tisch auf dem Podium, einige Plätze entfernt zur Linken des Paares und seines Freundes, obwohl die Bezeichnung »Freund« nicht mehr zutreffend schien. Als Morgan seine Nachrichten von Ceridwen überbracht hatte, hätte Caradoc ihn in seiner Wut beinahe zu Boden gestreckt, wenn Morgan den Fausthieb nicht in letzter Sekunde abgefangen hätte. Von seinen eigenen Männern waren Rhodri und Dafydd am nächsten gewesen, und beide hatten ihren Dolch gezogen, um ihn zu verteidigen. Obwohl kein Blut vergossen worden war, stellte ein solches Verhalten zwischen Soldaten und ehemaligen Kampfgefährten einen irreparablen Vertrauensbruch dar. Der nächste Bote, den der herrschende Prinz von Gwynedd nach Balor schickte, würde mit Sicherheit ein anderer als Morgan ab Kynan sein. Er hatte nicht die Absicht zurückzukehren, und er würde Dain warnen, besonders sorgfältig mit dem Mädchen umzugehen, denn Caradoc hatte die alten Freundschaftsbande offenbar vergessen.

Nachdem sein erster Angriff vereitelt worden war, hatte Caradoc seine üble Laune an jedem ausgelassen, der ihm nicht schnell genug entwischen konnte. Ein halbes Dutzend Bedienstete hatte sich kräftige Ohrfeigen von ihm eingehandelt, einer sogar so schlimm, daß er nicht mehr aufgestanden war, sondern noch immer blutend auf den Binsenteppichen hinter dem Podium lag.

Morgans Schar wagte es nicht oft, bei Nacht zu reiten, selbst dann nicht, wenn der Mond voll war, aber die Gefahren der Nacht waren in diesem Fall geringfügig im Vergleich zu dem Risiko, in Reichweite von Caradocs Zorn zu bleiben. Noch eine solche Entgleisung wie der mit knapper Not verhinderte Fausthieb, und es gäbe Krieg. Und so aßen sie, als ob sie auf glühenden Kohlen säßen, und ertrugen die Mahlzeit und die ungemütliche Atmosphäre notgedrungen, bis es schicklich war zu gehen.

Die beiden jüngsten seiner Schar, Drew und Rhys, die am Tisch unterhalb von Morgan saßen, brachten noch nicht einmal das fertig. Ihre Teller waren kaum berührt, desgleichen ihre Humpen mit Ale. Morgan bezweifelte allerdings, ob es der Gedanke war, sich mit Gewalt einen Weg aus der Burg bahnen zu müssen, der ihnen den Appetit verdarb. In Balor stimmte etwas ganz und gar nicht, und es hing nicht nur mit einer verspäteten Braut zusammen.

Im Schloß herrschte helle Aufregung, nachdem an diesem Morgen zwei Männer gefunden worden waren – der eine tot, während der andere den Gerüchten zufolge in den Räumen des Arztes unterhalb der großen Halle gerade seine letzten Atemzüge tat. Regelrecht zu Brei zerquetscht sei er, der Tote, so murmelten Caradocs Wachen, seine Knochen innerhalb seiner Haut zu Staub zermahlen. Von dem zweiten Mann hieß es, er sei nur halb zerquetscht, und er phantasiere von Dämonen in der Dunkelheit, von höllischer Hitze und unerträglichem Druck. Die beiden waren an einen Kieselstrand, anderthalb Meilen südlich von Balor, angeschwemmt worden, nachdem man sie bereits eine Woche lang vermißt hatte.

Drew und Rhys hatten dafür plädiert, lieber innerhalb der Schloßmauern zu bleiben, als dem gegenüberzutreten, was die tödliche Tat begangen hatte – was immer das auch gewesen sein mochte. Morgan hatte sich zwar durchgesetzt, aber es hatte Owains bedurft, um die beiden jüngeren Männer davon zu überzeugen, daß es klüger war, die Burg so bald wie möglich zu verlassen.

»Die unseligen Vorfälle betreffen ausschließlich Balor Keep und seine Bewohner und haben mit uns überhaupt nichts zu tun«, hatte er erklärt. »In den Bergen von Eryri werden wir weitaus sicherer sein.«

Ja, und Morgan konnte es kaum noch erwarten, dorthin zu kommen. Er hatte Balor Keep schon gekannt, als es noch Carn Merioneth heiß und war sowohl mit den früheren als auch mit den derzeitigen Bewohnern verwandt. Er und Ceridwen waren Cousin und Cousine, wenn auch nur entfernte, und die Verwandtschaft zwischen ihm und Caradoc war, obwohl sie sich klar zurückverfolgen ließ, sogar eine noch entferntere, aber sie alle waren Abkömmlinge des uralten Herrschergeschlechts von Merioneth.

Es war eine alte Geschichte von Blut und Liebe. Gwrnach hatte geschworen, Rhiannon zu heiraten – sie waren Cousin und Cousine ersten Grades gewesen – und er hatte ihr sowohl seine Liebe als auch die Kraft seines Schwertes verpfändet, aber dann hatte er das Mädchen an Arawn verloren und mit ihr zusammen auch Carn Merioneth, bis er sich alles mit Gewalt genommen und seine schöne Cousine obendrein umgebracht hatte ... so oder ähnlich lautete die Geschichte.

Morgan hatte aufgrund seiner verwandtschaftlichen Beziehungen viele Veränderungen auf Carn Merioneth miterlebt. Dennoch hatte sich der Ort innerhalb des letzten Jahres stärker verändert als damals mit der Zerstörung der hölzernen Palisaden und dem Bau der Brustwehr und des Burgverlieses. Und was er empfand, wenn er heutzutage hierher kam, behagte ihm gar nicht.

Seine Aversion hatte in erster Linie mit Heleborne zu tun, Caradocs Leibarzt. Der Name des Mannes bedeutete »Tod«, und er sah wirklich wie der leibhaftige Tod aus mit seiner leichenhaften Blässe und den eingefallenen Wangen. Heleborne hatte kein einziges Haar auf dem Schädel, auch keine Brauen oder Wimpern. »Vom Teufel persönlich abgesenkt«, hatte Rhys seit ihrer Ankunft mehrfach gemurmelt. Morgan ging zwar nicht ganz soweit, aber das Fehlen jeglicher Haare verlieh Heleborne tatsächlich ein seltsames, unheimliches Aussehen, machte ihn zu einer noch merkwürdigeren Erscheinung als seinen verdrehten kleinen Handlanger, Snit.

Ja, Caradoc hatte in letzter Zeit wahrhaftig eine Vorliebe dafür entwickelt, sich mit sonderbarer Gesellschaft zu umgeben. Deshalb war es nur gut, daß sie nach der Mahlzeit wieder aufbrachen.

Owain kam zu Morgans Platz und beugte sich dicht zu ihm. Er

war ein schwerer Mann, groß und rauhbeinig. »Es wird Zeit, Morgan«, sagte er leise. »Es hilft uns in dieser Nacht nicht, wenn wir noch länger zögern.«

»Die Pferde?«

»Stehen schon im Burghof. Es ist alles bereit. Du brauchst unserem überaus sympathischen Gastgeber nur noch Lebwohl zu sagen. Aber paß auf, daß du dabei deinen Kopf auf den Schultern behältst.« Diese letzte Bemerkung war begleitet von dem, was bei Owain als Lächeln durchging – ein kaum merkliches Verziehen seiner Lippen und nicht mehr Wärme in den Augen, als ein Zweig wert war.

»Keine Sorge, mein Kopf ist sicher«, erwiderte Morgan und hob seinen Humpen Ale. »Ich habe ihm in Acre das Leben gerettet. Für heute nacht wird diese Erinnerung genügen, aber länger wohl nicht, fürchte ich.« Er trank einen letzten Schluck Ale und wischte sich mit dem Ärmel über den Mund, dann blickte er Owain mit einem trockenen Grinsen an. »Sieh nach, ob Drews und Rhys' Knie zumindest soweit zu zittern aufgehört haben, daß sie aus der Halle gehen können, ohne uns alle zu blamieren.«

Ihre Flucht, denn etwas anderes war es nicht, verlief ziemlich glatt, vielleicht zu glatt. Caradoc schien nur zu froh zu sein, sie wieder loszuwerden, und schob sie fast zum Ausgang des Torhauses hinaus, um hinter ihnen das Fallgitter herabzulassen. Owain befürchtete schon, daß man ihnen eine Falle gestellt hatte, aber es schnappte keine zu. Morgans Befürchtungen dagegen waren weitaus weniger greifbar. Er hatte einen gefesselten und geknebelten Ragnor nach Balor geschafft, so wie geplant, und dennoch: Ragnors wegen hatte er Ceridwen ab Arawn nicht herbringen können – aber vielleicht hatte auch das so und nicht anders sein sollen. Vielleicht wußte das Mädchen mehr über die Dinge, die mit Balor Keep nicht stimmten, als Morgan vermutete.

Caradoc flegelte sich auf einen Stuhl neben dem Kamin in Helebores Räumen und schaute zu, wie der Arzt das Ritual der Letzten Ölung bei dem Verletzten zelebrierte, der am Morgen gefunden worden war, Simon, einer von Balors Wachtposten. Der andere Mann hatte Cobb geheißen. Versager waren sie, alle beide, soviel stand fest, sich in dem Irrgarten von Höhlen unterhalb der

Burg abschlachten zu lassen, um dann auf einen kalten Strand gespuckt zu werden.

Verdammter Morgan, dachte Caradoc voller Ingrimm. Er hatte bei seinem Auftrag ebenfalls versagt. Dabei hätte man eigentlich meinen sollen, daß es eine absolut simple Angelegenheit wäre, eine flennende Jungfrau abzuholen und sie dorthin zurückzubringen, wo sie hingehörte. Sie hatte allerdings noch einen Bruder, und Helebore war der Ansicht, daß der Junge vielleicht ebenso ausgezeichnet für seine Bedürfnisse geeignet wäre wie das Mädchen. Strata Floria war nicht sonderlich weit entfernt. Er würde am nächsten Morgen jemanden hinschicken.

Helebores dünne, farblose Lippen bewegten sich unablässig, als er die Sterbesakramente sprach, wobei seine Stimme in dem Gemurmel und Getobe und den gelegentlichen Schreien seiner Patienten fast völlig unterging. Ab und zu schnappte Caradoc zu seinem großen Mißfallen eine der rituellen lateinischen Redewendungen auf. Jede einzelne von ihnen verfinsterte seine Stimmung noch mehr. Er hatte sich bisher mühsam zusammengerissen, während sein Ärger in seinem Inneren kochte und brodelte und weiter anschwoll und ihn mit der Kraft des Zorns erfüllte. Jetzt war er kurz davor zu explodieren. Es schien, als könnte seine Haut das pulsierende, weißglühende Ding, zu dem sich seine Wut entwickelt hatte, nicht mehr länger halten.

Er wollte das Mädchen, nur sie, und sie wurde ihm vorenthalten.

Er ballte die Hand zur Faust und zwang sich, mehrmals tief durchzuatmen, um nicht die Beherrschung zu verlieren. Es war noch zu früh, seiner Wut freien Lauf zu lassen. Der Mann, der ihn auf der Brustwehr erwartete, verdiente das volle Ausmaß seines Zorns; der Mann, der sie ihm weggenommen hatte – Ragnor.

»Zweihundert gottverdammte Goldstücke und Orangen.« Die Worte drangen über seine Lippen, gedämpft und zischend.

Kein anderer als sein alter Freund hätte es gewagt, soviel zu verlangen, dennoch war es nichts im Vergleich zu dem, was das Mädchen wert war. Er kannte Lavrans nur zu gut, und er wußte, daß es keiner Frau gelingen würde, dem Barden zu entkommen. Lavrans würde sie notfalls sogar in Ketten legen, um seine zweihundert verdammten Goldstücke einzukassieren.

Dieser Gedanke ließ die Andeutung eines Lächelns um Caradocs Lippen spielen. Es wäre eine gute Übung für das Mädchen, mit Dain Lavrans als Aufpasser zu leben, denn keiner besaß weniger Herz, außer vielleicht er selbst. Beiden war jenes launenhafte Organ Stück für blutiges Stück in Saladins Kerkern und von ihren Lehrmeistern in der Wüste herausgeschnitten worden. Morgan war der einzige von ihnen, der das Martyrium relativ unbeschadet überstanden hatte.

Dain muß gut gewesen sein, sehr gut, dachte Caradoc, während seine Stimmung noch düsterer wurde, denn Jalal al-Kamam stand nicht im Ruf, seine Sklaven zu verschonen. Dennoch war Morgan viel erspart geblieben. Nicht so ihm selbst. Kalut ad-Din hatte ihm nichts erspart.

»*Libera nos, quaesumus, Domine*«, murmelte Helebore. Wir flehen Dich an, o Herr, erlöse uns.«

»Alte Gewohnheiten lassen sich nur schwer ablegen, was, Priester?« rief Caradoc, und seine Lippen verzogen sich zu einem höhnischen Grinsen. Er konnte mit dem christlichen Geschwafel nichts anfangen, und er mochte es gar nicht, wenn Helebore in seinen früheren Habitus zurückverfiel. Der Mann war von Ynys Enlli nach Balor gekommen, der Insel der Heiligen weit draußen vor der Westküste der Halbinsel Lleyn in Nordwales. Die Culdee-Mönche auf jenem meerumtosten Felseneiland hatten ihn eines schönen Frühlingsmorgens von einer Klippe gestoßen, in der Annahme, das Gewicht seiner schweren Sünden würde ihn in die Tiefe ziehen und ertrinken lassen.

Sie hatten sich geirrt.

Helebore bedachte Caradoc mit einem Blick aus schwarzen Augen, der sowohl verächtlich als auch strafend war, ohne dabei eine einzige Silbe der Sterbesakramente auszulassen. Caradoc nahm keine Notiz von ihm, da seine Aufmerksamkeit von dem scharrenden Geräusch und der blitzartigen Bewegung hinter dem braungewandeten Arzt abgelenkt wurde. Er fletschte die Zähne und beugte sich langsam auf seinem Stuhl vor, wobei er ein drohendes Knurren ausstieß, bis der kleine Heimtücker, Snit, erschrocken aufschrie und sich hastig in die Sicherheit des staubigen Schranks flüchtete, den er sein Zuhause nannte.

Helebore ignorierte alle beide, während er das Zeichen des Kreuzes auf den Fußsohlen des sterbenden Mannes machte.

»*Perducat te ad vitum aeternam.*« Und möge dir ewiges Leben beschieden sein.

»Genug!« brüllte Caradoc, dessen Geduld plötzlich restlos erschöpft war. Er sprang mit einem Satz auf die Füße und ließ seine Faust krachend auf den Tisch niedersausen, auf dem der sterbende Simon lag. Der Tisch erzitterte unter der Wucht seines Schlages, und der halbzerquetschte Wachtposten gab ein jämmerliches, schmerzerfülltes Stöhnen von sich. »Wenn du schon unbedingt beten mußt, dann bete, daß meine *Braut* nach Balor kommt«, fauchte Caradoc den hageren Arzt an und schlug erneut erbittert auf den Tisch. »Wenn du schon unbedingt beten mußt, dann bete gefälligst, daß Ragnor stark genug ist, meine Zuwendung zu ertragen, damit mein Vergnügen eine Weile andauert.« Wieder sauste seine Faust auf den Tisch nieder und ließ die Holzbretter knirschen, während er sich dicht zu Helebore beugte. »Wenn du schon unbedingt beten mußt, mein lieber Helebore, dann bete, daß alles, was du mir über die *pryf* erzählt hast, wahr ist. Denn wenn es das nicht ist, wird dir Ragnors Schicksal im Vergleich zu deinem eigenen wie ein *Segen* erscheinen!«

Auf die Tirade folgte ein Augenblick ängstlichen Schweigens, dann ein weiterer Moment der Stille, in den Helebore ein höchst frommes »Amen« einwarf.

Nachdem er mit seiner Liturgie fertig war, zog der Arzt eine haarlose Braue hoch und blickte seinen Lehnsherrn fragend an. Caradoc starrte zornerfüllt zurück, und zwischen ihnen glitt Simon – der durch all die Erschütterungen gefährlich nahe an die Kante gerutscht war – mausetot vom Tisch.

»Mylord«, sagte Helebore nach einem flüchtigen Blick auf den Toten. Er machte eine Geste in Richtung der steinernen Wendeltreppe, die zu den Schutzwällen hinaufführte. »Wollen wir uns jetzt um den nächsten Sterbenden kümmern?«

»Ja«, knurrte Caradoc, während er nach seinem Umhang griff und ihn sich um die Schultern legte. »Kümmern wir uns um ihn, und zerreißen wir ihn.«

Morgan und seine Männer ritten in nördlicher und östlicher Richtung, durchquerten den Fluß Dwyryd, als sie Merioneth hinter sich ließen, und strebten tiefer in die wilden Berge hinein, in das

Herz von Gwynedd. Morgan würde zuerst Llywelyn Bericht erstatten, der sich den Gerüchten zufolge auf Dolsyddelan Castle aufhielt, bevor er wieder nach Süden zurückkehrte, um Dain zu warnen. Caradoc mußte beobachtet werden, sowohl von seinen Nachbarn als auch von seinen Freunden.

Gegen Mitternacht frischte der Wind auf, fegte die steilen Gebirgspfade hinunter und wirbelte die letzten störrischen Flocken Winterschnee vor sich her. In den Tälern und tiefer gelegenen Wäldern hielt allmählich der Frühling Einzug, aber nicht in den Bergen. Die hohen, zerklüfteten Felsen würden noch vor Tagesanbruch mit einer dünnen Schneedecke überzogen sein. Auf der nächsten kleinen Lichtung ließ Morgan den Trupp anhalten. Die Männer schlugen rasch ihr Lager auf und kauerten sich fröstelnd um das Feuer herum.

Owain übernahm die erste Wache, und Morgan würde ihn anschließend ablösen, aber Morgan hatte noch kaum die Augen geschlossen, als der Hauptmann schon wieder an seiner Seite war. Owain sagte nichts, ging nur schweigend neben ihm in die Hocke und zeigte nach Süden. Morgan blickte in die angegebene Richtung, während er sich fragte, was er dort wohl sehen sollte, aber dann hörte er es – ein gedämpftes, langgezogenes Wimmern, ein erbärmliches Todesgeheul, das aus weiter Ferne herüberschallte.

Ein kalter Schauer überlief ihn, und er bekreuzigte sich und fragte sich, ob der halbzerquetschte Mann gestorben war oder ob in Balor Keep noch mehr Unheil im Gange war.

8. Kapitel

April 1198
Wydehaw Castle,
Südwales

Lavendelfarbene Wolkenbänke zogen über den sich langsam verdunkelnden Himmel und brachten eine milde Abendbrise mit sich, die vom frischen Geruch des Frühlings durchdrungen war. Der frühlingshafte Duft zog in den Hart Tower und vermischte sich mit dem würzigen Aroma getrockneter Kräuter, bevor er sich einen Weg um die unzähligen Bündel von Blumen bahnte, die von den Trockengestellen und der Decke herabhingen. Von den Räumen im Turm, die er bewohnte, hatte Dain sein Schlafgemach zum angenehmsten Aufenthaltsort von allen gemacht. In dem nach Süden gelegenen Sonnenzimmer duftete es immer köstlich, blumig und süß, eine Kombination, die selbst auf eine bekümmerte Seele lindernd wirkte und ihr erholsamen Schlaf und Träume bescherte.

Trotz seines Bedauerns über das, was er während seines Bades vor zwei Wochen zugelassen – nein, sogar noch herausgefordert – hatte, litt Dain nicht an Schlaflosigkeit. Und er empfand wirklich Reue, in einem Punkt jedenfalls, und möglicherweise auch noch in einem zweiten. Er dachte zwar nicht länger darüber nach, aber er war sich der Existenz seiner Gewissensbisse sehr wohl bewußt. Und auch ihrer Ursache – Ceridwen ab Arawn, die Unschuld, die zuviel gesehen hatte.

Seit jenem Bad hatte sie kaum ein Wort mit ihm gesprochen, und es war ihr auch jetzt noch viel zu peinlich, seinem Blick zu begegnen. Sie wandte die Augen ab, und eine verlegene Röte stieg in ihre Wangen, wann immer er sich näherte – eine Notwendigkeit, die er nach Möglichkeit vermieden hatte, in der Hoffnung, ihr empfindliches Zartgefühl nicht noch mehr zu verletzten, als er es ohnehin schon getan hatte.

Seine Rücksichtnahme zahlte sich aus. Ceridwen war auf dem Wege der Genesung, ihre Blutergüsse verblaßten, ihre Stimmung hob sich allmählich. Sie war mittlerweile in der Lage, allein im Raum umherzuhumpeln und den Nachttopf ohne Hilfe zu benutzen. Dain hatte ihr nur das beste Essen vorgesetzt und ihr abends ein leichtes Schlafmittel verabreicht, um ihre Nachtruhe zu sichern, und er war sehr zufrieden mit ihren Fortschritten. Die einzige Klage, die er vielleicht vorzubringen hatte, betraf ihr unablässiges Beten. Das unaufhörliche gedämpfte Gemurmel, das von seinem Bett her kam, ging ihm schlichtweg auf die Nerven.

Er trat ans Ende seines Arbeitstisches und suchte unter den Gefäßen auf der zerkratzten Tischplatte nach dem einen, das *aqua ardens* enthielt. Obwohl ihr seine Rücksichtnahme und Behutsamkeit sichtlich gutgetan hatten, war er nicht gewillt, sie noch länger zu verhätscheln. Edmee hatte sich während der vergangenen beiden Wochen um ihre Bedürfnisse gekümmert, aber er legte keinen Wert darauf, Edmee ständig im Weg zu haben. Wenn das Mädchen heute abend essen wollte, dann würde sie sich notgedrungen damit abfinden müssen, daß er ihr die Mahlzeit brachte.

Es war nicht etwa so, daß er Ceridwens Mißtrauen nicht verstanden hätte. Er selbst hatte sich auch einmal so gefühlt, unter vergleichsweise ähnlichen, wenn auch weniger günstigen Umständen, und es wurde Zeit, daß sie lernte, sich nicht vom Unerwarteten einschüchtern zu lassen, selbst wenn es noch so schockierend sein mochte. Obwohl er aufrichtig bedauerte, sie mit seinem provozierenden Verhalten derart schockiert zu haben. Sie war bereits übermäßig nervös und ängstlich bei dem Gedanken an ihre bevorstehende Eheschließung. Was er und Edmee getan hatten, konnte sie in keiner Weise beruhigt haben. Ganz im Gegenteil, sie war wahrscheinlich entschlossener denn je zu fliehen, und das konnte und würde er nicht zulassen.

Deshalb war es an der Zeit, sie ein bißchen zu umwerben und zu zaubern.

Er fand das Gefäß, das er suchte, und kehrte zur Mitte des Tisches zurück, zu der Szenerie, die er zu ihrer Unterhaltung aufgebaut hatte. Er hatte sich für einen ganz speziellen Trick entschieden, da auf Tricks sehr viel mehr Verlaß als auf Magie war, einen großartigen Trick, der derart verblüffend war, daß selbst er daran glaubte. Zwei Schalen befanden sich vor ihm, beide leer, daneben einige Leinenstreifen. Dazwischenlag sein Zauberstab aus Eberesche, und hier und dort standen einige Gläser und Töpfe verstreut, die nichts weiter als Wasser enthielten. Ein Talglicht flakkerte in der Nähe.

Dain begann, indem er seinen Zauberstab schwenkte, was immer ein guter und wirkungsvoller Anfang für einen Magier war. Dann senkte er den Stab mit elegantem Schwung und benutzte die Spitze, um einen Leinenstreifen hochzuheben und ihn in die erste leere Schale gleiten zu lassen. Eine kurze Zauberformel folgte, mit Energie und Autorität vorgetragen. Er war in ausgesprochen zuversichtlicher Stimmung, und zwar um so mehr, weil er wußte, daß es ihm gelungen war, Ceridwens Aufmerksamkeit zu fesseln. Ein Rascheln von Damast und ein fast lautloses Gleiten von Fellen verrieten ihm, daß sie sich in seinem großen Bett aufgesetzt hatte und ihn neugierig beobachtete.

Er versuchte den Trick beim ersten Mal nur mit Wasser, während er das Leinen aufweichen ließ und dann mit dem Stoffstreifen über die Kerze strich. Eine erstickte Flamme war alles, was ihm seine Berührung einbrachte. Natürlich hatte er nichts anderes erwartet, aber er hätte wissen müssen, daß Ceridwen ihm seinen scheinbaren Mißerfolg nicht ohne eine geringschätzige Bemerkung durchgehen lassen würde. »Idiot«, murmelte der Fratz, gerade laut genug, als daß er es hören konnte.

Ein Grinsen spielte um seine Lippen, doch es gelang ihm, es zu unterdrücken.

Der verbleibende Leinenstreifen erhielt nur *aqua ardens* zusammen mit der Zauberformel, und als er diesmal den Stoff über die neu entzündete Kerze hielt, ertönte ein überraschtes Aufkeuchen vom Bett her, gefolgt von einem verächtlichen Schnauben.

Dain hatte eigentlich mehr erwartet. Das Leinen war in einem Zischen von Flammen verschwunden und zu winzigen Aschefetzen verkohlt. Aber er war nicht entmutigt. Er spielte vor einem Publikum, das nur aus einer Person bestand, und ein paar raffiniert inszenierte Fehlschläge taten viel, um den kritischen Zuschauer zu übertölpeln.

Er hatte kein Leinen mehr, deshalb sah er sich im Zimmer um und suchte nach einer Alternative. Glücklicherweise geschah ein Wunder. Wie aus dem Nichts heraus erschien plötzlich ein weicher, dunkelblauer Ball in seiner Handfläche. Dain gab sich angemessen erschrocken und verwundert, tat jedoch nichts weiter, als seine Hand bis in seine Brusthöhe zu heben. Langsam entfaltete sich die indigoblaue Kugel zu einer glatten Spirale, und dünne Bahnen von Stoff glitten durch seine Finger und wanden sich schlangengleich an seinem Unterarm entlang.

Seide, dachte Ceridwen. Nichts anderes floß so geschmeidig wie Seide, und nichts bewegte sich wie Seide in den Händen eines Meisters, obwohl sie gut daran getan hätte, ihn nicht nur als Idiot zu bezeichnen, sondern auch als Dieb. Ihr rotes Buch war verschwunden. Und schlimmer noch, zusammen mit dem Buch hatte sie auch Mychaels Brief verloren.

Vorsichtig tastete sie ihren Kiefer ab, bewegte dabei aber nicht den Arm. Der Schmerz der Bißwunde auf ihrer Schulter ging ihr noch immer durch und durch. Schon möglich, daß Dain ein Dieb war, doch im großen und ganzen hatte ihr Los seit jener Nacht mit Ragnor eine eindeutige Verbesserung erfahren, wenn auch nur vorübergehend. Falls es ihr nicht gelang, sich zu befreien und Strata Floria zu erreichen, wäre sie nach wie vor gezwungen, Caradoc gegenüberzutreten.

Dain ließ das mit Gold- und Silberfäden durchwirkte Tuch jetzt in einer Reihe fließender Bewegungen durch die Luft tanzen, ließ es im Kreis herumwirbeln und zur Decke hochschweben, ohne sich mehr als einer flüchtigen Berührung seines Zauberstabes zu bedienen, um es zu dirigieren. Ceridwen beobachtete den geschmeidigen Flug der Seide und hoffte nur, er wäre so vernünftig, seine Magie nicht an einem so kostbaren Stück Stoff auszuprobieren.

Offenbar besaß er nicht soviel Verstand, denn seine nächste Bewegung ließ das Tuch durch die Luft gleiten und in eine der Schalen hinein. Ceridwen zuckte unwillkürlich zusammen und traute sich kaum noch hinzuschauen. Sein erster Zaubertrick hatte nicht funktioniert, und sie hoffte inständig, daß es auch diesmal wieder so wäre, denn bei seinem zweiten Zauberspruch war offensichtlich etwas schiefgegangen.

Dain wählte ein Glas aus, doch in der herabsinkenden Dämmerung konnte Ceridwen nicht erkennen, ob es das eine war, das er schon einmal benutzt hatte. Ihr wurde bald klar, daß es keine Rolle spielte, weil er sowohl den Inhalt jenes Glases als auch den der meisten anderen Gläser und Behälter auf dem Tisch in die Schale mit dem Tuch goß. Nun schien es wirklich ernst zu werden, als er erneut einen Zauberspruch anstimmte und seine Stimme im Rhythmus der Beschwörungsformel hob und senkte. Während einer besonders kraftvoll klingenden Formulierung legte er die Seide in die andere Schale und goß eine letzte Flasche voller Flüssigkeit darüber – ohne Zweifel, um den Stoff zu ruinieren, davon war Ceridwen überzeugt. Als er die durchweichte Masse mit seinem Zauberstab aus der Schale hob und über die Kerzenflamme hielt, wurde ihr schwer ums Herz, den sie rechnete mit dem Schlimmsten.

Flammen knisterten und leckten am Rand des Seidentuchs entlang, und plötzlich, schneller, als sie den Vorgang verfolgen konnte, hatte das gesamte Stück Stoff Feuer gefangen. Sie gab es endgültig als verloren auf... aber das Tuch verbrannte nicht.

Ihre Augen weiteten sich ungläubig. Loderndes Feuer umgab die Seide wie eine Hülle, helle Flammen züngelten hoch hinauf und wanden sich spiralförmig in die Dunkelheit, während blitzende Funken von den Gold- und Silberfäden reflektierten, doch die Seide selbst blieb völlig unangetastet. Als die Flammen schließlich erloschen, ließ Dain das Tuch abermals durch die Luft wirbeln, hierhin und dorthin, eine indigoblaue Schwalbe, die sich in den Himmel schwang, wie ein Phönix aus der Asche seines Zaubers aufgestiegen.

Ceridwen beobachtete ihn stumm, und ihr Herz klopfte schneller. Er war also doch das, wofür Ragnor ihn gehalten hatte, ein Hexenmeister, einer, der sich mit den finsteren Künsten beschäftigte, über die sie in den alten Handschriften gelesen hatte, die in der Schreibstube des Klosters versteckt gewesen war, dem Ort, wo sie auch ihr rotes Buch gefunden hatte.

Ketzerei, ganz eindeutig, und obendrein noch gottlose, heidnische Magie, hatte der Geistliche, der Ceridwen die Handschriften gezeigt hatte, gesagt; übersetzt und transkribiert von einem Mönch aus dem elften Jahrhundert, der geglaubt hatte, ein Gespür für alte Geschichte zu haben. Die Kirche hatte scharf widersprochen. Ceridwen wußte damals nicht so recht, was sie von dem unzusammenhängenden und atemlosen Geschwafel des Geistlichen halten sollte, doch als er seine Hosen heruntergelassen hatte, reichte es, um davonzulaufen.

Neugierig war sie wieder zurückgekehrt, nachdem sie sich vergewissert hatte, daß der lüsterne Geistliche über alle Berge war, und sie hatte Wunderbares innerhalb der Ketzereien entdeckt – Geschichte über Geschichte, verwoben zu einem phantastischen Ganzen, zusammen mit verblaßten Buchmalereien, die eine Epoche darstellten, die nicht nur einen Gott kannte, sondern viele Götter und Göttinnen und die mächtigen Zauberkriege, die sie geführt hatten.

Am Anfang hatte sie großen Trost in der Lektüre jener vergilbten Seiten gefunden, denn sie erzählten die Geschichten ihrer Kindheit nach, Geschichten von den Kindern von Don, von der Muttergöttin, von Ceraunnos, dem »Gehörnten«; von Ceridwen, ihrer Namensvetterin und der Mutter des großen Druiden Taliesin. Eine liebevolle Mutter war es gewesen, die ihren Kindern all jene Geschichten wieder und wieder erzählt hatte, während ihre sanften Finger über ihr blondes Haar strichen und ihre Stimme wie der Seufzer eines Engels an ihr Ohr gedrungen war. Rhiannon hatte sie geheißen, und Ceridwen vermißte ihre Mutter noch immer, da ihr Tod eine Leere in ihr hinterlassen hatte, die nichts jemals auszufüllen vermochte.

Die Jahre seitdem waren langsam vergangen, und Ceridwen hatte viele Tage damit verbracht, der Priorin zu entwischen, damit sie in den Ecken und Winkeln der Klosterschreibstube stöbern konnte, doch je intensiver sie sich in die jahrhundertealten Handschriften vertieft hatte, desto weniger Trost hatte sie darin gefunden. Eines der Manuskripte hatte obskure Randbemerkungen und Hinweise auf Carn Merioneth enthalten, die sie zu einem anderen Buch führten, das in derselben Handschrift geschrieben und in rotes Leder gebunden war. Mit der Entdeckung jenes Buches hatte das Verhängnis seinen Lauf genommen, denn was der Schreiber als Märchen geschildert hatte, beruhte auf Tatsachen, die Ceridwen nur zu gut bekannt waren: Carn Merioneth war ein Land bernsteingelben Honigs und goldener Apfelbäume gewesen, seine Obstgärten weit und breit berühmt für die Süße ihrer Früchte; ein

Land voller üppiger Wälder, reich an Wild, Heimat für Hirsch und Hindin, Damwild, Reh und Wildschwein. Alles das und noch mehr war von einer Palisade geschützt worden, einem Wall von Schönheit und Eleganz, erbaut auf den Klippen oberhalb der wilden Irischen See – und eines Tages war alles zerstört worden von einem Riesen, der sich aus der dunklen Nacht erhoben und ein flammendes Schwert geschwungen hatte.

Nachdem sie sich mit dieser unbestreitbaren Wahrheit aus der Vergangenheit konfrontiert sah, mußte sie da nicht notgedrungen auch den Rest dessen glauben, was das Buch über Drachen und Blut und böse Menschen und ihre eigene grausige Zukunft erzählt hatte? Und wenn die Geschichte von Carn Merioneth vielleicht einfach von jemandem niedergeschrieben worden war, der dort gewesen war, woher hatte derjenige dann von den *pryf* gewußt? Denn das finstere Geheimnis der tiefsten Höhlen unterhalb von Carn Merioneth war so sicher auf den Seiten des roten Buches verzeichnet gewesen, wie es in ihrem Gedächtnis geschrieben stand und auf den Wänden jenes uralten Tunnels.

Verdammtes Buch, hatte Ceridwen damals gedacht. Keine Macht auf Erden konnte sie dazu zwingen, Drachen herbeizurufen, und das einzige Blut, mit dem sie zu tun haben würde, war das Blut Christi, des Erlösers, bei der heiligen Kommunion. Und was böse Menschen betraf, wer konnte das schon anders sein als Gwrnach und Caradoc; und so, wie sie den Vater für seine mörderische Zerstörung ihres Zuhauses und ihrer Familie verabscheute, so verabscheute sie auch den Sohn.

Dennoch war ihr Schicksal eingetroffen, und zwar in Gestalt eines gutaussehenden Schurken, dessen charmantes Lächeln selbst Äbtissin Ediths säuerliches Gesicht hatte erröten lassen, und sie hatte sich ihm nicht entziehen können. Seit der Nacht, als die gute Frau Ceridwens Schicksal in Morgan ab Kynans Hände gelegt hatte, war Verrat zum Schlüssel ihres Lebens geworden. Der Verrat an all dem, was sie in ihrer Kindheit gelernt hatte, der Verrat an den Lehren des Klosters, und der schmerzlichste Verrat von allen, der einer Mutter, die ihren Kopf mit Träumen gefüllt hatte, die zu Alpträumen geworden waren, und sie dann verlassen hatte, um allein damit fertig zu werden.

Ceridwens Blick folgte Dain, als er sich um den Tisch herum bewegte. Wenn sie dem Alptraum nicht entrinnen konnte, würde sie kämpfen müssen, und in dem unerschöpflichen Wissen dieses Hexenmeisters könnte die Saat ihrer Rettung liegen, wenn sie die Kraft und die Mittel hätte, sie gegen Caradoc zu benutzen.

Der Keiler stand im Ruf, kein lebendes Wesen zu fürchten, ganz gleich ob Mensch oder Tier, aber wenn das rote Buch die Wahrheit sagte – und sie wagte nicht länger, daran zu zweifeln –, brauchte er Magie, und sie würde ihm lieber Magie geben als ihr Blut.

Dain besaß derartige Zauberkräfte. Er hatte es gerade eben bewiesen, auch wenn er es vorher energisch bestritten hatte. Er war vielleicht kein Lichtelf oder Prinz der *tylwyth teg*, aber er war auch mehr als ein gewöhnlicher Arzt. Ein Mann umgab sich nicht mit seltsamen Symbolen, wenn er nicht ernsthaft daran glaubte, und sie hatte die Hitze, die von Brochans wundervollem Talismann ausging, selbst gespürt. Italienisches Glas, also wirklich! Der alte Mann, Erlend, war eindeutig anderer Ansicht gewesen. Er wäre vor Schreck fast aus der Haut gefahren, als sie den Talisman geschwungen hatte. Als ein Verbündeter könnte ihr jemand wie Dain die nötige Stärke für ihren Kampf verleihen. Als ihr Feind jedoch würde er nichts tun, um ihr zu helfen, geschweige denn, daß er sie gehen ließe.

Sie schloß die Augen, angewidert von sich selbst, weil sie so schnell in die Tiefen der Erniedrigung gesunken war, weil sie einen Verbündeten wie ihn brauchte, um sich vor der ewigen Verdammnis zu retten. Selbst die Äbtissin hatte nicht vorausgesehen, daß es mit ihrer Charakterstärke derart schnell bergab gehen würde.

Verruchter Kerl! Sie hatte seine Verführung vor zwei Wochen als genau das durchschaut, was sie war, ein Akt absoluter Lasterhaftigkeit, und sie konnte sich beim besten Willen nicht vorstellen, was das Mädchen Edmee dazu getrieben hatte, ihn auf solch verabscheuungswürdige Weise zu erregen. Und was sie selbst betraf, so wünschte sie sich inbrünstig, sie wäre niemals Zeugin dieser Szenen geworden.

Sie war es aber gewesen. Sie hatte seinen trägen, sinnlichen Blick auf sich gefühlt, und sie hatte sein tiefes Stöhnen der Wollust durch ihren Körper vibrieren gefühlt, nachdem sich ihre Blicke gekreuzt hatten. Jener satte, ursprüngliche Laut hatte sie irgendwie verändert, hatte sie an Stellen berührt, an denen sie noch nie zuvor berührt worden war, und jedesmal, wenn sie Dain jetzt ansah, fühlte sie erneut diese sinnlichen Schwingungen in ihrem Inneren. Nichts im Kloster hatte sie auf ihn vorbereitet, selbst der lüsterne Geistliche nicht.

Sicher, es hatten auch Männer Zutritt zu dem Nonnenkloster gehabt, hauptsächlich der Kaplan. Mindestens dreimal im Jahr war der Erzdiakon gekommen, seltener der Bischof von St. David's. Männer aus dem Dorf belieferten den Orden mit Lebensmitteln oder arbeiteten auf den Feldern, aber keiner von ihnen war wie Dain gewesen, weder die Geistlichen noch die Dörfler. Einmal war der Sohn eines walisischen Prinzen gekommen und hatte Unterkunft und Verpflegung für seine Männer verlangt, und da sein Vater dem Kloster eine großzügige Stiftung gemacht hatte, waren die Vorschriften der Klausur weit genug gelockert worden, um ihnen zu gestatten, in unmittelbarer Nähe der Klostermauern zu kampieren. Ceridwen erinnerte sich noch deutlich daran, wie sie den hochgewachsenen, gutaussehenden jungen Mann betrachtet und welch tiefe Sehnsucht sie dabei empfunden hatte, nicht speziell nach ihm, sondern nach dem, was Gwrnach ihr genommen hatte: die Chance zu lieben und das Geburtsrecht, den Mann ihrer Wahl zu heiraten. Damals hatte sie nicht geahnt, wie töricht ihre Sehnsucht gewesen war.

Jenem attraktiven Prinzen und Dain war eine gewisse Arroganz in ihrem Auftreten gemeinsam, aber der jüngere Mann hatte weder Dains verführerische Eleganz besessen noch die durchdringende Intensität seines Blickes. Im Laufe der vergangenen beiden Wochen hatte Ceridwen oft die dunklen, feurigen Augen des Magiers auf sich gespürt, und sie hatte seinen Blick wie eine körperliche Berührung gespürt. Es war mehr als bloßer Instinkt, der sie warnte, wenn er sie beobachtete: denn die Aufmerksamkeit, die er quer durch einen Raum zu senden vermochte, hatte tatsächlich etwas Greifbares an sich. Kein anderer, den sie je gekannt hatte – weder Mann noch Frau noch Kind –, hatte diese fast hypnotisch anmutende Fähigkeit besessen. Sie wußte auch von keinem anderen, der imstande war, Seide in Brand zu stecken, ohne daß das Tuch den geringsten Schaden nahm. Und sie hatte auch noch nie zuvor eine Wunde mit derart feinen, geschickten Stichen vernäht gesehen wie die, die ihre Schläfe und ihre Schulter bedeckten. Das allein genügte schon, um sie davon zu überzeugen, daß Dain im Verein mit Mächten arbeitete, die sie noch nicht verstand.

Er war schon außergewöhnlich, dieser Dain, und es hing zu einem großen Teil von ihm ab, wie sich der weitere Verlauf ihres Schicksals gestalten würde. Sie wußte keinen besseren Grund, um sich mit allen Mitteln darum zu bemühen, seine Hilfe zu gewinnen – oder eher: mit fast allen. Sie würde nicht das tun, was Edmee getan hatte. Sie würde ihm keine sexuellen Gefälligkeiten als Gegenleistung für seine Kinkerlitzchen oder seine Hilfe erweisen. Andererseits konnte sie sich nicht vorstellen, daß er dergleichen überhaupt von ihr wollte. Als sie mit Morgan und seinen Männern gereist war, hatte sie nicht bemerkt, daß irgend jemand auch nur mit einer hochgezogenen Braue auf sie reagiert hätte. Morgan selbst hätte ganz sicherlich keine Zeit verschwendet, ihren Heiratsantrag im Austausch für seinen Beistand und Schutz abzulehnen.

Nein, sie würde einen Mann nicht mit ihrem Körper oder ihrer Gunst locken, und schon gar nicht einen Hexenmeister, der an sündige Verführungen gewöhnt war. Was ihre Freundschaft betraf, so hatte sie in diesem Fall keinen Wert, der über das Geschenk als solche hinausging, und sie hatte auch kein Gold, um seine Dienste oder seine Unterweisungen in Magie zu erkaufen. In Wahrheit hatte sie überhaupt nichts, was sie ihm anbieten konnte, außer der Chance, ihr das Leben zu retten, und das hatte er schon einmal getan und obendrein sehr gut.

Zögernd hob sie eine Hand an die Seite ihres Gesichts. Sie würde bleibende Narben behalten. Was immer sie einmal an Schönheit besessen haben mochte, hatte Ragnor ihr genommen, aber für Caradoc würde es keinen Unterschied machen. Er wollte sie nicht wegen ihres hübschen Gesichts oder ihrer anmutigen Gestalt. Er *wollte* sie nur.

Er wollte sie ganz einfach, und zwar um jeden Preis.

Sie brauchte einen Moment, um sich über die Bedeutung dieser Erkenntnis klarzuwerden, und gleich darauf wurde ihr zum ersten Mal seit vielen langen Wochen bewußt, daß sie einen gewissen Vorteil hatte. Sie brauchte kein Gold, um Dains Unterstützung zu gewinnen. Ihre Macht lag in ihr selbst begründet. Sie war von großem Wert für Caradoc, und deshalb auch für Dain. Ohne Zweifel hatte er ihrem Cousin dies auseinandergesetzt, bevor er Morgan nach Norden geschickt hatte. Sie fragte sich, ob er es wohl gewagt hatte, unumwunden ein Lösegeld zu verlangen.

Höchstwahrscheinlich, entschied sie. Sie war mit einem walisischen Lehnsherrn verlobt, und sie wurde im Schloß eines normannischen Marklords festgehalten. Diese simplen Tatsachen allein genügten schon, um für Zwietracht und feindliche Zusammenstöße zu sorgen. Sollte es ihr gelingen, aus dem Turm zu entfliehen, dann würde der Hexenmeister nichts für seine Mühe bekommen, außer einen Krieg.

Ihr Angebot wäre klar und eindeutig: Als Gegenleistung für seinen Unterricht in Magie würde sie keinen Fluchtversuch unternehmen, so wie sie es bei Morgan getan hatte, denn obwohl man sie am Ende wieder eingefangen hatte, war sie Morgan doch erst einmal entwischt.

Ceridwen lächelte fast. Sollte sie die Gelegenheit zu einer Flucht ergeben, würde sie sie ohne einen Blick zurück und ohne die geringsten Gewissensbisse beim Schopf ergreifen, ganz gleich, was sie Dain versprochen hatte, aber es würde schon etwas Besseres als bloß eine gute Gelegenheit sein müssen. Sie konnte sich keine weiteren Fehlschläge mehr leisten, weder körperlich noch emotional.

Sie hob den Kopf und blickte zu der Stelle hinüber, wo Dain wieder an seinem Tisch arbeitete. Im dämmrigen Licht sah er aus, als wäre er dem Keiler weit überlegen. Vielleicht nicht unbedingt in bezug auf Körperkraft, aber niemand konnte die unbezwingbare Ausstrahlung des Mannes leugnen.

Es könnte genügen.

Sie wußte aus Mychaels Briefen, daß es von Caradoc hieß, er sei seinem Vater sehr ähnlich, und Gwrnach war ein goldhaariger Riese gewesen, ein Sonnengott, der plötzlich Amok gelaufen war. Sein blindwütiges Gebaren, als er die Menschen in dem blutbesudelten Burghof von Carn Merioneth abgeschlachtet hatte, war für alle Zeiten unauslöschlich in ihr Gedächtnis eingebrannt. Die Magd ihrer Mutter, Moriath, hatte sie damals schützend an sich gedrückt, als sie auf dem Hügel oberhalb der Burg standen und das Gemetzel beobachteten, und sie hatte Ceridwen gewarnt, nicht laut aufzuschreien vor Entsetzen über das, was sie mitansehen mußten. Mychael war der schreckliche Anblick ihres lichterloh brennenden Heims glücklicherweise erspart geblieben, denn er war erst wieder in Moriaths Armen aufgewacht, als sie den Ort des Schreckens weit hinter sich gelassen hatten.

Mychael, innig geliebter Bruder, war ihre einzige wirkliche Hoffnung auf Rettung. Es wäre töricht, an einen anderen zu glauben, besonders an einen so finsteren Sünder wie Dain; dennoch konnte es sein, daß Mychael für sie verloren war. Seit fast sechs Monaten hatte sie keinen Brief mehr erhalten, der sein Siegel trug, und zwei ihrer eigenen Briefe waren unbeantwortet geblieben.

Dain würde genügen müssen. Sie betrachtete ihn mit abschätzendem Blick. Ja, der schwarzgekleidete Hexenmeister würde wohl oder übel genügen müssen.

Dain heuchelte Gleichgültigkeit gegen Ceridwens eingehende Musterung, während er mit der schwierigen Aufgabe fortfuhr, das Seidentuch zusammenzufalten. Er hatte sein Ziel mehr als erreicht. Sie war sich seiner nur zu deutlich bewußt, das spürte er, und wenn er sich nicht sehr irrte, zog sie sogar in Erwägung, wieder mit ihm zu sprechen, etwas, was sie nicht mehr getan hatte, seit sie ihn als Tier beschimpft hatte – eine Bezeichnung, deren Richtigkeit er eindrucksvoll bewiesen hatte.

Ach, was soll's, dachte er, während er den Seidenball eine Idee herumdrehte und vorsichtig eine Falte hineinschob. Was war schon eine weitere Todsünde in einem Leben, das so reich an Frevel und Sünde war? Nichts, gar nichts. Sie fiel überhaupt nicht ins Gewicht. Es mußte einfach so sein, denn sonst hätten ihn die vielen Sünden, die er bereits in seinem Leben begangen hatte, schon längst ins Grab gebracht, wenn schon nicht in seinen ersten Wochen bei Jalal, dann ganz gewiß am Ende des ersten Monats, als es so ausgesehen hatte, als wäre der Tod seine einzige Hoffnung auf Rettung.

Er drückte eine gelungene Falte mit seinem Daumen zusammen, während er den Seidenball herumdrehte und einen neuen Zipfel hineinsteckte. Drehen, hineinstecken, zusammendrücken. Bei jeder Bewegung fiel Licht von der Wachskerze auf die Innenseite seines rechten Handgelenks, wo eine dünne weiße Narbe immer sichtbarer Beweis dessen sein würde, was ein junger Mann nicht länger hatte ertragen können.

»Seid Ihr hungrig, *Chérie*«, fragte er, ohne aufzublicken. Drehen, hineinstecken, zusammendrücken. »Ich schmore eine Wachtel über dem Feuer.«

Er wartete einen langen Moment, um sie »ja« sagen zu hören.

»Gut.« Dain hatte den kostbaren Tuchball inzwischen fertig zusammengesteckt und wickelte ihn in ein Stück Gaze, um die Seide in ihrer Form zu halten. Anschließend legte er die Kugel in ein Kästchen und schloß den Deckel. Er vermied es bewußt, zu Ceridwen hinüberzusehen, wegen ihrer beunruhigenden Angewohnheit, jedesmal die Lider zu senken, wann immer er einen Blick in ihre Richtung warf.

Er konnte es ihr nicht verübeln, nicht wirklich.

»Nun denn«, sagte er, als er das Kästchen zu einem der Regale trug, wo er seine Arzneien und Rezepturen, Zaubertränke und Heilelixiere aufbewahrte, »möchtet Ihr wieder im Bett essen? Oder fühlt Ihr Euch wohl genug, um am Tisch zu sitzen?«

»Am Tisch, wenn es Euch recht ist.«

Wenn es *ihm* recht war? Der Abend verlief ja noch viel besser, als er zu hoffen gewagt hatte!

»Nein, Ceridwen, es geht nur darum, was Euch am liebsten ist.« Er legte eine Pause ein, um den aufgespießten Vogel über dem Feuer herumzudrehen. »Ich bin mit Eurer Pflege beauftragt worden.«

»Von wem?« fragte sie mit einem zögernden Unterton in der Stimme, der ihr Mißtrauen verriet.

»Von Soren D'Arbois«, erwiderte er. »Dem Hausherrn dieses Schlosses.«

»Und ist er auch Euer Herr?«

Bei dieser Frage blickte er auf, unfähig, der subtilen Herausforderung in ihrem Ton zu widerstehen.

»Nicht ganz«, erklärte er, wobei er ein Lächeln unterdrückte. »Ich lebe zwar innerhalb der Mauern dieser Burg, das ist wahr, aber auf seine Bitte hin, nicht auf seinen Befehl. In Wahrheit ist meine Anwesenheit durch die Gunst anderer sanktioniert, die lange vor dem Baron hier waren.«

»Andere?« wiederholte sie. »Mit Autorität und Machtbefugnis über einen Marklord? Sprecht Ihr vielleicht von dem englischen König, Löwenherz?«

Zur Hölle mit dem Fratz. Sie konnte es offenbar nicht lassen, ihn aufs Glatteis zu locken.

»Nur unter Zwang«, murmelte er mit trockener Stimme, als er den Blick senkte und den Bratspieß erneut umdrehte.

»Was habt Ihr gesagt, Mylord?«

Sein Lächeln ließ sich nicht länger unterdrücken und zog seine Mundwinkel aufwärts, und es dauerte einen Moment, bis es ihm gelang, wieder eine ausdruckslose Miene aufzusetzen. »Ich spreche nicht von König Richard dem Ersten, und ich bin niemandes Lord, Mistreß. Ich habe keine Titel, die Ihr anerkennen würdet. Ich besitze kein Land außer den wenigen Quadratmetern Erde, die diesen Turm aufrecht halten. Ihr könnt mich Dain nennen oder auch Lavrans, wenn Ihr mögt, und ich werde darauf antworten.«

»Ich habe noch nie von einem Turmbesitzer gehört, der nicht auch das dazugehörige Schloß besessen hätte, Lavrans«, erwiderte Ceridwen mit einer kaum merklichen Andeutung von Sarkasmus. Dain hätte es niemals für möglich gehalten, daß eine solch scharfe Zunge das Leben in einem Kloster überstehen würde.

»Wydehaw hat nicht weniger als zehn Türme, von denen der Hart Tower strategisch gesehen der unwichtigste ist, sowohl in bezug auf seine Größe als auch auf seinen Standort«, erklärte er, während er seine Enttäuschung darüber verbarg, wie sie ihn genannt hatte. Noch keiner hatte den Namen Dain mit einem solch unschuldigen Seufzer der Dankbarkeit ausgesprochen seit … seit viel zu langer Zeit, um sich noch daran zu erinnern. »D'Arbois profitiert nur davon, daß ich hier Pächter bin. Der Frieden und die Dienste, die ihm meine Anwesenheit einbringen, sind das Opfer eines bißchen Grund und Bodens mehr als wert.«

»Frieden mit wem, wenn nicht mit Richard?« fragte sie. »Denn ich kann einfach nicht glauben, daß Euer normannischer Lord einem walisischen Spion erlauben würde, in seiner Burg zu wohnen, um seine Nachbarn zu beschwichtigen.«

»Ich meinte seinen Seelenfrieden. Und ich bin wohl kaum Waliser«, erwiderte er, während er sich fragte, ob sie wohl auch fähig war, lediglich höfliche Konversation zu betreiben.

»Ihr seid aber auch kein Normanne«, kam ihre schnelle Antwort.

»Ich bin kein Spion, Lady. Für mich spielt es keine Rolle, woher der Wind zwischen den Engländern und den Cymry weht.«

»Ich bin keine Lady.«

Er zog eine Braue in schweigender, aber vollkommener Übereinstimmung hoch und ging zum Bett, um die oberste Decke aus Zobelfellen zu entfernen. Nachdem er sie als wärmendes Polster über einen der beiden massiven Eichenstühle am Tisch drapiert hatte, kehrte er zum Bett zurück, um Ceridwen zu holen.

Sie zuckte zusammen, als er seine Arme unter sie schob. Er nahm es zur Kenntnis, ließ sich jedoch nicht davon beirren, als er mit seiner Aufgabe fortfuhr und sie dicht an seine Brust hob. Sie war, wie er es nicht anders erwartet hatte, zutiefst verlegen in seiner Umarmung und schien es nicht zu wissen, wo sie ihre Hände lassen oder wohin sie ihren Blick richten oder was sie mit ihrem Körper tun sollte, außer ihn zu sperrigen Ecken und Kanten zu versteifen.

»Könnt Ihr Euch vielleicht etwas entspannen, Mistreß? Es wäre mir sehr unangenehm, wenn ich Euch fallen ließe«, sagte er mit einem vorgetäuschten Ton von Anstrengung in der Stimme, um ihr etwas anderes zu geben, worüber sie sich Sorgen machen konnte, statt ständig an die Stellen zu denken, wo sie ihrer beider Körper berührten. Es genügte vollauf, daß seine eigenen Gedanken unaufhörlich darum kreisten.

Ihr Aussehen hatte deutlich an Reiz gewonnen, nachdem die Schwellungen und Blutergüsse abgeklungen waren, dennoch war es mehr als nur die hübsche Feinheit ihres Gesichts, das ihn erregte. Sein Atem hatte sich beschleunigt, als er sie auf seine Arme hob, und sein Herz hatte unwillkürlich schneller geklopft, als ihm ihr zarter Duft in die Nase gestiegen war. Die Kurve ihres Schenkels, die seine Hand füllte, erweckte in ihm den Wunsch, ihre Haut zu spüren; ihr Busen war eine verlockend weiche Rundung an seiner Brust. Sie fühlte sich ausgesprochen weiblich und begehrenswert in seinen Armen an.

Ihr einziges Zugeständnis an seine Bitte bestand darin, daß sie ihre Muskeln noch mehr anspannte und ihre Unterlippe zwischen die Zähne zog. Er wiederum kam ihr entgegen, indem er darauf verzichtete, ihr zu sagen, daß sie – wenn sie schon an jemandes Lippen saugen müßte, um Mut zu schöpfen, oder aus welchen Gründen auch immer – herzlich gerne an seinen saugen dürfte.

»So ist es schon besser«, log er und tat sein Bestes, um sie zu dem Stuhl zu schaffen, ohne noch mehr Schaden anzurichten oder sie noch stärker in Verlegenheit zu bringen.

Als er von dem Podest heruntertrat, auf dem sein Bett stand, entspannte sie sich ein wenig in seinen Armen, während ihre Hand zögernd an seiner Schulter hinauf glitt, wieder zurückwich und sich dann um seinen Hals schlang, um besseren Halt zu finden. Er blickte sie an und ertappte sie dabei, wie sie errötete, als sie hastig wegschaute.

Armes kleines Ding. Er verstand ihr Dilemma durchaus. Sie hatte schreckliche Angst vor ihm und war gleichzeitig von ihm fasziniert, und keine der beiden Empfindungen diente seinem Bestreben, sie zu heilen und mit dem größtmöglichen Gewinn und so wenig Komplikationen wie möglich auf ihren Weg zu schicken.

Dain legte den Kopf zur Seite, um einem langstieligen Bündel trocknender Rauten auszuweichen. Die Bewegung brachte ihre beiden Köpfe für einen Herzschlag dicht zusammen. Duftige Strähnen ihres üppigen Haares streiften über seines, während sich ihre weißblonden Locken wie blasses Elfenbein um seine eigenen glatten dunkelbraunen Strähnen ringelten. Es war ein unbeabsichtigter Moment der Intimität, ein Akt der Unschuld, dennoch fehlte der Wirkung, die diese Berührung auf ihn hatte, jede Unschuld, denn sie erinnerte ihn nur zu intensiv an die Möglichkeiten der Verstrickung zwischen einem Mann und einer Frau. Und an die Verheißungen.

Er war stark in Versuchung, sie zu necken und dazu zu bringen, noch ein wenig stärker zu erröten, sie zu zwingen, seinem Blick zu begegnen und ein Spiel zu spielen, das er vor langer Zeit aufgegeben hatte, bis Edmee ihn erneut dazu verlockt hatte.

Aber diese Sache mit dem Fratz hier, die war nicht Edmees Schuld. Sie hatte einen ganz eigenen Reiz, und zwar um so mehr, als sie verboten war, auch wenn es nur die Leere seines Geldbeutels und alte Bande der Freundschaft waren, die sie zu etwas Verbotenem machten.

»Es gibt eine Geschichte über den Turm, die man sich in dieser Gegend erzählt«, erklärte er, während er weiter auf den Stuhl vor dem Kamin zuging. »Es heißt, es sei genau dieser Fleck gewesen, wo Arthur den Keiler Trwyth abschlachtete.«

»Ich bin sehr dafür, Keiler abzuschlachten«, erwiderte sie, obwohl ihre Schüchternheit einer ruhigen Leidenschaftlichkeit wich. »Aber Monmouth sagt nichts dergleichen.«

»Ihr habt die *Historia Regum Britanniae* gelesen?« fragte er in zweifelndem Tonfall.

»Ja«, sagte sie und warf ihm einen Blick zu. »Ich kann lesen… und schreiben.«

Ihm entging weder die Bedeutung ihrer Worte noch die Tatsache, daß sie vergessen hatte, daß sie in seinen Armen lag.

»Euer Buch ist sicher vor Schaden.« Er setzte sie auf den Stuhl, legte ihren gebrochenen Knöcheln vorsichtig auf eine Bank und wickelte sie fürsorglich in das Zobelfell ein. Er machte Anstalten, sich aufzurichten und zu gehen, doch ihre Hand schloß sich mit überraschender Kraft um sein Handgelenk.

»Das Buch gehört mir.« Der Griff ihrer Finger verstärkte sich, eine Geste, die die Anspannung in ihrer Stimme unterstrich.

Dain hob langsam den Blick von der Stelle, wo sie ihn festhielt, und sah ihr in die Augen. »Und stellenweise ist es wahrlich eine lustige Jagd durch die alten Geschichten, Mistreß, ein bißchen von diesem und ein bißchen von jenem, während es munter über die Äonen hinwegspringt und Prophezeiung und Ketzerei mit Märchen und Sagen vermengt. ›Drachen, die sich in unterirdischen Höhlen räkeln, mit starkem Gift bewehrt‹?« zitierte Dain mit einem Lächeln. »Giftig, ohne Zweifel, durch das jungfräuliche Blut des Mädchens, von dem das Buch behauptet, daß es die Drachen zurückrufen wird, wenn alle Stricke reißen – wahrhaftig eine phantastische Horrorgeschichte, das muß ich schon sagen. Die Drachen im Norden mögen lieber Gold als Blut.«

»Die Vorlieben von Drachen, die außerhalb von Carn Merioneth leben, interessieren mich nicht«, erklärte sie ihm.

Sein Lächeln wurde noch breiter, weil sie es tatsächlich fertigbrachte, mit solcher Ernsthaftigkeit über Drachen zu sprechen. »Ach ja. Carn Merioneth, das Land der goldenen Äpfel, Frucht der Helden und der Göttinnen, Frucht des Entzückens… und der Liebe.« Er drehte seine Hand in ihren Fingern herum und schmiegte seine Handfläche an ihre. »… ›tröste mich mit Äpfeln, denn ich bin der Liebe überdrüssig‹.«

Sie entriß ihm blitzschnell ihre Hand, und ihre Wangen erglühten unter der verlegenen Röte, die er provoziert hatte. Süße Novizin. Es ging doch nichts über *Das Hohelied Salomons*, um einer frommen Jungfrau Unbehagen zu bereiten.

»Euer Mychael, so scheint es, hat seit einiger Zeit nicht mehr geschrieben«, sagte er und wechselte geflissentlich das Thema, um sie nicht noch mehr in Verlegenheit zu bringen. »Während Ihr sehr eifrig mit Tinte und Feder gekritzelt habt. Obwohl ich zu behaupten wage, daß Ihr nicht viel von dem Gekritzel versteht, das Ihr zu Papier bringt, oder von dem seltsamen Geschreibsel, das einige der anderen Seiten füllt.«

»Und ich wage zu behaupten, daß Ihr sogar noch weniger davon versteht«, gab sie mit überraschend fester Stimme zurück. Sie hatte irgendwo Stahl in sich.

Er schenkte ihr ein sardonisches Lächeln. »Laßt Euch einen guten Rat geben, Mädchen. Wenn ich an Eurer Stelle wäre, würde ich besser nicht zugeben, allzuviel zu wissen. Es ist direkt ein Wunder, daß sie Euch in Usk nicht auf dem Scheiterhaufen verbrannt haben für all die heidnischen und gottlosen Dinge, über die sich Euer kleiner roter Schatz ausläßt.«

»Ich bin keine Waldpriesterin.«

»Trotz des Buches, das ist nicht zu übersehen, *Cariad*. Ihr betet mehr als eine Heilige.« Sein Lächeln wurde weicher, als er ihr Gesicht berührte und behutsam die Linie winziger Stiche nachzeichnete, die an ihrer Braue begann. Ceridwen schlug die Augen nieder, und wieder kroch eine feine Röte in ihre Wangen. Sie machte eine Bewegung, als wollte sie sich ihm entziehen, doch Dain breitete seine Finger aus und umfing mit energischem Griff ihr Kinn.

Sie war eine Frau, kein Mädchen, ganz gleich, wie jungfräulich sie sein mochte. Ihr Gesicht wies Spuren von Reife auf, die er in jener ersten Nacht nicht bemerkt hatte. Ihre Haut war glatt, aber nicht straff gespannt. Eine Andeutung kommender Fältchen zeichnete sich fächerförmig in ihren Augenwinkeln ab. Und noch aufschlußreicher – jene blaßblauen, glänzenden Augen waren von einer Härte umschattet, die nichts mit Farbe zu tun hatte, aber alles mit einem unbeugsamen Willen zu überleben.

Sein Daumen strich zart über ihre Unterlippe, und die Röte ihrer Wangen vertiefte sich noch und breitete sich über ihren Hals aus. Ja, und wahrscheinlich bis hinunter zu ihren Brüsten, dachte Dain. Er senkte den Blick, konnte jedoch nicht weiter sehen als bis zum bestickten Saum ihres Hemds. Ohne aufzublicken, liebkoste er erneut ihre Lippen, ließ seine Daumenspitze die verlockende Kurve und Weichheit ihres Mundes erforschen. Die sanfte Rundung ihrer Brüste hob sich seiner Berührung entgegen, als Ceridwen plötzlich tief Luft holte; dann hörte sie vollkommen zu atmen auf und verharrte absolut reglos unter seiner zärtlichen Hand. Das war alles, was er wollte. In den Tiefen einer solchen Reaktion lag die Verheißung von mehr, sehr viel mehr, dennoch hatte das Spiel keinen Sinn.

Seufzend ließ er seine Hand wieder sinken.

»Atmet, *Chérie*«, sagte er und lächelte sie an. »Ganz gleich, was ein Mann mit Euch tut, vergeßt niemals zu atmen.«

9. Kapitel

»Liebe Numa«, murmelte Ceridwen lächelnd und ließ ihre Finger an der Schnauze der Hündin hinaufgleiten, als das Tier Wasser aus ihrem Badezuber schlabberte. »Dein Atem wird so süß wie Frühlingsblumen duften.«

Bei Tagesanbruch war der Himmel stark bewölkt gewesen, aber der Vormittag hatte schwache Sonnenstrahlen mit sich gebracht, die durch das Fenster hereinströmten, zusammen mit dem unerwarteten Vergnügen, in Dains bauchiger Wanne zu baden.

Ja, ihr Schicksal hatte eindeutig eine Wende zum Besseren genommen, und jetzt schienen ihr die Götter gnädig zuzulächeln. Ceridwens Blick schweifte zum Bett hinüber. Nach ihrem gemeinsamen Abendessen am Tag zuvor hatte Dain sein Messer unbeaufsichtigt auf dem Tisch liegenlassen, und sie hatte keine Sekunde gezögert, es zu stehlen. Es war in den Seilen verborgen, die die Federmatratze hielten, ein scharfer Dolch mit einem wunderschönen, mit Gold- und Silbereinlegearbeiten verzierten Heft, und er wartete dort auf den günstigsten Augenblick für ihre Flucht aus dem Turm.

Atmet, hatte der verrückte Kerl gesagt, als ob so etwas überhaupt möglich wäre, wenn er über ihr aufragte und sogar die Luft um sie herum mit subtiler Bedrohung erfüllte. Tatsächlich war die Bedrohung so fein und unterschwellig, daß Ceridwen Mühe hatte zu entscheiden, von welcher Seite die Gefahr eigentlich drohte, ob sie von ihm ausging oder von ihr selbst. Er raubte ihr den Atem, das zumindest wußte sie. Er war ein Meister darin, ihren Blick mit seinem gefangenzuhalten, während er einen Winkel seines Mundes zu einem amüsierten Lächeln verzog, das ihr den Atem in der Kehle stocken ließ. Vergeßt das Atmen nicht, hatte er gesagt, und sie war wie ein kleines Mädchen errötet.

Zum Teufel mit ihm. Die Nacht war unangenehm und unerträglich gewesen, und sie hatte kein Auge zugetan und die Stunden damit verbracht, sich vor dem Morgen zu fürchten. Seltsamerweise war ihre Rettung in Gestalt von Edmee gekommen, denn das Mädchen hatte Lavrans aus dem Schlafzimmer verbannt.

Numa leckte sie unter dem Arm, und Ceridwen mußte lachen, als die rauhe Zunge des Hundes ihre Haut kitzelte. Sie spritze mit einem Schwall Wasser nach dem Tier, um es zu verjagen, wobei eine kleine Welle und ein paar Rosenknospen über die Seite der Wanne schwappten. Dann ließ sie sich wieder in die wohltuende Wärme zurücksinken und lehnte den Kopf an ein Kissen auf dem Wannenrand, während ihr gebrochener Knöchel auf einem Bett ruhte, das Edmee improvisiert hatte, um ihre Verbände trockenzuhalten. Sie hatte noch nie zuvor ein solches Vergnügen gekannt. Baden im Kloster war immer eine schnelle und kalte Angelegenheit gewesen und aus reiner Notwendigkeit erfolgt.

Aber dies hier ... dieses entspannte Sichräkeln in Eimer über Eimer heißen Wassers, parfümiert mit Rosen und Lavendel, war Dekadenz, wenn nicht sogar reine Sünde. Jemand, dessen Zukunft derart unsicher war wie ihre, sollte ohne Zweifel vorsichtiger sein, aber es war schwierig, an Sünde zu denken, wenn köstliche Wärme ihren Körper bis auf die Knochen durchdrang und Dampf ihre Haut mit seiner duftenden Feuchtigkeit umschmeichelte.

Dain Lavrans lebte wirklich gut für einen Mann, der niemandes Herr war. Die gebratene Wachtel vom vergangenen Abend war mit einer Andeutung von etwas Süßem gewürzt gewesen, das Ceridwen nicht gekannt hatte. Orangen, hatte er erklärt, als sie ihn fragte, zu entzückt von dem köstlichen Geschmack, um Gleichgültigkeit vorzutäuschen.

Orangen. Sein Reichtum innerhalb der vier Wände des Turmes, den er sein eigen nannte, schien grenzenlos. Er besaß solche Kostbarkeiten wie Rosenöl und Mandelmilch, und seine Räume waren mit prachtvollen Wandteppichen geschmückt. Seine Kleider bestanden aus feinem Leinen und kunstvoll gesponnener Wolle. Das Bett war üppig mit seidenen Decken und seltenen Fellen ausgestattet, von denen der Zobelpelz ihr Lieblingsstück war. Die dunklen Pelze waren herrlich schmiegsam und weich, und es waren diejenigen, in die sie sich zum Schlafen einhüllte. Alles in seiner Kammer schien sie einzuhüllen – die würzigen Düfte seiner Kräuter und Blumen, das Bett mit seinen schweren, grüngelbgestreiften

Damastvorhängen, der wundervolle Zobel, die Kurven seines hölzernen Badezubers. Seine Magie. Seine Anwesenheit.

Verträumt strich sie mit den Fingerspitzen über die Wasseroberfläche und schickte dabei kleine gekräuselte Wellen durch die Rosenknospen. Ihr intensives Bewußtsein von Dain war sowohl beängstigend als auch lächerlich. Er trug sein Haar lang wie ein Barbar aus dem Norden, was zu sein er ihr mehr oder weniger gestanden hatte, nachdem er ihr erklärt hatte, daß er aus Dänemark stammte. Dennoch war seine Art, sich zu bewegen, die Art, wie er sprach und aß und sich kleidete, alles andere als unkultiviert.

Atmet, hatte er gesagt, und sie war einfach nicht dazu fähig gewesen, bis er sich entfernt hatte.

Edmee trat hinter die Wanne, mit einem Kamm in der Hand, und Ceridwen überließ sich willig den Diensten des Mädchens. Mit jedem Ziehen des feinzinkigen Elfenbeinkamms stieg erneut ein Hauch von Lavendel von der Seife auf, mit der das Mädchen ihr Haar gewaschen hatte. Es war wirklich der Gipfel der Dekadenz, wie Ceridwen zugeben mußte, so verwöhnt und bedient zu werden. Sie schöpfte eine Handvoll Wasser und ließ es langsam über ihre Brust rinnen. Absolute, wundervolle Dekadenz.

Kupfer aus Calais, zwei Teile: zwei Tage in Alaun und Essig einweichen lassen. Arsensulfid und Rötel, jeweils ein Teil, einheimischer Schwefel, ein Teil, Blei, zwei Teile: drei Tage lang in frischem Quellwasser kochen.

Dain hörte auf zu lesen und sah sich suchend nach etwas um, was dazu geeignet war, das Buch offen zu halten. Ein Schädel auf dem Regal hinter dem Arbeitstisch bot sich praktischerweise an, ein menschlicher Schädel. Er legte ihn auf die Buchseite, mit den Augenhöhlen nach vorn blickend. Rechts von ihm stand ein Kohlenbecken, auf dem ein Destillierkolben und zwei Verschlakkungspfannen erhitzt wurden.

Nemetons Turm war voll mit den Exotika, die wissensdurstige Gelehrte benutzten, um neue Erkenntnisse über die Natur zu gewinnen – und vielleicht auch, um sich in finsteren Künsten und obskuren Experimenten zu versuchen, wenn man dazu neigte. Die Wände der Alchemiekammer waren über und über mit gekritzelten und eingeritzten Formeln in lateinisch, normannisch und gälisch bedeckt, zusammen mit mysteriösen Beschwörungsformeln, die Dain noch entziffern mußte, die aber aus runenähnlichen Schriftzeichen bestanden. Mit Nemetons Namen waren sowohl Magie als auch Mord verbunden und auch Gerede von Verbannung und von einem gewaltsamen Tod, der den Gerüchten zufolge mehr als verdient war. Dennoch hatte Dain im Hart Tower keine Aura von Gewalt wahrgenommen. Er konnte ein starkes Energiefeld innerhalb der gekrümmten Wände des Turms spüren – ja, Energie und auch Macht, das ganz sicherlich – und genügend Mysterien, um einen weniger entschlossenen Mann als ihn zu entmutigen, aber keine Gewalt. Dain wünschte inständig, er hätte eine Stunde in Nemetons Gegenwart verbringen und sich seine jahrelange Suche nach der einen Wahrheit sparen können, die alles das vereinigte, was der bretonische Barde in seinem Turm zurückgelassen hatte.

»Frisches Quellwasser«, murmelte er, während er eine Lampe hochhielt und ihr Licht über eine Reihe von Gläsern wandern ließ. Er hatte gerade erst frisches Wasser heraufbringen lassen, und er konnte schwören, daß er es auf das Regal über der Tunneltür gestellt hatte.

Fröhliches Gelächter ertönte aus dem Raum über der Alchemiekammer, gefolgt von einem Strom von Wasser, der durch die Fußbodenbretter sickerte. Ceridwens Badewasser. Dain streckte eine Hand aus und ließ die warme Flüssigkeit über seine Finger rinnen, bis sie versiegte. Der Duft von Rosen und Lavendel hielt sich zwar nicht länger als einen Moment in der strengriechenden Atmosphäre von brennendem Schwefel und destillierendem Wein, doch ein Moment genügte, um ihn zu beunruhigen.

Edmee muß wirklich gut in Form sein, wenn es ihr gelungen ist, dem Fratz ein Lächeln zu entlocken, dachte er versonnen. Mit etwas Glück, wenn das stumme Mädchen alles richtig machte, würde sie seinen Gast bald dazu bringen, vor Wohlbehagen zu seufzen.

Am vergangenen Abend hatte er die Fäden aus ihren Wunden gezogen, nachdem er Ceridwen mit gebratener Wachtel, Porree und eingetunkten Brotstückchen gesättigt hatte. Sie hatte sich zwar ein bißchen gewunden und ein paarmal keuchend nach Luft geschnappt, aber richtig geschrien hatte sie nicht bei der Prozedur.

Ihr Knöchelbruch heilte gut, bis auf die Steifheit, die mittlerweile eingesetzt hatte. Das war der Grund, warum er wieder nach Edmee geschickt hatte. Er bezweifelte, daß Ceridwen ihm erlaubt hätte, sie zu baden und ihren Körper einzuölen, obwohl er sich ausgezeichnet darauf verstand, steife Gelenke und verspannte Muskeln zu kneten, nachdem er die Behandlungsmethode von einem Eunuchen gelernt hatte, der im Harem eines Kalifen ausgebildet worden war.

Ceridwen wollte ihr Buch zurückhaben. Sie hatte ihm das unmißverständlich klargemacht. Er hatte ihr versprochen, es bald zurückzugeben, und er hatte sie gewarnt, daß sie es nicht noch an jemand anderen verleihen sollte, nachdem sie es ihm anvertraut hatte, besonders da der Name Ceridwen hier und dort auf den Seiten geschrieben stand – was sich, wie er ihr weiterhin erklärt hatte, auf beliebig viele walisische Mädchen beziehen konnte und sich höchstwahrscheinlich auf jemand Sagenumwobenen oder lange Verstorbenen bezog. Ihre einzige Erwiderung darauf war natürlich gewesen, daß sie ihm das Buch nicht anvertraut hätte. Er hätte es gestohlen.

Er hatte es zudem gelesen, das meiste davon jedenfalls, und es war wahrhaftig ein seltsames Ding, ein Wälzer in vielen Sprachen, der es wert war, daß Madron sich einmal eingehend damit befaßte. Werke über heidnische Philosophie und Weissagung fanden sich gewöhnlich nicht in christlichen Klöstern, auch keine Märchen von Meeresdrachen und jungfräulichem Blut, Geschichten, die dem haarsträubenden Unsinn, den er in den Wüsten von Arabien gehört hatte, in nichts nachstanden.

In letzter Zeit waren alle möglichen Arten von Drachenmärchen im Umlauf, da die Geschichten beliebt geworden waren, seit die Christen einen Märtyrer und Drachenschlächter, Georg, heiliggesprochen und zum Schutzpatron von England gemacht hatten. Heutzutage waren die Geschöpfe jedoch eine Metapher für praktisch alles, von Dämonen und Teufeln bis hin zu Schlangen und Quecksilber. Selbst die Alchemie hatte ihren Anteil an Drachen, als Anspielungen auf chemische Substanzen wie gasförmige Stoffe und Metalle, wobei die Schwester des Drachen Geist, Seele und das schwer faßbare Quecksilber versinnbildlichte. Die beiden gegensätzlichen Elemente bildeten ein Ganzes, und das Paar wurde oft dargestellt als ein zunehmender Mond, der in Opposition zu seinem abnehmbaren Gegenstück stand.

Und was die Hinweise des Buches auf »böse Männer« betraf, nun, so hatte Dain noch nie übermäßig lange zu suchen gebraucht, um einen bösen Mann zu finden, obwohl er noch keinem begegnet war, der das Blut einer Frau einzig und allein zu dem Zweck nehmen wollte, damit Meeresungeheuer vom Grund des Ozeans heraufzulocken. In dem sonderbarsten Abschnitt, den er gelesen hatte – in lateinisch verfaßt, der einzigen Sprache in dem Buch, die er beherrschte, war es um etwas gegangen, das sich *pryf* nannte. Sie standen in irgendeinem Zusammenhang mit dem Erdinneren und universalen Salzen – was immer das auch sein mochte – und mit geheimen Essenzen, allesamt Begriffe, die ihm alchemistisch vorgekommen waren und daher sicherlich eine genauere Erforschung lohnten. Das Buch behauptet, daß es Orte gab, hauptsächlich unterirdische Höhlen und dergleichen, wo man die klagenden Schreie der *pryf* hören konnte, und daß man an eben jenen Orten einen bestimmten Geruch wahrnehmen konnte, der an fette Erde erinnerte und von einer Süße durchdrungen war, die oft mit den *pryf* in Verbindung gebracht wurde. Leider lieferte das Buch keine physische Beschreibung der *pryf*, aber er würde auf jeden Fall die Augen offenhalten, da er keine Abneigung gegen ein bißchen Sezieren und Präparieren hatte, wenn es ihm eine bisher unversuchte Substanz für seinen Destillierkolben lieferte.

Die Briefe ihres Bruders, die Ceridwen in dem Buch aufbewahrte, waren nicht minder fesselnd. Mychaels Denkweise hatte etwas ergötzend Mystisches an sich. Insofern fragte Dain sich, ob er vielleicht Alchemie praktizierte und das rote Buch tatsächlich ihm gehörte. Es war durchaus nichts Unübliches in Mönchsklöstern. Was das Ausbleiben von Mychaels Briefen in letzter Zeit anbelangte, so hatte er sich vielleicht versehentlich selbst umgebracht. Dergleichen kam gelegentlich vor, wenn man sich mit Alchemie befaßte, ein Gedanke, der Dain wieder darauf zurückbrachte, was er tun wollte, nämlich Metalle für den Prozeß der Umwandlung zu reinigen.

Frisches Quellwasser, erinnerte er sich, als er erneut die Lampe hob.

Die Pflege des Mädchens hatte ihn von seiner Arbeit abgehalten und ihn um Tage in seinem Zeitplan zurückgeworfen, dennoch fühlte er sich dem Erfolg so nahe wie schon seit langer Zeit nicht mehr. Reinheit war der Schlüssel, höchste, absolute Reinheit, und er erreichte sie mit seinem neuen Apparat und dem sehnsüchtig erwarteten östlichen Zinnober, der Substanz, die zur Herstellung von Quecksilber gebraucht wurde, der »Schwester des Drachen«. Die reinsten Metalle konnten durch diverse, absulut reine Sublimationsprozesse in Gold verwandelt werden, was das Endziel vieler war, aber Dains Ansicht nach das unwichtigste, da jeder Scharlatan im Königreich in der Lage war, Gold zu doublieren. Durch den gleichen Prozeß konnte man das reinste Gold in den Stein der Weisen verwandeln – eine seltene Meisterleistung, selbst für den erfahrensten und geschicktesten Alchemisten. Und dann, indem er den reinsten Stein der Weisen nahm und ihn wieder den Elementen Erde, Wasser, Feuer und Luft in ihrer reinsten Form aussetzte, konnte der Alchemist das Elixier und das Pneuma daraus extrahieren, jene wenigen kostbaren Tropfen ätherischer Substanz mit dem Hauch des Geistes in sich, die nicht nur bloßes Metall zu verwandeln imstande waren, sondern auch den Menschen selbst.

Verwandlung. Das war es, was Dain in seiner kleinen Alchemiekammer zu erreichen versuchte. Wahre Magie.

Eine ganze Weile später kam Edmee zu ihm, die Holztreppe auf ihre ruhige Art heruntereilend. Ceridwen schliefe, erklärte sie Dain in Gebärdensprache.

»Hat sie das Hühnerragout gegessen?«

Ja, und auch eine gute Portion Brot.

»Und du, liebe Edmee? Hast du auch zu Abend gegessen?«

Als sie antwortete, erfuhr Dain, daß er jetzt keinen einzigen Nuß- und Honigkuchen mehr in seinem Schrank hatte, denn Edmee und Ceridwen hatten seinen Vorrat bis auf das letzte klebrige Krümelchen verzehrt.

Er grinste über die Unverfrorenheit des Mädchens. Die Süßigkeiten hatten es ihr offenbar angetan. »Vielleicht kommst du an einem anderen Tag wieder, nachdem ich meinen Vorrat an Naschwerk wieder aufgefüllt habe.«

Ein schalkhafter Funke blitzte in Edmees Augen auf, und sein Lächeln wurde noch breiter. Dann lachte sie, wobei die Lautlosigkeit des Geräusches ihrer Freude in keiner Weise Abbruch tat. Edmee liebte nichts mehr, als ihn übers Ohr zu hauen, und sie hatte weiß Gott ein seltenes Talent dafür.

Er war stark in Versuchung, die Arme nach ihr auszustrecken, aber es sollte offenbar nicht sein. Einer seiner Töpfe kochte in genau diesem Moment über und ließ eine blaßgoldene Flüssigkeit zischend in das Kohlebecken rinnen. Bis er den Topf mit Eierdestillat gerettet hatte, war Edmee verschwunden. Dain erhaschte gerade noch einen letzten Blick auf ihre Röcke, als sie die Treppe hinauflief und etwas hinter sich fallen ließ. Es war ein zusammengerolltes Stück Pergament, das mit ungewöhnlicher Anmut zu Boden schwebte.

Er wischte sich erst die Hände an einem alten Lappen ab, bevor er die Nachricht aufhob und flüchtig daran roch. Von Madron, ohne Zweifel. Der Brief trug kein Wachssiegel, was jedoch auf keinen Fall bedeutete, daß das Schreiben nicht wichtig oder nicht vertraulich wäre. Madron ließ sich niemals dazu herab, auffällige Maßnahmen zu ergreifen, wenn ein subtiler Hinweise genügte. Der Geruch nach Rauch und dem Kraut *Selago* reichte vollauf, um jeden örtlichen Rüpel davor zu warnen, wessen Zorn er sich zuziehen würde, sollte er entweder dem Boten oder der Botschaft Gewalt antun. Einem Dieb von außerhalb der Gegend würde es noch sehr viel schlechter ergehen.

Die Hexe hatte Dain eines Abends die abschreckende Wirkung demonstriert, indem sie einen Brief, der an jemand anderen gerichtet war, über ein Kohlebecken gehalten hatte, auf dem ein Zweig des Krautes lag. Rauch war in Kräuseln aufgestiegen und in die Falten des Pergements eingedrungen, während sie wieder und wieder den Namen der betreffenden Person gemurmelt hatte. Als sie Dain schließlich den Brief gab, hatte sich das Papier warm angefühlt, war aber ansonsten unverändert gewesen. Er hatte es von allen Seiten befingert und nichts gefunden; und dann hatte er den Brief geöffnet – und hätte sich beinahe die Finger verbrannt an der Flamme, die plötzlich von dem Pergament aufloderte und die Nachricht verzehrte. Sehr zu seinem Verdruß hatte Madron ihn nicht in das Geheimnis des Tricks eingeweiht, und er war an jenem Abend zu stark von Wein benebelt gewesen, um allein dahinterzukommen.

Nicht so an diesem Nachmittag. Der einzige Wein, den er angerührt hatte, war der in den Destillierkolben.

Der Brief ließ sich ohne unliebsame Zwischenfälle auseinanderfalten, aber sein Inhalt stellte eine Überraschung dar. Es war eine Einladung zum Abendessen in die Höhle der Hexe, immer ein interessanter Abend, und diesmal versprach er sogar noch interessanter zu werden. Dain war bisher noch nie ermuntert worden, einen Gast mitzubringen, geschweige denn, daß Madron ihn ausdrücklich dazu aufgefordert hätte. Ceridwen, so schien es, war die Ausnahme. Madron wollte das Mädchen kennenlernen.

Die Zypriotin bahnte sich trittsicher einen Weg durch den von Mondschein erhellten Wald; ihr warmer Atem bildete weiße Wölkchen in der frostklaren Nachtluft, während ihre zierlichen Hufe durch trockenes Laub raschelten und kleine Ästchen und herabgefallene Zweige entzweibrachen. Ceridwen zuckte bei jedem Geräusch ängstlich zusammen, überzeugt, daß das laute Knacken ihr törichtes Unternehmen an Wölfe und jede beliebige Anzahl von Raubtieren und Banditen verriet.

»Diese Wälder sind sicher, sonst hätte ich Euch gar nicht erst mitgenommen«, sagte Dain, der hinter ihr im Sattel saß und den Griff um die Zügel verlagerte, um sie besser in seinen Umhang einhüllen zu können.

Seine Versicherung war allerdings nur ein schwacher Trost angesichts seiner körperlichen Nähe und ihrer unerschüttlichen Überzeugung, daß sie beobachtet wurden.

»Es ist nicht weit«, fügte er hinzu – als ob das eine Beruhigung wäre. Ceridwen sah keinen Grund, die Frau namens Madron kennenzulernen, besonders nicht, wenn es erforderte, bei Nacht und Nebel durch den Wald von Wroneu zu reiten. Sie hatte Dain dies klipp und klar erklärt, konnte ihn aber nicht von seinem Vorhaben abbringen.

Er hatte jedoch nicht alles damit gewonnen, denn dieser nächtliche Ausflug hatte ihr zumindest einen Vorteil eingebracht. Sie wußte jetzt, daß es noch einen anderen Ausgang aus dem Turm gab außer der Tür in der mittleren Kammer, die sich – anders als jede andere, vor der sie jemals gestanden hatte – nicht öffnen ließ, wenn man den Riegl hob. Das verdammte Ding hatte keine Schlösser. Sie sah eigentlich ganz gewöhnlich aus, aber sie wollte partout nicht aufgehen. Das erste Mal, als Ceridwen mit der Tür gekämpft hatte, glaubte sie, es sei das Gewicht, das sie daran hinderte, aufzuschwingen – es war eine riesige, enorm schwere Tür, in Granit eingefaßt. Aber jetzt war Ceridwen kräftiger, und als sie an diesem Morgen für einige Augenblicke allein im Raum gewesen war, hatte sie es noch einmal versucht. Vergeblich. Nichts hatte sich gerührt. Ihre Flucht – wenn sich eine Gelegenheit dazu ergeben sollte – würde auf einem anderen Weg erfolgen müssen, das war ihr klargeworden – und heute abend hatte Dain ihr diesen Weg gezeigt. Sicher, sie hatte nichts sehen können, weil er ihr die Augen verbunden hatte, aber sie besaß noch andere Sinne. Es gab eine weitere Tür in der unteren Kammer, einem übelriechenden, nach Schwefel stinkenden Raum, und hinter jener Tür befand sich ein Tunnel, der in die Freiheit führte.

Ein Schauder überlief Ceridwen bei dem Gedanken an den Tunnel. Seine Enge und seine klamme Feuchtigkeit hatten ihr gar nicht behagt und auch nicht die Art, wie jedes noch so leise Geräusch als mehrfaches Echo von den Wänden zurückgeworfen wurde. Der Tunnel hatte sie an einen anderen, lange zurückliegenden Ort erinnert, der wieder nach ihr zu greifen schien und sie drängte, zurückzukehren – an die Höhlen unterhalb von Carn Merioneth und der unterirdische Gang mit dem Aufschrift *pryf*.

»Friert Ihr?« erkundigte sich Dain.

»Nein, es ist nur … Hilfe!« Sie stieß einen entsetzten Schrei aus, als die Stute plötzlich schnaubte und sich aufbäumte.

Dain fluchte und beugte sich blitzschnell vor, um eine Faustvoll der Pferdemähne zu packen, wobei er Ceridwen halb plattdrückte.

»*Nej!*« befahl er und zog den Kopf der Stute an den Zügeln herunter. Sie gehorchte augenblicklich und stand zitternd und mit bebenden Flanken unter ihnen. »Llynya, verdammt noch mal, zeig dich, bevor die Stute vor lauter Angst einen Herzschlag bekommt!« Er rief die Worte zwischen die Bäume, bekam aber nur Schweigen zur Antwort.

Mit wild klopfendem Herzen suchte Ceridwen die überhängenden Äste ab und griff nach dem mit Gold und Silber verzierten Dolch, den sie in ihrem Stiefel verborgen hatte. Ihr Instinkt hatte sie nicht getrogen. Sie wurden tatsächlich beobachtet.

»Llynya«, warnte der Hexenmeister in einem Tonfall, bei dem sich Ceridwen die Nackenhaare sträubten. In jener Nacht, als sie versucht hatte, Numa auf ihn zu hetzen, hatte er sich einer ähnlich klingenden Stimme bedient. Llynya würde gut daran tun wegzulaufen, solange sie noch die Chance hatte, obwohl Ceridwen sich beim besten Willen nicht vorstellen konnte, was eine Frau in stockfinsterer Nacht allein im Wald zu suchen hatte.

»Oh, großer Meister«, dröhnte eine weibliche Stimme, die von hoch oben kam.

Die Zypriotin scheute nach links, in einen Stechginsterstrauch hinein, und wurde abermals erschreckt, als sich ein Dorn in ihre Flanke bohrte. Ceridwen zog ihr Messer, bereit zu kämpfen.

»Was ist *das*?« Dain packte ihr Handgelenk und drehte es herum, um Licht auf die Klinge fallenzulassen, während er das Pferd zwischen Strahlen von Mondlicht und den Schatten der Nacht hin- und hertänzeln ließ.

»Davon hängt vielleicht mein Leben ab«, stieß sie zwischen zusammengebissenen Zähnen hervor und versuchte vergeblich, ihre Hand dem eisernen Griff seiner Finger zu entwinden. »Oder Eures.«

»Das glaube ich nicht.« Er entwaffnete sie mit einer Hand und brüllte erneut: »Llynya!«

Ein leises Rascheln ertönte über ihren Köpfen, gefolgt von einem herabfallenden Zweig und einem gedämpften Fluch.

»Tja, du wirst langsam alt, Kobold.« Dain lachte und zog Ceridwen zu ihrem großen Mißfallen noch enger an sich. »Komm herunter und trag dein Anliegen vor.«

»Es ist nicht mein Anliegen. Großer Meister, sondern Rhuddlans, der Euch in seinem Lager willkommen heißt.« Ein weiterer Fluch folgte der Erklärung, und dann stürzte ein dunkelhaariger Engel vom Himmel herab und landete in einem Dickicht von Holunderbeerbüschen.

»Jesus!« Dain war bereits aus dem Sattel gesprungen und rannte zu der Frau, noch bevor sie auf dem Boden aufprallte. »Llynya.« Er zwängte sich zwischen den Büschen hindurch und beugte sich besorgt über die zierliche Gestalt.

Ceridwen wartete nicht erst ab, um herauszufinden, ob die tollkühne Llynya bei dem Sturz gestorben war. Sie beugte sich tief über den Hals der Stute und drückte ihr energisch die Fersen in die Seiten. Das Pferd stürmte vorwärts, nur um plötzlich abrupt stehenzubleiben.

»*Bliv!*« bellte Dain gebieterisch, und die Stute hielt mit schliddernden Hufen inne.

Ceridwen drückte ihr erneut die Fersen in die Flanken und wurde prompt mit einem Biß ins Bein belohnt. Sie hätte auch noch einen dritten Fluchtversuch unternommen, aber plötzlich war sie von allen Seiten umzingelt. Ein halben Dutzend Männer fiel aus seinem Versteck in den Bäumen herab, und jeder einzelne von ihnen landete mit einer Leichtigkeit auf den Füßen, die nichts von der großen Höhe erahnen ließ, aus der sie gesprungen waren. Wie im Sturzflug herabschießende Habichte sahen sie aus mit ihrem langen, wehenden Haar und ihren Umhängen, die wie Flügel ausgebreitet waren.

Vier von ihnen spannten augenblicklich Pfeile in ihre Bögen und stellten sich in einem Kreis um den Rand der Lichtung auf, wobei sie dem Geschehen den Rücken zukehrten und wachsam zwischen den Bäumen hindurchspähten. Der fünfte rannte zu Ceridwen und ergriff die Zügel der Stute. Der sechste, nach seiner Haltung und seinem Auftreten zu urteilen ihr Anführer, marschierte zielstrebig zu Llynya und Dain. Alle Neuankömmlinge waren groß und schlank, mit breiten Schultern und langen Beinen, und bis auf einen hatten alle hellblondes Haar, das im Mondlicht schimmerte. Ihre Umhänge wiesen viele verschiedene Schattierungen von Grau und Grün auf, desgleichen ihre Beinlinge und Tuniken, und alle trugen geflochtene Ledergürtel von gelblichbrauner Farbe. Noch seltsamer als die gleiche Kleidung war die Bemalung ihrer Gesichter – breite Streifen dunkler Farbe, die sowohl horizontale als auch diagonale Linien bildeten. Ceridwen war einer Ohnmacht nahe, überzeugt, daß sie und Dain Walddämonen auf sich herabbeschworen hatten.

»Wie geht es ihr, Lavrans?« Der Anführer sprach – seine Stimme wohltönend und tief und so klar wie die Winde des Frühlings – völlig anders, als sie sich einen Dämon vorgestellt hätte.

»Sie ist eine Quicken-Tree, Rhuddlan«, sagte Dain. »Es gehört schon etwas mehr dazu als ein Holunderbusch und ein Sturz von einer Eiche, um sie umzubringen. Sieh selbst, sie kommt schon wieder zu sich.«

Ceridwen reckte den Hals, um an Dain und dem Mann namens Rhuddlan vorbei die Stelle zu sehen, wo sich die Frau langsam wieder regte. Dains offensichtliche Vertrautheit mit den seltsamen Gestalten beruhigte sie zwar etwas, dennoch wünschte sie von Herzen, er hätte ihr nicht den Dolch weggenommen.

»Ich hatte Shay geschickt, um dich zu finden, nicht Llynya«, erklärte Rhuddlan, »aber sie ist ja immer übereifrig in ihrem Bestreben, sich zu beweisen. Wir hatten sie gerade in dem Moment eingeholt, als sie vom Baum stürzte.«

»Ich bin nicht gestürzt«, erwiderte die Frau, die noch immer in dem Gebüsch lag, mit schwacher Stimme. »Shay hat mich gestoßen.«

»Habe ich nicht«, sagte der junge Mann, der die Zügel der Stute hielt, während er die Schultern straffte und trotzig das Kinn vorschob. Sein Gesicht war mit diagonalen Streifen bemalt, wie das aller Bogenschützen – breite, dunkle Linien, die von seiner rechten Schläfe zur linken Seite seines Kinns verliefen –, und sein Haar war dunkel, fast schwarz. »Du bist abgerutscht.«

»Abgerutscht, allerdings, weil deine Hand gegen meinen Rücken gedrückt hat«, gab Llynya mit überraschender Kraft zurück.

»Ich habe nur versucht, dich davor zu bewahren, dir das Genick zu brechen.«

»Und hast mich mit all deiner Fürsorglichkeit geradewegs von meinem Ast geschubst.«

Nein, sie ist keine Frau, dachte Ceridwen, als sie dem Gezank der beiden lauschte. Llynya hörte sich eher wie ein sehr junges Mädchen an. Ein zerzauster Kopf tauchte aus dem Gebüsch zwischen Dain und Rhuddlan auf. Zweige und Blätter steckten überall in dem wirren, geflochtenen Haar, das das schmutzige, aber ansonsten unversehrte Gesicht des jungen Dings umrahmte. Sie streckte dem stoischen Shay die Zunge heraus und bestätigte damit Ceridwens Vermutung.

»Es wäre sicherer, die beiden ihr Schubsspielchen im Lager austragen zu lassen«, schlug Dain vor, als er Rhuddlan half, Llynya aus dem Gebüsch zu befreien.

»Ja.« Rhuddlan lachte und versetzte dem Mädchen einen Klaps aufs Hinterteil, bevor er sie losließ. Sie verschwand in Sekundenschnelle und verschmolz mit dem Wald, wobei die sich völlig lautlos in der Dunkelheit bewegte.

Das außergewöhnliche Kunststück ließ Ceridwen nachdenklich die Stirn runzeln, den es beschwor eine Erinnerung in ihr herauf, die jedoch so vage und verschwommen war, daß sie sie nicht fassen konnte.

»Komm«, sagte Rhuddlan und schlug Dain kameradschaftlich auf die Schulter. »Leiste uns beim Essen Gesellschaft und trink ein Glas mit uns.«

»Die Luft heute abend stinkt förmlich nach Gastfreundschaft, Rhuddlan«, erklärte Dain seinem Freund lächelnd. »Madron hat mich ebenfalls zum Abendessen eingeladen.«

»Madron? Die wird nichts anderes tun, als dich in die Mangel nehmen«, warnte Rhuddlan ihn mit einem wissenden Grinsen. »Laß sie ruhig bis zum Morgen warten.«

»Sie wartet ungefähr so gerne wie eine Kuh, die dringend gemolken werden muß«, erwiderte Dain trocken.

»Stimmt«, pflichtete ihm der Anführer der Quicken-Tree bei, »aber wir reisen noch vor Tagesanbruch nach Norden, und ich muß dringend mit dir reden.«

»Nach Norden?« wiederholte Dain, ohne sich die Mühe zu machen, seine Überraschung zu verbergen. »Ihr seid doch sicher gerade erst hier eingetroffen, und obendrein noch um Wochen zu früh.« Die Quicken-Tree kamen gewöhnlich nicht vor Beltaine in die Wälder von Wroneu. »Was wartet denn so Dringendes im Norden auf dich?«

»Schwierigkeiten, soviel steht fest«, erklärte Rhuddlan mit düsterer Miene. »Vielleicht auch noch mehr.«

Das Lager der Quicken-Tree befand sich tief im Herzen der Wälder und war nur über einen schmalen Pfad zu erreichen, der sich hinter der Kaskade eines donnernden Wasserfalls unter einem Felsvorsprung entlangschlängelte. Eiskristalle überzogen den von Wasser ausgehöhlten Pfad, glitzerten im Lichtschein der Fackeln und machten jeden Schritt zu einer riskanten Angelegenheit. Dain ging voraus, während der Fluß in einem tosenden Bogen über seinen Kopf hinwegströmte.

Er war seit dem Julfest nicht mehr in dem abgelegenen Wäldchen von Eichen und Ebereschen gewesen, als der Fluß vereist gewesen war und die Bäume dicke Schneekapuzen getragen hatten. Er hatte die Nacht ganz allein verbracht, von einer seltsamen Melancholie erfaßt, während er ein Feuer in den Überresten einer der früheren Sommerhütten aus Weidengeflecht gehütet hatte. Es war das erste Mal, daß er allein in dem Wäldchen gewesen war; Rhuddlan und seine Leute waren zu dem Zeitpunkt schon lange wieder fort. Sie verschwanden immer vor dem ersten Schneefall und kehrten nie vor dem Frühjahr zurück. Ein Sommervolk waren sie, die Quicken-Tree, immer von einem Hauch der Frische des Frühlings umgeben, neu und grün wie zarte junge Triebe. Bis auf die Bogenschützen. »Liolsalfar« wurden sie genannt, und sie hatten das Auftreten einer Elitetruppe.

Madron kannte sie gut, obwohl sie kaum darüber sprach. Sie hatte Dain nur einen Rat gegeben, als er damals nach Wydehaw gekommen war – nämlich daß er für jeden Dienst, den er den Quicken-Tree erweisen konnte, zehnfach entschädigt würde.

Dain lächelte. Madron war eine Hexe. Er bezweifelte nicht, daß sie genau gewußt hatte, welchen Dienst Rhuddlan und seine Leute von ihm benötigen würden und exakt wieviel es ihn kosten würde, ihnen behilflich zu sein. Tatsächlich hatten sie nicht weniger von ihm gewollt, als daß er, der an nichts glaubte, in einer Nacht des Jahres, der Nacht zum ersten Mai, genug für sie alle glauben sollte. Beltaine, so nannten sie die Nacht in einer älteren Sprache, und in einer noch älteren hieß sie Galan Mai, aber ganz gleich, wie man jene Nacht nannte, sie war vom starken Zauber einer fruchtbaren, blühenden Erde erfüllt.

Dains Lächeln verblaßte, als er seinen Umhang fester um sich zog. Ihre Bitte war eine ziemliche Zumutung für einen Zyniker wie ihn gewesen, dennoch kehrte er immer wieder zu den Quicken-Tree zurück. Sie stellten keine so hohen Forderungen, daß er sie nicht erfüllen konnte, und sie bezahlten ihn stets recht gut: dieses Jahr in Zinnober, davor in Gold. Ihr erstes Geschenk war die Zypriotin gewesen, ein Abkömmling von Rhuddlans Stute.

Der Anführer der Quicken-Tree ließ ihn auch großzügig an seinem Wissen über die Planeten und die Fixsterne teilhaben, und er war besonders gelehrt, was die Elemente der Erde betraf. Er hatte auch Nemeton gekannt, den Erbauer des Hart Tower.

In Wahrheit war es so, daß Dain sich inzwischen darauf freute, mit dem seltsamen, landlosen Volk zusammenzutreffen, das nach Belieben umherwanderte und sich einer Religion verbunden fühlte, die nicht länger existierte, außer in ihren Herzen. Wales war voller verarmter Prinzen, voll von Männern, die zwar adliger Abstammung waren, aber ansonsten nur wenig besaßen, Männern wie Morgan, Rhuddlan und seiner Schar ging es weitaus besser als den meisten; sie trugen nicht mehr mit sich als die ärmsten Wüstenstämme, litten jedoch niemals Hunger und mußten niemals Lumpen tragen, um sich gegen die Kälte zu schützen.

Auf halber Strecke des von Wasser ausgehöhlten Pfades ragte ein Fels aus der überhängenden Decke hervor. Der massive Stein schnitt eine Öffnung in den Wasserfall und hinterließ eine Lücke, so daß sich der Flußnebel in einer dicht über den Boden kriechenden Dunstwolke sammeln konnte. Ein Stück weiter dahinter zeichnete sich der finstere Eingang einer Höhle ab, die kleine Nebelfetzen in ihre Öffnung hineinsog. Yar blickte über seine Schulter zurück, um zu sehen, wo Ceridwen war, bevor er in die milchigen Schwaden trat.

Rhuddlan bildete die Nachhut des kleinen Trupps, wobei sein Blick oft zu Ceridwen schweifte und vergeblich nach Spuren der Mutter in ihren Zügen suchte. Trotz der Schönheit von Ceridwens Gesicht fehlte ihm eine gewisse Sanftheit, eine Milde und Nachgiebigkeit des Geistes, die Rhiannon befähigt hatte, im Tor der Zeit zu stehen und deutlich die Ereignisse der Gegenwart zu sehen. Er, Rhuddlan, war in den Höhlen gewesen, als sie es das letzte Mal getan hatte, in jener Nacht, als Männer Krieg nach Carn Merioneth gebracht hatten, der Nacht, in der Rhiannon gestorben war.

Er hätte ihr das Leben gerettet, wenn er es vermocht hätte, aber sämtliche Kämpfer der Quicken-Tree und alle Soldaten von Carn Merioneth zusammengenommen waren nicht in der Lage gewesen, die Burg gegen Gwrnach und seinen Kriegerverband zu verteidigen. Sie hatten auch Nemeton nicht retten können. In jener Nacht hatte Rhuddlan nur einen Sieg errungen. Tief in den Höhlen unter der Burg, noch sehr viel tiefer als der Ort, wo ein Mädchen Feuer benutzt hatte, um das Geheimnis von Carn Merioneth zu schützen, hatten er und ein anderer den Äther aus der Erde freigesetzt und die Gezeiten entfesselt, um den Eingang zu dem finsteren Irrgarten der *pryf* zu versiegeln – eine Tat, mit der sie auch ihr eigenes Schicksal besiegelt hatten.

Sie hatten keine andere Wahl gehabt, nicht nachdem Rhiannon tot war und Nemeton im Sterben lag und ganz Carn Merioneth in Flammen stand und seine Bewohner von feindlichen Kriegern abgeschlachtet wurden. Das Bündnis der beiden, geschmiedet in der Feuerprobe des Drachenweins, war die Vereinigung der Sonne und des Mondes, war das Wehr, welches das Gleichgewicht der Kräfte sicherte, doch es war zerschmettert worden. Die Unantastbarkeit von Carn Merioneth war verletzt. Sie konnten den Eingang zum Labyrinth der *pryf* nicht offen und ungeschützt zurücklassen, während über ihren Köpfen das Chaos herrschte und sämtliche Angehörigen der Quicken-Tree auf der Flucht waren.

Fünfzehn Jahre lang waren sie aus dem Land jenseits des Labyrinths verbannt gewesen, unfähig, das Siegel eigenhändig zu erbrechen. Nemeton, ihr *Beirdd Braint*, ein privilegierter Barde, war für immer verloren, aber Rhuddlan wußte, daß irgendwann ein anderer kommen würde. *Mit der Zeit, mit der Zeit.*

Und mit der Zeit war tatsächlich ein anderer gekommen – Dain Lavrans, ein Magier, der sich seines eigenen Talents und seiner Fähigkeiten noch gar nicht recht bewußt war, wie Rhuddlan wußte. In seinem Inneren schlummerte eine verborgene Macht, die Lavrans erst noch entdecken sollte, und er verfügte über Kräfte, die zu beherrschen er noch lernen mußte. Der Weg dazu wand sich durch den gesamten Hart Tower, verborgen innerhalb des Gebäudes und dennoch klar erkennbar für jene, die sehen konnten. Sicherlich hatte Lavrans genügend gefunden, was sein Interesse fesselte und ihn dazu bewog, weiterhin dort zu wohnen.

Der Däne war derjenige, dem es gelungen war, die Druidentür zu öffnen, nachdem sie all die Jahre seit Nemetons Verbannung fest verschlossen und unbezwinglich gewesen war. Seine Meisterleistung hatte all jene übertroffen, die es vor ihm versucht hatten, in der Hoffnung, Baron D'Arbois' Gunst zu gewinnen und den von ihm ausgesetzten Goldpreis. Lavrans' Erfolg, wo so viele andere versagt hatten, hatte ihm den zweischneidigen Segen eingebracht, von Rhuddlan gefördert und unterstützt und von Madron überwacht zu werden. Bisher hatte der Hexenmeister beides unbeschadet überstanden.

Jetzt herrschte wieder Aufruhr im Norden, und sie brauchten nicht nur Lavrans' Hilfe, sondern auch jemanden wie Rhiannon. Rhuddlan hegte allerdings Zweifel, ob die Frau, die die Zypriotin ritt, genügen würde. Sie hatte Kraft in sich, das ganz sicherlich – er konnte es selbst aus der Ferne spüren – aber keine Nachgiebigkeit. Sie würde eher zerbrechen, als sich beugen, und sie würde keinem von ihnen damit nützen.

Die Nebelschwaden vor ihm wirbelten in einem plötzlichen Schwall warmer Luft, der mit einem würzigen, erdigen Geruch durchtränkt war, und die Frau erschrak sichtlich. Rhuddlan folgte ihrem mißtrauischen Blick zum Eingang der Höhle und fühlte eine Aufwallung von Erregung, gemischt mit Unbehagen, durch seine Adern pulsieren.

Irgend jemand versuchte in diesem Moment, das Siegel zu erbrechen, jemand mit unsicherer Hand. Er hatte deutlich spüren können, wie Ddrei Goch und Ddrei Glas auf dem Grund des Meeres erwachten und sich regten, und er hatte die rohe Kraft des einen, der sie rief, durch die Erde vibrieren und die *pryf* aufwecken gefühlt. Es wäre gut, wieder nach Hause zurückzukehren, aber nicht um den Preis, daß Fremde über das Drachennest herfielen.

10. Kapitel

Laternen baumelten überall in dem kleinen Hain von den Ästen herab; sie leuchteten wie tiefhängende Sterne und wärmten einen Nachtwind, der vom Duft knospender Blumen und dem gedämpften Wiehern der Pferde erfüllt war. Menschen eilten geschäftig zwischen den Ebereschen hin und her. Ceridwen hatte Edmee in einer der Gruppen entdeckt; sie schien sich recht ungezwungen unter den Quicken-Tree zu bewegen. Das Mädchen hatte grüßend eine Hand gehoben und gelächelt, bevor sie sich wieder ihrer Arbeit zuwandte. Ein paar Leute errichteten ein Lager unter der riesigen knorrigen Eiche, die sich am Fuße eines dichtbewaldeten Kalksteinfelsens erhob. Der Felsen bildete einen natürlichen Schutzwall auf der Westseite des verborgenen Ortes, den die Quikken-Tree »Deri« nannten. Im Osten und Norden des Wäldchens verdichteten sich die Bäume und Büsche allmählich zu einem undurchdringlichen Gewirr von Vegetation, das »The Bramble« hieß. Der Fluß schützte das Lager auf der Südseite.

Ceridwen erfuhr all diese Dinge während des Essens, da sie von Frauen umgeben war, die mit großem Eifer über ihr Zuhause sprachen. Es gab Apfelbäume in den Wäldern, wie sie ihr erklärten, und ganz in der Nähe wuchsen Haselnüsse, zusammen mit Brombeeren und Maulbeeren. Getreide ernteten sie vom wilden Grasland.

Weizen ist es nicht, dachte Ceridwen, als sie erneut von den kleinen Kuchen abbiß, die sie ihr vorgesetzt hatten. Es war auch keine Gerste oder Hafer oder Roggen. Die Kuchen waren nicht gewürzt, aber nichtsdestotrotz sehr schmackhaft. Was ihnen den köstlichen Geschmack verlieh, hätte Ceridwen jedoch nicht zu sagen vermocht.

»Du bist verletzt worden«, sagte eine Frau namens Moira, während sie mit ihren Fingerspitzen vorsichtig über die Narbe an Ceridwens Schläfe strich. Moira hatte ein pausbäckiges Engelsgesicht mit sanften Kurven, rosig überhauchten Wangen und grasgrünen Augen. Ihr Haar war honigbraun und zu einer Krone um ihren Kopf geflochten. Wie bei allen anderen bestand auch ihre Tunika aus einem Stoff, der ein Mosaik von Grau- und Grünschattierungen bildete, obwohl Ceridwen bei näherem Hinsehen bemerkte, daß das Grau eher wie Silber schimmerte und das Grün mit jeder Bewegung des Stoffes in einer anderen Nuance schillerte – nicht daß es viel Stoff zu bewegen gegeben hätte. Die Tuniken der Frauen war sehr viel kürzer als alles, was Ceridwen jemals gesehen hatte, und reichten ihnen nur bis knapp über die Knie. Das allein war schon ziemlich verblüffend, aber nichts im Vergleich zu dem Schock, den es ihr versetzt hatte, als ihr ein unbeabsichtigter Blick verraten hatte, daß die Frauen Kniehosen zu den Strümpfen unter ihrer Untertunika trugen.

Klöster waren keine Fürstenhöfe, wo man stets nach der neuesten Mode gekleidet war, dennoch konnte Ceridwen sich nicht vorstellen, daß Frauenkleider in den vergangenen vierzehn Jahren, die sie hinter Klostermauern verbracht hatte, eine solch drastische Veränderung erfahren haben sollten. Die Kleider, die sie in Wydehaw gesehen hatte, hatten durchaus normal gewirkt.

»Ist das hier Dains Werk?« fragte Moira, als ihre Finger erneut an Ceridwens Schläfe herabglitten.

»Ja«, erwiderte sie, erstaunt über die Leichtigkeit von Moiras Berührung. Es war, als ob die Fingerspitzen der Frau von einem inneren Feuer gewärmt würden.

»Er hat gute Arbeit geleistet«, erklärte Llynya, die damit beschäftigt war, Ceridwens Haar zu kämmen und zu vielen kleinen Zöpfen zu flechten, so wie sie es versprochen hatte. Mindestens tausend, hatte sie geschworen, vielleicht auch noch mehr. Der Kobold hatte Ceridwen sofort mit Beschlag belegt und wich nicht von ihrer Seite in der Hütte aus geflochtenen Weidenzweigen, wo sie alle auf dicken Teppichen saßen. Die Teppiche waren von einzigartiger Qualität, ungewöhnlich weich und schwer und in höchst komplizierten, verschlungenen Mustern gewebt. Ceridwen mußte an sich halten, um nicht ständig mit der Hand über die weiche Wolle zu streichen.

»Ja, das hat er«, warf eine andere junge Frau ein, »aber er hätte sie besser zu uns bringen sollen.« Sie schnalzte mißbilligend mit der Zunge und streckte eine Hand aus, um die Narbe an Ceridwens Schläfe zu berühren. Auch ihre Finger fühlten sich warm und seltsam lindernd an.

»Wir waren doch noch gar nicht hier, Elen«, erwiderte Llynya, und ihre Stimme klang wie Vogelgezwitscher in Ceridwens Ohr.

»Dann hätte Madron wenigstens nach mir schicken sollen«, gab Moira zurück. »Elen, hol mir die *Rasca*-Salbe, sei so gut.«

Die jüngere Frau erhob sich und eilte davon, um der Bitte nachzukommen.

»Madron konnte nichts davon wissen«, erklärte Ceridwen. »Selbst meine Reisegefährten wußten nicht, was mit mir passiert war. Sie erfuhren es erst eine ganze Weile später, nachdem Lavrans mich in seinem Turm eingesperrt hatte.«

Moira tat die Erklärung mit einer wegwerfenden Handbewegung ab. »Madron weiß alles.«

»Eingesperrt?« erkundigte sich Llynya, und ihre Verwirrung zeigte sich daran, wie sie den Kopf schief legte. Das zerzauste Durcheinander kohlrabenschwarzer Zöpfe und abgebrochener Zweige geriet bei dieser Geste leicht ins Rutschen. Trotz aller Sorgfalt und Aufmerksamkeit, die sie Ceridwens widerspenstigen Lokken widmete, schien sie ihr eigener unordentlicher Aufzug nicht im geringsten zu kümmern. »Die Druidentür ist seit Jahren nicht mehr verschlossen gewesen.«

»Ich habe Aedyths Salbe mitgebracht«, sagte Elen, als sie aus der Nachbarhütte zurückkehrte. »Sie hat gerade neue zubereitet.«

»Das hier wird dir helfen.« Moira verrieb vorsichtig eine kleine Portion der Mischung auf Ceridwens Haut, aber das Interesse ihrer Patientin war voll und ganz auf Llynya konzentriert, die offensichtlich etwas über die verdammte Tür wußte.

»Sie will nicht aufgehen«, sagte Ceridwen. »Ich habe es mehrmals versucht. Der Riegel läßt sich zwar heben, aber die Tür will einfach nicht aufgehen.«

»Hast du die magischen Worte gesprochen?« fragte Llynya, während ihre flinken Finger schnelle Arbeit an einem Zopf nach dem anderen verrichteten, von denen jeder einzelne mit einem schmalen Streifen silbergrauen Stoffs zusammengebunden war.

»Ich kenne keine magischen Worte.«

»Ah, da liegt dein Problem.« Das Mädchen lachte und beugte sich vor, um einen Kuß auf Ceridwens Wange zu drücken. »Du mußt Dain dazu bringen, dich die magischen Worte zu lehren.«

Ceridwen hob eine Hand an die Stelle, wo der Kuß ihre Haut wärmte. Liebenswertes, grünäugiges Kind. Es gab einiges, was sie von Dain Lavrans lernen wollte, speziell in bezug auf Zauberworte und Beschwörungsformeln, obwohl sie ihn noch nicht auf dieses Thema angesprochen hatte. Sie sah sich in dem Wäldchen um und ließ ihren Blick suchend umherschweifen, bis sie ihn in der Nähe der riesigen Eiche entdeckte.

Er und Rhuddlan saßen auf dem mit Laub bedeckten Boden, ein Stück abseits von den anderen, die gerade ein Lager in dem Irrgarten gigantischer Baumwurzeln aufschlugen. Dicht am Stamm reichten die knorrigen, vielfach verschlungenen Wurzeln einem Mann fast bis zur Taille und boten Schutz und Ungestörtheit. Der Junge, Shay, fungierte als ihr Mundschenk, während er den beiden Männern Wildbret, kleine Kuchen und Krüge mit warmem Honigmet brachte, der aus einem Kessel auf glühenden Kohlen in der Mitte der Lichtung geschöpft wurde. Dain und Rhuddlan schienen ein ernstes Gespräch über das kleine Feuer hinweg zu führen, das in dem Kohlenbecken zwischen ihnen brannte.

»Er hat ein ganz spezielles Wort, das er benutzt«, erklärte Llynya mit nachdenklicher Stimme. »Ein ziemlich seltsames Wort. ›Se-sam‹ heißt es. Das war es, was er damals benutzte, als er zum ersten Mal die Tür öffnete und den Turm und das Gold gewann.«

Von Gold hatte er Ceridwen gegenüber kein Wort erwähnt, und er hatte auch nichts davon gesagt, wie er zu seinem luxuriös ausgestatteten Turm gekommen war. Ach, wenn mir doch auch ein solches Glück beschieden wäre und ich so wie Dain leben könnte, von allen in Ruhe gelassen, mit prächtig möblierten Räumen und ohne einen Herrn, dem ich gehorchen muß, dachte sie sehnsüchtig. Der Nachtwind frischte auf, hob einen Teil seines dunklen Haares und ließ ihn wie einen Schleier über sein Gesicht wehen. Dain strich die losen Strähnen zurück und warf die gesamte Länge seiner Mähne über eine Schulter, wobei er sie mit einem geschickt geschlungenen Knoten sicherte.

Ceridwens Blick wanderte über ihn und folgte den Linien seines Umhangs, wo er über seiner Schulter Falten warf und sich um seinen Oberkörper bauschte, bevor er auf den Boden floß. Dain hatte ein Bein angezogen, um seinen Ellenbogen in lässiger Manier darauf zu stützen. Rehbraune Lederstiefel, mit dünnen Riemen aus demselben Material geschnürt, reichten bis zu seinen Knien. Seine Tunika war schwarz, seine Beinlinge waldgrün wie sein Lederwams, und jede seiner Bewegungen war fließend und voll der Eleganz, die den Hexenmeister auszeichnete.

Llynya hatte offenbar einen Narren an ihm gefressen; sie nannte ihn bewundernd »O großer Meister«. Ceridwen selbst hatte nicht das Gefühl, Dain Lavrans unbedingt mögen zu müssen. Sie brauchte ihn auch nicht ständig anzustarren, wenn er in ihrer Nähe war, und ihn verstohlen unter ihren Wimpern zu beobachten, immer darauf gefaßt, hastig den Blick abzuwenden, sollte er zufällig in ihre Richtung schauen – und trotzdem tat sie es.

»See-saam.« Sie sprach das Wort probeweise aus. Sie würde es benutzen, wenn sie das nächste Mal allein vor der Tür stand.

»O ja, das ist gut. Er ist ein großartiger Magier, wirklich«, fuhr der Kobold fort. »Tatsache, ich habe ihn schon einmal dichte Rauchwolken aus dem nackten Erdboden hervorzaubern sehen. Und er kann Feuer in buntschillernde Regenbögen verwandeln und Sterne vom Himmel fallen lassen.« Sie band die losen Enden eines weiteren winzigen Zöpfchens zusammen und teilte erneut eine Haarpartie ab. »Einmal habe ich ihn sogar mit einem Blitz tanzen sehen. Es war unglaublich.«

Ceridwen starrte das Mädchen erstaunt an. Mit einem Blitz tanzen?

»Nun halt endlich still«, schalt Llynya sanft, als sie Ceridwens Kinn wieder herumschob, um ihre Flechtarbeit fortzusetzen.

Ceridwens Blick kehrte augenblicklich zu Dain zurück. Mit einem Blitz tanzen ... Sie konnte sich gut vorstellen, wie überwältigend ein solcher Anblick gewesen sein mußte: Lavrans, der einen tödlichen Strahl himmlischen Feuers aus den Wolken herabrief und ihn seinem Willen unterwarf, sein Gesicht vom grellen Leuchten der Naturgewalt erhellt, sein dunkler Umhang dramatisch im Sturm flatternd – und der Blitz, der zuckend und funkensprühend einen Weg über die Erde beschrieb und die Luft um sich herum mit brutzelnder Hitze erfüllte, während er gegen die Macht von Dains Magie ankämpfte.

Allmächtiger, das war genau der Trick, den sie brauchte, koste es, was es wolle.

Dain verstummte und ließ seinen letzten Satz unbeendet, als er merkte, daß sein Freund überhaupt nicht zuhörte. Rhuddlans Aufmerksamkeit und seine Augen, mit einer Iris von einem so klaren Grau, daß sie fast farblos wirkte, waren über die Lichtung hinweg auf Ceridwen ab Arawn gerichtet. Flammen des Lagerfeuers warfen flackernde Schatten auf Rhuddlans Profil, Schatten, die seine hohe Stirn, die feingeschnittenen Wangenknochen und das energische Kinn abwechselnd verbargen und enthüllten. Blaue Farbe bedeckte einen Teil seines Gesichts, ein breiter Streifen, der knapp oberhalb seiner Augenbrauen begann und über den Rücken seiner schmalen, leicht aufwärtsgebogenen Nase verlief. Ein weiterer Streifen zog sich von Schläfe zu Schläfe, um in seinem hellen Haar zu verschwinden. Die Bemalung war ein Symbol seines hohen Ranges, das gleiche Symbol, das auch Dain trug in der Nacht, wenn er ein Quicken-Tree wurde.

Er blickte an Rhuddlan vorbei zu der Stelle hinüber, wo Ceridwen inmitten der Frauen saß, und er wußte, was den Blick des anderen Mannes fesselte. Ceridwen war wirklich bezaubernd, fast ätherisch mit ihrem silbrigen Haar, das im Mondlicht schimmerte. Das Gefühl der Zufriedenheit, das einen im Lager der Quicken-Tree unwillkürlich erfaßte, hatte den Ausdruck ihrer Augen weicher gemacht und ihren Zügen eine Lebhaftigkeit verliehen, die er bisher noch nie an ihr gesehen hatte. Er selbst hatte sich ganz ähnlich gefühlt, als er das erste Mal in dem verborgenen Wald gewesen war, wo Nemeton einst seine Zauberkräfte hatte walten lassen – als wäre er nach Hause zurückgekehrt. Die Quicken-Tree hatten eine großzügige Art und ein seltenes Talent dafür, Fremde in ihrer Mitte aufzunehmen und sie zu einem Teil ihrer Gemeinschaft zu machen, oder genauer gesagt, zu einem Teil des Kettfadens und des Gewebes.

Llynya flocht Ceridwens Haar. Madron würde ihm die Hölle dafür heißmachen, aber er hatte nicht die Absicht, den Kobold an seinem Tun zu hindern. Eine alleinstehende Frau brauchte allen Schutz, den sie bekommen konnte, ganz gleich, von welcher Seite. Dain war froh, daß sie mitgegangen waren, obwohl es schien, als hätte Rhuddlan nichts Dringenderes zu besprechen als das Wachstum der Bäume und wie weit man in diesem Jahr The Bramble ausdehnen sollte, jenes Dickicht, das die Quicken-Tree in mühevoller Arbeit angelegt hatten, indem sie jeden Busch und jedes Gestrüpp Zweig für Zweig mit dem nächsten verflochten. Rhuddlan hatte sich nicht weiter zu den Schwierigkeiten im Norden geäußert, aber Dain war sich deutlich bewußt, daß Ceridwens Zukunft in derselben Richtung lag.

»Wie geht es Elixir und Numa?« erkundigte sich Rhuddlan, als er seine Aufmerksamkeit wieder seinem Freund zuwandte.

»Gut, wie immer.«

Ein Lächeln spielte um die Mundwinkel des Quicken-Tree. »Wenn ich gewußt hätte, daß du sie so merkwürdig nennen würdest, Dain, hätte ich dir ihre richtigen Namen gesagt und darauf bestanden, daß du sie auch benutzt.«

»Numa hat eine besondere Zuneigung zu dem Mädchen entwickelt«, erwiderte Dain, der ebenfalls grinsen mußte.

»Ja, sie ist schon immer ein kluges Tier gewesen.«

Dain murmelte nur etwas Unverbindliches vor sich hin, da sein Blick wieder zu den Frauen zurückgeschweift war.

Moira verrieb gerade den letzten Rest Heilsalbe auf Ceridwens Gesicht und machte Anstalten, die Bandagen abzuwickeln, die er benutzt hatte, um ihren gebrochenen Knöchel zu schienen. Es war noch viel zu früh dafür. Dain erhob sich hastig, aber Rhuddlans Hand auf seinem Arm hielt ihn zurück.

»Moira wird ihr keinen Schaden zufügen«, erklärte der Anführer der Quicken-Tree. »Die Lady braucht Pflege.«

Dain zögerte einen Moment, bevor er sich wieder hinsetzte.

»Sie ist keine Lady«, erwiderte er, »wie sie selbst zugegeben hat.«

»Sie ist liebenswürdig, hat gute Manieren und ein hübsches Gesicht«, stellte Rhuddlan fest. »Was braucht eine Lady noch mehr?«

Dain lachte. Sein Freund hatte das Mädchen zwar ausführlich angestarrt, aber es gab vieles, was er nicht gesehen hatte. »Viele halten eine weniger scharfe Zunge für eine notwendige Tugend, aber die Zunge des Mädchens ist schärfer als ein Rasiermesser.«

Rhuddlan wandte sich ab, um nach dem Krug mit Honigmet zu greifen, den Shay gegen die Baumwurzeln gestützt hatte. »Ihre

Mutter war genauso scharfzüngig, wenn es sein mußte«, erklärte er und füllte seinen Becher nach.

Seine Feststellung traf auf nachdenkliches Schweigen ... und plötzliches Verstehen. Dain hätte es eigentlich wissen müssen.

Gründlich verwirrt trank er seinen eigenen Becher mit einem Schluck aus. Er warf seinem Freund einen abschätzenden Blick zu und wurde sich dabei bewußt, daß es ziemlich genau der gleiche Blick war, mit dem Rhuddlan Ceridwen den ganzen Abend über gemustert hatte, anscheinend aus gutem Grund.

»Es ging dir heute abend gar nicht darum, *mich* zu treffen. Es ging dir um das Mädchen, stimmt's Rhuddlan?«

»Deine Gesellschaft ist mir durchaus angenehm.« Die Erwiderung war typisch indirekt.

»Woher hast du gewußt, daß ich das Mädchen habe?« fragte Dain, der sich nicht mit ausweichenden Bemerkungen abspeisen lassen wollte.

»Von Moriath«, erwiderte sein Freund, wobei er Madron mit einem Namen bezeichnete, den nur er für die Hexe benutzte.

»Aha«, murmelte Dain. »Dann hat die Hexe also unser Treffen im Wald arrangiert.«

»Nein.« Rhuddlan trank einen großen Schluck aus seinem Becher, dann wischte er sich mit dem Ärmel über den Mund. Er hatte ein Gesicht, das nichts von seinem wahren Alter erkennen ließ, und sich die Frische einer Jugend bewahrt, die lange zurücklag, wie Dain an den Strähnen von Grau erkannte, die Rhuddlans schimmerndes blondes Haar durchzogen. »Sie erwartet dich noch immer, auch wenn sie dir inzwischen wahrscheinlich nicht mehr allzu gnädig gesonnen ist, aber ich wollte die Frau sehen, die aus der Abtei in Usk entführt wurde.«

Seine letzte Bemerkung gefiel Dain gar nicht. Er fand, das Leben des Fratzes war schon kompliziert genug, ohne daß sie das Interesse einer weiteren Person erregen mußte, insbesondere das eines weiteren Mannes.

»Ich habe bisher noch nie erlebt, daß du dich mit verirrten Bräuten Christi abgegeben hättest, Rhuddlan. Was siehst du in ihr?«

Rhuddlan ließ sich viel Zeit mit seiner Antwort, und als er schließlich sprach, war seine Stimme von einem unheilverkündenden Unterton erfüllt. »Ich sehe, daß sie nicht in dem Maße die

Tochter ihrer Mutter ist, wie sie es für meine Zwecke sein müßte. Ich sehe auch, daß sie nicht genug von Rhiannon in sich hat, um mit dem fertig zu werden, was die Zukunft für sie bereithält.«

Die Worte waren noch kaum ausgesprochen und ihr Klang noch nicht verhallt, als Dain ein Schauder der Vorahnung über das Rückgrat heraufkroch und ihm eine flüchtige Vision bescherte: sich ringelnde, schlangenartige Wesen, die sich in unergründlichen Tiefen durch obskure Finsternis bewegten, Wesen von großer Macht und schwerfälliger Kraft.

Das Bild stand nur einen kurzen Augenblick lang vor seinem geistigen Auge, nicht länger, und es erzeugte eine seltsam ziehende Anspannung in seinen Gliedern, bevor er sie abschütteln konnte. Zutiefst beunruhigt griff er nach dem Krug mit Honigmet.

»Und was hält die Zukunft für sie bereit? Was hast du gesehen?« fragte er mit erzwungener Ruhe. Seine verdammte Gabe des Sehens reichte nie aus, um ihm eine klare Vision zu verschaffen. Ja, er hätte Ceridwen sagen können, daß er magische Fähigkeiten besaß, nur leider nicht genug. Es war jedoch das erste Mal, daß er eine greifbare Kraft zusammen mit einem der verschwommenen, unklaren Bilder gefühlt hatte. Er schrieb diese ungewöhnliche Entwicklung der Tatsache zu, daß er in Nemetons Wald war. Der Barde hatte überall genug Spuren von Magie hinterlassen, daß der Unbesonnene darüber stolpern mußte, eine hintergründige Erkenntnis, an der Jalal verzweifelt war, da er jene Ausstrahlung an Dain immer wahrgenommen hatte. Sie hatte sich in der Wüste niemals manifestiert, noch nicht einmal, wenn Jalal dabeigewesen war, um ihn zu führen, aber Dain wußte einfach keine andere Erklärung für einige der Vorkommnisse in Deri, einschließlich jener an Beltaine, die ihn Jahr für Jahr wieder in eine Wildnis zurückzogen, von der er sich niemals sicher war, ob er sie überleben würde.

Rhuddlan warf ihm einen neugierigen Blick zu. »Ich denke, wichtiger ist das, was du gesehen hast.«

Dain gab keine Antwort auf die angedeutete Frage. Das intuitive Wissen des Anführers der Quicken-Tree entmutigte ihn bisweilen, erinnerte es ihn doch zu sehr an seinen Zuchtmeister in der Wüste.

Rhuddlan gab schließlich nach und senkte den Blick auf das

kleine Feuer, an dem sie sich wärmten. »Ich habe Gefahr für sie vorausgesehen«, erklärte er. »Gefahr, Not und Schwierigkeiten.«

Der Teil mit den Schwierigkeiten leuchtete Dain ein. Das Mädchen war geradezu der Inbegriff von Ärger und Unannehmlichkeiten. Auch die Sache mit der Not war nicht schwer zu akzeptieren. Jedermanns Leben war voller Entbehrungen.

Aber Gefahr war eine völlig andere Sache, etwas, das auf eine unmittelbare Bedrohung schließen ließ.

»Wodurch oder von wem droht ihr Gefahr?« fragte er.

Rhuddlan zuckte die Achseln. »Vielleicht ist sie eine Gefahr für sich selbst.«

»Sie ist nicht tollkühn«, versicherte Dain seinem Freund, »nur verzweifelt.« Und faszinierender, als er sich jemals hätte vorstellen können, seit er sie damals von D'Arbois' Ketten hatte herabhängen sehen. Jeder im Wald von Wroneu und noch etliche außerhalb des Waldes hatten es auf das Mädchen abgesehen. Kein Wunder, daß sie nervös und ängstlich war, wenn sie ständig verfolgt und eingefangen wurde. Numa hatte ihren Wert erkannt, hatte ihn augenblicklich mit ihrer weiblichen Intuition gespürt.

»Dann rührt die Gefahr vielleicht von der Verzweiflung her«, meinte Rhuddlan.

Seine Bemerkung war nicht ganz von der Hand zu weisen. Verzweiflung war ein gefährlicher Weggefährte, aber das Mädchen schien ihm nicht der Typ, der sich etwas antun würde.

»Oder vielleicht von ihrem Verlobten?« schlug Dain vor, obwohl er in dieser Hinsicht noch immer starke Zweifel hegte.

»Sie soll verheiratet werden?« Rhuddlan hob mit einem Ruck den Kopf; sein plötzliches Interesse schien noch beunruhigender als seine Prophezeiung.

»Ja, mit dem Burgherrn von Balor Keep.«

Ein Ausdruck des Ekels breitete sich auf Rhuddlans Zügen aus. »Gwrnach ist viel zu alt, um Nachkommen mit ihr zu zeugen, obwohl es sein Schicksal besiegeln würde, Rhiannons Tochter mit einem Sohn zu schwängern.«

Dain fühlte, wie ihn bei Rhuddlans Worten ebenfalls ein Gefühl des Abscheus überkam, Ekel, gepaart mit einem unerwünschten Zorn.

»Es ist nicht Gwrnach«, sagte er, während er seinen Ärger verbarg, indem er ein paar verstreut herumliegende Zweige in die Flammen legte. »Gwrnach ist tot. Sein Sohn ist jetzt Herr der Burg.« Mit wem Ceridwen ab Arawn Nachkommen zeugte, ging ihn nichts an.

»Balor hat einen neuen Burgherrn?«

»Ja, der alte wurde brutal niedergemetzelt und mit aufgeschlitzten Eingeweiden auf dem Festungswall liegengelassen, um dort zu verwesen.«

»Und wer war der Mörder? Der Sohn?« erkundigte sich Rhuddlan, seine Augen stechend im flackernden Licht von Schatten und Flammen.

»Caradoc, richtig«, bestätigte Dain.

Ein schreckliches Lächeln breitete sich auf Rhuddlans Gesicht aus. »Dann hat ihn also exakt das Schicksal ereilt, das Nemeton vorausgesagt hat – daß der Zerstörer von seinem eigen Fleisch und Blut vernichtet würde.«

Dain überlief ein Frösteln angesichts der Genugtuung, die in Rhuddlans Stimme mitschwang. Es sah dem Quicken-Tree gar nicht ähnlich, über das unselige Ende eines anderen zu frohlocken.

Rhuddlan wandte sich um, als spüre er Dains Unbehagen, und begegnete dem Blick seines Freundes, während sein Lächeln zu einer grimmigen Linie verblaßte. »Niemand wird um Gwrnach trauern.«

Dain wußte um die Wahrheit dieser Worte. »Es heißt, der Leichnam habe von Martini bis St. Winnals von der Brustwehr herabgehangen, bis sich jemand erbarmte und begrub, was noch von ihm übrig war.«

»Von Mitte November bis März?« wiederholte Rhuddlan mit deutlicher Überraschung in der Stimme. Dain konnte seine Reaktion durchaus nachvollziehen. Es war eine gottlos lange Zeit, um ein Familienmitglied hängen zu lassen.

»Ja.«

Rhuddlans Blick schweifte an ihm vorbei zum Flußufer. »Von Ngetal bis Nuin«, sagte er mit gedankenverlorener Stimme, wobei er die alte Zeitrechnung in Bäumen benutzte. »Er liegt also erst einen knappen Monat unter der Erde.«

Das Gelächter von Frauen, und das einer Frau im besonderen, schallte über die Lichtung und lenkte Dains Aufmerksamkeit von der unerfreulichen Unterhaltung ab. Shay und Llynya führten akrobatische Kunststücke vor einem dankbaren Publikum vor, und keiner der Zuschauer schien dankbarer als Ceridwen.

Der Wald bei Nacht ließ sie auf eine Weise aufblühen, die ihn beunruhigte, indem er ihrem Gesicht, das ohnehin schon viel zu reizvoll war, Rätselhaftigkeit und Tiefe verlieh. Llynya hatte eine Girlande aus Eichenblättern gewunden und sie Ceridwen wie eine wundersame, etwas unordentliche Krone auf die Stirn gesetzt. Frische Blätter in weichen und leuchtenden Schattierungen von Grün wippten und rankten sich um ihr feingeschnittenes Gesicht; sie umringten ihren Kopf wie ein lebendiges Haarband und flossen ihren Rücken hinunter in einem Schwalbenschwanz von miteinander verflochtenen Stengeln. Sie wirkte völlig verwandelt, als sie dort in einem Heiligenschein von silbernem Laternenlicht saß, eine Erscheinung, die ihn unwillkürlich an die Waldpriesterin erinnerte, die zu sein sie energisch bestritten hatte. Ihre Haut leuchtete mit perlmuttartigem Schimmer, ihr Haar floß in einem Strom von weißgoldenen Zöpfen über ihr Brüste bis zur Taille hinunter, und ihr Mund … ihr Mund lockte unwiderstehlich.

Shay war darauf aus, sie zu beeindrucken, während er rückwärts auf den Händen lief und dann in einem Salto durch die Luft wirbelte. Ceridwen stieß einen Laut zwischen erschrockenem Aufkeuchen und begeistertem Quietschen aus, als er nur wenige Zentimeter vor ihr auf den Füßen landete. Der Junge war recht hübsch, und das blonde Mädchen hatte es ihm offenbar angetan. Das breite Grinsen auf seinem Gesicht war der sichtbare Beweis dafür. Und was Ceridwen betraf, so sah Dain nur Entzücken, weitaus mehr, als sie ihm zugestanden hatte, als er sie mit seinen Tricks unterhalten hatte. Er war nicht auf den Gedanken gekommen, daß sie Akrobatik interessanter finden könnte als Magie.

Sie hatte ihn, Dain, einen Dummkopf genannt, während sie Shay bewundernd anlachte!

Dain konnte auch auf Händen laufen. Nicht, daß er es tun würde, natürlich nicht. Aber er konnte es. Lächerlich.

Er dachte an Rhuddlans Worte und an Ceridwens rotes Buch, das sich in seiner Satteltasche befand. Verdammtes Ding, es hatte das Mädchen in Panik versetzt und zu der überstürzten Tat verleitet, die dazu geführt hatte, daß sie jetzt derart in Schwierigkeiten verstrickt war. Madron würde wissen, was von dem Buch zu halten war – wieviel man davon glauben mußte und wogegen es sich zu wappnen galt und wieviel man als puren Unsinn abtun konnte. Die Hexe würde auch über Dinge Bescheid wissen, über die Rhuddlan sich nur sehr vage geäußert hatte, und sie neigte zum Glück weniger dazu, in Rätseln zu sprechen.

Moira wickelte gerade wieder die Bandage um Ceridwens Knöchel und befestigte sie, dann blickte sie zu dem Mädchen auf und sagte etwas. Ceridwen antwortete mit einem Lächeln, während sie ihren Fuß leicht hin- und herdrehte und mit den Zehen wackelte. Dain mußte an sich halten, um nicht aufzuspringen und zu protestieren, obwohl klar ersichtlich war, daß ihr die Bewegung keine Schmerzen bereitet hatte.

Llynya fing seinen Blick auf und blinzelte ihm zu, dann beugte sie sich vor und flüsterte Ceridwen etwas ins Ohr. Sie waren wirklich ein Bild für die Götter, die beiden – der Kobold mit seinem zerzausten Kopfputz aus halbaufgelösten rabenschwarzen Zöpfen und wenig dekorativen Zweigen und Blättern und Ceridwen mit ihrer seidig schimmernden Haarpracht, die von einem üppig grünen Kranz gekrönt war. Sie hob neugierig den Blick, als Llynya sprach. Dain wartete und beobachtete, wie ihre langen, goldüberhauchten Wimpern langsam aufwärts schwangen und ihre meerblauen Augen enthüllten, bis sich ihre Blicke über die Lichtung hinweg trafen.

Es war alle Rechtfertigung, die er brauchte.

Ceridwen, zutiefst erschrocken über die Art, wie Lavrans sie anstarrte, senkte hastig den Blick, aber nicht schnell genug. Er hatte sich bereits von seinem Platz erhoben. Sie hätte besser dem Kobold glauben sollen, statt der Versuchung nachzugeben, selbst herauszufinden, ob das, was Llynya ihr zugeflüstert hatte, stimmte: daß der Zauberer sie ununterbrochen beobachtete.

Seine Stiefel tauchten in ihrem Blickfeld auf, bevor er sich neben sie kniete und sich an Moira wandte.

»Kann ich die Salbe mal sehen?«

»Ja, sicher, es ist *Rasca*«, erwiderte die engelsgesichtige Frau, während sie ihm den kleinen Tontiegel reichte. Ein Blatt war halb über seine Öffnung gedrückt. »Von den Ebereschen.«

Dain stippte einen Finger hinein und verrieb die Salbe zwischen seinen Fingerspitzen, dann hob er sie an seine Nase und roch prüfend daran. Ceridwen beobachtete verstohlen, wie sich seine Lippen zu einem kaum merklichen Lächeln verzogen.

»Die Ebereschen, Moira?« Sein Lächeln wurde breiter, als er den Kopf auf die Seite legte, wobei sich sein Haar löste und in einer dunklen Flut über die Vorderseite seines Wamses floß.

»Nun ja, vielleicht sind auch noch ein paar andere Dinge in der Mischung«, gab Moira zu, und ein Kichern entschlüpfte ihr. »Ihr könnt sie behalten, für das Mädchen.« Sie klatschte in die Hände und erhob sich, und innerhalb weniger Augenblicke war sie und die anderen Frauen in den Unterständen und Hütten verschwunden oder zwischen den Bäumen davongeeilt.

Selbst Llynya hatte sie verlassen, wie Ceridwen feststellen mußte, die den Kobold nirgendwo entdecken konnte.

»Moira hat eine ganze Reihe von Geheimnissen, die sie nicht preisgeben will«, sagte der Hexenmeister, als er sich entspannt im Schneidersitz auf dem Teppich niederließ, viel zu dicht neben ihr. Sein Knie berührte tatsächlich ihre Hüfte. Ceridwen wäre von ihm abgerückt, aber noch bevor sie ihre Absicht in die Tat umsetzen konnte, erstarrte sie, wie gelähmt von seiner Hand, die ihren Fuß in seinen Schoß hob. »Wie ich sehe, hat Moira ein Stück von ihrem eigenen Tuch für Euren Verband verwendet.«

»J-Ja«, stotterte sie, leicht atemlos durch den Schock, den es ihr versetzte, als er ihr Fußgelenk über sein Bein legte, so daß ihre Ferse gegen seinen muskulösen Schenkel drückte und ihre Wade der Länge nach an seiner ruhte. Sie räusperte sich und versuchte es noch einmal. »Ja.«

Seine Beine stützten ihren Knöchel, der sich schon weitaus besser anfühlte als zu Beginn ihres Ausritts. Dain überprüfte müßig Moiras Arbeit, wobei seine Hände nicht weniger behutsam als die der Frau waren, aber es war Kraft, die sie von seinen Fingerspitzen ausstrahlen fühlte, nicht Wärme.

Die Wärme kam aus ihrem eigenen Inneren. Er hatte zwei Wochen lang nichts anderes getan, als an ihrem verletzten Gelenk herumzutasten und es zu untersuchen und ihr Arznei einzuflößen, aber wie am vergangenen Abend, als er ihre Lippen mit seinem Daumen liebkost hatte, so war auch diese Berührung anders, im Grunde unnötig, denn sie geschah nicht aus Notwendigkeit, sondern nur um des bloßen Berührens willen. Es war schon lange, lange Zeit her, seit sie jemand berührt hatte, nur um sie zu spüren, und nie zuvor hatte sie ein Mann angefaßt.

»Es ist ungewöhnlich fester und elastischer Stoff und besonders dafür geeignet, Knochenbrüche zu bandagieren«, sagte Dain, während seine Finger eine Falte über ihrem Rist glätteten. »Habt Ihr das bemerkt?«

»Ja.« Ihr war aufgefallen, wie der Stoff sich dehnte und zusammenzog, wie er sich anschmiegte und wie seidig er floß, wenn sich die Quicken-Tree bewegte.

Sie spürte den sanft gleitenden Druck von Dains Fingern an ihrer Fußsohle entlang und mußte ein Stöhnen unterdrücken. Das Gefühl war wundervoll und verwirrend zugleich. Normalerweise hätte sie ihren Fuß weggezogen, dessen war sie sich sicher, aber sie war bereits den ganzen Tag mit Dekadenz verwöhnt worden, und ihr Körper verlangte nach mehr. Er arbeitete sich bis zu ihren Zehen hinauf, während er sanft ihr Fleisch massierte, und die erfahrene Intimität seiner Berührung stellte Edmees Anstrengungen weit in den Schatten. Es war, als wüßte er über jeden Muskel und jede Sehne in ihrem Fuß Bescheid und wie er sie dazu bringen konnte, unter seinen geschickten Fingern vor Wonne dahinzuschmelzen – ein Zaubertrick ganz eigener Art.

»Sie stellen das Tuch selbst her«, erklärte Dain. »Wie alles andere, was sie benötigen. Sie sind keine Händler, wißt Ihr, außer in religiösen Angelegenheiten.«

»Hmmm« war alles, was Ceridwen hervorbrachte, obwohl ihre Neugier geweckt war. Wenn sie jetzt den Mund öffnete, bestand die Gefahr, daß ihr das Stöhnen entschlüpfte, das in ihrer Kehle steckte.

Bei dem gedämpften Laut, den sie von sich gab, blickte Dain auf, und ein breites Grinsen verzog seinen Mund.

»Vergeßt nicht zu atmen, Ceri«, sagte er. *Korri*, so klang ihr Name in seinem nordischen Akzent.

Verdammt, fluchte sie im stillen. Seine Nähe irritierte sie, und er hatte sie schon wieder dabei ertappt, wie sie völlig konfus reagierte.

»Ich würde mit euch handeln, Lavrans«, sagte sie in dem Versuch, ihre Würde zurückzugewinnen, während sie ihm ihren

Fuß mit einer Schnelligkeit entzog, die ihrer Verlegenheit entsprang.

Er ließ sie bereitwillig los, obwohl sein Lächeln noch immer breit war. »Im Gegensatz zu Rhuddlan betreibe ich Tauschhandel mit allen möglichen Dingen«, versicherte er ihr und griff nach einem anderen Eichenblatt, um es auf die Salbe zu legen. »Was wollt Ihr, und was habt Ihr dafür anzubieten?«

»Was ich habe, ist ein Versprechen«, begann Ceridwen und sah zu ihrer Überraschung, wie er zusammenzuckte und den Kopf schüttelte.

»Kein besonders verheißungsvoller Anfang, *Chérie.*« Er schob den kleinen Tontopf in einen Lederbeutel, der von seinem Gürtel herabhing.

»Aber es ist ein gutes Versprechen«, rief sie, verärgert über seine augenblickliche Bereitschaft, an ihr zu zweifeln.

»O ja, sicher«, sagte er, aber sein Lächeln nannte sie eine Lügnerin, noch bevor er sie überhaupt zu Ende angehört hatte.

»Es könnte Euch reich machen.«

»Reich?« Sein Interesse veränderte sich, wurde weniger skeptisch. »Wie reich?«

»Wieviel Lösegeld habt Ihr von Caradoc für meine Rückkehr gefordert?«

Dain zögerte einen Moment, bevor er antwortete. »Es ist nicht direkt ein Lösegeld, Ceri. Caradoc weiß, daß ich Euch kein Härchen krümmen werde. Ich betrachte es eher als ein Entschädigung für Eure Pflege.«

»Wieviel?« wiederholte sie.

Diesmal ließ er sich noch mehr Zeit mit seiner Antwort, als müßte er erst noch entscheiden, ob er ihr die Wahrheit sagen sollte oder nicht.

»Zweihundert Goldstücke«, erklärte er schließlich zu ihrer großen Verblüffung.

Sie glaubte ihm nicht, nicht eine Sekunde. Es war eine unverschämte Summe, geradezu absurd hoch. Lavrans hatte sich bisher so klug und raffiniert erwiesen, daß sie etwas Besseres von ihm erwartet hätte.

»Caradoc ist kein Narr«, erklärte sie ihm, »denn nur ein ausgemachter Dummkopf würde es fertigbringen, derart teuer für eine

Braut zu bezahlen, selbst für eine von ihrer angeblichen Einzigartigkeit, und ein Dummkopf war Caradoc ganz sicher nicht.«

»Das bin ich auch nicht.« Ein arrogantes Hochziehen seiner rechten Braue begleitete die Antwort.

»Wenn Ihr kein Narr seid, was wollt Ihr dann mit mir anfangen, wenn er nicht zahlt? Denn er wird nicht zahlen, das kann ich Euch versichern.«

Sein Lächeln kehrte zurück. »Nun, ich werde Euch für mich selbst behalten, *Chérie*. Was wohl sonst?«

»Also, das nenne ich einen törichten Handel«, erwiderte sie mit einem verächtlichen Schnauben, pikiert darüber, daß er ihre Situation so amüsant fand und sich seiner selbst so sicher war. »Im Gegensatz zu Caradoc habt Ihr doch wohl kaum Verwendung für mich.«

Dain mußte sich zusammennehmen, um nicht laut herauszulachen. Ach, süße Unschuld. Süße, süße Unschuld. Es gelang ihm nur mit großer Anstrengung, nicht lüstern zu grinsen, denn er hatte Verwendung für sie – eine sinnliche, seine fleischlichen Gelüste befriedigende Verwendung. Der Ritt mit Ceridwen durch den Wald, das sanfte Vor- und Zurückschaukeln ihres festen Pos gegen seine Lenden, war Himmel und Hölle zugleich für ihn gewesen. Er hätte nicht einen zierlichen Schritt der Zypriotin missen mögen, und auch wenn Llynya nicht plötzlich vom Himmel gefallen wäre, wären sie kaum weiter als bis zu der Lichtung gekommen, wo der Kobold sie gefunden hatte.

Er wußte von einem lauschigen Plätzchen im Wald von Wroneu, wo das Gras weicher als Gänsedaunen war, wo Wasser warm aus der Erde sprudelte und die Äste der Bäume eine Laube bildeten, die bei Tag mit Sonnenlicht gesprenkelt war und bei Nacht in silbrigen Mondschein gehüllt. Er war nahe daran, Ceridwen dorthin mitzunehmen und sie dort zu nehmen, um sich endlich Erleichterung zu verschaffen. Eine Herausforderung, ohne Zweifel, die ihm jedes bißchen Naivität und Harmlosigkeit abverlangen würde, die ihm noch geblieben waren, da ungekünstelte Schlichtheit bei Jungfrauen um einiges besser funktionierte als jede Menge Raffinesse.

Verführung wäre mit viel Zeitaufwand verbunden gewesen. Hingabe hätte Küsse verlangt, langsame, saugende Küsse auf ihren Mund; die Art von Küssen, die das Blut in Wallung brachten und den Atem schneller gehen ließen. Er fragte sich, ob sie überhaupt eine Ahnung hatte, wie empfindlich ihre Lippen waren, wie intensiv sie eine Berührung fühlen konnten, soviel intensiver als Fingerspitzen. Er wollte ihr beibringen, was es mit Küssen und ihrem Mund auf sich hatte, wenn sie es nicht schon wußte.

Es war immerhin möglich, daß irgendeine Nonne oder Novizin sie geküßt hatte. Solche Dinge kamen gelegentlich vor, wenn man in klösterlicher Abgeschiedenheit lebte, und auch außerhalb von Klostermauern. Aber er bezweifelte, daß die unvermeidliche Heimlichtuerei, die mit solchen Vereinigungen verbunden war, ganz zu schweigen von den Schuldgefühlen, die sie unweigerlich erzeugten, die Art von Küssen erlaubt hätte, an die er dachte.

Süßes kleines Ding; er konnte sie gebrauchen, und ob, für ausgesprochen angenehme Zwecke und noch sehr viel mehr.

»Und wenn ich nun tatsächlich Verwendung für Euch hätte?« fragte er in absolut harmlosem Ton, seine Augen klar und sein Lächeln offen und ohne Falsch. »Wie würde Euer Angebot dann lauten?«

»Daß ich Euch nicht entwischen werde, wenn Ihr mir im Austausch dafür Unterricht in Magie erteilt.«

»Magie?« Soweit er sich erinnerte, hatte er energisch bestritten, etwas von Magie zu verstehen, aber wenn das Mädchen lernen wollte, wie man Wasser zum Brennen brachte, dann war er gerne dazu bereit.

»Ja. Es gibt da einen speziellen Trick, der mich ganz besonders interessiert.«

Ein Trick? Gut, dachte er. Er beherrschte hundert Tricks und konnte noch hundert weitere aus dem Ärmel schütteln, wohingegen Magie – oder zumindest das, was er von wahrer Magie wußte – mehr Geduld und Geschick erforderte, als er in einem ganzen Leben hätte aufbringen können. Und genau darin lag der Schlüssel, laut Jalal. Unsterblichkeit. Die Macht wahrer Magier beschränkte sich nicht lediglich darauf, Objekte oder die Naturgewalten zu beherrschen. Sie waren auch Herrscher über die Zeit. Andernfalls lägen sie, so wie er, schon längst unter der Erde, bevor es ihnen gelänge, die Geheimnisse wahrer Magie zu ergründen.

Nemeton mußte dieses Wissen besessen haben, aber von Caradoc konnte Dain sich nicht vorstellen, daß er die Zeit gemeistert hatte in den vier Jahren, seit sie sich das letzte Mal getroffen hatten – eine kurze Wiedervereinigung in Cardiff, von Morgan organisiert –, was hauptsächlich der Grund war, warum Dain die Ängste des Mädchens als übertrieben betrachtete. Sie mochte vielleicht mit Aberglauben zu kämpfen haben, und Caradoc mochte sich womöglich als grausam entpuppen, aber es war unwahrscheinlich, daß ihr Gefahr von den Drachen und der Magie drohte, über die ihr rotes Buch berichtete – da das eine nicht existierte und das andere seltener als Schnee in Ägypten war.

»Und welcher Trick ist das?» wollte Dain wissen.

»Wie man mit einem Blitz tanzt.«

»Ah«, murmelte er, weil ihm im Moment nichts Passenderes einfiel.

»Also? Was sagt Ihr dazu?«

Er wartete einen Moment, als ob es wirklich einige Bedingungen gäbe, die er erst abwägen mußte, gewisse Einschränkungen, die es zu überdenken galt, Warnungen, die er aussprechen sollte, obwohl es in Wahrheit überhaupt keine gab. Tatsache war, daß er keine Ahnung hatte, wovon sie sprach.

»Nun?« drängte sie.

Er musterte sie ausführlich, sehr ausführlich, während er seinen Blick müßig über ihren Körper wandern ließ, wobei er sein besonderes Augenmerk auf die weiche Rundung ihrer Brüste richtete und auf die Stelle zwischen ihren Schenkeln, wo sich ihr Gewand im Sitzen weich an ihren Körper schmiegte. Diese Stellen waren wundervolle Orte, und wenn Caradoc tatsächlich so grausam war, wie allgemein behauptet wurde, würde Dain sich hüten, ihm dort Zugang zu gewähren. Mit zarten Mädchen mußte man zart umgehen.

»Ja«, sagte er schließlich, als er seinen Blick von ihrem Körper losriß, um ihr in die Augen zu sehen. »Ich schätze, nachdem Ihr wieder zu Kräften gekommen seid und Euer Knöchel geheilt ist, könntet Ihr es tun, ohne daß Ihr dabei knusprig geröstet werdet. Es ist keine leichte Sache, wißt Ihr.«

»Ich hatte auch nicht erwartet, daß sie das wäre«, erwiderte Ceridwen in gekränktem Ton.

»Ihr versteht also, welche Risiken damit verbunden sind?«

»Die Risiken spielen keine Rolle. Mein Leben ist verwirkt, wenn ich mich nicht selbst schützen kann.« Ihre Stimme war ruhig, ihr

Blick fest. Sie war sich ihrer selbst und ihres Schicksals so absolut sicher.

Gott, es war wirklich boshaft von ihm, an Verführung zu denken, während sie sich mit dem Tod beschäftigte, ob ihre Ängst nun auf Einbildung beruhten oder nicht.

Es gab nur eine Möglichkeit, das mit Sicherheit herauszufinden.

»Kommt«, sagte Dain, während er sich auf die Füße erhob und ihr eine Hand hinstreckte, um ihr beim Aufstehen behilflich zu sein. »Laßt uns zu Madron gehen.«

Sein Blick schweifte ungewollt zu Rhuddlan hinüber, als sie seine Hand ergriff. Der Anführer der Quicken-Tree nickte langsam, zum Zeichen, daß er einverstanden war, obwohl Dain bisher nicht gewußt hatte, daß er seine Erlaubnis brauchte. Er war in Deri immer gekommen und gegangen, wie es ihm gefiel. Dann dämmerte ihm die Wahrheit, und sie brachte ein seltsames Gefühl des Unbehagens mit sich: Es kümmerte Rhuddlan nicht, ob Dain das Lager verließ oder nicht; die Erlaubnis galt dafür, Ceridwen wieder mit hinauszunehmen.

Ein leise gesprochener Befehl brachte die Zypriotin an seine Seite. Er hob Ceridwen auf den Rücken der Stute und nahm die Zügel, um sie den ausgehöhlten, schlüpfrigen Pfad entlangzuführen. Am Rande des Wasserfalls blickte er noch einmal über seine Schulter zurück zu der Stelle, wo Rhuddlan unter der riesigen Eiche saß. Der Anführer der Quicken-Tree beobachtete sie noch immer, seine Augen hell und glänzend unter dem breiten Streifen von Farbe.

Rhuddlan nickte jedoch nicht noch einmal, und Dain hatte das deutliche Gefühl, daß die Unterlassung eher eine Warnung als ein Versehen war, eine seltsame Warnung von einem Freund. Die Zypriotin stupste ihn mit dem Maul in die Seite, und er trat in die Nebelschwaden, ließ die silberglänzende Kaskade des Wasserfalls in einem Bogen über ihre Köpfe hinwegströmen, bevor Rhuddlan es sich anders überlegen und zu der Entscheidung kommen konnte, das Mädchen trotz ihrer Fehler zu behalten. Nach allem, was man so hörte, hatten die Quicken-Tree mehr Anspruch auf das Mädchen als Dain, um sie in den Norden mitzunehmen oder wo auch immer das sein mochte, wo sie ihr Winterlager aufschlugen. Aber Anspruch oder kein Anspruch, er würde sie nicht so ohne weiteres hergeben.

Alchemie

11. Kapitel

Sobald sie den Fluß hinter sich gelassen hatten, schwang Dain sich auf den Rücken der Zypriotin und trieb sie zu einem schnellen Trab an, um so rasch wie möglich einen breiten Streifen Grasland zu überqueren und in den Schutz der Bäume zu gelangen. Er mußte niemanden um Erlaubnis bitten, um zu tun, was er wollte – außer, so schien es, wenn es um das Mädchen ging.

Jetzt zum Beispiel hatte er nichts Eiligeres zu tun, als sie zu Madron zu schleppen, nachdem Rhuddlan sie abgefangen hatte, während er, Dain, sie festhielt, um sie anschließend an Caradoc auszuliefern. Kein Wunder, daß sie an nichts anderes als an Flucht dachte. Jeder Schritt, den sie tat, endete mit einer Niederlage und erneuter Gefangennahme. Ceridwen saß ebenso unentrinnbar in der Falle, wie er damals in der Wüste in der Falle gesessen hatte.

Ein plötzlicher Ruck an den Zügeln brachte die Stute abrupt zum Stehen.

»Pest und Hölle«, fluchte Dain, während sich sein Arm um das Mädchen wie ein Schraubstock anspannte und sein Zorn auf Rhuddlan in Zorn auf Ceridwen umschlug.

Sie wand sich wie ein Aal in seinem Griff, aber er wollte es nicht zulassen und preßte sie noch fester an sich.

»Wer seid Ihr?« knurrte er dicht an ihrem Ohr.

Ihre Antwort bestand in einem Stoß ihres Ellenbogens in seine Rippen.

»Sagt es mir«, verlangte er.

»Laßt mich los, Ihr Idiot!« Wieder versuchte sie, ihm ihren Ellenbogen in die Seite zu rammen, aber noch bevor sie ihn treffen konnte, hatte er sie blitzschnell aus dem Sattel gehoben und in seine Arme gezogen, und seine Füße berührten bereits den Boden, als ihr Ellenbogen seine Schulter streifte.

Er zog sie herum und zwang sie, ihn anzusehen, während er ihre Arme hinter ihrem Rücken festhielt, die Zügel noch immer in seiner Faust. »Ich dulde nicht, daß Ihr mich ständig einen Dummkopf oder Idioten schimpft, Ceri«, stieß er zwischen zusammengebissenen Zähnen hervor. »Und jetzt sagt mir, wer Ihr seid!«

Sie kochte förmlich vor Wut in seiner Umarmung, als sie knietief in süß duftendem Waldmeister stand, den Kopf zurückgelegt, so daß sich ein helles Mondlicht über ihre Züge ergoß. »Ihr wißt, wer ich bin. Ich bin Ceridwen ab Arawn, Cousine von Morgan, Schwester von Mychael, Tochter von Rhiannon, Verlobte von Caradoc und *Eure* verdammte Gefangene! Und jedesmal, wenn ich mehr zu sein versuche, ist schon jemand da, der mich daran hindert!« Sie versuchte, ihm einen Tritt gegen das Schienbein zu versetzen, aber er hakte seinen Fuß um ihren Knöchel, wobei sein Instinkt schneller als seine Vernunft war.

Auch jetzt wäre noch alles in Ordnung gewesen, wenn sich die Zypriotin nicht ausgerechnet diesen Moment ausgesucht hätte, um zurückzuscheuen. Die sich heftig wehrende Frau und das vorwärtsstürmende Pferd waren einfach zuviel für ihn; er verlor das Gleichgewicht und stürzte zu Boden, mit dem Mädchen in seinen Armen. Sie fielen zusammen, während Dain unwillkürlich eine Körperdrehung machte, um die volle Wucht des Sturzes abzufangen – eine weitere brillante Instinkthandlung, die er um nichts auf der Welt hätte kontrollieren können. Er landete hart auf dem Rücken und schnappte keuchend nach Luft, noch immer unfähig zu glauben, was er getan hatte.

»Habt Ihr Euch weh getan?« fragte er, als er wieder zu Atem gekommen war. Gottverdammter Trottel, schimpfte er im stillen mit sich selbst; du bist noch tausendmal schlimmer als jeder Idiot, wenn du ihr mit deiner Unachtsamkeit eine Verletzung zugefügt hast. Er lockerte seinen Griff um ihre Taille nur ein ganz klein wenig, um ihr seinen stützenden Arm nicht zu plötzlich zu entziehen, falls sie sich verletzt hatte.

»Habt Ihr Euch weh getan?« fragte er noch einmal, als Ceridwen keine Antwort gab. In der Dunkelheit auf dem Boden, während die Stute um sie herumtänzelte, war es ihm unmöglich, ihr Gesicht zu sehen, obwohl es nur wenige Zentimeter von seinem entfernt war. Ihre Zöpfe lagen quer über seinem Wams, weich und zart wie von Feen gesponnene Seile, und die Streifen von Quicken-Tree-Stoff, die um jedes einzelne Zopfende geschlungen waren, glitzerten silbrig in der Nacht. »Ceri?« fragte Dain etwas sanfter, während er angestrengt horchte, um über seinen eigenen rauhen Atem hinweg ihren zu hören.

»Ich lebe noch«, murmelte sie dicht an seiner Brust.

Sie lebt noch. Zum Teufel mit dem Fratz, daß sie ihm ein Grinsen entlocken mußte, wenn er von Rechts wegen gevierteilt und gehängt werden müßte.

»Seid Ihr verletzt?«

»Meine Schulter. Wo Ragnor mich gebissen hat.«

Er fluchte unterdrückt und betete, daß Caradoc noch nicht alles von dem vergessen hätte, was sie in Saladins Kerker gesehen und durchgemacht hatten. Die rothaarige Bestie hatte einfach nichts Besseres verdient.

Ihm selbst gebührte ebenfalls kein Lob. Ceridwens unablässig fließende Tränen hatten ihn in den ersten vierzehn Tagen, die sie bei ihm im Turm verbracht hatte, regelrecht zur Verzweiflung gebracht, und er hatte schon alle Hoffnungen aufgegeben, daß sie jemals zu weinen aufhören würde. Mindestens einmal an jedem Morgen hatte sie ihn noch vor Tagesanbruch mit ihrem Geschluchze aufgeweckt. Ihre Blutergüsse hatten sich ausgebreitet und sich noch bunter verfärbt, ihre Augen waren ständig rot und verquollen gewesen, ihre Nase immer triefend. Erst in den letzten paar Tagen hatte er den Eindruck gewonnen, daß sie sich überhaupt wieder erholen und neuen Mut fassen würde. Am vergangenen Abend, als sie ihm einen Scheinkampf wegen ihres Buches geliefert hatte, war er davon überzeugt gewesen. Sicher, er hatte sie mit seinem kurzen Ausflug über ihre Lippen zwar wieder vollkommen unterworfen, aber der Rückfall war nur unbedeutend und von kurzer Dauer gewesen.

Moira jedoch hatte wahre Wunder bewirkt. Ihre Berührung hatte das Mädchen auf eine Weise geheilt, wie er es trotz all seiner Geschicklichkeit niemals vermocht hätte; sie hatte einem gebrochenen Knochen Kraft verliehen und seine Heilung beschleunigt, hatte eine hochrote Narbe verblassen lassen und einem zutiefst verängstigten Herzen neuen Mut eingeflößt. Die junge Frau, mit der er sich in Deri unterhalten hatte, wäre für Morgan oder jeden anderen Mann wahrlich schwer zu bändigen gewesen, so stolz und von neuer Energie erfüllt, wie sie dort gesessen und Hof unter dem

Dach aus geflochtenen Weidenzweigen gehalten hatte, während sie mit ihm verhandelt hatte, als ob sie die ganze Welt in Händen hielte.

Dain hoffte inständig, daß er Moiras Werk nicht zunichte gemacht hatte, denn er konnte nicht das wiedererschaffen, was die Quicken-Tree-Frau vollbracht hatte, noch nicht einmal mit ihrer Salbe. Und er war nicht gewillt, Ceridwen wieder ins Lager zurückzubringen, nicht, wenn Rhuddlan sie wie ein hungriger Habicht beobachtete, der seine Beute umkreist.

Vorsichtig, um Ceridwen nicht noch mehr aufzuregen, wickelte er die Zügel von seiner Faust ab und gab die Zypriotin mit dem Befehl, sich nicht von der Stelle zu rühren, frei. Noch vorsichtiger rollte er Ceridwen von sich herunter auf die Seite.

»Au!«

Ihr leises Aufkeuchen ließ eine Woge von Selbstvorwürfen über ihm zusammenschlagen. Wie hatte er nur so nachlässig und ungeschickt sein können, rücklings zu Boden zu stürzen, und wie zum Teufel war es eigentlich gekommen, daß er so schnell in Rage geraten war? Er hatte vor langer Zeit gelernt, seinen Zorn zu zügeln – in jener Nacht, als Jalal ihm so überaus freundlich angeboten hatte, ihm auch noch das andere Handgelenk aufzuschlitzen, und zwar mit einer frisch getemperten Klinge aus Damaszener Stahl, genau jenem Dolch, den er Ceridwen vor kurzem abgenommen hatte –, und seitdem hatte ihn nichts und niemand mehr dazu gebracht, die Beherrschung zu verlieren. Nichts und niemand, bis auf das Mädchen.

Er blickte auf sie hinunter und stellte fest, daß sie zu ihm sah, die Augen mißtrauisch verengt, ihr Gesicht von dem Schmerz gezeichnet, den er ihr zugefügt hatte.

»Es tut mir leid, *Cariad.*« Er strich ihr sanft das Haar aus der Stirn. »Ich wollte wirklich nicht, daß Ihr stürzt.« Er stolperte nie. Er geriet auch nie in Zorn. Empörung war jahrelang das äußerste gewesen, was er sich an Emotionen erlaubt hatte.

»Dann hättet Ihr mich nicht von der Stute zerren dürfen«, erwiderte Ceridwen, wobei ihre Stimme trotz des Sarkasmus, den sie in ihre Ermahnung legte, nicht weniger mißtrauisch klang.

»Nein, das hätte ich nicht tun dürfen.« Dain kämpfte wieder gegen ein Lächeln an.

»Wenn Ihr das nächste Mal beschließt, Euch wie ein Verrückter aufzuführen, dann haltet mich bitte aus der Sache heraus.«

»Ich habe mich nicht wie ein Verrückter aufgeführt. Ich war nur wütend.«

»Auf mich?« Ihr Sarkasmus machte Verwunderung Platz.

»Ja«, gestand er verlegen. Verlegenheit – ein weiteres leicht angestaubtes Gefühl, das noch aus meiner Jugendzeit stammt, dachte er pessimistisch.

»Und was könnte wohl noch verrückter sein als das?« fuhr sie empört auf. »Ich habe nicht ein einziges Wort gesagt, seit wir das Lager Eures Freundes verlassen haben.«

»Es war nicht das, was Ihr gesagt oder nicht gesagt habt. Sondern das, was ich gedacht habe.«

»Dann denkt Ihr zuviel.«

»Das scheint mir auch so.« Er stieß einen schweren Seufzer aus und stemmte sich hoch. Als sie es ihm nachtun wollte, hielt er sie mit einer leichten Berührung zurück. »Laßt mich erst sehen, welchen Schaden ich angerichtet habe, damit ich ihn so gut wie möglich beheben kann.«

Kurze Zeit später fragte Dain sich, in welchem Maße er tatsächlich die Kontrolle verloren hatte. Es mußte noch schlimmer um seine Selbstbeherrschung stehen, als er gedacht hatte, denn er hätte einen heiligen Eid darauf schwören können, daß es nicht seine Absicht gewesen war, die Dinge so sehr seinen Wünschen entsprechend zu arrangieren.

Und dennoch, dort saß sie, inmitten des grünen Laubs von Enzian, Waldmeister und Schöllkraut, ihr Kleid und das Unterhemd geöffnet und die Schultern entblößt.

Sie hatte die Falten des schäbigen grauen Kleiderstoffs und des feinen Leinens mit beiden Händen in der Mitte ihrer Brust zusammengerafft, wobei die weichen oberen Rundungen ihrer Brüste enthüllt wurden. Dain kniete vor ihr und saß auf die Fersen zurückgelehnt, die Schenkel gespreizt zu beiden Seiten ihrer Beine. Er wußte, er machte sich tausend weiterer Sünden schuldig, weil er es so listig eingerichtet hatte, in derart provozierender Haltung vor ihr zu hocken.

Er verrieb *Rasca*-Salbe auf den rötlich verfärbten Narben, während er behutsam die Muskeln darunter abtastete, froh, daß keine der Wunden aufgeplatzt war. Ceridwen zuckte zusammen, aber er fuhr ruhig mit seiner Arbeit fort.

»Versucht, Eure Schulter zu entspannen, Ceri.« Er drückte noch ein wenig fester, um ihr zu helfen, das Gelenk in die Richtung zu drehen, um die er sie gebeten hatte. Das Narbengewebe reichte doch tiefer, als er gedacht hätte.

»Ihr tut mir weh«, stöhnte sie.

»Nicht allzusehr, und am Ende wird es Euch guttun.« Er löste seinen Griff um ihre Schulter, ließ seine Hand zu ihrem Handgelenk hinuntergleiten und hob ihren Arm. Wunderbar.

»Eure Finger sind nicht so warm wie Moiras.«

»Ich bitte um Verzeihung.« Er ließ ihren Arm los und stippte seine Fingerspitzen erneut in die Salbe. Ihre Haut war kühl, wo er die *Rasca* mit Daumen und Fingern verrieb, aber weich und zart, so herrlich zart. Er vergrößerte die Stelle, die er massierte, während er mit der Handfläche über ihr Schlüsselbein rieb, an ihrem Hals herauf und um ihre Kehle, bevor er wieder zu ihrer Schulter und ihrem Oberarm zurückkehrte. Seine Augen folgten den Bewegungen seiner Hand, mit einem Ausdruck, der hungriger war als jeder Blick, den Rhuddlan in ihre Richtung geworfen hatte.

Es waren die Glätte und Zartheit, davon war er überzeugt, die in ihm die Sehnsucht wachriefen, seine Lippen auf ihre Haut zu pressen. Es war schieres Verlangen nach Erotik, das in ihm das Bedürfnis weckte, seine Zungenspitze über ihre Haut kreisen zu lassen, sie zu kosten und zu fühlen, um dann eine heiße Spur bis zu ihren Brüsten hinunterzuziehen.

»Es fühlt sich schon besser an, wenn Ihr das tut«, sagte Ceridwen mit einem Seufzer, während sie ihren Kopf noch weiter zur Seite neigte, um ihm mehr Zugang zu verschaffen. Ein Schwall von Zöpfen glitt über ihre andere Schulter und floß in einer silbrigen Kaskade in ihren Schoß.

Diesmal nützte es Dain nichts, daß er sie in Gedanken als Unschuld bezeichnete. Wie naiv sie auch immer sein mochte, sie hatte sich ihm geöffnet.

»Ja, für mich auch.« Er machte sich nicht die Mühe, den kehligen, sinnlichen Unterton in seiner Stimme zu verbergen. Soll sie doch ruhig hören, was sie mir antut, dachte er.

Und sie hörte es, denn ihr stockte prompt wieder der Atem, wie er es bereits von ihr gewohnt war, und ihr Blick schoß aufwärts, um seinem zu begegnen, das helle Blau ihrer Augen fast violett in der Dunkelheit, die goldenen Wimpern zu dunklen Schatten verblaßt.

Schönheit hatte niemals solche Eleganz und Anmut besessen wie die Kurven ihres Gesichts und ihres Körpers im sanften Mondlicht. Der Kranz aus Eichenblättern war bei ihrem Sturz nicht zerrissen worden, sondern wand sich noch immer wie eine Girlande um ihre Stirn und verwandelte sie um so mehr in die Waldnymphe seiner Träume.

Shah mat. Der Ausdruck schoß Dain durch den Kopf, als er Ceridwen anblickte. Der König ist tot. Er würde sie für sich behalten.

Er hob seine Hand von ihrer Schulter und schmiegte seine Handfläche an ihren Hals, während er zart mit dem Daumen an ihrer Kehle hinaufstrich. Mit nichts als den allerbesten Absichten hob er ihr Kinn zu sich hoch und senkte seinen Mund langsam auf ihren.

Er küßte sie, während sie vom Schock noch immer wie gelähmt war, das süße, fügsame kleine Frauenzimmer. Dennoch hielt er sich zurück und benutzte nur seine halbgeöffneten Lippen und nicht seine raffinierte, plündernde Zunge, die garantiert nicht helfen würde, Ceridwen zu gewinnen, bis sie für derart leidenschaftliche Zärtlichkeiten bereit wäre. Und er benutzte seinen Atem – um sie zu wärmen, zu erfüllen und zu locken; er hauchte ihn über ihre Lippen, ließ ihn in ihre Mundwinkel strömen und von ihr einsaugen, als sie sacht Luft holte. Er bediente sich seines Atems, um ihr zu sagen, daß sie ihm gehören würde.

Er legte seine andere Hand nicht auf ihre Brüste, um ihr Gewicht und ihre weiche Üppigkeit zu fühlen, obwohl er seine Finger zur Faust ballen mußte, um sich selbst daran zu hindern. Er drückte sie nicht ins Gras und die knospenden Wildblumen. Er legte sich auch nicht auf sie, obwohl er das Bild klar und deutlich in Gedanken vor sich sah und die Vorstellung, ihren Körper unter sich zu spüren, sinnliche Glut in seinen Lenden entfachte. Er küßte sie nur auf die keuscheste Art, die er kannte, und dennoch war es der Himmel auf Erden.

Lieber Gott, es ist wie im Paradies, dachte Ceridwen. Jeder ihrer

Sinne war von Lust überflutet, aber es war ein Paradies, in dem Gefahr drohte. Was sie bei Dains Mund auf ihrem fühlte, war so lasterhaft und süß zugleich, daß sie Angst hatte, vor Wonne zu sterben. Ihr Körper schmerzte und pulsierte vor Verlangen, ihn fest an sich zu drücken, während ihr Verstand sie warnte, sich vor der Verführung des Hexenmeisters in acht zu nehmen. Er würde sie vollkommen willenlos machen. Ja, er tat es jetzt schon, indem er ihren Widerstand schwächte und heiße Sehnsucht in ihr weckte.

Sie streckte die Arme nach ihm aus, um ihn an sich zu ziehen, doch im selben Moment löste er sich von ihr und wich hastig zurück. Er blickte auf ihre erhobene Hand hinunter, die sich ihm noch immer verlangend entgegenstreckte, und ein bekümmertes Lächeln spielte um seine Lippen.

»Ich bin zu schnell, Cherie.«

»Nein«, erwiderte sie unwirsch und riß ihre Hand zurück, um den zerknitterten Kleiderstoff über ihren Brüsten zusammenzuhalten. »Ich bin diejenige, die zu schnell war.«

Tränen schossen ihr in die Augen und demütigten sie noch mehr. Sie wischte eine mit dem Handrücken fort, aber es nützte nicht viel. Eine andere nahm ihren Platz ein, dann noch eine und noch eine. Ihr einziger Trost war, daß die verdammten Dinger wenigstens den Anstand hatten, lautlos über ihre Wangen zu kullern.

»Es war doch nur ein Kuß, *Cariad*«, sagte Dain, und sie hätte ihn am liebsten geohrfeigt. Statt dessen stimmte sie ihm zu.

»Ja.« Sie zog den Ausschnitt ihres Kleides herauf und schlüpfte in die Ärmel. Sie war sich kaum bewußt, wie mühelos und schmerzfrei die Bewegung war, so sehr zitterte sie innerlich. Gott mochte ihrer armen Seele beistehen. Sie war verdammt, und zwar noch sicherer, als Äbtissin Edith es sich jemals hätte vorstellen können. Denn wenn das nur ein Kuß gewesen war, dann war sie durch und durch lüstern, und das Objekt ihrer Wollust war kein Geringerer als ein verderbter Magier.

Dichtes Waldland aus immergrünen Büschen und Nadelbäumen umgab Madrons Cottage von allen Seiten, bedeckte den Boden mit Nadeln und Zapfen und verbarg das Haus aus Flechtwerk und Bewurf vor ihren Blicken, bis sie fast davorstanden. Dain und Ceridwen hatten sich der Kate auf einem felsigen Pfad durch den Kiefernwald genähert, wobei Dain die Stute zu Fuß führte, um sich nicht noch einmal den Strapazen auszusetzen, die ein Ritt mit dem Mädchen unweigerlich mit sich brachte. Das einfache Häuschen aus Weidengeflecht, Fachwerk und Lehm konnte sich eines Vorratsspeichers und eines Stalles rühmen, und Dain ließ die Zypriotin dort zurück, neben Madrons grauer Apfelschimmelstute und mit einer Portion Heu, um sie zu beschäftigen.

Zu beiden Seiten des kopfsteingepflasterten Pfades, der zur Haustür führte, wuchs eine Vielzahl von Pflanzen, die mit dem wärmeren Wetter wieder zu ihrem Recht kamen: schwarzer Nachtschatten, Eisenhut, Tollkirsche, weißer Nieswurz, Vierblättrige Einbeere, Arnika, Fingerhut. Alle waren wunderschön. Und alle waren todbringend. Es war Madrons kleiner Scherz und eine unmißverständliche Warnung an alle, die sich mit Kräutern und Gift auch nur annähernd auskannten.

Rauch stieg in Kräuseln von einem Loch im strohgedeckten Dach auf, erfüllte die Luft mit einem würzigen Geruch und veranlaßte Dain, sich zu fragen, was das wohl sein mochte, das die Hexe in ihrem Herdfeuer verbrannte. Die Rahmen und Läden der unverglasten Fenster waren mit geschnitzten Darstellungen von Tieren und Blumen, Bergen und Tälern und dem Mond und den Sternen geschmückt. Dain griff nach dem Schnappriegel an der Tür.

»Sollten wir uns nicht vorher ankündigen?« fragte Ceridwen.

Der ängstliche Klang ihrer Stimme ließ ihn innehalten.

»Sie weiß, daß wir hier sind, Ceri«, sagte er. »Sie weiß von unserem Kommen, seit wir die Erhebung passiert haben.« Er sprach von dem Hügel im Norden des Häuschens.

»Dann ist es also zu spät, um zum Turm zurückzukehren oder in Llynyas Wäldchen?«

»Ja.« Er machte Anstalten, an dem Riegel zu ziehen, aber Ceridwen hielt ihn abermals zurück, diesmal, indem sie ihre Finger in den Stoff seines Ärmels grub.

»Es ist nicht gut, daß ich hier bin«, erklärte sie. »Vielleicht sollte ich besser bei der Stute warten.«

»Ihr braucht Euch wirklich keine Sorgen zu machen. Madron will Euch nichts tun, sie will Euch nur kennenlernen. Und sollte sie ihre Meinung ändern, dann werde ich schon rechtzeitig einschreiten.«

»Ihr habt Euch bisher nicht als besonders vertrauenswürdig erwiesen.« Ihre unverblümte Ausdrucksweise grenzte schon fast an Beleidigung.

So erfreut Dain auch darüber war, daß ihr Tränenstrom endlich versiegt war und sie wieder mit ihm sprach, so hätte er sich doch etwas weniger Aufrichtigkeit und ein klein wenig mehr Diplomatie gewünscht. Sie hatten sich schließlich geküßt, nicht wahr? Ihre süßen, ach so hingebungsvollen Lippen hatten seine berührt. Und wenn weiterhin alles nach Plan verlief, würden sie sich bald wieder küssen, und zwar auf eine Weise, die sehr viel mehr nach seinem Geschmack wäre.

»Kommt«, sagte er, während er die Tür öffnete. »Wenn es unbedingt sein muß, werde ich meine Vertrauenswürdigkeit eben hier beweisen.« Er schlang ihr einen Arm um die Taille und bugsierte Ceridwen so schließlich über die Schwelle von Madrons Haus – gegen ihren Willen und mit einer Hand in ihrem Rücken, die sie energisch vorwärts schob.

In einer mit Steinen ausgekleideten Feuerstelle in der Mitte des Fußbodens brannte ein helloderndes Feuer. Über den Flammen hing ein Kessel an Ketten von einem Dreifuß aus Eisen herab. Ceridwen war schon häufiger in den Katen von Dörflern gewesen, und sie hatte erwartet, das Innere von Madrons Cottage wäre ähnlich ausgestattet. Womit sie auf keinen Fall gerechnet hatte, war, daß die gesamte Fläche um den Kreis aus Steinen mit Dielenbrettern aus gewachstem Eichenholz ausgelegt war, statt mit gewöhnlichem Schilf bestreut.

Ihre Augen verengten sich zu Schlitzen, zuerst vor Verwirrung, dann voller Argwohn und Unbehagen. Wenn Madron keine normannische Adlige war, die es in eine Hütte im Wald verschlagen hatte – und wie konnte sie das wohl sein, mit einem Namen wie Madron? –, dann lag ein kleines Vermögen in Holz aus den Wäldern des Königs zu ihren Füßen, genug, um die Diebin und jeden anderen in ihrem Haus an den Galgen zu bringen. Die Möbel auf dem kostbaren Fußboden waren nicht weniger wertvoll und verräterisch – ein Tisch, Stühle und ein Schrank aus Ahorn, handgeschnitzt und sorgfältig poliert, so daß das Holz warm glänzte. Tierhäute und Felle verschiedenster Arten bedeckten die mit Gips verputzten Wände. Biber und Dachs mischten sich unter Rehbock und Rotwild, deren bloßer Anblick genügte, daß sich Ceridwens Magen zu einem schmerzhaften Knoten zusammenzog. Denn sie konnten nur im königlichen Forst gewildert worden sein. Ein einziges dieser Felle war schon Grund genug, um ein Ohr oder eine Hand auf dem Richtblock zu verlieren. Wunderschöne weiche Decken aus Hermelin-, Wiesel- und Luchspelz lagen auf den Armlehnen der Stühle und warteten förmlich darauf, einen Gast zu wärmen – oder ihn dem Henkersstrick auszuliefern. Ceridwen wich angstvoll einen Schritt zurück, ohne sich darum zu kümmern, daß Lavrans direkt hinter ihr stand.

»Wir müssen diesen Ort so schnell wie möglich verlassen«, drängte sie ihn. »Der Himmel bewahre uns davor, daß einer der Waldhüter des Königs, oder, schlimmer noch, der königliche Forstmeister dahinterkommt, daß wir hier gewesen sind!«

»Fürchtet Euch nicht, Kleine.« Eine Frauenstimme, trocken und brüchig vom Alter, ertönte aus den Schatten am entgegengesetzten Ende des Raums, und Ceridwen blieb vor Schreck fast das Herz stehen. »Meine Herrin, Madron, hat alles, was Ihr hier seht, durch geschickten Tauschhandel erworben. Es war der Sheriff von Hay-on-Wye persönlich, der ihr Ursus geschenkt hat.«

Eine gichtige Hand reckte sich Ceridwen aus der Dunkelheit entgegen – der einzige Körperteil der Frau, den sie sehen konnte – und wies auf ein riesiges Bärenfell, das zwischen die Fachwerkbalken gespannt war, die die Seitenwand trugen. Der Kopf und die Tatzen des Tieres waren unversehrt geblieben und erweckten die Illusion, daß sich der Bär auf die Hinterbeine aufgerichtet hatte, bereit zum Angriff. Ein Schauder jagte Ceridwens Rückgrat herauf. Sie würden am Galgen enden, soviel stand fest.

»Fürchtet Euch nicht, Kleine«, ertönte wieder die Stimme, und Sekunden später erschien das alte Weib persönlich, auf einen Krückstock aus Eibenholz gestützt. »Ursus ist schon eine ganze Weile zahm.« Ein meckerndes Lachen folgte der Bemerkung. »Schon eine ziemlich lange Weile.«

Die alte Frau stützte sich bei jedem Schritt auf den Stock, während sie mühsam herbeigehumpelt kam. Die Kleidung, die ihren mageren, vom Alter gebeugten Körper umhüllte, war ein seltsames Durcheinander von braunen und schmutziggelben Schichten selbstgesponnenen Stoffs und erinnerte eher an Getreidesäcke als an ein Gewand. Der breite Ledergürtel um ihre Taille war rundherum mit Beuteln verschiedener Größe behängt, Beuteln aus Leder, Pelz und Stoff, durchwirkt mit Federn. Eine krause, wehende Masse ergrauten Haares war in ihrem Nacken zu einem Knoten zusammengeschlungen, wobei sich der größte Teil der Strähnen jedoch wieder selbständig gemacht hatte und unter ihrer Haube hervorhing. Ein Dutzend Armbänder aus Silber und Kupfer baumelten von ihren Handgelenken.

Sie war noch wesentlich älter, als ihre Stimme hatte vermuten lassen, mit tiefen Falten zu beiden Seiten ihrer Nase, die bis zu ihren Mundwinkeln herabreichten, und einem spinnwebartigen Netz von Falten und Fältchen, das sich fächerförmig von ihren äußeren Augenwinkeln ausbreitete und ihre Wangen überzog.

Aber ihre Augen ... ach Gott, ihre Augen, dachte Ceridwen, als sie erneut einen Schritt zurückwich. Sie waren grün wie die der Quicken-Tree, doch voller Rätsel und noch viel tiefer und dunkler, von einem derart intensiven Grün, als ob Rhuddlans sämtliches Volk in ihren leuchtenden Tiefen hätte geboren sein können und immer noch reichlich genug Grün zurückgeblieben wäre.

»Oder bin ich der Grund, warum Ihr so zittert?« erkundigte sich die Alte mit krächzender Stimme, während sie noch ein Stück näher kam.

Zum Teil, dachte Ceridwen, obwohl sie es niemals laut zugegeben hätte. Sie machte einen Schritt rückwärts und versuchte, Lavrans in Richtung Tür zu schieben, in der Erwartung, er würde ihr bei ihrem Rückzug helfen. Aber er dachte gar nicht daran. Er rührte sich nicht von der Stelle und hielt sie energisch fest.

»Gute Mutter«, begrüßte er die alte Frau. »Wir bedauern unser Zuspätkommen zutiefst, aber ...«

»Das will ich Euch aber auch geraten haben«, unterbrach ihn die Alte und fuchtelte erbost mit ihrem Krückstock vor seinem Gesicht herum.

»... aber wir freuen uns, jetzt in Eurer Gesellschaft zu sein«, fuhr Dain mit trockener Belustigung in der Stimme fort. »Obwohl ich sagen muß, daß Ihr heute abend ziemlich altertümlich ausseht, meint Ihr nicht auch?«

»Eine reine Vorsichtsmaßnahme«, lautete die barsche Antwort der alten Vettel. »Es ist zu gefährlich für eine Frau, bei Nacht durch den tiefen Wald zu wandern, wie das Mädchen sehr wohl weiß.« Sie stieß mit ihrem Stock in Ceridwens Richtung, die erschrocken zusammenzuckte.

»Wenn heute nacht Gefahr im Wald droht, dann haben wir jedenfalls nichts davon bemerkt«, erwiderte Lavrans.

»*Ouck!*« schimpfte die alte Frau. »Wenn ich daran denke, daß meine Herrin sich schon Sorgen machte, Ihr wärt von Räubern und Mördern überfallen worden, weil Ihr nicht zum Abendessen erschienen seid, und daß sie drauf und dran war, mich alte Frau hinauszuschicken, um Euch sicher dorthin zu bringen, wo Ihr eigentlich schon den ganzen Abend über hättet sein sollen ... es ist wirklich eine Schande!«

Obwohl ihre erbitterte Strafpredigt an Dain gerichtet war, starrte sie Ceridwen dabei die ganze Zeit durchdringend an – was noch beträchtlich zu ihrem Unbehagen beitrug, als sie versuchte, dem Blick der alten Hexe standzuhalten und gleichzeitig dem Krückstock auszuweichen. Die Intensität dieser alten, forschenden Augen ließ die Haut in ihrem Nacken prickeln. Der stählerne grüne Blick hatte etwas seltsam Vertrautes an sich, etwas Vertrautes und Beunruhigendes, denn Ceridwen hatte das untrügliche Gefühl, daß sie jenen Blick schon einmal hatte aushalten müssen, in einer anderen Zeit, an einem anderen Ort, und vielleicht, als sie etwas zu verbergen gehabt hatte – obwohl ein solch starkes und präzises Gefühl, ebenso unsinnig erschien wie Madrons Idee, die alte Frau in die Wälder hinauszuschicken, um sie zu suchen.

»Aber jetzt sehe ich, was Euch von Madrons Tisch ferngehalten hat.« Die Dienerin streckte eine knotige Hand aus, um Ceridwens winzige Zöpfe zu berühren. »Quicken-Tree-Kuchen machen satt, trotz ihres merkwürdigen Geschmacks, aber vielleicht habt Ihr ja noch Platz für einen Becher heißer Milch mit Wein, während Ihr auf meine Herrin wartet?«

»Gewiß, alte Mutter«, sagte Dain, wobei er für sie beide antwortete. Er ergriff Ceridwens Hand und zog sie noch tiefer in den Raum hinein.

Sie sträubte sich nicht. Das Feuer war angenehm warm, das Häuschen ungewöhnlich behaglich eingerichtet – aus genau den gleichen Gründen, die es so gefährlich machten – und heiße Milch mit Wein und Gewürzen war ein seltener Luxus. Dain führte sie zu dem Stuhl, der der Feuerstelle am nächsten stand, einem, der mit Hermelin gepolstert war. Ceridwen schreckte kaum merklich zurück, als sie sich etwas verspätet fragte, ob der König und seine Waldhüter wohl von der Großzügigkeit des Sheriffs wußten.

»Ihr hättet nicht zulassen dürfen, daß sie ihr das Haar flechten«, sagte die alte Frau, als sie zum Tisch zurückhinkte. »Es wird ihr nicht helfen, wenn Rhuddlan ihr seinen Stempel aufdrückt, es sei denn ... es sei denn ... *Ouck.*« Sie schüttelte den Kopf und tat die ganze Sache mit einer brüsken Handbewegung ab, die ihre Armbänder klimpern ließ.

»Es ist nun einmal die Art der Quicken-Tree«, erwiderte Dain, als er den Stuhl neben Ceridwens nahm und seine Satteltasche auf den Fußboden fallen ließ.

»Allerdings. Sie würden selbst die Zweige der Bäume zu Zöpfen flechten, wenn ich sie nur ließe.«

»Ich finde die Zöpfe sehr hübsch«, sagte Ceridwen, und die alte Frau warf ihr einen Blick aus schmalen Augen über ihre Schulter zu. Für die Dienerin einer vermeintlichen Dame war sie bemerkenswert ungepflegt, von Kopf bis Fuß in schmuddelige Lumpen gehüllt, die aussahen, als ob sie sich beim ersten kräftigen Windstoß in nichts auflösen würden.

»Ach, die Kleine kann also sprechen, wie?« fragte sie.

»Ja.« Lavrans lachte, und Ceridwen warf ihm einen gekränkten Blick zu.

»Und ihr gefällt Moiras Machwerk?«

»Es war nicht Moira, sondern Llynya, die mir die Haare geflochten hat«, erklärte Ceridwen, von einem absurden Gefühl der Genugtuung erfüllt, daß sie zumindest in einem Punkt mehr wußte als die alte Hexe.

Die Frau reagierte mit schallendem Gelächter auf die Neuigkeit, einem leicht spöttischen Gelächter, das Ceridwen viel von ihrer Befriedigung nahm.

»Llynya? Der erbärmliche kleine Kobold?« Die alte Frau lachte meckernd. »Dann hat Rhuddlan Euren wahren Wert offensichtlich nicht erkannt. Denn sonst hätte er die Weißhaarigen aus ihren Hütten gezerrt und sie gezwungen, Eure Locken zu flechten und zu knoten, bis sie wunde Finger gehabt hätten.«

»Rhuddlan sagte, sie ließe gewisse notwendige Eigenschaften

vermissen, obwohl er nicht gesagt hat, welche das sein sollen. Er meinte nur, sie sei unzulänglich«, bestätigte Lavrans, als er sich lässig auf dem Stuhl zurücklehnte und mit der Ungezwungenheit eines Menschen, der sowohl mit dem Ort als auch mit der Gesellschaft vertraut war, ein Bein über eine Armlehne baumeln ließ und sich mit einem Ellenbogen auf die andere stützte. Seine Gelassenheit half, Ceridwen von der Ungefährlichkeit des Häuschens zu überzeugen, obwohl seine Worte wieder einmal eine grobe Beleidigung waren.

»Unzulänglich?« widerholte die Alte zornig, während sie ihren gebeugten Körper zu überraschender Größe aufrichtete. »Sie ist Ceridwen, eine echte Tochter von Carn Merioneth! Das einzige, was hier zu wünschen übrig läßt, ist Rhuddlans Verstand.« Sie wandte sich zu dem Tisch um und begann, heiße Milch aus einem Krug in silberne Becher zu gießen, wobei sie die ganze Zeit verdrießlich vor sich hin murmelte. »Unzulänglich. *Ouck*. Das ist doch wohl die Höhe! Na, wir werden ja bald genug sehen, wer hier unzulänglich ist.«

Einen nach dem anderen trug sie die Becher zu dem Kessel über dem Feuer und füllte jeden mit heißem, gesüßtem Wein. Den ersten brachte sie Ceridwen und stellte ihn auf einem kleinen runden Tisch neben ihrem Stuhl ab.

»Hier ist Euer Getränk, Liebchen. Ihr solltet es vielleicht erst ein bißchen abkühlen lassen.«

Während die alte Frau geschäftig zwischen dem Krug und dem Kessel hin- und herschlurfte, nippte Ceridwen an ihrem Becher und betrachtete die Ziergegenstände, die auf dem Tischchen verstreut standen: zwei Flaschen aus grünem Glas, die eine leer und mit einem Stöpsel verschlossen, die andere halb voll; ein Schälchen aus Gußeisen, das eine Prise Salz enthielt; eine kleine Eichhörnchenfamilie aus Zinn. Ein Stück Wandteppich, in dem gleichen feinen, vielfach verschlungenen Muster wie die Teppiche der Quicken-Tree gewebt, erregte ihre Aufmerksamkeit, obwohl es sehr viel älter als diese aussah. Die Farben waren dunkler, und das Gewebe war an den Rändern ausgefranst. Neben dem Wandteppich brannte eine Kerze in einem Messinghalter, der mit spiralförmigen blauen Kringeln verziert war. Hinter der Kerze, etwas weiter zu Lavrans hin, stand eine einfache Tonschale, die mit nichts als Zickzacklinien bemalt war, aber in der Schale lagen Steine, hübsche, glänzende Kieselsteine, und zwischen den Kieseln lag etwas, was zu sehen sie niemals auch nur zu hoffen gewagt hatte.

»Ein Elfenpfeil«, murmelte sie, während sie sich zu der Schale beugte und nach der steinernen Pfeilspitze griff.

»Hmmmm?« Die alte Hexe reichte Lavrans seinen Becher und spähte zu Ceridwen hinüber, um zu sehen, was sie in der Hand hielt. »Ach, das. Hmmm. Interessante Wahl, die Ihr da getroffen habt, meine Liebe.«

»Ist das wirklich ein Elfenpfeil?«

»Aber gewiß doch. Von den *tylwyth teg* hergestellt und in den Zauberkriegen benutzt. Ihr könnt ihn haben, wenn Ihr möchtet.«

»Was ist mit Eurer Herrin? Gehört er nicht ihr?« Ceridwen blickte auf, und ihre Hand schloß sich um das kostbare Stück behauenen Steins, noch während sie die Frage stellte. Ihre Mutter hatte ihr alles über Elfenpfeile erzählt; daß das seltene Gestein, aus dem sie gearbeitet wurden, nur im Norden von Carn Merioneth unter dem Berg Tryfan, dem versteinerten Drachenrücken, zu finden sei, wo die *tylwyth teg* es abbauten; und daß die Pfeilspitzen nur ein untreues Herz durchbohren würden, während sie auf einem treuen noch nicht einmal soviel wie einen Kratzer hinterließen.

»Macht Euch nur keine Gedanken, Kleine«, erklärte die alte Frau. »Es ist ganz allein meine Angelegenheit, Euch das Stück da zu überlassen. Hier. Ihr könnt einen meiner Beutel haben, um es darin aufzubewahren.« Sie band einen Beutel von ihrem Gürtel ab und leerte seinen Inhalt auf dem Tisch aus. Mehrere kleine Münzen fielen heraus und rollten klimpernd gegen das gußeiserne Schälchen. Ein Geflatter von Pirolfedern, weich und golden, folgte den Münzen. Um den letzten Gegenstand herauszuholen, mußte sie in den Beutel greifen, doch ihre knotigen Finger mühten sich vergeblich damit ab, das widerspenstige Teil durch die enge Öffnung zu ziehen. *»Ouck«*, fluchte sie und hielt den Beutel schließlich verkehrt herum, um ihn kräftig zu schütteln. Nichts geschah.

Ceridwen beugte sich näher zu der Alten und wollte schon ihre Hilfe anbieten, als die erste Schlaufe von goldenen Kettengliedern herausrutschte. Andere folgten, wunderschön gearbeitet und feinziseliert.

Die alte Frau stieß ein zufriedenes Grunzen aus und wickelte die Kette um ihre Finger. Langsam begann sie, daran zu ziehen.

Dain schlürfte sein heißes Getränk und beobachtete Ceridwen. Der Fratz war bereits gründlich fasziniert, und dabei hatte Madron gerade erst angefangen. Was immer am Ende der Kette war, würde sich sicherlich als interessant entpuppen. Madron enttäuschte nie, und sie verkleidete sich auch gewöhnlich nicht als uraltes Weib, außer wenn sie über die Grenzen des Waldes von Wroneu hinauswanderte. Sie mußte etwas über den Wald an diesem Abend wissen, etwas, was er nicht wußte. Sie hatte sich noch nie zuvor auf die Suche nach ihm gemacht, wenn er sich verspätet hatte oder verschwunden gewesen war – es sei denn, es war das Mädchen, das sie hatte finden wollen, und nicht er.

Ziemlich wahrscheinlich, dachte er mit einem leisen Gefühl des Unbehagens, denn es war ein weiterer Hinweis darauf, daß Ceridwen für irgend jemanden wichtig war. Aber er hatte ja das rote Buch mitgebracht. Vielleicht war es an der Zeit, es der Hexe zu zeigen.

Er schwang sein Bein von der Armlehne des Stuhls und war schon im Begriff, seine Hand nach der Satteltasche auszustrecken, als der Beutel endlich seinen Inhalt freigab und der Anblick ihn mitten in der Bewegung innehalten ließ. Das Stück war interessant, allerdings, zu verdammt interessant in den Händen von jemandem wie Madron. Er zweifelte nicht an den Fähigkeiten der Hexe, ob sie nun von wahrer Magie oder von Zaubertricks zeugten. Neugierig lehnte er sich wieder auf seinem Stuhl zurück, um zu sehen, was seine Freundin mit dem Ding tun würde.

»Ist das ein Schlangenstein?« fragte das Mädchen mit ehrfurchtsvoller Stimme.

Ihre Reaktion war nicht ganz ungerechtfertigt, denn die Kristallkugel war zu tausend Facetten geschliffen, von denen jede einzelne im Licht des Feuers glitzerte und einen schillernden Regenbogen an die Wände des Häuschens warf. Die Kugel drehte sich an ihrer Kette, wo die Goldglieder von Madrons Fingern herabhingen. Die bunten Lichter tanzten im Raum umher, wirbelten wieder und wieder in einem atemberaubenden, schwindelerregenden Kaleidoskop von Farben im Kreis herum.

»Schlangenstein?« fragte Madron, wobei sie Dain mit hochgezogenen Brauen ansah.

Er zuckte nur die Achseln.

»Ja«, sagte Ceridwen, den Blick fasziniert auf den kristallenen Ball gerichtet. »Geboren aus dem Schaum todbringender Schlangen in den Höhlen von Domh-ringr und gehärtet durch ihren feurigen Atem.«

Das Zitat war gut und recht erfreulich, wie Dain zugeben mußte. Er hatte bisher gar nicht gewußt, daß sie so aufmerksam zugehört hatte oder daß er einen derart nachhaltigen Eindruck auf sie gemacht hatte.

»Ach, Ihr meint einen von diesen Schlangensteinen«, sagte Madron, als sie ihre Aufmerksamkeit wieder auf das Mädchen konzentrierte. »Nein, Kleine, dieser hier hat nichts mit dem Jüngsten Gericht zu tun. Dies hier ist ein Traumstein.«

Dains Unbehagen wuchs. Er hatte noch nie etwas von Traumsteinen gehört, obwohl es für einen talentierten Schwindler natürlich reichlich Steine und auch Namen gab, um alles mögliche daraus zu machen, und Madron war eine überaus talentierte Schwindlerin. Ceridwen war sehr schnell auf seinen Brochan-Talisman hereingefallen, aber in jener Nacht war sie auch bis an ihre körperlichen und emotionalen Grenzen getrieben worden und ohne Zweifel bereit gewesen, in tiefe Ohnmacht zu versinken, noch bevor er überhaupt den Mund aufgemacht hatte. In dieser Nacht jedoch war sie stark, gestärkt durch die Berührung der Quicken-Tree, und sie hatte sich als eine Frau von ungewöhnlicher Willenskraft erwiesen. Und dennoch, er konnte das Risiko nicht eingehen. Er hatte ihr versprochen, sie zu beschützen, und er würde sein Wort halten, selbst wenn das hieß, sie eher vor ihrer eigenen, übertrieben lebhaften Einbildungskraft zu schützen als vor irgendeiner physischen Bedrohung.

Und so streckte er mit einer schnellen, geschmeidigen Bewegung den Arm aus und schob seine Hand unter Madrons, um die Kristallkugel in seiner Handfläche aufzufangen. Sie verschwand in Sekundenbruchteilen zwischen seinen Fingern und mit ihr auch all die schillernden, regenbogenbunten Lichter, die wild im Raum umhertanzten.

Wenn Madron überrascht war, so ließ sie es sich jedenfalls nicht anmerken.

»Eure Instinkte sind gut, wenn auch etwas fehl am Platz«, sagte sie, während sie anmutig den Arm sinken ließ. Alle Spuren des alten Weibs waren plötzlich aus ihren Bewegungen und ihrer Stimme verschwunden. »Edmee hat mir gesagt, daß Ihr sehr beschützend gegenüber dem Mädchen seid, und trotzdem, lieber Dain, in diesem Fall habt Ihr eine Idee zu spät reagiert. Denkt beim nächsten Mal daran, wenn Ceridwen ab Arawn Euch braucht.« Die grünen Augen sahen ihn mit einem Ausdruck an, in den sich die Freude des Siegers und die Warnung eines guten Freundes mischten.

Er warf einen Blick auf das Mädchen, konnte jedoch zuerst nichts Ungewöhnliches feststellen.

»Ceridwen?«

Sie gab keine Antwort, und als er sie prüfend beobachtete, flatterten ihre Lider ein paarmal, dann senkten sie sich über die hellen, meerblauen Augen, und sie fiel in tiefen Schlaf.

»Ein raffinierter Trick, das muß ich schon sagen«, erklärte er, wobei er sorgfältig darauf achtete, den Zorn aus seiner Stimme herauszuhalten, der plötzlich in ihm aufwallte. Er schien in dieser Nacht nur allzu leicht in Rage zu geraten, und es hatte ihm nichts eingebracht.

»Man nennt es Druidenschlaf. Das Talent dafür, Menschen in Tiefschlaf zu versetzen, liegt schon seit unzähligen Generationen in meiner Familie.«

»Nemeton«, sagte Dain, da er die Familiengeschichte gut kannte. Madron war die erste gewesen, die damals zu ihm gekommen war, als er die von D'Arbois ausgesetzte Belohnung kassiert hatte, weil es ihm gelungen war, Nemetons Turmtür zu öffnen. Das war wirklich ein großartiger Trick gewesen und auch das erste Mal, daß er Jalal jemals für irgend etwas aufrichtig dankbar gewesen war, einschließlich der Tatsache, daß er ihm das Leben gerettet hatte. Er hatte so viele Gründe gehabt, seinen Zuchtmeister aus der Wüste zu hassen, und nicht einen einzigen, ihm dankbar zu sein, bis er mit dem mechanischen Wunderwerk konfrontiert worden war, das die Druidentür darstellte. Noch nicht einmal Madron kannte das Geheimnis der Tür, oder wenn sie es kannte, dann hatte sie zumindest keinen Gebrauch von ihrem Wissen gemacht, um sich den Turm selbst zu sichern.

»Mein Vater brauchte keinen Stein dazu«, erwiderte sie. »Seine bloße Stimme genügte schon, um Menschen in tiefen Schlaf und Träume zu locken.«

»Und was träumt Ceri gerade?« fragte er, wobei er eine Ruhe vortäuschte, die er nicht fühlte. An diesem Abend vibrierten einfach zu viele Emotionen durch den Wald, soviel stand fest, und er hatte das Gefühl, sie allesamt wie ein Magnet anzuziehen. Das Mädchen war nicht gut für ihn. Er sollte sie besser so bald wie möglich loswerden, sollte besser seine Goldstücke nehmen und keinen Blick zurückwerfen, wenn Caradoc kam, um sie abzuholen.

»Ceri?« wiederholte Madron, während sie ihn neugierig musterte. »So hat ihr Bruder sie immer genannt.«

»Mychael.«

»Sie hat Euch von ihm erzählt?« Madron begann, ihr Gewand zu öffnen. Der Akt des Entkleidens hatte jedoch nichts Provozierendes an sich, und Dain reagierte auch nicht anders als desinteressiert darauf. Er hatte die Verwandlung schon häufiger gesehen.

»Alles, was sie weiß«, erklärte er. »Mychael ist Mönch in Strata Floria, und er hat seit einiger Zeit nicht mehr geschrieben. Sie hat ein Buch, in dem sie seine Briefe aufbewahrt. Ein in rotes Leder gebundenes Buch«, fügte er hinzu.

»Ah«, sagte Madron erfreut. Die schlammfarbenen Lumpen fielen in einem Haufen auf den Fußboden und enthüllten ein feines lavendelblaues Kleid, das mit Silberfäden bestickt und zusammengenäht war. Passende Stiefel aus Rehleder schauten unter dem Saum hervor, ebenfalls mit Silberfaden bestickt. Die Haube kam als nächstes herunter, und mit ihr auch die graue Perücke. Madron schüttelte ihr rotbraunes Haar aus und strich sich mit den Fingern über die Kopfhaut.

»Ich habe es mitgebracht, damit Ihr es Euch einmal anseht.« Dain griff nach seiner Satteltasche und holte das Buch hervor. Es war der Grund, weshalb er gekommen war, um herauszufinden, was immer das Buch an Wahrheit enthalten mochte, sowohl zu seinem eigenen Nutzen als auch zum Wohl des Mädchens.

»Das wird nicht nötig sein«, erklärte Madron, während sie ihr Haar zu einem ordentlichen Knoten zusammendrehte. »Ich kenne das Buch. Tatsächlich sind die lateinischen Abschnitte darin von mir.«

Dain glaubte nicht, daß sie es kannte, nicht das spezielle Buch in seiner Hand. »Es ist das eine, das sie aus dem Kloster in Usk mitgebracht hat«, erklärte er, was für ihn bedeutete, daß es ein ganz anderes Buch sein mußte als jenes, in welches Madron vielleicht einmal geschrieben hatte. Sie war zwar eine gute Freundin, aber kein Nonnenkloster würde sie aufgenommen haben.

»Ja, genau das ist es. Das Buch aus Usk.« Die bereits viel jünger aussehende Frau ging zum Schrank und goß parfümiertes Wasser aus einem Krug auf ein Stück weißen Leinens. Dann fügte sie noch einige Tropfen Öl aus einer Phiole hinzu. »Ich habe damals die Prophezeiungen meines Vaters zu Papier gebracht, als ich in dem Kloster lebte. Er gab mir das Buch, weil er meinte, die Schreibstube eines katholischen Klosters wäre der sicherste Ort, um zu verhindern, daß ältere Wahrheiten in Vergessenheit geraten, und ein Nonnenkloster der beste Ort, um seine Tochter davor zu bewahren, für seine eigenen Missetaten büßen zu müssen.« Nachdem sie das Leinentuch derart präpariert hatte, wischte sie sich das Alter und die Falten von der Stirn. »Wie schlecht er doch die frommen Damen in Usk kannte.«

»Ein Nonnenkloster, Madron?« fragte Dain in zweifelndem Tonfall. Wenn Madron die Art von Frau war, die Usk hervorbrachte, dann war es kein Wunder, daß Ceridwen anders als jede Novizin war, die er je gekannt hatte.

»Nur so lange, bis mein Vater die Nonnen selbst mit noch soviel Gold nicht mehr dazu bewegen konnte, mich noch länger zu behalten.« Sie lachte leise, als sie das Tuch ordentlich zusammenfaltete, um ihre Wangen und ihr Kinn zu waschen.

Keiner kann derart viel Gold haben, dachte er, und sie lachte erneut, während sie einen Blick in seine Richtung warf. Die Hexe war wirklich beunruhigend.

Dains Blick schweifte zu Ceridwen zurück. Sie hing zusammengesunken in ihrem Stuhl, den Kopf an der Lehne, ihr Mund halb geöffnet wie bei einem schlafenden Kind.

»Ist sie noch Jungfrau?« wollte Madron wissen.

Verdammt beunruhigend.

»Ja«, erwiderte er, und er wollte lieber nicht fragen, was sie auf den Gedanken brachte, daß er darüber Bescheid wußte. Ceridwen war nicht das erste Mädchen, das er untersucht hatte, aber sie war die erste, bei der er es ausschließlich zu seiner eigenen Information getan hatte.

»Ihr würdet gut daran tun, sie in diesem Zustand zu belassen. Sie wird nur Schwierigkeiten kriegen, wenn Caradoc feststellt, daß sie nicht mehr unberührt ist.«

Ceridwen regte sich im Schlaf und kuschelte ihre Wange tiefer in den Hermelinpelz. Die Narbe an ihrer Schläfe zeichnete sich als eine perlmuttfarbene Linie im Kerzenlicht ab, ihre Wimpern schimmerten golden, ihre Lippen waren rosig überhaucht.

»Vielleicht wird sie gar nicht zu Caradoc gehen«, erklärte Dain, während er den Fratz betrachtete und wieder einmal überlegte, ob er sie nicht für sich behalten sollte. Caradoc konnte sich ja eine andere Braut suchen.

»Nein, Dain«, sagte Madron ruhig und wandte sich ihm zu. »Sie ist nicht für Euch bestimmt. Sie wird in den Norden gehen, und sie wird Caradoc heiraten.«

»Warum? Ich sehe keinen Grund dafür. Der Keiler kann jederzeit eine andere Braut finden.« Er versuchte nicht, den aggressiven Unterton zu verbergen, der sich in seine Stimme eingeschlichen hatte. Er war es restlos leid, ständig gesagt zu bekommen, was er mit dem Mädchen tun sollte. Jeder glaubte offenbar, ihm Vorschriften machen zu müssen. Er war schließlich derjenige, der sie vor Ragnor gerettet hatte, oder etwa nicht? Ohne ihn wäre sie schon längst tot, und die anderen hätten zur Hölle reisen können und wieder zurück, ohne eine Spur von ihr zu finden.

»Nein«, sagte Madron, und die Überzeugung in ihrer Stimme stachelte seinen Ärger noch mehr an. »Die wahren Hüter von Balor Keep müssen zurückgebracht werden. Ceridwen wurde dort geboren.«

Das Mädchen war in Balor Keep zur Welt gekommen?

»Was bedeutet Euch dieses Land?« fragte er. Madron hatte ein bestimmtes Interesse an der Zukunft des Mädchens, und er wollte wissen, worin dieses bestand.

»Es ist ein heiliger Ort, rechtmäßig als Carn Merioneth bekannt, der Ort, wo mein Vater starb«, antwortete sie. Was soll das Gerede um den heißen Brei, dachte Dain. Carn Merioneth und Balor Keep waren ein und dasselbe. Alles, was Caradoc – und Madron und vielleicht auch Rhuddlan – wollten, war, daß Balors

Küken wieder in den heimischen Hühnerstall zurückkehrte. »Er hat dort einst eine hohe Position bekleidet, die mit sehr viel Macht verbunden war«, fuhr Madron fort. »Und ich möchte sie zurückhaben.«

»Warum nicht Wydehaw? Der Turm hat Nemeton gehört.« Und jetzt gehörte er ihm. Wenn sie mit dem Mädchen um das Vermächtnis ihres Vaters handeln wollte, dann sollte sie sich gefälligst an ihn wenden.

»Wydehaw ist die Schatzkarte, Dain«, erwiderte sie. »Merioneth bezeichnet den Schatz selbst. Es sind nicht mehr genug von uns übrig, um einen Männerkrieg mit Streitäxten und Bögen zu gewinnen. Das hat sich in jener Nacht vor fünfzehn Jahren erwiesen. Eine Eheschließung ist jetzt unsere beste Zuflucht, und das Mädchen ist der Schlüssel.«

»Niemand gewinnt durch einen Krieg«, gab er gereizt zurück. »Und verdammt wenige gewinnen durch eine Ehe, besonders, wenn es sich um politische Ehen handelt. In beiden Fällen geht es lediglich darum, wer weniger verliert.«

»Diesmal werden wir das sein.« Madron kam zum Feuer und zu den Stühlen zurück, während sie sich die Hände mit dem Tuch abwischte. Ihre Finger waren lang und schlank. Die Armbänder waren verschwunden. Sie trug keine Ringe. »Wenn Ceridwen ab Arawn in dem Berg von Stein lebt, der Balor Keep genannt wird, können wir wieder die Zügel der Pflicht in die Hand nehmen, die man viel zu lange hat schleifen lassen.«

»Wir, Madron?« Er wagte es, sie mit einem Lächeln und einer hochgezogenen Braue zu verspotten. »Niemand klopft an Eure Tür. Niemand wartet draußen. In Wahrheit habe ich noch nie erlebt, daß irgendein anderer außer dem guten Sheriff von Hay-on-Wye versucht hätte, sich mit Euch zu verbünden, und das Bündnis, das ihm vorschwebt, würde nicht viel von Eurer Zeit beanspruchen und wenig mehr erfordern, als daß Ihr Eure Röcke hebt. Ohne Zweifel ist er der Grund, warum es für Euch nachts in den Wäldern nicht mehr sicher ist.«

»Er ist hinter mir her, das stimmt«, gab sie zu, als sie einen Hocker heranzog und sich dicht neben Ceridwen setzte. Sie nahm die Hand des Mädchens in ihre, drehte sie herum und zeichnete mit den Fingerspitzen die Linien nach, die über die Handflächen der jungen Frau verliefen. »Aber es ist nicht weiter schwer, dem Sheriff auszuweichen. Nein, ich spreche von den Quicken-Tree.«

»Rhuddlan wollte Ceridwen behalten, Unzulänglichkeit hin oder her«, erklärte Dain ihr, als ob sie vielleicht noch einmal überdenken sollte, wen sie zum Verbündeten wählte.

»Rhuddlan und ich sind zwar oft verschiedener Meinung, was die beste Vorgehensweise angeht, aber wir zweifeln nie daran, daß wir dasselbe Ziel verfolgen.« Nachdem sie mit Ceridwens rechter Hand fertig war, griff Madron nach der linken und nahm dort die gleiche behutsame Untersuchung vor.

»Oft verschiedener Meinung?« warf Dain höhnisch ein. »Ich wüßte nicht, daß Ihr Euch schon jemals in irgendeinem Punkt einig gewesen wärt.«

»Edmees Existenz dürfte Beweis genug sein«, erwiderte Madron.

Natürlich.

Dain fluchte im stillen und ließ sein Kinn auf die Brust sinken. Er begann, seine Schläfen mit gedankenverlorenen, kreisenden Bewegungen zu massieren, ein kläglicher Versuch, den plötzlichen Schmerz zu besiegen, den er fühlte. Edmee war also Rhuddlans Tochter. Großer Gott.

Das Mädchen war an diesem Abend in Deri gewesen, und es war nicht das erste Mal, daß er sie dort gesehen hatte. Er hätte ihre Herkunft eigentlich schon längst erraten müssen.

»Wenn Ceridwen so wichtig ist, wo wart Ihr dann, als Ragnor sie entführte?« Ein Themenwechsel war das Beste, was er im Moment zustande brachte.

»Das Mädchen ist das reinste Quecksilber; es ist schwer, sie festzuhalten«, erwiderte Madron. »Zweimal ist sie ihrem Cousin entwischt, und ich habe es geschafft, sie wieder zurückzuscheuchen. Es war mein bevorzugter Plan, daß Morgan sie unter dem Schutz des Gwynedd-Prinzen nach Norden bringen sollte, damit meine eigene Beteiligung an der Sache unentdeckt bliebe, bis sie sicher verheiratet gewesen wäre. Dann ist sie ein drittes Mal geflohen und der Bestie in die Hände gefallen, bevor ich eingreifen konnte. Glücklicherweise hat man sie unverzüglich in Eure Obhut gegeben, und es gibt keinen sichereren Ort auf der ganzen Welt für Rhiannons Tochter als Nemetons Turm.«

»Mein Turm«, korrigierte Dain sie, während er unter seiner Hand aufblickte. Gräßlich, diese Kopfschmerzen. Madron hätte doch sicher etwas Baldrian für einen lindernden Tee.

»Nur so lange, wie Rhuddlan und ich es gestatten.« Sie legte den Kopf schief, um ihm in die Augen zu sehen.

»Ihr habt niemals die Druidentür geöffnet, und Rhuddlan auch nicht. Ich bin derjenige, dem es gelungen ist, ihre Geheimnisse zu ergründen und ihr Schloß zu öffnen.« Ein Bravourstück, dachte er, das mir bisher noch keiner nachgemacht hat. »Habt Ihr Baldrian im Haus, Madron?«

»Ja«, erwiderte sie und betrachtete ihn prüfend. »Ihr Ärmster. Was fehlt Euch denn? Habt Ihr Kopfschmerzen?«

»Ja.«

»Trinkt einen Schluck von Eurem heißen Trank, das wird helfen. Er enthält mehr Wasser als Wein, und Milch beruhigt immer. Ich werde Euch in Kürze einen lindernden Tee zubereiten.« Sie fuhr fort, die Linien in Ceridwens Handfläche zu untersuchen, während ihre Finger federleicht über die blasse Haut des Mädchens glitten.

Dain begann sich zu entspannen, in der Annahme, er hätte gewonnen. Dann sprach Madron erneut.

»Keiner von uns beiden hat die Druidentür geöffnet, weil keiner von uns beiden ein angenehmes Leben unter Männern führen kann. Laßt Euch jedoch versichern, daß wir sie öffnen können, wenn es nötig sein sollte, und glaubt mir, wenn ich Euch sage, daß wir sie verschließen können, Dain. Wir könnten sie für tausend Jahre und mehr versiegeln, und dann würden Euch selbst Eure besten Tricks keinen Zutritt mehr verschaffen.«

Der Schmerz kehrte mit doppelter Kraft zurück. Madron und Rhuddlan konnten ihn aus seinem Turm aussperren!

Madron wandte sich wieder dem schlafenden Mädchen zu und strich ihr sanft mit der Hand über die Stirn, während sie Dains Wut mit einer Gelassenheit ignorierte, die ihn um so mehr aufregte. »Sie hat die Augen ihres Vaters, wißt Ihr, so blau, daß sie silbern aussehen.« Ihre Fingerspitzen wanderten eine weiche Wange hinunter, bevor ihr Daumen flüchtig über die Spitzen der goldenen Wimpern streifte. »So hübsch«, murmelte sie, dann seufzte sie und zog ihre Hand fort. »Ich rate Euch, mich nicht herauszufordern,

Dain. Sie wird zu Caradoc gehen, und sie wird als Jungfrau zu ihm gehen. Weder Ihr noch irgendein anderer Mann wird sie anrühren.«

Wie er bereits geahnt hatte, wußte Madron eine ganze Menge, und nichts davon war nach seinem Geschmack.

»Ihr habt viel über Tod und Zerstörung geschrieben«, sagte er, »und über Blut und Drachen. Genau das ist es, wovor sie sich so fürchtet, dieser Teil von Nemetons Phantasiegeschichte.«

»Es ist keine Phantasiegeschichte, aber sie hat auch keinen Grund, sich zu fürchten.«

»Ihr behauptet also, daß es Drachen gibt?« fragte Dain skeptisch.

Madron zuckte anmutig die Achseln. »Gewissermaßen.«

Und er hatte geglaubt, Madron neige nicht dazu, in Rätseln zu sprechen. »Und was hat es mit diesem Ding auf sich, das sich *pryf* nennt?« fragte er, in der Hoffnung, diesmal eine weniger vage Antwort zu bekommen.

»Das Wort bedeutet Wurm oder wurmähnliches Tier«, erklärte sie ihm mit einem Blick, der offener als ihre Antwort war.

Was für eine nette Metapher für einen Drachen, dachte er. Sie ließ einen an Lindwürmer und Schlangen und giftige Vipern und Gott weiß woran sonst noch denken, Geschöpfe, von denen einige wirklich waren und einige nicht. Die Hexe schien nicht geneigt, einen Unterschied zu machen.

»Die Zeit ändert sich, schon allein dadurch, daß sie vergeht«, fuhr Madron fort. »Nicht alles von dem, was mein Vater vorausgesehen hat, ist auch wirklich eingetroffen. Solange Ceridwen unberührt ist, wird Caradoc ihr keinen Schaden zufügen. Wie alle Männer, so weiß auch er, daß seine Zukunft in seinen Kindern begründet liegt. Er möchte, daß diese Kinder von Rhiannons Blut sind, und mehr noch – er will, daß kein Zweifel daran besteht, daß sie auch von ihm sind.

»Ja«, erwiderte Dain spöttisch. »In dem Buch ist sehr oft die Rede vom Blut einer Jungfrau.«

»Das rote Buch geht seinen eigenen Weg, genau wie die Zeit, Geschichte für Geschichte, ohne sich um den Menschen zu kümmern. Ihr seid Ceridwen gegenüber recht großzügig gewesen, Dain. Sorgt Euch nicht weiter um ihr Schicksal, wenn sie den Hart Tower erst einmal verlassen hat. Was Ceridwen betrifft, so wird kein Blut vergossen werden. Heute nacht werde ich ihr Wissen vermitteln, und nichts schützt eine Frau besser als die Macht, die man mit Wissen erringt.«

Schützen? Wovor? wollte Dain fragen, aber er sah Madron nur schweigend an, während er mit seinem Zorn und ihrem Rat kämpfte. Ceri hatte recht gehabt. Es war keine gute Nacht, um draußen in den Wäldern zu sein.

»Kann ich meinen Traumstein wiederhaben?« fragte Madron und streckte ihm die Hand hin.

Er antwortete nicht, sondern zog nur den Stein aus seinem Ärmel und ließ ihn und die Kette in Madrons offene Handfäche gleiten.

Sie schlang die Kette um ihre Finger und hielt den Stein in das Licht des Feuers. Wieder tanzten und wirbelten die Regenbögen durch den Raum.

»Es ist ein hübsches Ding, nicht wahr?« fragte sie.

»Ja«, sagte er, und genauso schnell fühlte er die Macht des Steins, ein prickelndes Bewußtsein, das seinen Körper durchflutete, warm und beschwichtigend und äußerst verführerisch. Das war Madrons Fehler, denn er nahm sich vor nichts so sehr in acht wie vor Verführung. »Zur Hölle mit Euch, Madron«, fluchte er, während er seinen Blick gewaltsam von der glitzernden Kristallkugel losriß. »Versucht Eure Tricks nicht bei mir, Hexe.«

»Vielleicht werde ich für andere Dinge zur Hölle fahren, guter Freund. Aber nicht für das hier.«

Plötzlich waren die bunten Lichter überall zugleich; sie glitzerten auf Madron, in ihrem Haar und auf ihrem Gesicht, glitzerten auf jeder Wand des Häuschens, tanzten in buntschillernden Regenbögen um ihn herum, unausweichlich, während sie ein wirres Durcheinander von Farben schufen und nur eine einzige Insel der Ruhe in all dem Chaos ließen, eine einzige Zuflucht – den Traumstein. Dain blickte nur einen winzigen Moment lang auf den Stein, und plötzlich erwachte eine pulsierende, zuckende Helligkeit in der Mitte des Kristalls zum Leben, eine weiße Flamme, die in einem rhythmischen Auf und Ab flackerte, und sie brach über ihn herein mit dem Geräusch donnernder Wogen, die sich an einem fernen Strand brachen, und erfüllte ihn mit Bildern von weißer, schäumender See.

»Ceri?« Er rief den Namen des Mädchens, während er blindlings eine Hand nach ihr ausstreckte. Etwas landete polternd auf dem Fußboden. Münzen rollten klirrend hinterher. Er fühlte, wie sich ihm die Kehle zuschnürte.

»Kämpft nicht dagegen an, Dain. Laßt los, laßt los.« Er hörte Madrons Stimme über das wilde Rauschen der Wogen hinweg. »Schlaft und träumt von nichts.«

»Widerwärtige, abscheuliche Hexe«, stieß er keuchend hervor.

Madron lächelte und strich ihm sanft mit der Hand über die Augen, um seine Lider zu schließen. »Ja«, gurrte sie.

12. Kapitel,

Madron saß auf ihrem Hocker und betrachtete das Paar, das Seite an Seite in den geschnitzten Ahornstühlen schlummerte. Es gab noch viel Arbeit zu erledigen, bevor der Morgen graute, aber die Schönheit der beiden schlafenden Gestalten hielt sie für einen Moment gefangen. Dain, dessen langes, kastanienbraunes Haar offen über sein mit Talismanen geschmücktes Lederwams floß, war erdgebunden, ein Geschöpf aus dem heißen, feurigen Inneren der Erde. Seine Farbe war ein intensives Dunkelbraun – Augenbrauen, Wimpern, Augen, alle von der gleichen warmen, prachtvollen Schattierung wie sein Haar. Seine Haut war heller, wies jedoch einen goldbraunen Schimmer auf; seine Lippen waren wie seine Haut, aber durch Küsse seidig geglättet, mit einer unterschwelligen Nuance von Rosa.

Ceridwen dagegen war Eis und Schnee, Fluß und Meer, alles Dinge, die aus blauweißem Wasser bestanden und mehr noch, wenn sie sich mit der Luft mischten. Sie war die Nebelschwaden, die über das Land wallten, sie war das von milchigem Dunst verhüllte Geheimnis des weiten Ozeans, sie war die Tautropfen, die die Nacht auf der Erde zurückließ. Vergänglich, und dennoch immer wiederkehrend. Er war Eisen, zu Stahl geschmiedet; sie war die Beimischung, die nötig war, um der Klinge den richtigen Härtegrad zu verleihen und ihre Kraft zum Vorschein zu bringen.

Den Göttern sei Dank, daß sie noch jungfräulich war. Madron war sich nicht darüber im klaren gewesen, als wie verführerisch sich die Kleine entpuppen würde oder wie seltsam verwundbar Dain geworden war. Er hatte sich bisher noch nie von einem Mädchen den Kopf verdrehen lassen – tatsächlich waren es nicht allzu viele, die D'Arbois' *Sorcier* umgarnten. Diejenigen, die auch nur einen Funken Intelligenz besaßen, betrachteten ihn als zu gefährlich, und Frauen ohne Intelligenz wußten seine Qualitäten nicht zu schätzen. Dann war da noch Lady D'Arbois. Jene Dame konnte nun wirklich mit einer ordentlichen Portion Klugheit von der raffinierten Sorte aufwarten, und sie wußte nichts Besseres damit anzufangen, als Unruhe zu stiften. Dain ging ihr mit großem Geschick aus dem Weg. Dennoch schien es, als wäre er Rhiannons unschuldiger Tochter verfallen, ohne auch nur soviel wie den Versuch eines Ausweichmanövers zu unternehmen.

Der Hart Tower war der sicherste Ort für Ceridwen, doch unter den gegebenen Umständen war es ratsamer, sie so schnell wie möglich dort herauszuholen. Madron konnte einiges tun, um ihre Reise in den Norden voranzutreiben, etwas, was sie bisher nicht für notwendig gehalten hatten, bis sie den Ausdruck in Dains Augen gesehen hatte, als er das Mädchen beobachtete.

Sie würde damit beginnen, indem sie den Schaden begutachtete, den Ragnor angerichtet hatte. Dain war zwar ein fähiger Arzt, und Edmee hatte sie über Ceridwens Fortschritte auf dem laufenden gehalten, aber sie täte besser daran, sich mit eigenen Augen von dem Zustand ihrer Verletzungen zu überzeugen, wie es sicherlich auch Moira oder eine der anderen Quicken-Tree-Frauen getan hatte.

Der gebrochene Knöchel konnte sich unter Umständen als der größte Schaden erweisen. Wenn der Knochen nicht heilte oder der Bruch nicht vernünftig gerichtet worden war, wäre Ceridwen für den Rest ihres Lebens verkrüppelt und litte ständig Schmerzen. Madron hatte beobachtete, wie das Mädchen durch den Raum gegangen war, und zu ihrer Überraschung festgestellt, daß sie nur ganz leicht hinkte. Die Verletzung hätte eigentlich viel schlimmer sein müssen, wenn man bedachte, daß erst knapp zwei Wochen vergangen waren seit dem Tag, als die Bestie über sie hergefallen war.

Als Madron sich jetzt auf den Boden kniete und Ceridwens Rock hob, erkannte sie, warum der Gang des Mädchens so mühelos war – Quicken-Tree-Tuch. Breite Streifen des Stoffs waren um ihren Fuß, ihren Knöchel und ihren Unterschenkel gewickelt. Rhuddlans Großzügigkeit überraschte sie. Das Tuch besaß starke heilende Kräfte und war praktisch unzerstörbar, aber der Zugang zu der Quelle des Stoffes war ihnen seit jener Nacht verwehrt, als der Anführer der Quicken-Tree das unterirdische Labyrinth versiegelt hatte. Daß er Ceridwen so viel von dem kostbaren Stoff geben sollte, behagte Madron gar nicht. Ihr wäre es lieber gewesen, wenn Rhuddlan dem Mädchen so wenig Bedeutung beimessen würde, wie er es Dains Ansicht nach tat, zumindest, bis sie ihre eigenen Ziele erreicht hatte.

Sie betastete den Knöchel durch den Stoff hindurch und drückte vorsichtig. Ihre Fingerspitzen entdeckten keinen Grund zur Beunruhigung und mehr als genug Anlaß zur Erleichterung. Ihre Entscheidung, das Mädchen vorerst in Dains Obhut zu lassen, war also doch richtig gewesen. Seine Geschicklichkeit war unübertroffen, selbst Moira konnte sich nicht mit ihm messen, eine wahrhaft erstaunliche Leistung für einen Sterblichen. Moira hatte den Heilungsprozeß zwar beschleunigt, aber es war Dain, der den Bruch perfekt gerichtet hatte. Das Mädchen würde nicht mehr lange hinken.

Die Narbe an Ceris Schläfe war schlimmer, als Madron erwartet hatte, wohingegen die Stiche, mit denen Dain die Wunde vernäht hatte, sehr viel feiner waren als alles, was sie je zuvor gesehen hatte. Vorsichtig berührte sie die hellrote Linie, während ihre Finger auf jedem winzigen roten Mal innehielten, das die Stiche hinterlassen hatten. Dain hatte sich viel Mühe damit gegeben, das Mädchen wieder zusammenzuflicken. Sowohl die Schnittverletzung als auch die Naht folgten der Linie ihres Haaransatzes, obwohl Madron Stellen entdeckte, wo er die Haut zusammengezogen und zusätzliche Stiche gesetzt hatte, um die Wunde besser zu schließen und die Narbe möglichst klein zu halten, damit Ceridwens Gesicht nicht allzusehr entstellt würde.

Die sonderbarste Verletzung nahm Madron sich als letztes vor. Daß jemand Knochenbrüche bei einem Kampf erlitt, kam relativ häufig vor, und Messer waren die bevorzugte Waffe bei einem Nahkampf, aber einen hilflosen, sehr viel kleineren Gegner zu beißen ließ auf eine fast perverse Brutalität schließen. Ragnor hatte das Blut des Mädchens geleckt, und das gefiel Madron gar nicht. Sie war im Wald gewesen an dem Tag, als Morgan den rothaarigen Ritter in die Falle gelockt hatte. Tatsächlich hatte sie sogar geholfen, D'Arbois' andere Männer abzulenken, und sie hatte dem Dieb viel Glück dabei gewünscht, wenn er seine Beute zu Caradoc brachte.

Sie öffnete das Kleid und die obere Tunika des Mädchens und

strich suchend mit den Fingerspitzen an Rand des Unterhemds entlang, um die Wunde zu enthüllen. Der Geruch von *Rasca* erfüllte die Luft, und ihr Mund verzog sich unwillkürlich zu einem Lächeln. Das Mädchen war aber auch wirklich von keinem Heilmittel verschont geblieben.

Madron zog den Kleiderstoff noch ein wenig weiter zurück, bis zwei sichelförmige Narben auf Ceridwens Schulter sichtbar wurden. Sie betrachtete die Verletzung stirnrunzelnd. Die beiden Wundmale erinnerten seltsamerweise an Himmelskörper; die obere Narbe war wie ein zunehmender Mond geformt, während die untere, etwas versetzte Narbe die Kurve eines abnehmenden Mondes darstellte. Ragnor hatte einen schiefen Kiefer und einen Überbiß, wie Madron aus den Zahnabdrücken erkannte, da der zunehmende Mond soviel deutlicher zu erkennen war als sein abnehmendes Gegenstück. Der Anblick behagte ihr zwar nicht, aber es gab nichts, was sie dagegen hätte tun können. Die Wunde war jedoch nicht entzündet, und dafür war sie dankbar.

Wenig später öffnete sich die Tür in ihrem Rücken mit einem klickenden Geräusch des Riegels, und der Luftzug ließ die Kerze flackern. Edmee sollte um diese Zeit aus Deri zurück sein, und Madron wandte sich mit einem Lächeln zur Tür um. Sie hatte keine Gefahr gespürt, doch ihr Lächeln verblaßte schnell, als sie sah, wer hinter dem Mädchen den Raum betrat.

Sie erhob sich mit königlicher Anmut auf die Füße, wobei sie ihre Verwirrung hinter einer ruhigen Miene verbarg.

»Komm, Liebes«, sagte sie zu Edmee, als sie ihrer Tochter entgegenging und sie zur Begrüßung in die Arme schloß. »Nun, wie ist es dir in Wydehaw ergangen?« Madron beugte den Kopf, um ihre Wange an der Stirn des Mädchens zu reiben.

Edmees Antwort ließ Madrons Lächeln zurückkehren.

»Wenn du nichts anderes tust, als von Dains Konfekt zu naschen, wundert es mich, daß er dich überhaupt noch kommen läßt.«

Edmee senkte den Blick, während sich eine leise Röte der Verlegenheit über ihre Wangenknochen stahl, die Madrons Neugier weckte. Wenn sie allein gewesen wären, wäre sie der Sache auf den Grund gegangen. Aber sie waren nicht allein.

»Ich hoffe nur, Moira hat dir etwas Gehaltvolleres zum Essen vorgesetzt«, sagte sie, als sie das Kinn ihrer Tochter sanft zu sich hochhob, um ihre Augen besser sehen zu können.

Ja, erwiderte Edmee in Gebärdensprache, während ein kleines Grinsen um ihre Lippen spielte. Sie habe sich prächtig in Deri amüsiert. Dain sei gekommen und habe alle überrascht, indem er Ceridwen mitbrachte, und sie, Edmee, habe den anderen eine Menge über das Mädchen erzählen können, aber jetzt sei sie schrecklich müde und ob sie sich wohl zurückziehen dürfe, um ins Bett zu gehen?

Madron verdrehte die Augen bei dem wahren Sturzbach von stummen Worten und gab ihrer Tochter einen Kuß auf die Wange, bevor sie das Mädchen zum Dachboden entwischen ließ. Im Winter schliefen sie dicht am Feuer, aber in den letzten Wochen waren die Nächte merklich milder geworden. Madron bemerkte, wie Edmee plötzlich stehenblieb und erst Dain und dann Ceridwen berührte. Sie strich beiden behutsam mit der Handfläche über die Stirn und an der Seite des Halses entlang, um ihre Fingerspitzen einen Moment lang prüfend auf ihren Puls zu drücken. Das Mädchen würde eines Tages ebenso durch bloßes Handauflegen heilen können, wie Moira es konnte.

Edmee warf ihrer Mutter einen fragenden Blick über die Schulter zu, und Madron antwortete, indem sie das Zeichen für »Schlaf« machte. Es war nichts weiter als ein Druidenschlaf, die einfachste und harmloseste Methode, um jemanden zu verzaubern, und die erste, in der sie ihre Tochter unterwiesen hatte.

Als das Mädchen gegangen war, blickte Madron zu dem Mann auf, der neben der Tür stand. Er war groß und blond, mit grauen Strähnen, die sein dichtes Haar durchzogen, und einem breiten Streifen blauer Farbe quer über der Stirn. Sie wußte, wenn sie ihre Finger in den seidigen Strähnen auf der linken Seite seines Kopfes vergrübe, wie sie es einmal vor so langer Zeit getan hatte, würde sie einen *fif*-Zopf unter seinem restlichen Haar finden, einen, der aus fünf einzelnen Strähnen geflochten war.

»Du hattest also tatsächlich vor, Ceridwen ab Arawn von mir fernzuhalten?« fragte sie.

»Ich wollte Rhiannons Tochter sehen«, erklärte Rhuddlan. »Und ich wollte, daß sie mich sieht. Sie erinnert sich an nichts mehr, was mit den Quicken-Tree zusammenhängt.«

»Sie erinnert sich an die Elfenpfeile«, erwiderte Madron mit einer Spur Selbstgefälligkeit. Rhuddlan irrte sich. Das Mädchen ließ überhaupt nichts vermissen. »Es war der eine Gegenstand auf meinem Tisch, nach dem sie sofort gegriffen hat.«

»Dann ist es ja gut, daß sie hier ist, damit du ihr auch noch den Rest in Erinnerung rufen kannst.« Sein Blick schweifte zu dem schlafenden Paar. »Obwohl ich bezweifle, daß Lavrans deine Methoden billigt. Ich hätte nicht von ihm gedacht, daß er überhaupt für Zauber empfänglich ist.«

»Ich bin nicht diejenige, die ihn verzaubert hat.« Es war zwar nur die halbe Wahrheit, aber trotzdem die Wahrheit. An diesem Abend war es ihr mühelos gelungen, Dain reinzulegen. Madron hatte ihn im Laufe der Jahre mehrmals auf die Probe gestellt, indem sie ein bißchen von diesem und ein bißchen von jenem versucht hatte, und sie hatte jedesmal feststellen müssen, daß er unangreifbar war. Einmal hatte er sie dabei ertappt, wie sie es mit ein wenig Tand und Beschwörung bei ihm probierte, und er hatte ihr ein Lächeln geschenkt, das ihr das Blut in den Adern hatte gefrieren lassen. Von dem Tag an war sie sehr viel vorsichtiger gewesen.

Etwas oder jemand hatte jedoch vermocht, sein Zynikerherz zu erweichen und ihn verwundbar zu machen, und sie war bereit, jede Wette darauf einzugehen, daß dieser Jemand Ceridwen ab Arawn war. Eine Schande, wirklich. Madron hatte seinen Zynismus und seinen fehlenden Glauben an die Menschheit immer als seine liebenswertesten Eigenschaften empfunden, denn sie hatten ihr das Gefühl gegeben, Dain überlegen zu sein, während sie sich fragte, ob er seinen Irrtum wohl jemals einsähe, ob er wohl jemals irgend jemandem sein Herz öffnen würde, und sei es auch nur einen hauchdünnen Spalt breit. Jetzt war es geschehen. Es war kein Tusch ertönt, kein mächtiger Trommelwirbel, es waren auch keine Sterne vom Himmel gefallen – es hatte nur einer Frau bedurft, die zufällig seinen Weg kreuzte.

»Er scheint sehr von dem Mädchen eingenommen zu sein«, sagte Rhuddlan, als ob er ihre geheimsten Gedanken gelesen hätte, und in seiner Stimme schwang ein Dünkel mit, der ihrem Seelenfrieden nicht gerade förderlich war.

»Warum bist du hier?« wollte Madron wissen. »Moira begleitet Edmee gewöhnlich nach Hause.« Es hatte ihr noch nie etwas genützt, subtil bei Rhuddlan vorzugehen oder geduldig zu sein. Es war weitaus besser, von vornherein zu wissen, worauf er hinaus wollte.

»Du wirst noch vor morgen früh meine Hilfe brauchen, um die beiden nach Wydehaw zurückzubringen«, war alles, was er erwiderte, aber sie fand, daß seine Begründung nicht sonderlich überzeugend klang.

»Und?« hakte sie nach.

Er blickte sie über die ganze Breite des Häuschens hinweg an, und in seinen Augen blitzte ein schalkhafter Funke, der Madron verriet, daß er irgendeinen Unfug im Sinn hatte – eine Angewohnheit, die der Quicken-Tree anscheinend niemals ablegen würde. »Ich würde dir mein Leben anvertrauen, Moriath, aber mehr nicht.«

Ja, sie würde ihm auch ihr Leben anvertrauen, aber nicht noch mehr. Er wollte ihr also auf die Finger schauen. Na schön, dachte sie, soll er mich doch beobachten.

»Geh nach draußen und hol mehr Holz für das Feuer«, sagte sie, wobei sie ihre Bereitschaft, seine Anwesenheit zu dulden, hinter einem Befehl verbarg und ihre Beklommenheit durch herrisches Benehmen zu überspielen versuchte. Sie fühlte sich immer etwas unbehaglich in Rhuddlans Gegenwart, besonders wenn sie allein waren. Keiner nannte sie mehr Moriath, bis auf Rhuddlan. Ihre eigene Tochter kannte sie nur als Madron. Sie hatte sich einen anderen Namen zugelegt, um alle Bande zwischen sich und den Zwillingen zu durchtrennen, nachdem sie sie in den Klöstern zurückgelassen hatte, und damit sie in der Nähe von Wydehaw leben konnte, ohne von der Vergangenheit ihres Vaters gebrandmarkt zu sein oder von irgend jemandem mit Merioneth in Verbindung gebracht zu werden. Aber durch Rhuddlan war sie mit all dem verbunden – mit Merioneth, mit den Quicken-Tree, mit der Vergangenheit und der Zukunft und der Liebe.

Als alles fertig war und sie ihren ungebetenen Gast auf einen Stuhl verfrachtet hatte, wo er zuschauen konnte, ohne zu stören, trat Madron an ein Regal und streckte die Hand nach dem obersten Bord aus. Von dort zog sie einen irdenen Topf herunter.

»Hadyn draig«, murmelte Rhuddlan. Drachensamen. Sie wußte, er selbst hatte ein ähnliches Gefäß, eines, das mit Kreuzla-

gen von Ocker und Waid schattiert und mit Bienenwachs versiegelt war.

»Der Geruch wird sie an ihre letzte Nacht in Carn Merioneth erinnern, an den Ort, wo ich sie und Mychael in den Höhlen fand.«

»Er wird sie auch an den Weg erinnern, der unter dem Wasserfall durchführt«, erwiderte Rhuddlan.

Madron wandte sich zu ihm um, eine steile Falte zwischen den Brauen. »Du hast heute abend *pryf* unter dem Wasserfall gerochen? So weit südlich von Merioneth?«

Er nickte und beugte sich in seinem Stuhl vor, die Ellenbogen auf die kunstvoll geschnitzten Armlehnen gestützt, die Finger im Schoß verschränkt. Das Quicken-Tree-Tuch floß bei jeder seiner Bewegungen so glänzend und geschmeidig wie Wasser über seine breiten Schultern und seine Brust. »Der Duft war auf dem Weg deutlich wahrzunehmen, wenn auch nur für einen kurzen Moment. Das war es, was mich so früh im Jahr nach Deri geführt hat, der Geruch von *pryf*.«

Sie hatte sich schon gefragt, warum er so frühzeitig in Wroneu eingetroffen und wie es ihm gelungen war, Dain und Ceridwen abzufangen. Moira war bereits seit Ende Nuin in dem Eichenwäldchen, aber die anderen hatten eigentlich erst an Beltaine eintreffen sollen. Madron behielt ihre Gedanken jedoch für sich, als sie ein kleines rituelles Messer von einem der Borde nahm und den Deckel aus Bienenwachs einschnitt.

»Du mußt doch auch den Aufruhr im Norden gefühlt haben«, meinte Rhuddlan. »Besonders seit Ngetal.«

»Ja.« Sie hatte die Bewegungen tief im Erdinneren gespürt, und sie hatte die rohe Gewalt desjenigen gefühlt, der die Kinder von Ddrei Goch und Ddrei Glas rief – zu roh und primitiv, um Rhuddlans Werk zu sein, wie sie nach reiflicher Überlegung entschieden hatte. »Aber derjenige, der die Drachen ruft, kann doch eigentlich nur jemand sein, den wir kennen. Gwrnach wußte nichts von den *pryf*, der Schwachkopf, und ich kann mir nicht vorstellen, daß es sein Sohn ist, der, den sie den Keiler von Balor nennen. Ich erinnere mich noch daran, wie er als Halbwüchsiger war, laut und wild und ohne jedes Feingefühl, das die Vermutung nahelegen würde, er könnte Sinn für diese Dingen haben.«

»Als es zuerst passierte, dachte ich, du wärst es.« Rhuddlan blickte sie aus Augen an, die durch den dunklen Farbstreifen auf seiner Stirn um so heller wirkten. »Du hättest große Schwierigkeiten bekommen, wenn sich mein Verdacht als richtig erwiesen hätte.«

»Keine größeren Schwierigkeiten, als du bekommen hättest, wenn das, was ich zuerst vermutete hatte, wahr gewesen wäre«, warnte sie ihn. »Ab und zu ist ein Fremder durch Zufall auf eine rätselhafte Spur gestoßen und hat versucht, sie nach Merioneth zu verfolgen. Du weißt selbst, daß sie von allein nicht in der Lage sind, vollkommen zu begreifen, und ohne Verstehen erwartet sie nichts als Gefahr und Tod jenseits der Canolbarth.« Sie hob den Topf an ihre Nase und roch daran. Ein Lächeln spielte um ihre Mundwinkel. »Damit sollte der Trick klappen.«

»Keine Tricks«, erwiderte Rhuddlan, während er sie mit durchdringendem Blick ansah. »Wir haben darauf gewartet, daß Rhiannons Tochter zur Frau heranreift und den Drachenlaich befreit, weil Nemetons Tochter uns sagte, es wäre der beste Weg, um zurückzuverlangen, was wir verloren haben, als Carn Merioneth fiel. Aber Ceridwen ab Arawn ist nicht so, wie ihre Mutter war, selbst Moira wird dir das bestätigen können, und jetzt weckt jemand anderer die *pryf* aus ihrem Schlaf. Es gibt einige, die der Ansicht sind, wie hätten ein schlechtes Geschäft gemacht.«

»Ceris Abstammung läßt sich bis nach Anglesey zurückverfolgen. Sie stammt in gerader Linie von einer Druidenpriesterin ab.« Madron tat seine Besorgnis mit einer wegwerfenden Handbewegung ab, als sie an ihm vorbei zur Feuerstelle ging. »Nur jemand wie sie kann die *pryf* aus der Tiefe heraufholen, ganz gleich, wie sehr andere imstande sein mögen, die Schlangen in Unruhe zu versetzen.«

Aber Rhuddlan ließ sich seine Bedenken nicht so leicht ausreden. »Wir reiten noch in dieser Nacht nach Norden. Laß uns Ceridwen mitnehmen, und dann kann ich dir bald genug sagen, ob sie ihrer Aufgabe gewachsen ist, wenn sie im Tor der Zeit steht. Ich werde ihr sogar Lavrans zur Seite stellen, um ihre Chancen zu verbessern.«

»Dain ist nicht Nemeton«, erklärte Madron kalt. Die Wende, die das Gespräch genommen hatte, gefiel ihr gar nicht. Sie würde keine Verbindung zwischen Dain und dem Mädchen unterstützen, und erst recht keine Verbindung im Sinne der heiligen Trinität von Mann und Frau – die wahrhaft eins waren: *tylwyth teg* und der Kosmos.

»Und du bist auch nicht Nemeton«, gab Rhuddlan zurück. »Wir brauchen einen Schlüssel, und viele der Quicken-Tree glauben, daß Lavrans der Schlüssel ist, um das versiegelte Labyrinth zu öffnen, besonders wenn er die Hilfe des Mädchens hat.«

»Dann hast du ihn zu etwas gemacht, was er nicht ist.« Zorn ließ ihre Stimme scharf klingen, ein Zorn, der aus Furcht geboren war. Sie und die Quicken-Tree brauchten sich gegenseitig. Sie konnten nicht siegen, wenn sie aneinander vorbeiredeten. »Dain ist ein Scharlatan. Er spielt nur den Hexenmeister. Er tut nur so, als verstünde er etwas von Magie. Den Dörflern und den Schloßbewohnern von Wydehaw bereitet es zwar großes Vergnügen, an seine Talismane zu glauben, aber seine sogenannten Geisterbeschwörungen und seine Zauberei sind nichts weiter als meisterhafte Tricks. Er weiß das auch, und er wäre der erste, der dir bestätigen würde, daß es so ist.«

»Und ich sage dir, daß er die Gabe des Sehens hat, die dem Mädchen fehlt. Ich möchte dieser Verbannung ein Ende machen, Moriath, und Yr Is-ddwfn noch einmal sehen.«

Madron verkniff sich eine scharfe Erwiderung. Zwischen ihr und Rhuddlan kam es immer zum Streit. Sie stritten sich seit nunmehr fünfzehn Jahren, seit sie ihn das letzte Mal verlassen hatte. »Es geht um sehr viel mehr als nur um die Öffnung des Labyrinths«, sagte sie mit erzwungener Ruhe. »Was nützt es dir, Zugang zu dem Labyrinth zu haben, wenn du es nicht halten kannst? Und du kannst es nicht halten, wenn du keine Macht über Carn Merioneth hast – etwas, was sich relativ mühelos durch eine Eheschließung erreichen läßt, die der Prinz von Gwynedd persönlich sanktioniert hat, und das kaum auf irgendeine andere Weise zu erreichen wäre. Oder möchtest du in den Westen gehen und alle, die hier sind, im Stich lassen?«

»Ich würde die Menschen nicht im Stich lassen. Es ist die Pflicht der *tylwyth teg,* die Brücke zwischen den Menschen und ihren Göttern zu bilden. Aber wenn das Labyrinth offen wäre, hätten wir die *pryf* auf unserer Seite.«

»Und zu welchem Zweck?« fragte Madron, inzwischen gründlich aus ihrer vorgetäuschten Ruhe aufgerüttelt. »Sie sind keine Rammböcke oder Schlachtrösser.« Was um alles in der Welt dachte Rhuddlan sich eigentlich? »Du kannst die *pryf* nicht dazu benutzen, eine Schlacht zu kämpfen, und auch nicht Ddrei Goch und Ddrei Glas. Sie sind nicht dazu da, uns zu dienen. Wir sind hier, um sie zu schützen und ihnen zu dienen.«

»Und wir sind schon gar nicht dazu da, walisischen Prinzen und englischen Lehnsherren zu dienen. Trotzdem würdest du lieber beides tun, bevor du mir dienst.« Sein Gesicht verzog sich zu einer harten Miene und erinnerte sie an alles, was noch unerledigt zwischen ihnen war.

»Ich verdanke dir viel, Rhuddlan –«

»So viel, wie du dem verdammten Sheriff von Hay-on-Wye verdankst?« erwiderte er grimmig, wobei er auf das mit Klauen und Zähnen bewehrte Bärenfell zeigte.

»Er bekommt nichts weiter als Heiltränke von mir.«

»Und ich bekomme nichts als kühle, sachliche Dankbarkeit von dir.«

Frustriert wandte Madron sich von ihm ab und machte sich an ihre Arbeit. In Wahrheit war ihre Dankbarkeit nicht kühl und sachlich, zumindest nicht annähernd sachlich genug. Rhuddlan war der erste Mann in ihrem Leben gewesen, der einzige Mann. Obgleich auch andere versucht hatten, ihre Gunst zu erlangen – oder sie mit Gewalt zu nehmen, wie es bei dem Burgherrn von Carn Merioneth der Fall gewesen war –, hatte sie ihr Herz niemals einem anderen außer Rhuddlan geschenkt. Er führte sie stark in Versuchung, aber dieser Versuchung nachzugeben käme einer Selbstaufgabe gleich. Rhuddlans Frau zu sein bedeutete, daß sie nicht mehr ihren eigenen Weg gehen konnte, ein Preis, den zu zahlen sie nicht bereit war.

»Nachdem Ceridwen verheiratet ist«, sagte Madron mit betont ruhiger Stimme, »werden wir eine Zeremonie in den Höhlen abhalten, und alles wird wieder in Ordnung kommen. Du wirst wieder Hüter der Drachen sein.«

»Und du?«

»Ich?« Sie benutzte die Spitze des Messers, um eine kleine Menge feinen schwarzen Pulvers aus dem irdenen Gefäß herauszuholen und es in die Flammen zu streuen. Blauweiße Rauchschwaden stiegen auf und zogen langsam durch den Raum. »Ich werde das werden, was mein Vater war, eine Beobachterin der Tore der Zeit.«

Ceridwen roch süße, würzige Erde und fühlte Wärme in Wogen über ihren Körper hinwegrollen. Ihre Welt hatte sich verwandelt, war plötzlich von blauweißen Nebelschwaden erfüllt, aber es schien nicht weiter wichtig zu sein. Die Feuchtigkeit in der Luft hinterließ winzige Tropfen auf ihrer Haut und schmeckte nach Salz.

»Sie erwacht«, sagte ein Mann, und seine Stimme war so angenehm wie laue Frühlingswinde.

Eine Frauenstimme drang als nächstes an ihr Ohr. »Willkommen, Tochter von Rhiannon, Tochter von Teleri, Tochter von Mair ... «

Ceridwen wandte sich der Wärme der melodischen Laute zu und ließ die beschwingte Musik ihre Haut liebkosen, ließ die Melodien der Namen durch ihre Adern perlen.

»Tochter von Nessa, Tochter von Esyllt ... «

Ein Gesicht tauchte aus dem Nebel auf, eines mit weichen Linien, grünen Augen und langem, fließendem, rotbraunem Haar. Weiße Arme, in einen durchscheinenden Hauch lavendelblauen Stoffs gehüllt, streckten sich ihr aus den dunstigen Schwaden entgegen, winkten ihr. Moriath. Ceridwen lächelte. Bei Moriath war sie in Sicherheit.

»Tochter von Heldd, Tochter von Celemon ... «

Das Gesicht alterte zusehends, die Augen wurden weise, und alles verschwand. Ein anderes Gesicht nahm seinen Platz ein, ein Gesicht, von hellem Feuerschein umrahmt, mit züngelnden Flammen statt Haaren und Zügen, die zu einer furchteinflößenden Grimasse der Wut verzerrt waren. Ceridwen fühlte die Hitze unerträglich werden, fühlte, wie ihr Herz zu rasen begann. Die Feuerfrau ragte drohend über ihr auf, während ihr Haar Löcher in den Nebel brannte und bis zum Himmel hinaufloderte.

»Tochter von Arianrod ... «

Dann begann es zu regnen. Die Wut wurde weggewaschen, und die Tränen der Feuerfrau löschten ihre eigenen Flammen aus. Aus dem Tränenstrom ward eine Wasserfrau geboren, ihr Haar wie ein kühl dahinströmender Fluß, ihre Augen wie der Ozean unterhalb der Wellen, ruhig und unberührt von den Stürmen, die durch Zeit und Raum tosen.

Zeit.

»Tochter von Don, unser aller Muttergöttin, genannt Danu, Dana des Lichts, Domnu der Dunkelheit, sie, die die Erde als ihren Mutterschoß hat und die Sonne als ihr Herz. Sie, deren Gezeiten den Mond beeinflussen, deren Glieder weit gespreizt sind, um die Sterne aufzunehmen. Wir sind alle Kinder der einen, die der Anfang von allem war. Hör auf deine Mutter, Kind.«

Erde.

Tief unter der Erde, tiefer, als sie jemals zuvor gewesen war, und mutterseelenallein. Die gedämpften Geräusche kontinuierlicher Bewegungen zogen sie an, lockten sie hinunter und immer weiter hinunter, durch glatte, schlüpfrige Tunnel. Vor ihr leuchtete ein Höhleneingang in einem gräulich-grünen Licht. Sie näherte sich der Öffnung mit einem Gefühl der Ehrfurcht im Herzen und einem schwerer faßbaren Wort auf den Lippen. Sie versuchte, das Wort auszusprechen, einen Laut auszustoßen ... einen leisen Laut aus ihrem Inneren, und obwohl ihr Mund das Wort formte, konnte sie den leisen Laut nicht hören. Doch dann wurde ein Schleier beiseite gezogen, und sie blickte in die Höhle hinein. Alles stand zum besten in dem pryf*-Nest, und sie wußte, so wie Schmetterlinge Eier legten, aus denen später Raupen schlüpften, so legten Drachen zuerst* pryf*-Larven, aus denen später Drachen schlüpfen würden. Es gab immer mehr* pryf *als Drachen, denn sie waren die Erschaffer und Wächter der Tunnel. Weiter den Tunnel hinunter, sehr viel weiter, tauchte eine andere Höhle aus der Dunkelheit auf, und mit der Form des Wortes auf ihrer Zunge und auf den Lippen blickte Ceridwen in die Höhle, um das Drachennest leer vorzufinden.*

Es war an der Zeit, die Drachen zurückzurufen.

Sie wanderte noch ein Stückchen tiefer in den Tunnel hinein, dorthin, wo sich der Geruch von Salzwasser in den erdhaften süßen Duft der pryf *mischte. Mit dem Geruch des Meeres kam das Donnern von Wogen, das Rauschen von Wasser, das kraftvoll gegen Felsen brandete und wieder zurückwich, immer in Bewegung im mächtigen Sog der Strömung. Und auf dem Strand von Mor*

Sarff, dem unterirdischen Ozean lagen die Gebeine ihrer Kindheit, Drachenknochen.

»Dreimal kommen sie an Land: um geboren zu werden, um zu laichen und um zu sterben.«

Es waren die Worte ihrer Mutter, Worte, die ihr noch sehr deutlich in Erinnerung waren. Und plötzlich wußte sie, was ihre Bestimmung war. Rhiannons Kind war dazu geboren, die Drachen nach Hause zu rufen, damit sie laichten und später starben, und die jungen Drachen hinaus in die Tiefe des Ozeans zu schicken, wo sie mit ihren mächtigen Körpern die Wassermassen aufpeitschen und für den ewigen Wechsel der Gezeiten sorgen würden und dafür, daß der Mond immer wieder zur Sonne zurückkehrte und die Jahreszeiten der Erde in einem immerwährenden Rhythmus eine auf die andere folgten.

Ceridwen wandte sich zum Gehen, um zu den blauweißen Nebeln zurückzukehren, als plötzlich ein wilder Schlachtruf an ihr Ohr drang. Sie hielt inne und blickte zu den schroffen Klippen hinüber, die den Strand säumten. Ein Mann stand dort, während der Wind lange Strähnen seines Haares wie eine Maske über sein Gesicht wehte. Ein Breitschwert mit einem Heft aus Gold und Silber blitzte in seiner Hand. Er blickte einmal in ihre Richtung, begegnete ihrem Blick über den Kieselstrand hinweg, und sie sah das Versprechen des Kriegers in seinen Augen, zu gleichen Teilen aus Mut und Verzweiflung bestehend. Sie versuchte, zu ihm zu gelangen, aber schon kroch dichter Nebel vom offenen Meer herüber und wirbelte um ihn herum, bis er verschwunden war.

Der Verlust zerriß ihr fast das Herz. Tränen rollten über ihre Wangen und sammelten sich in ihren Mundwinkeln. Salzwasser.

»Hör auf, Moriath«, befahl Rhuddlan.

»Sie weint doch bloß, Elfenmann.«

»Ich meinte nicht Ceridwen. Sieh dir Dain an.« Was er in Lavrans' Gesicht sah, behagte ihm gar nicht. Unter den Lidern des jüngeren Mannes rollten die Augäpfel in einem Traumstadium hin und her, das viel zu wild und heftig war, um nichts weiter als ein Alptraum zu sein. Sein Gesicht war aschfahl geworden, sein Atem ging stoßweise und keuchend.

Dain hatte den unterirdischen Ozean inzwischen lange hinter sich gelassen und war jetzt so tief unter der Erde, daß er ihr flüs-

siges Inneres fühlte, den heißen, weißglühenden Kern des Erdballs. Schweiß rann in Strömen über sein Gesicht, lief über sein Rückgrat hinunter und an seinen Beinen entlang, salziger Schweiß. Alles war Finsternis in dem Abgrund, dennoch konnte er verschwommene Formen und Gestalten unterscheiden.

Besorgnis erfüllte Madrons Miene, als sie sich vorbeugte und Dain eine Hand auf die Stirn legte. Sein Traum floß durch die Poren ihrer Haut in sie hinein und bahnte sich einen Weg in ihr Bewußtsein, schweigend und intensiv, ein finsterer Ort mit unerträglicher Hitze und Gefahr überall um ihn herum.

Großer Gott, sie wußte, wo er war, genauso wie sie wußte, daß er auf keinen Fall dort sein sollte. Sie machte Anstalten, ihre Hand wegzuziehen und ihn zurückzuholen, doch als ihre Fingerspitzen über seine Brauen streiften, sah sie ein anderes Bild vor ihrem geistigen Auge, ein flüchtiges, verzerrtes Bild aus der Vergangenheit des Magiers: eine Vollmondnacht an einem stürmischen Meer und ein schwarzes Zelt, zwischen Sandhügeln verborgen; eine Kerze, ein Kohlenbecken; der schwere, übermäßig süße Geruch eines gefährlichen Extrakts. Drei Männer; ein Abkommen, das erzielt wurde; eine Tat, die begangen wurde.

Hastig riß sie ihre Hand zurück.

»Hol Wasser«, sagte sie zu Rhuddlan, während sie ihren Hocker näher zu Dain heranschob. Mit methodischer Routine und trotz zitternder Finger schnürte sie sein Wams auf. Sie würde ihn vor dem Abgrund retten, und dann würde sie zu vergessen versuchen, was sie sonst noch gesehen hatte, so sicher, wie er zu vergessen versuchte, was er getan hatte – und was man ihm angetan hatte.

Die Wände des Tunnels waren gewölbt und prall vorstehend, und sie bewegten sich mit einem leisen Zischen. Sie waren lebendig. Wie lange war er schon hier? Eine Ewigkeit, so schien es, eine Zeitspanne, die sein Erinnerungsvermögen bei weitem überstieg. Es hatte einmal eine Frau gegeben, die an einem einsamen Meeresstrand stand, aber er hatte sie schon vor langer, langer Zeit verloren.

»Er sollte nur tief und traumlos schlafen, mehr nicht«, murmelte Madron, als sie sich in aller Eile daranmachte, ihn bis auf seine Beinlinge zu entkleiden. »Mehr nicht.« Sie zog Dain das Wams aus, dann seine Tunika.

Als sie ihm das Hemd von den Schultern streifte, hielt sie plötzlich mitten in der Bewegung inne, unfähig, irgend etwas anderes zu tun, als zu starren.

Eine blauschwarze Tätowierung mit den ineinandergreifenden Linien eines uralten keltischen Musters wand sich um seinen Oberarm. Weitere Symbole schmückten seine Schulter oberhalb des Torques.

»Wer hat ihn denn so tätowiert?« fragte sie Rhuddlan.

»Ich. Vor zwei Jahren«, erwiderte Rhuddlan, als er einen Eimer zu ihren Füßen abstellte. »Er wollte es so haben.«

»Und zu welchem Zweck?«

»Das hat er nicht gesagt.«

Ich kann mir lebhaft vorstellen, daß er das nicht sagen wollte, dachte Madron. Sie folgte den verschlungenen Linien, die Dains Haut zierte, mit ihrem Blick. Er hatte eine höchst schmerzhafte Methode gewählt, um sich die Geheimnisse im Turm ihres Vaters einzuprägen, indem er sie mit Waid und einer Nadel in seine Haut hatte ritzen lassen. Ein Druidensymbol für die Sonne prangte über dem Torques, daneben zunehmende und abnehmende Monde – Mondsicheln, die eine beunruhigende Ähnlichkeit mit den Narben auf Ceridwens Schulter aufwiesen – und zwischen den Monden war ein Zeichen, das Madron nicht kannte. Es war eher eine Art Landkarte als ein Symbol, da es aus vielen Teilen bestand, die durch Linien miteinander verbunden waren. Sie streckte eine Hand aus und zeichnete die seltsame Darstellung mit den Fingerspitzen nach.

Ein Schwall heißer Luft – ach, verführerisch süßer Atem – stieg von der Öffnung zu Dains Füßen, dem Wurmloch, auf. Der Duft war ein Köder, dazu gedacht, ihn noch näher an den Rand des Abgrunds zu locken. Die lebendige Wand hinter ihm wogte und bebte und stöhnte, um ihre eigene Überredungskunst hinzuzufügen.

»Verdammter Hexenkessel«, fluchte Dain. Warum war er eigentlich hier?

Du hattest die Absicht, eine Frau zu retten, kam die Antwort; und du wolltest es mit einem Schwert tun. Er blickte hinunter auf die Waffe in seiner Hand. Alles war Finsternis, dennoch konnte er die scharfe, glänzende Schneide des Schwertes sehen. Er hatte vorgehabt, sie mit seinem Mut, seiner Liebe und seiner Stahlklinge zu retten.

Es würde nicht genügen. Er würde sein Leben für ihre Erlösung opfern müssen.

Madron zog ihre Finger von Dains Tätowierung zurück und nahm den feuchten Lappen, den Rhuddlan ihr reichte, um die fieberheiße Stirn des Magiers zu kühlen. Sie würde tun, was in ihrer Macht stand, um ihn vor dem finsteren Ort zu beschützen, was bedeutete, ihn vor Rhuddlan zu schützen. Als sein Fieber gesunken war, wrang sie den Lappen erneut aus und drückte ihn dem Quicken-Tree-Mann in die Hand. »Wasch ihn noch einmal mit kaltem Wasser ab. Ich werde Dain und Ceridwen aus ihrem Schlaf holen, und du kannst sie nach Wydehaw zurückbringen. Ceridwen hat jetzt das Wissen, das sie braucht. Wenn die Zeit gekommen ist, wird sie wissen, was sie tun muß.«

»Und Lavrans?« fragte er.

Sie erhob sich von dem Hocker und trat zur Seite, damit Rhuddlan ihren Platz einnehmen konnte. »Ich weiß nicht, was der Hexenmeister träumt«, log sie. »Ich hatte nicht die Absicht, ihm irgendwelche Träume zu schicken.«

»Dennoch träumt er.«

»Ich habe nicht gesagt, daß er kein Talent hätte. Wie bei allen Menschen seiner Art ist seine Intuition stärker als sein Intellekt, und in seinem Fall ist das eine beträchtliche Leistung, wie du wüßtest, wenn du jemals Schach mit ihm gespielt hättest.« Sie bückte sich und wählte zwei frische Tannenzweige aus einem Korb auf dem Fußboden, um sie ins Feuer zu legen. Der Tannenduft würde die Luft im Raum von dem *pryf*-Geruch reinigen und einen Pfad schaffen, auf dem ihre beiden Schläfer in die Wirklichkeit zurückkehren konnten. Wenn Rhuddlan sie nach Wydehaw zurückbrachte, würde der kühle Nachtwind den Rest besorgen und den letzten ihrer Träume aus ihrem Bewußtsein vertreiben.

»Es kommt durchaus vor«, fuhr Madron fort, »daß eine Person in den Schlaf einer anderen hineingezogen wird, obwohl es gewöhnlich nur geschieht, wenn die beiden durch starke Gefühle verbunden sind.«

Rhuddlan lächelte still in sich hinein. Lavrans und das Mädchen waren tatsächlich durch starke Bande verbunden, ob Moriath sie nun erkannte oder nicht, aneinandergefesselt durch jenen uralten Zauber, der Mann und Frau schon immer zueinander hingezogen hatte. Er, Rhuddlan, würde dafür sorgen, daß sich jene Fesseln noch fester und sicherer um das Paar legten, bis man nur noch vermuten konnte, wo der eine aufhörte und der andere anfing. Ceridwens Blutlinie verlief geradlinig genug für seine Bedürfnisse, auch wenn ihr Geschick zu wünschen übrig ließ.

Er ließ seinen Blick zu dem Krieger an der Seite des Mädchens schweifen. Was Lavrans betraf, so tat Moriath recht daran, ihn zu fürchten, denn der Däne würde derjenige sein, der den Platz ihres Vaters in den Toren der Zeit einnahm.

13. Kapitel

Wein, dachte Dain stöhnend. Er würde nie wieder von Madrons Wein trinken, ob er nun mit heißer Milch und Wasser verdünnt war oder nicht. Sein Kopf dröhnte und hämmerte. Schmerz flackerte in sporadischen Explosionen hinter seinen Augen. Ihm war zumute, als wäre er durch eine Mangel gedreht worden, und sein Gesicht fühlte sich eiskalt an. Der Rest von ihm war jedoch warm. Angenehm warm. Überraschend warm.

Er bewegte probeweise seine Finger und hob die Hand, um besser fühlen zu können, was das war, was ihm diese eine kleine Erleichterung verschaffte. Es war ein noppiges Gewebe, fühlte sich aber weich und herrlich seidig unter den Fingerspitzen an. Er wagte es, ein Auge zu öffnen.

Quicken-Tree-Tuch, eine große Menge davon, umhüllte ihn wie ein Kokon. Neben ihm lag ein anderer Kokon, oder vielmehr eine Puppe, um genau zu sein, denn alles deutete darauf hin, daß der Inhalt trotz der verführerischen Weichheit der Hülle im Begriff war, sich mit all der Schönheit und Anmut eines Schmetterlings daraus zu befreien.

Dain öffnete auch noch sein anderes Auge und fluchte unterdrückt, als er seine Umgebung inspizierte. Auf eine Art und Weise, über die er nur vage Mutmaßungen anstellen konnte, hatte Madron ihn und Ceridwen zum Rand des Waldes von Wroneu gebracht und dort ins Gras gelegt. Seine Anwesenheit in so unmittelbarer Nähe von Wydehaw mußte Elixir und Numa auf den Plan gerufen haben. Sie konnten nicht weit sein, auch die Zypriotin nicht.

»*Kom.*« Der Befehl kam zwar nur als ein schwaches, kaum hörbares Krächzen über seine Lippen, dennoch erhielt er aus der Ferne ein gedämpftes Wiehern zur Antwort. Die Hunde mochten sich tief in ihrem Herzen Rhuddlan zugehörig fühlen, aber die Stute war ihm absolut treu ergeben. Einen Augenblick später zauberte ein weit entferntes Bellen, das aus derselben Richtung wie das Wiehern der Stute ertönte, ein schwaches Lächeln auf seine Lippen. Vielleicht sollte Rhuddlan sich doch einmal um die Loyalität seiner Hunde kümmern, speziell um Numas. Das Mädchen hatte die Albinohündin ebenso sicher bezaubert, wie es ihn, Dain, verzaubert hatte.

Der Gedanke ließ ihn stutzen, da er plötzlich eine Erinnerung in ihm wachrief, eine ausgesprochen unangenehme Erinnerung an die Ereignisse der Nacht und an das, was Madron mit ihm angestellt hatte. Eine vage Ahnung stieg in ihm auf, flüchtige, verschwommene Bilder, die über die Oberfläche seines Bewußtseins huschten, um dann tief in sein Unterbewußtsein hinabzutauchen, an einen Ort, wohin er nicht folgen konnte. Zum Teufel mit Madron. Hoffentlich war das, was sie mit ihrem hinterhältigen Manöver gewonnen hatte, den Preis seiner Freundschaft wert, denn er würde ihren Übergriff weder vergessen noch jemals verzeihen. Auch Jalal war ein geschickter Hypnotiseur gewesen, aber Dain hatte damals gelernt, sich innerlich zu verschließen und sein Bewußtsein an einen Ort zu verlagern, den sein Zuchtmeister nicht erreichen konnte. Madron und ihr Traumstein hatten seine Abwehr untergraben, eine Tatsache, die ihn daran gemahnte, daß selbst hier, an diesem Ort, ein einziger Moment der Unvorsichtigkeit genügte, um einen Plünderer im Handumdrehen zum Opfer zu machen – oder einen Krieger zur Hure.

Zur Hölle mit Madron. Er selbst war auch nicht untalentiert in der Kunst, andere in Tiefschlaf zu versetzen. Die Hexe würde ihm das nicht noch einmal antun, und sie würde es auch Ceridwen nicht mehr antun.

Dain streckte eine Hand aus und berührte die Fransen am Ende eines ihrer Zöpfe. So weich. Er hatte in Deri viel über Ceridwen erfahren und in Madrons Häuschen sogar noch mehr. Das rote Buch konnte man getrost vergessen. Wie die Autorin selbst zugegeben hatte, hatte sie nichts anders getan, als die Prophezeiungen ihres Vaters zu Papier gebracht, und bei sogenannten Prophezeiungen war Dain stets sehr mißtrauisch, selbst wenn sie von einem großen Magier und Gelehrten stammten, wie Nemeton einer gewesen sein mußte. Wie Madron gesagt hatte, änderte sich die Zeit allein dadurch, daß sie verging. Prophezeiung kam oft im Märchengewand daher, und Märchen waren mit ziemlicher Wahrscheinlichkeit Metaphern, etwas, womit man sich eingehender beschäftigen sollte, was man aber nicht zu fürchten brauchte.

Caradoc dagegen war etwas anderes.

Dain vergrub seine Finger in Ceridwens silberblonden Zöpfen und ließ sie über seine Haut gleiten, zusammen mit den schimmernden Fäden von Quicken-Tree-Band. Schönes, bezauberndes Mädchen. Es war, als fühlte sie sein tiefempfundenes Verlangen, denn sie seufzte im Schlaf und drehte sich zu ihm um. Sein Blick fiel augenblicklich auf ihre rosigen Lippen.

Erinnerungen stiegen in ihm auf, und er dachte an Liebe und daran, wie es war, ein Mädchen mit Leib und Seele zu begehren, zu warten und zu beobachten, zu leiden und sich zu sehnen. Er erinnerte sich daran, wie es gewesen war, des Nachts wach im Bett zu liegen, seine Lenden, trotz der Erleichterung, die er sich verschaffte, hart und pulsierend vor Begierde, weil es nicht seine Hand war, die er wollte, sondern das Mädchen, den fraulichen Teil von ihr, das Gefühl, wie sie unter ihm lag, ganz seidenweiche Haut und himmlische Lippen. Er erinnerte sich an den Duft einer Frau, die sich in Liebe hingab, und an den Geschmack einer Frau, die in Leidenschaft entbrannt war. Keine Nahrung schmeckte derart köstlich oder versprach einen so einzigartigen Genuß.

Er erinnerte sich an leidenschaftliche Liebesspiele, an geflüsterte Worte und zärtliche Liebkosungen, und er erinnerte sich an Wollust, an den sinnlichen Hunger, der tief in seine Eingeweide geschnitten und mit einer Heftigkeit nach Befriedigung verlangt hatte, die er nicht unterdrücken konnte.

Und er erinnerte sich noch an etwas anderes, etwas, was nichts mit Ceridwen zu tun hatte, etwas, von dem er inständig wünschte, daß es auch mit ihm nichts zu tun hätte, außer daß er daran beteiligt gewesen war, an jenen finsteren Spielen in Wüstenzelten, wenn ein Mann nur das wollte, was ihm ein anderer Mann oder ein Junge geben konnte. Er hatte von solchen Dingen in seiner Jugend gehört, war damals sogar einigen amourösen Annäherungsversuchen von Geschlechtsgenossen ausgewichen. Aber in der Wüste, Gott, in der Wüste war es so völlig anders gewesen als die hastigen Paarungsakte, von denen er geglaubt hatte, daß er sie notgedrungen ertragen könnte, wenn seine Messerhand nicht schnell genug wäre und seine Füße nicht noch schneller.

In der Wüste herrschte Hitze, schläfrige Hitze; es gab Düfte, die die Luft erfüllten und die Sinne umschmeichelten, und *kif*, den man inhalieren konnte, um seine Lungen zu füllen und seinen Verstand zu betäuben. Und es gab Wein, um die Lügen zu Wahrheit zu mildern, und die Verführung von Opium, um seine Wahrnehmungen in gnädigen Dunst zu hüllen und den unerträglichsten Ekel damit zu übertünchen, so daß einem nur der Abscheu blieb, mit dem man später fertig werden mußte. Und Abscheu, das hatte Dain gelernt, war kein Hinderungsgrund, weiter ums Überleben zu kämpfen, nicht mehr nach den ersten paar Malen.

»Scheiße«, murmelte er und rollte sich auf den Rücken, während er seine Augen mit einer Hand bedeckte. Er wollte sich nicht an diese Dinge erinnern, nicht, wenn er neben einer Frau lag, die er begehrte. Edmee war so perfekt in ihrer Stummheit, unfähig, peinliche Fragen zu stellen, unfähig, ihren Lehrer nach dem Namen seines Lehrmeisters zu fragen. *Jalal. Jalal al-Kamam.* Jalal hatte ihm jede einzelne Feinheit beigebracht. »Scheiße.«

Madrons Gerede davon, den Turm zu verschließen, war es, was ihm all diese häßlichen Dinge wieder in Bewußtsein gerufen hatte. Er war zu nahe daran, seinen Stein der Weisen herzustellen, um eine Verbannung zu riskieren, und selbst danach brauchte er den Turm. Obwohl er den Stein mitnehmen könnte, würde er ihm ohne die obere Turmkammer nur wenig dabei nützen, ihn durch den Kosmos zu geleiten, wenn er die letzten Schritte zur Gewinnung des Elixiers und des Pneumas unternahm.

Verwandlung.

Verwandlung war der Schlüssel, um seine Vergangenheit endgültig hinter sich zu lassen, der Schlüssel zum Vergessen.

Seine Brust krampfte sich schmerzhaft zusammen. Elende, gottverfluchte Madron. Wieviel von seinen Gedanken hatte sie gesehen? Wieder schüttelte ihn ein Krampf. Er zog die Beine an und rollte sich auf die Seite, das Gesicht Ceridwen zugewandt. Die Hexe hatte ihn mit ihrem verdammten Druidenschlaf zugrunde gerichtet.

Hinter ihm stieg die Sonne über dem Horizont auf und sandte die ersten wirklichen Strahlen von Licht an diesem Morgen über das Land, während sie Baumwipfel streifte und Wiesen und Weiden mit Wärme übergoß. Die Helligkeit berührte zuerst Ceris Lider, dann breitete sie sich weiter über ihre Wangen aus und noch weiter bis zu ihrem Mund. Dain streckte erneut die Arme nach ihr aus, unfähig, der Versuchung zu widerstehen. Sie hatten sich auf der Wiese am Flußufer auf der anderen Seite von Deri geküßt.

Einige glaubten, daß die Macht der Liebe einen Menschen verwandeln konnte. Als Dain jetzt das schlafende Mädchen betrachtete, wünschte er, er wagte daran zu glauben. Sie war so exquisit. Ihre Haut absorbierte die Morgenröte und reflektierte sie mit dem strahlenden Glanz ihrer Seele.

Er konnte es nicht mehr leugnen: Er war verliebt und verzehrte sich vor Sehnsucht. Die absolute, gottverlassene Ironie seiner Gefühle hätte ihn eigentlich auf der Stelle töten müssen. Aber nein, es gab keine augenblickliche Vernichtung. Er war ein Überlebenskünstler und betete jeden Tag zu einem Gott, dem er lange abgeschworen hatte, daß er endlich die Erlösung finden würde, von der er nicht länger glaubte, daß es sie überhaupt gab – außer vielleicht in der Natur selbst, in der Form des Himmels und der Substanz der Erde, in den Metallen und Mineralien und Steinen, wenn er denn klug genug war, den Schlüssel zu finden.

Andererseits waren das seine Stärken. War es ihm nicht gelungen, die Druidentür zu öffnen, und hatte er nicht das Geheimnis von Nemetons rotierenden Kugeln entschlüsselt, diesem höchst seltsamen Apparat, den er in der oberen Kammer entdeckt hatte, die Quelle von Erlends schlimmsten Alpträumen?

Alles, was er brauchte, erwartete ihn in seinem Turm, die Planeten am Himmel darüber und die Schätze der Erde in der Tiefe darunter. Er war inzwischen zu weit auf seinem Weg vorangeschritten, um jetzt noch einen Kurswechsel zu riskieren, noch nicht einmal für ein solch seltenes Geschöpf wie jenes, das neben ihm lag. Nein, er würde Madron keinen Grund liefern, ihn aus dem Hart Tower auszusperren.

Resigniert, aber auch wieder etwas beruhigt, nachdem er zu der einzig vernünftigen Entscheidung gelangt war, zog Dain seine Finger aus Ceridwens Haar zurück. Sie wollte Magie? Schön, dann würde er sie lehren, was immer er von Magie wußte. Um ihre Beschwerden an gewissen Tagen zu lindern, würde er ihr alles über Frauenkräuter beibringen, über Schafgarbe und Frauenmantel, Eisenkraut, Gartenraute und Küchenschelle. Und um ihre Ängste vor der Ehe zu beschwichtigen, würde er ihr beibringen, wie man mit einem Messer umging. Er würde ihr einen Vorteil verschaffen, die scharfe Schneide einer Klinge, denn es gab kaum etwas, das einen geilen Mann schneller aufhielt als eine Dolchspitze an seiner Kehle oder an seinen edlen Teilen.

Er würde ihr den Damaszenerdolch geben, da sie ohnehin schon so davon angetan war. Das Heft paßte gut in ihre Hand. Der Dolch wäre sein Hochzeitsgeschenk für sie. Sollte Caradoc doch davon halten, was er wollte. Sein alter Freund konnte sich bei seiner Braut auf eine ganze Reihe von Überraschungen gefaßt machen.

Ein lautes Rascheln im Gebüsch kündete die Hunde an, dennoch war es die Zypriotin, die ihn als erste erreichte. Sie stupste seinen Hinterkopf mit ihrem weichen Maul an und wärmte seinen Nacken mit ihrem Atem. Hinter der Stute stürmten die Hunde aus dem Wald.

»Ja, ist ja schon gut«, murmelte Dain, als sie um ihn herumsprangen, ihre kalten Nasen in sein Ohr steckten und ihm die Wange leckten. »Ich freue mich ja auch, euch zu sehen.«

Mit einer knappen Geste wies er die beiden Tiere an, sich neben ihn zu setzen. Numa ignorierte seinen Befehl mit typischer Vorhersagbarkeit und trottete um ihn herum, um sich neben dem Mädchen niederzulassen. Sie warf ihm einen fragenden Blick über die Rundung von Ceridwens Hüfte hinweg zu, als ob sie ihn nachträglich um Erlaubnis bitten wollte.

»Schäm dich, dummes Viech«, grummelte er, als er sich mühsam aufsetzte.

Die Albinohündin senkte den Kopf, um Ceridwen über Wange und Nase zu lecken, und Dain mußte feststellen, daß er einen neuen Tiefpunkt erreichte: Er war eifersüchtig auf einen verdammten Hund.

»Ceri?« Er rüttelte sie leicht am Arm. »Ceridwen.« Es war höchste Zeit, daß sie aufstanden und verschwanden. Er zog es vor, nicht dabei erwischt zu werden, wie er am hellichten Tag in den Wäldern herumschäkerte.

Sie protestierte verhalten, und er schüttelte sie erneut, dann erhob er sich, einen Arm fest um seine Rippen geschlungen. Blaßblaue Augen blinzelten ihn unter goldüberhauchten Wimpern an.

»Kommt, *Chérie*«, sagte er, während er sich zu einem Lächeln zwang und sich unbekümmert gab, obwohl ihm anders zumute war. »Unser Abenteuer hat bis zum Morgen gedauert, und jetzt wird es Zeit, daß wir unsere Betten aufsuchen.«

Abenteuer, ja, dachte Ceridwen schlaftrunken. Sie hatten ein Abenteuer erlebt, sie und der Hexenmeister, ein wundervolles Abenteuer voller merkwürdiger Leute und noch merkwürdigerer Orte.

Sie waren in einem Wald gewesen, wo sich ein wildes Volk um eine Eiche von gigantischen Ausmaßen versammelt hatte. Ein Wasserfall hatte über ihren Köpfen geglitzert und einen geheimen Pfad enthüllt. Sie hatten ein Häuschen gefunden, tief verborgen in einem Kiefernwald, und im Inneren des Häuschens hatte sie ein Wunder entdeckt. Ihre Hand glitt zu dem Beutel, der an ihrem Gürtel hing, und ein Lächeln spielte um ihre Lippen. Der Elfenpfeil war wohlverwahrt. Es war wundervoll, einen solchen Glücksbringer zu besitzen, aber da war noch etwas anderes in dem Cottage gewesen, etwas weniger Greifbares und noch weitaus Seltsameres als ihr kostbarer Elfenpfeil. Ihr Lächeln verblaßte. Erinnerungen waren in dem Raum gewesen, ihre eigenen und solche, die anderen gehörten; Erinnerungen an ein grünäugiges Mädchen aus einer längst vergangenen Zeit und Träume. Eine dichte Nebelwolke hatte ihr die Träume und Erinnerungen gebracht, und sie mußten wieder in genau jene Wolke zurückgeschlüpft sein, denn an die meisten konnte sie sich jetzt nur noch undeutlich erinnern. Aber sie erinnerte sich an Liebe, eine starke, vom Pulsschlag des Erdinneren erfüllte Liebe, die sie in einen dunklen Abgrund gelockt hatte. Sie erinnerte sich noch an die drohende Gefahr und die entsetzliche Angst, die sie überall um sich herum gespürt hatte, und sie erinnerte sich an den Mann, einen Krieger.

»Kommt. Es ist nicht weit«, sagte Lavrans, und als sie aufblickte und ihn vor sich stehen sah, eine dunkle Silhouette mit breiten Schultern und langem, wehendem Haar, erkannte sie plötzlich den Mann aus ihrem Traum in ihm.

Sie verdrängte die Erkenntnis sofort. Nein, dachte sie. Es kann nicht sein. Lavrans hatte sie geküßt, und seine Küsse hatten sie völlig verwirrt. Er war kein Krieger; er war ein Verführer und Schwindler. Der Mann in ihrem Traum hatte ein Schwert geschwenkt, keinen Zauberstab.

Aber selbst die hastigste Verdrängung konnte nichts an dem ändern, was sie gesehen oder gefühlt hatte. Er war es.

»Kommt, Ceri. Wir können noch vor Mittag zu Hause sein.«

Ihr Blick folgte der Bewegung seiner Hand, als er nach Westen zeigte, wo die letzten Schatten der Nacht den Horizont verdunkelten. In der Ferne ragten die Steinmauern von Wydehaw in einen grauen Himmel auf, eine schroffe Festung, deren Türme Girlanden von Morgennebel umkränzten.

Die große Halle des Schlosses war in Aufruhr. Bedienstete flitzten hierhin und dorthin, während sie schlafende Hunde und schnarchende Wachtposten mit energischen Tritten aus dem Weg räumten. Es kam schließlich nicht allzu häufig vor, daß sie Gelegenheit hatten, einem der Kerle einen Fußtritt zu verpassen, ohne daß sich dieser noch schnell dafür rächte; aber ihr Herr, Lord Soren D'Arbois, der mit finsterer Miene am Kamin stand und die Aktivitäten überwachte, billigte alle Mittel, die seinen Zwecken dienten. Er wollte, daß die Halle geräumt und gesäubert wurde. Er wollte, daß getrocknete Ysopblätter auf die Binsenteppiche gestreut wurden. Er wollte saubere Decken auf den Podiumstischen haben, und er wollte frisches Brot und Ale. Der Keiler von Balor war mit einem Trupp von dreißig Mann im Anmarsch auf Wydehaw, und er war nur noch knapp eine Meile nördlich des Wye.

»Keiler«, murmelte Soren verdrießlich vor sich hin.

»Mylord?« Ein Junker mit einem frischen Gesicht blieb wie angewurzelt vor ihm stehen, die Arme voller Bienenwachspolitur, und blickte erwartungsvoll zu ihm auf.

Soren beäugte den Jungen, für einen Moment von seinen finsteren Gedanken abgelenkt. Er mochte dunkelhaarige Jungen, und dieser hier war dunkler als die meisten, mit kohlrabenschwarzem Haar, das sich über seiner Stirn ringelte, und ebenholzschwarzen Augen, die klar und unschuldig blickten.

Zu unschuldig, entschied Soren, und er schickte den Knaben mit einer Ohrfeige von dannen. »Ysop, Junge. Ich sagte Ysop und nicht Bienenwachs.«

Verdammte Vivienne. Wo steckte sie bloß? Kräuter zu verstreuen war ihr Spezialgebiet, nicht seines.

»Keiler«, knurrte er wieder. Der Mann würde seine Braut und

Ragnor wollen, und Soren konnte nur mit einem von beiden aufwarten. Zum Teufel mit dem rothaarigen Ritter, daß er ausgerechnet den Zorn eines Mannes wie Caradoc auf sein Haupt ziehen mußte und dann einfach verschwand, ohne auch nur zu fragen. Die Wut des Keilers über die Behandlung, die seine Verlobte auf Sorens Grundbesitz erfahren hatte, hätte sich zumindest etwas beschwichtigen lassen, wenn man ihm Ragnor in Ketten gefesselt hätte präsentieren können.

Was sollte er nur tun?

Er packte eine vorbeieilende Küchenmagd am Arm und zog sie zu sich heran. »Pasteten«, sagte er und schob sein Gesicht dicht vor ihres. »Fleischpasteten.«

»Sehr wohl, Mylord«, erwiderte sie mit erschrockenen, weitaufgerissenen Augen, während sie unablässig nickte.

Er gab sie frei und versetzte ihr einen Stoß, der sie stolpern ließ. Ein Wachtposten fing sie mit schallendem Gelächter und einem herzhaften »Holla, Mädchen!« in seinen Armen auf, aber Soren wollte nichts davon dulden. Er funkelte den Mann grimmig an, bis dieser das Mädchen losließ. Ragnors Gier nach Frauen war es, die die drohende Katastrophe ausgelöst hatte.

Und Caradocs eigene Nachlässigkeit, dachte Soren mißmutig, und vielleicht auch die des Prinzen von Gwynedd und seines Handlangers, wer immer das gewesen sein mochte. Ein einzelnes Mädchen sollte doch wohl nicht so schwer festzuhalten sein, daß man sie in den Wäldern verlieren konnte, um sie als leichte Beute für eine Jagdgesellschaft zurückzulassen. Lavrans hatte offensichtlich keine Mühe damit, sie im Turm zu halten.

Sicher, Ragnor hatte ihr den Knöchel gebrochen, eine Tat, die selbst das schnellste Mädchen an der Flucht hindern mußte – sicherlich genau das, was der rothaarige Ritter beabsichtigt hatte.

»Bah.« Soren machte eine wegwerfende Geste mit der Hand, und drei Bedienstete stießen prompt zusammen, als sie den rätselhaften Befehl zu entziffern versuchten. »Bah«, knurrte er abermals, während er sie mit seinem bösesten Blick anstarrte. »Bah!«

Mit viel Gestotter und Gestammel lösten sich die drei voneinander und eilten in verschiedene Richtungen davon. Idioten. Einer wie der andere. Er war ausschließlich von Idioten umgeben. Und der Hauptmann seiner Schloßwache, die Bestie Ragnor, war der größte Schwachkopf von allen. Wohin war der Ritter nur verschwunden? Und warum? Demütigung war nichts Neues in Wydehaws Hallen. Sie war fast garantiert, wenn man Lavrans zum Gegner hatte. Ragnor hatte schon häufiger gegen den Hexenmeister verloren, ohne gleich die Flucht zu ergreifen.

Hinter dem Verschwinden des Mannes steckte irgendein Unfug, davon war Soren überzeugt. Er fühlte es förmlich. Er wußte es, aber es gab keinen Beweis, keinen Hinweis darauf, daß der Ritter etwas anderes getan hatte, als wegzulaufen. Aber wohin? Es war keine Nachricht von ihm eingetroffen. Die Männer, die an jenem Morgen mit Ragnor auf der Jagd gewesen waren, hatten berichtet, daß sie Wildschweinspuren entdeckt und einen Keiler bis zu seinem Bau verfolgt hatten. Dort hatte sich die Jagdgesellschaft aufgeteilt, und jede Gruppe in Sichtweite der anderen den Bau umkreist, bereit, das Schwein abzustechen, sollte es zu entwischen versuchen. Aber es war überhaupt kein Keiler dagewesen, nur der Geruch, um die Hunde verrückt zu machen, und dann war Ragnor plötzlich verschwunden. Jeder hatte ihn gesehen, keiner hatte ihn verschwinden sehen, aber weder er noch sein Schlachtroß waren irgendwo aufzufinden.

Irgendein Unfug, soviel steht fest, dachte Soren. Aber wer hat die Sache inszeniert? Und zu welchem Zweck? überlegte er. In den Wäldern gab es diese Wilden, die eine besondere Vorliebe für jede Art von Schabernack hatten, die Quicken-Tree, doch sie vermieden gewöhnlich jeden Kontakt mit der Welt der Menschen, und sie würden den widerlichen Ragnor als besonders abstoßend empfinden.

Soren blickte durch das Halbdunkel der Halle zu der eisernen Stocklaterne hinüber, wo die Demoiselle von ihren Ketten herabgehangen hatte. Ob es Magie gewesen war? Vielleicht war es Lavrans' Zauber, der Ragnor erwischt hatte, und der Ritter lag in diesem Moment, noch immer fest schlafend, in irgendeinem geheimen Wäldchen. Und vielleicht konnte Lavrans' Zauber ja auch die Zeit in Schach halten, und sein Hauptmann würde erst in tausend Jahren wieder aufwachen.

Nun, das war allerdings ein Gedanke, der Nemetons würdig war, des großen Barden seines Vaters, der sich viel mit den Wilden befaßt hatte. Nemeton, dachte Soren. *Das Heiligtum* in der Muttersprache des Barden, ein merkwürdiger Name für einen mordenden Bastard.

Magie, pah! Sein Vater hatte an die Macht des Unsichtbaren geglaubt, und was hatte es ihm eingebracht, abgesehen von einer toten Ehefrau? Lavrans war kein Hexenmeister, er tat nur so. Das war der Grund, warum Soren solchen Spaß an ihm hatte, wenn er beobachtete, wie der Mann jeden zu täuschen imstande war, vom Sheriff des Königs bis hin zur niedersten Küchenmagd, und zwar mit nichts anderem als Schläue und der Kraft seines scharfen Verstandes. Alle außer Soren selbst zitterten vor Angst, wenn der schwarzverhüllte Dämon anwesend war. Vivienne zitterte vor Wollust, das schon, aber sie zitterte nichtsdestotrotz.

Soren hätte ebenfalls für den Zauberer gezittert, notfalls auf den Knien – oder sogar vorzugsweise auf den Knien – wenn es ihn in Lavrans' Bett gebracht hätte, aber bisher waren alle seine Bemühungen vergeblich gewesen. Dennoch hegte er noch immer Hoffnung, denn Dains dunkler Blick strahlte etwas aus, eine fast unbewußte Empfänglichkeit, die Soren auf eine Weise lockte und erregte, wie es noch keines anderen Mannes Blick jemals vermocht hatte. Dain Lavrans war mit allen Spielarten erotischer Vergnügungen vertraut. Das wußte Soren mit absoluter Gewißheit.

»Essen oder ein Mann?« fragte plötzlich eine Frau.

»Was?« Die Stimme riß ihn abrupt aus seinen Tagträumen, und er stellte fest, daß seine Ehefrau neben ihm am Kamin stand.

»Essen oder ein Mann?« wiederholte Lady Vivienne mit einem spöttischen Lächeln. »Es gibt sonst nichts, was diesen gierigen, glasigen Blick in deine Augen bringt, Soren.«

Hexe.

»Ich habe Fleischpasteten zum Abendessen bestellt«, erklärte er.

»Aus Ragnors Fleisch wäre besser für uns. Ich fürchte, der Keiler von Balor wird zutiefst enttäuscht darüber sein, niemanden zu haben, den er foltern kann.«

Soren warf seiner Frau einen kühlen Blick zu. »Vielleicht finde ich ja noch jemanden, der als Opfer dienen kann, bevor er geht.«

Vivienne reagierte nur mit einem Lächeln auf die Drohung. »Ich schlage vor, wir taxieren ihn erst einmal, mein Lieber. Dann werden wir ja sehen, wer wen foltern wird.«

»Mylord.« Ein Mann kam herbeigelaufen, atemlos und bleich,

aber noch in der Lage, sich mit eigener Kraft fortzubewegen, und – wie ein schneller Blick nach unten bestätigte – noch mit trockenen Hosen. Noll hatte traurige Berühmtheit erlangt, weil er seinen Auftrag in jener stürmischen Nacht, den Hexenmeister herbeizuholen, überlebt hatte und nur leicht angesengt und bewußtlos zurückgekehrt war, von einem gewaltigen Blitzschlag unverfälschter Magie niedergestreckt, überwältigt von gottlosen Kräften finsterer Hexenkunst. (Letzteres war seine eigene Interpretation der Ereignisse.) Er war zum Helden der Spülküche avanciert, mit allen dazugehörigen Vorteilen bei den Küchenmägden, und bestand jetzt hartnäckig darauf, als Bote zwischen dem Schloß und dem Hart Tower zu fungieren.

»Mylord, ich habe überall nachgesehen, oben und unten und sogar mittendrin in dem verdammten Turm, aber sie ist nirgendwo zu finden.«

»Wer?« fragte Vivienne, noch bevor Soren vollständig in sich aufnehmen konnte, was der Mann gesagt hatte.

»Die Demoiselle, Mylady. Weder sie noch Lavrans sind im Turm oder sonst irgendwo im Schloß.« Nolls Gesicht erbleichte noch um einige Schattierungen unter Lady Viviennes durchdringendem Blick. Seine Stimme wurde leiser und verblaßte schließlich zu einem ängstlichen Flüstern. »Im Hart Tower ist nur der alte Erlend. Noch nicht mal die Höllenhunde sind da.«

Er hatte das Mädchen verloren. Soren fühlte, wie ihm regelrecht übel vor Angst wurde, ein Zustand, den seine Ehefrau noch verschlimmerte, indem sie ihre Wut an ihm ausließ.

»Ich glaube, du hast vielleicht doch recht, mein Lieber. Heute wird zweifellos noch jemand geopfert.«

Mit einem abwesenden Lächeln nahm Caradoc ein weiteres mit Zuckerguß überzogenes Apfeltörtchen von dem Tablett. Lady D'Arbois gab sich die größte Mühe, ihn hinzuhalten; sie lenkte ihn mit Charme ab, hielt ihn mit leichtem Geplauder auf und begegnete seinem Zorn mit einem heiteren, betont unbekümmerten Lächeln. Trotzdem war sie verloren. Wenn man ihm Ceridwen ab Arawn nicht bald brachte, würde er jedem Lebewesen innerhalb der Schloßmauern die Eingeweide aufschlitzen und Wydehaw in Schutt und Asche legen.

Als er nach Lavrans gefragt hatte, war ihm nicht mehr Erfolg beschieden gewesen. Daß die beiden gleichzeitig verschwunden sein sollten, sprach nicht gerade für seinen alten Freund. Dennoch war Dain kein Junge, der sich von seinem Schwanz beherrschen ließ. Die zweihundert Goldstücke hatte Caradocs Hauptmann, Dyfn, bei sich, zusammen mit dem Safran und dem Veilchenzucker, genug, um Lavrans für seine Mühen zu entschädigen. Orangen hatten sie nicht mitgebracht, zum einen deshalb, weil keine Orangen erhältlich gewesen waren, und zum anderen, weil Caradoc sich – ganz gleich, ob aus Freundschaft oder aus Notwendigkeit – nur bis zu einem gewissen Punkt drängen ließ. Über diesen Punkt hinaus würde er sich ganz einfach nehmen, was ihm gehörte.

»Habt Ihr viel Regen auf Eurer Reise gehabt?« fragte Lady Vivienne, während sie seinen Unterarm in einer derart kokett-verführerischen Geste mit ihren Fingerspitzen berührte, daß Caradoc sich fragte, ob es nicht vielleicht doch Gründe gäbe, sie länger als die anderen leben zu lassen. Ihr grünes Kleid aus feiner Wolle war mit Stickereien um den Halsausschnitt und die Ärmel geschmückt, die kurz waren, um das gelbe Untergewand zu zeigen. In dem Gürtel um ihre schlanken Hüften wiederholten sich beide Farben, in Gold gefaßt.

Er ließ seinen Blick zu ihrem Gesicht hinaufwandern. Sie war recht hübsch, wenn auch auf eine etwas fade Art, die andere vielleicht zu reizvoll finden mochten. Er selbst zog Dramatik einem hübschen Gesicht vor, obwohl der grausame kleine Zug um ihre Lippen, der als ihr Lächeln durchging, durchaus vielversprechend war.

»Keinen Regen, der mir aufgefallen wäre«, erwiderte er.

Sie lachte und berührte ihn erneut, ließ diesmal ihre Fingerspitzen an seinem Ärmel hinuntergleiten, über die bronzenen Ziernägel auf seinem Armschutz, bis sie die bloße Haut seiner Hand liebkosten.

D'Arbois war mit einer Hure verheiratet. Wie interessant.

»Wie lange dauert es noch, bis Euer Gatte zurückkehrt, Lady?« fragte er.

»Oh, nicht mehr lange«, versicherte sie ihm. Dann, als ob sie plötzlich eine verpaßte Gelegenheit erkannt hätte, senkte sie die

Wimpern. »Oder vielleicht sollte ich besser sagen, nicht mehr annähernd lange genug.«

Diesmal war er derjenige, der lachen mußte, und er tat es herzhaft. Nachdem er aus ihrem Ehemann Hackfleisch gemacht und ihr Heim niedergebrannt hatte, würde er diese hier mit sich in den Norden nehmen.

Vivienne errötete genau zum rechten Zeitpunkt, eine vielgeübte Kunst, und fragte sich, wie lange sie die Aufmerksamkeit ihres Gastes wohl noch fesseln konnte, ohne ihre Kleider abzulegen. Soren hatte sie in eine unmögliche Situation gebracht. Wehr den Keiler ab, hatte er gesagt. Als ob sie ein Soldat wäre, der Schwert und Schild schwang.

Es war wirklich ein Jammer. Wenn sie nicht in der Lage waren, das Mädchen vorzuführen, würde der Keiler höchstwahrscheinlich zornentbrannt wieder abziehen, ohne Vivienne eine Chance gegeben zu haben, ihn richtig zu verführen, und sie wollte ihn doch so gerne verführen. Der Hexenmeister verblaßte direkt im Vergleich zu diesem Mann.

Caradoc war groß, breitschultrig und muskulös, aber ohne die Fleischmassen, die Ragnor verunstalteten. Sein Haar war nicht rot und drahtig wie das des Ritters oder seidigbraun wie Lavrans' Schopf, sondern von einem prachtvollen Goldblond, so dicht und schwer wie die Mähne eines königlichen Löwen. Die Ähnlichkeit mit dem Wappentier des Königs ließ ihn um so mehr wie den Krieger aussehen, der er war, wie auch die Schutzmanschetten aus Leder, die seine Unterarme umhüllten. Er war kein Sklave der Mode, sondern der Schlacht.

Dennoch war er ausgesprochen modisch und vornehm gekleidet. Seine Tunika war aus der weichsten und wärmsten braunen Wolle gewoben, das Hemd darunter aus feinstem cremefarbenen Batist. Seine Beinlinge waren dunkelbraun, seine Stiefel reichten bis zur Mitte der Waden. Er trug keinerlei Schmuck außer einer schlichten Brosche, die seinen Umhang zusammenhielt, aber er brauchte auch keinen. Seine Augen waren prachtvoll genug. Von geheimnisvollem Haselnußbraun waren sie, mit vielen kleinen grünen und goldenen Sprenkeln – und sogar Weiß, darauf hätte sie schwören können – innerhalb der blaugetönten Tiefen seiner Iris.

Das einzig Abstoßende an ihm war der Mann, den er mitgebracht hatte, ein Leibarzt in Mönchskutte mit dem sonderbaren Namen Helebore. Zum Glück neigte sein Begleiter nicht zu Geselligkeit. Kurz nach ihrer Ankunft war er in den Räumen verschwunden, die man Caradoc zugewiesen hatte, und seitdem hatte er sich nicht mehr blicken lassen.

»Vielleicht möchtet Ihr gerne den Rosengarten sehen«, schlug Vivienne dem Keiler vor. »Um diese Jahreszeit stehen zwar noch nicht viele Rosen in Blüte, aber der Garten ist von einer hohen Mauer umschlossen.«

Caradoc beugte sich dicht zu ihr, und sie sah, daß die Iris seiner Augen tatsächlich weiße Sprenkel aufwies. »Ich habe schon manch angenehme Stunde in den Gärten von Damen verbracht«, erwiderte er, »und ich bin sicher, daß sich Eurer auch ohne die Süße der ersten Frühlingsblüten als so herrlich duftend erweisen würde wie jeder andere, in dem ich je getändelt habe.«

Diesmal war die heiße Röte, die in Viviennes Wangen aufflammte, nicht gespielt. Die Farbe beruhte auf echtem Gefühl, prickelnder Erregung, die das dunkle, sinnliche Timbre seiner Stimme in ihr geweckt hatte.

»Wollen wir uns heute nachmittag dort treffen?« Sie würde Wein aus dem Keller heraufholen lassen und Renaud damit beauftragen, noch mehr von seinen Apfeltörtchen zu backen. Außerdem sollte sie vielleicht diskret ein oder zwei Decken auf einer der Gartenbänke arrangieren. Wozu sich das Kleid schmutzig machen?

»Ja«, erwiderte Caradoc. »Treffen wir uns heute nachmittag.« Er schenkte ihr ein elektrisierendes Lächeln, und Vivienne schwanden vor Entzücken fast die Sinne.

»Dann entschuldigt mich jetzt bitte, Mylord. Ich werde nachsehen, was meinen Mann so lange aufhält.« Und wenn es sein mußte, würde sie dieses Balg Ceridwen mit Gewalt aus ihrem Versteck herauszerren, wo immer sie sich auch verkrochen haben mochte, um das bleiche, von Narben verunstaltete junge Ding seinem Verlobten zu präsentieren. Nachdem Caradoc beruhigt war, würde es bei ihrem Rendezvous keine Ablenkungen mehr geben und ganz sicherlich keine Konkurrenz um seine Gunst.

»Habt Ihr sie gefunden?« Caradoc hatte noch kaum die Tür zu seinen Räumen hinter sich geschlossen, als er Helebore die Frage stellte.

»Ja, sie ist jetzt hier.« Der Arzt blickte bei seiner Anwort nicht auf, sondern fuhr fort, in sein großes Trinkgefäß aus Maserholz zu starren, das er als eine Art Wahrsagekugel benutzte und das er mit Wasser und anderen, weniger appetitlichen Dingen füllte, wenn er sehen wollte, was man nicht sehen konnte.

»Was soll das heißen, *jetzt*?« wollte Caradoc wissen.

Helebore warf ihm einen Blick über seine Schulter zu. »Sie war nicht in Wydehaw, als wir angekommen sind, aber jetzt ist sie hier«, erklärte er. »D'Arbois und seine Leute werden sie bald genug finden, und dann werden sie uns rufen lassen.«

Caradoc war sowohl verärgert als auch erleichtert. »Wo war sie denn?«

»Das weiß ich nicht.«

»Und ihr Gesundheitszustand? Geht es ihr gut?«

»Das weiß ich n–«

»Herrgott noch mal, Mann! Gebt mir nicht dauernd die gleiche dumme Antwort!« Sein Ärger schwoll zu Zorn an und sprengte die Fesseln seiner Selbstbeherrschung. Er hob eine Hand, um zuzuschlagen, hielt jedoch im letzten Moment inne, als er Helebores warnenden Blick auffing.

»Es ist geradezu faszinierend schwierig, ins Innere des Hart Tower zu sehen«, erklärte der Arzt. Seine Stimme klang ruhig, obwohl seine Augen eine bedrohliche Warnung widerspiegelten. »Ich bin noch nie zuvor auf einen solchen Irrgarten von Schleiern getroffen, einer hinter dem anderen, wie die Schalen einer Zwiebel. Ich weiß, daß das Mädchen dort drinnen ist, und Lavrans ebenfalls, aber ich kann nicht erkennen, was sich jenseits der Druidentür abspielt. Dürfte wirklich interessant sein, sich die Tür einmal aus der Nähe zu besehen.«

»Wir sind nicht hier, um Türen anzusehen«, erwiderte der Keiler gepreßt, und Helebore registrierte die Anstrengung die es ihn kostete, seine Hand wieder zu senken. Brutaler Kretin, dachte Helebore verächtlich. Was kümmerte es ihn, was Caradoc dachte? Die Gelegenheit war einfach zu günstig, um sie sich entgehen zu lassen. Helebore plante, die Tür zu studieren und mit den Händen über ihr Holz zu streichen, wenn es denn Holz war. Er wollte sie genauestens untersuchen und begreifen, sie fühlen und verschlingen, denn die Tür war Nemetons Werk, das Werk des großen Magiers, über den sogar in Ynys Enlli geflüstert worden war. Der bretonische Barde war berühmt unter den Männern gewesen, für die verborgene Mysterien und geheimes Wissen der Atem des Lebens waren. Reine Blasphemie, hatten die Culdee-Mönche gesagt und Helebore ins Meer geworfen – nur ihn, wohlgemerkt, obwohl sie eigentlich noch einen anderen von den Klippen hätten stoßen müssen, um mit ihm zu ertrinken, denn zum Flüstern gehörten immer zwei.

Bei der Erinnerung erschien ein verbitterter Zug um seine Lippen. War es Blasphemie, nach der Quelle der Macht Gottes zu suchen – eines Gottes, an den Helebore uneingeschränkt glaubte –, aber keine Blasphemie, einen Mitbruder zu ermorden? Und noch dazu völlig ungerechtfertigt? Heilige, also wirklich. Verängstigte Dummköpfe, diese Bezeichnung entsprach schon eher den Tatsachen, Dummköpfe, die damit zufrieden waren, in Frömmigkeit und Allegorien des Abstrakten zu schwelgen, wenn das Abstrakte nur darauf wartete, erforscht und begriffen zu werden. Ewiges Leben war genau das. Unsterblichkeit war in greifbare Nähe des Menschen gerückt. Das Leben im Hier und Jetzt und danach bis in alle Ewigkeit. Wenn Gott nicht gewollt hätte, daß die Menschheit forschte und nach Wissen strebte, dann hätte Er nicht einige Menschen zu Forschern gemacht.

Helebore war ein solcher Forscher.

Nemeton war ein Finder. Er wäre gar nicht tot, hatte Helebores Mitverschwörer geflüstert, und sie brauchten auch nicht zu sterben, wenn sie den Pfad des Druiden entdecken könnten und die Quelle der *pryf*, den Schlüssel zur Unsterblichkeit. Durch die *pryf* konnte ein Mann verwandelt werden. Er konnte seine Vergangenheit hinter sich lassen und eine neue Zukunft schmieden. Der Barde habe den Weg zur Unsterblichkeit gekannt, hatte der Culdee Helebore zugeraunt, und habe lediglich die Fesseln der Zeit abgestreift. Helebore hatte bereits selbst Hinweise auf den Druidenpfad unterhalb von Balor Keep entdeckt. Wieviel mehr würde wohl der Hart Tower enthüllen?

»Ich habe gehört, die Tür besitzt starke magische Kräfte«, sagte er zum Keiler. »Sie wurde von einem bretonischen Barden in den Turm eingebaut und ist sicherlich mehr als wert, daß man sie genauer untersucht.«

»Magische Kräfte, pah.« Caradoc tat die Worte mit einer wegwerfenden Handbewegung ab und wünschte sich, er könnte die ganze Sache ebenso leicht abtun. Er würde sich das, was er wollte, lieber mit seinem Schwert nehmen, so wie er es immer gehandhabt hatte; und er hätte das auch weiter getan, wenn Helebore nicht eines Tages an den Ufern von Balor Keep angeschwemmt worden wäre und ihm gezeigt hätte, wieviel mehr er mit seiner Magie gewinnen konnte. Unermeßliche Geheimnisse waren tief in der Erde unterhalb seiner Burg verborgen, geheimer Reichtum, bewacht von seltsamen und wunderbaren Geschöpfen: Gold, Juwelen und andere Schätze, die sich die meisten Menschen noch nicht einmal vorstellen konnten. Sein Vater war ein Narr gewesen, alles das aufs Spiel zu setzen, nur um Vergeltung zu üben und Carn Merioneth und die reichen Gaben seines Landes zu zerstören; und ein um so größerer Narr, weil er dann auch noch den Mord an Lady Rhiannon zugelassen – nein, sogar unterstützt – hatte, der einen Person, die der Schlüssel zur Entdeckung des noch größeren Vermächtnisses in den unterirdischen Tiefen gewesen war. Gwrnach war nicht nur wegen der abartigen Grausamkeit an seinem Sohn gestorben, sondern auch wegen seines Mangels an Weitblick.

Helebore zog fragend eine Braue hoch. »Was denkt Ihr denn, weswegen Ihr mich unterhaltet, wenn nicht der Magie wegen, Mylord?«

Das »Mylord« hatte einen sarkastischen Unterton, aber mit Sarkasmus konnte Caradoc leben. Womit er nicht leben konnte, war Mißerfolg. Helebore hatte ihm die Macht versprochen, ganz Wales zu erobern, was jedoch nichts im Vergleich zu dem war, was der Arzt für sich selbst zu behalten gedachte. Er hatte den Medikus etwas von unermeßlichen Schätzen vor sich hin murmeln hören, aber wenn Helebore sich einbildete, er könnte den Keiler von Balor überlisten, dann würde er bald erfahren, wie es sich anfühlte, ein Messer in der Kehle zu haben.

»Ich unterhalte Euch wegen Eurer Weisheit, Priester, und wegen Eurer Listen und Schliche.«

Der Arzt wußte, wie wichtig Rhiannons Kinder waren, wie ihr

Blut die Geschöpfe aus der Tiefe herbeirufen konnte, und noch entscheidender: Er wußte, daß sie das Massaker überlebt hatten. Gerüchte von einem flachsblonden Novizen im Mönchskloster von Strata Floria, der eine verblüffende Ähnlichkeit mit einer flachsblonden Novizin im Frauenkloster in Usk aufwies, waren von einem wandernden Karmelitermönch nach Ynys Enlli gebracht worden, einem Mann, der die beiden selbst gesehen hatte. Es waren Caradocs Überredungskunst und Brillanz und ein guter Teil seines mageren Vermögens gewesen, die den Prinzen von Gwynedd schließlich überzeugt hatten, seine Zustimmung zu Caradocs Eheschließung mit Ceridwen ab Arawn zu geben, dem Zwilling, der zuerst gefunden werden mußte.

Sein Besuch in Strata Floria war nicht so erfolgreich verlaufen. Mychael hatte das Kloster verlassen, und sein Aufenthaltsort blieb ein Rätsel, allerdings nicht mehr für lange. Caradoc hatte die Suche nach Rhiannons Sohn verstärkt. Den neuesten Nachrichten zufolge, die den Norden erreicht hatten, war er in der Nähe von Cardiff gesehen worden, und folglich hatte Caradoc sich aufgemacht, sie beide gefangenzunehmen. Irgendwie würde der Keiler von Balor ein Kind von Rhiannons Blut bekommen.

»Ist sie noch Jungfrau?« fragte er Helebore. *Auf irgendeine Art und Weise.*

»Jungfrau, ja, ja, sie ist noch Jungfrau, aber es spielt keine Rolle«, erwiderte der Arzt. »Blut ist Blut. Wer werden benutzen, was immer wir von ihr bekommen, und es mit Hilfe meines Destillierapparats zu einem Trank destillieren, der stark genug ist, um die *pryf* aus ihrer Höhle hervorzulocken. Wenn es das Blut des Jungen ist, das wir bekommen, werden wir das gleiche tun. Alles, worauf es ankommt, ist, daß das Blut von den direkten Abkömmlingen der Druidenpriesterin stammt. Es muß einen vertrauten Geschmack für die *pryf* haben, sonst werden sie nicht gehorchen.«

Caradoc kannte den Geschmack von Blut, und er kannte auch den Geruch und das Gefühl von Blut, wenn es über das Heft seines Schwertes auf seine Hand lief, aber die geringschätzige Art, mit der Helebore Ceridwens Jungfräulichkeit abtat, gefiel ihm nicht. Er würde sich nicht darum betrügen lassen, sie zu entjungfern und diese paar Tropfen Blut zu vergießen. Er würde seine Abstammungslinie mit der der Druidenpriesterin vereinen und eine Dynastie gründen, die ihresgleichen suchte und die sich kein Mönch vorzustellen wagte, aus Angst, im ewigen Fegefeuer zu schmoren.

»Ihr werdet genug von ihrem Blut haben, um die *pryf* zu rufen, aber nicht mehr«, sagte Caradoc, während er den warnenden Blick des Arztes nicht minder drohend erwiderte. »Und vergeßt eines nicht, Priester. Bevor sie Euer Opfer wird, wird sie meine Braut sein.«

14. *Kapitel*

Dain öffnete die Falltür, die von der Alchemiekammer zu seinem Sonnenzimmer führte, indem er sich mit Rücken und Händen dagegenstemmte. Erlend hatte das Feuer unter seinem Destillierapparat ausgehen lassen und auf diese Weise einen Schub Destillate ruiniert, an denen er seit sieben Tagen gearbeitet hatte. Daher war seine Laune nicht die beste. Die Türangeln quietschten zum Gotterbarmen, die Hunde schossen laut bellend unter seinen erhobenen Armen hindurch, und Erlend entfuhr ein sehr erfreulicher, aber kurzer Schrei der Furcht, nur um schnell in einen Hustenanfall und wüste Flüche überzugehen.

»Verfluchte Köter, verfluchte Köter«, schimpfte der alte Mann, während er wild mit den Armen fuchtelte und nach den Hunden schlug. »Geht runter von mir! Numa, verdammt noch mal, hau ab!«

Wirklich ein netter Empfang, dachte Dain mißmutig, als er die restlichen Treppenstufen hinaufstieg, bis er weit genug oben war, um die Falltür zurückzuklappen. Sie landete mit einem lauten Knall, wobei sie eine Wolke von Staub und Spreu aufwirbelte.

Die Albinohündin hatte ihre Zähne in Erlends Beinlinge gegraben und zerrte wie eine Besessene daran, während sie tief in ihrer Kehle knurrte. Zusammen mit den Beinlingen rutschte auch die schmutzige und zerschlissene Unterhose des alten Mannes herunter, ein Anblick, auf den Dain gut und gerne hätte verzichten können.

»Numa!« Er wandte den Blick ab, als er den Hund zurückrief und zum Kamin zeigte. Ein Kichern ertönte hinter ihm. Er schaute über die Schulter zurück und sah, wie Erlend sich damit abmühte, seine Unterwäsche wieder über seine knochigen Pobacken hinaufzuziehen. Der alte Mann hatte sich rückwärts gegen die hölzernen Regale manövriert, die die gekrümmten Steinwände säumten, und jede seiner Bewegungen ließ die Gefäße und Gläser auf den Borden erzittern und klirren. Ceridwen lachte erneut, obwohl es diesmal eher ein Prusten als ein Kichern war. Dain war froh, daß sie nach der langen Nacht im Wald von Wroneu noch in so heiterer Stimmung war. Er selbst fühlte sich hundsmiserabel.

»Verschwinde, Erlend«, befahl er, gründlich angewidert vom Schmutz des alten Mannes, von Ceridwens Heiterkeitsausbrüchen und dem Lauf, den sein Leben genommen hatte.

»Keine Sorge, ich verschwinde schon«, grummelte Erlend. »Ich wär' schon längst verschwunden, wenn mich die vermaledeiten Schloßwachen nicht belagert hätten.«

»Belagert?« Das Wort war noch kaum über Dains Lippen gekommen, als er auch schon den Lärm auf der anderen Seite der Druidentür hörte. Laute Stimmen riefen durcheinander, und das Poltern von Schritten, die die Turmtreppe hinauf- und hinuntereilten, war zu hören. »Was hat das zu bedeuten?« verlangte er zu wissen.

»Sie wollen das Mädchen«, erklärte Erlend. »Ich hatte dem ersten von ihnen aufgemacht, diesem Noll, aber er hat ein dermaßenes Theater veranstaltet, als er das Mädchen nicht finden konnte, daß ich es nicht gewagt habe, noch einen von den Kerlen reinzulassen. Sie sind schon seit Sonnenaufgang da draußen. Schreien rum wie die Wilden und drohen und machen einen Krawall an der Tür… aber ich hab' sie fest verschlossen und keinen mehr von ihnen reingelassen. Wenn ich an Eurer Stelle wäre, wär ich verdammt vorsichtig.«

»Verschlossen?« fragte Dain.

Erlend nickte. »Fester als 'n Schraubstock.«

Dain fluchte und marschierte zur Tür, wobei er im Vorbeigehen das zusammengefaltete Quicken-Tree-Tuch auf das Bett warf. D'Arbois würde nicht lange zögern, einen Rammbock zu benutzen, die Tür aufzusprengen, obwohl es ihm nicht das geringste nützen würde. Er würde nichts anderes erreichen, als die Tür noch fester zu versiegeln, wenn er versuchte, sie aufzubrechen. Die Metallplatten, die von den Hebeln des Schlosses aktiviert wurden, waren auf beiden Seiten des Türrahmens sechs Fuß tief in das Mauerwerk der Turmwände eingelassen. Die einzige Möglichkeit, die Druidentür aufzubrechen, bestand darin, den Turm selbst zu zerstören.

Der alte Baron hatte den Turm als heilig betrachtet. Er hatte niemandem gestattet, in die Räume seines Barden einzudringen, obwohl der Mann in Ungnade gefallen war. Soren kannte keine derartigen Skrupel. Aberglaube hatte ihn in den ersten Monaten nach dem Tod seines Vaters in Schach gehalten, bis er seine Neugier nicht länger hatte bezwingen können. Es war das Gerücht umgegangen, der Hart Tower sei eine Schatzkammer, eine wahre Fundgrube für die größten Reichtümer der Menschheit. Es hatte aber auch geheißen, auf dem Turm laste ein Fluch, und so war Soren auf die Idee gekommen, eine Belohnung auszusetzen, um andere dazu zu verlocken, die eigentliche Öffnung der Druidentür vorzunehmen, wenn sie es denn konnten. Hundert Goldstücke schienen ein vergleichsweise geringer Preis dafür, daß sich das Unglück über jemandes anderen Haupt entladen würde.

Dieser Jemand war Dain gewesen, und wenn es einen Fluch gab, so hatte er jedenfalls nichts davon gemerkt, bis zu jenem Tag vor zwei Wochen, als Ceridwen ab Arawn, das kostbarste und begehrteste Juwel des ganzen Landes, versehentlich in seine Obhut geraten war.

Zur Hölle mit dem Fratz, und zur Hölle mit dem alten Mann.

Dain strich mit der Hand über die Balken der Tür, während er das Muster von Eisenstäben ertastete, die in das Holz eingelassen waren. Nach einem Moment stieß er einen Seufzer der Erleichterung aus und blickte über seine Schulter zu Erlend hinüber. Der Diener wußte nichts von dem Geheimnis der Tür. Er hatte lediglich die Sicherung des Querriegels gemeint. Wenn die Tür tatsächlich »fester als 'n Schraubstock« versperrt gewesen wäre, hätte selbst Dain eine ganze Woche gebraucht, um sie wieder zu öffnen. So lange hatte er damals benötigt, als er sie das erste Mal geöffnet hatte. Seitdem hatte er die Tür nicht über die zweite Sicherheitsstufe hinaus verschlossen, und das auch nur einmal. Die erste Sicherheitsstufe genügte in den meisten Fällen. Sie hatte auch Ceridwen daran gehindert, den Raum zu verlassen.

»Dieser Schurke steckt dahinter, wißt Ihr«, sagte Erlend, und seine Worte ergaben wie gewöhnlich nicht viel Sinn.

»Welcher Schurke?« fragte Dain, der nur mit halbem Ohr zuhörte. Die Eisenstangen der dritten Sicherheitsstufe schlossen mit den Eichenbrettern ab, und ihre hervorstehenden Enden bildeten das Symbol für Venus und Kupfer innerhalb des kreisförmigen Musters am Türschloß.

»Das Schwein, das so mächtig scharf aufs Heiraten ist.«

Zwischen Dains Brauen erschien eine steile Falte. Das Schwein, das so mächtig scharf aufs Heiraten ist? dachte er verwirrt. Wenn Erlend weiter solchen Unsinn brabbelte, bekäme er bald wieder diese schrecklichen Kopfschmerzen. Eine schnelle Überprüfung der Tür verriet ihm, daß sich an den Stangen der ersten und zweiten Sicherheitsstufe, gekennzeichnet mit den Symbolen für die Sonne und Gold und für Merkur und Quecksilber, niemand zu schaffen gemacht hatte. Die vierte Sicherheitsstufe, die ketzerische Plazierung der Erde, war ... *Schwein*.

Seine Hand hielt mitten in der Bewegung inne. Caradoc war gekommen, um das Mädchen zu holen! Er schnappte erschrocken nach Luft, als er den Kopf drehte, um über seine Schulter zurückzublicken. Ceridwen hatte verstanden. Ihr Gesicht war geisterhaft bleich geworden.

»Ich-ich bin überhaupt nicht darauf vorbereitet«, stotterte sie.

Sein Herz klopfte zu schnell in seiner Brust. Seine Gedanken waren ein einziger Wirrwarr. Caradoc war gekommen, um das Mädchen zu holen. Er öffnete den Mund, um zu sprechen, aber es kam kein Wort heraus.

»Ihr hattet mir Magie versprochen«, sagte sie mit einer Stimme, die flehend und vorwurfsvoll zugleich klang.

Magie? Er hatte keine Magie. Er hatte überhaupt nichts. Hatte sie ihn denn noch immer nicht durchschaut?

In diesem Moment begann ein gewaltiges Gehämmere und Gepolter an der Tür, das harte Vibrationen durch seine Arme sandte. Es war der Rammbock, mit dem er gerechnet hatte; zwar nur ein lächerlich kurzer in Anbetracht des verfügbaren Bewegungsspielraums im engen Treppenaufgang, aber einer, der stabil genug war, um Schaden anzurichten.

»Kretins«, zischte Dain, als sein Zorn aus dem Morast seines Unterbewußtseins aufstieg und Gewalt über seine Gedanken gewann. Er wirbelte mit einem scharf gesprochenen Befehl zu Ceridwen herum. »Zieht Eure Kleider aus und versteckt Euch im Bett.«

Erlends Miene hellte sich augenblicklich auf, und ein zahnloses Grinsen breitete sich auf seinem Gesicht aus.

»Sieh zu, daß du in die untere Kammer kommst, Alter«, warnte Dain ihn, als er seine Aufmerksamkeit dem lüsternen Diener zuwandte, »sonst wird dein nächster Atemzug dein letzter sein.«

Wieder prallte die Ramme gegen die Tür. Die gewaltige Erschütterung erzeugte ein dumpfes Echo im Raum, das von den gekrümmten Turmwänden widerhallte und eine blechern klingende Resonanz in der Luft zurückließ.

Elende Bastarde.

»Beweg dich!« bellte Dain. Erlend zuckte zurück, aber Ceridwen rührte sich nicht von der Stelle.

»Laßt mich gehen«, bat sie.

»Nein.«

»Mein Knöchel ist fast geheilt. Laßt mich durch den geheimen Tunnel zurückgehen und fliehen.«

»Wohin denn?« verlangte Dain zu wissen. »Nach Strata Floria? Caradoc hätte Euch eingeholt, noch bevor Ihr den Fluß überquert.«

»Dann durch die Wälder nach Deri. Rhuddlan würde mich sicherlich aufnehmen.«

»Zu seinem eigenen Nutzen, nicht zu Eurem.« Törichtes Mädchen. Vertraute sie denn jedem anderen mehr als ihm?

Die Ramme traf mit gewaltigem Krachen ihr Ziel.

»Was ist mit Eurer Freundin Madron?« Der flehende Unterton in ihrer Stimme schlug in Verzweiflung um. »Ihre Bedienstete schien mich zu mögen. Vielleicht würden sie mich verstecken, bis ich meinem Bruder eine Nachricht schicken kann.«

»Madron ist nicht meine Freundin und auch nicht Eure«, fauchte Dain. »Sie hat sich als die alte Dienerin verkleidet, und während Ihr geschlafen habt, hat sie Euch lange genug betrachtet, um schließlich zu verkünden, daß Ihr die perfekte Braut für den Keiler von Balor wärt.«

Sie starrte ihn an, und ihre Hände fielen schlaff an ihren Seiten herab, als ihr seine Worte allen Kampfgeist nahmen.

»Die alte Dienerin war in Wirklichkeit Madron? Aber ich erinnere mich ganz deutlich, wie eine Frau hereinkam, eine besondere Frau. Ich habe ihre Anwesenheit in dem Häuschen gespürt.« Ihre Stimme klang unsicher. »Ich ... ich dachte, es wäre jemand anderer.«

»Es gibt niemanden, der Euch helfen kann, außer mir.« Sie hatten einfach keine Zeit für diese Debatte. »Seht zu, daß Ihr ins Bett kommt, sonst überlasse ich Euch Eurem Schicksal.«

Seine Drohung hatte den gewünschten Erfolg, und Ceridwen machte sich hastig daran, ihr Gewand auszuziehen.

Dain warf seinen Umhang ab und griff nach den Schnüren an seinem Lederwams. Sie waren bereits halb gelöst; eine Entdeckung, die ihn stutzig machte, und er fragte sich, was Madron in dieser Nacht wohl sonst noch alles von ihm gesehen hatte, abgesehen von seinen Gedanken. Die Hexe sollte sich besser in acht nehmen.

Rasch löste er die letzten Schnüre und zog sein Wams aus. Er brauchte ein Abführmittel und eine Heilpflanze, um Ceridwen schläfrig zu machen; und Fliederbeeren, Kamille und eine kleine Menge von seinen kostbaren Lindenblüten, um sie zum Schwitzen zu bringen. Blut wäre der dramatischen Wirkung halber auch nicht schlecht, aber er hatte keines zur Hand.

Es sei denn, er zapfte Erlend etwas ab.

Dain blickte den alten Mann an, der gerade zur Falltür schlurfte, und bewegte sich auf ihn zu. Etwas von dem, was ihm durch den Kopf ging, mußte in seiner Miene zu erkennen gewesen sein, denn der Diener beschleunigte seinen Schritt, so daß das Ganze auf ein Wettrennen hinauslief, wer als erster die Treppe erreichen würde. Erlend gewann mit einem mutigen Sprung in die Tiefe, der ohne Zweifel ein wenig von dem benötigten Blut auf dem Fußboden der Alchemiekammer zurücklassen würde. Dain schnitt eine Grimasse angesichts der Verschwendung, dann schloß er die Falltür und schob mit einem Fuß den Riegel vor. Schön, dann würde er sich eben mit *Pudre ruge* behelfen müssen.

Er schöpfte eine Tasse voll Wasser aus dem Kessel, der über der Feuerstelle dampfte, und machte sich in aller Eile daran, Töpfe und Flaschen vom Regal herunterzuholen, dieses und jenes, all die Kräuter, die er brauchte, und noch eine ganze Reihe anderer, die er nicht benötigte. Der Rammbock prallte abermals gegen die Tür, mit einem dumpfen, nachhallenden Krachen, das die Gefäße auf dem Tisch erzittern ließ. Dain glitt prompt eine Flasche aus den Fingern. Sie landete auf dem Fußboden, wo sie zu tausend Scherben zersplitterte und eine übelriechende Flüssigkeit auslaufen ließ.

Die Schloßwachen setzten anscheinend ihren ganzen Stolz darein, die Tür zu zertrümmern. Oder vielleicht hatte D'Arbois auch seine Peitsche hervorgeholt. Dain bückte sich, um die Scherben aufzulesen, und er fluchte, als er sich in den Finger schnitt. Jetzt hatte er das verdammte Blut, das er brauchte. Es lief an seinem Finger herab und sammelte sich in seiner Handfläche. Er packte einen Stapel Bandagen und verteilte das Blut so gut wie möglich auf dem Stoff, dann wandte er sich zu Ceridwen um.

Zu seiner Bestürzung stand sie noch immer mitten im Raum. Ihr Gewand hatte sie inzwischen ausgezogen, nicht aber ihre Untertunika und das Hemd.

»Warum seid Ihr noch nicht im Bett?«

»Was tut Ihr da?« erwiderte sie statt einer Antwort.

Dain zog überrascht die Brauen hoch. Sie hatte sich offenbar wieder gefangen und ihre alte Entschlossenheit zurückerlangt. Obwohl noch immer sichtlich verängstigt, hatte sie wieder diesen kriegerischen, scharfzüngigen Ausdruck an sich. Geschähe Caradoc ganz recht, wenn er ihm das Mädchen in einer solchen Stimmung übergeben würde.

Warum tust du es dann nicht? fragte Dain sich. Warum beeilte er sich nicht, sie endlich loszuwerden? Ihr Verlobter wartete, wenn nicht auf der Turmtreppe, dann auf jeden Fall in der großen Halle. Er konnte Cerdiwen nicht für sich haben – dafür hatte Madron gesorgt – also, warum überließ er sie dann nicht dem Mann, für den sie bestimmt war?

Weil sie zu krank ist, um zu reisen. Es bereitete ihm erstaunlich wenig Mühe, sich selbst zu belügen, weil er wußte, wenn es auch in diesem Moment noch nicht die Wahrheit war, dann doch bald genug, nachdem sie seinen Trank zu sich genommen hatte.

»Ich bereite einen Trank zu, um Schweißausbrüche und Erbrechen bei Euch auszulösen«, erklärte er geduldig, während er mit aller Macht gegen sein Bedürfnis ankämpfte, sie bei den Schultern zu packen und grob zu schütteln. »Vielleicht gebe ich Euch auch etwas, das Durchfall erzeugt und bewirkt, daß Ihr deliriert. Außerdem werde ich Euren Kopf mit blutbefleckten Bandagen umwickeln, *Pudre ruge* auf Eure Narben schmieren und Eure Zähne und Euer Zahnfleisch mit Asche einreiben.«

Er sah, wie Verstehen in ihren Augen aufleuchtete, gefolgt von

Hoffnung. Mit aller gebotenen Eile arbeitete sie sich aus ihrer Untertunika heraus und zog sie sich über den Kopf, während Dain wie angewurzelt dastand und auf die weichen Rundungen ihres Körpers starrte, die sich unter dem feinen Leinenunterhemd abzeichneten.

»Und wenn das noch immer nicht genügt, um Euren Verlobten umzustimmen, dann werde ich Euch dazu bringen, daß Ihr am ganzen Körper zittert und Euch wie eine Besessene auf dem Bett hin- und herwerft, während ich dem Keiler die ganze Zeit über versichern werde, daß ich Euch die Dämonen schon fast ausgetrieben habe und daß Ihr bald wieder bei klarem Verstand sein müßtet.«

Ihr zarter Duft erfüllte die Luft, als sich ihre Kleider bauschten und zu Boden fielen. Dain inhalierte den betörend femininen Duft, und jeder Gedanke daran, sie zu packen und zu schütteln, verflog wie Äther im Wind, ersetzt durch Vorstellungen einer sehr viel sanfteren Art. Sein Blick wanderte hungrig über ihren Körper, liebkoste jede einzelne verführerische Kurve, von ihrer Kehle bis hinunter zur Wölbung ihres Fußes, an ihren schlanken Armen hinauf, die das Unterhemd enthüllte, und wieder hinunter zu den samtigen Schatten zwischen ihren Brüsten und noch tiefer hinab zu dem lockenden Geheimnis zwischen ihren Schenkeln.

Und wenn das noch immer nicht genügt, um deinen Verlobten umzustimmen, dann werde ich dafür sorgen, daß du von mir besessen bist. Ich werde in deinen Geist schlüpfen, in deinen Atem, in deinen Körper. Ich werde mich dir auf eine Weise hingeben, der du nicht widerstehen kannst, süß, so unendlich süß, mit List und Tücke, und notfalls auch mit der Wahrheit.

Er war verrückt. Eindeutig. Sein Geist hatte schließlich doch Schaden genommen. Vor lauter Sehnsucht hatte er nun endgültig den Verstand verloren. Was Jalal mit seinen raffiniert erdachten Folterungen, mit seinen subtilen Spielen und seinen Demütigungen nicht gelungen war, hatte ein junges Mädchen geschafft, indem sie lediglich ihre Untertunika auszog. Seine Tür erzitterte alle paar Augenblicke unter den wuchtigen Stößen des Rammbocks, das Blut an seiner Hand tropfte unablässig auf den Fußboden, und er war zu nichts anderem fähig, als wie ein Idiot dazustehen, die Ursache all dessen anzustarren und von ihren Küssen zu träumen.

»Nein, keinen Trank«, erklärte Ceridwen, als ob sie das Kommando hätte. »Ich kann mich auch ohne Euer Gebräu wie eine Irre aufführen, und es wird mir bestimmt nicht schwerfallen, vor Furcht zu zittern, wenn der Keiler im Raum ist. Kein Brechmittel, bitte, aber ich werde würgen und spucken, wenn Ihr gerne möchtet.«

Aber sicher doch, dachte er, völlig benebelt und durcheinander. Es war wirklich sein größter Herzenswunsch, daß sie würgte und spuckte, während sie in seinem Bett lag.

»Den Durchfall kann ich aber nicht aushalten.«

Er konnte es auch nicht, aber verzweifelte Situationen machten nun einmal verzweifelte Maßnahmen notwendig.

»Spritzt mir Wasser ins Gesicht, wenn Ihr unbedingt müßt. Wasser wird es auch tun, damit ich so aussehe, als wäre ich in Schweiß gebadet. Alles, worum ich Euch bitte, ist, daß Ihr ihm nicht erlaubt, mich anzufassen.« Sie warf die Untertunika auf das Bett und drehte sich zu ihm um. »Ich kann es nicht ertragen, wenn mich der Keiler berührt.«

Ich auch nicht, dachte Dain. »Es ist sein gutes Recht.«

Sie schob grimmig das Kinn vor, und in ihren Augen blitzte ein wütender Funke auf, beides gute Zeichen. »Wenn die Zeit kommt, wird es ein Recht sein, wofür er sterben muß.«

»Ihr könnt ihn nicht mit Magie töten, Ceri.«

»Dann werde ich vielleicht ein Messer benutzen.«

Ihre Kühnheit war wirklich bemerkenswert, aber auch töricht und frustrierend. Wenn jedesmal ein Mann sterben mußte, wenn eine Frau nein sagte, würde das Königreich noch vor Ende des Monats knietief in Männerleichen waten. So funktionierte die Welt nun einmal nicht.

»Vielleicht werde ich Euch beibringen, wie man mit einem Messer umgeht«, erwiderte er aus praktischen Gründen, »aber nur, wenn wir diesen Tag überleben.« Dain zeigte auf das Bett, um sie zur Eile anzutreiben. Der Rammbock krachte wieder gegen die Tür, ein Geräusch, das Dain zusammenzucken ließ und Ceridwen davon überzeugte, daß es besser war, seiner Aufforderung nachzukommen.

Rasch vermischte Dain den Inhalt seiner Töpfe und Tiegel mit dem Wasser aus der Tasse und schmierte und tupfte den Brei auf ihr Gesicht und ihren Hals, wobei er das meiste dessen, was er ihr eigentlich innerlich hatte verabreichen wollen, statt dessen auf ihr Äußeres verwendete. Sie band ihr Haar hoch und tat ihr möglichstes, um sich die blutbefleckten Bandagen um die Stirn zu wickeln. Es war zwar bestenfalls eine schludrige Arbeit, aber Dain verlieh ihr den letzten Schliff mit einer Salbe, die einen ekelerregenden Fäulnisgeruch ausströmte.

Ich an Caradocs Stelle würde Ceridwen bestimmt nicht anfassen, wenn sie derart widerwärtig stinkt, dachte er. Er rieb sie sicherheitshalber noch einmal mit Salbe ein, dann legte er ihr einen Finger auf die Lippen und beugte sich tief über das Bett.

Er starrte sie an, lange und intensiv, sehr intensiv, während er beobachtete, wie sich ihre Augen zuerst erwartungsvoll weiteten und dann voller Mißtrauen zu Schlitzen verengten, bis ihr Blick schließlich einen Ausdruck der Verwirrung, gemischt mit einer Spur von Furcht, annahm. Genauso wollte er sie haben: eingeschüchtert und verwundbar. Der Rammbock krachte pausenlos weiter gegen die Tür, und Dain fuhr fort, sie schweigend und durchdringend anzustarren. Er kannte Ceridwen inzwischen zur Genüge, und er wußte, ihr störrischer Mut konnte das Ende ihres Plans bedeuten, und so wartete er ab. Als er spürte, wie ein Zittern durch ihren Körper lief, als sich ihre Augen langsam in noch größerer Furcht weiteten, beugte er sich noch näher zu ihr.

»Ihr werdet nicht ein einziges Wort sprechen«, flüsterte er, während er finstere Drohung in Blick und Stimme legte. »Ihr werdet nicht eine einzige Bewegung machen, sonst werde ich Euch persönlich an Caradoc ausliefern, und es wird mir egal sein, was dann mit Euch geschieht. Habt Ihr mich verstanden?«

Sie nickte kaum merklich mit dem Kopf, was bei einer Frau wie ihr, die zu ihrem Wort stand, einem Versprechen gleichkam. Dennoch hätte er lieber genügend Zeit gehabt, ihr einen kräftigen Schlaftrunk einzuflößen, ganz gleich, ob sie nun ja oder nein sagte.

Solange sie wach war, hatte er jedoch vor, sie für einen nützlichen Zweck einzusetzen. Er griff über ihren Kopf hinweg, wickelte das Ende eines Seils ab und drückte es ihr in die Hand.

»Wenn ich die Kerze auf dem Tisch anzünde, zieht an diesem Seil hier und hört nicht eher auf, bis es sich vollständig abgerollt hat. Dann versteckt es wieder hinter dem Vorhang.«

Sie nickte schweigend, und er schob den Verband ein Stück tiefer, um ihre Augen zu bedecken; dann wandte er sich vom Bett ab und zog die Damastvorhänge hinter sich zu.

»Platz da! Geht mir aus dem Weg, Mann!« rief Vivienne unten im Burghof am Eingang zur Turmtreppe.

Soren, der auf dem obersten Treppenabsatz vor der Druidentür stand, erbleichte, als er die schrille Stimme seiner Ehefrau hörte.

»Ich werde deinen Kopf auf eine Pike aufspießen lassen, du verlauster Mistkerl«, drohte sie einem seiner Männer.

Wenn Vivienne sich mit Ellenbogen und unflätigen Schimpfworten einen Weg in den Turm bahnt, fragte Soren sich beunruhigt, wo steckt dann der Keiler von Balor? Wer weiß, vielleicht folgte er ihr ja auf den Fersen. Wie konnte sie es wagen, ihren Posten zu verlassen?

Er blickte seinen frisch beförderten Hauptmann der Schloßwache, Vachel, an, aber der Mann weigerte sich, seinem Blick zu begegnen, geschweige denn, daß er sich veranlaßt gesehen hätte, etwas gegen Vivienne zu unternehmen.

»Zurück, du Schwein. Mach Platz, verdammt noch mal!« Sie kam unaufhaltsam näher, während sie für Verwirrung unter den einfachen Soldaten sorgte, die in Reih und Glied auf der Wendeltreppe standen.

Ein allgemeines Geschiebe und Gedrängel in dem engen Turmaufgang kündete von ihrer Ankunft auf dem obersten Treppenabsatz. Männer schubsten sich gegenseitig zur Seite in dem Versuch, eine Gasse frei zu machen, die Lady Vivienne geradewegs zu ihrem Herrn und Gebieter führen würde. Soren würde sie alle auspeitschen lassen.

»Mylord«, sagte sie spitz, als sie neben ihn trat, »was geht hier vor? Wo ist das Mädchen?«

»Die Frage, Mylady« erwiderte er in gedämpftem Ton, während er sie im matten Zwielicht böse anfunkelte, »lautet: Wo ist der Keiler?«

»In der Halle, wo ich ihn zurückgelassen habe.«

»Damit er in aller Muße herumspazieren kann? Damit er nach Belieben schnüffeln und spionieren und womöglich seine Männer zusammenrufen kann, um das Schloß zu plündern?«

Sie warf ihm einen Blick zu, der sowohl empört als auch selbstgefällig war. »Ich habe dafür gesorgt, daß er nicht mehr in der Verfassung ist zu gehen, geschweige denn, in aller Muße herumzuspazieren. Und das einzige, was er höchstwahrscheinlich plündern wird, bin ich.«

Mit einiger Überraschung fühlte Soren, wie die Flamme seines Zorns flüchtig aufflackerte und dann verlöschte. Er hatte geglaubt, er wäre längst darüber hinaus, sich in seinem Stolz als Ehemann gekränkt zu fühlen. Und dennoch, hier stand er, im Begriff, wieder einmal Hörner aufgesetzt zu bekommen, und die Demütigung versetzte ihm einen schmerzlichen Stich.

Er konnte nichts anderes tun, als Viviennes bevorstehenden Seitensprung zu verharmlosen. »Du hast ihn also mit kneifender Hose zurückgelassen, wie?«

»Sie kneift ihn ganz gewaltig, darauf kannst du dich verlassen«, versicherte Vivienne ihm, ihre Augen leuchtend vor Genugtuung und Erwartung.

Soren hatte sie einmal geliebt. Sie war noch immer die schönste Frau, die er je gesehen hatte, aber ihr Herz war im Laufe der Jahre erkaltet. Er war derjenige, der ihr das angetan hatte, mit seinen eigenartigen Bedürfnissen, mit seiner drängenden Begierde nach etwas, was ihm keine Braut geben konnte, und er bedauerte den Verlust ihrer Liebe zutiefst. Sie war jung und bereitwillig gewesen, wenn auch nicht ganz unschuldig, als ihr Vater sie ihm zur Frau gegeben hatte. Sie war leidenschaftlich und liebevoll gewesen, wenn auch etwas naiv-verwirrt in bezug auf ihren Ehemann. Bis sie ihn mit einem Jungen erwischt hatte.

Und so lebte er mit seinem Bedauern und einer Ehefrau, die ihn bei jeder sich bietenden Gelegenheit betrog.

»Aber ich kann ihn nicht ewig hinhalten und ablenken, Soren«, fuhr sie fort. »Wenn wir ihm nicht bald das Mädchen präsentieren, wird er uns einen Kopf kürzer machen und ganz Wydehaw in Schutt und Asche legen. Der Mann ist absolut kompromißlos, das kann ich dir versichern.«

Soviel wußte er auch selbst.

Soren wandte sich an den Hauptmann. »Vachel, fangt wieder an.« Er wies mit einer knappen Kopfbewegung auf die Tür.

»Nein«, widersprach Vivienne energisch und schob den Hauptmann zur Seite, bevor er seinen Männern ein Zeichen geben konnte, die Ramme zu schwingen. »Bist du denn ganz und gar von allen guten Geistern verlassen? Wir brauchen Lavrans vielleicht noch, bevor dieser Tag zu Ende geht, und ich bezweifle, daß es unserer Sache förderlich sein wird, wenn wir seine Tür aufbrechen.«

Sie marschierte schnurstracks zu dem Wasserspeier und starrte die scheußliche Kreatur mitsamt glühenden Glotzaugen und allem Drum und Dran mehrere Sekunden lang drohend an, bevor sie gebieterisch an die Tür klopfte. Soren konnte ihren Mut nur bewundern. Er hatte es tunlichst vermieden, das furchteinflößende Ding mit seinen bronzenen Fangzähnen und der heimtückisch grinsenden Fratze anzusehen.

»Lavrans«, rief Vivienne mit herrischer Stimme. »Lord und Lady D'Arbois bitten um eine Unterredung. Laßt uns ein!«

Und schon öffnete sich die Tür wie von Geisterhand. Sie schwang auf, lautlos und weit, und gewährte Eintritt in die heilige Kammer, wo Soren damals nur etwas Gold und wenig mehr als ein bißchen Flitterzeug von zweifelhaftem Wert als Entschädigung für all seine Mühe und die hundert Goldstücke gefunden hatte.

Vivienne warf ihm einen triumphierenden Blick über ihre Schulter zu.

Im Sonnenzimmer war es kaum heller als auf der Wendeltreppe. Auf dem Tisch flackerte eine Kerze; im Kamin glimmte ein schwaches Feuer. Alle Laibungen waren mit schweren Wandteppichen zugehängt worden, was noch zur Dunkelheit im Raum beitrug.

Soren fühlte, wie ein allgemeiner Rückzug um ihn herum einsetzte, als seine Männer verstohlen in Richtung Treppe zurückwichen. Er hätte am liebsten das gleiche getan, aber er tat es nicht. Es war die verdammte Tür, die ihn derart lähmte. Sie öffnete sich von ganz allein, auf eine unheimliche Art und Weise, die er viele Jahre lang nicht mehr miterlebt hatte, ohne daß auf der anderen Seite auch nur eine Menschenseele zu sehen gewesen wäre. Kein gutes Vorzeichen.

Lavrans war jedoch da – Gott sei Dank – ein regloser Schatten innerhalb der Dunkelheit, wie er dort neben dem Tisch am Kamin stand. Noll war bei seiner morgendlichen Mission wahrscheinlich nicht weiter als bis unter die Röcke der nächstbesten Küchenmagd gekommen. Nun, dafür würde er Prügel beziehen. Der alte Mann,

Erlend konnte sich womöglich irgendwo im Raum aufhalten, aber er ließ sich nicht in der Nähe der Tür blicken. Verfluchtes Ding. Soren dachte daran zurück, wie er als Kind an der Seite seines Vaters den Hart Tower betreten hatte, am ganzen Körper zitternd und innerlich flehend, daß er sich nicht vor Nemeton in die Hosen machen würde, während er voller Angst beobachtet hatte, wie die Druidentür aus eigenem Antrieb aufschwang, und gebetet hatte, daß die Tür zu seiner Schlafkammer nicht auch auf die Idee käme, diesen Trick zu lernen und ein unheimliches, unberechenbares Eigenleben zu beginnen.

Vivienne ließ keine solch abergläubische Furcht erkennen. Entschlossen betrat sie die Kammer des Hexenmeisters, ohne der Tür auch nur einen Blick zu gönnen.

»Dain«, säuselte sie in verführerischem Tonfall. »Wir haben den ganzen langen Morgen darauf gewartet, Euch zu sehen.«

»Ich bitte um Verzeihung für die Verspätung, Lady«, ertönte Lavrans' Stimme aus der Dunkelheit. »Ich war dabei, eine komplizierte Behandlung durchzuführen, und ich habe es nicht gewagt, mittendrin abzubrechen.«

»Natürlich.« Vivienne verzieh ihm mit einem Lächeln. »Es ist Tage her, seit Ihr in unsere Halle gekommen seid, und – Huch!« Sie schnappte erschrocken nach Luft und zuckte zurück, als die Holzscheite im Kamin plötzlich mit gewaltigen blaugrünen Flammen aufloderten und Lavrans' Schatten riesengroß an die gegenüberliegende Wand warfen.

Die Männer um Soren verzichteten auf alle Subtilität, als sie Hals über Kopf zur Treppe stürzten. Vachel versuchte, es ihnen nachzutun, aber Soren packte seinen Hauptmann am Arm und hielt ihn gewaltsam zurück.

»Überlaßt es den anderen, Schauergeschichten unter Caradocs Männern zu verbreiten«, sagte er. »Euer Platz ist an meiner Seite.« Die Art, wie sich die Dinge entwickelten, behagte ihm gar nicht, und wenn der Hexenmeister – Scharlatan hin oder her – plötzlich wild werden sollte, war ihm selbst die Gesellschaft eines Feiglings immer noch lieber, als ganz allein dazustehen.

»Ja, Mylord«, erwiderte Vachel ohne große Begeisterung.

Viviennes zittriges Lachen verstärkte noch die angespannte Atmosphäre.

»Wo ist das Mädchen, Lavrans?« wollte Soren wissen. Je schneller sie die Sache hinter sich brachten, desto besser.

Eine lässige Geste des Magiers lenkte seinen Blick auf das Bett. Soren wünschte inständig, der Mann würde sich endlich vom Kamin wegbewegen. Sein Gesicht war kaum zu sehen, da er mit dem Rücken zum Feuer stand, und Soren konnte sich keinen Reim darauf machen, was Lavrans durch den Kopf ging, wenn seine Züge in Schatten gehüllt waren. Lavrans ließ sich zwar selbst unter den günstigsten Umständen nur wenig von dem anmerken, was er dachte, aber das wenige, was er preisgab, war in dem subtilen Spiel der Muskeln in seinem Gesicht zu erkennen, eine faszinierende und gefährliche Landschaft, die Soren bei jeder Gelegenheit betrachtete.

»Vivienne.« Er winkte seine Frau zum Bett hinüber. Er selbst zog es vor, sich nicht in die Betrachtung kranker Frauen zu vertiefen, besonders wenn sie einem Mann versprochen waren, der in dem Ruf stand, brutal zu sein. Der Keiler von Balor hatte diesen Ruf, und oft hieß es von ihm, er sei obendrein auch noch verrückt.

Mit dem majestätischen Gebaren einer Königin glitt Vivienne zum Bett hinüber und zog die Vorhänge zurück. Wieder schnappte sie keuchend nach Luft. Sie stolperte rückwärts, eine Hand auf Mund und Nase gepreßt, und wandte sich mit entsetztem Blick zu ihrem Mann um.

Soren eilte besorgt zum Bett. Was er dort sah, ließ alle Farbe aus seinem Gesicht weichen, und der Geruch, der ihm entgegenschlug, ließ ihm das Blut in den Adern gerinnen.

»Großer Gott!« rief er. »Was ist mit ihr geschehen?« Er blickte Lavrans fragend an. »Sie war doch vor knapp fünf Tagen noch auf dem Wege der Besserung.«

»Giftige Gase sind in ihren Körper eingedrungen, angezogen von der eiternden Wunde, die Ragnor ihr mit seinen verfaulten Zähnen beigebracht hat.«

»Giftig?« wiederholte Soren, während er Stück für Stück vom Bett zurückwich.

»Gase?« Vivienne folgte seinem Rückzug, wobei sie heftig mit der Hand vor ihrem Gesicht herumwedelte.

»Besteht Aussicht auf Heilung?« erkundigte sich Soren aus sicherer Entfernung.

»Ja. Heilung«, plapperte Vivienne nach.

»Ich habe die Hoffnung noch nicht aufgegeben«, erklärte Lavrans. Die blaugrünen Flammen hinter ihm verlöschten und tauchten den Raum wieder in farblose Schatten. »Dennoch habe ich mit dem Wind eine Warnung an ihren Verlobten geschickt, um ihm zu sagen, daß er nicht zögern, sondern so schnell wie möglich herkommen soll, wenn er seine Braut noch lebend sehen will.«

»Und er ist hier. Jetzt«, sagte Soren verblüfft. Vielleicht hatte er Lavrans' Fähigkeiten doch unterschätzt. Sein Vater hatte ganz sicherlich die von Nemeton unterschätzt, der die Baronin in einen todesähnlichen Schlaf versetzt hatte, um sie Wochen später – von einem Ort aus, der viele Meilen entfernt war – zu vergiften.

»Gut«, erwiderte der Hexenmeister. »Dann holt ihn her.«

Hier lauert Gefahr, dachte Dain. Tödliche Gefahr in Gestalt eines Mannes namens Helebore mit seinen eingesunkenen Augen und dem kahlen Schädel. Seine braune Kutte wurde von einem weichen Seil in der Taille zusammengehalten, das nach Art der Culdee-Mönche verknotet war, aber Caradocs Leibarzt war alles andere als ein Heiliger.

»Giftige Gase, ja, ja.« Der ausgemergelte Mann beugte sich tief über Ceridwen und sog prüfend die Luft durch die Nase ein, während er seinen Kopf von einer Stelle ihres Körpers zur anderen bewegte, als ob es einen Unterschied gäbe, wie sie von der Wange bis zur Schulter oder von den Brüsten bis zur Taille roch. »Frauen ziehen giftige Gase an, die aus dem Boden entweichen, indem sie nur ihren Fuß darauf setzen, oder auch aus der Luft, die sie einatmen. Es muß nicht unbedingt eine infizierte Wunde sein, obwohl ich schon gehört habe, daß es auch auf diese Weise passieren kann.«

Caradoc saß auf einem Stuhl in diskreter Entfernung des Bettes und registrierte jedes Wort, das Helebore sagte. Dain hatte den Dolch gesehen, der im rechten Stiefel seines alten Freundes steckte, und auch die Spitzen der Messerklingen unter dem ledernen Armschutz, und er sagte sich, daß es üblich für einen Mann war, sich zu bewaffnen, wenn er auf Reisen ging. Er bemerkte Caradocs fahle Wangen, die einst eine so gesunde Frische gehabt hatten, und redete sich ein, dies sei lediglich eine Folge des langen, sonnenarmen Winters. Er beobachtete, wie Caradocs Blick unentwegt hin- und herschweifte, vom Bett zur Tür, vom Kamin zu Helebore und wieder zurück, auf eine hektische, willkürliche Weise, unablässig suchend und ohne jemals einen Ruhepunkt zu finden, außer in jenen Augenblicken, wenn er Ceridwens Gesicht betrachtete – und Dain sagte sich, daß Vorsicht angebracht war, denn der Blick des Keilers war nicht von Liebe erfüllt oder auch nur von sinnlicher Begierde, wenn er das Mädchen ansah, sondern von etwas, das weitaus gefährlicher war.

»Der *Medikus*«, sagte er zu Caradoc. »Ich kann mich nicht erinnern, ihn bei unserem letzten Treffen gesehen zu haben. War er einer der Gefolgsleute deines Vaters?«

»Nein«, erwiderte Caradoc, während er von Viviennes Dienerin einen Kelch mit erwärmtem Wein entgegennahm. Ein charmantes Lächeln zierte seinen Mund. »Er gehört zu meinem Gefolge.«

»Ein Culdee?«

»Er wurde vor knapp einem Jahr exkommuniziert; ein weiteres Opfer der irrwitzigen Auswüchse von Kirchenpolitik.«

Das Mädchen errötete und erwiderte sein Lächeln, und sie hätte noch länger herumgetändelt, wäre Vivienne nicht gewesen, die sie anfauchte, sich wieder an ihre Arbeit zu begeben.

»Er ist ein Experte auf einer Vielzahl von Gebieten«, erklärte Caradoc Dain, obwohl er dabei dem Mädchen nachschaute. »Aber er hat keinen so weitreichenden Ruf wie du.«

»Wir haben uns alle in den letzten paar Jahren einen gewissen Ruf erworben«, erwiderte Dain.

»Schon, aber deiner gibt die meisten Rätsel auf, Lavrans.« Caradoc konzentrierte seine Aufmerksamkeit wieder auf Dain. »Ich bin der Keiler, der Mann, der in dem Ruf steht, einen Gegner mit einem einzigen Schlag töten zu können.« Er hob ein imaginäres Schwert und ließ es kraftvoll niedersausen, dann zuckte er die Achseln. »Kraft hat nichts Geheimnisvolles. Morgan, unser Dieb von Cardiff, stiehlt. Ob es nun ein Mädchenherz ist oder ob er einen Grafen aus seinem Bett entführt – das Geheimnisvolle ist das Wie, nicht die Tat als solche. Aber du ...« Sein Blick nahm einen grüblerischen Ausdruck an. »Keiner weiß genau, was du tust, guter Freund, ob es reine Geschicklichkeit ist oder Hexerei. Selbst Helebore, der all die Jahre auf Ynys Enlli in klösterlicher Abgeschiedenheit gelebt hat, hatte schon von Wydehaws Magier und der Öffnung der Druidentür gehört.«

»Ein außergewöhnlicher Trick, weiter nichts.« Dain bagatellisierte das Kompliment. Kein anderer als Jalal hätte die Komplexität oder, so paradox es war, die Einfachheit der Leistung zu würdigen gewußt, und es war ziemlich unwahrscheinlich, daß der Sarazene jemals davon erfahren würde.

»Helebore würde viel darum geben, einen solchen Trick zu lernen. Das ist der Grund, warum er diese Reise gemacht hat.«

»Dann hätte er sich die Mühe sparen können.« Dain grinste trocken. »Obwohl ich froh bin zu erfahren, daß deine Besorgnis um das Mädchen nicht der einzige Grund war, warum er mitgekommen ist, denn ich fürchte, er hegt eine Abneigung gegen sie.«

»Widerwärtig, scheußlich«, murmelte der Arzt vor sich hin. Er hatte vorsichtig die Decke mit den Fingerspitzen hochgehoben und war gerade dabei, Ceridwen zu untersuchen, die reglos zwischen den Laken ausgestreckt lag. Er berührte sie jedoch nicht mit den Händen, sondern benutzte einen silbernen Schlüssel, der an einer Kette von seinem Gürtel herabhing. Seine Stimme war gedämpft und zischend. »Traurige, erbärmliche Geschöpfe.« Er legte den Schlüssel auf ihr Handgelenk, und Dain sah, wie Ceridwen zusammenzuckte. »Sie lebt also noch. Hmmm.«

Caradoc machte eine wegwerfende Handbewegung. »Helebores Abneigung ist nichts weiter als die Verachtung eines Klerikers für das schöne Geschlecht.«

Eine milde Umschreibung für den Abscheu, den Dain auf dem Gesicht des Arztes sah. Helebore verachtete Frauen nicht, er haßte sie, was kein ungewöhnliches Phänomen unter Männern war, denen alle sexuellen Freuden versagt blieben.

Dain sah, wie er das Quicken-Tree-Tuch musterte, das sich aus seinen Falten gelöst und über das Fußende des Bettes ausgebreitet hatte. Ein Ausdruck der Neugier verlieh dem kahlköpfigen Mann beinahe komische Züge, dann griff er nach dem Tuch. Neugier wurde rasch von Entsetzen verdrängt. Der Medikus stieß einen kurzen Schrei aus, gefolgt von einem Aufkeuchen, als er hastig das Tuch fallen ließ und einen Finger in den Mund steckte. Niemand schien Notiz von dem Vorfall zu nehmen bei all der Unruhe und dem Lärm, die im Turm herrschten, aber Dain war bereit zu schwören, daß er verbranntes Fleisch roch.

Hinter sich konnte Dain hören, wie Vivienne der Armee von Bediensteten, die sie in den Turm befohlen hatte, Anweisungen erteilte: diese Ecke ausfegen, jenen Winkel aufräumen, frische Binsen hier, neue Kerzen dort. Soren hatte dem Raum den Rücken zugekehrt und starrte durch die grüne Glasscheibe des Turmfensters, während er soviel wie möglich von dem zu ignorieren versuchte, was um ihn herum vor sich ging. Zu beiden Seiten der Druidentür war ein Wachtposten aufgestellt.

Der Hart Tower war scharenweise von Eindringlingen heimgesucht worden, und Dain fühlte sich in die Enge getrieben. Er stand ebenfalls an einem der Fenster, aber im Gegensatz zu Soren hatte er nicht vor, Helebore oder Caradoc den Rücken zuzukehren, Freund oder nicht Freund.

»Ehrlich gesagt, ich hatte etwas Besseres für zweihundert Goldstücke erwartet«, sagte Caradoc jetzt. »Sie ist so ein kleines, blasses Ding. Selbst wenn sie bei bester Gesundheit wäre, könnten die Unbilden des Nordens vielleicht doch zuviel für sie sein.«

Dain nahm die Beschwerde mit einem leichten Neigen des Kopfes zur Kenntnis. »Sie ist normalerweise nicht so bleich, und sie wird sich wieder erholen. Dies ist nur ein Rückfall, eine Erscheinung, die bei Fällen dieser Art durchaus nicht ungewöhnlich ist.«

»Und du sagst, verfaulte Zähne hätten die Gase erzeugt?«

»Ja.«

Caradoc murmelte etwas Unverbindliches vor sich hin. »Ich schätze, ich schulde dir etwas dafür, daß du mir den Mann ausgeliefert hast.«

»Morgan war derjenige, der ihn entführt hat. Ich habe nur den Vorschlag gemacht.«

»Er hat von dir gesprochen, als ich ihn mit meinem Messer bearbeitet habe.«

»Ragnor?«

»Ja. Er glaubt, du wärst derjenige, der ihn foltert.« Caradoc blickte mit einem vagen Lächeln zu seinem Freund auf. »Er wird ohne Zweifel mit deinem Namen auf den Lippen zur Hölle fahren.«

»Lebt er noch?« Dain mußte wieder an Grwnachs Schicksal denken.

Caradoc zuckte die Achseln. »Wer kann das schon beurteilen? Er atmet und schwitzt und zittert. Wenn er noch Augen hätte, vielleicht würde er dann weinen, und wenn du das ›leben‹ nennst, na schön, dann lebt er noch, ja.«

Caradocs brutale, gefühllose Äußerung weckte in Dain schlimme Erinnerungen an einen anderen Ort und eine andere Zeit. »Du hast viel in den Kerkern der Wüste gelernt.«

»Zuviel«, gab Caradoc zu und versank in nachdenkliches Schweigen. Kalut ad-Dins Grausamkeit war auf den Karawanenstraßen bekannt gewesen.

Ceridwen bewegte sich unruhig auf dem Bett. Helebore murmelte etwas, und sie beruhigte sich wieder.

»Und du?« fragte Caradoc. »Ich habe mich oft gefragt, wie es dir damals ergangen ist, nachdem wir gefangengenommen wurden.«

»Wir haben alle überlebt, du und Morgan und ich, und insofern ist es uns sehr viel besser ergangen als den meisten anderen, die damals nach Jaffa transportiert wurden.«

»Ach ja, Überleben.« Ein gedämpftes Lachen stieg aus der Kehle des Keilers auf. »Was tun wir doch nicht alles im Namen des Überlebens, nicht ... *bedzhaa?*«

Er sprach das letzte Wort so leise aus, mit soviel Behutsamkeit, daß es mehr ein Hauch als ein Wort war, die bloße Fortsetzung eines langsam entweichenden Atemzugs. Dain hörte es dennoch. Er hörte es, so wie er es immer gehört hatte, als ein Flüstern in der Dunkelheit, als den Namen eines Sklaven. *Bedzhaa.* Schwan.

Ein seltsames Gefühl bemächtigte sich seiner, und er verlor einen Moment lang jeden Bezug zur Gegenwart. Plötzlich bestanden die Wände um ihn herum nicht mehr aus dem kalten, feuchten Stein eines Turms, sondern aus der heißen, trockenen Wolle eines Wüstenzelts; und die Stimmen, die er hörte, waren wieder die der Karawane, nicht die der Markbewohner. Dann – genauso schnell, wie es begonnen hatte – war es wieder vorbei, und der Raum, den er sah, war wieder sein eigener, weit entfernt von jedem Zuchtmeister. Er sah auf Caradoc hinunter, darauf gefaßt, einem verurteilenden Blick zu begegnen, doch sein alter Freund war damit beschäftigt, seine Verlobte forschend zu betrachten, die Stirn in nachdenkliche Falten gelegt.

Morgan hat Bescheid gewußt, dachte Dain. Selbst bei all seiner Naivität konnte er nicht blind gegen die Ware gewesen sein, mit der Jalal Handel getrieben hatte.

»Ich reise von hier aus weiter nach Süden, nach Cardiff«, sagte Caradoc, ohne aufzublicken, »und ich werde in zwei Wochen zurückkommen, um das Mädchen abzuholen. Wenn dir an diesem Ort hier gelegen ist, sollte sie besser vollkommen geheilt sein, wenn ich zurückkehre.«

»Eine Drohung?« Dain blickte ihn mit hochgezogenen Brauen an. Caradoc wußte ebenfalls Bescheid, der Bastard, denn er hatte ihn Schwan genannt.

»Eine Warnung an D'Arbois.« Der Keiler trank einen großen Schluck Wein und wischte sich mit dem Handrücken über den Mund. Ein Rülpsen folgte. »Ich werde nicht den Hart Tower zerstören, aber wenn das Mädchen stirbt, werde ich den Rest von Wydehaw dem Erdboden gleichmachen.«

»Mylord«, sagte Helebore, während er sich zu Caradoc umwandte. »Kommt schnell!«

Dain fühlte Nervosität in sich aufsteigen. Der drängende Ton des Medikus' war ein unheilverkündendes Zeichen in dieser Phase ihres Plans. Er machte einen Schritt vorwärts, bereit, sich für Ceridwen einzusetzen, aber Caradoc hielt ihn zurück.

»Laß mich einen Moment mit meiner Braut allein sein.«

Es war genau das, was Dain befürchtet hatte und wovor Ceridwen so große Angst gehabt hatte. Er stand tatenlos daneben, und ein befremdliches Gefühl der Hilflosigkeit verdrängte seine Selbstsicherheit, als sich der Keiler und sein Leibarzt über Ceridwen beugten. Die gräßliche Hilflosigkeit war einzig und allein auf seine Anteilnahme an Ceridwens Schicksal zurückzuführen.

Ihre Stimmen waren gedämpft, wobei Helebore derjenige war, der die meiste Zeit sprach. Dain konnte Caradocs Gesicht im Halbprofil sehen, und sein Ausdruck veränderte sich die ganze Zeit über nicht, erst in dem Moment, als der Arzt seinen Schlüssel unter den Schultersaum von Ceridwens Hemd schob und den Stoff anhob.

»Der Drachen«, hörte Dain ihn flüstern, »und die Schwester des Drachen, hier … und hier.«

Ein langsames Lächeln breitete sich auf dem Gesicht des Keilers aus, und in seinen Augen glomm ein schrecklicher Funke auf. »Dann steht also ohne jeden Zweifel fest, daß sie diejenige ist«, sagte er.

»Ja, Mylord.« Helebore lachte; ein grimmiges, krächzendes Geräusch. »Die Spuren von Magie beweisen es.«

Wenn er mit »Spuren von Magie« die Bißwunde meint, die Ragnor ihr auf der Schulter beigebracht hat, dachte Dain, dann ist Helebore ein noch größerer Scharlatan als ich. Dennoch beunruhigte ihn die Definition. Warum sollte sich Caradoc für Spuren von Magie auf einer Braut interessieren?

Die Antwort, die ihm darauf einfiel, behagte ihm gar nicht: Caradoc war auf den abscheulichen Ex-Mönch hereingefallen. Dain bediente sich aller Arten von Zauberei und Wahrsagerei, um den Leuten das Geld aus der Tasche zu ziehen und auf ihre Kosten zu leben. Es war eine höchst beunruhigende Vorstellung, daß Ceridwen mit einem Mann verheiratet werden sollte, der so wenig Verstand besaß, daß er jemandem auf dem Leim ging, der ein ebensolcher Scharlatan war wie er selbst. Es bezeigte das Ausmaß von Aberglauben, das sie zurecht fürchtete. Genauso beunruhigend war die Tatsache, daß Helebore die alchemistische Anspielung auf den Drachen und die Schwester des Drachen benutzt hatte, um die Wunden zu beschreiben. Morgan und Madron hatten beide gesagt, die Eheschließung hätte den Zweck, Ceridwen zum Stammsitz ihrer Familie zurückzubringen. Von Drachen oder Magie war überhaupt nicht die Rede gewesen, außer in dem roten Buch.

»Ja, ja, Mylord«, fuhr Helebore fort, während er eifrig nickend auf eine Bemerkung einging, die Caradoc gemacht hatte. »Aber ich habe meine besten Blutsauger mitgebracht, und wenn ich sie vielleicht für einen Moment dem Mädchen ansetzen dürfte«, – er zog zwei glänzende, feuchte Blutegel aus einer verschlossenen Kürbisflasche an seinem Gürtel – »könnten wir eine kleine Menge von ihrem Blu –«

Caradocs Hand schoß blitzartig um die Kehle des Mannes und schnitt ihm abrupt Worte und Luft ab. Erst als Helebore zuckte und bleich wurde, gab der Keiler ihn wieder frei.

»Nein«, erklärte Caradoc kurz und bündig, dann griff er mit höchst selbstzufriedener Miene nach seinem Weinpokal, leerte ihn mit einem Schluck und stellte ihn auf dem Nachttisch ab. »Zwei Wochen, allerhöchstens«, sagte er zu Dain, als er zu ihm trat und ihm einen freundschaftlichen Schlag auf die Schulter versetzte. »Ich würde sie keinem anderen außer dir anvertrauen. Vielleicht solltest du uns begleiten, wenn wir nach Balor zurückkehren, um die Hochzeit zu feiern.«

»Ja, vielleicht«, stimmte Dain zu, und er überlegte ernsthaft, ob er nicht tatsächlich mitkommen sollte, um sich zu vergewissern, daß Ceridwen keine Gefahr drohte, und vielleicht auch, um Caradoc davon abzubringen, allzu häufig bei der Vergangenheit zu verweilen.

»Priester«, rief Caradoc dem Medikus zu, »laßt uns jetzt aufbrechen, damit wir um so schneller wieder zurück sind.«

»A-Aber ...« stotterte Vivienne. Alle wandten sich überrascht zu ihr um. »Aber Ihr seid doch gerade erst angekommen.« Sie hob in einer hilflosen Geste die Hand. »Sicherlich braucht Ihr einen, wenn nicht sogar zwei Tage, um Euch auszuruhren, bevor Ihr Eure Reise fortsetzt.«

Soren traute seinen Ohren nicht, als er seine Frau über die Schulter hinweg anstarrte. Hier war die Rettung; sie wurde ihnen praktisch vor die Füße geworfen, und Vivienne brachte es fertig und warf sie zurück. Er eilte mit schnellen Schritten an ihre Seite. »Der Mann hat wichtige Angelegenheiten in Cardiff zu erledigen, Mylady. Bei seiner Rückkehr werden wir besser darauf vorbereitet sein, ihn auf angemessene Weise zu unterhalten.«

»Ja, natürlich, Mylord«, erwiderte sie gepreßt. »Aber –«

Er brachte sie zum Schweigen, indem er sie fest in den Arm kniff. Ihr Gesicht lief rot an vor Zorn, aber der Handgriff funktionierte, da er sie von ihrem unglückseligen Vorhaben abbrachte und alle anderen wieder zu ihren ursprünglichen Plänen zurückkehren ließ.

Dain fühlte, wie Helebore hinter ihn trat, und er fuhr instinktiv zu dem Mann herum.

»Die Naht, Sir, an der Schläfe des Mädchens; sie ist unglaublich fein«, sagte der Arzt. »Die feinste, die ich je gesehen habe. Darf man fragen, wo Ihr eine solche Fertigkeit gelernt habt?«

Als die Gestalt jetzt so dicht vor ihm stand, entdeckte Dain einen grauen Schimmer auf seiner Haut und braune Flecken in seinen Mundwinkeln. Caradocs Leibartz roch fast genauso ekelerregend wie Ceridwen. »Im Osten, bei einem sarazenischen Arzt.«

»Ihr wart ein Kreuzritter?« Die dunklen Augen des Mannes weiteten sich verblüfft. »Ein Verfechter des Glaubens?«

»Eine Zeitlang.« Dain kämpfte gegen den Drang an, mehrere Schritte zurückzuweichen, und er fragte sich, wie Ceridwen es ausgehalten hatte, den widerlichen Kerl die ganze Zeit neben sich zu haben.

»Wir haben Seite an Seite in Acre gekämpft«, fügte Caradoc hinzu. »Knietief im Blut der Ungläubigen.«

»Eine Erinnerung, die man am besten in der Vergangenheit ruhen lassen sollte«, schlug Dain vor, obwohl seine Aufmerksamkeit auf Helebore konzentriert war. Dieser bewegte sich langsam von ihnen fort und schlenderte in Richtung Druidentür, scheinbar uninteressiert an der Unterhaltung, die er in Gang gesetzt hatte.

»Ja, *bedzhaa.*« Die Stimme des Keilers wurde wieder leise und sanft, als er den verhaßten Namen in Dains Ohr raunte. »Ich würde all das nur zu gerne in der Vergangenheit ruhen lassen, wenn die Vergangenheit nur mich in Ruhe ließe.«

Diesmal war kein Zweifel möglich. Dain wandte sich um und begegnete Caradocs Blick fest und unverwandt, ohne mit Worten oder Mimik etwas erkennen zu lassen, dennoch sah er viel im Gesicht des anderen Mannes enthüllt. Schmerz lauerte in den buntscheckigen Tiefen von Caradocs Augen, zusammen mit Ekel und einer Faszination, von der Dain wünschte, daß er sie besser nicht gesehen hätte. Darüber und darunter und jenseits von all dem herrschte eine Wildheit, eine seltsame, ruhelose Wildheit, die auch er einst gefühlt hatte.

Noch bevor Dain zurückweichen konnte, lachte der Arzt plötzlich meckernd; es war ein leises, irres Lachen, das in Wogen durch die Kammer hallte und alle innerhalb der gekrümmten Wände veranlaßte, sich zu ihm umzudrehen und ihn verwundert anzustarren.

Er stand an der Druidentür und strich prüfend mit den Händen über Nemetons listenreiche Darstellung des ptolemäischen Kosmos', eine Serie von Planetensymbolen, die in das Holz der Tür eingebrannt waren. Er berührte die mit Metallnägeln beschlagenen Bretter unterhalb des Wasserspeiers und murmelte irgend etwas Unverständliches vor sich hin. Seine Finger glitten in jeden Winkel und jede Ritze und wanderten über die Spitze jeder Eisenstange, während er die Muster der Symbole nachzeichnete und sich einen Weg durch das Mysterium ertastete. Als er das Geheimnis von Saturn ergründet hatte, wandte Helebore sich halb um und warf Dain einen triumphierenden Blick zu. Bösartigkeit brannte in seinen dunklen Augen und ein plötzliches Verstehen, das Dain niemals dort zu sehen erwartet hätte.

Aber der Arzt kam nicht mehr dazu, alles zu erforschen. Mit einer knappen Geste hetzte Dain die Hunde auf den exkommunizierten Priester und ließ ihn aus dem Turm jagen. Wenn Helebore das nächtste Mal über die Schwelle des Hart Tower trat, würde er ihn töten.

15. Kapitel

»Königin auf Schwarz«, erinnerte Dain Ceridwen unnötigerweise, als sie die Figuren auf das Schachbrett stellte. Er saß ihr gegenüber, bequem in seinen Sessel zurückgelehnt, die langen Beine dem Kaminfeuer entgegengestreckt, ein Knie leicht angewinkelt. Sein Kinn ruhte in seiner rechten Hand, während die linke mit einem Messer herumjonglierte.

Genau das ist es, was mich beim ersten Mal so irritiert hat, daß ich meine Königin auf das falsche Feld gesetzt habe, dachte sie gereizt – das verdammte Messer. Wieder und wieder schnellte die Klinge in die Luft, um nach einem eleganten Salto in seine Hand zurückzukehren, während die verschiedenen Metalle – Gold, Silber und Stahl – Sonnenlicht einfingen und es in breiten Strahlen reflektierten. Dain nannte den Dolch »Damaszener«. Es war der, den sie an dem Abend gestohlen hatte, bevor er in den Wald von Wroneu geritten waren, derselbe, mit dem er sie in die Kunst des Umgangs mit einer Stichwaffe eingeführt hatte. Es war schon ziemlich sonderbar, daß die Klinge sogar einen Namen hatte, und dann auch noch einen so exotischen.

Das war ihr neues Lieblingswort, »exotisch«, und noch dazu ein ausgesprochen praktisches für jemanden, der mit Dain Lavrans lebte. Er war die leibhaftige Verkörperung des Begriffs mit seinen merkwürdigen Gebräuchen und seinem geheimnisvollen Wesen, mit seinem rätselhaften Blick und der geschmeidigen Anmut seiner Bewegungen. Alles an ihm schien fremdartig und faszinierend.

Die Nacht in Wroneu hatte etwas an der Art und Weise geändert, wie sie miteinander umgingen, hatte sie zu Partnern eines unsicheren Bündnisses gemacht, das sie zu schätzen wußte, aber nicht wirklich verstand. Er weigerte sich, über jenen Abend zu sprechen, außer um ihr zu sagen, daß es nichts zu fürchten gäbe, aber sie hatte nicht vergessen, wie er ihr erklärt hatte, Madron sei nicht länger seine Freundin.

»Ihr habt mich in den letzten drei Tagen zweimal pro Tag besiegt«, beklagte sie sich. »Ich sehe wirklich keinen Grund, meine Zeit noch länger mit Spielen zu vergeuden. Wir hatten abgemacht, daß Ihr mir Magie beibringt, nicht Schach.«

»Gestern habe ich Euch nur einmal besiegt.«

»Wir haben ja auch nur eine Partie gespielt«, informierte sie ihn mit einem leidgeprüften Seufzer.

»Schach ist Magie«, widersprach er. »Es lehrt einen, vorauszudenken und die Zukunft zu sehen.«

Ihr Interesse war für einen Moment geweckt, dann erlahmte es wieder, als sie begriff, was er meinte. »Die Zukunft eines Schlachtfeldes, weiter nichts.«

»Das Leben ist ein Schlachtfeld.«

Er verhielt sich über alle Maßen bäurisch und ungehobelt, seit Caradoc wieder abgezogen war; er hüllte sich in mürrisches Schweigen, und wenn er doch einmal sprach, waren seine Worte bestenfalls rätselhaft. Das Schachspiel war das einzige, was ihn davon abhielt, unablässig im Raum auf- und abzuwandern oder stundenlang zum Fenster hinauszustarren auf den Wald und die Hügel in der Ferne. Es mußte ihn dort wohl etwas erwarten, um seine Aufmerksamkeit derart zu fesseln, obwohl Ceridwen keine Ahnung hatte, was das war. Nachts war es der zunehmende Mond, den er gedankenverloren betrachtete, denn der Wald war in pechschwarze Dunkelheit gehüllt. Merkwürdiger Mann. Auf dem Mond konnte ihn ja wohl kaum etwas erwarten. Sie wußte zwar nicht, was sie von seiner grüblerischen Schweigsamkeit oder seiner wachsenden Ruhelosigkeit halten sollte, aber sie hatte seine langweiligen Schachpartien und die Art, wie er sie ignorierte, gründlich satt.

»Eure Siege haben mittlerweile etwas Abgedroschenes«, erklärte sie. »Ich will nicht mehr spielen.«

»Kein Schach mehr?«

»Nein.« Sie verschränkte die Arme vor der Brust, eine Haltung, die sie unbewußt einnahm, aber nachdem sie es getan hatte, fühlte sie sich richtig an. Sie leistete Widerstand und verstärkte ihre Abwehr.

Zu ihrer Überraschung lächelte Dain, das erste Lebenszeichen außer Verdrießlichkeit, das sie seit Tagen an ihm beobachtet hatte.

Sie war sofort argwöhnisch, und zwar mit gutem Grund, wie seine nächsten Worte bewiesen.

»Dann fangt das Messer auf, Ceri.« Sein Lächeln wurde verschlagen. »Wenn Ihr Euch das traut.«

Sie blickte auf den Dolch, und er schleuderte ihn noch höher zur Decke hinauf, ließ ihn sich mehrmals in der Luft überschlagen. Sonnenlicht blitzte auf der Klinge und brannte sich einen Weg an der scharfen Schneide vom Heft bis zur Spitze entlang, aber nur für einen flüchtigen Moment. Sekunden später war die Waffe wieder in Schatten gehüllt, um dann ihre nächste Drehung zu vollführen und erneut das Licht einzufangen.

Er hatte sie herausgefordert, ihre Hand nach diesem gefährlichen Wirbel auszustrecken und sich die Klinge zu schnappen, bevor sie wieder in seine Hand zurückfallen konnte. Sie wünschte, sie traute sich wirklich.

Er hatte sie belogen. Der Arzt hatte sie am ganzen Körper mit seinem verdammten Schlüssel berührt, und jemand – der Keiler, davon war sie überzeugt, obwohl sie es nicht gewagt hatte, die Augen zu öffnen, aus Angst, laut zu schreien – hatte ihre Schenkel betastet. Dain hatte es ebensowenig gefallen, das zu hören, wie es ihr gefallen hatte, die Hand des Keilers an ihrem Schenkel zu fühlen, und er hatte seinem Zorn mit einem Wort Luft gemacht, einem derart unflätigen Wort, daß sie ihn in ihre Gebete eingeschlossen hatte, obwohl sie wußte, daß ihm das sogar noch weniger gefallen würde.

Betrogen hatte er sie auch. Nicht während seiner verdammten Schachpartien, das nicht, sondern weil sie überhaupt Schach spielten, wenn es doch soviel wichtigere Dinge zu tun gab. Ihr blieben nicht einmal mehr zwei Wochen, um Magie bei ihm zu lernen und an Wissen aus ihm herauszuholen, was immer es herauszuholen gab. Sie sollten jetzt in der unteren Kammer sein und Zaubertränke zusammenbrauen, damit sie sie gegen Caradoc benutzen konnte, statt die Zeit mit Schachpartien zu vertrödeln.

Und er hatte sie geküßt und sie dann nicht wieder geküßt, und das war die unverzeihlichste Missetat von allen.

Ceridwen beobachtete, wie das Messer einen Salto in der Luft schlug, und sie fragte sich, wann sie ihren Zug machen sollte, wenn sie sich um den Damaszenerdolch bemühen wollte.

»Wenn ich ihn auffange, kann ich ihn dann behalten?« fragte sie, ohne den Dolch eine Sekunde aus den Augen zu lassen. Dains Bewegungen waren so glatt, daß es eigentlich nicht weiter schwierig sein sollte, die Hand auszustrecken und das verdammte Ding zu packen. Jeder Flug der Klinge war genau wie der vorhergehende – der Aufwärtsschwung, der Salto; der Augenblick, wenn der Dolch auf dem höchsten Punkt seiner Flugbahn für einen Sekundenbruchteil in der Luft verharrte, und dann der Abwärtsschwung.

»Ja«, versprach Dain, »aber nur, wenn Ihr Euch beim Auffangen nicht schneidet.«

Ja, bei Dain Lavrans konnte man sich darauf verlassen, daß die Sache immer einen Haken hatte.

Sie beobachtete den Flug des Dolches und wartete, während sie den richtigen Zeitpunkt abzupassen versuchte und ihre Chancen kalkulierte. Es war ein gutes Messer, und sie brauchte ein gutes Messer. Der Gedanke an Flucht beschäftigte sie immer stärker. Nachdem ihre Gesundheit wiederhergestellt war, hatte sie keinen Grund, noch länger zu bleiben, es sei denn, er brachte ihr noch etwas anderes als Schach bei. Sie hatte viele triftige Gründe zu gehen.

Es war eine Sünde, ihn so anzusehen, wie sie es tat, und sich dabei an das Gefühl seiner Lippen auf ihren zu erinnern, an den betörenden Geschmack seines Kusses. Ihre Gedanken schweiften viel zu oft zu dem Abend, als er gebadet hatte, zurück, als sie beobachtet hatte, wie das Wasser an seinem muskulösen Körper herabströmte und sie seine gedämpften, kehligen Laute der Lust gehört hatte. Er weckte eine starke sinnliche Begierde in ihr, derer sie sich schämte. Weiterhin bei ihm zu bleiben wäre eine Schwäche des Fleisches und auch des Geistes, eine Schwäche, die zu nichts anderem als Verdammnis führen konnte, ganz gleich, wie schmerzlich sich ihr Körper und ihr Herz nach ihm sehnten.

Der Damaszener flog in die Luft, überschlug sich und fiel herab, immer wieder und wieder. Dain fing ihn jedesmal geschickt auf, ohne sich zu verletzen. Der Elfenbeingriff endete in einem Heft, das mit Gold- und Silberintarsien verziert war, wobei beide Metalle ein kreuzweise schraffiertes Muster bildeten, das an einen Zopf erinnerte. Das Muster war Ceridwen vertraut, seltsam vertraut, und nicht nur, weil sie den Dolch kannte.

Plötzlich fiel ihr wieder ein, wo und wann sie das Heft schon einmal gesehen hatte.

»Ich habe von Euch geträumt«, sagte sie unvermittelt, und das Messer fiel klappernd auf den Fußboden. Dain fluchte und riß blitzschnell seine Hand weg, doch zu spät. Er hatte sich an der scharfen Klinge geschnitten. »Zumindest dachte ich, daß Ihr der Ritter in meinem Traum wart, aber vielleicht habe ich mich auch getäuscht«, fuhr sie versonnen fort. »Das Messer war ganz sicherlich in meinem Traum, nur daß es kein Messer war, sondern ein Schwert.«

Er bückte sich, um den Damaszener aufzuheben, noch immer obszöne Flüche murmelnd.

»Es hatte genau das gleiche Elfenbeinheft«, erklärte sie, »mit dem gleichen Muster aus Silber und Gold, und wir waren am Ufer eines weiten Ozeans, nur daß über uns nicht der Himmel war, sondern die Erde. Da war noch mehr, woran ich mich allerdings nicht mehr gut erinnern kann, und ich habe das Gefühl, daß all dies eher eine Erinnerung als ein Traum war. Ja, ich weiß, das klingt seltsam, aber so ist es nun einmal.«

Er hatte zu fluchen aufgehört und starrte sie an, und sein Blick war bei weitem zu ernst für das, was sie als nächstes im Sinn hatte.

»Ihr hattet diesen Traum?« fragte er.

»Ja. Als ich in Madrons Häuschen eingeschlafen bin.« Wenn er nicht endlich damit anfing, ihr Magie beizubringen, dann wurde es höchste Zeit, ihre eigenen Vorbereitungen zu treffen. Zu diesem Zweck schenkte sie ihm ein, wie sie hoffte, nachdenklich-charmantes Lächeln. »Da Ihr Euch geschnitten habt, bedeutet das, daß ich das Messer bekomme?«

Wortlos reichte er ihr die Klinge. Es überraschte sie, daß er überhaupt nicht zögerte, ihr das Messer zu überlassen, aber sie zögerte ebensowenig, es zu nehmen.

Sie schloß ihre Finger um das Heft und wog die Waffe in der Hand, wie immer äußerst angetan von ihrem Gewicht und ihrer perfekten Balance. Ein Lächeln verzog ihre Lippen. Im Klostergarten war ein Gärtnergehilfe gewesen, ein Junge, der eine Schwäche für Messer gehabt hatte. Dieses hier hätte ihm sicherlich gefallen, obwohl niemand ein solch wertolles Stück benutzen würde, um Messerwerfen damit zu spielen. Über Kinderspiele war sie schon lange hinaus, aber eine Frau brauchte trotzdem eine Waffe. Sie war froh, diese hier als Geschenk erhalten zu haben, statt sie erneut stehlen zu müssen. Ihre Sünden häuften sich ohnehin schon in alarmierendem Tempo.

»Ein Schwert, das so prachtvoll wie dieser Dolch ist, könnte einen Mann sicher sein gesamtes Vermögen kosten«, sagte sie, während sie mit dem Daumen über das Heft strich.

»Oder sein Leben.«

Eine plötzliche Mattigkeit in seiner Stimme lenkte sie von der Betrachtung ihres neuen Schatzes ab und ließ sie aufblicken. »Ihr habt einen gesehen, dem das passiert ist?«

Dain nickte, während er leise fluchte und eine Hand hob, um seine Schläfen zu massieren. Es war eine Bewegung, die er in den letzten Tagen häufig gemacht hatte, eine, die auf heftige Kopfschmerzen schließen ließ. Er neigte offensichtlich zu diesem Leiden, und Ceridwen fühlte Mitleid mit ihm.

»Lavrans?« Sie beugte sich vor und legte eine Hand an seine Wange, eine impulsive Geste, die sie augenblicklich bereute. Ihn zu berühren bedeutete, Erinnerungen an ihn heraufzubeschwören – nicht an den Zyniker, den er so liebend gern spielte, sondern an den Prinzen der Lichtelfen; den, der Dämonen bannte und Jungfrauen rettete. Es war jener Teil von ihm, der in ihr diese Sehnsucht nach Liebe weckte.

Er schaute auf, über dem Rücken seiner Hand hinweg, aber er sah dabei nicht sie an. Sie folgte seinem Blick quer durch den Raum zu der eisenbeschlagenen Eichentruhe, die an das Fußende seines Bettes gekettet war; dann konzentrierte sie ihre Aufmerksamkeit wieder auf ihn. Er fluchte unterdrückt, während er die Augen schloß und den Kopf senkte, und ihre Fingerspitzen glitten in sein Haar. Sie liebkoste seine Schläfe mit ihrem Daumen, noch ein Impuls, dem sie einfach nicht wiederstehen konnte.

»Fühlt Ihr Euch nicht wohl?« Besorgnis machte ihre Stimme sanfter, als ihr lieb war. Zumindest redete sie sich ein, daß es Besorgnis war und nicht diese schmerzliche Sehnsucht, die sie in ihrem Inneren aufsteigen fühlte.

»Doch«, erwiderte er, aber es klang alles andere als aufrichtig. Mit einer kaum merklichen Bewegung drehte er den Kopf und preßte seine Lippen auf ihre Handfläche, um alle ihre Sinne mit prickelnder Erregung zu überfluten. Sein Mund war verführerisch weich, sein Atem warm auf ihrer Haut.

Sinnliche Hitze durchströmte sie. Alles in ihr drängte sie, sich noch näher zu ihm zu beugen und ihn in die Arme zu ziehen, seinen Kopf an ihre Brust zu schmiegen. Sie wollte ihre Finger durch sein Haar gleiten lassen und die langen dunklen Strähnen aus seinem Gesicht zurückstreichen, um sich dann über ihn zu beugen und einen Kuß auf seine Stirn zu drücken. Als er sie am Flußufer gegenüber von Deri geküßt hatte, hatte er sie sowohl als Mann als auch als Hexenmeister geküßt, und nach ihrem Traum, in dem er als der Retter mit dem Schwert erschienen war, hatte sie keine Angst mehr vor ihm. Sie empfand nur noch Verlangen nach ihm, ein Bedürfnis, anders als alles, was sie je zuvor gefühlt hatte, stark und unbezwinglich. Derart verlockt, beugte sie sich tatsächlich näher zu ihm und brachte ihre Gesicht dicht an seines.

Sein Atem wurde flach, und er öffnete langsam die Augen. Hoffnung keimte in ihr auf, als sie fasziniert beobachtete, wie sich seine dunklen Wimpern allmählich hoben, Hoffnung und Erregung. Ihr Herz hämmerte erwartungsvoll. Sicherlich würde er sie jetzt wieder küssen.

Doch als sich ihre Blicke trafen, waren es nicht Sehnsucht und Verlangen, die sie in seinen Augen sah, und auch keine Mattigkeit, sondern Kälte, so frostig und abweisend, daß sie ein Schauder überlief.

Hastig wich sie zurück, über alle Maßen verlegen, und sie wurde noch verlegener, als er sich in seinen Sessel zurücklehnte. Das hat man davon, wenn man in einem Nonnenkloster aufgewachsen ist, dachte sie verletzt, diese Unfähigkeit, einen Mann zu verstehen oder seine Reaktion vorauszusehen oder sich selbst davon abzuhalten, eine schreckliche Dummheit zu begehen.

»Vergeßt diesen Traum, den Ihr hattet«, sagte er. »Er kann keinem von uns beiden Gutes tun.«

»Träume können Euch nichts Böses antun, Magier.« Zum Teufel mit ihm. Er hatte nichts gefühlt, gar nichts, während ihr noch immer ganz schwindelig vor Verlangen nach ihm war. Er war noch unbeständiger und launenhafter als das Wetter. Sie sollte wirklich vernünftiger sein und nicht auf diese Art und Weise an ihn denken. Sie sollte soviel Verstand haben, überhaupt nicht an ihn zu denken.

»Vielleicht«, gab er zu. »Aber für einige ist die ganze Welt ein Traum, und wer kann schon bestreiten, daß es Übel auf der Welt gibt?«

»Sprecht nicht in Rätseln mit mir.« Nein, sie würde nicht weinen. Sie hatten inzwischen genug Tränen vergossen. Er war derjenige, der sie geküßt hatte, oder etwa nicht? Sie hatte keine besonderen Anstrengungen unternommen, ihn zu küssen. Andererseits gaben sich Männer niemals nur mit Küssen zufrieden, jedenfalls nicht lange. Eine Nonne in Usk, die zwei Ehemänner begraben hatte, bevor sie ihr Gelübde ablegte, hatte ihr das erklärt. Bei Dain würden sich die Küsse, nach denen sie sich verzehrte, ohne Zweifel bald in etwas Viehisches und Abscheuliches verwandeln, etwas, nach dem sie sich nicht zu sehnen wagte.

»Ihr wollt keine Rätsel?« Dain griff nach seinem Weinkelch. »Dann hört die Wahrheit, Ceridwen. Ich hatte ebenfalls einen Traum, als wir in Madrons Häuschen waren.«

Sie unterbrauch ihre stummen Wuttiraden und blickte zu ihm auf. »War Euer Traum so ähnlich wie meiner?«

»Ähnlich genug, um mich mißtrauisch zu machen.« Er trank einen Schluck Wein und stellte den Kelch auf den Tisch zurück.

»Ist das der Grund, warum Ihr und Madron nicht länger Freunde seid?«

»Ja.«

Es war zwar nicht direkt eine Erklärung, aber wenigstens etwas. »Diese Sache mit Caradoc. Was kümmert es Madron, ob wir heiraten oder nicht?« Sie versuchte, seine Bereitschaft zu sprechen auszunutzen, indem sie ihm ihre drängendste Frage stellte.

»Sie war Nemetons Tochter, und sie glaubt, wenn Caradoc heiratet, könnte sie nach Carn Merioneth zurückkehren.«

»Nemetons Tochter?« fragte sie, völlig verblüfft über seine Antwort. »Das kann nicht sein. Nemetons Tochter hieß Moriath.«

»Das ist der andere Name der Hexe, Moriath, obwohl nur Rhuddlan sie so nennt. Sie kennen sich schon seit vielen Jahren –« Dain rieb sich wieder die Schläfen, als ob sich sein Kopfschmerz plötzlich verstärkt hatte. »Seit mindestens fünfzehn, soviel ist sicher. Aber was wißt Ihr von Nemeton?«

»Er war der größte Barde in ganz Wales und kam oft nach Carn Merioneth«, erwiderte sie. In ihrer Stimme schwang Erregung mit.

Sie hatte sich also doch nicht getäuscht. Es war tatsächlich Moriath gewesen, die sie in der Kate im Wald gesehen hatte. »Jeder kannte ihn, und Moriath hat damals für kurze Zeit bei uns gewohnt. Sie war diejenige, die mit Mychael und mir nach Süden floh und uns in den verschiedenen Ordenshäusern unterbrachte.«

»Ja, sie war in Usk«, erwiderte Dain und fluchte innerlich. Es sah ganz danach aus, als wäre er in ein Hornissennest von Intrigen gefallen, mit dem Mädchen im Mittelpunkt der hinterhältigen Machenschaften.

»Habt Ihr irgend etwas über das rote Buch zu ihr gesagt? Wußte sie von dem Buch?« fragte Ceridwen aufgeregt, während sie sich dicht zu ihm vorbeugte. Dann wich sie genauso schnell wieder zurück, eine verlegene Röte auf den Wangen.

»Sie hat es selbst geschrieben«, erklärte er. »Zumindest die lateinischen Abschnitte.« Die Art, wie ihre Augen sich erschrocken weiteten, ließ darauf schließen, daß er die Wahrheit wohl wieder einmal etwas ungeschickt formuliert hatte. »Es ist nicht so, wie Ihr denkt, Ceridwen. Sie hat lediglich die Geschichten ihres Vaters zu Papier gebracht, die aller Wahrscheinlichkeit nach nichts mit Euch zu tun haben. Ich habe Geschichten von einer Ceridwen gehört, der Mutter von Taliesin, einem mythischen Wesen, von dem einige behaupten, daß er der Merlin am Hof von König Artus gewesen sein soll. Dann gibt es noch eine Ceridwen als Hüterin eines magischen Kessels und eine andere Ceridwen, die –«

»Sie sind ein und dieselbe Person«, unterbrach sie ihn. »Taliesins Mutter und die Hüterin des Kessels sind dieselbe Frau.«

»Und keine von beiden ist Ceridwen ab Arawn«, sagte er mit Nachdruck. Er sah keinen Grund, ihr angst zu machen, indem er Madrons wenig überzeugende Versicherung wiederholte, daß ihr Blut weiterhin ihr gehören würde, wenn sie Caradoc heiratete.

Herrgott noch mal, er haßte diese ganze Sache aus tiefster Seele.

»Ihr müßt mich zu Moriath bringen«, sagte sie. »Ich muß unbedingt mit ihr sprechen.«

»Nein.« Er wagte es nicht, sie noch einmal in den Wald von Wroneu mitzunehmen. In Wirklichkeit wußte er nicht, was er mit ihr tun sollte. »In meinem Traum lauerten Gefahren jenseits des Ozeans, Ceri, und ich weiß nicht, warum Madron sie mir gezeigt hat oder was sie bedeuten oder ob es wirklich nur ein Traum war.«

»Wenn es kein Traum war, was dann?«

»Vielleicht eine Drohung. Es könnte aber auch eine Vision gewesen sein. Ich habe die Gabe des Sehens, auch wenn sie nicht sonderlich stark ausgeprägt ist.«

»Nicht sonderlich stark ausgeprägt?« Das gefiel Ceridwen offenbar nicht. »Erlend hat mir erzählt, Ihr wärt ein großer Wahrsager, der in der gesamten Mark von Wales gefürchtet ist und überall großen Ruhm genießt.«

Dains Lippen verzogen sich zu einem Grinsen, das er kaum in Schach halten konnte.

»Ich würde dem, was Erlend sagt, nicht allzuviel Bedeutung beimessen«, meinte er. »Oder zuviel von meiner Zeit damit verschwenden, auf sein Geschwätz zu hören.«

»Sein Geschwätz ist immer noch angenehmer als Euer verbissenes Schweigen. Und was Visionen angeht ... ich habe überhaupt keine seherischen Fähigkeiten. Also, wie erklärt Ihr Euch dann das, was ich gesehen habe?«

»Madron.«

»Dann hat sie also magische Kräfte?«

Dain zog eine Grimasse. »Ihr habt aber auch nichts anderes als Magie im Kopf.«

»Das wäre der Fall, wenn Ihr Euren Teil unseres Handels erfüllen würdet.«

Er machte eine abweisende Handbewegung. »Magie ist in erster Linie knochenharte Arbeit und nichts, womit man Handel treibt.«

»Magie war Eure Hälfte des Handels, Hexenmeister, nicht meine. Ihr habt mir den Tanz mit dem Blitz versprochen.«

Ihre Blicke trafen sich über das Schachbrett hinweg und hielten einander nicht länger als einen kurzen Moment fest, bevor Dain nachgab. Es war bisher Ceridwens leichtester Sieg über ihn.

Er stemmte sich aus seinem Sessel hoch und richtete sich auf. »Na schön. Aber bevor wir uns mitten hineinstürzen, fangen wir vielleicht besser mit etwas an, was zwar nicht weniger brisant ist, aber weitaus weniger Gefahr birgt, daß Ihr dabei geopfert werdet.«

»Geopfert?«

»Zu einem Häufchen Asche verkohlt«, erklärte er, während er mit einer schwungvollen Handbewegung auf die Falltür wies.

Es wird aber auch Zeit, dachte Ceridwen.

Was führt Madron bloß im Schilde? überlegte Dain. Warum warnt sie mich zuerst und schickt dann mir und dem Mädchen den gleichen Traum? Als Ceri von seinem Schwert gesprochen hatte, hatte er sich plötzlich wieder an alle Einzelheiten des Traums erinnert, und zwar mit einer Deutlichkeit, die seinem Seelenfrieden nicht gerade förderlich war: an den Geruch des finsteren Ortes, an die drohende Gefahr, die er überall um sich herum spürte, an die Wände, die sich bewegten, an die absolute Gewißheit seines eigenen Todes. Die Klarheit des Traumes hatte ihm auch wieder jenen einen Moment in Deri ins Gedächtnis zurückgerufen, als er denselben finsteren Ort gefühlt und gesehen hatte.

Zuviel Finsternis, dachte er, während er eine weitere Lampe mit Öl füllte. Als er den Docht anzündete und den Kristallzylinder wieder aufsetzte, warf die Lampe einen zersplitterten Schein gebrochener Lichtstrahlen an die Wände der Alchemiekammer. Sie tanzten über Ceridwens Körper und schimmerten auf ihrem Haar, während sie ihm gegenüber am Tisch stand. Er begann damit, sie in die Herstellung von *rihadin* einzuweihen, einer von Jalals bestgehüteten Rezepturen, eine Mischung aus pulverisierten Mineralien, Feueröl und Harz, das dazu diente, die Farbe der Flammen zu verändern und zu vertiefen. Gelegentlich verwendete man auch Stücke von Holzkohle, Schwefel oder Wachs, je nachdem, welche Wirkung man erzielen wollte. Man konnte auch noch Salpeter hinzufügen, obwohl man ihm dringend davon abgeraten hatte, und Dains eigene Experimente hatten bewiesen, daß die Warnung auf fundierten Sachkenntnissen beruhte und der Selbsterhaltung diente.

Eine Reihe von Kerzen brannte bereits und trug mit ihrem dürftigen Licht dazu bei, den Raum für das bevorstehende Experiment zu erhellen. Dain hängte die Lampe mittels einer Kette über ihren Köpfen auf und machte sich dann daran, seinen Destillierkolben mit Wein zu füllen. Er würde *aqua ardens* für Ceridwen zubereiten.

Er hatte niemals an Jalals Zauberkräften gezweifelt oder an Madrons – nur an seinen eigenen –, und dennoch hatte er die Hexe unterschätzt. Ihr Traum hatte etwas in ihm wachgerufen. Er fühlte es in diesen Tagen am Rande seines Bewußtseins lauern, etwas Rätselhaftes, vielleicht magische Kraft, aber eine magische Kraft, die gefährlicher war als jede, die er sich jemals vorgestellt hatte. Nicht so für Rhuddlan. In jener Nacht in dem Wäldchen war mehr als nur die Intuition des Quicken-Tree-Anführers am Werk gewesen. Rhuddlan hatte den Inhalt von Dains flüchtiger Vision erkannt. Dains eigene Intuition, von Ceris Traum aktiviert, sagte ihm, daß es so war.

Madron. Rhuddlan. Ceridwen. Und Madron als Moriath, diejenige, die Ceridwen nach Usk gebracht hatte. Die drei waren Teil eines übergeordneten Ganzen; ihrer aller Leben waren miteinander verknüpft, zu irgendeinem Zweck, der weit über eine simple Eheschließung hinausging. Aber was war das? Und wo war der finstere Ort, der von seinem Tod kündete?

Rhuddlan war in den Norden gegangen, um nicht vor Beltaine zurückzukehren, wie Dain sich erinnerte, und Caradoc war aus dem Norden gekommen.

Er sah von seinem Destillierkolben auf und blickte zur anderen Seite des Tisches hinüber, wo Ceridwen arbeitete. Das Mädchen hatte seltsame Kräfte auf sein Leben einwirken lassen. Sie machte ihn lächerlich mit ihrem Bedürfnis nach Rettung durch ihn, der noch nicht einmal fähig war, sich selbst zu retten; dennoch würde er sich nur gegen seinen Willen von ihr trennen.

Mit flinken Fingern und einem flinken Verstand begabt, hatte sie augenblicklich die Idee erfaßt, die hinter *rihadin* stand. Sie hatte spöttisch das Gesicht verzogen und ihn einen Scharlatan genannt, als er ihr zeigte, wie die Sache funktionierte; trotzdem glaubte sie noch immer, seine Tricks seien Magie, und sie fragte, wie er seine exotischen Pulver zusammenzauberte. Sie hatte genug Vertrauen in ihn und in den Gott, zu dem sie um ihrer beider Seelenheil betete, und vielleicht war das der Grund, warum es ihm so widerstrebte, von ihr zu lassen. Auf Arabisch wäre sie *alkemelych*, »kleine Zauberin«.

Vielleicht würde er tatsächlich mit der Hochzeitsgesellschaft in den Norden reisen.

»Großer Gott im Himmel«, murmelte er vor sich hin, entsetzt über die Idiotie seiner Gedanken. Das Mädchen gab ihm wollüstige Phantasien ein und verwandelte sein gesundes Urteilsvermögen in Brei. Er hatte schon seit langem aufgehört, sich nach dem Tod zu sehnen, und er sah keinen Anlaß, ihn jetzt herauszufordern, besonders nicht für eine Frau, die er nicht haben konnte, geschweige denn behalten.

Er zwang sich, seine Aufmerksamkeit wieder auf die Arbeit zu konzentrieren, während er die Öffnung des Destillierkolbens mit einer Paste aus Mehl und Wasser abdichtete. Seine Hände zitterten, und etwas von der Paste tropfte in das kalte Kohlenbecken unter dem Kolben. Dain fluchte unterdrückt, wischte die Tropfen jedoch nicht auf. Er hätte Ceris Hand nicht küssen dürfen. Er hatte es gewußt, noch während er seine Lippen auf ihre zarte Haut preßte, verlockt von ihrem Duft und ihrer Nähe. Sie machte ihn schwach. Eine Frau, die sich weniger leicht verführen ließe, hätte ihn innerhalb von Minuten in die Knie gezwungen, aber eine solche Frau wäre auch nicht Ceridwen ab Arawn gewesen.

Die Frau war sich ihrer Wirkung auf ihn nicht bewußt. Sie schlüpfte in seine Adern, um dort ihre Verwüstungen anzurichten und ihm jeglichen Seelenfrieden zu rauben.

Beltaine stand unmittelbar bevor; vom Vorabend des ersten Mai trennten sie nur noch wenige Tage, und kurz danach wäre Ceridwen fort. Dain fühlte die fruchtbare Reife der Erde mit jedem Tag anschwellen, und er überlegte, ob Rhuddlan sich ebenfalls der starken Schwingungen bewußt war, die von Beltaine kündeten. Sein eigenes Bewußtsein dieser Nacht wurde mit jedem Jahr intensiver und ließ ihn auf immer neue Geheimnisse stoßen, die sich seinem Verständnis jedoch beharrlich entzogen. Dennoch hatte er dieses Jahr das Gefühl, der Lösung des Rätsels einen Schritt näherzukommen. Es war Madrons Werk und Rhuddlans und das des Mädchens, und es hing mit der Druidenkraft zusammen, die sich mit dem Herannahen des Frühlings entfaltete.

Nemetons Wäldchen und Nemetons Turm bargen das gleiche Geheimnis, wenn auch in verschiedener Form. Soviel hatte Dain bereits beim ersten Mal erkannt, als Rhuddlan ihn nach Deri mitgenommen hatte, um das keltische Frühlingsfest zu feiern. Dain hatte sich dabei wie der perfekte Heuchler benommen; er hatte die Göttinnen und Götter der Quicken-Tree mit viel Pomp und Hokuspokus für sie angerufen und jeden Trick angewendet, den er kannte; er hatte die Flammen ihrer Feuer in Regenbögen verwandelt und gewaltige Rauchwolken aufsteigen lassen – ja, und das hatte ihnen so gut gefallen, daß sie Jahr für Jahr darum baten –, und er hatte seine Stimme benutzt, um Bäume sprechen zu lassen; ein Kunststück, das die Quicken-Tree zu seinem großen Ärger äußerst komisch gefunden hatten. Erst später hatte er erfahren, daß die Bäume mit ihren eigenen Stimmen zu ihnen sprachen und daß seine schrecklich falsch klang.

Und dennoch – trotz des Mummenschanzes, den er aus ihrer Zeremonie gemacht hatte, hatte er das Wäldchen nicht unverändert verlassen. Die Trommeln hatten ihm das angetan. Ihr wilder, mitreißender Rhythmus hatte seine Abwehr untergraben und war in sein Inneres geschlüpft, um einen ähnlichen Rhythmus in dem zu erzeugen, was von seiner Seele noch übrig war. Er konnte sich nicht mehr erinnern, was ihn damals mehr überrascht hatte: daß er überhaupt auf die heidnischen Bräuche der Quicken-Tree reagierte oder daß Jalal noch einen Teil von ihm unversehrt gelassen hatte.

Heidnisch. Das Wort reichte nicht annähernd aus, um zu beschreiben, was in jener Nacht in dem Wäldchen geschah. Edmee würde an Beltaine nicht dort sein. Madron erlaubte es grundsätzlich nicht. Vielleicht würde er sich an Llynya halten. Die entzückende Wildheit der Kleinen hatte ihn einst verlockt. Oder an Moira. Die Erdenmutter würde ihn aufnehmen und ihm Trost spenden, ihm Frieden bringen. Es gab auch noch andere, die bereit wären, o ja. Die sogar darauf brennen würden, sich mit dem Gehörnten, in den er sich verwandelte, auf dem Waldboden zu vergnügen – und keine von ihnen wäre Ceridwen.

Er würde ihr weiter beibringen, wie sie ihr neues Messer benutzen konnte, und er würde ihr zeigen, wie man aus Wein Wasser destillierte, das brennbar war. Wenn er es wagte, könnte er ihr auch etwas von den Dingen zwischen Mann und Frau erzählen. Obwohl Caradoc das Lösegeld mitgebracht und Besorgnis um ihr Wohlergehen gezeigt hatte, glaubte Dain nicht, daß sich der Keiler von Balor die Mühe machen würde, erst die Zuneigung eines Mädchens zu gewinnen, bevor er in ihr Bett stieg. Und Dain wollte nicht, daß Ceri verletzt würde, ganz gleich, wie viele Unannehmlichkeiten und Sorgen sie ihm bereitet hatte.

Er blickte erneut auf und beobachtete sie, wie sie den Harzbrocken mit den Fingern bearbeitet. Ihre Brauen waren zu einem konzentrierten Stirnrunzeln zusammengezogen, aber ihr Mund war weich und entspannt. Sie war in einem Kloster aufgewachsen und nicht an Männer gewöhnt. Nachdem er sie an jenem Abend mit seinem Bad derart schockiert hatte, fühlte er sich in gewisser Weise verpflichtet, den Schaden wiedergutzumachen. Furcht war ein schlechter Bettgenosse und konnte die Sache für eine Frau besonders unangenehm machen. Er konnte sie ein wenig in der Kunst des Liebesspiels unterweisen, konnte ihr beibringen, was er ihr beizubringen wagte, aber bei weitem nicht alles von dem, was sie erlauben würde.

Ein trockenes Lächeln spielte um seine Lippen. Sie wollte zuviel von ihm. Er sah es in ihren Augen, fühlte es in ihren Bemühungen, und sie wußte nicht, wo bei solchen Dingen die sichere Grenze war. Wenn schon nichts anderes, so würde er zumindest ihre Lippen öffnen und ihr einen Kuß geben, einen richtigen Kuß. Aus einem Kuß ließ sich eine ganze Menge lernen, und das Mädchen begriff schneller als die meisten.

Sie würde ihren wachen Verstand auch brauchen, wenn sie des öfteren gezwungen wäre, sich geistig mit Helebore zu messen. Bevor sie mit Caradoc ging, würde Dain ihr den Trick verraten, wie man versteinerte Schlangenzungen benutzte, um Gift in Speisen oder Wein aufzuspüren. Er hatte auch noch ein oder zwei überzählige Meerjungenfrauen-Fangnetze, von denen er ihr eines überlassen konnte, obwohl er niemals so ganz dahintergekommen war, was er damit anfangen sollte, außer sie durch die Luft zu schwenken, während er mit grimmiger Stimme Beschwörungsformeln murmelte.

Er könnte ihr beibringen, wie man so etwas machte. In Wahrheit waren die Beschwörungsformeln seine effektvollste Art von »Magie«; das und sein Trick, aus Hühnereingeweiden die Zukunft zu prophezeien. Wenn es in Balor Keep viele leichtgläubige Dummköpfe wie Erlend gab, könnte der Hühnertrick Ceridwens Ruf als Magierin begründen, und es war weiß Gott ein wirkungsvoller Schutz, einen solchen Ruf zu haben. Seiner hatte ihm viele Jahre lang gute Dienste geleistet, bis das Mädchen in sein Leben getreten war und angefangen hatte, das Unterste zuoberst zu kehren.

16. Kapitel

Rhuddlan und Trig knieten neben dem dampfenden, brodelnden Teich tief im Herzen der Höhlen unter Balor Keep. Der Liosalfar strich prüfend mit den Fingern über den steinernen Rand, während der Quicken-Tree-Anführer seine Hand in das Wasser selbst tauchte – und was Trig an seinen Fingerspitzen roch, als er sie an die Nase hob, konnte Rhuddlan im Teich fühlen.

»Entweiht«, stellte der Liosalfar fest, als er aufblickte.

Grüne Augen begegneten grünen, und Rhuddlan nickte. »Wer immer das auch ist, der die *pryf* in Unruhe versetzt, pfuscht in Dingen herum, die über seinen Verstand gehen. Finde die Pfade, die er benutzt, und riegle sie ab.« Das gefährliche Geschöpf, dessen Anwesenheit sie spürten, durfte nicht länger frei herumlaufen.

Seit dem Fall von Carn Merioneth war es schon viele Male vorgekommen, daß sich Männer in die unterirdischen Höhlen vorgewagt hatten. Einige waren durch Zufall darauf gestoßen, andere waren absichtlich in die Tiefe hinabgestiegen, um das Labyrinth zu erforschen und unerwartet den Tod zu finden. Die Höhlen der Quicken-Tree gaben ihre Geheimnisse nicht ohne weiteres preis, und aus diesem Grund hatte sich Rhuddlan bisher nie die Mühe gemacht, diejenigen unschädlich zu machen, deren Sinnen und Trachten nicht über greifbare Reichtümer hinausging. Es war besser, wenn sie nichts fanden und zurückkehrten, um anderen zu berichten, daß es dort unten nichts zu holen gab.

Dieser hier jedoch – der Quicken-Tree-Anführer strich erneut mit den Fingerspitzen über den Teich der Weissagung –, dieser hier dachte nicht an Gold und Juwelen, sondern an eine Kostbarkeit von unermeßlichem Wert, und er mußte in Schach gehalten werden. Der Sucher wußte, daß ihn jemand ausgesperrt hatte, wenn er das nächste Mal in die Höhlen hinabzusteigen versuchte, und vielleicht war er ja schlau genug, einen neuen Weg in die Tiefe auszukundschaften, aber das würde Zeit erfordern, und Beltaine stand unmittelbar bevor. Nach jener Nacht würde Rhuddlan mit denjenigen zurückkehren, die er brauchte, um das Siegel am Wehrtor zu erbrechen, und dann wäre er wieder der Herrscher des Königreiches unter den Bergen, ein Drachenhüter.

Wenn es der Unhold dann noch einmal wagte, in die Höhlen herunterzukommen, dann sollte er es getrost tun, denn dann würde Rhuddlan ihn den Drachen im Mutterozean zum Fraß vorwerfen.

Reisende aus dem hohen Norden, aus einem Land noch jenseits von Dänemark, trafen gegen Mitte der Woche in der Nähe von Wydehaw ein. Der Bote, der die Hausierer im Wald entdeckt hatte und die Nachricht von ihrer Ankunft in den Hart Tower brachte, war fast noch ein Kind. Er verschwand anschließend wieder in die Nacht hinaus, seine vier Pence Belohnung fest in der Faust, und er hinterließ weniger Spuren als ein Schatten. Für eine solche unerhörte Summe, so erklärte Ceridwen Dain, liefe sie liebend gerne den ganzen Tag in den Wäldern herum und würde ihm über alles Bericht erstatten. Seine Antwort darauf lautete, daß sie sich nicht allzu geschickt dabei angestellt hätte, als sie allein in den Wäldern herumgelaufen war, und daß sie einfach bleiben sollte, wo sie war. Sie tat es notgedrungen, während er am nächsten Morgen bei Tagesanbruch verschwand, um sich auf die Suche nach den fremdländischen Händlern zu machen.

Und Ceridwen war froh, allein zu sein. Der Turm war einfach zu klein, um ein Tier von Dains Größe dort gefangenzuhalten, und er benahm sich nicht anders als jedes andere wilde Geschöpf, das sie jemals in einer Falle hatte sitzen sehen. Er sprach nicht mehr, nein, er knurrte und fauchte. Er schlief nicht mehr, sondern wanderte die ganze Nacht lang ruhelos im Raum hin und her. Jedes kleine Geräusch ließ ihn zusammenzucken und abrupt den Kopf heben, wachsam und mißtrauisch. Jede Richtungsänderung des Windes war Anlaß für ihn, eine weitere Stunde schweigend am Fenster zu stehen und auf die bewaldeten Hügel in der Ferne zu starren. Er hatte am Tag vorher nichts gegessen, und er hatte auch an diesem Morgen keinen Bissen zu sich genommen.

Das Schlimmste daran war, daß er sie mit der gleichen nervösen Unruhe angesteckt hatte, mit dem gleichen Gefühl aufgeregter Erwartung, obwohl sie nicht wußte, was sie erwarten sollte, abgesehen von der Flucht, die sie noch vor Caradocs Rückkehr bewerkstelligen mußte. Sie hatte sie lange genug hinausgeschoben, und die Zeit drängte.

Sie plante noch immer, sich nach Strata Floria durchzuschlagen, aber sie war stark in Versuchung, zuerst in den Wald von Wroneu zurückzukehren, um Moriath zu finden, bevor sie sich auf den Weg nach Norden machte. Trotz dessen, was Dain über die Hexe gesagt hatte, strahlte sie auf Ceridwen keine Gefahr aus, und ganz gleich, ob sie sich nun Moriath oder Madron nannte, sie war ein Prüfstein der Vergangenheit. Vielleicht hatte sie ja etwas von Mychael gehört.

Bevor Dain gegangen war, hatte er Ceridwen aufgetragen, die Regale in seinem Sonnenzimmer abzustauben. Es gab Hunderte von irdenen Gefäßen zu säubern, Behälter, die aus gehärtetem Leder gefertigt waren, kleine Wollsäckchen, offene Krüge und Körbe, die ganze Kräuterpflanzen enthielten, Glasschüsseln und mehr Dosen und Flaschen und Töpfe, als sie jemals an einem Ort versammelt gesehen hatte. Dain wollte sie alle saubergewischt und ordentlich arrangiert haben, obwohl Ceridwen vermutete, daß es ihm in Wirklichkeit nur darum ging, sie zu beschäftigen und zu verhindern, daß sie in Schwierigkeiten geriet, während er fort war.

Am Tag zuvor war ein kleiner Unfall passiert, der in keiner Weise ihre Schuld gewesen war, der sie jedoch beinahe beide in Flammen hatte aufgehen lassen. Nachdem Dain das Feuer gelöscht hatte, war er nicht mehr in Stimmung gewesen, ihren Unterricht in Magie fortzusetzen. Es war der verdammte destillierte Wein gewesen, der das Unglück verursacht hatte. Sicher, sie hatte ihn vielleicht etwas zu nahe an das Kohlenbecken gestellt, aber sie war nicht diejenige gewesen, die das Gefäß umgeworfen hatte, so daß die Flüssigkeit in die glühenden Kohlen gelaufen war und augenblicklich ein Inferno von Flammen zur Decke hatte hinaufschießen lassen. Numas wedelnder Schwanz hatte das Mißgeschick verursacht. Trotzdem, es war schon eine interessante Sache, dieses *aqua ardends* – Wasser, das Feuer fing –, und sie würde reichlich davon mitnehmen, wenn sie fortging.

Ihre Aufräumaktion brachte sie schließlich zu der Tür, die in die obere Turmkammer führte. Über der Tür waren lateinische Worte in den Stein eingeritzt, fast unleserlich durch den Schmutz und den Ruß, die sich über viele Jahre hinweg auf den Wänden angesammelt hatten. »*Amor ... lux ... veritas ... itur ad astra*«, murmelte Ceridwen.

»Liebe ... Licht ... Wahrheit ... dies ist der Weg zu den Sternen.« Sie brauchte einen Moment, um die Worte zu übersetzen, und fragte sich danach noch immer, was sie wohl bedeuten mochten.

Wenn die Antwort auf der anderen Seite der Tür zu finden war, dann würde sie wohl oder übel darauf verzichten müssen, denn im Gegensatz zur Druidentür wurde die Tür zur oberen Kammer niemals geöffnet. Nie. Erlend fürchtete sich vor dem Ort, obgleich sie nicht wußte, warum. So bereitwillig er auch sonst über alles Auskunft gab, so weigerte er sich doch beharrlich, mehr zu sagen als »seltsame, verfluchte Dinge«, wenn sie ihn fragte, was es denn wäre, was Dain in dem Raubvogelhorst aufbewahrte. Wenn sie weiterbohrte, wurde sein Gemurmel wirr und unverständlich. Was immer sich hinter der Tür befand, überstieg entweder den Verstand des alten Mannes oder seine Fähigkeit, es zu beschreiben, oder auch beides, aber es war ohne Zweifel das Interessanteste im ganzen Turm. Ceridwen war sicher, daß es etwas mit Dains alchemistischen Experimenten zu tun hatte, mit dem Stein der Weisen, den er in der unteren Kammer niemals erfolgreich herstellen konnte – dem Schlüssel zu den Machenschaften von Natur, Zeit und Verwandlung, wie er ihr erklärt hatte. Denn nur sehr wenige seiner Mixturen und Behälter überstanden mehr als dreißig Destilliervorgänge, geschweige denn, daß sie die siebzig aushielten, die einige seiner Rezepturen erforderten.

Ceridwen beugte sich auf dem Hocker vor, auf dem sie stand, und versuchte, den Schnappriegel an der Tür zu lösen, indem sie erst leicht daran rüttelte und dann etwas kräftiger. Sie stemmte ihre Schulter gegen das Holz, aber es passierte nichts. Wie immer.

Dennoch hatte die Tür ein Schloß, das wie jedes andere aussah, und wo ein Schloß war, mußte auch ein Schlüssel sein. Irgendwo.

Sie rechnete nicht damit, etwas zu finden, als sie mit einer Hand den Steinsims über der Tür abtastete, da sie bezweifelte, daß der Magier so nachlässig wäre, den Schlüssel an einem derart leicht erreichbaren Ort aufzubewahren. Und sie fand auch tatsächlich nichts außer ein paar klebrigen Spinnweben. In Usk hatte sie sich mit dem gleichen Problem konfrontiert gesehen, als sie versuchte, in die Bibliothek zu gelangen. Damals hatte sie es mit Hilfe eines Küchenmessers und eines kräftigen Eichenzweigs gelöst.

Die Zeit wird allmählich knapp, dachte sie, als sie sich suchend nach einem anderen Messer als ihrem kostbaren Damaszener umschaute. Sie konnte es sich nicht leisten, Dains Privatsphäre zu respektieren, wenn es darauf ankam, soviel wie möglich an Wissen zu erwerben, denn jede neue Erkenntnis, die sie gewann, konnte die eine sein, die ihre Rettung bedeutete.

Das Schloß entpuppte sich als simpel; es gab mühelos nach, als sie darin herumstocherte. Dain hielt es offenbar nicht für nötig, den Horst noch durch andere Sicherheitsmaßnahmen als die Druidentür zu schützen, denn sie war überzeugt, daß er es jedem unmöglich machen könnte, die obere Kammer zu betreten, wenn er dies für angebracht hielte. Llynya hatte unrecht gehabt mit dem Zauberwort »Sesam«. Ceridwen hatte es wieder und wieder probiert – immer ohne Erfolg.

Sie versetzte der Tür einen kräftigen Stoß. Diese schwang mit quietschenden Angeln auf und enthüllte ein Treppenhaus, von dämmrigem Licht und tropfendem Wasser erfüllt. Ceridwen streckte zögernd eine Hand aus und berührte die gekrümmte Wand. Der Stein war kalt und feucht. Eine Pfütze schimmerte auf dem Fußboden, Reste von Regenwasser, die wegen der heftigen Schauer am frühen Morgen durch eine der Laibungen eingedrungen waren und sich in der flachen Kuhle im Steinboden gesammelt hatten. Sie machte einen großen Schritt um die Pfütze herum, als sie das Treppenhaus betrat. Strahlen von Sonnenlicht drangen durch die Ritzen der Deckenbretter hoch über ihrem Kopf und strömten herab, um Staubflocken in ihrem hellen Schein tanzen zu lassen.

Auf halbem Weg um die erste Biegung der Wendeltreppe blieb Ceridwen stehen und blickte nach oben. Was sie dort entdeckte, war in der Tat etwas Seltsames. Ihr Herz setzte einen Schlag aus, der Atem stockte ihr in der Kehle. Eine Kugel schwebte über ihr in der Luft, ein metallener Ball ohne jede sichtbare Aufhängung. Beklommen trat sie wieder eine Stufe hinunter und überlegte, ob sie nicht besser kehrtmachen und weglaufen sollte, wie Erlend es getan haben mußte, als die gebogene Stange, die die Kugel hielt, langsam in ihr Blickfeld kam.

Aber was hält die Stange? fragte sie sich, hin- und hergerissen zwischen Flucht und Neugier.

Sie stieg weiter die Treppe hinauf, bereit, alles zu wagen, hielt sich jedoch sicherheitshalber mit einer Hand an der Wand fest, um ihre Flucht zu sichern.

Langsam kletterte sie die Stufen hinauf, während sie auf Gefahr horchte, aber nichts anderes als dieselbe Brise hörte, die sie schon im Sonnenzimmer gespürt hatte. Im Treppenaufgang war sie vor ihrem windigen Kuß geschützt, doch sie hörte das Flattern von Stoff in der Kammer über ihr, und die Metallkugel hüpfte und schaukelte leicht hin und her.

Als sie die erste Windung umrundete, kam mehr von der Stange in Sicht, und dann sah sie eine weitere Stange und noch eine und noch eine, jede mit ihrer eigenen Kugel, alle von unterschiedlicher Größe. Es war genauso, wie Erlend gesagt hatte, ein verdammt seltsames Ding.

Wenig später konnte sie über die oberste Treppenstufe hinwegspähen und einen Blick auf den Raum dahinter erhaschen, und ihre Augen wurden riesengroß.

»Allmächtiger«, flüsterte sie.

Dain hängte seinen Umhang am Kamin auf und warf abermals einen Blick auf die Tür zur oberen Turmkammer. Sie stand offen. Ein Lächeln verzog seine Lippen. Das Mädchen war wirklich abenteuerlustig.

Er war im Morgengrauen von einem Regenschauer überrascht worden, eine halbe Meile vom Tunnel entfernt, aber der Ausflug war das unfreiwillige Bad wert gewesen. Er hatte Nachrichten von zu Hause.

Gelächter schallte die Treppe herunter, und sein Lächeln wurde noch breiter. Die Dunkelheit war inzwischen hereingebrochen, und er konnte sich lebhaft vorstellen, was Ceridwen zum Lachen brachte – dasselbe, was Erlend zitternd in die Alchemiekammer hatte flüchten lassen. Dain griff nach dem Paket, das er auf dem Tisch abgelegt hatte, und schöpfte eine Handvoll *rihadin* aus einer Schale auf seinem Bord mit *materia medica,* dann folgte er dem Geräusch ihres entzückten Lachens.

Er betrat das dunkle Treppenhaus und stieg die Stufen hinauf.

Auf halbem Weg treppauf legte er den Kopf in den Nacken und sah leuchtende Sterne über sich kreisen. Wie er bereits vermutet hatte, hatte Ceridwen nicht gezögert, die Kerzen in den Kugeln anzuzünden. Sieben der Kugeln waren größer als der Rest und symbolisierten in aufsteigender Folge Merkur, Venus, die Erde, den Mond, Mars, Jupiter und Saturn, allesamt auf bewegliche Bronzeringe montiert, die ineinandergriffen. Zahlreiche kleinere Kugeln – Sterne – kreisten und tanzten um die Außenseite der Planeten herum, wobei ihre Anzahl – wenn auch nicht ihr Arrangement – den zwölf Zeichen des Tierkreises entsprach. Die Kugeln selbst bestanden aus dünnem, gehämmertem Kupfer, das im Laufe der Zeit reichlich Grünspan angesetzt hatte, und waren aus zwei aufklappbaren Halbschalen zusammengesetzt, von denen jede durch einen langen, schlanken Stab mit der drehbaren Säule in der Mitte verbunden war, die die Bronzeringe trug. Die Sandmenge in jeder Kugel und ihre Plazierung an der Säule bestimmte die Höhe ihrer Umlaufbahn. Die Säule selbst war mit Bergkristall überzogen – Splitter von Lichtsteinen, vom Himmelsgewölbe abgeschlagen – und mit all den kupfernen Formen beladen, die aus den Kugeln herausgeschnitten waren, ein Podest für die Sonne auf der Spitze. Das ganze wundersame Gebilde war Nemetons Himmelsphäre, das ketzerische, heliozentrische Anschauungsmodel des Kosmos, das die Bewegungen von Erde und Mond um die Sonne darstellte. Es füllte den Raum fast von Wand zu Wand und war auf seinem höchsten Punkt anderthalbmal so hoch wie ein ausgewachsener Mann.

Die Idee, daß sich die Erde und all ihre Schwesterplaneten um die Sonne drehten, war nicht neu für Dain. Jalal hatte ihn einmal zu einem Astrologen in Damaskus mitgenommen, der ein solches Diagramm in einer uralten Handschrift entdeckt hatte. Die Aufzeichnungen stammten angeblich aus einem Land, das schon lange nicht mehr existierte. Das Oströmische Reich war voller solcher Sendschreiben gewesen, obwohl die meisten nicht annähernd so alt waren, wie die Händler behaupteten. Im Westen war Dain jedoch erst mit Betreten des Hart Tower zum ersten Mal auf eine Darstellung eines sonnenzentrierten Kosmos gestoßen. Er konnte damals in Damaskus auch nicht ahnen, daß ihm das Gefasel eines alten Mannes eines Tages einen Schlüssel zu einem neuen Leben als dem Magier von Wydehaw liefern würde, einen Schlüssel sowohl in der Theorie als auch in der Praxis. In einem raffiniert erdachten Wortspiel hatte Nemeton drei Strahlen der Sonne in den Schlußstein des gemauerten Bogens über der Druidentür eingeritzt, die jenen hellsten der Himmelskörper zur Abendzeit, am Mittag und am frühen Morgen darstellten. Am dritten Abend seines behutsamen Angriffs auf das Schloß der Druidentür hatte Dain entschieden, sowohl die alchemistische Ordnung der Metalle als auch die etwas klarere ptolemäische Ordnung des Kosmos aufzugeben – sein klügster Einfall, wie er fand –, um die Eisenstäbe statt dessen nach dem Muster der ketzerischen Sichtweise des Kosmos zu bearbeiten. Es war trotzdem noch immer keine leichte Aufgabe gewesen, denn jede Stange mußte in einer vorgeschriebenen Reihenfolge innerhalb des kreisförmigen Musters des Schlosses bewegt werden. Daß es ihm gelungen war, die Tür innerhalb einer Woche zu öffnen, war selbst ihm wie ein Wunder erschienen, trotz seiner endlosen Berechnungen und Zeichnungen.

Dain betrat die Turmkammer auf leisen Sohlen und streckte die Hand aus, um den ersten Himmelskörper zu berühren, zu dem er kam – eine Kugel, die ihren Markierungen nach zum Polarstern ernannt worden war. Der kaum merkliche Druck seiner Fingerspitzen ließ die Metallkugel prompt in der entgegengesetzten Richtung kreisen und in einem eleganten Bogen um die Säule und die Metallringe tanzen. Dain konnte Ceridwen in der Dunkelheit, die die wirbelnden Lichter umgab, nicht sehen, aber er konnte sie auf der anderen Seite hören, als sie eine Kugel nach der anderen öffnete, um die Kerze darin anzuzünden, und das Gebilde dann in Bewegung setzte.

Er arbeitete sich verstohlen um den Kreis herum, während er die Umlaufbahn der Gestirne durch einen leichten Schubs veränderte und hier und dort eine Prise *rihadin* in die Kugeln fallen ließ. »Feuereier«, hatte Jalal gesagt, als er ihn um eine Übersetzung des Wortes gebeten hatte, eines Wortes aus einer Sprache, die jenseits der Grenzen der bekannten Welt gesprochen wurde, an einem Ort tief im Inneren der erstarrten Wüsten, fernab von allen Karawanenstraßen.

Bestürztes Gemurmel drang an sein Ohr, als die Himmelskörper plötzlich ihrem ursprünglichen Kurs trotzten und in der entgegengesetzten Richtung an Ceridwen vorbeischwebten.

Ein Feuer brannte im Kamin der Turmkammer und wärmte einen eisernen Topf. Dain legte sein Paket auf einem Tisch in der Nähe ab und griff nach einem Holzlöffel, um den dampfenden, köstlich riechenden Inhalt des Kessels umzurühren. Die Suppe war heiß und schmackhaft und hervorragend geeignet, die Kälte aus seinen Gliedern zu vertreiben. Er tauchte den Löffel erneut hinein und hielt ihn an die Lippen, um auf die kochendheiße Flüssigkeit zu pusten. Ceridwen hatte einen arbeitsreichen Nachmittag damit verbracht, Suppe zu kochen und Entdeckungen zu machen. Als die Fleischbrühe auf seinem Löffel langsam abkühlte, kam der Polarstern aus der Richtung zurück, in die er ihn geschickt hatte. Mit einer leichten Berührung seiner Fingerspitzen ließ er die leuchtende Kugel wieder entgegen ihrem ursprünglichen Kurs davonschweben.

Dain aß aus dem Topf, wartete und beobachtete Ceridwen von seiner Seite des Raumes aus. Sie hatte inzwischen fast alle Kugeln angezündet. Er fand einen Deckelkrug mit Wein neben der Feuerstelle und setzte ihn an die Lippen. Jetzt mußte es gleich soweit sein.

Die Funken des ersten Feuerballs regneten leuchtendblau herab und erzeugten einen erschrockenen Ausruf bei Ceri. Dain grinste. Auf den blauen Funkenregen folgte Sekunden später ein gelber – und ein erneuter kurzer Aufschrei. Er lachte leise und trank noch einen Schluck Wein. Rot folgte auf Gelb und Grün auf Rot. Eine weitere blaue *rihadin*-Kugel explodierte mit knisternden Funken, aber Ceri gab keinen Laut mehr von sich.

Neugierig ging Dain zu der Stelle, wo sie gestanden hatte, und spähte durch die Funken und die kreisenden Kugeln. Als er Ceridwen nicht sehen konnte, ging er noch ein paar Schritte weiter um das Himmelskörpermodell herum.

»Ihr!« rief sie plötzlich vorwurfsvoll in seinem Rücken und erschreckte ihn derart, daß ihm fast das Herz stehenblieb. »Ich hätte mir doch gleich denken können, daß Ihr dahintersteckt!«

Er wirbelte herum, wobei er etwas von dem Wein auf seine Hand und seine Tunika verschüttete, und lachte erschrocken.

»Ihr solltet Euch schämen.« Sie stand dicht vor ihm, die Hände in die Hüften gestemmt. Es war eine kriegerische Haltung, aber er glaubte, ein Lächeln um ihre Lippen spielen zu sehen. Er legte den

Kopf zur Seite, um etwas von dem Licht der Kugeln in seinem Rücken auf ihr Gesicht fallen zu lassen, und fand seinen Verdacht bestätigt.

»Schon gut, schon gut, ich schäme mich«, versicherte er ihr grinsend, dann hob er seine Hand an die Lippen, um den Wein abzulecken. Mit der anderen Hand bot er ihr den Krug an.

Sie nahm ihn, blickte Dain dabei jedoch mit hochgezogenen Brauen an, um ihn wissen zu lassen, daß er sich nicht mit einem kleinen Schluck Wein von seiner Schuld freikaufen konnte.

»Wollt Ihr mir helfen?« fragte er und hielt ihr die Päckchen mit *rihadin* hin.

Sie gab keine Antwort, sondern streckte nur die Hand aus und nahm drei aus seiner Handfläche.

»Nicht zuviel in jede Kugel«, warnte er sie. »Nur eine Prise. Ich werde mir die Kugeln auf der nördlichen Umlaufbahn vornehmen.«

Sie arbeiteten sich in entgegengesetzten Richtungen voran, wobei Ceridwen die unteren Kugeln füllte und Dain die höherhängenden. Als sie sich wieder an der Stelle begegneten, wo sie angefangen hatten, sprühten die ersten *rihadin*-Bälle bereits Funken.

»Schnell«, drängte er, während er Ceridwen bei der Hand nahm und hinter sich herzog. »Wir müssen das –« Eine Fontäne gelber und grüner Funken schoß aus der Kugel unmittelbar neben ihnen zur Decke hoch und schnitt seine Worte und ihr Vorwärtskommen wirkungsvoll ab. Sie blieben abrupt stehen und stießen gegeneinander. Dain schützte sie instinktiv, indem er sie an sich zog und ihr Gesicht an seine Schulter drückte. Er konnte spüren, wie sie in seinen Armen lachte.

Nachdem die ersten feurigen Augenblicke vorbei waren, hob Ceridwen den Kopf und blickte grinsend zu ihm auf. »Ich habe das grüne Pulver hineingetan, aber ich hatte kein gelbes.«

»Und ich hatte gelbes, aber kein grünes.« Sein Mund verzog sich zu einem Lächeln. Sie hatte ebenso schnell verstanden wie er.

»Ich fürchte, wir haben die doppelte Portion hineingegeben.«

»Ja.« Sein Lächeln wurde noch breiter.

Ein heftiger Regen roter und blauer Funken, gefolgt von einer Explosion aus Blau und Grün, bestätigte ihren Irrtum. Dain brachte seinen Mund dicht an Ceridwens Ohr, damit sie ihn über das stetig lauter werdende Getöse hinweg hören konnte. »Wir müssen das Dach öffnen!«

Sie legte den Kopf in den Nacken und blickte ihn fragend an.

Er zeigte auf ein System von Rädern und Rollen an der Wand auf der Nordseite des Turms. Ein Netz von Seilen wand sich durch die Rollen und führte zu einem waagerechten Fallgatter, das die Decke der oberen Kammer bildete.

Sie rannten durch einen Sprühregen blauer und gelber Funken hinüber und bemühten sich mit aller Kraft, das mit Eichenbrettern gedeckte Dach zum Nachgeben zu bewegen. Es gehorchte mit Zittern und Ächzen und mit dem schrillen Quietschen von lange nicht benutzten Scharnieren. Mondlicht strömte durch den ersten Spalt und breitete sich mit jeder Umdrehung des Rades weiter über die dunklen Wände aus, bis das Dach zur Hälfte geöffnet war und der Nachthimmel über ihren Köpfen erstrahlte. Und keine Sekunde zu früh. Eines nach dem anderen gingen die »Feuereier« in Flammen auf und explodierten mit ohrenbetäubendem Lärm, während sie Funken und Blitze von heißer Farbe in den dunklen Himmel hinaufschossen.

Draußen im Burghof blieb Pater Aric auf seinem Weg zur Kapelle wie angewurzelt stehen und ließ sich auf die Knie fallen. Sein Mund stand sperrangelweit offen und seine Augen waren aufgerissen, als er zur Spitze des Hart Tower hinaufstarrte. Höllenfeuer explodierte zwischen den Zinnen und spie in den Himmel. Die schillernden, regenbogenbunten Farben spotteten jeder Vorstellung von Heiligkeit und ließen eindeutig darauf schließen, daß hier böse Mächte am Werk waren. Daß die Verdammnis der Sünde so dicht auf den Fersen folgen sollte – tatsächlich sogar noch bevor er seine Hosen wieder ordnungsgemäß zugeknöpft hatte und während der Geruch der Frau noch an ihm haftete –, konnte nur das Schlimmste bedeuten. Die Apokalypse brach über sie herein. Der Antichrist war gekommen und – schrecklichster aller Schrecken – hatte ausgerechnet Wydehaw als seinen Aufstiegsort aus den Tiefen der Hölle gewählt. Lähmende Schuldgefühle befielen den Priester. Jeder wußte, daß der Teufel ausschließlich den Pfaden folgte, die den Gestank gemeiner, schmutziger Sünde ausströmten, und Pater Aric befürchtete, daß es seine Sünde gewesen war, die den Satan nach Wydehaw gelockt hatte.

Grelle Lichtblitze schossen in hohem Bogen aus dem Turm heraus und flogen weit hinauf in den Nachthimmel, um Gott weiß was für dämonische Zeichen am dunklen Firmament zu bilden. Der Priester versuchte, sich zu bekreuzigen, aber seine Hände hatten sich in Blei an seinen Seiten verwandelt. Er war absolut hilflos. Schlamm, durch die Regenfälle am Vormittag zu Brei aufgeweicht, sickerte durch den Stoff an seinen Knien und ließ ihn noch tiefer in den kalten, feuchten Boden sinken. Er zitterte am ganzen Körper, wie gelähmt vor Furcht. Seine Stimme konnte nur noch krächzen: »*Gloria Patri, gloria Patri ...*«

In einer geschützten Ecke des Rosengartens schüttelte Vivienne ihre Röcke aus und strich sich das zerzauste Haar aus dem Gesicht. Der Priester war schnell gewesen. Zu schnell. Ein Seufzer entrang sich ihrer Kehle, dann kullerte eine Träne über ihre Wange. Aber vielleicht hatte sie ja auch nichts anderes verdient.

Sie setzte sich auf eine der Steinbänke, und ein weiterer Seufzer entschlüpfte ihren Lippen. Von den fünf Jahren, die sie mittlerweile verheiratet war, hatte sie vier damit verbracht, die Abgründe der Menschheit zu durchforsten, um einen Mann in ihr Bett zu kriegen.

Bald würde sie wieder ein Jahr älter werden, und Sorens Geburtstag stand ebenfalls in Kürze bevor. Es war an der Zeit, daß Kinder in ihr Leben kamen, ein ziemlich unwahrscheinliches Ereignis in Anbetracht ihres ehelichen Zusammenlebens, und sie war viel zu vorsichtig, um das Balg eines anderen Mannes in die Welt zu setzen. Das würde sie auf keinen Fall tun, noch nicht einmal für den Hexenmeister – als ob er ihr jemals auch nur die kleinste Chance gegeben hätte.

Als Lavrans damals nach Wydehaw gekommen war, glaubte sie zuerst, in ihn verliebt zu sein. Es war etwas ungeheuer Gewinnendes an einem Mann, der niemals log, selbst wenn die Wahrheit, die er aussprach, oftmals verschleiert war und sehr viel weniger schmeichelhaft als das, was sie hören wollte oder zu hören erwartete. Aber es war nicht Liebe gewesen, was sie für ihn empfunden hatte. Dain Lavrans war eine Herausforderung, eine reizvolle Herausforderung, das schon, aber er war nicht das, wonach ihr Herz verlangte. Töricht und naiv, wie sie damals gewesen war, hatte sie Soren im ersten Jahr ihrer Ehe ihr Herz geschenkt, nachdem er sie als Fremder umworben und als Liebhaber für sich gewonnen hatte, voller Anerkennung für ihren Geist und ihren Witz und ohne besondere Vorliebe für Schüchternheit oder Sanftmut – oder Jungfräulichkeit – bei einer Braut. Er war kein Krieger, aber sie war auch keine Jugfrau in Not gewesen. Er hielt Wydehaw durch kluge Allianzen und durch die Bereitschaft zu kämpfen, falls alle Stricke reißen sollten. Sie waren ein gut zusammenpassendes Paar gewesen, zwar eine Idee zu eng verwandt für den Geschmack einiger Kleriker, aber nichtsdestotrotz ein gutes Gespann.

Ein Lächeln spielte um ihre Mundwinkel. An einigen Höfen galt es als linkisch, zärtliche Gefühle für seinen eigenen Mann zu hegen, doch für Soren hatte sie sich über alle Sitten und Gebräuche hinweggesetzt, weil sie ihn geliebt hatte, aufrichtig geliebt. Zum ersten Mal in ihrem Leben hatte sie gefühlt, daß ihre Liebe erwidert wurde, und sie war glücklich gewesen, sicher und geschützt innerhalb der Wände ihres eigenen Heims und frei, jedes sinnliche Abenteuer zu erforschen, das ihr in den Sinn kam. Und dann hatte Soren all das weggeworfen und mit Füßen getreten in seiner wollüstigen Gier nach einem Jungen.

Ihr Lächeln wich einem Ausdruck verbitterter Traurigkeit. Ihr Trotz hatte ihr nichts anderes eingebracht als einen endlosen Vorrat einsamer Nächte und hin und wieder eine flüchtige, unbefriedigende sexuelle Begegnung. Liebe war ein solch schreckliches Durcheinander. Sie hatte sich aus Rache einen anderen Mann genommen, und Soren hatte tatenlos danebengestanden, zornig, aber schweigend. Sie hatte sich einen weiteren Mann genommen und noch einen und noch einen, bis in Soren nicht einmal mehr Zorn übriggeblieben war.

Jetzt hatten sie beide gar nichts mehr. Ihr Stolz konnte Sorens Gleichgültigkeit nicht länger trotzen, und es schien, als hätte die Liebe, die er ihr einst geschworen hatte, ihre Treulosigkeit nicht überlebt.

Tränen stiegen in Viviennes Augen auf. Pater Aric war ein Fehler gewesen: Selbst mitten in ihrer Vereinigung hatte er noch über die Sündhaftigkeit ihres Tuns gejammert. War sie wirklich schon so tief gesunken? War sie nur noch so wenig wert, daß sie sich mit heuchlerisch frommen und unerfahrenen Priestern begnügen mußte? Hatte sie ihren Glauben aufgegeben und ihr Ehegelöbnis gebrochen, nur um dafür verlassen zu werden?

Die Tränen begannen zu fließen, hinterließen feuchte Spuren auf ihren Wangen und tropften an ihrem Kinn herunter. Gab es denn keine Hoffnung mehr auf Liebe? Kein Licht der Wahrheit, um sie aus dem Dunkel zu führen?

Sie hob den Blick zum Himmel, bereit, den Herrn um Beistand anzuflehen, aber der Herr hatte ihr Flehen bereits erhört, noch bevor die Worte über ihre Lippen kommen konnten. Hoch oben am Nachthimmel, oberhalb der Mauer zwischen dem äußeren und dem mittleren Burghof, schwebte ein Licht, ein hellgelbes Licht mit einer blauen Aureole. Vivienne starrte wie gebannt auf die Erscheinung. Das Licht kam näher, getragen von einer sanften nächtlichen Brise, ein goldener Stern mit einem azurblauen Halo, der auf die Erde herabfiel.

Gold und Azurblau, die Farben von Sorens Banner. Es konnte kein deutlicheres Zeichen geben! Ihr Herz klopfte schneller, als das Stückchen Himmelsfeuer über die Mauer des Rosengartens schwebte und langsam auf sie zutrieb. Dann sank es endgültig herab und verlosch auf dem feuchten Blütenblatt einer Rose, der Blume der Liebe.

Vivienne streckte eine zitternde Hand nach der Blüte aus.

Von der tiefen Laibung seiner Schlafkammer aus beobachtete Soren, wie das feurige Spektakel des Hexenmeisters allmählich seinem Ende zuging. Er hatte noch niemals etwas Derartiges gesehen, diese Flammen, diese leuchtenden Farben, die blitzenden Funken, die auf dem Wind dahinschwebten. Der Idiot müßte eigentlich unter Anklage gestellt werden, weil er mit seinen verrückten Experimenten das ganze Schloß in Gefahr gebracht hatte. Jedes aus dem Dutzend oder mehr schilfgedeckter Dächer hätte Feuer fangen können. Was natürlich nicht passiert war. Lavrans hatte ein unverschämtes Glück, während er, Soren D'Arbois, Baron von Wydehaw, völlig glücklos war. Er blickte auf sein Bett, und seine Gedanken wurden trübsinnig.

Seit einigen Tagen herrschte eine seltsame Atmosphäre der Erwartung im Schloß, eine Unruhe, die durch das feurige Schauspiel des Hart Tower eher noch verstärkt wurde. Der Frühling kam mit Riesenschritten näher und vertrieb den Winter, der Mond war fast voll. Das Zusammentreffen der jahreszeitlichen und himmlischen Erscheinungen, besonders am Vorabend des ersten Mai, verstärkte immer die Wirkung von beiden, eine Wahrheit, die Soren zwar niemals ausgesprochen gehört hatte, die er aber oft genug spürte, um daran zu glauben. Es war eine besonders schwierige Zeit für die Priester, die inmitten von soviel Natur, die Seinem Willen Geltung verschaffte, die Orientierung zu verlieren schienen.

Morgen abend werden überall Feuer auf den Hügeln brennen, dachte Soren, als er seinen Blick wieder zum Hart Tower schweifen ließ und zu dem Wald, der sich hinter den Mauern seiner Burg ausdehnte. Feuer, die zwar nicht auf magische Weise entzündet würden, die aber deshalb nicht weniger kraftvoll loderten als dies eine, das der Hexenmeister in den Himmel geschickt hatte. Beltaine, wie es in der alten Sprache der heidnischen Götter hieß, stand unmittelbar bevor, und obwohl schon seit mehreren Jahrhunderten christlich, war Wales noch immer voller heidnischer Götter, von denen keiner Sorens Gebete erhört hatte. Andererseits hatte ihn ja auch sein eigener Gott im Stich gelassen, und insofern konnte er wohl kaum etwas Besseres von Nemetons Göttern erwarten.

Seine persönlichen Erwartungen kamen in Gestalt einer tiefen Sehnsucht. Nach was er sich sehnte, hätte er nicht genau zu sagen vermocht, aber er wußte, nach wem – nach Vivienne, der Ehefrau, die er wieder einmal so leicht an Caradoc hätte verlieren können. Wie vorauszusehen, war seine Sehnsucht unerfüllt geblieben. Er war ein Narr; sein schmerzliches Verlangen war sogar ihm selbst unbegreiflich.

Dain war völlig in die Demoiselle vernarrt, eine Tatsache, die mit ihrer wundersamen Genesung innerhalb von wenigen Stunden nach Caradocs Aufbruch ans Licht gekommen war. Soren war noch einmal in den Turm zurückgegangen, um sich zu vergewissern, daß sie noch lebte und es auch weiterhin täte, zumindest so lange, bis er nicht mehr für sie verantwortlich war. Er hatte Ceridwen ab Arawn gesund und munter vorgefunden, überraschend gesund und munter, während sie mit dem Hexenmeister beim

Abendessen saß. Soren hätte niemals erwartet, noch einmal eine solch gemütliche häusliche Szene im Hart Tower zu sehen. Lavrans war fast errötet, als er ihn dabei ertappt hatte – eine köstliche Vorstellung, die Soren sich oft in seinen Wunschträumen ausgemalt hatte: einen Hexenmeister zum Erröten zu bringen.

Dains Vernarrtheit machte ihn irgendwie menschlicher und, so merkwürdig es war, sexuell weniger begehrenswert für Soren. Der Unbesiegbare war besiegt worden, der Verführerische war verführt worden, und noch dazu von einer Unschuld. Zumindest war Ceridwen in jener ersten Nacht, als Lavrans sie in seinem Turm aufgenommen hatte, noch unberührt gewesen. Ragnor hatte ihre Reinheit beschworen, obwohl Soren zum gegenwärtigen Zeitpunkt kein Geld mehr darauf wetten würde, daß sie noch jungfräulich war.

»Großer Gott«, murmelte er, als ihm die ganze Tragweite dieser Erkenntnis aufging. Er hatte nicht vor, seinen gesamten verdammten Grundbesitz wegen ein paar fehlender Tropfen Blut zu verlieren.

Vivienne, dachte er. Vivienne wüßte, was zu tun war. Dem Himmel sei Dank für eine praktisch veranlagte Ehefrau. Sie wüßte, wie man Jungfräulichkeit vortäuschen konnte, sollte die Demoiselle einen solchen Trick für ihre Hochzeitsnacht benötigen.

Soren wandte sich vom Fenster ab, im vollen Bewußtsein, wie sein Kopf es bewerkstelligt hatte, ihm das zu verschaffen, was er sich ersehnte. Er hatte keine andere Wahl, als Vivienne zu rufen, um die Katastrophe von ihnen allen abzuwenden.

»Soren?« Ihre Stimme ließ ihn abrupt den Kopf heben.

Er hatte sie nicht hereinkommen gehört, hatte noch nicht einmal soviel wie ein leises Quietschen der Türangeln gehört, aber sie war tatsächlich zu ihm gekommen, wie sie es vier Jahre lang nicht mehr getan hatte, zu ihm in seine Schlafkammer. Tränenspuren glänzten auf ihren Wangen. In ihrer Hand hielt sie eine Rose.

»*Chérie?*« Er ging auf sie zu, die Stirn in besorgte Falten gelegt. Seine Arme breiteten sich von ganz allein aus, und Vivienne warf sich ihm an die Brust.

Dain spielte mit dem Feuer, während er so dicht neben Ceridwen in der schattigen Dunkelheit der oberen Turmkammer saß und Wein mit ihr trank. Er fühlte sich lebendig, zu lebendig, und gut, unendlich gut. Sie hatten Zuflucht auf dem Fußboden zwischen dem Tisch und dem Kamin gesucht, als die *rihadin*-Kugeln zu brennen anfingen, und waren dort sitzen geblieben, Schulter an Schulter, die Knie hochgezogen, als die letzten sporadischen Farbexplosionen aus den Kugeln entwichen. Eine dichte Rauchwolke war aus dem Turm aufgestiegen und hatte das Anlitz des Mondes verhüllt. Auch jetzt hatte sich der Rauch noch nicht ganz aufgelöst; dünne Fahnen von weichem Graublau zogen über Luna hinweg und schluckten etwas von ihrem Licht, aber die Sterne waren wie Diamanten, glitzernd und strahlend in ihrer Helligkeit gegen den samtschwarzen Nachthimmel.

Ein Grinsen spielte um Dains Lippen. Er hatte Ceri die Sache mit den Gestirnen und der Sonne und der kosmischen Ordnung erklärt, worauf sie ihm auf ihre eigene unnachahmliche Art erklärt hatte, daß er sich nicht über all seine Mißerfolge bei der Herstellung des Steins der Weisen zu wundern brauchte, wenn er solch abwegigen Pfaden folgte.

Schweigend bot er ihr wieder den Weinkrug an. Er plante nicht, sie beschwipst zu machen, aber er hatte bemerkt, wie ihr Gesichtsausdruck weicher geworden war, während sie den Wein zwischen sich hin- und hergehen ließen. Sie ergriff den Krug, und ihre Finger berührten sich; ihre waren warm, seine noch wärmer. Blitze von *rihadin*-Farbe erhellten ihr Gesicht: ein Streifen Blau über ihren Augen, der sie wie ein Quicken-Tree-Krieger aussehen ließ; Gelb auf ihrem Mund, weich wie Butter, heiß wie die Sonne. Als Dain begehrlich ihre Lippen betrachtete, konnte er die Hitze fühlen und beinahe ihre glatte Süße schmecken.

Er hatte sich einen Kuß versprochen, einen richtigen Kuß, tief in ihrem Mund und alles andere als keusch.

»Ich habe Euch ein Geschenk mitgebracht.«

»Ein Geschenk?« Ceridwen drehte überrascht den Kopf zu ihm herum.

Er griff zum Tisch hinauf und zog das zusammengerollte verschnürte Paket herunter, das er aus dem Wald von Wroneu mitgebracht hatte. »Der Händler war mir bekannt, ein Mann namens Toranen der Isländer. Er ist auf seinem Weg nach Süden durch Havn gekommen und wußte Neues von meiner Familie zu berichten.«

»Familie? In Dänemark?«

»*Danmark, jo*«, erwiderte Dain grinsend, wobei er seinen Akzent bewußt verstärkte. Er schnürte die Kordel auf und überreichte ihr das Paket. Als Ceridwen zögerte, hob er die erste Falte Stoff an und ließ sie über ihren Arm zurückfallen. »*Kaereste?*«

Das Kosewort war nicht mehr als ein Murmeln und in dänisch, einer Sprache, die sie nicht beherrschte, dennoch senkte sie den Blick und lächelte schüchtern. »Ihr habt mir schon so viel geschenkt.« Bei Lady Vivienne hätte er dieses Benehmen als kokett bezeichnet. Bei Ceridwen nannte er es faszinierend.

»Das Geschenk gehört Euch, Ceri. Ich würde es keinem anderen geben.«

Sie nickte einmal und hob die nächste Stoffalte an. Im Inneren des rauhen Wolltuchs war das Schaffell, das Toranen ihm gegeben hatte, um sein Prachtstück zu schützen.

»Muß ein sehr kostbares Ding sein«, meinte sie.

»Es ist einzigartig«, gab Dain zu. »So einzigartig wie das Mädchen, dem ich es schenke.«

Komplimente und Geschenke? fragte Ceridwen sich verwundert. Und beide von einem charmanten Lächeln begleitet? Sie wußte kaum, was sie davon halten sollte, außer daß sie auf der Hut sein mußte, und zwar sowohl vor sich selbst als auch vor Dain. Er war ihre schlimmste Schwäche – und ihre köstlichste. Sie hatten wie die Kinder mit seinen Himmelskugeln gespielt und höchstwahrscheinlich das ganze Schloß aufgeweckt. Am nächsten Morgen würde es zweifellos viel Gerede über die mysteriösen Erscheinungen geben, die am Nachthimmel zu beobachten gewesen waren. Sie fragte sich, ob seine Magie womöglich zum größten Teil auf solch simplen Tricks beruhte, zumindest die Magie, die die Schloßbewohner in Angst und Schrecken versetzte und in ihren Stiefeln zittern ließ. Die andere Art von Magie, die ihm innewohnte, war sehr viel subtiler und unauffälliger, aber nicht weniger mächtig, und es war ebendieser Zauber, gegen den sie sich zu wappnen versuchte. Es war der Zauber der Verlockung und Verheißung.

»Ihr müßt erfreuliche Nachrichten von zu Hause haben«, sagte sie, während sie an der verknoteten Lederschnur zog, die das Schaffell zusammenhielt. »Sie haben Euch großzügig gemacht.«

»Ja.« Dain lachte über ihren zynischen Kommentar. »Aber ich hätte mir diesen Schatz auf keinen Fall entgehen lassen, ganz gleich, was Toranen mir berichtet hätte.«

»Und Eure Familie? Wie geht es Euren Angehörigen?« Der erste Knoten löste sich und führte sie zum zweiten.

»Meine Eltern leben und sind wohlauf. Mein jüngster Bruder, Jens, ist Sekretär des Bischofs von Roskilde geworden. Eric, der älteste von uns allen, hat jetzt drei Handelsschiffe, die zwischen dem Kaspischen Meer und der Ostsee verkehren, und meine Schwester, Magrethe, hat einen entfernten Cousin des Königs geheiratet.«

»Richard?« fragte sie, offensichtlich beeindruckt.

»Nein, Valdemar«, erwiderte er.

»Ach so.« Sie machte sich daran, den zweiten Knoten zu bearbeiten, bis er sich löste. Als sie das Schaffell danach nicht auseinanderrollte, sondern nur in ihrem Schoß hielt, blickte Dain erneut auf und stellte fest, daß sie ihn mit schief geneigtem Kopf beobachtete.

»Ich hätte nicht gedacht, daß Ihr eine Familie habt.« Ihre Stirn war leicht gerunzelt. »Eine Schwester, Brüder, Mutter und Vater.«

»Was habt Ihr denn gedacht? Daß ich vom Teufel persönlich gezeugt wurde?«

»Vielleicht.« Sie zuckte die Achseln und hob den Weinkrug an die Lippen.

»Ihr wollt doch wohl nicht behaupten, daß ich derart hart zu Euch gewesen bin!«

Sie trank einen Schluck und beäugte ihn vorsichtig. »Dann seid Ihr vielleicht von einem Engel gezeugt worden, der gerade dabei war, eine Sünde zu begehen«, erwiderte sie einlenkend.

»Erlösbar?«

»Alle Menschen sind in den Augen des Herrn erlösbar, selbst jene, die die gottlosesten aller Sünden begangen haben.« Sie zögerte erneut, und ihre nächsten Worte klangen weniger selbstsicher. »Ist das der Grund, warum Ihr so weit von zu Hause fort seid?«

Ihre Frage bestürzte ihn, da sie gefährlich nahe an der Wahrheit war, aber er erholte sich schnell wieder von dem Schreck. Dain hatte sich schon lange damit abgefunden, nicht mehr nach Hause zurückzukehren. Sein Vater wüßte, was er getan hatte; er bräuchte nur einen Blick auf seinen Sohn zu werfen, um Bescheid zu wissen. Es war eine Enthüllung, die Dain lieber nicht erleben wollte, nicht jetzt und auch nicht später.

»Ich bin nur in den Krieg gezogen. Es ist eine schöne Tradition für zweitgeborene Söhne.« Er zeigte auf das Paket in der Hoffnung, Ceridwen von ihren Fragen abzulenken. Als sie es noch immer nicht öffnete, zuckte er die Achseln. »In Wirklichkeit war ich sehr viel weiter von zu Hause fort als Wales. Was ist nun, wollt Ihr Euer Paket nicht endlich aufmachen? Ich schwöre, es ist die Mühe wert.«

»Ich habe gehört, wie Ihr dem Arzt des Keilers erzählt habt, Ihr wärt auf einem Kreuzzug gewesen. Wart Ihr mit Löwenherz im Heiligen Land?«

Diesmal dauerte es etwas länger, bis er seine Fassung wiedergefunden hatte. Sie war dabei, die Barrieren seiner Vergangenheit zu durchbrechen, ein Privileg, das er noch keinem zugestanden hatte. Die Geheimnisse seines Lebens gehörten einzig und allein ihm, und dennoch – als er Ceridwen jetzt in der stillen Dunkelheit ansah, entfalteten sich die Wüstenjahre vor seinem geistigen Auge und forderten ihn dazu heraus, ihr den Inhalt zu offenbaren.

Sie hatte schließlich gefragt, oder etwa nicht? Was konnte es schon groß schaden, wenn er ihr nur die nackten Tatsachen über die Waffenstillstandsverhandlungen zwischen Richard Löwenherz und Saladin erzählte, die in Jaffa gescheitert waren?

Richard hatte die englischen Adligen unter den päpstlichen Gesandten und Beratern, die im Verhandlungslager mit Saladin in Konflikt geraten waren, gegen ein Lösegeld freigekauft – aber den Rest von ihnen hatte er ihrem Schicksal überlassen, insbesondere die beiden jungen walisischen Prinzen, die ihm in der Heimat garantiert Schwierigkeiten machen würden, Caradoc von Balor und Morgan ab Kynan. Dain war lediglich ihr entbehrlicher Gefährte gewesen, ein Mann, den man im Notfall dem Feind opfern konnte, und die Engländer hatten gute Gründe gehabt, die Dänen loszuwerden. Bis zum Oktober 1192, als Saladin und Richard Frieden schlossen und Richard nach Europa zurücksegelte, hatten Dain und Morgan bereits vier Monate in der roten Einöde der Nefudwüste verbracht, nachdem sie von Saladin als Sklaven an Jalal verkauft worden waren. Caradoc hatte anfangs zusammen mit ihnen im Kerker gesessen, war dann jedoch wenige Wochen nach ihrer Gefangennahme von einem anderen Händler, Kalut ad-Din, gekauft worden. Das war das Schicksal der jüngsten Gefangenen. Den älteren Männern war es noch sehr viel schlimmer ergangen.

Ja, hätte Dain beinahe zu Ceridwen gesagt, ich habe für Löwenherz gekämpft, aber Löwenherz hat mich im Stich gelassen. Nur seine starke Abneigung gegen Beichten jeglicher Art hatte ihn davor bewahrt, verrückt zu werden.

»Ja, ich war mit König Richard im Heiligen Land«, erklärte er schließlich. »Es war alles in allem keine sonderlich angenehme Erfahrung. Wollt Ihr nicht endlich Euer Geschenk aufmachen?«

»Seid Ihr die ganze Zeit seit Eurer Rückkehr aus dem Heiligen Land nicht mehr zu Hause gewesen?«

Hartnäckigkeit war eine ihrer Stärken und wäre sicherlich eines Tages ihr Untergang, wenn nicht seiner.

»Ich habe das Heilige Land nicht annähernd so schnell verlassen wie der englische König«, erwiderte er ausweichend, in der Hoffnung, sie würde das Thema endlich fallenlassen. Er hätte es besser wissen müssen.

»Was habt Ihr dort getan?«

Dain lachte bitter. »Ich habe seltsame neue Gebiete erforscht. Sehr seltsame Gebiete.«

»War es denn nicht gefährlich, noch dort zu bleiben, nachdem die anderen fort waren?«

»Es existiert noch ein römisch-katholisches Königreich in Palästina, und ich war sehr gut geschützt.« Tatsächlich war er nach seinem Trick mit dem Dolch vierundzwanzig Stunden am Tag streng bewacht worden. Der Papst hätte nicht zu ihm gelangen können, was im übrigen nur gut für den Pontifex gewesen war.

»Was ist mit den –«

»Pssst.« Dain brachte sie sanft zum Schweigen, indem er seinen Finger auf ihre Lippen legte. »Öffnet Euer Geschenk. Es hat magische Kräfte.«

Ceridwens Augen leuchteten augenblicklich auf und glänzten in einer Mischung aus Neugier und Erregung, und Dain fragte sich, warum er nicht schon längst daran gedacht hatte, ihr das zu sagen. Wenn auch sonst nichts, so hätte er doch inzwischen lernen sollen, daß Magie der Schlüssel zu ihrem Herzen war.

Sie beherrschte ihre Ungeduld, als sie vorsichtig das Schaffell auseinanderrollte, um das kostbare Stück in seinem Inneren zu enthüllen. Einen langen Moment starrte sie nur auf das Geschenk, ohne es zu berühren. Dann strich sie leicht mit einer Fingerspitze an seinem Elfenbeingriff entlang.

»Ein Spiegel«, murmelte sie, während sie ihre Erkundung fortsetzte, indem sie ihre Fingerspitze über den kreisrunden Rahmen gleiten ließ, der ebenfalls aus Elfenbein bestand. In dem Rahmen steckte eine Scheibe aus poliertem Metall, mit Glas überzogen. »Er ist wunderschön.«

»Ein norwegischer Skalde hat ihn einst gefertigt, ein Mann, von dem Toranen mir schwor, daß er aus Thule gewesen sei.«

»Thule?«

»Eine sagenhafte Insel im hohen Norden, ein Ort, den viele Menschen suchen, den aber noch keiner jemals gesehen hat.«

»Nur der Spiegelmacher«, scherzte Ceridwen, während sie ihm unter langen Wimpern einen Blick von der Seite zuwarf.

»Ja.« Er grinste. »Nur der Spiegelmacher und vielleicht eines Tages ich.«

»Ihr würdet so weit hinauf in den Norden gehen?«

»Es war mein Ziel, bevor ich auf Wydehaw aufmerksam wurde, in den Norden zu reisen und immer weiter nach Norden zu wandern und die bittere Kälte die Wüstenhitze aus meinen Adern vertreiben zu lassen.«

»War es so furchtbar heiß in der Wüste?«

»Noch heißer«, erklärte er. Er verriet ihr damit mehr, als sie ahnte, tat es jedoch mit einer Unbefangenheit, die nichts von der Wahrheit preisgab, daß die Hitze in manchen Nächten noch immer durch seinen Körper kroch und ihn innerlich verbrannte.

»Was haben diese Löcher zu bedeuten?« fragte Ceridwen, als sie ihre Aufmerksamkeit wieder dem Spiegel zuwandte. Am oberen Rand der Glasscheibe waren zwei mandelförmige Löcher, Seite an Seite.

»Sie sind der Schlüssel zu dem Zauber.« Er drehte den Spiegel herum, legte ihn mit der Vorderseite nach unten auf das Schaffell und zeigte ihr die Runen, die um die Löcher auf der Rückseite eingraviert waren. »Die Runen erzählen von der Reise eines Gottes, der auf der Suche nach der Liebe in den Seelen der Menschen war.«

Er blickte auf. »Wahre Liebe, wohlgemerkt, der Prüfstein der Vorstellungskraft jedes Dichters.«

»Ihr glaubt nicht an wahre Liebe?«

»Aus tiefstem Herzen«, versicherte er ihr, obwohl er seine Worte mit einem Grinsen Lügen strafte. »Ich fürchte, es ist die wahre Liebe, die nicht an mich glaubt.«

»Unsinn.« Sie tat seine Bemerkung mit einer wegwerfenden Handbewegung ab. »Wahre Liebe glaubt an jeden von uns.«

»Die Runen behaupten, wahre Liebe birgt das Geschenk der Unsterblichkeit, ewiges Leben.«

»Dann ist es die Liebe Gottes, nach der der Gott gesucht hat.« Sie runzelte nachdenklich die Stirn. »Das ist merkwürdig, nicht? Ein heidnischer Gott auf der Suche nach der Liebe unseres Gottes.«

»Eures Gottes«, korrigierte er sie.

Sie warf ihm einen schrägen Blick zu. »Es gibt nur einen Gott.«

»*Allahu akbar!*« stimmte er zu. »Gott ist groß!«

»Ihr sprecht zu viele Sprachen.« Ceridwen trank einen Schluck Wein und reichte ihm dann den Krug zurück. »Manchmal habe ich das Gefühl, im Turm zu Babel zu sein.«

Dain lachte. »Das Gefühl habe ich auch manchmal. Hier.« Er drückte ihr den Spiegel in die Hand. »Haltet ihn in die Höhe meines Gesichts und sagt mir, was Ihr seht.«

Ceridwen rückte voller Eifer zu ihm herum, als er den Weinkrug beiseite stellte und eine Kerze anzündete. Wenn Liebe in seiner Seele war, dann brannte sie darauf, sie zu sehen. »Soll ich den Spiegel näher zu Euch oder näher zu mir halten?«

»Zu mir, damit meine Augen auf gleicher Höhe mit Euren sind und Ihr sie durch die Löcher sehen könnt, während das Glas Euer Gesicht widerspiegelt.«

Sie tat wie befohlen und hob den Spiegel zwischen sich und Dain, und sie fühlte augenblicklich einen Luftzug über ihre linke Wange streifen, einen kühlen Windhauch, der über ihre Schulter und ihren Arm hinunterwirbelte und dann weiter in Dains Richtung. Die langen Strähnen seines Haares wehten in der Brise und hoben sich, um sich liebkosend um ihre Hand zu schlingen, die den Spiegel hielt.

Das Ding besaß magische Kräfte, ungeheuer starke magische

Kräfte. Sie konzentrierte ihre Aufmerksamkeit auf Dains Augen, und das Gefühl mächtiger, tiefgründiger Magie verstärkte sich noch. Es war ihr Gesicht, das sie sah, jede Rundung und jede Linie, aber die Augen waren ein Abgrund, dunkel, faszinierend, unermeßlich tief, von dichten Wimpern umkränzt und schrecklich schön.

Die Runen logen. Der Gott hatte nicht nach wahrer Liebe gesucht – obwohl ihr Herz sich danach sehnte, ihr zu sagen, daß ihr eine Spur von Liebe aus Dains Augen entgegenleuchtete –, sondern nach dem Weg, Weisheit zu finden, ohne leiden zu müssen. In diesem Punkt ließ der Spiegel klar erkennen, daß Dain einen solchen Pfad nicht gefunden hatte. Die Weisheit, die seinen Augen innewohnte, hatte er ausschließlich durch Schmerz errungen. Verzweiflung überschattete einen Teil des Pfades, Demütigung einen anderen. Furcht war dort gewesen, unerträgliche Furcht; und tausend und abertausend Kränkungen und Verletzungen hatten am Wegesrand auf ihn gewartet, um ihn tief zu verwunden und Narben auf seiner Seele zu hinterlassen.

Unfähig, noch länger zu ertragen, was sie dort sah, ließ Ceridwen den Spiegel sinken und wandte den Blick ab. Sie hätte nicht hineinschauen sollen. Niemand sollte vor einem anderen derart bloßgelegt werden.

»Was habt Ihr gesehen?« wollte Dain wissen, und sie konnte nur den Kopf schütteln. »War es so wenig?«

»Nein. Zuviel«, erwiderte sie.

»Und nichts davon war gut?«

Ihr Schweigen verurteilte ihn, und sie hörte ihn seufzen.

»Nun«, begann er, »dann sieht der Spiegel offenbar nicht alles, denn ich schwöre, daß etwas Gutes in mir ist. Nicht viel, aber immerhin etwas, und neuerdings vielleicht sogar etwas Liebe.«

»Es hatte nichts mit Liebe zu tun«, erklärte sie ihm und fühlte sich schrecklich.

»Keine Liebe?«

Wieder schüttelte sie schweigend den Kopf.

»Was dann?«

Sie hätte am liebsten weiter geschwiegen, aber sie wußte, daß er es verdiente, die Wahrheit zu erfahren, wenn auch nur, um sich zu schützen, falls ein anderer versucht, in seine Seele hineinzusehen.

»Das Wissen, das aus Leid erwächst«, erklärte sie schließlich. Sie wagte es noch immer nicht, seinem Blick zu begegnen. »Der Spiegel hat gezeigt, daß viel von diesem Wissen in Euch ist.«

»Hmmm«, war alles, was er sagte, dann: »Nun, wir sind Freunde, nicht wahr?«

»Ja«, erwiderte sie, und in diesem Moment wußte sie, daß es die Wahrheit war. Sie waren tatsächlich Freunde geworden.

»Dann ist es wohl ziemlich unwahrscheinlich, daß Ihr die Sache weitererzählt.«

Sie hob abrupt den Kopf. »Das würde ich niemals tun.«

»Meine Geheimnisse sind also sicher bei Euch.«

»Bis in alle Ewigkeit«, schwor sie.

»Und Eure bei mir.« Er hielt den Spiegel hoch und schenkte ihr sein spezielles Lächeln, das sie auf die Frage brachte, ob er sie die ganze Zeit über nur geneckt hatte. »Soll ich mal einen kurzen Blick in Eure Seele werfen, liebe Ceridwen?«

Es war ein beunruhigender Gedanke angesichts der starken Kräfte des Spiegels, dennoch sträubte sie sich mehr um seinetwillen dagegen als um ihrer selbst willen.

»Ich weiß aus zuverlässiger Quelle, daß es kein hübscher Anblick ist«, warnte sie ihn. »Und obwohl ich gelernt habe, mit der Finsternis zu leben, die in den Winkeln meiner Seele lauert, würde ich Euch den Anblick gern ersparen, mein Freund.«

Dain fühlte, wie sein Lächeln verblaßte. Es war ihr voller Ernst, und er konnte sich lebhaft vorstellen, aus welcher frommen Quelle sie die Behauptung hatte, eine Sünderin zu sein.

»Liebe Freundin«, sagte er sanft, während er eine Hand ausstreckte, um ihr Kinn zu streicheln. »In Eurer Seele kann keine Finsternis sein, die ich nicht schon sehr viel ausgeprägter in einer anderen gesehen hätte, wahrscheinlich in meiner eigenen.«

Dennoch weigerte sie sich noch immer und legte ihre Hand auf seine, als er den Spiegel zwischen sie halten wollte. Mit einem resignierten Seufzer lehnte Dain sich wieder gegen die Wand und begnügte sich damit, Ceridwen im flackernden Licht von Kerzenflammen und Kaminfeuer zu betrachten. Ein starker Wind wehte um den Turm und wirbelte Reste von *rihadin*-Asche auf. Es würde noch vor Tagesanbruch Regen geben; er konnte ihn im Wind riechen.

Der Spiegel besaß nicht mehr magische Kräfte als er selbst, dennoch hatte Ceridwen die Wahrheit gesehen. Es war Madrons Schuld, weil sie mit ihrem verdammten Druidenschlaf in seine Gedankenwelt eingedrungen war. Die Hexe hatte wirklich Schlimmes angerichtet.

»Ich wollte nicht, daß Euch das Geschenk traurig macht«, sagte Dain nach einer Weile.

»Es ist nicht der Spiegel, der mich traurig macht, sondern die Tatsache, daß Ihr derart gelitten habt.«

»Und jetzt leidet Ihr. Sollen wir gemeinsam traurig sein?«

Sie blickte zu ihm auf, und das Kerzenlicht enthüllte die stillen Tränen, die über ihre Wangen liefen.

Es war reiner Instinkt, der ihn zwang, sich mit dem Rücken von der Wand abzustoßen, sie mit einem Arm fest an sich zu ziehen und seine andere Hand an ihre Wange zu schmiegen, während eine unendliche Zärtlichkeit in seinem Herzen überquoll und ihr entgegenströmte wie eine gewaltige Woge, die über einen Damm hinweg spült. »Nicht weinen, Ceri«, murmelte er tröstend. »Ihr sollt nicht um mich weinen.«

Sie achtete nicht auf seine Worte, und ihre Tränen rannen unablässig unter seinen Fingern hindurch und an seinem Handgelenk entlang bis in seine Handfläche. Er wischte die Nässe mit seinem Daumen von ihrer Wange und war erneut überrascht über die kindliche Zartheit ihrer Haut.

»Ruhig, ganz ruhig, *min koerlighed.*« Er nannte sie seine Liebste, während er sie tröstete, sanfte Küsse auf ihre Stirn drückte und der warnenden Stimme in seinem Kopf zum Trotz in dem Gefühl schwelgte, ihren weichen Körper an seinem zu spüren. Er küßte ihre Schläfe und den Nasenflügel und wiegte sie tröstend in seinen Armen, während der Warnruf immer schwächer wurde. Wie aus eigenem Antrieb glitten seine Lippen zu ihrem Mundwinkel hinunter und suchten Kontakt. Und dort geschah es, daß sich sein Bedürfnis, ihr Trost und Beruhigung zu spenden, in Verlangen wandelte, dort, an jenem verlockenden Ort, wo sich Atem und Tränen in einer weichen, nach Wein duftenden Kurve sammelten. Er hielt abrupt inne in der plötzlichen Stille und fühlte, wie sie das gleiche tat.

»Dain ...« Sein Name war kaum mehr als ein Hauch, der über

ihre Lippen kam. Ihre Augen waren geschlossen, ihre Lippen halb geöffnet, ihr Körper warm und lebendig in seinen Armen.

Er hätte aufhören und sich zurückziehen können. Der Gedanke ging ihm wahrhaftig durch den Kopf, doch er tat es nicht, sondern preßte seine Lippen noch fester auf ihre, schwelgte in ihrem Geschmack, einer Mischung aus Nektar und salzigem Meer. Er biß sie sanft, ganz sanft, entlang der vollen Rundung ihrer Unterlippe, und dann in die Mundwinkel, erst in den einen und dann in den anderen, und liebkoste ihren Mund mit seiner Zungenspitze, bis seine Botschaft unmißverständlich wurde und sie instinktiv darauf reagierte.

Als sie ihre Lippen löste, zögerte er nicht. Er öffnete seinen eigenen Mund noch weiter und ließ seine Zunge der Länge nach an ihrer entlanggleiten. Ein tiefes Stöhnen entrang sich Ceridwens Kehle und erfüllte ihn mit dem Widerhall ihrer Lust. Der Laut hatte ganz und gar nichts Sanftes an sich. Er war aus der Überraschung der Wollust entstanden und aus dem innersten Kern ihres Wesens aufgestiegen. Sie klammerte sich an ihn, und er küßte sie voller Leidenschaft, wieder und wieder. Sein Mund wanderte hungrig über die Rundungen ihres Gesichts, über ihre Wangen, ihre Stirn und ihr Kinn und kehrte ebensooft zu ihren Lippen zurück, wie sie zu seinen zurückkehrte. Aber er ging keinen Schritt weiter. Er liebkoste nicht ihr Ohr und ließ seine Zähne nicht behutsam an ihrem Hals entlangstreifen. Er füllte seine Hand nicht mit ihrer weichen Brust, und er leckte nichts anderes als die Innenseite ihres Mundes – denn ein Kuß war ein Kuß und nicht mehr.

Mit jedem ihrer leidenschaftlichen Küsse schwand die Verzweiflung zwischen ihnen mehr und mehr dahin und verwandelte sich in lustvolles Vergnügen – eine gefährliche Wende, wie Dain wußte, denn er würde sich beim Streben nach Vergnügen weitaus mehr Spielraum zugestehen, als er sich jemals unter dem Einfluß von Verzweiflung gestatten würde. Trotzdem, wenn er sich innerhalb strikter Grenzen bewegte, so versicherte er sich selbst, würde Küssen allein unweigerlich dazu führen, daß die Sache ein ungefährliches Ende nahm, und trotz der Verlockung sinnlicher Genüsse und der verführerischen Süße ihrer Lippen würde er darauf achten, ihren Kuß rechtzeitig zu beenden. *Rechtzeitig.*

Der Mond stieg höher und höher am Himmel und überschritt

Mitternacht, von einem Kranz aus Wolken und Sternen umgeben. Der Vorabend von Beltaine war gekommen. Sämtliche Himmelskörper in Nemetons kosmischer Sternkarte kreisten über ihren Köpfen, während sich die Zodiakaltiere in einem langsam wirbelnden Chaos drehten: Aldebaran, Hauptstern im Zeichen des Stieres, gefolgt vom Fomalhaut, dem Beginn des Aszendenten Wasser im Sternbild des Wassermanns, und dahinter Widder, der sich in einer trägen Kreisbahn um die Fische bewegte.

Ceridwen hatte nicht geahnt, daß Kraft soviel Sanftheit enthalten konnte, daß eine einzige zarte Berührung ihres Mundes imstande war, ihren ganzen Körper schweben zu lassen, als ob sie Schwingen hätte, daß der Geschmack eines Mannes wie Honig auf ihrer Zunge sein konnte und in ihr das Verlangen nach mehr weckte, sehr viel mehr. Sie konnte Dain einfach nicht nahe genug kommen, obwohl sie ihm bereits näher war, als jemals irgend jemandem zuvor, ihre Brüste an seine Brust gepreßt, ihre Finger tief in seinem Haar vergraben, ihre Lippen überall auf seinem Gesicht. Die Berührung, sein Duft, sein Geschmack und das Gefühl seines Körpers an ihrem bewirkten mit jedem Atemzug ein neues Wunder; seine Küsse lösten tausend Rätsel des Lebens. Ein Mann war Magie für eine Frau.

Dain wußte nicht, wie lange ihre leidenschaftliche Umarmung dauerte, bis er schließlich seine Lippen von ihren löste, aber er wußte, es war ein Kuß, den er niemals vergessen würde. Sein Körper vibrierte förmlich von seiner knisternden Sinnlichkeit. Sein Herz war noch immer von Staunen über das Wunder erfüllt. Der Kuß war einfach perfekt.

Er wollte mehr. Viel mehr. Es nicht zu bekommen war der Preis, den er für diesen Genuß zahlen mußte. Auf ihre eigene Weise hatte Edmee ihm bestätigt, daß er noch immer ein Mann mit fleischlichen Begierden war. Aber Ceridwen hatte ihm bewiesen, daß seine Bedürfnisse sehr viel tiefer reichten.

Er hielt sie an sich gedrückt und zwang sich, tief durchzuatmen, um sich zu beruhigen, während er zu den Sternen hinaufschaute. Vindemiatrix, der helle Stern der Jungfrau, schwebte an seiner Stange über seinem Kopf vorbei und tauchte dann unter einem plötzlichen Windstoß in die Tiefe, um neben dem Herzen im Sternbild des Löwen zu tanzen. Dain mußte unwillkürlich lächeln.

Das Schicksal ließ sich wahrlich von ironischer Hand leiten. Seine Geburt unter dem Roten Feuerstern ordnete ihn eindeutig dem Sternzeichen des Löwen zu, und genauso eindeutig war, daß die Jungfrau sein Herz erfüllte. Ihr Kopf ruhte an seiner Schulter, ihr Atem streifte weich und warm über seinen Hals und forderte das Unglück förmlich heraus. Der Kuß war vorbei, doch das Feuer in seinen Lenden loderte noch immer so heiß wie zuvor. Er mußte allein sein.

»Ihr müßt jetzt zu Bett gehen«, sagte er, um einen heiteren Tonfall bemüht. Sie brauchte nichts von seinem neuen Leiden zu wissen, das er selbst verursacht hatte. »Es ist höchste Zeit zum Schlafen.«

»Ich will nicht schlafen.« Ceridwen kuschelte sich noch enger an ihn, und er löste sich augenblicklich aus ihrer Umarmung und erhob sich auf die Füße.

»Ins Bett mit Euch.«

Sie erhob sich mit ihm und nahm seine Hand in ihre. Er wünschte inständig, sie hätte es nicht getan, denn selbst ihre unschuldige Berührung weckte tiefe Sehnsucht in ihm. Und schlimmer noch, sie stand zu dicht vor ihm, die Augen gesenkt, während ihr Daumen liebkosend über seinen Handrücken strich und ihn daran hinderte, vor ihr zu fliehen.

Sie sagte kein Wort, aber sie brauchte auch nichts zu sagen. Was sie wollte, war eindeutig zu erkennen.

»Ich kann nicht«, sagte er mit leiser, von tiefem Bedauern erfüllter Stimme, als er seine Finger mit ihren verflocht.

»Waren meine Küsse so jämmerlich?« Sie stand mit gesenktem Kopf vor ihm, plötzlich wieder schüchtern und ängstlich. Er konnte ihr Gesicht nicht sehen, nur ihr Haar, das golden im hellen Lichtschein des Feuers schimmerte.

Er wagte es nicht, ihr die Wahrheit zu sagen, und als er gar nichts sagte, entzog sie ihm ihre Hand und wich vor ihm zurück.

»Vielleicht wird mich der Keiler ja auch nicht wollen.«

»Ceri …« Er griff spontan nach ihrem Arm und stellte fest, daß er noch immer nicht wußte, was er ihr sagen sollte – außer der Wahrheit. »Wenn ich Euch noch einmal küsse, wird es nicht Schlaf sein, der die Stunden der Nacht vertreibt.«

»Ich weiß, aber ich bitte Euch trotzdem darum.«

»Und ich sage, Ihr wißt überhaupt nichts!« Seine Stimme klang streng vor Frustration. »Eure jungfräulichen Träume würden in meinem Bett nicht einen Moment überdauern.« Eine einzige Berührung hätte ihr verschafft, was zu wollen sie eingestand, doch sie wußte nicht genug, um ihre Hand zwischen seine Schenkel zu schieben.

»Jungfräuliche Träume sind dazu gedacht, eines Tages zerstört zu werden.«

In ihren Worten schwangen Wahrheit mit und Hoffnung, ein großes Maß an Hoffnung. Und war dies nicht genau das, was er wollte? Daß sie hoffte und nicht aufgab und ihn schließlich mit ihrem süßen Flehen dazu brachte, alle Vernunft zu vergessen? Er hatte damals für Jalal den Unschuldigen gespielt, und er wußte, wie unglaublich verlockend Unschuld sein konnte, besonders für einen meisterhaften Verführer.

Diese Erkenntnis gab ihm augenblicklich zu denken. Ein eisiger Schauer überlief ihn. Sollte er womöglich wie sein Lehrer werden? Wäre das Jalals letzter und endgültiger Triumph?

»Ich kann nicht«, wiederholte er mit Nachdruck, obwohl er ihren Arm noch immer festhielt.

»Und ich kann nicht schlafen«, erklärte sie ihm aufrichtig. »Nicht in diesem Zustand. Ihr habt ... ich möchte ...« Sie stotterte unbeholfen in dem Versuch, etwas zu erklären, was keiner Erklärung bedurfte.

Dain beobachtete, wie sich ihre wachsende Frustration und Beschämung in Wut verwandelten, und er wußte, er war ein gemeiner Bastard. Er hätte ihr das nicht antun dürfen. Sie mochte zwar noch Jungfrau sein, aber sie war trotzdem ein menschliches Wesen mit menschlichen Bedürfnissen, und sie war jung. Ihre sinnliche Erregung hatte alle ihre Emotionen zu einem einzigen Wirrwarr verknotet.

»Wißt Ihr nicht, wie Ihr Euch selbst Vergnügen bereiten könnt?« fragte er, um einen freundlichen, versöhnlichen Ton bemüht.

»Mir selbst Vergnügen bereiten?«

»*Masturbari*, Ceri.« Er sprach das lateinische Wort leise. »Es wird Euch helfen.«

Sie errötete heftig und bewies damit, daß sie doch nicht völlig unschuldig war, was ihn nur noch härter machte. Was für ein hübsches Bild sie abgeben würde: ihre Hände, sein Mund. Ihm wurde eng in der Brust bei dem Gedanken.

»Das ist nicht das, was ich will«, erwiderte sie mit bebender Stimme und entriß ihm mit einem Ruck ihren Arm. »Ich wollte *Euch*, und Ihr tötet mich.«

»Dann werden wir zusammen sterben.« Er gab ihr, was er zu geben imstande war, obwohl er wußte, daß es für keinen von ihnen genug war.

»Bastard«, sagte sie zornerfüllt. »Herzloser, herzloser Bastard!«

Sie raffte ihre Röcke und floh aus dem Raum; ihre Füße in den weichen Lederschuhen beinahe lautlos auf der Turmtreppe. Dain schaute ihr nach, wie sie die Stufen hinunter verschwand, und hörte gleich darauf die Tür zu seinem Sonnenzimmer mit der ganzen Wucht ihres Zorns ins Schloß fallen.

Knappe zwei Wochen vorher hätte er ihr noch zugestimmt, aber jetzt entsprachen die Worte nicht länger den Tatsachen. Er hatte ein Herz. Er konnte es an dem Schmerz erkennen, als es brach.

17. Kapitel

Die Morgendämmerung hatte noch nicht die Dunkelheit vertrieben, als Ceridwen Dain aus der oberen Turmkammer herunterkommen hörte. Sie hatte bestenfalls unruhig geschlafen, und nur an den unzähligen Malen, die sie wieder hochgeschreckt war, gemerkt, daß sie überhaupt eingeschlafen war. Jedesmal hatte sie Numa, ihre einzige wahre Freundin, treu an ihrer Seite vorgefunden.

Sie haßte den Magier von Wydehaw. Er war maßlos grausam, mindestens ebenso grausam wie der Keiler von Balor, wenn er ihn nicht sogar noch übertraf. Caradoc wollte nur ihr Blut, um sein gottloses Opfer darzubringen und seine verdammten Drachen herbeizurufen. Mit etwas Glück könnte sie dem Keiler entwischen; und wenn sie Pech haben sollte, blieb ihr immer noch die Möglichkeit, der Bestie die Stirn zu bieten und gegen sie zu kämpfen. Aber Liebe ... sie wußte nicht, wie sie gegen Liebe kämpfen sollte.

Dain hatte sie geküßt und ihr Herz gestohlen und es mit mehr Schmerz erfüllt, als sie ertragen konnte. Ihr Kopfkissen war feucht von den Tränen, die sie vergossen hatte. Es war der Schmerz der Liebe, der ihr mit schweren Schluchzern den Atem aus den Lungen preßte. Sie wollte Dain nicht lieben, dennoch gab es kein Entrinnen. Sie hatte die ganze Nacht gegrübelt und versucht, Linderung von der erdrückenden Leere zu finden, die in ihrem Herzen herrschte, aber sie hatte keine gefunden. Sie liebte den Bastard Lavrans, und er hatte sie zurückgewiesen.

Glas zersplitterte auf der anderen Seite der Bettvorhänge irgendwo im Raum. Dain fluchte, stieß hart gegen einen Tisch und fluchte abermals. Ceridwen wischte sich die Tränen mit dem Handrücken ab und lag ganz still da, während sie auf die Geräusche horchte. Ein erneutes Klirren und Krachen war zu hören, dann breitete sich der Geruch von Weihrauch im Raum aus.

»Numa!« brüllte er. »Elixir! *Kom!*«

Mit eingekniffenem Schwanz und angelegten Ohren kroch die Albinohündin vom Bett und unter den Vorhängen hindurch, ohne Ceridwen auch nur einen Blick zu gönnen.

Ein Schwall von Beschimpfungen auf dänisch begleitete das Erscheinen des Hundes, eine zornige Tirade, die von schweren, unregelmäßigen Schritten untermalt wurde. Dain durchquerte das Sonnenzimmer, und seine Stimme war viel zu laut für den kleinen Raum. Die Hunde begannen zu winseln und zu jaulen und klangen derart verzweifelt, daß Ceridwen ein Schauder über das Rückgrat rieselte.

Sie kämpfte energisch gegen den feigen Impuls an, sich im Bett zu verstecken, als sie sich aufsetzte und die Felldecke zurückwarf. Dieser Tobsuchtsanfall konnte einfach zu nichts Gutem führen. Sie würde Dain nicht erlauben, Numa an ihrer Stelle weh zu tun. Ein lautes, dumpfes Geräusch ließ sie mitten in der Bewegung innehalten, die Laken fest an die Brust gedrückt, die Zobeldecke in einem unordentlichen Wulst um ihre Hüften. Sie legte den Kopf schief und lauschte mit angehaltenem Atem.

Muß seine Faust gewesen sein, die gegen die Druidentür gekracht ist, dachte sie. Kein anderer Gegenstand im Turm, der aus massiver Eiche bestand, erzitterte mit dem metallischen Klingen von Eisenstangen, wenn man dagegenschlug.

»Nej!« tobte Dain, als er der Tür abermals einen wütenden Fausthieb versetzte. *»Kvinde, nej!«*

Der Befehl hallte auf seltsame Art durch das Sonnenzimmer, die Ceridwen unbegreiflich war, so als ob er von zwei Orten zugleich spräche; und nachdem das Echo verebbt war, hörte sie ein neues Geräusch – das Gleiten von Metall über Holz, dann das Klacken von Metall gegen Metall. Die Laute hatten ein unheilverkündendes Timbre und erinnerten sie an das Schaben und Klirren von Schwertfechten oder an das Schleifen von Messern. Ihre Hand krampfte sich um das Laken, und sie schickte ein stummes Gebet zum Himmel, daß Dain seine Wut nicht an ihr auslassen möge.

Dain verschloß die Druidentür bis zur siebten Sicherheitsstufe, während er Riegel auf Riegel vorschob und halb singend, halb fluchend eine Litanei von Himmelskörpern herbetete. Er nannte jede Serie von Mechanismen bei ihrem planetarischen Namen und fügte ihr irdisches Gegenstück und ihr Element hinzu. Er unterbrach sein frustriertes Gemurmel nur gerade lange genug, um die Hunde mit einem scharf gesprochenen Befehl zu sich zu rufen und sie mit drohender Stimme vor dem zu warnen, was passieren würde, wenn sie bei ihrer Aufgabe versagen sollten.

Hier ist Magie, und ich werde sie mir zu eigen machen, schwor er sich. Er war nicht soweit gekommen, nur um am Ende zu scheitern, nicht, wenn er immer größere Opfer dafür hatte bringen müssen. Wenn er Ceridwen nicht haben konnte, dann wollte er wenigstens über die Geheimnisse des Hart Tower verfügen. Er würde die Vereinigung von Sonne und Mond zuwege bringen und den zwittrigen Leichnam daraus gewinnen, den Leib, aus dem Wiederauferstehung möglich war, der einzige Geist mit Macht über den Stein der Weisen. Reines Gold konnte reines Silber durchtränken, der rote Stein verband sich mit dem weißen. Die Mischung der beiden, der Zwitter, mußte sterben, der Leichnam in ein Grab, um mit dem Segen himmlischer Mächte wiederaufzuerstehen.

»Allmächtiger«, fluchte Dain unterdrückt. Die Methode wurde sogar in der Bibel beschrieben:

> *Du Narr: Was du säst, wird nicht lebendig, wenn es nicht stirbt. Und was du säst, ist ja nicht der Leib, der werden soll, sondern ein bloßes Korn, sei es von Weizen oder etwas anderem. Gott aber gibt ihm einen Leib, wie er will, einem jeden Samen seinen eigenen Leib.*
>
> *(Erster Brief des Paulus an die Korinther, 15:36–8)*

»Gott gibt ihm einen Leib, wie er will.« Es gibt nur einen Gott, hatte Ceridwen gesagt. Er verschloß Merkur mit einer kräftigen Drehung seiner Hand und trat dann zurück. Es gab nur einen Gott, den man um Beistand anflehen konnte, dennoch würde er an diesem Abend ein Pantheon von Göttern für die Quicken-Tree anrufen, die genau diejenigen waren, die ihm Zugang zu Nemetons Turm voller kosmischer Geheimnisse verschafften, um nach dem Stein der Weisen zu forschen, dem Mittel zur Verwandlung. Noch so eine verfluchte Ironie. Er würde daran zugrunde gehen und verdammt sein, wenn er es nicht ergründen konnte.

»Religion«, flüsterte er, als wäre das Wort nur ein weiterer Fluch. Er streckte die Hand aus und berührte die Druidentür mit den Fingerspitzen. Er hatte für seinen Glauben gekämpft und war für seine Inbrunst in die Tiefen der Hölle geschickt worden. Er hatte im Namen seines Gottes gemordet und gemetzelt, und sein Gott hatte ihn verlassen.

Und jetzt dies. Er grub seine Nägel in seine Handfläche und wandte sein Gesicht dem Ostfenster des Turms zu. Es war mehr als nur das Mädchen, was ihm derart zu schaffen machte. Die Sonne von Beltaine war noch nicht am Horizont aufgestiegen, und dennoch fühlte er bereits die unwiderstehliche Anziehungskraft des Wäldchens, fühlte, wie Deri nach ihm rief und ihn lockte. Es gab noch sieben andere keltische Feste im Jahr, aber es waren Calan Gaef mit dem Zauber des Todes und Beltaine mit dem Zauber knospenden Lebens, die ihn am stärksten berührten, dieses Jahr zu seinem Schaden. Dieses Jahr nahm er das Ganze einfach zu intensiv wahr, das Wiedererwachen der Natur und das beschleunigte Pulsieren seines Blutes, die Reife der Jahreszeit und seiner Lenden. Die Quicken-Tree würden an diesem Abend ihr blaues Wunder erleben.

Er wandte sich von der Tür ab und blickte erneut zum Ostfenster hinüber. Eine frühmorgendliche Brise wehte durch die unverglasten Laibungen und streifte leicht seine Wangen. Es würde nicht mehr lange dauern, bis die aufgehende Sonne den Horizont rot färbte, und es gab noch mehr zu erledigen. Dennoch ließ er sich einen Moment Zeit, hob sein Gesicht der verblassenden Dunkelheit der Nacht entgegen und ließ den Wind seine Lippen mit dem süßen Kuß des nahenden Morgens liebkosen.

Ceridwen horchte auf die Stille im Raum und schöpfte neuen Mut. Nachdem sie sich vergewissert hatte, daß Dain sie nicht auf der Stelle umbringen würde, kroch sie zur Bettkante und schob die Bettvorhänge einen winzigen Spalt auseinander.

Alles war ruhig. Dain stand in der Mitte des Sonnenzimmers, während eine sanfte Brise seine Ärmel und den Saum seiner Tunika bauschte. Seine Mähne war wild und zerzaust, ein wirres Durcheinander langer Strähnen, sichtbarer Beweis dafür, daß er sich wieder und wieder voller Unruhe – oder Verzweiflung – mit beiden Händen durchs Haar gefahren war. Eine Fackel brannte hell in einem eisernen Wandhalter neben dem Kamin; ihre Flammen tanzten in der Brise, ihr Licht schimmerte auf dem schweren, mit bronzenen Ziernägeln besetzten Ledergürtel um Dains Taille.

Der laue, besänftigende Wind flaute ab, und das Chaos kehrte zurück. Dain begann, unruhig im Raum hin- und herzumarschieren, mit langen, ungleichmäßigen Schritten, die ihn mal hierhin und mal dorthin führten, als wüßte er nicht so recht, wohin er eigentlich wollte, bis sich ihm ein Ziel zu präsentieren schien und er entschlossen darauf zustrebte.

»*Kvinde, nej!*« brüllte er und schlug energisch mit der Hand gegen die Tür, die zum Horst führte. Die Hunde wanden und schlängelten sich in kriecherischer Unterwerfung um seine Beine, glattes weißes Fell, das sich an pechschwarzem rieb, beleuchtet vom hellen Schein der Fackel. Er sprach seinen Befehl noch mehrere Male aus, als er zu den einzelnen Fensteröffnungen ging und darauf zeigte, und dann ein letztes Mal über der Bodenluke, die zur Alchemiekammer hinunterführte. Seine Stimme verlagerte sich auf seltsame Art, von hier nach dort, selbst wenn er an einer Stelle stehenblieb, und es machte Ceridwen unsicher, aber die Hunde reagierten ohne zu zögern, während sie ihm Schritt für Schritt folgten und liebedienernd um ihn herumscharwenzelten und ihm fast die Stiefel leckten in dem Eifer, ihrem Herrn zu gefallen.

Ceridwen wurde schwer ums Herz, als ihr aufging, daß Dain die Wahrheit gesagt hatte. Sie hätte ihr Vertrauen nicht in jemanden setzen dürfen, der am Ende gezwungen war, sie zu enttäuschen. Die Hündin gehörte ihm, war ihm absolut treu ergeben. Es gab nur einen Herrn und Gebieter im Hart Tower.

Von der Bodenluke marschierte Dain zu der Reihe von Regalen, die seine Arzneien und Heilkräuter enthielten, und wählte ein kleines irdenes Gefäß aus. Als er sich zum Tisch umwandte, konnte sie zum ersten Mal deutlich sein Gesicht sehen, und sie wich unwillkürlich zurück, von einem Gefühl erfüllt, das sie nicht benennen konnte, obwohl es sie mit Macht durchströmte. Das Chaotische, das seinen Bewegungen innewohnte, hatte auf jeden Teil seines Wesens übergegriffen. Der Ausdruck seiner Augen war grimmig und wild, sein Atem ging keuchend, selbst die Knochen seines Gesichts hoben sich auf einmal wie gemeißelt unter seiner Haut ab. Mit einer weitausholenden Handbewegung fegte er sämtliche Gegenstände von der Tischplatte und ließ Ampullen, Töpfe und Krüge auf den Fußboden krachen, wo sie zu Tausenden von Scherben aus Glas und Ton zersplitterten. Nichts blieb von seinem Angriff verschont außer dem kleinen Kohlenbecken, das duftende Schwaden von *fume-terre* absonderte, dem Rauch der Erde.

Mit einem gebrochenen Stöhnen ließ Dain sich in seinen großen Sessel fallen und bedeckte sein Gesicht mit einer Hand, während er mit der anderen den kleinen Tontiegel umklammert hielt. Eine ganze Weile war sein Atem das einzige Geräusch, das die Stille im Raum unterbrach.

»Ich weiß, daß Ihr wach seid«, sagte er schließlich, seine Stimme rauh und von Bitterkeit erfüllt. »Ich kann fühlen, wie Ihr mich beobachtet.« Ceridwen erbleichte und zog sich noch tiefer in das Bett zurück. »Hört mich an, Ceridwen ab Arawn. Ihr werdet diese Kammer nicht verlassen, bis der morgige Tag heraufdämmert. Wenn Ihr zu fliehen versucht, werden die Hunde tun, was immer sie tun müssen, um Euch zurückzuhalten. Rechnet nicht mit Numas Loyalität, um Euch bei Eurer Flucht zu helfen, denn die Hündin würde Euch eher in Stücke zerreißen, als daß sie sich meinem Befehl widersetzt.«

Seine Worte enthielten sowohl eine Drohung als auch eine Warnung – und die Enthüllung dessen, was er mit all seinem Gebrüll und Türenschlagen bezweckt hatte: Er hatte den Turm versiegelt. Panik stieg in ihr auf und zog ihren Magen zu einem Knoten zusammen. Sie würde nicht wie das Tier, in das er sich verwandelt hatte, in der Falle sitzen, um hilflos auf Caradocs Rückkehr und ihren Untergang zu warten. Es war höchste Zeit, das Weite zu suchen.

»Ich habe Euch mein Wort gegeben, daß ich nicht fliehen würde«, erwiderte sie, während sie versuchte, ihre Angst zu kontrollieren, und all ihre Hinterlist in das falsche Versprechen legte, in der Hoffnung, es klang echt.

»Und Ihr werdet Euer Wort brechen«, gab Dain im Brustton der Überzeugung zurück.

»Ich bin bisher noch kein einziges Mal weggelaufen«, erinnerte sie ihn. »Und es ist nicht etwa so, daß ich keine Gelegenheit dazu gehabt hätte.«

Langsam hob Dain den Kopf, um sie durch die Dunkelheit und über die Entfernung hinweg anzustarren. Seine Augen leuchteten so glänzend und durchdringend, daß Ceridwen erzitterte. In diesem Moment hatte er sogar noch mehr Ähnlichkeit mit einem wilden Tier als Caradoc. »Eure Gedanken an Liebe haben Euch bis jetzt hier festgehalten, und ich habe sie Euch ausgetrieben. Jetzt werdet Ihr mir zu entkommen versuchen, aber ich warne Euch: Unternehmt keinen Versuch, diesen Turm zu verlassen, bevor die Sonne untergegangen und wieder aufgegangen ist. Heute nacht werden die Feuer von Beltaine auf den Hügeln lodern, und die Flammen werden Euch verzehren, das kann ich Euch garantieren.«

Die Blässe der Furcht auf ihren Wangen wich Zornesröte. Liebe? Wie konnte er es wagen, von Liebe zu ihr zu sprechen!

»Ihr habt Euch überschätzt.« Sie würde sich nicht zweimal verspotten und zum Narren halten lassen, ganz gleich, wie sehr er ihr angst machte.

»Nein, *Kaereste*«, erwiderte er, während er sie unverwandt ansah. »Es ist so, daß ich Euch unterschätzt habe. Ich dachte, mich könnte nichts berühren. Ihr habt mir bewiesen, daß ich mich geirrt habe.«

Wenn in den Worten irgend etwas anderes als Trostlosigkeit mitgeklungen hätte, hätte sie vielleicht noch Hoffnung gehabt, aber er ließ ihr keine mehr. Er saß allein an seinem Tisch, seine Haltung steif und unnachgiebig, seine Miene finster und abweisend, als wollte er ihr zu verstehen geben, daß an seiner Seite kein Platz mehr für einen anderen war.

Schweigend erbrach er das Siegel an dem Tongefäß, dann tauchte er den Mittelfinger seiner linken Hand hinein und zog ihn wieder heraus. Er war mit einer schwarzen Salbe bedeckt. Dain hob den Finger an sein Gesicht und malte einen breiten Streifen unter seinem linken Auge entlang und weiter über die Schläfe bis zu seinem Haaransatz. Dann stippte er den rechten Mittelfinger in die Salbe und tat das gleiche mit seinem anderen Auge. Im Licht vom Kaminfeuer und Kerze schimmerte die schwarze Paste wie ein Streifen Nachthimmel auf seiner gebräunten Haut.

Dies ist nicht die Bemalung der Quicken-Tree, dachte Ceridwen. Es war etwas anderes, weitaus weniger Hübsches, etwas Unheilvolles.

»Was tut Ihr da?« Sie zog die Bettvorhänge auf und glitt mit ihren bloßen Füßen auf den Boden, als Neugier die Oberhand über ihr Mißtrauen gewann. »Was ist das für eine Salbe, die Ihr da benutzt?«

Er gab keine Antwort, sondern stippte nur erneut seinen Finger in den Tiegel und zog eine zweite schwarze Linie von seinem rechten Ohr über seinen Wangenknochen und über den Rücken seiner Nase.

Sie näherte sich ihm vorsichtig, unsicher, wie nahe sie sich an ihn heranwagen durfte.

»Euer Mut ist in diesem Fall fehl am Platz«, erklärte er, und sie fragte sich, ob sie es wohl jemals fertigbringen würde, irgend etwas vor ihm zu verbergen, oder ob er von der allerersten Nacht an ihre Gedanken gelesen hatte.

»Also, was meint Ihr?« Sie sprach betont sanft. »Bin ich in Gefahr?« Sie fürchtete sich wirklich, aber seltsamerweise hatte sie plötzlich weitaus mehr Angst um ihn als um sich selbst. Was sie selbst anging, so war sie argwöhnisch und neugierig.

»Nicht, wenn Ihr im Turm bleibt, wo die Hunde Euch beschützen können.« Er zog einen weiteren schwarzen Streifen über seinen linken Wangenknochen bis zu seinem linken Ohr.

»Werdet Ihr auch hierbleiben?«

»Nein. Ich gehe in Rhuddlans Lager.« Eine neue Linie folgte unter der letzten, alle dick und glänzend.

Ceridwen blieb an der Tischkante stehen, ein gutes Stück von den Glassplittern und von Dain entfernt. »Und was wird in Deri aus Euch werden?«

Ein kurzes, barsches Lachen beantwortete ihre Frage. »Das ›Werden‹ hat bereits begonnen, *Chérie*«, erwiderte er, als er sorgfältig eine dritte Linie über die ganze Breite seines Gesichts zog.

»Und ist es das hier, in was Ihr Euch verwandelt? Dieses gestreifte, wilde Ding?« Sie machte eine hilflose Handbewegung, weil sie einfach nicht verstand, was sie in seinem Gesicht sah. Irgend etwas geschah mit ihm, etwas, das sehr viel merkwürdiger war als der alchemistische Zauber, den sie in seiner unteren Kammer praktiziert hatten. Die Schatten, das trübe, flackernde Licht und das Muster, das er auf sein Gesicht malte, hatten sich offenbar zusammengetan, um ihn zu verbergen. Er schien wahrhaftig vor ihren Augen zu verschwinden.

»Wild?« Mit der Ehrfurcht, die eine rituelle Handlung begleitet, tauchte er nacheinander sämtliche Finger in den Topf und beschmierte ihre Spitzen mit Salbe. »Ja, es ist etwas Wildes, in das ich mich verwandle, etwas Wildes und Furchteinflößendes.«

Er blickte auf seine Hände hinunter und drehte sie langsam herum, bis seine Handflächen nach oben zeigten. Ein kalter Luftzug wehte durch den Raum, ließ die Kerzenflammen zucken und tanzen und den Weihrauch in bläulichen Kräuseln zur Decke aufsteigen. Dain hob die Arme, seine Finger wie scharfe Klauen gekrümmt, seine Handflächen gewölbt, als ob er etwas aus der Luft herunterzöge.

Ceridwen stand wie angewurzelt da, die Hände vor der Brust verschränkt, während sie dem Drang widerstand, den Arm auszustrecken und ihn an seinem seltsamen Gebaren zu hindern. In ihrer Unwissenheit tat sie nichts, und als er ihr einen Blick zuwarf – einen glitzernden, beinahe irren, von einem ruchlosen Leuchten erfüllten Blick – wußte sie, daß es zu spät war. Sie konnte ihn nicht mehr erreichen.

»Ihr seht den Dämon vor Euch.« Die Worte rollten über seine Zunge, in Rauch gehüllt, und erschreckten sie mit ihrer Botschaft: Das Böse war hier. Rauch quoll zwischen seinen Zähnen und aus seinen Nasenlöchern hervor und stieg in dunklen Spiralen auf, um sein Gesicht zu verhüllen und sich um die Strähnen seines Haares zu schlängeln. Er schloß die Augen, während er geradezu unheimlich lange und tief Luft holte, um die duftenden gräulich-blauen Schwaden zu inhalieren, die seine Lunge füllten und bewirkten, daß sich eine seltsame Stille über sie beide herabsenkte.

Ceridwen wagte es nicht, ihn jetzt zu berühren. Tatsächlich wich sie sogar einen Schritt zurück. Nichts von dem, was er ihr bisher gezeigt hatte, konnte sich mit dem hier messen. Es war eine wundersame, ungeheuerliche, schwindelerregend furchteinflößende Demonstration von Magie. Magie in ihrer höchsten Vollendung, davon war sie überzeugt, dazu imstande, unheilvolle, todbringende Kräfte zu beschwören.

»Wozu braucht Rhuddlan einen Dämon?« fragte sie. Es war ihre eigene Not, die sie zwang, ihm diese unbesonnene Frage zu stellen. Wenn die Zeit gekommen war und wenn sie den Mut aufbrachte, vielleicht könnte sie sich dann ebenfalls in einen Dämon verwandeln. Es war Ketzerei in ihrer verabscheuungswürdigsten Form, aber blieb ihr denn eine andere Wahl? Nichts Geringeres als das, was sie vor sich sah, würde den Keiler davon abhalten, sich in der Hochzeitsnacht ihrem Bett zu nähern, oder ihn derart in Angst und Schrecken versetzen, daß er sein verdammenswertes Vorhaben aufgab – aber daß es diese Wirkung haben würde, daran zweifelte sie keine Sekunde. Hier war ein wildes, barbarisches Geschöpf, das sich über alle Gesetze Gottes und der Menschen hinwegsetzte, ein wahrer Dämon, der sich ausschließlich von seinen eigenen bösen Absichten leiten ließ.

Großer Gott. Geschah es immer auf diese Weise, daß Menschen zu Sündern wurden? Aus einer unüberwindlichen Not heraus, die sie dazu zwang, sich mit finsteren Mächten einzulassen? Die ihnen keine andere Wahl ließ, als sich mit dem Teufel zu verbünden, noch während sie sich mit aller Macht an Gott klammerten?

Dämon Dains Lippen verzogen sich zu einem kaum merklichen Lächeln. Hauchdünne Rauchschwaden kräuselten sich in seinen Mundwinkeln und verschleierten die rotgeränderten, tief in ihren Höhlen liegenden Augen, die sie anstarrten. »Ihr seid wahrlich furchtlos, Ceri.«

Sie hätte ihn einen Lügner nennen können, trotz seiner Gabe des Sehens, denn ihr Herz raste. Dennoch bestand ihr einziges Zugeständnis an ihre Furcht darin, einen weiteren Schritt zurückzuweichen.

»Rückzug?« fragte er mit einer spöttisch hochgezogenen Braue.

»Nur Vorsicht«, erwiderte sie, obwohl ihre Stimme atemlos vor Angst war.

»Dann hört mir zu, vorsichtiges kleines Mädchen.« Er lächelte, und seine langen Wimpern senkten sich über seinen brennenden Blick. »Rhuddlan ruft den heiligen Dämon des Unbekannten zu seinem eigenen Nutzen herbei, den Dämon der Verzweiflung, denn Rhuddlan ist ebenso furchtlos wie Ihr.« Er sprach die Worte wie eine Liturgie, wobei er seine Hände hob und seine Fingerspitzen an seine Wangen preßte. »Rhuddlan von den Quicken-Tree heißt den wahren Dämon von Leiden und Kummer willkommen, denjenigen, der Kinder ihrer ersten lebensspendenden Atemzüge beraubt, denjenigen, der Junge und Alte ohne Rücksicht auf Gerechtigkeit verstümmelt und zu Krüppeln macht, denjenigen, der

Seelen stiehlt.« Mit der Feierlichkeit eines Priesters zog er seine Finger über sein Gesicht und fügte vier Linien auf jeder Seite zu den drei übrigen hinzu. »Rhuddlan fleht den Dämon um die Vernichtung der Menschheit und aller Geschöpfe an, um die Hand Gottes zur Zerstörung. Der Dämon betritt den Wald in der Dämmerung, er, der Überbringer aller göttlichen Katastrophen: gewaltige Risse, die sich in der Erde auftun; Flüsse, die über ihre Ufer treten und das Land verwüsten; feurige Vulkanausbrüche; gigantische Stürme, die vom Himmel herunterwirbeln. Der Dämon gibt ein Zeichen, und die vier Elemente gehorchen seinem Befehl. Erde. Wasser. Feuer. Luft. *Ich bin der Dämon*«, sagte er mit einer schaurigen Stimme, die unheimlich und profan zugleich klang.

Ja, dachte Ceridwen, während sie jedes Wort in sich aufnahm und sich ins Gedächtnis einprägte. Hier war Macht, die man benutzen konnte, finstere Macht, die man benutzen konnte, finstere Macht, von allen gefürchtet.

»Und wenn die Zerstörung vollbracht ist, werden Rhuddlan und die Quicken-Tree den Dämon nehmen und ihn in den Gott der Unterwelt verwandeln, den sie brauchen; in den Gott, der er einst war, bevor die katholische Kirche den Teufel aus ihm machte.« Seine Stimme hob und senkte sich in beschwörenden Rhythmen und zog Ceridwen völlig in ihren Bann, während er das Geheimnis dessen enthüllte, was er geworden war. »Ceraunnos der Gehörnte, Herr der Tiere, wird an Beltaine zu den Quicken-Tree kommen, wie er es seit Menschengedenken getan hat. Und dort, inmitten der Feuer, wird er Beli begegnen, Vater aller Götter und Gott der Sonne, und Don, Muttergöttin der Erde und der Götter alle Heroen.«

Ceridwen kannte den Gott Ceraunnos ebensogut, wie sie Beli und Don kannte. Sie war viele Male in den uralten Handschriften, die in der Bibliothek in Usk aufbewahrt wurden, auf sie gestoßen. Ihre Namen waren auch häufig in den alten Geschichten aufgetaucht, die ihre Mutter ihnen erzählt hatte. Die Druiden verehrten diese Götter, die mit den Lichtelfen von der anderen Seite des Wassers harmonisierten. Ja, sie kannte Ceraunnos, denn er wurde in ihrem roten Buch erwähnt, und sie hatte ihn auch schon einmal gesehen, irgendwo, und zwar in Stein eingeritzt, mit seinem Bronzehalsring in einer Hand und einer gehörnten Schlange in der anderen und mit anderen Schlangen neben sich, eine Gottheit der Fruchtbarkeit, gekrönt mit einem Hirschgeweih – so ähnlich hatte sie es jedenfalls in den heidnischen Handschriften gelesen.

Jetzt stand die Mischung aus Gott und Dämon leibhaftig vor ihr, und das seltsame Wesen war ihr noch immer genauso unbegreiflich wie zuvor. Gott war Gott. Teufel war Teufel. Den einen sollte man lieben, den anderen aus tiefster Seele verabscheuen. Die Grenzen waren klar, die beiden konnten nicht zu einem Wesen verschmelzen, und ganz sicherlich nicht in Gestalt eines bloßen Sterblichen.

»Kein Mensch kann beides zugleich sein, Gott und Dämon«, sagte sie.

Dains Augen öffneten sich langsam, und ein feines dämonisches Lächeln spielte um seine Mundwinkel. »Ganz im Gegenteil, *Chérie*. Kein Mensch kann etwas daran ändern, daß er beides zugleich ist. Bis zu der Zeremonie und auch noch danach werdet Ihr im Wald von Wroneu in Gefahr sein. Denn jeder Mann, der Euch am Vorabend des ersten Mai im Wald erwischt, wird sich das nehmen, was ich nicht haben kann.«

Er erhob sich mit einer geradezu erschreckenden Schnelligkeit aus seinem Sessel, und sie stolperte ein paar Schritte rückwärts. Dain zog spöttisch eine Braue hoch, kümmerte sich jedoch nicht weiter um sie, als er ohne Kommentar auf seinem Weg zum Kamin an ihr vorbeiging.

Mit der ihm eigenen Eleganz schwang er sich seinen Umhang um die Schultern und zog sich die Kapuze über den Kopf. Ceridwen sah nichts mehr von seinem Gesicht. Wenn er auch nicht wirklich Dämon und Gott in einer Person war, so hatte er sich doch zumindest wieder in das verwandelt, was er gewesen war, als sie ihn das erste Mal gesehen hatte: einen Schatten, der völlig mit der Dunkelheit verschmolz.

»Denkt an das, was ich gesagt habe, und hütet Euch vor den Hunden«, warnte er sie, als er zur Bodenluke ging. »Sie werden Euch nicht an den Stellen vorbeilassen, die zu bewachen ich ihnen aufgetragen habe.«

Ceridwen beobachtete ihn, wie er die Stufen zur Alchemiekammer hinunterkletterte und dann die Falltür hinter sich zuzog. Innerhalb von Sekunden wurde der Riegel auf der Unterseite der

Holzbretter vorgeschoben, und sie wußte, ihr Schicksal war ebenso sicher besiegelt, wie er den Turm versiegelt hatte.

Dennoch gab es noch einen schwachen Hoffnungsschimmer, denn er hatte die schwarze Salbe auf dem Tisch zurückgelassen. Caradoc konnte sich auf eine Überraschung gefaßt machen. Was er vorfinden würde, wenn er das nächste Mal die Mauern von Wydehaw durchbrach, wäre keine bleiche, zitternde Jungfrau.

Shay entdeckte Lavrans als erster, tief unter sich auf dem Waldboden. Der Magier bewegte sich mit der lautlosen Schnelligkeit der *tylwyth teg,* und seine Schritte hinterließen nicht mehr Spuren als der Wind der Morgendämmerung, der durch die Baumkronen rauschte und seinen schwarzen Umhang aufblähte, so daß er wie die dunklen Schwingen eines Raubvogels hinter ihm flatterte.

Der Quicken-Tree-Jüngling prägte sich Dains Richtung ein, dann gab er Llynya ein Zeichen, die auf einem Ast unter ihm saß und ihr Bestes tat, einen Sonnenstrahl dazu zu verlocken, das kleine violett- und weißgefleckte Veilchen in ihrer Handfläche zu erwärmen. Sie war dem Erfolg schon ziemlich nahe. Shay konnte den winzigen Lichtstrahl sehen, der sich an dem dicken Feldahornast entlangbewegte und sich Stück für Stück Llynyas ausgestreckten Fingern näherte. Die Blütenblätter hatten noch die Frische des Morgentaus auf sich. Nachtnektar, so nannten die Quicken-Tree die perlende Feuchtigkeit, denn es war die Kühle der Nacht, die das Wasser aus der Luft herbeilockte, und das Licht des Morgens, das es verdunsten ließ.

Er hätte Llynya gerne weitermachen lassen, denn es gab kaum etwas Schmackhafteres als sonnenerwärmte Veilchen, um das Fasten zu brechen, aber Lavrans war dabei, immer tiefer in den Schatten des Waldes zu verschwinden. Shay machte ihr abermals ein Zeichen mit der Hand, und als das noch immer nichts nützte, um Llynyas Aufmerksamkeit zu erregen, legte er seine Hände trichterförmig an den Mund und stieß den klaren Ruf einer Lerche aus.

Ihre prompte Reaktion bestand nicht darin, zu ihm hochzuschauen, sondern über die Seite ihres Asts in die Tiefe zu spähen, um zu sehen, in welche Richtung Dain strebte. Das Veilchen verschwand in ihrem Mund, um kalt verzehrt zu werden.

»Malashm«, sagte sie, wobei sie in die Elfensprache verfiel *»Donn thanieu esa lofar Deri.«*

»Das denke ich auch. Er nimmt den Alten Pfad zum Wäldchen.«

»Aber das hat er bisher noch nie getan.« Sie warf Shay einen fragenden Blick zu.

Der junge Mann zuckte die Achseln. »Rhuddlan hat gesagt, daß er das vielleicht tun würde. Der Weg durch die Berge wird Lavrans über den hohen Paß bei Wyche Elm führen. Die dünnere Luft dort oben wird ihm helfen, einen klaren Kopf zu bekommen.«

»Was soll sie denn aus seinem Kopf vertreiben?« Llynyas Ausdruck wurde noch eine Idee verwirrter.

»Das Mädchen, Kobold. Das Mädchen.«

»Aha«, meinte sie, als ihr die Erkenntnis dämmerte, dann runzelte sie nachdenklich die Stirn. »Vielleicht sollten wir ihn abfangen. Ich glaube nicht, daß Rhuddlan will, daß er nicht mehr an das Mädchen denkt.«

»Nein«, erwiderte Shay. »Wir werden ihm folgen, weiter nichts. Deri ruft ihn, aber es ist Lavrans' Sache, seinen eigenen Weg dorthin zu finden.«

»So wie es unsere Sache ist, unseren eigenen Weg durch das Labyrinth der *pryf* zu finden?«

Er grinste. »Heute ist Beltaine, Kobold. Vielleicht finde ich statt dessen einen Weg, dich zu nehmen.«

Ihr erschrockener Ausdruck bedeutete nichts Gutes für sein Vorhaben. Das gleiche galt für die Hast, mit der sie von ihrem Ast kletterte und sich zu Boden fallen ließ. »Dazu müßtest du mich aber erst mal einfangen!« Ihre Worte schallten von der Stelle zu ihm herauf, wo sie zwischen den Bäumen verschwunden war, um sich an Lavrans' Fersen zu heften.

Shay sprang von seinem Beobachtungsposten auf dem Ahorn in die Tiefe, die Arme weit ausgebreitet, um seinen Umhang mit Luft zu füllen und seinen Schwung auf diese Weise etwas zu bremsen. Eines Tages wäre Llynya erwachsen, und dieser Tag war nicht mehr fern.

Dain kniete am Flußufer nieder und tauchte seine Hand in das kühl dahinströmende Wasser. Die Sonne ging auf, ließ ihre goldenen Lichtstrahlen über den Horizont wandern und das Spiegelbild der Landschaft auf der Oberfläche des Llynfi in tausend Scherben zersplittern. Knapp neben seinen Fingern lauerten Forellen auf die ersten morgendlichen Insektenschwärme, während sie sich mit trägem Flossenschlag zwischen dem Geröll und den Steinen hin- und herbewegten.

Llynya hockte hinter ihm in einem Gebüsch; er konnte ihren zarten Veilchenduft riechen. Shay war ein Stück weiter zu seiner Linken, hinter einen tief hängenden Buchenast geduckt; beide beobachteten ihn und warteten. Für jeden anderen wären sie unsichtbar gewesen. An jedem anderen Tag hätte er sie wahrscheinlich nicht bemerkt.

An diesem Tag jedoch entging nichts seiner Aufmerksamkeit. Die Erde war eine lebendige Kraft, die durch seine Fußsohlen drang und weiter aufwärts strömte und sich um jede Faser seines Körpers wand, um den Weg für andere Flüsse freizumachen: die Säfte seines Körpers. Dain spreizte die Finger, ließ die eisige Kälte des Wassers in die weichen Kurven seiner Hand kriechen. Nach der Kälte kam das flüssige Element, das über seine Haut leckte und sich einen Weg in sein Inneres bahnte. Er war der Fluß.

Die Sonne stieg weiter am Horizont und überflutete seine Sinne mit Licht; und nach dem Licht kam die Wärme, von einer sanften Brise herbeigetragen, um ihn zu liebkosen und einzuhüllen. Ein einzelnes Gestirn brannte klar und tief in seiner Brust, schien mit strahlender Helligkeit, die weitaus stärker als Feuer war, mit einer Leuchtkraft, die er kaum begreifen konnte. Rhuddlan hatte einen Erd- und Feuerdämon herbeigerufen, aber er würde ein Geschöpf des Wassers und des Lichts bekommen.

Es war Ceri, die ihm das angetan hatte. Sie hatte sich ihm in Liebe geschenkt und nicht genug Finsternis in seiner Seele zurückgelassen, um einen wirklichen Dämon heraufzubeschwören. Sie war die *Petra Genitrix,* die Steinmutter, unerschütterlich, unbesiegbar, sie, die sich nur der Zeit beugt. Warum braucht Rhuddlan einen Dämon? hatte sie gefragt. Aus dem gleichen Grund, warum alle Menschen Dämonen brauchen, hätte er ihr sagen sollen – um den Weg zu Gott zu erleuchten. Es war eine simple Wahrheit.

Statt dessen hatte er den Rauch von Tausendgüldenkraut eingeatmet und ihn mit seinen Worten wieder aus Mund und Nase ausströmen lassen, und er hatte seine Stimme benutzt, um ihr Furcht einzuflößen. Oder es zumindest versucht. Die unerschrockene Ceri hatte nichts anderes getan, als einen einzigen Schritt zurückzuweichen. Welch seltsame Mater mag das sein, die ihr Herz und ihre Seele umschließt, dachte er, daß sie keine Furcht empfindet? Es muß die reinste und stärkste sein, die ihm je begegnet war.

Caradoc konnte sich nicht mit ihr messen.

Er schöpfte Wasser mit der hohlen Hand und hob sie an die Lippen, um seinen Durst zu stillen. Der Tag würde lang werden ohne Essen und Trinken, die Stunden mit vielen heiligen Gesängen ausgefüllt. Er trank noch einmal, um das Wasser zu ersetzen, daß er bald in Form von Schweiß in den Höhlen im Westen der Schlucht verlieren würde. Die Quicken-Tree hatten sicher schon damit begonnen, einen Scheiterhaufen neben dem warmen Teich zu errichten, der aus dem Boden der Höhle hervorsprudelte, wozu sie als Brennstoff die Bäume benutzten, die im vergangenen Jahr abgestorben waren: Eibe, Eiche, Buche, Haselnuß, Ulme – alle bis auf die toten Ebereschen, denn diese würden in der Bel-tinne verbrannt werden. Steine würden in einem Kreis dicht um die Flammen erhitzt werden, und dann würden die Quicken-Tree Wasser aus dem Teich über die Steine gießen. Es würde Nacht werden, bis Dain aus dem dunklen, dampfenden Mutterschoß emporstiege, geläutert als Ceraunnos.

Der Duft süßer Wildrosen wehte ihm mit der Brise entgegen. Er drehte den Kopf und erhob sich, während er seine Hand am Saum seines Umhangs abtrocknete. Es wurde Zeit, den Kobold und Shay nach Deri zu führen. Der Wyche-Elm-Paß begann zu seiner Rechten, selten benutzt und von Gestrüpp überwuchert, mit einem geröllbedeckten Abhang an seiner südlichsten Flanke. Er selbst hatte den Pfad erst im vergangenen Herbst entdeckt und war ihn seitdem nicht mehr entlanggegangen. Die Abgeschiedenheit und Schönheit des Pfades unterhalb des Wasserfalls hatte ihn immer mehr gelockt, aber die von Flußwasser ausgewaschene Höhle reizte ihn an diesem Morgen gar nicht. Er würde lieber in den Bergen wandern, erfüllt von Stechginster- und Heideduft, von Veilchen und Buschwindröschen und Sonnenschein, und alle dunklen Orte meiden, die zu stark nach fruchtbarer, fetter Erde rochen, bis die Quicken-Tree ihn herbeiriefen.

»Nuuuuma«, säuselte Ceridwen, die auf dem Fußboden des Turmzimmers saß. »Sieh doch mal, Numalein. Sieh doch nur, was Ceri Feines für dich hat.« Sie beugte sich vor und ließ das mit Eisenhut präparierte Fleisch vor der Nase der Albinohündin baumeln. Es war ein Risiko, ohne Zweifel, aber alle ihre anderen Versuche, die Hunde zu überlisten, hatten nicht gefruchtet. Der Trick mit dem Fleisch erwies sich als erfolglos. Numa ignorierte sie. Elixir hatte geknurrt, als sie ihm das Stück anbot, ein tiefes, gefährliches Grollen, das ihr einen gehörigen Schreck eingejagt hatte.

Verdammtes Mistvieh. Der schwarze Jagdhund war der Satan persönlich, unnahbar und unbestechlich. Selbst Dain faßte ihn nicht an, noch nicht einmal, um ihn hinter den Ohren zu kraulen.

Aber die Hündin liebte es, ausgiebig gekrault zu werden.

»Numa.« Ceridwen lächelte und streckte ihre Hand nach ihrem Kopf aus. Numa zog warnend die Lefzen hoch, und ein Knurren stieg tief aus ihrer Kehle auf. Das Geräusch klang zwar nicht freundlich, aber es war auch nicht so bedrohlich wie Elixirs Warnung.

Trotzdem gab Ceridwen nach und ließ ihre Hand wieder sinken. Es hatte keinen Sinn, die Albinohündin zu reizen und ihre Aggression zu provozieren. Dain hatte gesagt, Numa würde sie in Stücke zerreißen, und obwohl Ceridwen bezweifelte, daß die Hündin so weit ginge, war ein kräftiger Biß nicht ausgeschlossen. Sie hatte noch lebhaft in Erinnerung, wie sich Numas Zähne in die Kehle des alten Erlend gegraben hatten.

Seufzend warf sie das Fleisch wieder in die Schüssel mit der Eisenhuttinktur. Der Tag näherte sich seinem Ende, die Sonne stand schon tief im Westen, und der Wald versank in Dunkelheit. Sie hatte bisher noch keine Feuer gesehen, dennoch wußte sie, daß sie bald angezündet würden. Es war der Vorabend des ersten Mai.

Elixir trottete an ihr vorbei und blieb neben der Schüssel stehen, um sie zu beschnüffeln. Den Arzneitrank hatte sie selbst zubereitet. Sie war sehr vorsichtig mit dem Eisenhut gewesen, da sie die Hunde nur schläfrig machen wollte und nicht etwa ins Jenseits befördern, obwohl keines von beidem wahrscheinlich war, es sei denn, sie fraßen das gesamte präparierte Fleisch. Der Jagdhund beendete seine Inspektion. Seine schwarzen Augen hefteten sich auf sie und durchbohrten sie mit einem Ausdruck, der ihr wie ein Fluch vorkam.

»Pfui, schäm dich«, schalt sie den Rüden. Sie war bereits verflucht. Der Hund konnte ihr nichts mehr anhaben. »Pfui, schäm dich«, schimpfte sie sicherheitshalber noch einmal und wünschte gleich darauf, sie hätte es nicht getan, weil Elixir so abrupt zu völliger Reglosigkeit erstarrte, daß es schien, als wäre er aufgrund ihrer Äußerung plötzlich in Stein verwandelt worden. Nicht eine Sehne bewegte sich an ihm, nicht ein Schnurrbarthaar zuckte. Seine Augen, jetzt nicht länger bösartig, hatten sich in glasiges, blickloses Eis verwandelt. Er war erstarrt, und nur die Art, wie er die Ohren spitzte, deutete darauf hin, daß noch Leben in ihm war.

Ob ich ihn mit meinem »Pfui, schäm dich« womöglich verhext habe? fragte Ceridwen sich verdutzt. Hatte sie durch Zufall Worte benutzt, die im Gegensatz zu dem geistlosen »Sesam« ungeahnte Zauberkräfte besaßen?

Nein, sie hatte nichts gespürt. Sie wüßte, wenn magische Kräfte in ihr steckten, und wenn »Pfui, schäm dich« ein Zauberwort wäre, müßte mindestens die Hälfte aller Schloßbewohner zu Statuen erstarrt sein.

Aber wenn es keine Magie war, was dann?

Sie blickte Numa an. Die Hündin war ebenfalls ganz still, aber ohne Elixirs unnatürliche Starre. Ein feines Zittern lief durch die Flanken und Sprunggelenke des Tieres. Ceridwens Blick schweifte wieder zu Elixir zurück. Ob das, was die Tiere wie gebannt verharren ließ, wohl lange genug anhalten würde, daß sie sich ihr Bündel schnappen und die verschlossene Bodenluke aufbrechen konnte? Der schwarze Jagdhund schien noch nicht einmal mehr zu atmen. Die Hunde warteten angespannt, alle beide, aber worauf?

Dann hörte sie es, ein fernes, gedämpftes Singen, das von unterhalb des Sonnenzimmers durch den Fußboden heraufdrang. Eine einzelne Strophe schwebte in der Luft, silbrig und klar, so melodisch an- und abschwellend wie Wind über Wasser. Die Stimme kam langsam näher, und die Klänge bekamen etwas Beschwingtes, wirbelten umeinander, als eine weitere Strophe ertönte. Es war kein Mann, der die Fantasia sang, sondern eine Frau, und sie bahnte sich einen Weg durch den Tunnel, der zur Alchemiekammer führte. Es war reines Entzücken und nichts anderes, was die Hunde hypnotisiert dastehen ließ, eine entzückte Faszination voller Erinnerungen, die sie wie gebannt auf den Gesang horchen ließ. Rhiannons Musik hatte einen ähnlichen Zauber ausgeübt, damals, vor langer, langer Zeit, wenn sie auf den Klippen hoch über der Irischen See auf ihrer Harfe gespielt hatte. Ihre Tochter erinnerte sich noch deutlich daran. Sie hörte den süßen Klang der Harfensaiten noch oft im Schlaf, und er durchdrang selbst ihre tiefsten Träume.

»O Rhayne anna bellammenaseri
Conladrian, Conladrian, ges
Seid stark! Seid stark! Kommt zu mir!
Rhayne, Conladrian, kommt zu der Quicken-Tree!«

Die Stimme erhob sich zu einem Lied in Reimform, während sie von den Tunnelwänden widerhallte, und die Hunde begannen zu winseln. Ceridwen warf einen schlauen Blick auf die Tiere. Rhayne? Conladrian? Dann war Dain also gar nicht ihr Herr, sondern jemand anderer, eine Frau der Quicken-Tree. Sie fragte sich, ob er das wohl wußte.

»Abban euil a' ritharmian
Nov galliot As besteri
Seid stark! Seid stark! Kommt zu mir!
Rhayne, Conladrian, kommt zu der Quicken-Tree!«

Nach drei weiteren Strophen – jede etwas anders als die vorhergehende, aber alle mit denselben beiden Zeilen endend – war die Frau schließlich direkt unterhalb des Sonnenzimmers angekommen. Das Lied verhallte mit einem letzten melodiösen Trillern, als Schritte die Treppe zur Falltür heraufkamen. Ceridwen wich hastig von der Bodenluke zurück und wartete. Gleich darauf hörte sie, wie der Riegel auf der Unterseite der Luke zurückgeschoben wurde.

Sie zögerte nur einen kurzen Moment, bevor sie erneut zu der Falltür eilte und half, die schwere Holzklappe hochzuheben, voller Vertrauen darauf, daß die Hunde den Unterschied zwischen Freund und Feind kennen würden. An Dains Befehl verschwendete sie keinen einzigen Gedanken mehr. Er hatte sie im Turm eingesperrt, und sie war im Begriff, aus ihrem Gefängnis befreit zu werden.

Eine kleine Hand erschien als erstes am Rand der Bodenöffnung, dann spähte ein dunkler Kopf daraus hervor. Abgebrochene Zweige und Blätter steckten hier und dort in den ebenholzschwarzen Zöpfen der Frau – oder eher: Fastfrau.

»Llynya!« jubelte Ceridwen und streckte die Arme nach dem Kobold aus. Die Hunde tanzten um sie herum und winselten nicht länger, sondern bellten in freudiger Erregung. Selbst Elixir – Conladrian? – hatte seine Unnahbarkeit aufgegeben, um schwanzwedelnd um das Mädchen herumzuspringen.

Die Anwesenheit des Kobolds brachte Frohsinn und Hoffnung in die bedrückende Düsterkeit des Hart Tower. Ceridwen schlang ihre Arme um die schlanken, kräftigen Schultern des Quicken-Tree-Mädchens und drückte sie dankbar an sich.

Llynya fühlte sich in ihrer Umarmung so vielversprechend wie ein junger Baum an – beide wurden auch »Kobold« in der Sprache der Quicken-Tree genannt, beide strotzten vor Kraft und Leben.

»Du bist gekommen, um mich zu retten, du entzückendes Kind!«

»O ja.« Llynya grinste und küßte Ceridwen erst auf die eine Wange, dann auf die andere. »Und ob ich dich retten werde! Wir werden ganz fix aus dem Turm verschwinden und in die Wälder fliehen, denn der Tag geht zur Neige. Und nun beeil dich. Laß uns deine Sachen einsammeln.«

Ceridwen verschwendete keine Zeit. Sie hatte bereits ein Bündel aus dem Quicken-Tree-Tuch vorbereitet und es mit den Bändern ihrer Zöpfe zusammengeschnürt, und sie hatte nur die allernotwendigsten Dinge hineingetan: die schwarze Salbe, eine Kürbisflasche voller *aqua ardens,* einen Beutel mit *rihadin,* das rote Buch mit Mychaels Briefen, den Runenspiegel und Brochnans wundervollen Talisman. Sie hatte Madrons Lederbeutel für ihren Elfenpfeil aufbewahrt und trug ihn als eine Art Amulet.

»Kannst du mir den Weg nach Strata Floria zeigen, sobald wir Wydehaw hinter uns gelassen haben?« fragte sie Llynya, während sie sich das Bündel auf den Rücken schnallte. Die Deckenrolle wurde von einem Seil aus Zierband gehalten, das sie sich quer über Brust und Schulter hängte, so daß die Rolle an ihrer Hüfte baumelte. Sie würden bei Nacht durch den Wald von Wroneu wandern, und noch dazu an Beltaine, und Ceridwen hatte nicht die Absicht, ihre kostbaren Habseligkeiten an weit in den Weg ragende Äste oder flinke Diebesfinger zu verlieren.

Llynya blickte von der Stelle auf, wo sie mit den Hunden spielte. »Du würdest zu den Kapuzenmännern in die Berge gehen?« Die Hunde leckten ihr das Gesicht und schnappten spielerisch nach ihren Fingern, während sie in Tönen knurrten, die weitaus sanfter und liebenswürdiger klangen als alles, was Ceridwen jemals aus ihren Kehlen hatte aufsteigen hören.

»Ich will zu meinem Bruder.« Sie schob den Damaszener in die Lederscheide an dem Gürtel, den sie um die Taille trug.

»Bruder?« Llynyas Augen wurden groß. Elixir bellte, und sie brachte ihn mit einem seltsamen Befehl zum Schweigen, wobei sie ihn bei seinem Quicken-Tree-Namen nannte. »*Behamey,* Conladrian. *Behamey.*«

»Mein Zwillingsbruder, Mychael«, erwiderte Ceridwen. Die Hunde tollten eher wie ausgelassene Welpen um den Kobold herum, als wie die gefährlichen Bestien, die Dain zu Ceridwens Bewachung eingesetzt hatte. Sie jagten übermütig im Zimmer hin und her und wälzten sich auf dem Boden, wirbelten die ausgestreuten Kräuter hoch und setzten den orangenartigen Duft der Ysopblätter frei.

»Ah.« Die Stimme des Mädchens wurde sanft. »Dann hast du also ein Ebenbild. Er muß sehr schön sein, dein Bruder.«

»Ich habe ihn das letzte Mal gesehen, als er fünf Jahre alt war, und erinnere mich in erster Linie an seine nervtötende Güte. Er war immer lieb und gut, was mich im Vergleich zu ihm immer schwierig und anstrengend erscheinen ließ.« Ceridwen lächelte bei der Erinnerung, dann machte sie sich daran, das Bündel etwas höher auf ihrem Rücken zu befestigen, indem sie an der Lasche zog, die sie in das geflochtene Band eingearbeitet hatte. »Nach seinen Briefen zu urteilen, scheint er nur noch nachdenklicher geworden zu sein, aber keinen Deut weniger gütig. Ich kann mir gut vorstellen, daß er irgendwann heiliggesprochen wird.«

»Und das macht dich traurig?«

Bei Llynyas Frage hob Ceridwen verdutzt den Blick. Sie hatte nicht vorgehabt, ihre Gefühle für Mychael zu enthüllen – tatsächlich war sie überrascht, daß das Mädchen sie erkannt hatte –, denn in ihre Traurigkeit mischte sich eine Beschämung, die sie lieber verborgen hätte.

Aber das grünäugige Mädchen schien bis auf den Grund ihrer Seele sehen zu können, so daß die Wahrheit auf jeden Fall ans Licht käme. »Es ist nicht seine Güte, die micht traurig macht«, gestand sie, »sondern daß ich sie ausnutzen muß, um mich zu retten. Ich bin in einer verzweifelten Lage und brauche dringend einen Heiligen.«

»Und Dain würde nicht genügen?« fragte der Kobold in absolut unschuldigem Ton.

»Dain?« Ceridwen zog die Brauen hoch, und ihre Hand hielt mitten in der Bewegung inne. Wußte Llynya denn nicht, daß Dain Lavrans in genau diesem Augenblick als Dämon durch ihre Wälder schlich? Er war kein Heiliger, in keiner Beziehung, weder in Gestalt noch in seinem Denken oder Tun.

»Ja. Findest du seine Güte nicht auch manchmal nervtötend?« Llynya schob einen Zweig weg, der sich aus ihrem Haar löste und über ihren Augen baumelte. Der Erfolg der Geste war nur von kurzer Dauer, da der winzige Zweig gleich darauf wieder in ihr Gesicht fiel.

»Güte? Welche Güte?« rief Ceridwen.

»Nun, die Güte, die ihn davon abhält, dich zu entjungfern.«

Ceridwen fühlte heiße Röte in ihre Wangen kriechen. Waren ihre intimsten Geheimnisse mittlerweile in ganz Wales bekannt?

Llynya löste den Zweig aus dem unordentlichen Zopf über ihrer Stirn und schob ihn an einer anderen Stelle wieder in ihren Schopf zurück.

»Warum ziehst du ihn nicht einfach heraus und wirfst ihn in den Kamin?« fragte Ceridwen, froh, das Thema zu wechseln.

»Es ist Eberesche aus dem Wäldchen bei Deri. Wenn ich den Zweig im Haar trage, hilft das den anderen Bäumen, mich zu erkennen.«

Aber sicher doch, dachte Ceridwen, und sie mußte sich ein Lächeln verbeißen. Was für wundervolle Einfälle das Kind hatte!

Sie war überzeugt, daß Llynya noch eine verrückte Antwort parat hätte, und verzichtete darauf, das Mädchen zu fragen, welchem Zweck der Rest der Zweige in ihrem Haar diente oder die vielen Blätter, Baumabzeichen, die keiner der anderen Quicken-

Tree zu benötigen schien. Statt dessen beeilte sie sich, einen Stoffbeutel mit Brot und Käse zu füllen, Proviant für ihre Reise.

»Was meinst du, Ceri?« fragte der Kobold, als sie sich vom Boden aufrappelte. »Sind die Hunde bereit, mit mir zu gehen?«

»Bereit? Ich glaube, sie mögen es ebensowenig wie ich, hier im Turm eingesperrt zu sein.« Sie sagte ihre ehrliche Meinung, während sie sich fragte, welche Vorbereitungen ein Hund wohl treffen müßte, bevor er zum Gehen bereit war.

»Du glaubst also, daß sie bereit sind?« Llynya hörte sich noch immer so an, als brauchte sie Bestätigung. Sie tätschelte die Hunde, kraulte sie hinter den Ohren und schmeichelte sich mit liebevollem Gesäusel bei ihnen ein. Wie konnten die Hunde *nicht* mit ihr gehen wollen?

»Gehören sie nicht dir?« erkundigte sich Ceridwen verwirrt.

»Rhayne? Mir? O nein.« Llynya lachte. »Und Conladrian? Es heißt, er gehört niemandem und gehorcht Rhuddlan nur aus Respekt. Rhuddlan ist derjenige, der die Hunde jetzt nach Hause zurückruft. Ich bin lediglich die Botin.«

»Dann sage ich, daß sie die Botin anbeten und dir bis ans Ende der Welt folgen würden«, erwiderte Ceridwen, um Llynyas Unsicherheit ein Ende zu machen. Je schneller sie Wydehaw verließen, desto besser.

»Sie müssen ja nicht weit laufen.« Llynya grinste. »Nur bis in die Wälder, und dann am Morgen weiter nach Norden. Na gut, dann laß uns verschwinden und sehen, ob es stimmt, was du gesagt hast.«

Norden. Mychael und Strata Floria waren im Norden.

»O Rhayne, Conladrian ges«, begann der Kobold zu singen, während sie leichtfüßig die Treppe hinuntereilte. Und Tatsache – die Hunde folgten ihr, ohne zu zögern. »Anna bellammenaseri-i-i-i ...«

Ceridwen sah sich noch einmal im Hart Tower um, um sich zu vergewissern, daß sie nichts vergessen hatte, und um einen letzten Blick auf den Tisch zu werfen, wo Dain gesessen und sich von einem Magier in einen Dämon verwandelt hatte. Selbst nachdem er zu der Dämon-Bestie geworden war, hatte ein Teil von ihr noch immer Verlangen nach ihm empfunden. Seine Anziehungskraft auf sie war jenseits von läßlicher Sünde; er lockte sie in die Verdammnis, lockte sie mit derart süßen Ködern, daß sie wußte, sie würde für einen einzigen weiteren leidenschaftlichen Kuß ihren Glauben aufgeben.

»Herr, rette mich«, murmelte sie. Um ihres Seelenheils willen kam ihre Flucht nicht eine Sekunde zu früh.

18. Kapitel

Im Herzen des Waldes von Wroneu, eine halbe Meile nördlich von Deri auf der südlichen Flanke des Wyche Elm Passes, führte eine von Farnen verhüllte Öffnung an der Seite des Hügels in die Höhle der Quicken-Tree. Tief im Inneren des dunklen, luftigen Gewölbes, dort, wo die Kalksteinwände Feldspat und Quarz wichen, befand sich eine Grotte; und es war in jener unterirdischen Grotte, wo Dain fühlen konnte, wie sich oberhalb der Erde die Nacht herabsenkte. Die Stille, die im Wald einkehrte, als sich die Vögel einen Schlafplatz in den Bäumen suchten und kleine Tiere in ihr Nachtquartier huschten, sickerte durch die Felsen über seinem Kopf und erzählte ihm vom aufgehenden Mond; der würzige, erfrischende Duft des langsam kühler werdenden Waldes erfüllte die Luft. So war es ihm schon den ganzen Tag ergangen; Stunde um Stunde hatten seine Sinne subtile Botschaften aus der Natur empfangen. Die Erde war von der lebensspendenden Kraft des Frühlings durchtränkt, und nichts konnte all das, was sie zu sagen und zu geben hatte, zurückhalten.

Dain saß mit den Männern der Quicken-Tree in einem Kreis um ein langsam verlöschendes Feuer, während sie Lieder in einer uralten Sprache sangen, und er fühlte sich seltsam entrückt – ein tranceartiger Zustand, der ebensosehr auf Erschöpfung und Hunger beruhte wie auf dem tiefen, hypnotisierenden Klang der Stimmen, die in der Luft um ihn herum vibrierten. Trig und Wei, zwei der Liosalfar, saßen rechts und links neben ihm. Alle Männer tranken aus einer gemeinsamen Schale, die sie unablässig im Kreis herumgehen ließen. Ob es geweihter Wein war oder ein magisches Elixier, hatte Dain niemals herausfinden können. Die Flüssigkeit roch schwach nach Trauben, aber auch noch nach vielen anderen Zutaten, die er nicht identifizieren konnte. Ein trüber Schlamm aus Blättern und allen möglichen unerfindlichen Dingen hatte sich auf dem Boden des Trinkgefäßes abgesetzt, und der verträumte, leicht glasige Blick der Männer bewies, daß das Gebräu sehr viel stärker war als in den vergangenen Jahren. Dain selbst trank nichts davon. Er wußte nur zu gut, welch starke Halluzinationen heilige Tränke erzeugen konnten. Jalal hatte ihn mit einer ganzen Reihe solcher Arzneipflanzen vertraut gemacht, wenn auch ohne die begleitenden spirituellen Rituale, und nur wenige der Mixturen waren so milde wie Hostien und Wein.

Es gab Pflanzen und Kräuter, die einem Mann Visionen von der Zukunft eingeben und ihm helfen konnten, sich die Vergangenheit ins Gedächtnis zurückzurufen, selbst die sehr weit zurückliegende Vergangenheit. Es gab Gebräue, die einen Mann in ungeahnte Himmel entführen konnten, und solche, die ihn in die grauenhafteste imaginäre Hölle stürzen ließen. Oftmals waren es ein und dieselben, mit einem Quentchen von der Ekstase des Himmels als Entschädigung für eine Ewigkeit in der Hölle.

Die hölzerne Schale wurde erneut herumgereicht. Sie strömte einen Geruch nach bitteren Früchten und anderen Ingredienzien aus, und Dain reichte sie an Trig weiter. Der Liosalfar Bogenschütze war älter als die anderen Männer in der Grotte und nur jünger als Rhuddlan. Seine Züge wirkten starr und grimmig im Vergleich zu den schönen Gesichtern der Quicken-Tree, sein Körper war mit blauen Tätowierungen bedeckt und von den Narben der Schlacht gezeichnet. Er hob das große Trinkgefäß an die Lippen und trank, und einen kurzen Moment lang beobachtete Dain, wie sich die Augen des Bogenschützen verschleierten und in ein milchiges Grün verwandelten. Obwohl das Gebräu ansonsten keine sichtbare Wirkung auf Trig hatte, stufte Dain den Vorfall als Warnung ein. Keiner von Jalals Tränken hatte jemals die Kraft gehabt, die Augenfarbe eines Mannes zu verändern.

Sein Blick fiel auf seine eigenen Hände, während ihn die uralten Worte des Quicken-Tree-Gesangs erfüllten und ihr Rhythmus wie ein Herzschlag unter seiner Haut pulsierte. Er hatte noch eine lange Nacht vor sich, immer in der Schwebe zwischen einer Welt und der anderen.

Mit dem Schwinden des letzten Tageslichts veränderte sich der Gesang, und zusammen mit der Veränderung kam ein neues Bewußtsein. In dem Wäldchen südlich der Höhle hielten die Frauen des Stammes ihre eigene Zeremonie ab. Ihre Stimmen drangen durch die unterirdischen Kanäle der Erde an Dains Ohr, und ihr Lied war soviel schöner und lieblicher als der düster-schwerfällige Gesang, der durch die Grotte hallte, daß es ihnen sicherlich den Segen der Gottheiten einbringen würde, die sie beschworen. Die Männer würden sicher zu den Frauen in den Hain gehen, und bei diesem Zusammentreffen würden die Nachtfeuer von Beltaine angezündet und die Riten des Frühlings vollzogen werden.

Lange bevor es dunkel geworden war, als die Sonne noch hoch am Himmel stand, hatte Rhuddlan Dain als den Feuerdämon herbeigerufen, und Dain hatte seinen Teil getan, indem er *rihadin* in die Flammen gestreut und den grellbunt gefärbten Rauch zu einer wirbelnden Säule aufgewühlt hatte, die höher als je zuvor aufgestiegen war, noch über das Licht des Scheiterhaufens hinaus und bis in die dunkelsten, entferntesten Winkel der Höhle. Die Liosalfar hatten Wasser aus dem warmen Teich der Grotte auf die erhitzten Steine des Feuerrings gegossen, und die heißen Dampfschwaden hatten sie alle bis auf die Haut durchnäßt. Sie hatten sich ihrer Kleider entledigt und sich nackt um das herunterbrennende Feuer versammelt, um den heiligen Gesang anzustimmen.

Erst nachdem sie durch das Schwitzbad innerlich gereinigt worden waren und nachdem sie die rituellen Lieder gesungen hatten, war Dain von einer weißhaarigen Frau auf seine Begegnung mit dem Fluß vorbereitet worden, der tief unter der Erde dahinströmte. Alte Hände, von Gicht gekrümmt, aber sanft in ihrer Berührung, hatten ihn mit Färberwaid bemalt, wobei sie mit Kreisen in der Mitte seiner Handflächen angefangen und dann Schlangenlinien an der Innenseite seiner Arme entlanggezogen hatten, bis zu seiner Brust hinauf, wo sich die Linien dreimal kreuzten, um sich dann wieder zu trennen und an seinen Beinen hinunter bis zu seinen Fußsohlen zu laufen. Dieselben zittrigen Finger hatten auch sein Gesicht bemalt und ihn wie die Quicken-Tree mit einem breiten blauen Streifen quer über den Augen markiert. Ein Lendenschurz aus weichstem Rehleder war um seine Hüften gebunden worden.

Zum Schluß hatte ihn die Alte aufgefordert, zu ihren Füßen niederzuknien, damit sie sein Haar flechten konnte. Fünf kastanienbraune Strähnen über seinem linken Ohr hatte sie benutzt, um den

Zopf zu flechten, und sie hatte die Enden mit fest verknoteten Fäden von Quicken-Tree-Tuch zusammengebunden.

Jetzt, während er und die anderen sangen, bereitete sie Rhuddlan auf genau die gleiche Art und Weise vor, während sie seine Brust mit den Symbolen des Sonnengottes, Benelos, zeichnete; aber sie hörte dort nicht auf. Von seinen Fußsohlen wanderten ihre gichtigen Finger an der Rückseite seiner Beine hinauf und über seine Pobacken. Leise vor sich hinsummend, zog sie die kunstvollen Linien weiter über seine Hüftknochen hoch und umkreiste seine Lenden mit kühnen blauen Strichen. Dann zeichnete sie einen Pfeil, der von dem Kreis ausging und auf seine linke Brustkorbhälfte zeigte, und malte das Zeichen der Sonne über seine Genitalien, um ihn als den Gefährten der Göttin zu kennzeichnen. Kein Leder berührte Rhuddlans Körper. Statt dessen wurde ein Tuch aus Blättern, Eichenzweigen und der Rinde der Eberesche gebracht, um ihn zu kleiden.

»Malashm«, hörte Dain sie murmeln, als sie das Blättergebilde um die Taille des blonden Mannes knotete. Sie sprach noch einige weitere Worte in der uralten Sprache, melodisch klingende Worte, die über den monotonen Gesang hinweg deutlich an sein Ohr drangen, und er sah, wie Rhuddlan lächelte.

Mit instinktiver Sicherheit wußte Dain, daß die Frau einst die Mondgöttin für den Anführer der Quicken-Tree gewesen war. In Anbetracht ihres Alters war sie wahrscheinlich Rhuddlans erste Göttin gewesen.

Gleich darauf spürte Dain, wie sich die Dunkelheit ein Stück weiter zu seiner Rechten teilte und eine weitere Person die Grotte betrat. Elen, eine junge Frau aus Moiras Familie, trat in den Kreis der Männer, einen goldenen, mit Juwelen besetzten Kelch in den Händen. Chrysolith und Hyazinth glitzerten entlang dem Rand und unter diesen eine Reihe von Amethysten. Drachen waren in das Metall eingraviert, einige mit Smaragdaugen, andere mit Rubinen besetzt. Das Feuer von Topasen und Diamanten blitzte in ihren mit scharfen Zähnen bewehrten Mäulern, ihre Bäuche bestanden aus mattschimmernden Perlen.

Die Frau kam direkt auf Dain zu, und er erhob sich von seinem Platz. Elen lächelte schüchtern, und als sie ihm den Kelch überreichte, berührten sich ihre Finger. Dain erwiderte ihr Lächeln, denn sie war hübsch, weitaus hübscher, als er sie von ihrer letzten Begegnung her in Erinnerung hatte. Seidige braune Locken hatten sich aus ihrer Zopfkrone gelöst und liebkosten Wangen, so weich und so rosig überhaucht wie Pfirsiche. Rote Flecken von Beerensaft verliehen ihren Lippen eine verführerische Reife. Ihr Körper unter dem schimmernden grau-grünen Gewand war üppig. Hier war ein Geschöpf, das einem Mann gnädiges Vergessen schenken konnte.

Dain ließ seine Hände ganz bewußt einen Moment lang auf ihren ruhen und hielt ihre Finger um den goldenen Kelch herum fest, während er ein Versprechen gab, das er bisher noch nie gegeben hatte. Es gab keine Einschränkungen, die ihn daran hinderten, eine Quicken-Tree-Frau zu nehmen, und die Zeit war gekommen. Heute nacht würde er sich mit den anderen im Wald vereinen und sich dem Liebesspiel hingeben. Wie die Erde, so war auch sein Körper von der Kraft des Frühlings erfüllt, und er hatte so viel zu geben: die Berührung von Lippen auf Lippen, die äußere Wärme zweier Körper, die sich eng aneinanderschmiegen, die innere Wärme von Herzen, die sich an einem Ort begegnen, der jenseits der Grenzen der Haut lag, die sie umschloß. Heute nacht würde er diese Dinge mit der Quicken-Tree-Frau teilen; er würde ihre Geheimnisse erfahren und ihr dafür seine eigenen Geheimnisse enthüllen – denn Elen war hier, war ein Teil des Wäldchens, während Ceri immer unerreichbar für ihn sein würde.

Immer.

Elen wich vor ihm zurück und verschmolz wieder mit der Dunkelheit der Grotte, um ihr schüchternes Lächeln und ihre Geheimnisse mit sich zu nehmen. Dain hob eine Hand, um sie am Gehen zu hindern, dann ließ er sie mit einem gemurmelten Fluch wieder sinken. Solch sinnlose, sentimentale Gesten waren normalerweise nicht seine Art. Die Zeremonie verlief nach genau festgelegten Regeln; er würde Elen erst wiedersehen, wenn sie sich in dem Wäldchen trafen – falls sie sich dort trafen. Er hatte Ceri im Turm eingesperrt zurückgelassen, während der Geschmack ihres Kusses noch immer an seinen Lippen haftete. Weder der scharfe Rauch des Tausendgüldenkrauts noch das Flußwasser hatten das köstliche Aroma vertreiben können.

»Lavrans.« Rhuddlans klare, volltönende Stimme riß Dain aus

seiner Versunkenheit. Er wandte sich zu dem Quicken-Tree-Mann um, der auf der anderen Seite der Flammen stand. »Es ist Zeit, mein Freund.«

Mein Freund. *Ich möchte Euch lieber verschonen, mein Freund,* hatte Ceri gesagt.

Rhuddlan wies auf den Tunnel, der zu dem unterirdischen Flußufer führte, aber Dain rührte sich nicht von der Stelle. Er konnte Ceridwen nicht haben, dennoch wagte er es, sie zu begehren. Die Frage war, reichte sein Wagemut aus, um in den Turm zurückzukehren und sie zu nehmen?

Sie hatte von Liebe gesprochen.

»Komm, Dain«, rief Rhuddlan ihm zu. »Du wirst die Antworten auf deine Fragen schon rechtzeitig finden. Nun komm. Bring den Wein mit und tu, was getan werden muß.«

Tun, was getan werden muß. War dies nicht immer sein Leitspruch gewesen? Und heute nacht, ob mit oder ohne Ceri, mußte er der Ceraunnos für die Quicken-Tree sein. Es war nicht so sehr der Gedanke an die Schuld, die er zu begleichen hatte, oder die Verheißung künftigen Gewinns, die ihn dazu trieb, seine Pflicht zu tun, sondern das Ritual an sich. An Beltaine war er der Herr der Tiere, und dieses Jahr riefen ihn die wilden Geschöpfe der Erde eindringlicher als je zuvor. Sie bewegten sich, und er fühlte es; sie atmeten, und er spürte, wie Luft in seine Lungen strömte. Sie sprachen, und es war der Klang von Ceridwens Namen, den er hörte.

»Ceri«, flüsterte er sehnsüchtig. Sie war überall in seinem Inneren.

Der Kelch in seinen Händen wurde warm und zog seinen Blick auf sich. Diesmal trübten keine Blätter auf dem Boden die Reinheit der Flüssigkeit. Der purpurrote Drachenwein war so klar und transparent, daß er den goldenen Glanz der Kelchwände reflektierte. Schönes, tödliches Gebräu.

Die Männer um ihn herum erhoben sich, und Dain setzte sich in Bewegung, um zu tun, was getan werden mußte. Der Felsboden war glatt unter seinen Füßen. Der Geruch, der vom Fluß herüberwehte, war frisch und lockend, bis Dain den Tunneleingang erreichte. Dort blieb er zögernd stehen. Eine plötzliche Veränderung in der Luft und eine stumme Warnung, die aus den Tiefen seines Unterbewußtseins aufstieg, ließen ihn abrupt innehalten. Er versuchte, die Warnung zu ihrem Ursprung zurückzuverfolgen, konnte sich jedoch nur an einige vage Fragmente von Madrons Traum erinnern. Frustriert blickte er zu Rhuddlan zurück, und genauso schnell verflüchtigte sich sein Mißtrauen wieder, eingelullt durch die beruhigende Monotonie des Gesangs und die stille Unerschütterlichkeit in den grünen Augen der Quicken-Tree-Männer.

Ein Schritt in den engen Tunnel hinein, und der Schweiß erkaltete auf seiner Haut. Wasser brandete donnernd gegen die Felsen in der Tiefe, ein Geräusch, das ihn eine halbe Meile von der Stelle entfernt erreichte, wo der Fluß aus seinem unterirdischen Gefängnis ausbrach und sich in die Schlucht oberhalb von Deri ergoß. Kerzen – lange, dünne Kerzen aus feinem Bienenwachs – waren angezündet und am Rand des gewundenden Pfades aufgestellt worden, der das Flußufer säumte. Dain folgte den erleuchteten Kurven und Biegungen, wobei er die vielen Seitenarme des Tunnels mied, die den Trakt jenseits der Höhle zu einem gefährlichen Irrgarten machten. Es hieß, ein Quicken-Tree-Kind habe sich einmal in dem Labyrinth verirrt und sei nie wieder aufgetaucht.

Wasser schwappte um seine Füße, wo die Kerzenreihe endete. Ohne weitere Umstände goß er die heilige Flüssigkeit aus dem Kelch in den Fluß, und dieser beruhigte sich augenblicklich und wurde sanft und friedfertig.

Es war der einzig wirklich mysteriöse Teil der Zeremonie. Er kannte viele Methoden, um Wasser in einem Gefäß schäumen und sprudeln zu lassen, aber er kannte keinen Trank, der imstande war, die natürlichen Strömungen von Wildwasser aufzuhalten und die aufgewühlten Fluten in eine spiegelglatte Oberfläche zu verwandeln – bis auf den Trank der Quicken-Tree, und weder Rhuddlan noch Moira wollten sich über ihren *gwin draig*, ihren Drachenwein, äußern.

Aber Tatsache war, daß er das Wasser zu einer blanken, silbrigen Fläche von durchscheinender Schönheit glättete, die nicht länger als einen Atemzug überdauerte, bevor sie wieder von den zurückkehrenden Wellen aufgepeitscht und den Fluß hinunter in Richtung Meer gespült wurde. Im ersten Jahr wäre Dain der Augenblick der Stille beinahe entgangen, so sehr war er damit beschäftigt gewesen, seinen nächsten Trick vorzubereiten. Er hatte jedoch noch einen flüchtigen Blick auf das Ende erhascht, und im zweiten Jahr hatte er genauer aufgepaßt. Er wußte von Wahrsagezeichen und war sicher, daß es ein Blick in die Zukunft war, den die spiegelblanke Fläche offerierte, aber nur jemandem, dessen seherische Fähigkeiten sehr viel stärker entwickelt waren als seine. Im dritten Jahr hatte er von dem Drachenwein gekostet, bevor er ihn in den Fluß gegossen hatte – nur einen winzigen Tropfen, von der Fingerspitze auf die Zungenspitze –, und er war erst im Morgengrauen wieder aus seiner Bewußtlosigkeit erwacht. Niemand hatte ihn gefragt, was er denn getan hatte, obwohl sein lebloser Zustand wohl kaum zu übersehen gewesen war, und er hatte auch nichts gesagt.

Es war das letzte Mal gewesen, daß er seiner Schwäche nachgegeben und versucht hatte, etwas ähnliches wie *kif* zu finden, etwas, was seinem Geist und seiner Seele Linderung verschaffte, was ihn in einen gnädigen Rausch versinken und Frieden finden ließ, ohne ihn zu zerstören, wie es das Opium damals getan hatte.

In dieser Nacht beobachtete er jedoch nur, weiter nichts, und wie Zeit in einem Traum zog sich der Augenblick der Stille im Fluß seltsam in die Länge, dauerte dreimal, fünfmal, vielleicht sogar siebenmal so lange wie in den vergangenen Jahren. Er sah nichts, aber die Stille war voller Erwartung, und plötzlich stieg abermals ein warnendes Gefühl in ihm auf. Einen Moment später wußte er, daß er nicht allein war.

Es war kein Mensch neben ihm am Flußufer und auch kein Tier. Ein gedämpftes Wehklagen ertönte aus der Dunkelheit, und mit ihm kam eine Brise, lau und sanft und vom würzigen Geruch fetter, fruchtbarer Erde erfüllt.

Pryf. Er wußte ohne jeden Zweifel, daß es die Wahrheit war.

Die Kerzenflammen flackerten, warfen groteske Schatten auf die Felswände. Der warme Wind hüllte ihn ein und wand sich um seinen Körper, wirbelte von seinen Füßen aufwärts bis zu seinem Kopf und glitt dann davon, um ihn allein inmitten der Stille zurückzulassen. Er fühlte sich verlockt, seltsam verlockt.

Angezogen von dem verführerischen Geruch, watete er bis zu den Schienbeinen in das kalte Wasser hinein, während er angestrengt in die Dunkelheit spähte und seine Hand nach etwas ausstreckte. Bevor er noch einen Schritt weitergehen konnte, schlossen sich plötzlich starke Finger um seinen Arm.

Dain drehte sich um und erkannte ein Gesicht, dem das flackernde Kerzenlicht etwas Makabres verlieh. »Trig.«

Der Bogenschütze grinste, wobei er zwei Reihen kräftiger weißer Zähne enthüllte. »Ich würde dir nicht empfehlen, den *pryf* den Fluß hinunter zu folgen, es sei denn, du kannst wie der christliche Gott auf dem Wasser wandeln.«

Pryf. Die geheimnisvollen Geschöpfe des roten Buches und der universellen Salze. Madrons Schlangen. Und sie waren fast zum Greifen nahe gewesen.

»Du hast sie herbeigerufen, und du hast deine Sache gut gemacht.« Trig war nicht länger nackt, und seine Augen waren wieder klar. Er war für die Reise gekleidet und trug ein dickes, gestepptes Lederwams in Grau und Grün über seiner Tunika.

»Was sind die *pryf*?« Dain hatte sie gerochen, er hatte sie gefühlt und gehört, aber gesehen hatte er sie nicht.

Trig zuckte die Achseln »*Pryf* sind *pryf*. Rhuddlan kann dir mehr über sie erzählen, aber jetzt sind die anderen alle nach Deri aufgebrochen, was wir auch tun sollten.«

Dain warf einen Blick auf den Fluß. Rhuddlans Geheimnisse waren sehr tiefgründig. Er wandte sich ab, um dem Liosalfar zum Ausgang des Tunnels zu folgen, und stellte zu seiner Beunruhigung fest, daß die Kerzen alle zu Stummeln heruntergebrannt waren, von denen einige bereits auf dem Erdboden verlosch. Er blickte erneut zum Fluß zurück und sah, wie die Wellen wieder einsetzten, sah die Strudel und die Gegenströmungen und das Wogen des Wassers; und er fragte sich verwundert, wie lange er dort gestanden haben mochte, hypnotisiert von der Reglosigkeit der Fluten, eingehüllt von dem Geruch der unbekannten *pryf*, während die Wärme ihres Atems über seine Haut leckte.

Llynya hatte Elixir mitgenommen und Ceridwen gesagt, sie solle warten. Und Ceridwen wartete, versteckt in den ausladenden Ästen eines Nußbaums, während Numa an seinem Fuße Wache hielt. Sie hatte beobachtet, wie der Mond seiner Bahn über den Nachthimmel folgte; sie hatte den Polarstern gefunden und wußte, in welche Richtung sie gehen mußte. Nach Norden, immer weiter nach Norden. Aber sie wagte es nicht, sich von ihrem Versteck wegzurühren, bis Llynya zurückkehrte. Heute nacht herrschte

Wildheit in den Wäldern von Wroneu. Der pulsierende Rhythmus von Trommeln dröhnte durch Wald und Lichtung, während Dains Warnung in ihrem Gedächtnis widerhallte und ihr Herz mit Mißtrauen erfüllte – *Jeder Mann, der Euch heute nacht im Wald erwischt, wird sich das nehmen, was ich mir versagt habe.*

Sie hatte viele Männer im Wald gesehen. Und auch Frauen. Sie und Llynya hatten jedesmal einen Bogen um sie gemacht. Riesige Feuer brannten überall auf den Hügeln und zogen Schloßbewohner und Dörfler gleichermaßen in die Wälder. Die Flüsse Wye und Llynfi strömten durch die Nacht und trugen Stimmen an ihr Ohr, liebliche Stimmen, die ein uraltes Lied sangen – eine inständige Bitte an die Erde um die reiche Fülle der Natur und zugleich ein Sirenengesang, um andere in den heidnischen Sündenpfuhl namens Beltaine zu locken. In Usk hatten sie die Nacht zum ersten Mai immer mit gemeinsamen Gebeten verbracht. Jetzt wußte Ceidwen warum. Jeder außer demjenigen, der absolut reinen Herzens war, konnte von solch unverhüllter Zügellosigkeit in Versuchung geführt werden, und Äbtissin Edith hatte kein Erbarmen mit schwangeren Nonnen und Novizinnen gekannt. Schwanger zu sein hatte in Usk Abbey bedeutet, auf der Stelle aus dem Kloster verstoßen zu werden, ganz gleich, wieviel Not und Elend die Ausgestoßene erwarteten. Es war noch keine vier Jahre her, daß man eine treulose Schwester kurzerhand vor die Tür gesetzt und draußen vor den Klostermauern ihrem Schicksal überlassen hatte, wo sie wenig später von Wölfen zerrissen worden war. Nichts als Fetzen waren von ihr übriggeblieben.

Ceridwen überlief ein Schauder. Sie hatten an diesem Abend keine Wölfe heulen gehört, und sie hatte auch keine gehört, als sie das letzte Mal in diesen Wäldern gewesen war. Vielleicht gab es ja in Wroneu keine Wölfe.

»Cerr-i-dwenn.«

Sie erschrak, als mit dem Rauschen des Windes plötzlich eine Stimme an ihr Ohr drang. Unter ihr am Fuß des Baumes sprang Numa von ihrem Platz auf.

»Beeil dich, Cerr-i-dwenn. Komm!«

Sie wandte sich zu der Stimme um. Sie schallte aus nordöstlicher Richtung herüber und klang wie Llynya. Eine Fackel leuchtete dort zwischen den Bäumen, nur eine kurze Strecke von ihr entfernt, und sie bewegte sich in einem Bogen hin und her, als ob sie sie herbeiwinken wollte.

Ceridwen spähte hinunter, um zu sehen, wie tief es bis zum Waldboden war, und vergewisserte sich, daß ihr Bündel noch sicher festgeschnallt war. Es war kein allzu großer Sprung in die Tiefe, nachdem sie noch ein oder zwei Äste weiter hinuntergeklettert war, und sie landete leichtfüßig auf dem Boden.

Es war wärmer hier unten in der Nähe des Erdbodens, wo der kalte Nachtwind nicht hindrang. Der Vollmond stand hoch am Himmel und beleuchtete einen schmalen Pfad durch das Gestrüpp und die Dornenbüsche, während die Fackel als Wegweiser fungierte und ihr zeigte, in welche Richtung sie gehen mußte. Dennoch zögerte Ceridwen.

Numa stupste sie aufmunternd in die Seite, aber sie achtete nicht auf die Hündin. Die Nacht war voller Gefahren. Tatsächlich war ihr ganzes Leben eine einzige Folge von Gefahren, seit Morgan sie aus Usk entführt hatte, doch plötzlich war ihr zumute, als läge eine Schwelle vor ihr, und sie zu überschreiten bedeutete, nie wieder dieselbe zu sein, die sie in diesem Moment noch war.

»Ceriiii.« Wieder rief die Stimme nach ihr, und in der liebevollen Verkürzung ihres Namens fand Ceridwen die Sicherheit, die sie brauchte, um sich vorwärtszuwagen. Keiner außer Llynya und Dain nannte sie jemals Ceri. Mychael hatte sie zwar auch so genannt, aber das war schon so lange her, daß sie sich oft fragte, ob er sich wohl noch daran erinnern würde. Sie befürchtete, daß er es längst vergessen hatte.

»Kom«, sagte sie zu Numa, dann verzog sie das Gesicht. Sie hatte eindeutig zuviel Zeit in der Gesellschaft des Hexenmeisters verbracht, wenn sie so mühelos in die dänische Sprache verfiel. Es war gut, daß sie fortging, und wenn sie eine Spur von Wehmut dabei empfand, dann nur wegen der einen Sache, die niemals hatte sein können.

Sie bahnte sich einen Weg durch das Dickicht, in der Erwartung, in kurzer Zeit zu Llynya zu gelangen, aber es sollte offenbar nicht sein. Ganz gleich, wie nahe sie herankam, der Kobold und die Fackel hüpften immer ein Stück weiter voraus. Sie dachte wieder an die Nacht zurück, als sie Llynya zum ersten Mal begegnet war, und daran, wie das Mädchen in einem Augenblick in der Dunkelheit verschwunden war. An diesem Abend bewegte sich der Kobold zwar nicht derart schnell, aber zu ihrem großen Ärger schaffte Ceridwen es einfach nicht, sie einzuholen.

»Kleines Irrlicht«, murmelte sie vor sich hin. Solange sie die Fackel sehen konnte, war es nicht weiter schlimm, aber sie wünschte doch, das Kind wäre nicht ganz so übermütig. Im Wald lauerten überall Gefahren, und Llynya war alt genug, das Interesse eines Mannes zu erregen. Tatsache war jedoch, daß es inzwischen ruhiger geworden war.

Sehr viel ruhiger, dachte Ceridwen verwundert. Sie blieb stehen, um zu horchen, und Numa hielt an ihrer Seite inne. Kein Lebewesen bewegte sich. Kein Wind rauschte mehr durch die Bäume. Eine seltsame Reglosigkeit hatte sich über das Land gesenkt.

Sie blickte hinter sich und war überrascht über die undurchdringliche Finsternis. Es war, als ob der Mond überhaupt nicht am Himmel stünde. Weiter vorne waren die Wälder voll silbrigen Lichts. Es strömte vom Himmel herab und ergoß sich durch die Bäume.

Doch hinter ihr verschwand der Wald in einer schwarzen Leere. Dunkelheit hatte die Hügelkuppen verschluckt. Nirgenwo loderten Beltaine-Feuer, um die Nacht zu erhellen, nirgendwo hallte der Klang ferner Stimmen durch die Luft. Ein unbehagliches Prickeln kroch ihr Rückgrat hinauf. Sie raffte ihre Röcke, bereit davonzulaufen, dann hielt sie abrupt wieder inne. Die Fackel war verschwunden. Sie hüpfte nicht länger vor ihr her, um ihr den Weg zu weisen.

Gerade eben war sie noch dagewesen.

Eine Sekunde zuvor hatte sie das Licht noch gesehen, das konnte sie beschwören.

»Verdammt, Llynya, wo bist du?«

Ein raschelndes Geräusch ließ Ceridwen erschrocken herumfahren. Sie machte einen Schritt rückwärts, wich erschreckt vor der undurchdringlichen Dunkelheit zurück. Ein kleiner Windstoß bewegte die Nachtluft, und Fetzen der schwarzen Leere lösten sich und griffen nach ihr, um an ihren Stiefelspitzen zu lecken.

»Allmächtiger!« Sie sprang zurück, während ihr Herz vor Furcht raste. Wieder glitt die Dunkelheit vorwärts – ganz von allein, ohne auch nur den Hauch einer Brise hinter sich –, und sie machte auf dem Absatz kehrt und floh, indem sie dem hellsten Pfad folgte.

Das Beltaine-Feuer loderte knisternd und funkensprühend in der Mitte von Deri, ein Scheiterhaufen für alle abgestorbenen Ebereschen des vergangenen Jahres. Erstarrte Baumsäfte verflüssigten sich in der feurigen Hitze und rannen in zischenden Spuren an den brennenden Scheiten hinunter, um schließlich in die weißglühenden Kohlen im Herzen der Flammen zu tropfen.

Dain saß im Schneidersitz auf einem mit Hirschleder bezogenen Podium, dem Platz des Gehörnten. Seine Hände steckten in Handschuhen, die einst die pelzigen Tatzen eines Bären waren. In der einen Hand hielt er einen Torques aus gedrehtem Gold, in der anderen einen geschnitzten Stab aus Eberesche in Form einer gehörnten Schlange. Die süßen Klänge der Lyren und das Dröhnen der Trommeln, von geschickten Quicken-Tree-Händen gespielt, spannen ein Netz um das Wäldchen herum und schlossen alles in einen magischen Kreis ein. Elen war dort, zwischen den gewaltigen Wurzeln der Muttereiche, und wiegte sich im Takt der Musik, ihr Haar und ihr Körper mit Girlanden aus frischen grünen Blättern geschmückt. Dain fühlte die unwiderstehliche Anziehungskraft ihres Versprechens in seinen Lenden.

Rhuddlan hielt als Belenos, der Sonnengott, im Westen des Wäldchens hof, unter einer Laube aus Erlen, deren Zweige über seinem Kopf zu einem dichten Dach verflochten waren, während ihre kräftigen Stämme wie zwei Wachtposten rechts und links des großen Eichenthrones standen, von dem aus er die Feierlichkeiten überblicken konnte. Das Holz des majestätischen Stuhls war zu einem satten Glanz poliert worden und über und über mit Schnitzereien verziert, die die Blätter der Pflanzen darstellten, die im Wald von Wroneu wuchsen. Der Stuhl hatte Armlehnen in Form von Kiefernzapfen und mächtige Eicheln als Füße. In die Stuhlbeine war ein Muster aus Wildgräsern geschnitzt, und fächerförmig angeordnete saftiggrüne Farnwedel schmückten die Rückenlehne.

Der Stuhl neben Rhuddlans, ein Thron für sich, war zierlicher gebaut und mit geschnitzten Blumen und Bienen geschmückt. Jeweils tausend Blüten von frisch gepflücktem Gänsefingerkraut,

Küchenschelle, Narzisse und Schöllkraut waren mit kleinen Sträußchen von Immergrün zu einer kunstvollen Girlande gebunden worden, die sich um die Armlehnen und den Rücken des Stuhls wand und einen farbenprächtigen und höchst einladenden Anblick bot. Doch trotz all seiner Schönheit blieb der Blumenthron leer. Noch saß keine Göttin an Rhuddlans Seite.

Jedes Jahr war es die Göttin, die sie alle mit Ihrer verschwenderischen Wärme und Süße segnete. Im Frühling war sie so verführerisch wie nie, wenn Sie die Erde und alle ihre Pflanzen drängte, fruchtbar zu sein, zu wachsen und zu gedeihen, das eine in dem anderen, Blütenpollen zu Pistill, um den Samen für neues Leben zu säen. Es war um Ihretwillen, daß die Götter kamen, um durch Ihre Berührung beflügelt zu werden und neue Kraft und Energie zu empfangen, und Dain empfand Ihr Fehlen als Verlust. Obwohl er in den vergangenen Jahren nicht mit Rhuddlan um Ihre Aufmerksamkeit gewetteifert hatte, war die Zeremonie ohne Sie beunruhigend leer. Sie hätte längst erwählt sein sollen.

Vielleicht wäre Llynya in diesem Jahr die Göttin. Er hatte sie noch nicht in dem Wäldchen gesehen, und der Kobold war soweit, den nächsten Schritt zu tun, um zur Frau zu werden. Und Shay wiederum war bereit für den Kobold. Der junge Quicken-Tree-Mann wanderte unruhig auf der Lichtung hin und her und spähte in die Dunkelheit hinaus, als könnte er sie im Wald finden. Es war Llynyas Lieblingsversteck, dort draußen zwischen den wilden Bäumen, aber mittlerweile hatte sich die Dunkelheit herabgesenkt, und ob sie nun die Göttin war oder nicht, sie hätte inzwischen in Deri sein sollen, wo sie in Sicherheit wäre. Rhuddlan hätte ihr nicht erlaubt, an Beltaine allein durch die Wälder zu streifen, wo sie jedem Mann, von Wydehaw bis Hay-on-Wye, in die Hände fallen konnte. Wie er Llynya kannte, schlich sie wahrscheinlich hinter Shays Rücken von Hütte zu Hütte, um zu vermeiden, was eines Tages unvermeidlich wäre.

Moira, die Göttin des vergangenen Jahres, stand in der Nähe der Laube vor einem Kessel mit Honigmet, während sie die dampfende Flüssigkeit mit einem großen Holzlöffel umrührte und das starke Gebräu in Becher füllte, als Erfrischung für die Tanzenden. Denn tanzen taten die Quicken-Tree; und wie sie tanzten! Sie bewegten sich in einem geschmeidigen Rhythmus zum mitreißenden

Takt der Trommeln, ihre bloßen Füße in Kontakt mit dem Erdboden. Alle trugen Girlanden aus Blättern, Gräsern und Blumen um den Hals und weitere Girlanden quer über Brust und Schultern und um die Taille gebunden, um den Vegetationsgeist zu verehren, aus dem ihrer aller Leben entsprang.

Ein Mann, Wei, hatte sich nicht unter die Tanzenden gemischt, sondern strebte mit großen Schritten zwischen den anderen hindurch, in den Händen ein Trinkhorn, das bis zum Rand mit Moiras Met gefüllt war. Er brachte das Horn zu Dain, der in tiefen Zügen daraus trank, um seinen Durst und seinen Hunger mit dem gehaltvollen Getränk zu stillen, bevor er dem Liosalfar das Horn zurückreichte. Auf ein Zeichen von Rhuddlan hin verstummten die Trommeln, und ihr Schweigen rief Dain herbei, um in seiner Rolle als der Gehörnte den Tanz anzuführen und ihn durch seine Anwesenheit in etwas zu verwandeln, was er bisher nicht war.

Er erhob sich von seinem Platz – jetzt wieder ruhiger und nüchterner, nachdem er den starken Einfluß der Grotte nicht mehr fühlte – und trat vom Podium herunter, wobei er den Torques und den Schlangenstab auf dem Hirschfell liegenließ. Er wußte mehr über seine Rolle in dem Zeremoniell, als Rhuddlan ihm erzählt hatte, wußte mehr über die Gründe, warum die Quicken-Tree ihn so dringend brauchten, als Rhuddlan enthüllt hatte. Die Quicken-Tree töteten keine Tiere, um ihr Fleisch zu essen. Sie jagten nicht. Sie brachten auch keine Opfer mit dem Blut der Geschöpfe der Erde dar. Dennoch brauchten sie, so wie alle anderen Wesen, den Tiergeist in ihrem Leben, die Verkörperung animalischer Vitalität und Lebenskraft. An Beltaine hießen sie diesen Geist in Gestalt desjenigen, der die Wahrheit und Lebhaftigkeit von Wildtieren verkörperte, in ihrer Mitte willkommen. Dain trug den Schmuck der Tiere und machte sie, indem er ihren Tod akzeptierte, heilig.

Die Gruppe der Quicken-Tree teilte sich vor ihm, um eine Gasse zum Feuer zu öffnen und ihm Platz zu machen, damit er ungehindert zwischen ihnen hindurchgehen konnte. Ihr Zurückweichen hatte etwas Ehrerbietiges und zugleich etwas leicht Mißtrauisches an sich. Er war ihnen fremd, *der andere,* den sie wegen seiner Fähigkeit brauchten, verborgene Erinnerungen an den Gott der Tiere in ihrer Brust zu wecken. Denn sie würden sich in dieser

Nacht als Tiere in dem Wäldchen paaren, mit kraftvoller Unschuld, durch die Bedürfnisse von Fleisch, Knochen und Sehnen dazu gezwungen, sich fortzupflanzen und neues Leben zu erzeugen; und durch den Akt der Zeugung, durch ihre eigene Fruchtbarkeit, würden sie das Erblühen des Frühlings unterstützen, der wunderbarsten aller Jahreszeiten.

Dain bahnte sich einen Weg zwischen den Qicken-Tree hindurch, und jeder Schritt brachte ihn näher zu der würzig duftenden Hitze des Scheiterhaufens. Er fühlte, wie sie mit zarten Ranken von Ebereschenrauch nach ihm griff, fühlte, wie sie ihn einhüllte und durch ihn hindurchströmte, wie sie über sein Gesicht glitt und unter seine Füße und durch seine Haut, um tief in seine Adern zu schlüpfen und sein Blut zu erhitzen. Die würzige, süß duftende Hitze barg Erinnerungen an eine lange zurückliegende Zeit, und sie führte ihn zum Platz des Gehörnten, gegenüber dem Thron von Benelos auf der anderen Seite des Feuers. Er blieb stehen und hob seine Arme zum Nachthimmel. Das Licht des Scheiterhaufens glitzerte auf den langen, gekrümmten Klauen der Bärentatzen, die seine Hände umhüllten. Seine Finger waren zwischen den messerscharfen Krallen ausgestreckt, griffen nach den Sternen und sehnten sich nach dem kühlenden Mond, nach der strahlenden Göttin, die hoch oben am Himmel thronte. Sie war die schöne Luna, feucht und kalt. Sie bewegte sich mit dem Gott der Sonne und beherrschte die Gezeiten. Auf ihren Befehl wechselten die Ozeane ihren Kurs. Alles Weibliche fühlte ihre starke Macht. Sie herrschte über die Nacht und den Regen, so wie ihr Gefährte über den Tag und den Wind herrschte, immer zusammen.

Die Hellhaarigen brachten Ceraunnos' Krone herbei und setzten sie ihm auf den Kopf. Es war ein breiter, schlichter Kranz aus Gold, an dem ein Hirschgeweih befestigt war. In das Metall waren seltsame Geschöpfe eingraviert, halb Mensch, halb Tier. Einer der Männer hängt Dain eine Kette aus Tierklauen um den Hals, ein anderer legte ihm ein Wolfsfell um die Schultern und band es an seinen Armen fest. Federn von Milanen, Würgfalken, Wanderfalken und Geierfalken wurden in sein Haar geflochten, zusammen mit den Federn von Eulen und Habichten, allesamt Raubvögel. Armbänder aus Eisen und langen, scharfen Zähnen wurden um seine Hand- und Fußgelenke gebunden, ihr leises Klirren und Klingeln dazu gedacht, mit jeder seiner Bewegungen die Götter herbeizurufen. Und heute nacht glaubte sogar er daran, daß die Götter kämen.

An diesem Abend war eine starke Energie in dem Wäldchen, so wie auch in der Höhle eine fast greifbare Energie gewesen war. Es war nicht nur Ceri, die ihn veränderte, sondern weitaus mehr. Das Wunder des Frühlings nach der trostlosen Dunkelheit des Winters war wie eine magische Kraft, die alles durchdrang, die sowohl das Innere der Erde berührte als auch seine Seele. Er, der alles verhöhnte, konnte nicht über das spotten, was er in dieser Beltaine-Nacht in Deri fühlte.

Als die letzte Feder in sein Haar geflochten war und das letzte Armband um sein Handgelenk gelegt, stimmten die Trommeln einen langsamen Rhythmus an, und die Quicken-Tree begannen wieder zu tanzen. Einem Schlangenmuster folgend, glitten sie abwechselnd rechts und links an ihm vorbei und webten ihn allmählich in das Muster ein, bis er nicht länger allein dastand. Erst dann veränderte er ihren Tanz, indem er mit seinem eigenen begann. Seine Füße stampften im Takt der Trommeln auf den Boden und schickten eine Woge von klirrenden, rasselnden Geräuschen durch die Tanzenden. Es war für alle im Wäldchen das Zeichen, daß der Gehörnte unter ihnen war.

Wie eine Wand wichen die Quicken-Tree vor ihm zurück und tanzten in einem weiten Kreis um das Feuer, ohne jedoch ihr Muster zu verändern – bis auf die Liosalfar. Die Krieger hießen den Gehörnten willkommen, indem sie dicht bei ihm blieben und dem neuen Tanz folgten. Dain bewegte sich um das Feuer herum und zwang die Musik zu einem schnelleren Tempo, während er die Arme noch höher in den Himmel reckte und die Trommler antrieb, immer stärker antrieb, bis ihr Rhythmus dem unaufhörlichen Rauschen des Windes glich und das Klirren seiner Armbänder eins mit den Trommeln war und das Dröhnen der Trommeln eins mit seinem Herzschlag. Die Luft knisterte förmlich von der Ekstase des Tanzes und zog die anderen zurück, näher und immer näher. Ein Blitz zuckte über den Nachthimmel und zerriß die Dunkelheit mit seinem grellen Licht. Donner folgte in einem grollenden Chor – und Dain lächelte unter seiner dicken Bemalung. So geschah es jedes Jahr. Ein glücklicher Zufall, hatte er bisher immer gedacht, aber dieses Jahr wußte er, daß er derjenige war, der den Himmel mit *mellt a tharanau,* Donner und Blitz, spaltete.

Um ihn herum erhoben die Tänzer ihre Stimmen als Reaktion auf das himmlische Schauspiel, während sie um das Feuer herumwirbelten und mit den Füßen auf den Boden stampften. Der Kreis schloß sich wieder um ihn, wurde enger und enger, als kontinuierlich neue Tänzer zu der Gruppe dazustießen. Als sie nahe genug waren, daß Dain sie berühren konnte, senkte er die Arme und berührte sie, ließ seine Finger und die Bärenklauen durch ihre Girlanden gleiten und behutsam über ihre Haut streifen. Es erforderte die ganze Geschicklichkeit eines Hexenmeisters, um diese schönen Geschöpfe, vom Saft und der Kraft der Erde erfüllt, nicht mit Blut zu verunstalten.

Rhuddlan trank in kleinen Schlucken aus dem Horn mit Honigmet, während er beobachtete, wie Dain seine magischen Kräfte bei dem Tanz wirken ließ. Er hatte gesehen, wie sich die Lippen des Magiers zu einem Lächeln verzogen, und er hatte still in sich hineingelächelt. Dain wußte, was er tat, selbst wenn er die tiefere Bedeutung der Zeremonie noch nicht so recht verstand.

Llynya war gerade mit Conladrian eingetroffen; die beiden waren im Schutz der Dunkelheit in das Wäldchen geschlüpft. Hinter ihnen wisperten die Bäume vom Nahen einer weiteren Person, vorwärtsgetrieben von einem ruhelosen Wind und von den Bäumen selbst, indem sie den Weg hinter ihr abriegelten – Äste, die sich zu einer Barriere ineinanderschlangen, Blätter, die einander berührten, um den Mond und die Sterne zu verdecken. Rhuddlan hielt das Horn schräg an die Lippen und trank es leer. Sie würde bald hier sein, um auf ihrem Thron zu sitzen.

19. Kapitel

Ceridwen rannte durch die Wälder, und ihr Herz hämmerte, als ob es zerspringen wollte. Grelle Blitze zuckten über den Himmel und warfen ein gespenstisches Licht auf den Pfad zwischen den Bäumen. Der Wind drückte gegen ihren Rücken und schob sie vorwärts, wirbelte die Blätter auf dem Weg hoch und pustete sie rechts und links beiseite, um ihr auf eine Art und Weise den Weg frei zu machen, der ihr höchst verdächtig erschien – aber nicht annähernd so verdächtig wie die Dunkelheit, die ihr folgte. Wenn sie den Pfad verlassen wollte, schien *es* sie wieder zurückzustoßen, obwohl sie sich eingestand, daß *es* genausogut etwas sein konnte, das nur in ihrer Phantasie existierte.

Wieder erhellte ein Blitzstrahl den Himmel, und Donner grollte in der Ferne, brachte den Geruch von Regen mit sich und das Versprechen zusätzlicher Unannehmlichkeiten in dieser Nacht. Ein schmerzhaftes Stechen in der Seite zwang sie, fast stehenzubleiben; sie konnte nicht bis in alle Ewigkeit wie gehetzt durch den Wald rennen, aber ein schneller Blick über ihre Schulter trieb sie erneut zur Eile an.

Pest und Hölle. In dieser Nacht gingen höchst sonderbare Dinge im Wald von Wroneu vor. Sie war bereit, jedem, der danach fragte, zu schwören, daß ihr die Bäume tatsächlich von hinten auf den Leib rückten und die Erde verschluckten, während sie vorbeilief.

Numa folgte ihr auf den Fersen, sprang in großen Sätzen hinter ihr her und hielt leicht mit ihren mühsamen Schritten mit. Die Hündin zeigte keinerlei Anzeichen von Angst, und Ceridwen fand einen gewissen Trost in Numas Unerschütterlichkeit. Elixir war mit Llynya zusammen verschwunden und hatte sie und Numa im Stich gelassen. Treuloser Genosse.

Ein schwacher Lichtschein, eher golden als silbern, schimmerte eine Strecke weiter voraus zwischen den Bäumen. Bald hörte sie Trommeln und die Klänge von *crweth,* in die Musik mischten sich rauhe Stimmen, zu Gesang erhoben. Ceridwen zögerte. Sie traute sich nicht anzuhalten, denn zwischen der Dunkelheit und der Gefahr, die ihr von Männern drohte, war es die Dunkelheit, die ihr noch größere Furcht einflößte; dennoch wagte sie es kaum weiterzugehen. Vielleicht konnte sie in einem Bogen um die Gruppe der Feiernden herumlaufen.

Sie preßte eine Hand auf die schmerzende Stelle unter ihrem Brustkorb und änderte ihre Richtung ein wenig, wobei sie sorgsam darauf achtete, den dunklen Schatten auszuweichen. Sie kam jedoch nicht weiter als bis zu einem unsichtbaren Weißdorngebüsch. Die spitzen Dornen stachen sie in die Haut, rissen an ihrem Gewand und zwangen sie, auf den Pfad zurückzukehren.

Wieder stieß sie einen lästerlichen Fluch aus, ein übles Schimpfwort, das sie ebenfalls von Dain übernommen hatte, und zog den Damaszener aus ihrem Gürtel. Sie hatte keine andere Wahl, als den Dingen, die da kamen, mutig ins Auge zu sehen.

Rhuddlan drehte sich halb auf seinem Thron, um sein Gesicht dem Wind zuzuwenden und die Botschaft der Bäume zu riechen. Ceridwen testete wieder einmal die Grenzen, die er gesetzt hatte, indem sie versuchte, ihren eigenen Weg zu gehen. Das Mädchen aus Usk hatte einen starken Willen, aber sie war nicht willensstark genug, um sich seinem Einfluß zu entziehen und die Pläne, die er mit ihr hatte, zunichte zu machen. Sie würde nach Deri kommen und in dem Wäldchen Sex und Magie erfahren. Sie würde sich mit dem Gehörnten im Liebesakt vereinen, um ein Bündnis zu besiegeln.

Der Hexenmeister war bereit dafür. Es gab nicht einen unter den Quicken-Tree, der Dains Erregung nicht gefühlt hätte, und jeder einzelne von ihnen, ob Mann oder Frau, nahm einen Teil seiner Erregung in sich auf und hegte sie, bis sie zu einer lebendigen Flamme aufloderte. Wie die brennenden Ebereschen, so sprachen auch die Flammen der Sinnlichkeit von vergangenem und zukünftigem Leben. Eine schlummernde Saat, mit Wärme und Wollust zum Keimen gebracht, um in der Vereinigung auf dem Waldboden neues Leben hervorzubringen.

Rhuddlan lächelte und wandte sich wieder dem Tanz zu, wo Männer und Frauen bereits paarweise davongingen und zwischen den Bäumen verschwanden. Gleich darauf trug ihm der Wind einen anderen Geruch zu, der sich von hinten an den Thron anschlich, um seine Nase zu kitzeln.

Rhayne.

Alles war gut.

Mit einer knappen Handbewegung signalisierte er den Liosalfar, in den Wald auszuschwärmen. Es war an der Zeit, Ceridwen ihrer wahren Bestimmung zuzuführen.

Dain sah die Hündin als erste, ein geschmeidiger weißer Streifen, der durch sein Blickfeld huschte und ihm sagte, daß Numa ihn verraten hatte. Sein erster Impuls war, ihr zu folgen und sie an die Kandare zu nehmen. Etwas Stärkeres ließ ihn jedoch statt dessen zur Laube hinüberblicken, von wo sie gekommen war.

Nur einen flüchtigen Moment, nicht länger, fühlte er, wie die sich unaufhörlich drehenden Lebenskreise plötzlich stillstanden. Einen flüchtigen Moment lang, nicht länger, verblaßte alles um ihn herum, bis nichts mehr übrigblieb außer ihr.

Die Göttin war erwählt worden.

Sie zierten den Blumenthron mit einer Schönheit, die Wut und Angst in eine starre Maske verwandelt hatten. Ihre Wange war zerkratzt, ihr Gewand am Saum in Fetzen gerissen. Rechts und links von ihr standen die Liosalfar Wache, ihre Gesichter mit dem diagonalen Streifen der Krieger bemalt, ihre Bögen schußbereit gespannt.

Rhuddlans Verrat an ihm ließ Numas im Vergleich dazu wie nichts erscheinen.

Dain machte ein paar Schritte vorwärts und blieb abrupt wieder stehen, als er ein Messer in Rhuddlans Händen glitzern sah.

»Sie ist bewaffnet gekommen, Lavrans«, erklärte der Quicken-Tree-Anführer lächelnd, »und hätte Trig beinahe verletzt.«

»Dann war ich ihr ein guter Lehrer.« Er zwang sich, mit ruhiger Stimme zu sprechen, trotz der Verwirrung, die in ihm aufstieg. Er war Teil des Tanzes gewesen, während er einen Zauber aus Feuerschein und Trommelschlägen gewoben hatte, und obwohl der Zauber zerstört worden war, waren sein Körper und sein Geist noch immer davon gefangen. Er war noch immer der Gehörnte.

Rhuddlan nickte und hob das Messer. »Dann bist du also derjenige gewesen, der ihr den Dolch gegeben hat. Sag mir, Magier, hast du auch die Klinge gelehrt, was sie über den Tod weiß?« Er ließ seinen Daumen an der Schneide des Messers entlanggleiten und ritzte eine dünne rote Linie in seine Haut. »Diese Klinge hat mehr Blut geleckt als die meisten anderen. Siehst du, wie sie meines hervorquellen läßt? Sie stinkt förmlich nach Gemetzel!«

»Du sprichst von der Vergangenheit des Messers.«

»Und von seiner Zukunft, mein Freund.« Rhuddlan warf ihm einen wissenden Blick zu. Ein frischer Wind stürzte vom Himmel herab und fegte durch das Feuer, um die Flammen auflodern zu lassen und etwas von dem Rauch der Ebereschen mit sich zu nehmen, bevor er wieder in die Atmosphäre verschwand. Die Luftmassen, die der Wind aufwirbelte, strömten durch das Wäldchen und ließen die Baumkronen rauschen, als ob sie Rhuddlans Prophezeiung unterstreichen wollten – denn die Worte des Quicken-Tree waren nichts Geringeres als das gewesen.

»Wenn wir Freunde sind, wirst du ein anderes wählen.« Dain machte seine Bedingungen klar.

»*Weil* wir Freunde sind«, erwiderte Rhuddlan mit einem kalten Lächeln, »werde ich dich mit deinem eigenen Messer kämpfen lassen.«

»Nein!« Ceridwen sprang auf die Füße, nur um von einem der Männer, die sie im Wald eingefangen hatten, unsanft wieder auf den Stuhl gedrückt zu werden. Sie erkannte jetzt die Dunkelheit als das, was sie gewesen war, nämlich Rhuddlans Magie. Ein Walddämon, allerdings. Dain war nicht der einzige Hexenmeister in dem Wäldchen.

Rhuddlan warf ihr einen langen Blick zu, und seine Augen wirkten viel zu unschuldig, um die eines Satyrs zu sein, dennoch wußte sie, warum man sie nach Deri gebracht hatte. Dain hatte sie gewarnt, und sie hatte seine Warnung einfach ignoriert und stattdessen ihren eigenen verdammten Instinkten und einem Kobold namens Llynya vertraut.

Sie wehrte sich verzweifelt gegen die starken Hände, die sie an den Schultern festhielten und ihr Bündel packten, aber den Männern war es ernst mit ihrer Absicht, sie auf dem Stuhl zu halten.

»Beruhige dich, Kind.« Rhuddlans Stimme war tief und seltsam beschwichtigend. »Hör auf, dich zu sträuben. Hier wird nichts geschehen, was du nicht möchtest.«

»Ich möchte nicht von diesen Männern festgehalten werden«, stieß sie zwischen zusammengebissenen Zähnen hervor, als sie sich erneut loszureißen versuchte und damit scheiterte.

»Dann soll dein Wunsch erfüllt werden.« Der Quicken-Tree gab den Liosalfar ein Zeichen, worauf die Männer von ihr abließen und zurücktraten.

Ceridwen zögerte keine Sekunde, die Gelegenheit zur Flucht beim Schopf zu ergreifen. Sie sprang auf und rannte zum Ende des schattigen Laubengangs, bis ihr aufging, daß sie keinen sicheren Ort hatte, wohin sie fliehen konnte. Der Wald bot keinen Schutz, nicht mit Rhuddlan in der Nähe. Er hatte sie mit seinen magischen Kräften nach Deri gezogen, und sie bezweifelte nicht, daß er sie hier festhalten konnte.

Sie sah hilfesuchend zu Dain hinüber – und erbleichte. In seinem dunklen Blick fand sie keine Sicherheit, nur eine stille, kochende Wut, die sich durch eine beunruhigende Verwirrung hindurchzukämpfen versuchte. Sie wich einen Schritt zurück, und er kam auf sie zu, während er seine Hirschkrone ins Gras fallen ließ, die mit Klauen bewehrten Handschuhe von seinen Händen streifte und den Umhang aus Wolfsfell von den Schultern zog. Sie wich noch weiter zurück und ließ ihren Blick auf der Suche nach einer Zuflucht durch das Wäldchen schweifen, ohne Dain jedoch jemals ganz aus den Augen zu lassen. Er war regelrecht furchteinflößend in seiner Schönheit, mit Raubvogelfedern, die in sein Haar geflochten waren, sein nackter Oberkörper bronzebraun schimmernd im Licht des Feuers. Sein Gesicht war mit Färberwaid bemalt. Kräftige, geschmeidige Muskeln bedeckten seine Arme und Beine. Er sah grimmiger aus, als sie ihn von der Nacht seines Bades her in Erinnerung hatte, noch wilder und unbeherrschter, fast irre um die Augen herum.

Vielleicht war er noch immer der Dämon.

Vielleicht hatte die Verwandlung in einen Gott nicht funktioniert. Hatte sie nicht von Anfang an daran gezweifelt?

Vielleicht war Rhuddlan doch der ungefährlichere von den beiden.

Sie stolperte unentschlossen und fiel auf die Knie, während Dain immer näher auf sie zukam. Ein Schrei der Verzweiflung stieg in ihrer Kehle auf, doch noch bevor sie ihn ausstoßen konnte, schallte Rhuddlans Ruf durch das Wäldchen.

»Lavrans!« Der Anführer der Quicken-Tree erhob sich von seinem Thron und marschierte die Allee hinunter, seine Stimme kraftvoll und sicher, als er Dain zurief: »Es mag ja sein, daß die Göttin es vorzieht, in dieser Nacht mit Ceraunnos zusammenzusein und nicht mit diesem rüstigen alten Mann, aber die Wahl liegt ganz allein bei ihr. Also nimm deinen Dolch, mein Freund« – er warf den Damaszener mit einer schwungvollen Handbewegung in Dains Richtung – »und kämpfe mit mir um ihre Gunst, bis das erste Blut fließt.«

Ceridwen beobachtete, wie Dain den Dolch aus der Luft griff, mit einer so geübten, eleganten Handbewegung, daß es aussah, als ob das Heft in seine Handfläche schwebte. Ein ersticktes Stöhnen entrang sich ihrer Kehle. Sie befürchtete, der Wettkampf wäre vorbei, noch bevor er überhaupt begonnen hatte, und daß der Dämon sie am Ende bekäme.

Dain hegte keine solchen Illusionen. Rhuddlan würde sich nicht so leicht von seiner Torheit abbringen lassen, und was er vorhatte, *war* eine Torheit, eine große Torheit. Der Mann hatte einen schlimmen Fehler gemacht, als er Ceridwen ab Arawn nach Deri gelockt hatte. Wenn die Erde nur durch das Opfer ihrer Jungfräulichkeit fruchtbar würde, dann konnten sich die Quicken-Tree auf ein verdammt mageres Jahr gefaßt machen. Dain hatte Ceridwen nicht vor seinem eigenen Verlangen beschützt, nur um sie einem anderen zu überlassen. Er hatte triftige Gründe gehabt, sie in dem gottverdammten Turm einzusperren, und er hatte erwartet, daß sie dort bliebe.

Er biß die Zähne zusammen, und seine Hand schloß sich fester um den Dolch. *Elender Hurensohn.* Er war nicht in der Stimmung, einen Messerkampf um die Gunst einer Jungfrau auszufechten. Sein Blut forderte mit aller Macht, was ihm bisher verwehrt worden war, setzte sich über jede Einmischung von Intellekt und Scham hinweg. Die Hitze des Feuers brannte in seinem Rücken; das Knacken und Knistern der Flammen war das einzige Geräusch in dem Wäldchen, und das Schweigen der Trommeln erinnerte ihn nur zu deutlich daran, wohin all die Tänzerinnen und Tänzer gegangen waren.

Er beobachtete, wie Rhuddlan gemessenen Schrittes näher kam, während der hoch am Himmel stehende Vollmond silbrig gesprenkelte Schatten auf den Laubengang warf. Am Ende der Erlenreihe griff der Quicken-Tree-Mann an seinen Gürtel und zog ein Messer aus der Scheide. Es war eine wunderschöne, mit schimmerndem Gold verzierte Waffe, deren kristallenes Heft das Licht des Feuers einfing und diamantförmige Funken warf.

Dain zwang sich, seinen Girff um den Damaszener zu lockern, während er das Gewicht des Dolches ausbalancierte und das Heft mit der Mühelosigkeit in seine linke Hand schmiegte, die er schon als Junge gelernt hatte. Angriff war die beste Verteidigung, und mit ein paar gut plazierten Dolchstößen sollte er Rhuddlan entwaffnen können; damit wäre die Sache erledigt. Sein Messer würde nicht erneut mit Blut befleckt werden.

Aber sein Gegner hatte offenbar etwas anderes im Sinn. Rhuddlan umkreiste ihn langsam und suchte nach einer Möglichkeit, den Kampf zu eröffnen, während er das Messer locker in seiner Hand hielt, zu locker. Seine Finger schlossen sich nicht vollständig um das durchscheinende, bläulich-weiß glitzernde Heft. Der Dolch war wirklich ein prachtvolles Stück, ein seltener gläserner Schatz, und plötzlich erkannte Dain, daß er in Wirklichkeit weitaus mehr war, als er auf den ersten Blick zu sein schien. Er war sich nicht sicher, was ihm diesen entscheidenden Moment der Erkenntnis verschaffte, ob die Offenheit und Größe des Wäldchens die Macht des Traumsteins schwächten, oder ob er gewisse Abwehrmechanismen gegen die hypnotisierende Kraft des Kristalls entwickelt hatte, nachdem er den tanzenden Lichtern einmal erlegen war – aber die Warnung reichte aus, ihn zu retten, als Rhuddlan das Heft seines Messers herumdrehte, so daß noch mehr vom Licht des Feuers darauf fallen konnte. Lichtstrahlen sammelten sich im Herzen des Kristalls, bündelten sich für den Bruchteil einer Sekunde zu einer pulsierenden, blendenden Helligkeit, bevor Dain einen Satz vorwärts machte und Rhuddlan zwang, seine Hand um den Kristall zu schließen, um seinen Angriff abzuwehren.

Sie trafen noch zweimal aufeinander, einmal mit dem Schaben und Gleiten von Metall auf Metall, ein klirrendes Geräusch, das durch das gesamte Wäldchen hallte. Dain taxierte den Qicken-Tree abschätzend, während dieser das gleiche mit ihm tat, und kam zu dem Schluß, daß sie sich miteinander messen konnten, daß sie gleichwertigere Gegner waren, als er angenommen hatte.

Rhuddlan war schnell genug, um jedem Vorstoß, den er machte, um Haaresbreite auszuweichen. Oder vielleicht verlangsamte der Traumstein auch seine eigenen Bewegungen, denn obwohl Rhuddlan das Heft jetzt fest mit den Fingern umschlossen hielt, entwichen weiterhin Lichtblitze aus dem Kristall, die mit jeder Parierbewegung strahlender wurden – so strahlend, daß sie in den Augen schmerzten. Bald wäre er derart geblendet, daß er Rhuddlans Hand nicht mehr sehen konnte. Er könnte sich zwar noch an den Körperbewegungen des Quicken-Tree orientieren, aber die entscheidende Stelle, wo die Bewegungen seines Gegners endeten, die Stelle, wo der Schmerz herkäme, wäre nichts als ein greller Ball aus Licht.

Es war eine Möglichkeit, die er lieber nicht auf sich zukommen lassen wollte, da er naturgemäß größeres Interesse daran hatte, Rhuddlans Blut fließen zu sehen als sein eigenes. Und so änderte er seinen Angriff in Rückzug, um Rhuddlan aus der Reserve zu locken und ihn mit einem Vorteil zu ködern. Das Risiko war wohlkalkuliert. Rhuddlan war ein guter Kämpfer und äußerst geschickt und wendig, aber er war beträchtlich älter als Dain, und sein Alter zeigte sich in der Art, wie er seine Parierbewegungen verlangsamte, um sich Dains Tempo anzupassen. Dain zögerte nicht, als er seine Eröffnung sah, und stürzte sich in einem Täuschungsmanöver auf seinen Gegner, wobei er scheinbar auf Rhuddlans hoch erhobenen Arm zielte, um ihn dann quer über die Brust zu ritzen, als der Quicken-Tree den Stoß mit einer Drehung abzuwehren versuchte und dabei seinen Oberkörper darbot.

Ein Schatten schien sich über das Wäldchen zu senken, als das Licht in dem Traumstein erlosch. Rhuddlan wich augenblicklich zurück, aber statt zu fluchen, wie Dain erwartet hatte, lächelte er nur. »Gut gemacht.«

»Es ist nicht viel Blut geflossen«, sagte Dain.

»Und dafür bin ich aufrichtig dankbar.« Rhuddlans Lächeln wurde noch breiter.

Moira eilte mit einem Topf voller *rasca* herbei und machte sich daran, die leichte Stichverletzung zu versorgen. Wenig später erschien Elen und brachte einen Umhang aus Quicken-Tree-Tuch. Sie war noch immer so schön wie in der Grotte, ihr Haar noch genauso glänzend und weich, ihre Wangen noch ebenso bezaubernd gerötet. Aber sie stellte keine Verlockung mehr für Dain dar. Was immer an Versprechen zwischen ihnen gewesen war, war zusammen mit dem Zauber gebrochen worden.

Rhuddlan hielt ihm den Dolch mit dem goldverzierten Kristallheft hin. »Die Göttin mag wählen, aber die Klinge muß im Kampf errungen werden. Ihr Name ist Ayas, und wie dein Messer, so ist auch sie zu Mitleid fähig.«

Daß er ihm den Dolch als Geschenk anbot, war offensichtlich, aber Dain trat nicht vor, um ihn zu nehmen.

»Komm, Lavrans. Sie gehört dir. Siehst du?« Er öffnete seine Finger, um ihm den dunklen Kristall zu zeigen. »Ich habe meine Macht über sie bereits verloren. Sie ist jetzt dein Traumstein und wird ihr Licht nur für dich werfen.«

»Und wenn ich nun nicht jedesmal, wenn ich die Klinge in der Hand halte, einen Druidenschlaf beschwören will?«

»Dann solltest du nicht um einen bitten. Träume kommen in vielerlei Gestalt, Magier. Du wirst feststellen, daß du Ayas sehr viel leichter kontrollieren kannst als deine Göttin.« Rhuddlan grinste und wies mit einer Kopfbewegung auf Ceridwen. »Ich mißgönne sie dir ganz bestimmt nicht.«

Aber Madron tat es. Dain hatte die Warnung der Hexe nicht vergessen.

»Ganz im Ernst, mein Freund«, fuhr Rhuddlan fort, »sie gehört dir, und ich gebe meinen Segen dazu – für den Preis einer weiteren Stunde Magie.«

Dain blickte zu Ceridwen hinüber. Sie stand am anderen Ende des Wäldchens neben Ceraunnos' Podium, und ihre unsichere Haltung verriet ihr Mißtrauen – ein Mißtrauen, das durchaus gerechtfertigt war. Madron konnte sie jetzt nicht mehr retten, denn er scherte sich nicht länger darum, was es ihn kosten würde, sie zu besitzen.

»Gut. Ich werde deinen Preis bezahlen, Rhuddlan.« Und Madrons ebenfalls – und zur Hölle mit ihm.

Ceri hatte von Liebe gesprochen. Nun, er würde sehen, was sie von wahrer Liebe verstand.

Er nahm die Kristallklinge aus Rhuddlans Hand und ging auf sie zu, während er den Damaszener in das Lederband schob, das den Lendenschurz um seine Taille zusammenhielt.

»Lauf«, flüsterte er warnend, zu leise, als daß sie es hören konnte; dennoch weiteten sich ihre Augen erschrocken, und sie wich zurück. »Lauf und bleib nicht stehen.«

Sie raffte hastig ihre Röcke. Er würde sie nicht hier in Deri nehmen. Sie war sein auf eine Weise, die Rhuddlan nicht verstehen konnte, sein dringendes Bedürfnis nach ihr anderer Art als das der Quicken-Tree nach einer Göttin.

Lauf, Ceri. Lauf, so schnell du kannst, aber es wird dir nichts nützen. Du wirst trotzdem mir gehören.

Sie rannte davon wie ein Reh, das seinem Jäger zu entkommen versucht, und stürmte in den Wald auf der Nordseite von The Bramble. Dain folgte ihr mit ruhigen, gemessenen Schritten und ließ sie einen gewissen Vorsprung gewinnen. Es spielte keine Rolle. In dieser Nacht würde es für das quecksilbrige Geschöpf kein Entrinnen geben.

»Herr im Himmel, rette mich.« Ceridwen blieb schweratmend stehen und lehnte sich erschöpft gegen den Stamm einer mächtigen Eiche. Sie rang keuchend nach Luft und schlang die Arme um ihre Taille. Zu ihrer Linken waren die Bäume in silbriges Licht getaucht, aber von der Bestie, die sie verfolgte, war keine Spur zu sehen. Beklommen strich sie sich das zerzauste Haar aus dem Gesicht und blickte nach Osten – und fluchte. Dort stand er, keine zehn Meter von ihr entfernt, während der verdammte Kristalldolch in seiner Hand glitzernd das Mondlicht reflektierte. Er war die ganze Zeit über nicht näher gekommen, aber er hatte ihr auch nicht erlaubt, den Abstand zwischen ihnen zu vergrößern.

Sie bemühte sich angestrengt, ruhiger zu atmen, und wünschte inständig, sie könnte auch den rasenden Schlag ihres Herzens verlangsamen. Sie hatte keinen Plan, außer nach Norden zu wandern, immer weiter nach Norden, um in Strata Floria Zuflucht zu suchen.

Ein Schluchzer stieg in ihrer Kehle auf. Jetzt hatte sie noch nicht mal mehr den Dolch, um sich zu verteidigen. *Er* hatte ihn. Sie war von Anfang an verloren gewesen. Ein zweiter Schluchzer folgte dem ersten, und sie lehnte ihre Stirn gegen die Eiche und kniff die Lider zusammen, während sie zitternd Atem holte. Sie hatte nichts und niemanden außer sich selbst, um sich zu retten, nichts außer ...

Eine plötzliche Veränderung in der Luft ließ sie abrupt den Kopf heben.

Da! Er hatte sich bewegt.

Mondschein strömte durch das Dach aus Zweigen und zeichnete ihn mit Streifen von Licht und Schatten, goldenem Licht. Sonderbar. Ceridwen legte den Kopf in den Nacken und blickte durch die gewaltigen Äste der Eiche zum Himmel hinauf, und dort bot sich ihr ein erstaunlicher Anblick. Ein goldschimmernder Schleier aus – ja, woraus? Aus dem Äther selbst? – schien sich in seidenen Falten über den Mond zu legen. Alles Licht im Wald nahm die sanfte goldene Färbung an, und vom Silberschein des Mondes blieben nur Funken übrig, die in der Luft glitzerten.

Zauber. Der Zauber von Beltaine.

Sie sah wieder zu Dain zurück und stellte fest, daß er ein ganzes Stück näher gekommen war, erschreckend nahe, nur knapp drei Meter von ihr entfernt. Ihre Blicke trafen sich, und ihr Mund wurde trocken. In seinen Augen war immer noch eine Andeutung von Wahnsinn, und hinter dem Wahnsinn lauerte Verlangen. Es war so stark, daß es fast greifbar war, und es schien sie über die kurze Entfernung von Gras und Lavendel hinweg zu berühren.

Sie befeuchtete ihre Lippen und beobachtete nervös, wie sein Blick den Weg ihrer Zungenspitze verfolgte. Ein langsames, heißes Pulsieren erwachte zwischen ihren Schenkeln zum Leben. Er hatte sie geküßt, und seine Leidenschaft hatte eine schmerzliche Sehnsucht nach mehr als nur Küssen in ihr geweckt. Jetzt stand er vor ihr, wild und schweigend, und seine feurigen Augen versprachen ihr mehr, als sie sich vorstellen konnte. Was weiß er, fragte sie sich, daß er ein derart verzweifeltes Verlangen danach empfindet?

Ob sie es wagen sollte, stehenzubleiben und die Antwort herauszufinden?

Er kam näher, trat mit lautlosen Schritten auf sie zu, und sie raffte in panischer Angst ihre Röcke und floh, feige wie sie war.

Dain folgte ihr und hielt mit ihr Schritt, ließ ihr jedoch die Illusion von Freiheit. Sie bewegte sich leichtfüßig über den Waldboden, während sie durch Strahlen von goldenem Mondlicht rannte und über dichte Teppiche von nachtblütigen Blumen, deren Blütenblätter feucht von silbrigem Tau waren.

Sie liefen zusammen, wobei er Ceridwen unauffällig auf den Ort zutrieb, der sein Ziel war. Sie wußte es noch nicht, aber ihrer beider Vereinigung hatte bereits begonnen. Die Sterne schmiedeten sie aneinander mit ihrem fernen Licht. Der Wind wand sich wie ein unsichtbares Band um sie und hüllte sie mit seiner sanften Liebkosung ein.

Bei der ersten Bodenerhebung glitt Dain auf Ceridwens linke Seite und zwang sie, nach rechts auszuweichen, auf den tiefer liegenden Pfad. Dieser wurde rasch schmaler und dunkler, als die Wälder zu beiden Seiten näher rückten. Der Wyche-Elm-Paß erhob sich vor ihnen, dennoch liefen sie immer weiter bergab. Bald brauchte er Ceridwen nicht mehr zu führen, denn die Erde selbst beschrieb den Weg, dem sie folgen mußte. Feuchtigkeit sammelte sich in der Luft, wärmer als die Brise. Waldfarne entfalteten ihre saftiggrünen Wedel und streiften ihren Rocksaum; Moosflechten krochen über die Felsen.

Er brachte sie an einen Ort, der noch jenseits der Höhle der Quicken-Tree lag, an einen geheimnisvollen Ort, wo das Gras weicher als Gänsedaunen war, wo Wasser warm aus dem Boden hervorsprudelte und die Bäume eine lauschige Laube bildeten, mit silbernem Mondlicht gesprenkelt. Da die Lichtung an den Felsen angrenzte, der den Fuß der Hügelkette bildete, hatte sie nur einen Ein- und Ausgang – den Pfad, den sie entlangliefen.

Dain fühlte den Moment, als sie erkannte, daß sie schnurstracks in eine Falle lief. Sie zögerte leicht und verlangsamte ihren Schritt, aber es war bereits zu spät. Was wie die Dunkelheit der Nacht zwischen den Bäumen vor ihr aussah, war die glatte Vorderseite des Granitfelsens. Es war unmöglich, daran vorbeizukommen. Als sie begriff, daß es keinen Ausweg gab, wirbelte sie zu ihm herum, und er war ihr schon so nahe, daß ihre Röcke seine Beine berührten.

Rebellion brannte hell in ihren Augen. Ihr Haar war vom Wind zerzaust und fiel in einem wilden Lockengewirr bis auf ihre Taille herab. Ihre Fingerknöchel traten weiß hervor, so fest hielt sie den Stoff ihrer Röcke umklammert. Sie versuchte, mit einem Sprung an Dain vorbeizustürzen, doch er streckte blitzschnell einen Arm aus, um ihre Flucht zu vereiteln, mit der unabsichtlichen Drohung des Kristalldolches in seiner Hand. Sie versuchte es auf seiner anderen Seite, und wieder hob er den Arm und hielt sie zurück – dann ging er Schritt für Schritt vorwärts und zwang sie, immer weiter zurückzuweichen, bis sie mit dem Rücken gegen die Felswand stieß. Als sie keinen Zentimeter weiter rückwärts konnte, als ihr Körper aufrecht an dem glatten Stein lehnte, stützte er seine Hände rechts und links von ihren Schultern ab, und dort standen sie, ohne sich zu berühren, aber einander so nahe, daß er ihre flachen, unregelmäßigen Atemzüge spüren konnte und die Hitze, die ihre Haut ausstrahlte.

Warmer, honigsüßer, weiblicher Duft. Er sehnte sich danach, sich mit ihr zu füllen.

Sie sah ihn nicht an, sondern hielt den Kopf gebeugt, und ihre volle Brust hob und senkte sich hastig, während sie mühsam nach Luft rang. Sie war weit gelaufen. Sein eigener Atem ging ebenfalls keuchend, aber es hatte nichts mit dem Lauf von Deri bis hierher zu tun. Heute nacht war er der Gehörnte, und mit dem Durchhaltevermögen eines Hirsches hätte er sie noch über viele Meilen jagen können, ohne zu ermüden. Aber jetzt, wo er sie eingefangen hatte ... ach, jetzt fiel es ihm plötzlich seltsam schwer, Luft in seine Lungen zu ziehen und einen klaren Gedanken zu fassen, und es war ihm unmöglich, ein Wort hervorzubringen.

Er senkte den Kopf und rieb seine Wange an ihrem Haar, gönnte sich ein kleines Vergnügen, um sich daran zu hindern, sie vollkommen zu verschlingen. Es war nicht genug. Es hätte niemals genügen können. Sinnliche Glut breitete sich in seinen Lenden aus, und er ließ seinen Mund tiefer gleiten, während er ihr die bleichen, wirren Locken aus dem Gesicht strich, um sie mit seinen Lippen und seiner Zunge liebkosen zu können. Er küßte ihre gesenkten Wimpern und ihre Augenbrauen, küßte ihre zerkratzte Wange und ihre Schläfe und hörte einen gebrochenen kleinen Seufzer über ihre Lippen kommen. Er zeichnete jede zarte Kurve ihres Ohres mit seiner feuchten Zungenspitze nach und wärmte ihre Haut mit seinem Atem, und er fühlte, wie sie unter seinen Zärtlichkeiten erbebte. Sie war so süß und gefügig und erotisch in der Akzeptanz seiner Berührung. Sie hätte ihn mit einer Fingerspitze wegstoßen können – denn er wandte keinerlei Gewalt an – aber sie tat es nicht. Sie stand nur schweigend und zitternd in seiner Umarmung, die Göttin, die sich dem Gehörnten hingab, eine willige Hirschkuh in Hitze. Er roch den Moschusduft, den sie ausströmte, jenes Zeichen sexueller Bereitschaft, das jeder brünstige Hirsch sofort witterte, und er berauschte sich daran. Hungrig öffnete er seine Lippen an ihrem Hals und kostete ihre glatte Haut, während er seinen harten Phallus gegen die weichen Rundungen ihres Körpers drückte und seinem drängendsten Verlangen nachgab.

»*Großer Gott*«, keuchte sie, und er stöhnte kehlig, ließ sich von ihrer Hitze durchströmen. Sie hatte es gewollt, sie hatte darum gebeten, und jetzt gab er ihr, wonach sie verlangte.

Er hob eine Hand und vergrub Ayas in dem Ast, der sich über ihnen wölbte, dann umfaßte er behutsam Ceridwens Kopf und schmiegte eine Handfläche an ihre Wange. Er drückte ungeduldige Küsse auf ihr Haar und preßte sich noch fester an sie, während er sie mit seinem Körper umschloß und ihr das Bündel abnahm – der erste Schritt, sie zu entkleiden.

Plötzlich begann der Kristall über ihnen zu glühen und tauchte sie beide in ein sanftes blaues Licht. Es war die reinste Hexerei, so unerklärlich und faszinierend wie der Vorfall, den er am Fluß beobachtet hatte, ein Stein, der funktionierte, ohne von einem Schwindler manipuliert zu werden; und er fragte sich, was das geheimnisvolle Leuchten erzeugt hatte, ob es die fleischliche Macht des Liebesspiels war, dem er und Ceri sich hingaben, oder die überwältigende Zärtlichkeit, die er für die Frau in seinen Armen empfand. Beides kam einem Wunder gleich, das ihn mit Staunen erfüllte, und zwar um so mehr, weil sie es gemeinsam erlebten.

Ja, was er fühlte, war eine Mischung aus Zärtlichkeit und Fleischeslust, daß er sie mit all der primitiven Begierde eines Tieres nehmen und sie gleichzeitig mit der ganzen Kraft seines Herzens lieben konnte.

Ein energischer Ruck befreite ihn von seinem Lendenschurz, und der Damaszener landete unbeachtet auf dem Waldboden. Geschickte Finger, fiebernd vor Verlangen, lösten die Schnüre an ihrem Gewand und ihrer Tunika, zogen ihr die Kleidungsstücke aus und warfen sie achtlos ins Gras. Dann raffte er den weichen Stoff ihres Leinenunterhemds zusammen und schob es ihr bis zur Taille hoch, um ihre Haut vor der Nacht und der Hitze seines Körpers zu entblößen.

Ceridwen verharrte vollkommen reglos unter seinen Händen, während sie mit einer Stimme zu ihm sprach, so leise, daß er ihre Worte – obwohl ihr Mund dicht an seinem Ohr wisperte – in dem schwindelerregenden Taumel der Wollust, der ihn erfaßt hatte, nicht hören konnte. Er hielt ihre Hüfte umfangen, und ihre weichen, feuchten Locken empfingen seinen ersten kraftvollen Stoß, die bloße Berührung ihres Schoßes köstlicher und verlockender als jedes noch so geschickte Spiel zweier Zungen. Sie war glatt und warm und ohne Zweifel süß.

Die Vorstellung erwies sich als unwiderstehlich. Dain beugte den Kopf und streichelte ihre Brüste mit Lippen und Zunge durch den dünnen Leinenstoff hindurch, um sich dann langsam einen Weg zu ihrem nackten Bauch hinunter zu bahnen und dann noch ein Stück tiefer. Er kniete vor ihr nieder und küßte sie voller Leidenschaft, liebkoste ihre Vulva – jenen verborgenen, geheimen Ort zwischen ihren Schenkeln – mit geöffneten Lippen, während er jede weiche Falte erforschte und ihre sinnlichste, empfindlichste Stelle fand, um sie mit seiner heißen Zungenspitze zu umkreisen. Ceridwen keuchte lustvoll, bäumte sich ihm noch mehr entgegen, und wilde Erregung flammte in ihm auf.

Sie kämpfte gegen eine plötzliche Panik an, noch während sie sich ihm öffnete, ihre Knie schwach und zittrig, seine Hände und sein Körper ihr einziger Halt. Ihr war heiß, so schrecklich heiß, und sie fürchtete sich, und gleichzeitig zitterte sie vor Verlangen und sehnte sich verzweifelt danach, ihn in sich zu spüren. In seiner Berührung war Wahnsinn, und sie hatte sich daran angesteckt. Der Puls der Erde pochte in ihren Adern, drang durch ihre Fußsohlen in ihren Körper ein und trieb sie auf ein unbekanntes Ziel zu. Die Bäume um sie herum waren lebendig, erfüllten sie mit ihrer stillen Energie und ihrem Licht. Wenn Dain ein Gott war, dann war sie eine Göttin, die den Kosmos empfing. Sie hatte es ihm zu sagen versucht, hatte ihm flüsternd die Lieder wiederholt, die der Wald und der Himmel sangen, aber ihre Worte waren in einem Seufzer unaussprechlicher sinnlicher Verzückung untergegangen, als jener Körperteil von ihm, den der Geistliche in Usk als »Schwanz« bezeichnet hatte, zwischen ihre Schenkel geglitten war und hoch hinauf gegen die intimste Region ihres Körpers, die noch nicht einmal der Geistliche benannt hatte.

Und dann sein Mund.

Großer Gott, sie hatte Angst, sie würde sterben.

Aber es war nicht der Tod, der sie überwältigte, als er seine

Zunge in ihren Schoß schnellen ließ und dann sanft, ganz sanft, an der Knospe ihrer Weiblichkeit saugte. Nein, es war nicht der Tod, ganz und gar nicht, sondern Ekstase – rein und vollkommen und unberührt von jedem Gedanken. Die ungeahnte Lust ließ sie alles um sich herum vergessen, als sie wie ein heißer Blitzstrahl durch ihren Körper schoß und ein Feuer in ihrem Schoß entzündete, bevor die Nachwirkungen wie eine unendliche Folge köstlicher Wogen durch sie hindurchrollten und Orte in ihrem Inneren erreichten, die sie noch nie zuvor gespürt hatte.

Zitternd sank sie auf die Knie, und Dain zog sie in seine Arme, legte sie in das hohe Gras und drang mit derselben Bewegung in sie ein, um sie vollständig auszufüllen. Der Schmerz war scharf und schnell vorüber. Sie schlang die Arme um ihn und küßte seine Wange, seinen Mund, ließ ihre Zunge über die Kurve seines Kinns gleiten und schmeckte Salz und Mann. Ihm so nahe zu sein war ein Geschenk. Er war Dain, der Magier von Wydehaw, unberührbar, und dennoch berührte er sie und gab ihr das Gefühl, das höchste Glück zu erleben. Großer Gott, kein Wunder, daß er sich nach dem hier so gesehnt hatte. Stöhnend zog er sich ein Stück aus ihr zurück, und sie murmelte einen gedämpften Protest.

Im Licht des Kristalls und des Vollmonds sah sie, wie sich sein Mund zu einem blitzenden Lächeln verzog. »Pssst, Ceri. Keine Sorge. Ich kann nirgendwo anders hingehen als noch tiefer in dich hinein.«

Und er tat es, während er langsam wieder in ihren Schoß hineinglitt, sich dann zurückzog und erneut in sie eindrang, um sie mit wundersamer Lust zu erfüllen. Sein Lächeln verblaßte, als seine Stöße mehr und mehr an Kraft und Intensität gewannen. Seidiges Haar und Federn fielen über seine Schultern, schwangen vor und zurück über seiner Brust bei jeder seiner Bewegungen. Es war atemberaubend, ihn zu beobachten, seine Muskeln angespannt und straff, es war wundervoll, die ungezügelte Kraft seines Körpers zu fühlen, während er nach Erleichterung strebte. Ceridwen liebkoste seinen Rücken von den Schultern bis zu den Pobacken und fühlte das Zittern, das ihn durchlief. Sie hielt ihn umschlungen und flüsterte zärtliche Liebesworte, denn jetzt wußte sie, was den Ausdruck der Verzweiflung auf seinem Gesicht erzeugt hatte. Der heidnische Zauber von Beltaine war unanfechtbar.

Dennoch war es weitaus mehr als der Zauber der Nacht, was seine Erregung derart steigerte, daß sich sein gesamter Körper anspannte. Sein Atem ging keuchend, und mit dem instinktiven Wissen einer Frau hob sie ihm ihre Hüften entgegen, um ihn noch tiefer in sich aufzunehmen und ihn noch fester zu umschlingen. Seine Stöße wurden schneller und schneller, dann stieß er noch ein letztes Mal kraftvoll in sie hinein und vergrub sich in ihr, während ein rauhes Stöhnen aus seiner Kehle aufstieg.

Vor ihrem geistigen Auge sah sie, wie sich sein Samen aus ihm ergoß und in ihren Schoß floß, sah die gehaltvolle, cremige Flüssigkeit hinaufströmen zu der Öffnung ihres Mutterleibes. Er war der Fluß; ihr Körper war die fruchtbare Erde. Sie folge dem lebenspendenden Strom, folgte ihm weiter hinauf in eine Zufluchtstätte, verborgen in einer weichen, warmen Höhle, dem Kern ihres Wesens – und eine flüsternde Stimme drang in der Dunkelheit an ihr Ohr ... *Kael.*

Madron erwachte mit einem Ruck. Sie hatte nicht einschlafen wollen. Verwirrt strich sie sich einige lose Haarsträhnen aus dem Gesicht und blinzelte. Zeit war vergangen. Wieviel Zeit?

Sie stemmte sich aus dem Ahornstuhl hoch und eilte zum Fenster, wo ihre geschickten Finger nur Sekunden brauchten, um die Läden zu öffnen. Sie beugte sich über das Sims vor und ließ ihren Blick über den Himmel schweifen. Die Nacht von Beltaine war vorbei, den Göttern sei Dank; am östlichen Horizont zeichneten sich bereits die ersten rubinroten Streifen des neuen Morgens ab. Aber Tageslicht allein war kein lindernder Balsam für die sonderbare und unangenehme Nacht, die sie verbracht hatte. Irgend etwas stimmte nicht, stimmte ganz und gar nicht. In den Wäldern herrschte noch immer Stille.

Die Bäume hatten bei Einbruch der Dunkelheit aufgehört, zu ihr zu sprechen – Rhuddlans Werk, ohne Zweifel – und sie würde nicht eher Ruhe finden, bis sie sich ihr wieder mitteilten. Es war eine Kleinigkeit für den Elfenmann, sie von dem duftenden Gemurmel des Waldes auszuschließen. Sie hatte immer gewußt, daß seine Fähigkeiten die der anderen Quicken-Tree noch um einiges übertrafen. Tatsächlich hatte sie sogar einst geglaubt, daß die Bäume nur auf seinen Befehl sprachen – der Trugschluß eines bis über beide Ohren verliebten Mädchens, wie ihr später klargeworden war. Die Bäume erkannten keinen irdischen Herrn an. Dennoch taten die Ebereschen, was Rhuddlan ihnen sagte; sie hatten Madron seit der Zeit, als sie Edmee empfangen hatte, Quicken-Tree-Nachrichten überbracht, und immer während der Feuerfeste wie Beltaine, weil Rhuddlan den Zauber jener Nächte auszunutzen versuchte, um sie wieder in die Herde zurückzuholen.

Ein dicker Tropfen Morgenregen fiel durch die Bäume und landete klatschend auf dem Fensterbrett. Madron fing ihn mit der Fingerspitze auf und hob ihn an die Lippen. Sein Geschmack war rein und frisch, aber ansonsten völlig nichtssagend.

Rhuddlan verbarg etwas vor ihr.

20. Kapitel

Dain hielt Ceridwen in seinen Armen, als der neue Tag heraufdämmerte. Ihr Gewand und ihre Tunika waren zum Schutz gegen die Kälte ziemlich willkürlich über sie beide geworfen, ihr Unterhemd bildete ein zerknülltes Knäuel zwischen ihnen. Seidene Bänder ringelten sich an den blassen, perlmuttschimmernden Konturen ihres Körpers hinunter, schlängelten sich wieder aufwärts über ihre Brüste, tauchten in die Kurve ihrer Taille ein und flossen in einem vielfach gewundenen silbernen Strom über ihre Hüfte. Sie war in einen leichten Schlaf gesunken – gutgläubige Seele. Ihr Vertrauen könnte ihn vielleicht noch retten. Oder vielleicht hatte sie sie ja ebenfalls gefühlt, seine bedingungslose Kapitulation.

Er begehrte sie schon wieder. Ihre Hand war weich auf seiner Hüfte, ihre Finger zärtlich in ihrer unbewußten Liebkosung. Er drückte einen Kuß auf ihren Mundwinkel, und sie bewegte sich leicht, wachte aber nicht auf. Was vielleicht auch ganz gut war. Denn er war nicht gerade behutsam mit ihr umgegangen. Blut klebte zwischen ihren Schenkeln und auf ihrem Bauch, wo sein halb erigierter Penis ruhte, und er selbst war ebenfalls mit Blut beschmiert. Dergleichen war zu erwarten, und trotz des sichtbaren Beweises von Schmerz war ihr Verlangen unverkennbar gewesen. Sie hatte ihn gewollt und ihn mehr als bereitwillig in sich aufgenommen.

Die Farbe des Himmels veränderte sich, während er sie in seinen Armen hielt und mit seinem Körper zu wärmen versuchte, von Samtschwarz über Mitternachtsblau in ein sanftes Perlgrau; und das letztere sandte helles, schimmerndes Licht durch die Kronen der Bäume, verlieh Ästen und Stämmen matten Glanz und nahm einen Hauch von Gold vom östlichen Horizont an, bevor es den Waldboden erreichte. Mit der Morgendämmerung begannen sich auch die Vögel zu regen und stimmten ihr Frühkonzert an, während sie um die Wette trillerten und zwitscherten.

Vorsichtig, um Ceridwen nicht zu wecken, glitt Dain aus der Grasmulde, in der sie lagen, und ging davon, um sich in den kleinen Rinnsalen von heißem Wasser zu waschen, die aus Rissen in dem Fels sickerten und sich in steinernen Einbuchtungen am Fuß der Granitwand sammelten. Sie waren Ausläufer des Grottenteiches, der im Inneren der Höhle dampfte und brodelte. Als er fertig war, sammelte er eine Handvoll schwammiger Moospolster und weichte sie kurz in dem Wasser ein, um sie heiß und feucht zu machen.

Auf leisen Sohlen kehrte er zu Ceridwen zurück und säuberte sie, preßte das warme Moos behutsam zwischen ihre Schenkel und gegen ihre Scham, weil er wußte, daß die Hitze Linderung bringen würde.

Sie seufzte tief, und ihre Wimpern schwangen flatternd auf, um sich dann über einem weiten Seufzer wieder zu senken. »Dain«, murmelte sie schlaftrunken.

Er legte sich neben sie und küßte sie zärtlich, während er seinen Mund auf ihrem ruhen ließ und ihre Lippen wärmte. Sie reagierte auf seinen Kuß, indem sie ihn mit ihrer Zungenspitze kitzelte. Er lächelte und fühlte, wie sich ihre Lippen ebenfalls zu einem Lächeln verzogen.

»Was bist du heute? Ein Gott oder ein Dämon?« fragte sie, als er seinen Mund von ihrem löste. Sie hob eine Hand, um das blaue Farbband über seinen Brauen mit den Fingerspitzen nachzuzeichnen.

»Nur ein Mann.« Sie war bezaubernd schön, wie sie so unter ihm lag, ihr Lächeln nicht mehr ganz so unschuldig, ihr Körper die wundervollste Zufluchtstätte, so durch und durch weiblich. »Und du? Bist du Göttin oder Dämonin?« wollte er wissen.

»Was immer du möchtest ... wenn ich noch einen Kuß dafür kriege.« Ihr Lächeln bekam etwas Schwüles, Erotisches, als sie ihre Finger in seinem Haar vergrub und seinen Kopf zu sich herunterzog. Hungrig ergriff sie Besitz von seinem Mund, ihre Zunge köstlich sinnlich, während sie ihn erforschte und in seinem Geschmack schwelgte.

Ihr offener Verführungsversuch weckte eine fast qualvolle Erregung in ihm, die geradewegs in seine Lenden strömte und seinen Schaft hart und prall werden ließ. Sie wollte also die Dämonin für ihn spielen? Nun, vielleicht würde er ihr beibringen, wie. Im Moment gehörte jedoch nicht viel dazu, sie wieder als die Engelsfrau zu nehmen. Von dem Ort, wo er war, bis zu dem Ort, wo er gerne sein wollte, trennte ihn nicht mehr als die Länge seines Gliedes, dennoch hielt er sich zurück. Er verlor sich in ihrem Kuß, nahm sich aber nicht mehr.

»Dain?« Sie löste sich von ihm und blickte zu ihm auf, und die stumme Frage in ihren Augen war unmißverständlich.

»Es ist noch zu früh nach deinem ersten Mal, Ceri.« Zärtlich strich er ihr das Haar aus der Stirn zurück. Die silbrig-goldenen Strähnen lagen in alle Richtungen um ihren Kopf herum ausgebreitet, ein seidig glänzendes, weiches Kissen, in dem sich hier und da Blätter verfangen hatten. »Dein Körper ist wund, und ich möchte dir nicht noch einmal weh tun.«

»Und was ist mit dir?« Ihr Blick wanderte hinunter zu der Stelle, wo sie sich berührten.

Ein Grinsen spielte um seinen Mund. In ihrer Frage schwang keinerlei Schüchternheit mit. Es war, als ob auch sie erkannt hätte, daß das, was jetzt zwischen ihnen war, sehr viel tiefer ging als bis zu den unbedeutenden Grenzen von Haut und Knochen, tief unter die sich ständig verschiebenden Oberflächen von Gefühl. Sie war sein, und er würde keine andere haben. Er hatte bisher nicht gewußt, daß Liebe, daß der Liebesakt mit ihr eine so starke Bindung erzeugen könnte oder ihm ein derart berauschendes Gefühl der Freiheit vermitteln würde.

Sanft strich er mit dem Daumen über ihre Lippen und beobachtete, wie sich ihre Lider träge schlossen. Ihre Hand wanderte über seine Rippen hinauf und unter seinen Arm, bevor sie zärtlich über seine Schulter strich. Sie waren so gründlich miteinander verheddert wie ihre Kleider, ihre Beine ineinander geschlungen, während sich Strähnen ihres Haares mit seinem mischten und über ihrer beider Brust und Arme flossen. Sein Blick schweifte zu ihren Brüsten und Hüften hinunter. Jede einzelne Kurve bezauberte ihn, so hell und zart gegen seine dunkler getönte Haut, so herrlich weich gerundet gegenüber seinem viel größeren, eckigeren Körper. Sie war die personifizierte sinnliche Verlockung und brauchte keine bewußten Anstrengungen zu unternehmen, um ihn zu verführen. Sie *war* ganz einfach, und er begehrte sie.

»Wenn ich so dicht neben dir liege wie jetzt, brauchst du nicht viel mehr als deine Hand, um mir Freude zu bereiten«, erklärte er ihr. Brennende Begierde erfüllte ihn, durch Wollust zu einem verzweifelten Bedürfnis gesteigert, und er würde es befriedigen lassen.

»Meine Hand?« Ihre Wimpern hoben sich langsam.

»Ja.« Er verflocht seine Finger mit ihren und hob sie an seine Lippen, um seiner Bitte Nachdruck zu verleihen. Sie war bereit und neugierig, und seine Lenden sehnten sich schmerzlich nach ihr.

Ceridwen beobachtete voller Faszination, wie er ihre miteinander verschränkten Hände löste und zuerst ihre Handflächen leckte, dann ihre Finger, einen nach dem anderen. Seine Zunge war heiß und feucht und bewegte sich über ihre Hand mit der Inbrunst einer hungrigen Katze, die Sahne schleckt – einer ziemlich großen Katze, denn mit seiner dichten, wilden Haarmähne, die über sie beide fiel und über ihre Brüste floß, erinnerte er an einen aufgerichteten Löwen. Seine Augenbrauen waren in tiefer Konzentration zusammengezogen, seine Wimpern bildeten dunkle Halbmonde auf seinen mit heidnischen Symbolen bemalten Wangen.

Ceridwen hätte niemals gedacht, daß man eine Hand verführen könnte, daß ihre Finger und die Haut zwischen ihren Fingern derart empfindlich wären. Dain bewies ihr mit jeder seiner Liebkosungen das Gegenteil. Sie war hingerissen, und sie wollte mehr. Sie sehnte sich danach, jenen Körperteil von ihm zu erforschen, der in ihr gewesen war.

Dain fühlte das gleiche Verlangen – von ihr erforscht zu werden. Und so zog er ihre Hand über seine Brust hinunter und schloß ihre Finger um sein hartes Glied. Hitze ... unvorstellbar köstliche, erotische Hitze. Er stöhnte tief in seiner Kehle, als er sie in der Kunst der sinnlichen Stimulation unterwies, ihr die unterschiedlichen Rhythmen zeigte und den einen, der ihm die intensivste Lust bereitete. Sie küßte seinen Mund, während sie ihn streichelte, und sie erwies sich als höchst geschickt darin, seine Bedürfnisse zu erkennen und ihm mit dem sanften Druck ihrer Finger und Lippen einen Vorgeschmack des Paradieses zu verschaffen. Obwohl er ihre Hand führte, war ihre Berührung so ganz anders als seine eigene, so köstlich und vollkommen anders, eine Berührung, die tiefe Gefühle in ihm aufwallen ließ und ein Element zärtlicher Zuneigung ins Spiel brachte, wo viel zu lange nur der primitive Drang nach Befriedigung gewesen war.

Mit einfühlsamer Ungeniertheit zog er seine Finger von ihrer Hand fort und vergrub sie in dem Lockendreieck zwischen ihren Schenkeln; dann beugte er den Kopf zu ihren Brüsten hinunter und stürzte sie in das gleiche schwindelerregende Chaos von Lust, das ihn verzehrte. Ihre Brustwarze war unglaublich zart und weich in seinem Mund, eine Verlockung für seine Zunge, so wie die weichen Falten ihres Schoßes eine unwiderstehliche Verlockung für seine Finger waren. Sie war erregt und naß, die Feuchtigkeit, in die seine Fingerspitzen glitten, wie süßer Nektar, nicht anders, und er erinnerte sich an den berauschenden, weiblichen Geschmack ihrer Vagina. Er hatte schon geglaubt, daß ihm ein solcher Genuß nie wieder vergönnt wäre, daß er nie wieder spüren würde, wie der intime, sinnliche Duft einer Frau durch seine Poren drang. Und dann war Ceri zu ihm gekommen.

Hungrig streifte er mit den Lippen über ihren Körper, während er ihre Haut mit einer Spur von Küssen bedeckte, ihr flüsternd von dem Feuer erzählte, das in seinen Adern loderte, und von dem Ort, wo jungfräuliche Träume endeten und die einer Geliebten begannen. Seine Worte entflammten Leidenschaft in den verborgensten Winkeln ihres Bewußtseins, und sie sollte Leidenschaft in all ihren Nuancen erleben. Und so grub er seine Zähne in ihren Hals, behutsam, unendlich behutsam, bis er spüren konnte, wie ihr Puls gegen seine Zunge pochte und in seiner Kehle vibrierte.

Hier war Leben, pulsierendes Leben.

Ein tiefer Seufzer der Erregung kam über ihre Lippen und enthüllte das nackte Verlangen, das er in ihr entfacht hatte. Mit einer Bewegung, nach der er sich verzehrt, die er jedoch zu verhindern versucht hatte, um Ceridwen zu schonen, führte sie ihn in ihren Schoß ein und nahm ihn in sich auf. Er kannte tausend verschiedene Arten, Lust zu bereiten und Lust zu empfangen, ohne derart intim miteinander zu verschmelzen – aber er hatte nicht die Kraft, ihr oder sich selbst diese Wonne zu versagen. Er wollte in ihr versinken, wollte fühlen, wie sich ihre glatte, samtige Scheide um ihn schloß.

Er stöhnte, als er sich gewaltsam zurückhielt, um nicht zu schnell, zu tief in sie einzudringen, doch sie flüsterte wieder und wieder seinen Namen, bäumte sich ihm fordernd entgegen und machte damit seine letzten guten Absichten zunichte. Er stieß zu, zuerst vorsichtig und flach, dann tiefer, immer tiefer, köstlich viel tiefer.

Die Erregung in seinem Inneren steigerte sich, als er sich dem Höhepunkt näherte und sich sein Bewußtsein ausschließlich auf die Stelle zwischen ihren Beinen konzentrierte, wo sie sich begegneten und vereinten, so heiß und süß. Er fühlte, wie sie den Gipfel der Lust erreichte, fühlte es an der Art, wie sich ihre Muskeln zusammenzogen, sah es an ihren gespannten Zügen, und als sie gedämpft aber lustvoll aufschrie, war er bei ihr. Ihre intensiven Kontraktionen pulsierten durch ihn hindurch, an der Länge seines Schafts entlang, durch seinen gesamten Körper und bis hinunter auf den Grund seiner Seele. Er bleckte die Zähne, als er sich tief in ihr vergrub, so tief in sie hineinstieß, wie er konnte. Er vergaß zu atmen, vergaß alles um sich herum und war zu keinem Gedanken mehr fähig, denn plötzlich gab es nur noch wilde, exquisite, überwältigende Lust, die wie eine Woge über ihm zusammenschlug und ihn in schwindelerregende Verzückung stürzen ließ. Es war kein Traum, nur die absolut reine Essenz der Frau, die sich in sein Inneres stahl und ihm fast die Sinne schwinden ließ.

Schließlich brach er keuchend neben ihr zusammen, von dem einzigen Wunsch erfüllt, sich niemals wieder von ihr zu trennen. Lange Augenblicke verstrichen, während er Ceridwen umschlungen hielt und versuchte, wieder zu Atem zu kommen.

»Du bist eine Hexe, so wahr mir Gott helfe«, murmelte er.

»Wessen Gott?« fragte sie, ebenfalls noch leicht atemlos von den gleichen, langsam verebbenden Wogen der Lust, die er durch seinen Körper strömen fühlen konnte. »Dein Gott? Mein Gott?«

»Das ist unwichtig.« Ohne sich aus ihr zurückzuziehen, preßte er sich noch enger an sie, glitt noch tiefer in sie hinein, von dem intensiven Bedürfnis getrieben, sie zu fühlen, alles von ihr, in der Gewißheit, daß sie ein Teil von ihm war. »Ich schwöre bei jedem Gott, daß du die bezauberndste Hexe von allen bist.«

Hoch über ihnen, in den Wipfeln einer gewaltigen Eiche, lag Llynya bäuchlings auf einem Ast ausgestreckt und spähte hinunter, das Kinn in die Hand gestützt, während sie ihre beiden Schützlinge beobachtete. Nicht, daß es sonderlich viel zu sehen gegeben hätte. Dain und Ceridwen hatten sich die ganze Nacht über im Gras herumgewälzt, so wie all die anderen Paare im Wald von Wroneu, und sie waren noch immer dabei.

Mit lustlosem Murmeln drehte Llynya sich auf den Rücken, um zur Abwechslung mal wieder eine Weile in den Himmel zu schauen. Sie hatte getan, was Rhuddlan ihr aufgetragen hatte. Sie war den beiden zu der Lichtung unweit der Mittleren Gletscherspalte gefolgt, so genannt, weil sie auf halbem Weg zwischen der Großen Westlichen Gletscherspalte lag und … und einem Ort, an dessen Namen sie sich im Moment nicht mehr genau erinnern konnte. Sie hatte alle anderen davon abgehalten, in die Lichtung zu stolpern, indem sie hier und dort ein paar dornige Ranken zu einem undurchdringlichen Dickicht zusammengeflochten hatte. Und sie hatte Dains Kleider und seinen Umhang mitgebracht und die Sachen in einem Stapel auf dem Pfad zurückgelassen. Es ginge ja nicht, daß sich der große Meister auf dem langen Weg zurück nach Deri einen kalten Hintern holte. Um Himmels willen.

Ob *sie* sich den Allerwertesten verkühlte, wenn sie die ganze Nacht lang hoch oben in einem Baum hockte, schien niemanden zu kümmern.

»Hmmmpf.« Sie fischte einen Honiglutscher aus ihrem Lederbeutel und schob ihn sich in den Mund.

Der Morgenstern war mit den ersten Sonnenstrahlen vom Himmel verschwunden, und die anderen Sterne waren schon lange in den Westen vertrieben worden, aber der Mond blieb. Er war schon ein wundersames Ding, der Mond, reich an Elfenwissen und weiblicher Magie, eine perfekte weiße Kugel, die an einem Himmel hing, dem der neue Tag eine mattblaue Farbe verlieh. Im Gegensatz zur Sonne, die man nicht betrachten konnte, selbst wenn man die Augen zu winzigkleinen Schlitzen verengte, war der Mond wie dafür erschaffen, zu ihm hinaufzustarren und sich stundenlang in seinen Anblick zu vertiefen. Seine Anwesenheit übte immer eine beruhigende Wirkung auf sie aus. Llynya mochte nichts lieber, als bei Nacht durch sein geheimnisvolles Licht zu laufen. Obwohl Rhuddlan ihr in letzter Zeit energisch die Flügel gestutzt hatte.

Ein grünes Finkenweibchen kam herbeigeflattert, um sich ein Stück von ihr entfernt auf dem dichtbelaubten Ast niederzulassen, eine willkommene Gesellschaft. Llynya pfiff nach ihm, und der Vogel antwortete mit einem munteren Zwitschern, als er herbeigehüpft kam.

»Hallo, du Hübsche«, säuselte sie und streckte ihren Finger aus. Das Finkenweibchen hüpfte hinauf, und Llynya lächelte. *»Malashm.«*

Sie kramte in ihrem Lederbeutel und brachte ein paar Körner zum Vorschein, die der Vogel eifrig aufpickte, dann fand sie noch ein kleines Knäuel Distelwolle, das der Fink in seinen Schnabel nahm.

»Baust wohl gerade dein Nest, hmmm?«

Der Sieg des Frühlings über den Winter war in diesem Jahr hart erkämpft, was die Vereinigung mit der Göttin zu einer Sache von äußerster Wichtigkeit machte. Nach Llynyas Zählung hatte Dain sich sogar zweimal mit Ceri vereinigt. Rhuddlan würde erfreut sein.

Der Fink flog davon, der aufgehenden Sonne entgegen. Am vergangenen Abend hatte die Luft nach Regen gerochen, der jedoch nicht gefallen war, abgesehen von ein paar vereinzelten Tropfen. Aber die veränderte Farbe des Himmels wies nach Llynyas Einschätzung darauf hin, daß sich noch mehr der lebensspendenden Feuchtigkeit aus den Wolken ergießen würde, und zwar ziemlich bald.

Und tatsächlich dauerte es nur eine kurze Weile, bis Regen herabströmte, vom auffrischenden Wind von Süden herbeigetrieben. Llynya schloß die Augen und fing ein paar Tropfen auf der Zungenspitze auf. Sie stellte erschrocken fest, daß der Geschmack eine Warnung enthielt. Sie hatte nichts in der Luft gerochen, aber Regen hatte die Eigenschaft, die Nachrichten der Bäume zu verstärken und ihre Botschaften über eine größere Entfernung zu verbreiten; und was sie in den wenigen Tropfen schmeckte, war unbestreitbar: Gefahr. Und sie nahte mit Riesenschritten.

Hastig kletterte sie noch ein Stück höher in die Eiche hinauf. An der Spitze schob sie ein paar kleinere Zweige beiseite und spähte durch die Blätter, um über den Rest des Waldes hinweg in die Niederung zu blicken. Reiter bewegten sich am südlichen Horizont, doch sie waren viel zu weit entfernt, als daß sie sie deutlich hätte sehen können. Sie beobachtete, wie sich der Trupp einen Weg in

Richtung Nordwesten bahnte, und kostete noch einmal von dem Regen. Ja, es war Gefahr im Anzug. Große Gefahr. Ein Unheil drohte. Aber von wem?

Besorgt kletterte sie auf einen tieferen Ast hinunter, zu einer Stelle, von der aus sie sich auf den nächsten Baum hinüberschwingen konnte. Rhuddlan hatte sicher bereits seine Kundschafter ausgeschickt. Wenn sie in Deri gewesen wäre, hätte er sie vielleicht mit den Männern gehen lassen. Shay war ohne Zweifel bei dem Spähtrupp.

»Verdammt«, fluchte sie und sprang auf die benachbarte Eiche. Sie landete mühelos auf einem kräftigen Ast, wobei sie sich mit einer Hand an einem höheren Zweig festhielt. Auf diese Weise ließ sie die Lichtung hinter sich, während sie sich geschickt von Baum zu Baum schwang und ihre eigentliche Aufgabe vollkommen vergaß.

Ceridwen stand im sanft tröpfelnden Regen und hantierte nervös mit den Bändern ihres Gewandes herum. Ihre Finger waren ungeschickt, ihre Augen gesenkt. Dain hatte dieses Phänomen schon früher beobachtet: Mit dem Anlegen der Kleider kehrte eine gewisse Schüchternheit zurück. Er stand dicht vor ihr, während er die Lederschnüre seines Lendenschurzes um seine Taille band. Als er fertig war, streckte er eine Hand aus und liebkoste ihre Brust mit dem Rücken seines Fingers, strich einmal flüchtig über die weiche Rundung. Ceridwen hob mit einem Ruck den Kopf, ihre Wangen brennend rot.

Er neckte sie mit einem Lächeln. »Auch wenn du voll bekleidest bist, kann ich noch immer jede Kurve deines Körpers sehen und deinen Geschmack auf meiner Zunge spüren.«

Sie errötete noch stärker.

»Soll ich dir sagen, wonach du schmeckst?«

Verlegen senkte sie den Blick. »Du bist schamlos.«

»Ja«, gestand er leise und beugte den Kopf, um einen Kuß auf ihre Lippen zu drücken. »Und du bist wunderschön. Komm. Je schneller wir von hier verschwinden, desto besser. Madron hat einen Preis auf deine Jungfräulichkeit ausgesetzt, den ich lieber nicht bezahlen möchte.« Er griff um sie herum und zog Ayas aus dem überhängenden Ast heraus.

»Was?« Sie blickte erschrocken auf, und ihre Finger hielten mitten in der Bewegung inne.

»Es sind keine Goldstücke oder Reichtümer, die sie will, Ceri«, versicherte er ihr, »sondern meine Seele.« Sie hatte keinen Grund, an ihm zu zweifeln. Er würde alles für sie geben, was er besaß, und beten, daß sie nicht zu stark leiden müßte aus Mangel an dem, was er vor langer Zeit verloren hatte.

»Dann handeln sie und Caradoc mit gleicher Münze.«

»Und sie werden alle beide nicht bekommen, worauf sie es abgesehen haben.« Er schob Ayas in seinen Lendenschurz und sah sich suchend nach Ceridwens Bündel und dem Damaszener um. Was er entdeckte, war ein ordentlich gefalteter Stapel Kleider in der Mitte des Pfades, auf den der Regen niederprasselte. Er berührte Ceri am Arm und wies auf die Sachen: »Llynya.« Eine Miniaturgirlande aus Veilchen zierte den Stapel.

»Der kleine Satansbraten«, fluchte sie, ihre Verlegenheit mit einem Schlag vergessen. Beide blickten in die Bäume hinauf.

»Sie ist weg.«

»Aber sie war hier.«

»Ja, sie war hier. Ich hatte mich schon gefragt, wo sie sich die ganze Nacht über versteckt haben mochte.«

»Llynya war nicht die ganze Nacht hier«, erwiderte sie mit von Ärger angespannter Stimme. »Sie ist diejenige gewesen, die mich aus dem Turm befreit und die Hunde mit ihrem Gesang verhext hat.«

»Dann haben sich die Hunde also doch nicht als völlig wertlos erwiesen«, murmelte Dain, während er seinen Blick über die Baumwipfel schweifen ließ. Der Kobold war verschwunden, aber vielleicht war ja ein anderer dort oben, der sie beobachtete. Er fand eine gewisse Befriedigung in dem, was im Hart Tower geschehen war. Es war das allererste Mal, daß ihm die Hunde nicht gehorcht hatten, aber er hätte auch nicht von ihnen erwartet, daß sie den Ruf der Quicken-Tree ignorierten.

»Sie waren beide vollkommen aus dem Häuschen vor Verzückung, genau wie ich«, gestand Ceridwen, eindeutig unglücklich über ihre Einfalt. »Ich dachte, wir würden nach Strata Floria gehen, doch statt dessen führte sie mich in den Wald von Wroneu, wo mich diese Männer gefangennahmen.«

»Liosalfar«, erwiderte er. »Quicken-Tree-Krieger.« Er suchte noch einmal die Bäume ab, um sich zu vergewissern, daß ihnen niemand nachspionierte. »Komm. Wir sollten uns jetzt wirklich beeilen. Wir haben Rhuddlan zu leicht in die Hände gespielt.«

»Welches Ziel verfolgt er?«

»Das weiß ich nicht. Madron betrachtet ihn als Verbündeten, aber sie hätte nicht geduldet, was heute nacht zwischen uns geschehen ist. Was immer das sein mag, was er von dir braucht, es ist auf jeden Fall nicht deine Eheschließung mit Caradoc, auf die Madron so drängt. Das allein macht mich weniger mißtrauisch, doch wir sollten jetzt nach Wydehaw gehen, um besser für unseren Handel gerüstet zu sein, wenn die Zeit kommt.«

»Wydehaw?« fragte sie. »Ich habe nichts, womit ich handeln könnte. Und ich kann nicht mit zurück nach Wydehaw. Ich muß von hier fort, ungeachtet dessen, was ich ... was wir ... heute nacht getan haben.«

Dain umfaßte ihr Kinn mit der Hand und hob ihr Gesicht zu sich hoch. »Wegen der Dinge, die wir getan habe, *Kaereste,* werden wir gemeinsam fortgehen, aber wir brauchen Vorräte und die Zypriotin.« Er streifte leicht mit seinen Lippen über ihren Mund. »Caradoc wird erst in knapp einer Woche zurückkehren, und Madron ist keine Fährtenleserin, wie sie selbst zugegeben hat.« Sie würden Gold für ihre Reise benötigen und Proviant, und sie mußten die Sachen holen, bevor Madron ihn aus dem Turm aussperren konnte.

»Und Rhuddlan?« fragte Ceridwen besorgt.

»Rhuddlans Preis ist meine Magie, und ich werde seinen Preis zahlen, aber erst, wenn ich dazu bereit bin.« Er ließ seine Finger über ihre Wange gleiten. Die ersten wärmenden Sonnenstrahlen waren einem regnerischen Morgen gewichen, der ihre Erschöpfung noch unterstrich. Er hatte sie quer durch den Wald gehetzt und die halbe Nacht geliebt, und jetzt zwang er sie zu einem langen Marsch. Er hätte allein gehen und anschließend zurückkehren können, um sie zu holen, aber er wagte es nicht, sie schutzlos zurückzulassen. »Es gibt nichts mehr, wovor du dich fürchten müßtest, Ceri. Letzte Nacht, vor der Zeremonie, bin ich deinen Drachen begegnet. Es war genauso, wie es in dem roten Buch beschrieben ist, aber ohne Blut. Genauso wie Wein das Blut Christi beim heiligen Abendmahl ist, so ist es in Wirklichkeit Wein – und nicht echtes Blut – was die Drachen herbeiruft.«

»Wo hast du sie gefunden?« Ihre Augen weiteten sich in einer Mischung aus Überraschung und Entsetzen.

»In einer Grotte nördlich von Deri«, erklärte Dain. »Weder Rhuddlan noch Trig hatten Angst vor ihnen, und sie bezeichneten sie auch mit dem anderen Namen, den das Buch erwähnt, *pryf.*«

»Die *pryf* sind keine Drachen. Da bin ich mir ganz sicher.«

»Vielleicht. Vielleicht auch nicht. Madron hat keinen Unterschied zwischen den beiden gemacht. Und ich habe sie nicht gesehen, weil es zu dunkel war. Aber ich konnte sie fühlen, und sie schienen eher neugierig als gefährlich zu sein.«

»Meine Mutter hat uns früher oft Geschichten über Drachen erzählt«, meinte sie. »Und in die Felsen bei Carn Merioneth waren Bilder von ihnen eingeritzt. Sie hatten riesige Zähne.«

»Falls sie sie immer noch haben, haben sie sie jedenfalls nicht benutzt, um mich zu beißen.« Er lächelte. »Ich habe schon viele seltsame Tiere gesehen – Geschöpfe, die Elefanten genannt werden und die größer als jeder Drachen sind, den ich jemals in irgendwelchen Darstellungen gesehen habe – und der Mann, dem sie gehörten, brauchte nicht mehr als einen Stock und seine Stimme, um ihnen Befehle zu erteilen. Kamele, Tiger, Wildpferde mit schwarzen und weißen Streifen ... sie alle laufen dort draußen in der Welt herum, Ceri, und sie sind nur für die Leute furchteinflößend, die sie nur vom Hörensagen kennen, sie aber niemals gesehen haben. Für die Menschen, die mit ihnen leben, sind sie dagegen so alltäglich und prosaisch wie eine Kuh. Ich glaube, mit den Drachen aus dem roten Buch ist es genau das gleiche. Ein seltenes und scheues Tier, das sich kaum jemals blicken läßt, kann in der Vorstellung der Leute schnell zu einem Drachen werden.«

»Ja, sie sind selten. Meine Mutter sagte, es gäbe niemals mehr als zwei von ihnen, aber ich glaube nicht, daß sie scheu sind. Die Äbtissin in Usk dagegen nannte die Drachen und all die Geschichten meiner Mutter Ketzereien, dazu erfunden, um Kinder und Unwissende zu verwirren.« Sie runzelte bekümmert die Stirn. »Es ist schwer, sich darüber klarzuwerden, was man glauben soll.«

»Du bist nicht die einzige, der es so geht, Ceri. Wir werden auch nicht lange in Wydehaw bleiben«, versprach er ihr, »und wenn wir fortgehen, werde ich einen sicheren Ort finden, wo wir uns ausruhen können.«

»Gibt es einen solchen Ort?« Sie klang skeptisch – aus gutem Grund. Es gab nur ein mögliches Reiseziel, und es wäre der letzte Ort, den er für sich selbst ausgesucht hätte. Nicht so für Ceri.

»Trotz meiner Abneigung gegen Frömmigkeit hoffe ich, einen solchen Ort für dich in Strata Floria zu finden.«

Er sah, wie sich ihre Miene aufhellte. Wenn auch sonst nichts, so würde sie zumindest eine Weile den Trost ihres Bruders haben, falls sich herausstellen sollte, daß er noch lebte. Danach würden sie nach Norden reisen, hoch hinauf in den Norden, an Balor und Wales und der Insel der Heiligen vorbei, über das kalte Meer und in die Länder aus Eis und Schnee, dorthin, wohin er ursprünglich gewollt hatte, bevor ihn der Hart Tower mit seinen vielversprechenden Geheimnissen dazu verlockt hatte, seine Reise abzubrechen.

Die Pferde bewegten sich halb trottend, halb zockelnd durch den frühmorgendlichen Regen, nicht froher als Caradocs Männer über den beschwerlichen Marsch und die kurze Nachtruhe, die ihnen vergönnt gewesen war. Helebores Wallach war besonders phlegmatisch und fiel weiter und weiter hinter den anderen zurück. Den Arzt kümmerte es nicht. Sie würden noch früh genug in Wydehaw eintreffen.

Die Mission in Cardiff war ein Mißerfolg gewesen. Sie hatten zwar einen blonden Novizen aufgespürt, der vor kurzem aus Strata Floria geflohen war, ein verderbtes Bürschchen und ziemlich betrunken, aber er war nicht derjenige, den sie suchten. Auf Caradocs Fragen – eine äußerst feinfühlig durchgeführte Befragung unter Zuhilfenahme eines Messers, um ein paar Spuren zu hinterlassen, die eine bleibende Erinnerung wären – hatte der junge Mann seine sündige Liebe zu Mychael ab Arawn gestanden und wie er Mychael angefleht hatte, nicht sein Gelübde abzulegen. Leider, wie so häufig bei junger Liebe, war nichts daraus geworden, denn Mychael war kurz darauf spurlos verschwunden.

Helebore hatte als Novize fast genau die gleiche Situation erlebt, aber er hatte damals nicht den Ausweg eines Feiglings gewählt. Als er mit Todsünde konfrontiert worden war, hatte er Mittel und Wege ersonnen, den Lüstling zu vergiften, was ihm den Namen Helebore eingebracht hatte. Bis zum heutigen Tag war er absolut keusch geblieben, hatte niemals auch nur sich selbst berührt, nicht wirklich jedenfalls.

Die anderen Reiter machten einen großen Bogen um ihn, als sie an ihm vorbeiritten; alle bis auf einen, der sich ihm anschloß.

»Ifor.« Er nickte dem Mann zu, einem massigen, einfältig wirkenden Armbrustschützen mit niedriger Stirn und kleinen Schweinsaugen.

Ifor grunzte etwas zur Begrüßung, während er stumpfsinnig geradeaus starrte. Nasses, fettiges Haar klebte an seinem Gesicht und ringelte sich in seinen buschigen Bart. Er strömte einen eigentümlichen Gestank aus, bezeichnend für ein Laster, das Helebore zu ignorieren vorzog, seiner eigenen geistigen Gesundheit zuliebe.

»Ich habe dich gestern abend vermißt«, fuhr er fort. »Und dabei war ich mir sicher, daß du bei Einbruch der Nacht hungrig wärest.«

Die Schweinsäuglein schweiften flüchtig in seine Richtung.

»Vielleicht sollte ich einen anderen finden, der tut, was ich will?«

»Nein«, beeilte Ifor sich zu versichern.

»Ah«, seufzte Helebore. »Dann hungerst du also nach einem weiteren Tropfen von dem Lebenselixier der Unsterblichkeit?«

Ifor antwortete mit einem knappen Kopfnicken.

»Diesmal will ich Mord«, warnte Helebore ihn. »Mach nicht den Fehler, es für etwas Geringeres zu halten. Ich will den Körper des Hexenmeisters kalt und blutleer, sonst wird keiner von uns mehr sicher sein. Hast du verstanden?«

Wieder ein knappes Kopfnicken.

»Dann gib mir einen Bolzen, damit ich Gift auf die Spitze träufeln kann.«

Ifor schaute nach allen Seiten, um sicherzugehen, daß sie nicht beobachtet wurden, dann reichte er ihm einen seiner Armbrustbolzen. Die langsame Gangart der Pferde war kein Hindernis, die Stahlspitze mit Gift zu imprägnieren. Helebore bewahrte alle seine Arzneimittel und Heilkräuter in kleinen Kürbisflaschen und Ampullen auf, die an seinem Gürtel befestigt waren, und er war von Natur aus ein sorgfältiger und vorsichtiger Mann.

Als er fertig war, reichte er Ifor den Bolzen zurück. »Ein Dolch wäre wesentlich unauffälliger, aber Lavrans hätte dich umgebracht, noch bevor du die Klinge ziehen könntest. Deshalb werden wir uns primitiver, aber wirksamer Methoden bedienen. Wenn er kämpft, um die Frau zu behalten, dann nutz das Durcheinander aus und töte ihn. Wenn es nicht zu einem Kampf kommt, bleib zurück und töte erst, wenn wir anderen wieder abgezogen sind. Wie auch immer – nachdem du deine Arbeit erledigt hast, werde ich dir ein Fläschchen von dem Elixier geben, damit du in das Heer der Unsterblichen eintreten kannst.«

Ein Funke glomm in den Augen des Armbrustschützen auf. Gier vielleicht. Oder auch Wollust. Es war Helebore ein Rätsel, was jemanden mit einem derart beschränkten geistigen Fassungsvermögen dazu trieb, sich nach Unsterblichkeit zu sehnen – nicht daß Ivor in Gefahr gewesen wäre, sie jemals zu erlangen. Er wäre nicht so grausam, den Mann dazu zu verdammen, Ewigkeit für Ewigkeit sein rauhes, viehisches Dasein zu führen.

Ein sadistisches Lächeln spielte um seine Mundwinkel. Lebenselixier, also wirklich. Mohnsaft in Wein konnte einen Mann in eine Schattenwelt befördern, oder, mit ausreichend Fingerhut vermischt, ins Reich der Toten; und er befürchtete, daß es letzteres war, wohin Ifor ginge. Schnelle Gerechtigkeit für den Mörder, um dem Magier in ein frühes Grab zu folgen. Caradoc würde vor Wut toben. Seit er seinen alten Freund wiedergesehen hatte, war er regelrecht besessen von der Idee, Lavrans in Balor zu haben.

Helebores Lippen verzogen sich voller Abscheu. Widerwärtige, abstoßende Kreaturen. Es war schon schlimm genug, sich nach einer Frau zu sehnen, geschweige denn, seinen Begierden nachzugeben und sich eine Schlange ins eigene Nest zu setzen. Caradocs Dummheit würde ihm nichts anderes einbringen als eine Erinnerung, an der er sein schwarzes Herz wärmen konnte.

»Wydehaw!« Der Ruf kam von der Spitze des Trupps, und wie ein Mann trieben die Reiter ihre Pferde zum Galopp an. Es war an der Zeit, die Tat des Tages zu vollbringen.

21. KAPITEL

»Was schätzt du, Morgan, wie viele Tagesreisen sind wir noch von Wydehaw entfernt?« fragte Rhys, als er einen Lederbecher voll Ale an Dafydd weiterreichte. Sie waren gerade dabei, ihr Lager im grauen Licht des Morgens abzubrechen. Ein leichter Regen war von Süden herübergezogen, wärmer und milder als die Niederschläge, die der Frühling bisher mit sich gebracht hatte.

»Zwei, wenn sich die Berge nicht in Schlamm verwandeln.« Morgan sah Owain auf seiner Linken vielsagend an. Der große Mann grinste. Neben ihm brachen Rhodri und Drew in schallendes Gelächter aus. Die Vernarrtheit des jungen Burschen in Ceridwen ab Arawn hatte sich noch immer nicht gelegt, obwohl inzwischen ein voller Monat verstrichen war; tatsächlich hatte sie sogar einen neuen Gipfel erreicht, seit sie vor einer Nacht aus Balor gekommen waren, wo sie erfahren hatten, daß Ceridwen ihrem Verlobten noch nicht übergeben worden war. Sie hatten auch Caradoc nicht angetroffen. Er sei nach Cardiff gereist, hatte der Seneschall ihnen erklärt und es abgelehnt, ihnen eine Gastfreundschaft anzubieten, die sie ohnehin nicht angenommen hätten.

Sie waren Anfang April nicht von Dolwyddelan aus in den Süden nach Wydehaw geritten, wie Morgan ursprünglich geplant hatte, sondern waren von Llywelyn weiter in den Norden hinaufgeschickt worden, um an der Ostgrenze gegen englische Banditen zu kämpfen. Der Prinz von Gwynedd hatte das Schicksal eines Mädchens nicht für so wichtig gehalten, außer als Mittel zum Zweck, um Caradoc an seine Verpflichtung ihm gegenüber zu erinnern. Wer in Wales die Zügel der Macht in Händen hielt, mußte inmitten sich ständig verlagernder Allianzen regieren, und Llywelyn hatte Morgan versichert, daß er Caradocs Loyalität nicht überschätzte. Und was die mangelnde Eignung des Keilers für die Ehe betraf, so hatte Llywelyn nur gelächelt und Morgan erklärt, daß die meisten Männer nicht zur Ehe taugten.

Dennoch konnte Morgan das Gefühl der Beklommenheit, das ihn beschlichen hatte, einfach nicht abschütteln. Wer auf dem Weg nach Cardiff war, käme in Rufweite an Wydehaw vorbei, und obwohl sie im Norden davon gehört hätten, wenn ein Überfall auf das Schloß verübt worden wäre, galt dies nicht für den Tod eines einzelgängerischen Dänen, der in einem Turm hauste. Dain genoß keinen fürstlichen Schutz in Wales, er stand auch nicht unter dem Schutz des Königs von England, und Caradoc war alles andere als erfreut über den Preis gewesen, den Dain für das Mädchen gefordert hatte.

Morgan hatte mit eigenen Augen gesehen, wie wenig nötig war, um Caradoc in Rage zu bringen. D'Arbois mochte sich vielleicht zur Wehr setzen, um seinen Magier zu schützen, aber Soren war dem Keiler von Balor nicht gewachsen. Dain konnte es zwar mit Caradoc aufnehmen, aber nicht mit ihm *und* einem ganzen Verband bewaffneter Männer.

Eine milde Brise trieb neue Regenschauer herbei. Morgan wischte sich die Tropfen aus dem Gesicht. Ich hätte nicht so lange fortbleiben dürfen, dachte er besorgt. Dain besaß mehr Verstand als die meisten, und er hatte schon Schlimmeres als Caradocs Zorn überlebt, doch keine dieser beiden Tatsachen minderte Morgans Verantwortungsgefühl für seinen Freund, und je weiter sie nach Süden reisten, desto sicherer war er sich, daß er schneller hätte kommen sollen. Es hatte einfach zu lange gedauert, die verdammten Engländer in die Flucht zu schlagen, und obwohl er Llywelyn treu ergeben war, würde er nicht mitansehen, wie sein Freund zu Schaden kam, zumindest nicht, ohne alles in seiner Macht Stehende zu tun, um ihn davor zu bewahren.

Llynya schlotterte förmlich in ihren Stiefeln, zitterte so erbärmlich wie ein junger Schößling, der von einem kalten Wind geschüttelt wird. Rhuddlan war fuchsteufelswütend auf sie. Sie hatte ihren Posten verlassen. Sie hatte Dain und Ceridwen verlassen, woraufhin diese prompt spurlos von der Lichtung verschwunden waren.

Für ihren Geschmack war ein bißchen zuviel von Verlassen die Rede.

Der Anführer der Quicken-Tree hatte Kundschafter nach Süden

geschickt – Shay war unter ihnen –, und jetzt fehlte es ihm an Leuten für die Suche nach Llynyas Schützlingen. Die letzte verbleibende Kundschafterin, Nia, war ausgesandt worden, um die beiden vor Wydehaw abzufangen, dem logischsten Ziel, aber Rhuddlan befürchtete, daß sie zu spät käme. Dain bewegte sich fast so schnell wie die *tylwyth teg* in den Wäldern. Llynya hatte gebettelt, Rhuddlan möge doch sie losschicken, doch er hatte sie barsch in ihre Schranken verwiesen und ihr strengstens verboten, Deri zu verlassen. Zu allem Übel war der Geruch von Gefahr und einer bösen Macht noch stärker geworden und durchdrang die Bäume auf eine Art und Weise, die alle Quicken-Tree in große Unruhe versetzte.

Moira hatte erklärt, daß es nicht so sehr der Geruch drohender Gefahr sei, den sie witterten, sondern eher der nahe bevorstehenden Unheils. Die Bäume warnten vor Kräften, die in Gang gesetzt worden waren und dringend aufgehalten werden mußten, um eine Katastrophe zu verhindern.

Eine Katastrophe, die mein Werk ist, dachte Llynya. Ihr war ganz elend vor Schuldbewußtsein und Furcht. Sie blickte auf, um festzustellen, daß Madron sie anstarrte – oder vielleicht war »durchbohren« ein passenderer Ausdruck, den grimmigen Blick der Hexe zu beschreiben –, und sah hastig in eine andere Richtung. Madron konnte nichts Gutes im Schilde führen, wenn sie sich noch vor Tagesanbruch nach Deri begeben hatte.

»Rhuddlan!« Trig sprang aus einem der Bäume.

Rhuddlan überquerte schnellen Schrittes die Lichtung, und Llynya heftete sich trotz ihrer Bangigkeit an seine Fersen.

»Nia hat Dain und Ceridwen entdeckt, als sie Wydehaw erreichten«, erklärte Trig. »Sie war bei der letzten Eiche im Wald von Wroneu und konnte sie nicht mehr erreichen, deshalb ist sie schnell zurückgekommen, um mir Bericht zu erstatten. Rhuddlan, ich fürchte, die Reiter aus dem Süden wollen ebenfalls nach Wydehaw. Vielleicht sind sie sogar schon im Schloß. Sie ritten in gestrecktem Galopp, als sie zuletzt gesehen wurden.«

»Und wer sind diese Reiter, die eine solche Gefahr in meine Wälder bringen?«

Trig zögerte, als seien seine nächsten Worte zu schrecklich, um sie auszusprechen. »Es ist derselbe, von dem wir auch in Merioneth schon Spuren gefunden haben, der Übelriechende, der mit Caradoc und einer Streitmacht aus Balor Keep reitet.«

»Dann ist das Schlimmste eingetreten.«

»Ja.«

Rhuddlan fluchte und wandte sich zu dem Wäldchen um, während er beide Arme hoch über den Kopf hob und die Fäuste schüttelte. *»Khardeen!«* Er erhob seine Stimme zu dem uralten Quicken-Tree-Schlachtruf. *»Khardeen! Asmen taline! Meshankara mes!«*

Llynya und alle anderen in Deri reagierten augenblicklich und stoben in alle Richtungen davon, um ihre Waffen zu holen und sich auf den Kampf vorzubereiten – bis auf Madron. Sie stand wie angewurzelt da, kochend vor Wut. Du bist ein verdammter Narr, Rhuddlan, dachte sie. Er bekam genau das, was er verdiente, weil er sie mit dem Mädchen hereingelegt hatte. Sie war früh an diesem Morgen nach Deri gekommen und hatte die Wahrheit aus seinem eigenen Mund erfahren: Dain und Ceridwen waren auf der Lichtung nahe der Mittleren Gletscherspalte vereint worden. Rhuddlan hatte gewonnen, und weil er gewonnen hatte, würden sie alle verlieren.

»Edmee«, rief sie ihre Tochter herbei, wobei sie sich bemühte, die Schärfe aus ihrer Stimme herauszuhalten. Das Mädchen erhob sich von seinem Platz bei der Muttereiche, wo sie mit Moira gesessen hatte, und rannte leichtfüßig über die Wiese. Madron ergriff ihre Hand und zog sie an sich. »Die Liosalfar gehen nach Wydehaw, und Rhuddlan wird anschließend sofort in den Norden aufbrechen, ganz gleich, wie die Sache ausgeht. Ich muß dort sein, denn ich wage es nicht, ihn in diesem Irrsinn, den er angezettelt hat, allein zu lassen.«

Zur Hölle mit Rhuddlan, weil er alle ihre Pläne ruiniert hatte und ihr keine andere Wahl ließ. Dies war das letzte Mal, daß sie zu einer bloßen Schachfigur in seinem Spiel wurde, das schwor sie sich.

Edmee nickte zum Zeichen, daß sie verstanden hatte, obwohl sie die Hand ihrer Mutter unwillkürlich fester umfaßte.

»Ja, Liebes. Du mußt hier bleiben. Aedyth und Moira müssen ebenfalls nach Norden gehen, aber ich werde dich nicht allein lassen. Naas wird dich nach Hause begleiten und während meiner

Abwesenheit bei dir bleiben«, erklärte sie. Naas war die älteste Quicken-Tree und diejenige, die am besten für das geeignet war, was Madron brauchte. Rhuddlan hätte nichts dagegen, wenn sie die Frau für ihre Zwecke einspannte. Edmee machte ein langes Gesicht, halb Grimasse, halb Resignation. Sicher, mit ihren weißen Augen und ihrer Angewohnheit, ununterbrochen *kel* zu kauen, ein Süßgras, das sich nur im fernen Westen fand, war sie keine besonders angenehme Gesellschaft, besonders nicht für ein junges Mädchen, aber die Quicken-Tree-Frau besaß eine Geisteskraft, die selbst den schlausten aller Sterblichen völlig verwirren konnte, und die Sterblichen waren die einzigen, die eine mögliche Gefahr für sie darstellten. Wenn Naas das Cottage bewachte, würde selbst der Sheriff von Hay-on-Wye feststellen, daß er sich auf unerklärliche Weise verirrt hatte, falls er den Kiefernwald betreten sollte.

»Naas wird hören, was die Bäume zu sagen haben, und sie wird dir entweder von meinem Kommen berichten oder wissen, wann sie dich nach Norden bringen soll«, fuhr Madron fort. Deri leerte sich allmählich. Die Liosalfar waren bereits verschwunden – im Nu, wie es immer von ihnen hieß –, aber Rhuddlan hätte ihr ohnehin nicht erlaubt, mit den Liosalfar zu gehen.

Edmee nickte abermals, und Madron schloß das Mädchen in die Arme und verfluchte Rhuddlan im stillen, noch während sie ihre Tochter zum Abschied küßte.

Dain atmete erleichtert auf, als sie endlich sicher im Inneren des Tunnels angelangt waren. Sie hätten in den Wäldern nur zu leicht überfallen werden können. Tatsächlich hatte er sogar gespürt, daß ihnen jemand auf den Fersen war. Er machte sich keine Sorgen darüber, daß Rhuddlan ihnen etwas antun könnte – das war nicht die Art der Quicken-Tree –, aber er hätte sie aufgehalten, und Zeit war knapp. Zu knapp, als daß er auch nur eine Sekunde davon hätte abzweigen können, um die Druidentür zu öffnen. Er hatte sie bis zur siebten Sicherheitsstufe verschlossen, um Ceridwen im Turm festzuhalten, auch wenn seine Maßnahme nicht das geringste genützt hatte. Jetzt käme er am schnellsten von der Außenseite in das Schloß selbst hinein. In der Westmauer war eine selten benutzte Seitentür, die ihm Zugang zu dem kleinen Stall verschaffen würde, wo er sein Pferd untergestellt hatte.

»Du gehst von hier aus allein weiter«, sagte er zu Ceri. »Die Zypriotin steht in dem Stall im inneren Burghof. Es ist das beste, wenn ich sie allein hole und zum Tunnelausgang bringe und dich dann im Turm treffe. Die Schloßbewohner sind es gewöhnt, mich zu jeder Tages- und Nachtzeit kommen und gehen zu sehen, aber deine Anwesenheit würde nur zu neugierigen Fragen führen.« Er drückte beruhigend ihre Schulter. »Wenn du nicht in den Turm hineinkommst, kehr wieder um und warte hier auf mich.«

»Ich hatte nichts, womit ich die Falltür verschließen konnte, als ich gestern abend mit Llynya fortgegangen bin«, erwiderte sie. »Wenn Erlend keine Möbelstücke über die Klappe gerückt oder sonst irgendwas damit angestellt hat, sollte es eigentlich keine Schwierigkeiten geben.«

»Es hat nichts mit Erlend zu tun. Madron könnte den Turm versiegelt haben, um uns den Zutritt zu verwehren.«

Sie zog ungläubig die Brauen hoch. »Das war der Preis, den sie gefordert hat?«

»Ja.«

Ihre Überraschung wich Bestürzung. »Dann hast du zu teuer bezahlt.«

»Das denke ich nicht«, erwiderte Dain schlicht, als er eine Hand ausstreckte, um ihre Wange zu streicheln. »Kein Opfer ist zu groß für« – er zögerte nur einen winzigen Moment – »für die sinnlichen Genüsse, die du mir verschaffst, Ceri. Heute abend, wenn wir in Sicherheit sind, werden wir uns wieder lieben und sehen, ob du nicht genauso empfindest.«

Ceridwen wußte, sie würde. Die bloße Berührung seiner Hand reichte aus, um Schauer der Erregung durch ihren Körper prickeln zu lassen. Sie hatte nicht geahnt, wie es wäre, mit ihm zu liegen, hätte nie gedacht, daß sein Geschmack und das Gefühl seines Körpers in ihrem einen solch unvergeßlichen Eindruck hinterlassen, daß ihre Gedanken in jeder wachen Minute ausschließlich um ihn kreisen würden. Sie sah den Himmel und die Tunnelwände und das Gras, das am Eingang zwischen den Felsbrocken wucherte, aber sie waren wie eine fade Illusion verglichen mit der atemberaubenden Realität ihres Geliebten, mit der satten Farbe seines Haares und seiner Kleider, der kraftvollen Silhouette seines Körpers, den kunstvollen Kurven und Flächen seines Gesichts. Noch während sie bei der Erinnerung an das, was sie getan hatte, vor Scham errötete, sehnte sie sich danach, ihn erneut zu fühlen und zu kosten, ihm wieder so nahe zu sein, daß sich ihrer beider Atem vermischte, wieder zu spüren, wie ihre Brüste gegen seine nackte muskulöse Brust drückten. Eine solch vollkommene körperliche Übereinstimmung war wie ein lebensspendender Quell.

»Ja«, flüsterte sie, und sie lächelte schüchtern.

»Kannst du meine Gedanken lesen, Hexenmeister?«

»Wenn du an uns beide denkst, ja.« Seine Wimpern senkten sich, und er beugte den Kopf, um seinen Mund auf ihren zu pressen.

Ceridwen empfing seinen Kuß und fühlte seine köstliche Wärme bis in ihre Fingerspitzen und Zehen strömen. Diesmal küßte er sie anders als auf der Lichtung, weniger hungrig, was den Kuß irgendwie mehr nach Liebe erscheinen ließ, falls sie es wagen konnte, daran zu denken.

»Und jetzt geh«, sagte Dain, als er den Kopf hob. »Das Gold ist unter der Kaminplatte in der oberen Turmkammer. Bring es mit und pack auch genügend Proviant ein, aber wenn der Turm versiegelt ist, komm schnell wieder her und warte hier auf mich. Ich werde nicht lange fortbleiben.«

Ceridwen sah ihm einen Moment nach, wie er davoneilte, bevor sie sich abwandte und sich einen Weg durch den Tunnel bahnte. Inzwischen erschien ihr der Ort nicht mehr so unheimlich wie beim ersten Mal, als Dain sie hier entlanggeführt hatte. In den letzten beiden Wochen hatten sie den unterirdischen Geheimgang häufiger benutzt, manchmal, um ihr Abendbrot mit hinauszunehmen und auf der Wiese zu essen. Sie betete bei jedem Schritt, daß Madron ihn nicht aus seinem Heim ausgesperrt hätte, aber falls die Hexe es doch getan hatte, dann würde sie zu ihr gehen und alte Bande und Treuepflichten auszunutzen versuchen. Sie würde nicht zulassen, daß Dain derart teuer für etwas bezahlte, was sie ihm großzügig geschenkt hatte.

An der Tür zur unteren Turmkammer hielt Ceridwen inne, eine Hand auf dem Schnappriegel. »Bitte, lieber Gott«, flüsterte sie inständig, dann drückte sie den Riegel herunter. Er hob sich bereitwillig und ließ die Tür aufschwingen.

Ihr Lächeln der Erleichterung dauerte nicht länger als ihr erster

Schritt in die Alchemiekammer. Drei Männer starrten sie über den Arbeitstisch hinweg an, der mit zerbrochenem Glas und ausgekippten Flaschen und Krügen übersät war. Ihr Herz setzte einen Schlag aus, als Panik in ihr aufstieg. Sie machte blitzschnell kehrt, um zu fliehen, doch eine rauhe Hand packte sie und riß sie in den Raum zurück, dann zerrte sie ihr brutal den Arm auf den Rücken. Sie keuchte auf vor Schmerz. Jemand brüllte einen Befehl, und weitere Männer polterten die Treppe herunter, um ein chaotisches Durcheinander in der Alchemiekammer anzurichten. Genau in der Mitte des hektischen Treibens stand ein großer, breitschultriger Mann mit fließendem, goldblondem Haar, ein wahres Bollwerk an Macht und Kraft inmitten des wogenden Meeres von Wachen, die um ihn herumliefen.

»Interessant«, sagte er, während er einen Blick auf die mit Regalen verkleidete Tür warf, die den Eingang zum Tunnel verbarg. Er wandte seine Aufmerksamkeit wieder Ceridwen zu und musterte sie von Kopf bis Fuß. »Ihr seid ja ganz naß.«

Er kam näher, furchteinflößend schön mit seiner goldblonden Lockenmähne und den seltsam gefärbten Augen. Fast türkisgrün waren sie, aber mit einer erschreckenden Eisigkeit in ihren Tiefen.

»Ihr kennt mich noch nicht, *Cariad*«, sagte er mit seidenweicher Stimme und streckte eine Hand aus, um ihre Wange zu berühren. »Ich bin Caradoc.« Er lächelte, und sein Lächeln war geradezu sündhaft verführerisch. Der Keiler von Balor war gar kein Ungeheuer, sondern ein Engel.

Dann sah sie es, das Glitzern von Wahnsinn hinter dem Eis, der grausame Zug, der in der sinnlichen Kurve seines Lächelns lauerte.

Erschrocken wich sie vor seiner Berührung zurück, doch ein schmerzhafter Ruck an ihrem Arm zwang sie einen Schritt vorwärts. Wieder schnappte sie keuchend nach Luft.

»Bringt die Lampe her«, befahl Caradoc. Einer der Männer gehorchte und eilte mit Dains Bergkristallampe in der hocherhobenen Hand herbei. Das Licht fiel auf ihr Gesicht und blendete sie in den Augen, so daß sie Mühe hatte, ihren Feind zu sehen. »Hellebore!« rief er, und ein Totenschädelgesicht erschien hinter seiner Schulter.

Tief in ihren Höhlen liegende Augen, der haarlose Bogen seiner Augenbrauen, dunkle Linien, die von seinen Nasenflügeln zu seinen Mundwinkeln verliefen – dies war der leibhaftige Dämon, das grausige Schreckgespenst, das sie mit seinem schweren Schlüssel abgetastet hatte. Seine üble, abstoßende Ausstrahlung war kein Trick mit stinkender Salbe, und er war auch keines von den Geschöpfen mit hellseherischen Kräften, die durch den Wald huschten. Ceridwens Mund wurde trocken. Furcht, stärker als jede, die sie je zuvor empfunden hatte, überwältigte sie und ließ sie am ganzen Körper zittern. Er lächelte sie an, wobei er scharfe, zerklüftete, halbverfaulte Zähne entblößte, und ein Wimmern stieg aus ihrer Kehle auf. Ihre Knie gaben unter ihr nach. Der Mann hinter ihr verdrehte ihr brutal den Arm und sandte einen unerträglichen Schmerz durch ihren Unterarm bis in die Schulter hinauf. Sie versuchte zu beten, doch ihr Verstand war wie betäubt, unfähig, die Worte zu bilden.

Die unheimliche Gestalt flüsterte dem Keiler etwas ins Ohr, ein zischendes Geräusch, das in der Luft vibrierte, und dieser antwortete mit einem Nicken: »Ja, ja, ich sehe es.« Sein Blick wurde kritischer, und er rieb mit seinem Daumen über ihre Lippen, wobei er einen unsanften Druck ausübte. In seinen Augen flackerte ein böses Licht auf. »Lavrans hat einen tödlichen Fehler gemacht, *Cariad,* und Ihr desgleichen. Kommt, Helebore. Bringen wir unsere besudelte Beute nach Hause. Ich bin sicher, mein Freund wird uns folgen.«

Helebore unternahm keinen Versuch, seine boshafte Schadenfreude zu verhehlen. Die dumme Schlampe hatte sich die Schlinge selbst um den Hals gelegt. Die schamlose Lüsternheit ihrer Tat mit Wydehaws Magier stand ihr deutlich auf dem Gesicht geschrieben und auf ihrem vielgeküßten Mund. Nun war keine Rede mehr von Jungfräulichkeit und Kinderzeugen. Sie gehörte jetzt ihm, ihm allein, und er konnte mit ihr tun und lassen, was er wollte. Und er wollte ihr Blut, um seinen magischen Trank zu mischen. Er würde das Gebräu so oft destillieren, bis es eine unwiderstehliche Wirkung hatte, und es benutzen, um die seltsamen Wesen herbeizulocken. Sie würden gierig an seinen Fingern lecken, um das Zeug zu bekommen … vielleicht würde er selbst auch einmal davon kosten.

Vielleicht.

Ein winziger Schauer der Erregung kroch über sein Rückgrat,

ein kaum merkliches Prickeln obszöner Wollust. Er fühlte, wie er errötete, seine Wimpern flatterten, und er konnte sich nur mit Mühe davon abhalten, verzückt die Augen zu verdrehen.

Nein, sagte er sich energisch, noch nicht, noch nicht, wenn überhaupt jemals wieder. Es genügte, daß er die Druidentür geöffnet hatte. Der Schlüssel – er grinste wie irre vor sich hin – der Schlüssel zum Öffnen der Schlösser war in den Schlußstein des Türbogens eingeritzt. Die Sonne war der Schlüssel. Nennius, der verfluchte Flüsterer aus Ynys Enlli, ein übler Intrigant und Heuchler von einem Priester, hatte über die Sonne Bescheid gewußt. Er hatte Helebore die ketzerische Anordnung der Planeten in einem Buch gezeigt. Eine Menge von dem, was Helebore in Nennius' Büchern entdeckt hatte, hatte ihm geholfen, die Tür zu öffnen: *mathematica, mechanica* und *magica.*

Jawohl, er hatte es geschafft, Nemetons Tür zu öffnen; ein Beweis dafür, daß er ebenso genial wie der bretonische Barde war, den Nennius so bewundert hatte. Pah!

Helebore verschränkte fest die Hände, wobei sich seine langen Nägel in seine Haut gruben, und trat beiseite, um die anderen vorbeizulassen. Nur Ifor blieb mit ihm zurück und drückte sich verstohlen in eine dunkle Ecke, während sich der Raum langsam leerte. Als sämtliche Wachen und Ceridwen die Treppe hinaufgegangen waren, wandte sich Helebore zu seinem Lakaien um.

»Spann deinen Bogen und warte hier auf Lavrans«, befahl er. »Wenn er den Turm betritt, erschießt du ihn, und wenn du das Lebenselixier haben willst, mußt du mir seinen Kopf bringen.«

»Von seinem Kopf ist bisher nie die Rede gewesen«, knurrte der Bogenschütze.

Helebore fletschte die Zähne und zischte und beobachtete voller Genugtuung, wie der Rüpel erschrocken zurückzuckte.

»Ich hatte bisher auch keine Verwendung dafür«, erklärte er. »Aber jetzt kann ich ihn gut gebrauchen. Bring mir seinen Kopf, oder stirb eines natürlichen Todes.«

Ifor grunzte zwar protestierend, aber er würde es tun. Er wollte die Schweinerei mit dem blutigen Kopf nicht, aber er wollte auch nicht sterben, auf natürliche Weise oder wie auch immer, denn er hatte mit seinen Taten schon vor langer Zeit dafür gesorgt, daß er einst in den Tiefen der Hölle landen würde. Er war schlecht und verderbt, und er wußte es, doch mit ewigem Leben würde er dem Teufel ein Schnippchen schlagen und ihn um seinen Lohn prellen.

Ifor beobachtete, wie Helebore hinausging, und erlaubte sich ein selbstgefälliges Grinsen. Der Arzt hielt ihn für einen Dummkopf, aber der Dummkopf war Helebore. Für Unsterblichkeit hätte er sogar hundert Männer für den Medikus ermordet und ihm jeden einzelnen der hundert Köpfe auf einem Silbertablett präsentiert. Köpfe waren nicht die Körperteile, für die er eine besondere Vorliebe hegte ... was ihn wieder an etwas erinnerte. Er hatte eine kleine Schüssel mit Fleisch auf dem Fußboden der oberen Kammer stehen sehen.

Er bahnte sich einen Weg um den Arbeitstisch herum und horchte mit schiefgelegtem Kopf in Richtung Treppe. Alles war still. Sie waren fort. Helebore war ein um so größerer Idiot, wenn er glaubte, er, Ifor, bliebe in dem kalten, dunklen Burgverlies, wenn im Kamin eine Treppe höher Kohlen glühten. Er könnte noch ein oder zwei Holzscheite hineinlegen, um ein ordentliches Feuer zu entfachen, und sein gefundenes Abendessen in der Wärme und Behaglichkeit eines prächtig eingerichteten Raums verzehren.

Ifor schleppte sich die steile Treppe hinauf, während er in Gedanken schon in dem kleinen Festmahl schwelgte, das ihn erwartete. Es war kein Problem, die Schüssel zu finden, denn er hatte sie unauffällig mit der Fußspitze unter einen Stuhl geschoben, um sie vor anderen spionierenden Augen zu schützen. Er warf ein paar Scheite auf die Kohlen und ließ sich auf dem Stuhl nieder, die Schüssel in der Hand. Seine Armbrust war gespannt und geladen und lag schußbereit zu seinen Füßen. Das Feuer wärmte ihm angenehm den Rücken, während er mit dem Gesicht zur Falltür saß. Er wäre viel zu schnell, als daß ihm irgendein schäbiger Hexenmeister entwischen könnte. In dem Moment, in dem Lavrans' Kopf über der letzten Treppenstufe auftauchte, würde der gute alte Ifor ihm das Lebenslicht auspusten.

Auf dem Boden der Schüssel hatte sich etwas Fleischsaft angesammelt, und er tunkte die Fleischstücke hinein, um die Brühe aufzunehmen. Das Fleisch war alt – er konnte es schon am Geruch erkennen – und die Brühe würde es sicherlich etwas schmackhafter machen. Altes Fleisch war nichts Neues für ihn, und wenn sein

Abendessen ein bißchen ranzig und bitter schmeckte, nun, dann machte das nichts. Es war trotzdem noch ein Abendessen.

Er streckte die Beine von sich und biß herzhaft von einem der Stücke ab. Verdammt bitter. Er kaute nachdenklich, trotz des unangenehmen Geschmacks, um seinen Genuß so gründlich wie möglich auszukosten. Es dauerte nicht lange, bis er fühlte, wie seine Lippen und Zunge zu brennen begannen. Zuviel Pfeffer, dachte er, als er erneut ein großes Stück abbiß. Bis er seinen zweiten Bissen hinuntergeschluckt hatte, waren seine Lippen völlig taub, und er konnte nicht mehr richtig sehen. Merkwürdig. Er drehte den Kopf hierhin und dorthin, während er die Lider zusammenkniff und versuchte, seinen Blick auf etwas, irgend etwas zu konzentrieren. Natürlich trugen die verfluchten Kopfschmerzen, die ihn ganz plötzlich befielen, auch nicht zu seinem Wohlbefinden bei. Es war, als ob jemand versuchte, seinen Schädel mit Hammer und Meißel aufzubrechen. Im nächsten Moment schnürte sich ihm die Kehle zu, fester und immer fester. Er ließ die Schüssel fallen und sprang vom Stuhl auf, von Panik erfaßt, keuchend und würgend, als er krampfhaft zu atmen versuchte und es doch nicht konnte. Verwirrung überflutete sein Hirn. Er schwankte, stolperte und fiel der Länge nach in den Kamin.

Lodernde Hitze leckte über sein Gesicht. Großer Gott im Himmel, das ewige Fegefeuer der Verdammnis drohte ihn zu verschlingen! Er konnte sehen, wie Satan ihm aus dem Herzen der Flammen zuwinkte.

Lieber Gott, lieber Gott, ich flehe dich an, rette mich! betete er und fluchte, während er mit aller Kraft versuchte, sich wegzubewegen, dem Höllenfürsten zu entkommen, davonzulaufen; aber die einzige Bewegung, die er zustande brachte, war ein unfreiwilliges Zucken seiner Glieder, das stärker und stärker wurde, bis ihn die letzten Todeskrämpfe schüttelten.

Dain eilte mit raschen Schritten den Belagerungstunnel entlang. Ceri hatte nicht an der verabredeten Stelle auf ihn gewartet, was bedeutete, daß der Turm offen war. Gut. Das Gold würde ihre Reise einfacher machen, und er brauchte sein Schwert. Verdammte Klinge, sie ließ den Damaszener wie ein Buttermesser aussehen, und dabei hatte er gehofft, das Schwert nie wieder gebrauchen zu müssen.

Die Tür zur Alchemiekammer war nur angelehnt, wie er es nicht anders erwartete; dennoch hatte er nicht das Gefühl, daß alles in Ordnung war. Die Luft war zu stark von Gerüchen erfüllt, eine Mischung aus Pulvern, Schwefelverbindungen und Destillaten, die er in fest verschlossenen Behältern aufbewahrte. Er strebte weiter auf das matte Zwielicht zu, während er mit der einen Hand Ayas aus dem Gürtel zog und mit der anderen den Damaszener. Ceri könnte versehentlich ein oder zwei Gläser vom Regal heruntergeworfen haben, als sie die Tür aufgeschwungen hatte, doch er befürchtete, daß nicht sie diejenige war, die die Gläser zerbrochen hatte. Er blieb ein paar Schritte von der Türöffnung entfernt stehen und horchte angestrengt. Nichts. Alles war ruhig. Ob Rhuddlan jemanden hinter ihnen her geschickt hatte, der Ceri durch den Tunnel gefolgt war und sie entführt hatte?

Lautlos glitt er in die Schatten der Alchemiekammer. Bei dem Anblick, der sich ihm bot, kroch eine beklemmende Furcht in ihm hoch. Der Raum war gründlich verwüstet worden, als hätte ein Kampf stattgefunden. Er durchsuchte die Kammer in aller Eile, wobei er seine Furcht mit kalter, gezielter Wut in Schach hielt. Wenn Ceri verletzt war, würde er ein Blutbad unter den Schuldigen anrichten, das schwor er sich.

Als er nichts fand, strebte er zur Treppe, die Messer locker in den Händen, obwohl aus den oberen Räumen kein Laut zu hören war. Selbst die Mäuse schienen aus dem Turm geflüchtet zu sein. Auf der obersten Treppenstufe ließ er seinen Blick suchend durch sein Schlafgemach schweifen, und seine Wut verwandelte sich in etwas weitaus Schlimmeres – lähmende Angst. Die Druidentür stand offen.

»Sie ist fort«, sagte plötzlich eine Stimme hinter ihm.

Er wirbelte herum und starrte in die Dunkelheit an der gegenüberliegenden Wand. Rhuddlan trat ins Licht, und überall um ihn herum lösten sich die Liosalfar aus den Schatten und zeigten sich.

»Was weißt du über diese Sache?« verlangte Dain von dem Anführer der Quicken-Tree zu wissen.

»Ich weiß nur, daß wir zu spät gekommen sind. Wir sind nur wenige Minuten vor dir hier eingetroffen, Dain. Ich fürchte, sie ist dem Bösen in die Hände gefallen.«

Helebore. Dain brauchte keine weiteren Erklärungen. Die offene Druidentür war Beweis genug. Er hätte den Mann gleich töten sollen, als er ihm das erste Mal unter die Augen gekommen war.

»Und Caradoc?«

»Er ist bei ihnen.« Rhuddlan machte eine knappe Handbewegung, und die Liosalfar setzten ihre Durchsuchung der Räume fort. »Ceridwen ist für beide Männer zu wichtig, als daß sie sie umbringen würden«, erklärte er Dain. »Die Gefahr, die ihr droht, wird erst eintreten, wenn sie Balor Keep erreichen.«

»Es gibt noch andere Gefahren außer dem Tod.« Mißhandlung und Demütigung und Verzweiflung. Seine Hand schloß sich unwillkürlich fester um den Damaszener. Er würde nicht zulassen, daß sie ihr auch nur ein Härchen krümmten, so wahr ihm Gott helfe.

»Reite mit uns, wenn du sie zurückhaben willst.«

»Ja«, erwiderte Dain, bereit, sie Rhuddlans Kommando zu unterstellen, wenn es sie aus Caradocs Gewalt befreien konnte.

»Rhuddlan«, rief einer der Männer, Bedwyr, vom Kamin herüber.

Dain wandte sich um und sah, was der Liosalfar entdeckt hatte: Ein lebloser Körper lag hinter dem Tisch auf dem Fußboden und neben dem Leichnam eine geladene Armbrust.

»Ich glaube nicht, daß es dir bestimmt war, den heutigen Tag zu überleben«, sagte Rhuddlan, als er zu der Stelle ging und den Bolzen aus der Armbrust entfernte. Er roch prüfend an der Pfeilspitze und zog die Brauen hoch. »Gift.«

»Und der Mann?« wollte Dain wissen.

Rhuddlan drehte den Armbrustschützen mit der Spitze seines Stiefels herum. »Ebenfalls vergiftet. Mir scheint, er hat eines deiner Arzneimittel benutzt, um sein Fleisch hineinzutunken. Eisenhut, dem Geruch nach zu urteilen.«

Dain betrachtete den Toten ungerührt. »Dann ist die Welt um einen Dummkopf ärmer.«

»Das ist er«, sagte Wei, als er sich neben dem Toten niederkniete und sein Gesicht betrachtete. »Der Mann, der hinter den anderen Reitern zurückblieb, um mit dem kahlköpfigen Mönch zu sprechen.«

»Helebore trägt zwar die Ordenstracht«, sagte Dain, »aber er ist kein Mönch mehr.«

»In Anbetracht seiner Unterhaltung mit diesem armen Schwein hier vermute ich, daß er derjenige ist, der dich tot sehen will.« Rhuddlan äußerte seine Meinung mit trockener Stimme.

»Mit gutem Grund.« Dain warf erneut einen Blick auf die Druidentür. »Ich bringe ihn auf der Stelle um, wenn ich seiner habhaft werde. Vielleicht erwische ich ihn ja noch, bevor dieser Tag zu Ende ist.« Er ging zu der Tür hinüber und machte sich daran, sie zu verschließen. Er dachte gar nicht daran, den Turm für Packratten und Schloßbewohner offen zu lassen. Sie würden ihm innerhalb von Tagen sein gesamtes Hab und Gut stehlen; länger würde es vermutlich nicht dauern, bis jemand genügend Mut zusammengerafft hatte, um sich in seine Räume zu wagen. Und falls er vielleicht nicht zurückkehrte, sollte zumindest noch etwas für den nächsten »Magier« übrigbleiben, der in Wydehaw auftauchen würde. Was Helebore betraf, so würde er dafür sorgen, daß er nicht noch einmal Gelegenheit bekam, in den Hart Tower einzubrechen, nicht in diesem Leben. Als die Tür ordnungsgemäß gesichert war, eilte Dain in die obere Kammer hinauf, um sein Gold zu holen. Zur Not würde er auch mit dem Teufel persönlich handeln, wenn sein Schwert nicht genügte, um Ceri zurückzukaufen.

Rhuddlan beobachtete, wie Dain die Treppe hinauf verschwand, und sein Blick schweifte zu dem steinernen Sims über der Druidentür, zu den Buchstaben, die Nemeton dort eingeritzt hatte: *Amor … lux … veritas … sic itur ad astra.* Rhuddlan lächelte. Er hoffte, sein alter Freund hatte einen solchen Weg gefunden.

Er drehte sich zu Wei um und winkte Shay und Nia herbei. »Schafft den Toten in den Wald von Wroneu. Ich möchte ihn nicht hier im Hart Tower verwesen lassen. Wir treffen uns anschließend bei den Pferden.«

Wei und die Kundschafter gehorchten und wickelten Seile aus Quicken-Tree-Tuch von ihren Gürteln ab, um sie dem Toten um Hand- und Fußgelenke zu schlingen, damit sie ihn besser tragen konnten. Als das Tuch jedoch mit der Haut den toten Mannes in Berührung kam, stiegen feine Rauchfähnchen auf, gefolgt von einem schwachen Zischen und Knistern. Shay und Nia wurden aschfahl vor Schreck und wichen hastig zurück.

Wei strafte die beiden Feiglinge mit einem vernichtenden Blick. »Beendet eure Arbeit, wenn ihr eines Tages Liosalfar sein wollt.«

Rhuddlan beobachtete die beiden Kundschafter aufmerksam, um zu sehen, ob einer von ihnen zögerte. Nur ein einziges Laster war imstande, Quicken-Tree-Tuch zu versengen. Er konnte an Shays und Nias Gesicht erkennen, daß sie wußten, welche Sünde das war, aber sie taten ihre Arbeit, ohne mit der Wimper zu zucken. Zufrieden wandte Rhuddlan sich ab und ließ seinen Blick erneut durch die Turmkammer wandern. Dain war ganz anders als Nemeton, da er seine Räume mit kunstvollen Wandteppichen und Waldpflanzen dekoriert hatte, so vielen Blumen. Unter der Herrschaft des keltischen Hohepriesters war der Turm wesentlich karger und schmuckloser gewesen.

»Trig!« rief er seinem Hauptmann zu.

Trig eilte von der anderen Seite der Kammer herbei, wo er und Math die Schilfmatten untersucht hatten. »Sie sind noch nicht lange fort. Ich schätze, sie können noch nicht weiter als bis Builth gekommen sein. Wir haben noch immer eine Chance, sie einzuholen.«

Rhuddlan nickte und gab das Zeichen zum allgemeinen Aufbruch. »Lavrans!« brüllte er.

Dain kam die Treppe herunter, während er sich einen schweren Gürtel um die Taille schnallte. Die Eisenarmbänder von der Beltaine-Zeremonie klirrten noch immer an seinem linken Arm. Er hielt sich nicht erst damit auf, mit Rhuddlan zu sprechen. Er wußte, daß höchste Eile geboten war, und ging geradewegs zu der Kiste am Fußende seines Bettes. Das Schloß an der Kette war alt und rostig und gab problemlos unter der Wucht seines raschen Fußtrittes nach. Im Inneren der Truhe ruhte die Vergangenheit, die er für immer vergessen wollte, doch er zögerte nicht, den Deckel zurückzuklappen, um ihren Inhalt zu enthüllen. Und dennoch – trotz seiner Seelenstärke gab ihm der Anblick der scharlachroten Wolle zu denken. Blutrot war sie, wüstensonnenrot, vom heißen, feurigen Rot eines Brandeisens, das in einem Kohlenbecken glühte; und zwischen den Falten des scharlachroten Wappenrocks ragten die schneeweißen Arme eines Kruzifixes hervor, das Kreuz, das er als Kreuzritter getragen hatte – voller Stolz und Frömmigkeit in Empfang genommen, verehrt als der versprochene Weg zu Gott, und aufbewahrt als eine Erinnerung an die Hölle.

»Komm, Dain. Es wird höchste Zeit, daß wir aufbrechen.«

»Ja.« Er ballte seine Hand zu einer festen Faust, um ihr Zittern zu unterdrücken. Dann griff er zwischen die Stoffalten und zog den einen Gegenstand heraus, durch den er in Palästina zu Ruhm gekommen war. Das Schwert mit dem elfenbeinernen Griff und dem mit Gold- und Silberintarsien verzierten Heft war nach einem dänischen König aus längst vergangener Zeit benannt, Scyld. Runenverse zierten seinen Knauf, ein Bittgebet an Odin floß an der gesamten Länge der Klinge herunter, und der Stahl – der Stahl war in den kalten Wassern von Havn getempert worden und gehärtet im Blut des Heiligen Landes.

Die Feuerprobe

22. *Kapitel*

Die Nacht senkte sich herab, während Dain und seine Gefährten tiefer in die Berge vordrangen. Es war inzwischen zwei Tage her, daß sie Wydehaw verlassen hatten, und sie waren unentwegt durch strömenden Regen geritten, ohne auch nur eine Spur von Caradoc gefunden zu haben. Selbst die Quicken-Tree konnten bei derartigen Sintfluten keine Fährten mehr lesen. Die Straße – ein unverdienter Name – war ein endloses Band aus Morast, das sich durchaus mit den Sümpfen von Neath messen konnte, die Sichtweite gleich Null.

Der Regen hatte kurz nach ihrem Aufbruch aus Wydehaw, noch südlich von Builth, eingesetzt. Das bessere Wetter weiter nördlich hatte Caradocs Vorsprung noch vergrößert, obwohl Trig und Wei am Abend vorher vermutet hatten, daß die Regenfront die Truppen von Balor mittlerweile eingeholt haben mußte, was ihr Vorankommen erschwerden würde. Sie hatten gehofft, Caradoc bei einem Zwischenhalt in Rhayader zu stellen, in der Annahme, daß er dort in der ersten Nacht Rast einlegen würde, aber als Dain und Rhuddlan durch das Dorf geritten waren, hatten sie nicht Caradoc gefunden, sondern Morgan und seine Getreuen, die unterwegs nach Wydehaw waren. Morgans Männer bildeten eine höchst willkommene Ergänzung ihres Trupps, allesamt gute Kämpfer, die sich in Balor Keep auskannten.

Doch als Dain sich jetzt unter seinen Gefährten umsah, machten sie weniger den Eindruck eines Kaders kampfgestählter Krieger als vielmehr den einer Gruppe arg heruntergekommener Reisender, völlig durchnäßt und von oben bis unten mit Schlamm bespritzt, und sie wären erfroren, hätten sie nicht Umhänge aus Quicken-Tree-Tuch gehabt, die Rhuddlan und seine Liosalfar großzügig mit ihnen teilten. Sie waren insgesamt vierzehn, dreizehn Männer plus Nia – nicht genug, um eine Burg zu erstürmen, aber genug, um allesamt getötet zu werden.

Wenn sie Caradoc auf der Straße hätten einholen können, wäre es etwas anderes gewesen. Trig hatte siebzehn Reiter in Begleitung des Keilers ausgemacht. Einer war inzwischen tot, vergiftet im Hart Tower, und einer war Helebore. Auf offenem Gelände wäre es ein relativ fairer Kampf gewesen, aber nicht in Balor. Den Keiler in seinem eigenen Lager zu überfallen bedeutete den sicheren Tod, deshalb hatte Dain entschieden, allein hineinzugehen. Wenn vierzehn Krieger versuchten, die Burg zu erstürmen, mußte das unweigerlich zu einer Katastrophe führen, während sich ein einzelner Mann so gut wie unsichtbar machen konnte. Und keiner verstand sich besser auf diese Kunst als er.

Er lenkte die Zypriotin neben Owain, Morgans Hauptmann, einen klugen und erfahrenen Kämpfer, der weder bei seinen eigenen Handlungen noch bei denen anderer zu Übertreibung neigte.

»Was erwartet uns in Balor?« wollte Dain wissen.

»Ungefähr einhundertfünfzig Soldaten und Bogenschützen, so viehisch und brutal wie ihr Herr«, antwortete Owain mit einem flüchtigen Seitenblick. »Die Burg sitzt zwischen zwei Burghöfen. Im unteren Hof befinden sich die Unterkünfte der Garnison und das Wachzimmer. Dort sind ein Außenvorwerk mit einer Vielzahl von Schießscharten, ein Fallgitter und Fallgruben. Der Festungswall besteht aus Stein, aber die Gebäude dahinter sind hauptsächlich aus Holz. Der obere Burghof sitzt hoch oben auf den Klippen über der See, und es heißt allgemein, er sei uneinnehmbar.«

»Ach, tatsächlich?«

Owain grinste. »Für Morgan wäre es ein Kinderspiel, in den Hof hineinzukommen. Er ist damals auch in den Turm in Cardiff geklettert, obwohl er von doppelt so vielen Männern bewacht wurde, wie Caradoc zur Bewachung seiner Burg hat.«

»Was ist mit der Burg selbst?«

»Kein großes Problem, zumindest nicht, was die Räume oberhalb der Erde betrifft. Im ersten Stock liegt die große Halle, darunter sind Vorratskammern und dergleichen. Es ist das, was sich unter den Vorratsräumen befindet, was mir Sorge bereitet.«

Dain drängte den Hauptmann nicht, sondern wartete geduldig darauf, daß er fortfuhr.

»Ich weiß nicht genau, was das ist, was unterhalb von Balor liegt«, erklärte Owain, während er nachdenklich blinzelte, »aber der Gang, der zu den Kellergewölben führt, wird Tag und Nacht von mindestens vier Männern bewacht. Es geht das Gerücht, daß Caradoc dort unten wilde Tiere in einem dunklen Kerker eingesperrt hält, um sie rasend zu machen, bevor er auf dem Kampfplatz gegen sie kämpft, und ich kann sagen, daß ich schon merkwürdige Geräusche von dort unten habe heraufdringen hören, merkwürdig genug, um einem das Abendessen im Magen zu Eis gefrieren zu lassen. Ich habe auch die Arena gesehen, im Südwestturm. Gräßlicher Ort.«

Dain hatte ebenfalls Geschichten über die Kampfarena in Balor Keep gehört. Es hieß, sie sei eine wahre Goldgrube, die Caradoc mehr einbrachte als sein Land oder sein Vieh. Zwei Bären und ein Keiler waren eine besonders beliebte Kombination, die sogar reiche englische Lehnsherren jenseits von Offas's Dyke anlockte.

»Wir wären alle besser dran gewesen, wenn wir sie einfach in Usk gelassen hätten«, meinte Owain. »Ein Nonnenkloster ist der einzig sichere Ort für Ceridwen ab Arawn. Nachdem ihr Vater tot ist und ihrem Bruder mehr daran gelegen ist, seine Seele zu retten, als seine Ländereien zurückzugewinnen, gibt es niemanden mehr, der für sie eintritt.«

»Ich trete für sie ein«, erwiderte Dain mit grimmiger Stimme.

Owain musterte ihn von der Seite, wobei sein Blick flüchtig zu Scyld schweifte, das in seiner Scheide an Dains Hüfte steckte. »Ja, und deshalb wird es ein höllischer Tag in Balor werden.«

»Ja«, erwiderte Dain schlicht.

Ceridwen blickte durch den strömenden Regen zu der gewaltigen Festung hinauf. Balor Keep – ihr neues Gefängnis, ihr letztes Gefängnis. Ihre Hände waren an den Sattel ihrer Stute gefesselt, ihre Fußgelenke unter dem Sattelgurt des Pferdes mit einem Seil aus geflochtenem Leder zusammengebunden. Caradoc war offensichtlich nicht geneigt, es auf einen Fluchtversuch ankommen zu lassen.

Die Außenmauer von Balor erstreckte sich über den gesamten Horizont und umschloß die Landzunge, die einst als Carn Merioneth bekannt gewesen war. Von der Irischen See wallten dichte Nebelschwaden über den Rand der Klippen herauf und verloren sich zu milchigweißen Fetzen, die um die Zinnen der Brustwehr schwebten und an dem kalten grauen Stein hafteten.

Heftige Schauder, halb von Furcht und Verzweiflung, halb von der klammen Kälte, überliefen ihren Körper. Sie würde an diesem Ort sterben, und sie wußte auch, durch wen. Der Leibarzt hatte sie nicht mehr aus den Augen gelassen, seit er in der unteren Kammer des Hart Tower hinter Caradocs Schulter aufgetaucht war. Hellebore wurde er genannt, und er beobachtete sie genauso scharf wie eine Katze, die eine hilflose Maus beäugt.

Ihr Verlobter dagegen würdigte sie keines Blickes. Er sprach kein Wort mit ihr und ignorierte sie vollkommen. Sie war überzeugt, daß er sie eher töten würde, als ihre Anwesenheit zur Kenntnis zu nehmen. Sie war nicht mehr jungfräulich. Er und der Arzt hatten die Wahrheit irgendwie in ihrem Gesicht gelesen, und der Verrat hatte sie wertlos für den Keiler von Balor gemacht, zumindest was ihre Eignung als Ehefrau und künftige Mutter seiner Kinder betraf. Ihr Körper jedoch, speziell ihr Blut, war noch immer von größter Wichtigkeit, und Caradoc hatte beides in Hellebores Obhut gegeben. Während der gesamten vier Tage ihrer Reise war der Arzt keinen Schritt von ihrer Seite gewichen – ohne sie allerdings jemals zu berühren – und hatte ihr ausgesuchte Leckerbissen und zusätzliche Umhänge bringen lassen, um sie vor dem Regen zu schützen.

»Lady.« Der Mann, der die Zügel ihrer Stute hielt, schenkte ihr ein zahnloses Lächeln und lenkte ihre Aufmerksamkeit auf das Torhaus. Gruffudd war sein Name. »Sie ziehen das Fallgitter hoch.«

Ceridwen sah in die Richtung, in die er zeigte, während sie sich fragte, ob er nicht wußte, welches Schicksal sie im Inneren der Mauern erwartete, oder ob er ebenso abartig wie sein Herr war zu glauben, die Nachricht würde sie aufheitern. Die Wachen waren tatsächlich dabei, das Fallgitter heraufzuziehen, und es war ein Anblick, wie er deprimierender nicht hätte sein können. Das Gitter war ein klaffender Schlund von dicken Eisenstangen, triefend vor Nässe und mit Rostflecken übersät.

Sie mußte unbedingt ihr Bündel zurückbekommen. Ihre einzige Hoffnung war die simple Art von Magie, die sie im Hart Tower gelernt hatte. Dain würde kommen – sie wußte, daß er nichts unversucht lassen würde, um sie aus Caradocs Gewalt zu befreien –, aber ansonsten gab es niemanden, der ihr hätte helfen können, und wenn sie beide eine Chance haben sollten, mußte sie bereit sein, sich selbst zu retten.

Helebore hatte Gruffudd ihr Bündel zur Aufbewahrung übergeben – oder eher zur Zerstörung. Der bleiche Medikus war wenn möglich noch eine Spur bleicher geworden, als er zum ersten Mal ihre kleine Gepäckrolle zu Gesicht bekommen hatte, während sie noch im Hart Tower gewesen waren. Wie alles, was ihr gehörte, so hatte er auch die Rolle nicht angefaßt, sondern Gruffudd befohlen, sie auf die glühenden Kohlen im Kamin zu werfen. Gruffudd hatte das aber nicht getan, sondern ihr Bündel statt dessen gestohlen. Ceridwen hatte beobachtet, wie er es im allgemeinen Durcheinander ihres Aufbruchs heimlich unter seinem Kettenpanzer verschwinden ließ. Inzwischen hatte er es unter sein Wams geschoben, was ihr nur einen gelegentlichen Blick auf einen Zipfel Schnürband gestattete. Sie hatte sich den Kopf zerbrochen, um sich einen Möglichkeit auszudenken, wie sie es wieder an sich bringen konnte. Ihr einziger Vorteil war, daß Helebore sie ebenfalls in Gruffudds Obhut gegeben hatte – aus Abneigung gegen jeden körperlichen Kontakt. Der Arzt erteilte die Befehle, und der massige, widerliche Gruffudd führte sie aus.

Ihr Einzug in Balor Keep gestaltete sich nicht anders, als sie es sich immer vorgestellt hatte, unter einem düsteren, bleigrauen Himmel. Es war noch nicht Abend, und Caradoc hatte einen Reiter vorausgeschickt, um dem Küchenpersonal Beine zu machen und dafür zu sorgen, daß eine ordentliche Mahlzeit für den heimkehrenden Burgherrn bereitstand. Als sie unter dem Fallgitter hindurchritten, blickte Ceridwen zum Dach des Torhauses hinauf. Scharfe Eisenspitzen ragten aus den Eichenbrettern heraus.

Die Burg thronte am oberen Ende des Burghofes. Sie hielten vor einem wuchtigen Holzgerüst mit Treppenstufen, das zu einer schweren Eichentür führte. Auf einen Befehl zerstreute sich die Truppe, während die Männer in verschiedene Richtungen davoneilten und Ceridwen unbewacht zurückließen – bis auf Gruffudd. Sie grub ihre Finger in die Mähne der Stute und wartete mit gesenkten Augen auf irgendeine Chance, die sich ihr vielleicht bieten würde. Sollte Gruffudd die Zügel auch nur eine Sekunde fallen lassen, würde sie zum Tor fliehen.

Gruffudd dachte jedoch gar nicht daran, die Zügel loszulassen, und jeder Moment, den er sie festhielt, während er gelangweilt dastand und zuhörte, wie Caradoc dem Garnisonskommandanten Anweisungen erteilte, trieb Ceridwen näher auf einen Abgrund zu, in den sie nicht zu stürzen wagte. Aus ihrem unliebsamen Erlebnis mit Ragnor hatte sie gelernt, daß es besser war abzuwarten, statt sinnlos ihre Kraft zu vergeuden, wenn sich keine Chance bot, aber das Warten war verdammt schwer.

Caradoc beendete seine Unterredung mit dem Kommandanten und wandte sich zu Helebore um. »Ruft mich, wenn sie bereit für Eure Klinge ist.« Er musterte Ceridwen kalt. »Ich möchte dabei zuschauen.«

Allmächtiger, dachte sie entsetzt, und alles Blut wich aus ihrem Gesicht. Es war alles wahr, jede grausige Einzelheit. Sie machte eine schnelle Bewegung, um zu fliehen, aber genau in dem Moment griff Gruffudd nach ihr, gerade als der Stallbursche ihre Fußgelenke losließ, und statt Reißaus zu nehmen, schwanden ihr plötzlich die Sinne, und sie stürzte kopfüber aus dem Sattel, wobei sie Gruffudd beinahe umgeworfen hätte. Zwei Männer sprangen herbei, um zu verhindern, daß sie beide der Länge nach hinschlugen. In dem Durcheinander gelang es ihr, sich das Bündel unter Gruffudds Wams zu schnappen und es unter ihren Umhängen zu verbergen. Falls er das schnelle Entgleiten des Stoffs an seiner Seite gefühlt hatte, so sagte er jedenfalls nichts, da er zu intensiv damit beschäftigt war, wieder die Kontrolle über die Situation und Ceridwen zu gewinnen.

»Ich hab' sie. Hab' sie ja schon«, knurrte er unfreundlich und schob die anderen Soldaten brüsk weg.

Ceridwen hörte Caradoc lästerlich fluchen. »Ich wußte doch gleich, daß sie dem rauhen Klima im Norden nicht gewachsen wäre. Ich weiß wirklich nicht, was ihr mit solch schwachem Blut anfangen wollt, Helebore.«

Sie lag völlig entkräftet in Gruffudds Armen, während sie betete, daß ein Wunder geschehen möge.

»Bring sie nach oben«, befahl Caradoc. »Wir werden sie erst wieder munter machen müssen, bevor wir anfangen.«

Gruffudd grunzte zustimmend und trug sie davon. Bei seinem schwankenden Gang wäre ihr fast übel geworden. Sie hörte, wie eine Tür geöffnet wurde, und blinzelte ein paarmal in dem Versuch, sich zu orientieren. Es gab nicht viel zu sehen. Die Halle war dunkel, kalt und höchst ungemütlich.

Wieder ging es eine Treppe hinauf, diesmal weniger Stufen, dann folgte eine weitere Tür. Gruffudd legte Ceridwen auf ein Bett von ungewohnter Weichheit und Behaglichkeit nieder, aber er ließ sie nicht etwa los, sondern beugte sich dicht über sie, und sie sah ein unheilverkündendes Aufleuchten von Lüsternheit in seinem Blick. Was folgte, war noch schlimmer: ein gedämpftes, scharfes Zischen, von irgendwoher aus der Kammer. Ihr Instinkt sagte ihr, daß es Helebore war, und noch mehr als vor Gruffudd fürchtete sie sich vor dem Medikus, so daß ihr selbst Vergewaltigung erträglicher erschien, als von Helebore bei lebendigem Leibe ausgeweidet zu werden.

Gruffudd zuckte zusammen und wich vom Bett zurück.

»Laß sie in Ruhe, du geiler Hurensohn«, zischte der Arzt, »und schick mir einen Wachtposten, der nicht so dumm ist, für die Verlobte seines Herrn Kopf und Kragen zu riskieren.«

Gruffudd wich noch ein paar Schritte weiter zurück, aber nicht, ohne unwirsch vor sich hinzumurmeln: »Er will sie ja nicht zur Ehefrau nehmen oder in sein Bett, sondern zur Hölle schicken.«

»Wie es sein gutes Recht ist. Und jetzt verschwinde!«

Ceridwen hörte den Wachtposten hinausgehen und kämpfte verzweifelt gegen die Panik an, die sich ihrer bemächtigte. Ein leises Rascheln von Stoff warnte sie vor Helebores Nahen.

»Hmmm«, murmelte er, während ihr sein eigenartiger Gestank in die Nase stieg. »Hmmm.«

Sie konnte hören, wie er das Bett umkreiste und langsam näher kam. Unter ihren Fingerspitzen fühlte sie die harte, ovale Form von Brochans wundervollem Talisman, und sie fragte sich, ob sie den Mut aufbrächte, ihn gegen Helebore zu benutzen.

Mit diesem Stein zwinge ich dich ... ob du willst oder nicht ... nein, ich verurteile dich dazu, immerfort zu wandern, in ein Land ... durch ... Sie versuchte krampfhaft, sich an den genauen Wortlaut von Dains Beschwörungsformel zu erinnern, vergaß jedoch in ihrer Angst die Hälfte und warf den Rest völlig durcheinander. *Durch ein Land der Feenträume. Jener unscheinbare Zwerg, dessen ...*

Helebore kam noch näher, und der Zauberspruch war wie aus ihrem Gedächtnis gelöscht. Ihre Hand krampfte sich angstvoll um den Talisman, und ihr wurde bewußt, daß sie ihm den Stein eher an den Kopf werfen würde, als ihn damit zu verhexen.

»Tz, tz, tz«, murmelte er aus irgendeinem unerfindlichen Grund, bevor er sich vom Bett abwandte und auf leisen Sohlen den Raum verließ. Sie hörte, wie er die Tür hinter sich schloß und den Riegel vorschob.

Erleichterung durchflutete sie, machte sie schwach, und plötzlich kämpfte sie gegen Tränen an.

»Dain ...« Sein Name war nicht mehr als ein qualvolles Stöhnen auf ihren Lippen. Sie vermißte ihn so schmerzlich, daß sie es kaum ertragen konnte. Sie war in Liebe für einen Mann entbrannt und hatte sich mit Leib und Seele hingegeben, und beides, sowohl die Liebe als auch der Mann, war ihr entrissen worden. Sie schloß die Augen, um die Tränen zurückzudrängen, und hob eine Hand an ihr Gesicht, während sie sich vorstellte, sie könnte noch immer den warmen Duft ihres Liebesspiels wahrnehmen, jenen Duft, der sie vereint hatte, und daraus ein bißchen Kraft schöpfen, ein klein wenig Mut, der sie vor dem Wahnsinn um sie herum bewahren würde. Sie hatte Dain überall berührt, hatte ihre Fingerspitzen über seine Haut gleiten lassen und die breite Länge seines Rückens und seiner Schultern mir ihren Händflächen liebkost. Sie hatte ihre Finger in seinem dichten Haar vergraben, ihn mit beiden Armen umschlungen und sich vollkommen sicher und geborgen gefühlt.

Sie war so schrecklich müde und erschöpft. Der Ritt durch die Mark war eine nicht enden wollende Tortur gewesen, während Tag für Tag der kalte Regen auf sie herabprasselte. In den Nächten hatte sie hellwach und mit weit aufgerissenen Augen dagelegen, voller Angst, daß jemand käme, um sie zu holen. Wenn sie überhaupt jemals etwas Schlaf gefunden hatte, dann war es auf dem Rücken der Stute gewesen.

»Dain«, flüsterte sie wieder, und ihre Tränen begannen von neuem zu fließen und strömten über ihre Wangen. Sie war müde, unendlich müde, und sie fror und fühlte sich so schrecklich einsam. Sie schloß die Augen, um einen Moment auszuruhen und neue Kräfte zu sammeln. Nur einen Moment still daliegen und ausruhen, mehr wollte sie nicht.

Sie ist da. Sie ist da. Sie ist da, da, da! Snit konnte seine Aufregung kaum noch zügeln. Die Lady war gekommen, um in Balor zu leben und aus der Burg einen Ort zu machen, wo man sich heimisch fühlte, einen richtig schönen, prächtigen Ort, jawohl. *Sie ist da, da, da!* jubelte er innerlich.

Er kramte in seinem Schrank herum, wühlte mal in dieser Schublade, mal in jener, während er nach den wertvollsten Schätzen in seinem unerschöpflichen Vorrat suchte. Staub und Fusseln wirbelten hinter ihm auf, als er allen möglichen Krimskrams ans Licht beförderte und achtlos auf den Boden warf. Ein hübscher Ball erregte seine Aufmerksamkeit, noch während er in der Luft schwebte, und er fuhr hastig herum, um ihn aufzufangen, bevor er auf dem Boden landen konnte.

»Ah, ja«, krächzte er erfreut. Es war wirklich ein Prachtstück. Hauptsächlich grau, wie Lint zu sein pflegte, aber dieses spezielle kleine Knäuel hatte einen roten Faden, der sich durch die grauen Baumwollfasern vor- und zurückschlängelte. Genau das Richtige für eine Dame.

Er legte ihn in eine Schachtel, die er mit einem »C« für Ceridwen bemalt hatte und die bereits ein glattes Stück Treibholz enthielt. Eigentlich hatte er die Schachtel ja für Caradoc den Undankbaren gemacht, der sich jedoch zu sehr seinem Namen getreu benommen hatte, um das Geschenk zu verdienen. Deshalb war es jetzt für die Lady bestimmt, und der Undankbare konnte sehen, wo er blieb.

Er durchstöberte noch weitere Winkel und Ecken des Schrankes und entdeckte das seltene, winzige Tierchen, das er im März gefunden hatte. Frauen mochten weiche, kuschelige Dinge, und so legte er es zu den anderen Sachen in die Schachtel. Als letztes wählte er den Sternenstein aus, den zerklüfteten grauen Brocken, in dessen harter Oberfläche Scherben vom himmlischen Firmament eingebettet waren. Er würde die Lady nicht nur mit schönen Geschenken begrüßen, sondern sie obendrein auch noch reich machen. Es war schon wichtig, ein bißchen eigenes Vermögen zu haben, und er wußte, daß sie arm wie eine Kirchenmaus aus dem Kloster kam, eine süße Braut, von der Obhut Gottes in ihrer aller Obhut übergeben. Er, Snit, konnte immer irgendwie zurechtkommen, und jedes wertvolle Stück, das er ihr schenkte, ließ sich mühelos durch die Schätze ersetzen, die er unten in den Höhlen fand. Finstere, wundersame Orte waren sie, diese Höhlen. Nichts für feige Gemüter, besonders dort, wo es tief unter die Erde ging, und besonders in letzter Zeit.

Ein Eindringling trieb in den Höhlen sein Unwesen.

Snit blieb wie angewurzelt stehen und warf erst einen mißtrauischen Blick nach rechts und dann nach links. Ein verstohlener, schwer faßbarer Eindringling, wohlbewandert in der Kunst des Sichverbergens. Snit hatte ihn nicht gesehen, aber er hatte Spuren von ihm gefunden – einen Faden weißer Wolle, einen Fußabdruck und ein Büschel ausgegangener Haare, eine lange Strähne von silbrigem Blond und mehrere andere vom intensivsten Kupferrot. Es war ein Satansengel, soviel stand fest.

Satansengel … Das Wort schien plötzlich aus der Luft zu kommen, um ihn zu verspotten oder ihn herauszufordern. Snit wirbelte herum und preßte sich zitternd mit dem Rücken gegen den Schrank.

Es war niemand da. Nichts und niemand.

Hastig sammelte er seine Geschenke ein, ängstlich umherspähend und immer auf der Hut. Gefahr war ein verstohlenes, hinterhältiges Wesen, das sich lautlos aus der Dunkelheit an einen heranschlich, wenn man am wenigsten damit rechnete. Gefahr konnte einen zerquetschen, wenn man nicht schnell genug war. Das hatte Snit in den tiefen Höhlen gelernt.

Die Geschenke sicher im Arm, kletterte er auf den Schrank hinauf und sprang von dort aus wieselflink in die Dachsparren. Dann rannte er auf einem der dicken Balken entlang und verschwand in einem Schlupfloch zwischen dem Gestein und dem Erdreich.

Ceridwen wußte nicht, was sie geweckt hatte, außer vielleicht das warnende Prickeln in ihrem Nacken, als sich die feinen Härchen langsam aufrichteten. Sie war gerade eingeschlafen, als sie merkte, daß sie beobachtet wurde.

Sie hielt den Atem an und lauschte angestrengt, konnte jedoch kein anderes Geräusch als den Regen und den Wind hören, die die Burg umheulten. Der Sturm war in der Zwischenzeit schlimmer geworden. Da im Inneren des Zimmers nichts Verdächtiges war, öffnete sie langsam die Augen und bekam einen solchen Schreck, daß sie nach Luft schnappte und sich beinahe an ihrem eigenen Atem verschluckte.

Sie starrte geradewegs in die blinden Augen einer winzigen dreiflügeligen Fledermaus, einer toten Fledermaus, die kaum so groß wie ihr Daumen war, eine vertrocknete, runzlige Scheußlichkeit. Daneben lagen ein Knäuel Lint und irgend etwas Undefinierbares von der Größe einer Quitte, und links davon ein kleines Stück Treibholz und eine Schachtel; und alle Gegenstände waren so ordentlich aufgereiht wie Perlen auf einer Schnur, keine zwei Handbreit von ihrem Gesicht entfernt.

Mit klopfendem Herzen rutschte sie Stück für Stück rückwärts auf dem Bett, unsicher, welches Unheil Helebore mit diesem seltsamen Arrangement heraufzubeschwören gedachte. Als sie einen erträglichen Abstand gewonnen hatte, hob sie den Kopf und ließ ihren Blick durch den Raum wandern. Zuerst sah sie niemanden. Vor dem Kamin stand eine niedrige Bank, etwas weiter zur Rechten zwei Sessel mit passenden Fußschemeln. Am Fußende des Bettes befand sich eine große Truhe, die die ganze Breite der Schlafstatt einnahm.

Binsenteppiche, die den starken Duft von Ysopblättern ausströmten, waren auf dem Boden ausgebreitet worden, was den Raum etwas gepflegter erscheinen ließ als den Rest der Burg. Ihr Blick schweifte wieder zurück zu der Bank vor dem Kamin, und in dem Moment sah sie ihn – einen Wechselbalg, der sich zwischen der Holztruhe und der Wand des Rauchfangs versteckte. Sie schnappte erschrocken nach Luft, und er tat das gleiche, während sie beide zurückwichen, sie auf dem Bett und er tiefer in die Dunkelheit seines engen Verstecks.

Sein Haar war dunkel und spärlich und fiel ihm bis auf die Schultern, von denen eine höher war als die andere. Seine Augen funkelten sie an, zwei glänzende, helle Knöpfe in einem mit Asche beschmierten Gesicht mit einer feinen kleinen Nase und spitzem Kinn. Sackleinen hüllte ihn vom Hals bis zu den Knien ein, und nichts als Lumpen waren um seine dünnen Beine gewickelt. Schuhe konnte sie keine entdecken, nur nackte, schmutzige Zehen, die aus den Binsen hervorragten.

Sie hatte noch nie zuvor einen Wechselbalg gesehen, aber sie hatte von ihnen gehört, jenen wilden, sonderbaren Geschöpfen.

Manchmal kamen die Feen und stahlen einer Frau ihr hübsches Neugeborenes, um es gegen eines ihrer eigenen Kinder auszutauschen. Das hatten jedenfalls die Damen in Usk behauptet. Rhiannon dagegen hatte zwar sehr oft von Feen erzählt, aber sie hatte niemals irgendwelche erwähnt, die Kinder stahlen. Ganz im Gegenteil. Laut Rhiannon bestand überhaupt kein Grund dafür, da Feenkinder genauso hübsch wie jedes andere waren.

Und dennoch mußten sie existieren, denn hier war einer, ein echter Wechselbalg, der sie aus der Dunkelheit des Kamins anstarrte. Sie wußte nicht, welche andere Bezeichnung sie ihm hätte geben sollen.

Außer vielleicht der einen, dachte sie, als ihr langsam die Erkenntnis dämmerte und sie mit Staunen erfüllte: *jener unscheinbare Zwerg, dessen ungeheure Kräfte das gesamte Heer des Königs in todesähnlichen Schlaf versinken lassen könnten ...*

Sie öffnete ihre Faust und blickte auf die grüne Glaskugel in ihrer Handfläche. Brochans wundervoller Talisman. Sie hatte es tatsächlich geschafft! Ihr Herz klopfte schneller, aber vor Erregung, nicht vor Furcht. Sie hatte den Elf aus der Domh-ringr-Beschwörungsformel angerufen, und dieser Elf konnte sie wegzaubern und zu Dain bringen.

Sie hob den Kopf, um zu sprechen – aber er war fort, in Sekundenschnelle verschwunden. Alles, was übrigblieb, war ein Felsbrocken auf der Kaminbank, ein grauer Stein mit Quarzsplittern.

Nein, nein, nein, dachte sie verzweifelt, nicht noch mehr Talismane. Sie brauchte keine weiteren Talismane.

»Domh-ringr-Fee?« rief sie leise, in der Hoffnung, er würde wieder auftauchen. »Kleiner Mann der *tylwyth teg*?«

Er kam nicht mehr zum Vorschein, und sie seufzte und betrachtete die merkwürdigen Dinge, die er zurückgelassen hatte: eine tote Fledermaus, ein Lintknäuel, ein Stück Holz, eine Schachtel. Das Ganze sah nicht gerade vielversprechend aus, dennoch hatte er es für sie dagelassen, deshalb behandelte sie jeden Gegenstand mit Sorgfalt, als sie einen nach dem anderen in die Schachtel legte.

Snit, der hoch oben in den Dachsparren hockte und Ceridwen beobachtete, schlang entzückt die Arme um seinen mageren Körper. Sie hatte seine Geschenke angenommen. Es sah ganz danach aus, als würden sie prächtig miteinander auskommen, er und sie.

Ceridwen schloß den Deckel der Schachtel und stellte sie beiseite. Es gab immer noch Hoffnung. Sie hatte ihr Bündel zurückbekommen, und sie hatte mehr Erfolg mit Brochans wundervollem Talisman gehabt, als sie allen Ernstes erwartet hätte, auch wenn das Ergebnis ziemlich überraschend ausgefallen war. Für ihren nächsten Zaubertrick brauchte sie mehr Kontrolle und noch mehr Erfolg. Sie rollte das Bündel Quicken-Tree-Tuch auseinander und wählte die schwarze Salbe. Wenn sie sich in einem Dämon verwandeln wollte, ohne Gefahr zu laufen, unter einem mißlungenen Ergebnis zu leiden, durfte sie nichts dem Zufall überlassen. Sie durfte die Beschwörungsformel nicht mit zittriger, unsicherer Stimme murmeln und sich ständig dabei versprechen, und sie durfte vor allem nicht zaudern oder zurückschrecken. Sie mußte stark und energisch sein, um einen Dämon zu erschaffen, der fähig war, den Keiler einzuschüchtern, und sogar noch stärker, wenn sie sich anschließend wieder zurückverwandeln wollte, wie Dain es getan hatte.

Und so wappnete sie sich innerlich mit Kraft und Entschlossenheit und tauchte ihren Finger in den schwarzen, erdigen Brei. Wie Dain begann sie auf der linken Gesichtsseite und zog eine breite Linie unter ihrem Auge entlang bis zu ihrem Haaransatz. Sie tat das gleiche auf ihrer rechten Seite und stippte dann erneut den Finger in die Salbe.

»Rhuddlan ruft –« Sie zögerte, während sie versuchte, sich den Vorgang exakt in Erinnerung zu rufen. Magie war so verdammt kompliziert, und Rhuddlan hatte nichts mit dem zu tun, was sie wollte, deshalb begann sie noch einmal mit ihren eigenen Worten und hoffte inständig, daß sie sich als wirksam erwiesen. »Ceridwen ab Arawn ruft den heiligen Dämon des Unbekannten für ihre eigenen Zwecke, den Dämon der Verzweiflung.« Sie schloß die Augen, konzentrierte sich mit ihrem ganzen Willen und all ihrer Energie auf die Litanei. »Ceridwen heißt den wahren Dämon des Leidens und des Kummers willkommen, den Dämon, der neugeborene Kinder ihrer ersten süßen Atemzüge beraubt, der die Jungen und die Alten ohne Rücksicht auf Gerechtigkeit verstümmelt und zu Krüppeln macht, den Dämon, der Seelen stiehlt.«

»Was geht hier vor?« verlangte plötzlich eine tiefe, erschreckend vertraut klingende Stimme hinter ihr zu wissen.

Sie riß entsetzt die Augen auf und drehte sich zur Tür um, während ihr das Herz vor Angst bis zum Hals klopfte. Es war Caradoc, und hinter ihm stand Helebore. Jetzt war alles zu spät. Sie hatte zuviel Zeit mit Schlaf vergeudet. Simpler Schlaf war der Preis ihres Lebens gewesen.

»Packt sie«, befahl der Keiler, worauf mehrere Wachen an ihm vorbei in den Raum stürmten.

Ceridwen rutschte hastig vom Bett und versetzte dem ersten, der sich ihr näherte, einen Tritt. Er taumelte rückwärts, als ihr Fuß sein Schienbein traf, aber es war ein hohler Sieg. Die anderen hatten sie schnell genug überwältigt. Sie wand sich heftig in ihrem Griff, versuchte verzweifelt, sich loszureißen, bis Caradoc ihrem Kampf abrupt ein Ende machte. Es erforderte nicht mehr als eine Berührung seines Fingers auf ihrem Kinn.

»Cariad«, sagte er sanft und betrachtete sie mit seinen schönen, wahnsinnigen Augen. Er drückte ihr Kinn, flüchtig und schmerzhaft, dann ließ er sie wieder los.

Er besaß solch enorme Kraft, daß er ihre Gesichtsknochen mühelos hätte zerquetschen können. Sie wußte es ebenso sicher, wie sie vor ihm stand. Er fuhr mit einem Finger über den Streifen unter ihren Augen und blickte auf die schwarze Salbe hinunter, die an seiner Fingerspitze haftete.

»Was soll der Unsinn?«

»Dain hat einen Zauberbann über mich verhängt«, erklärte sie mit zittriger Stimme, während sie sich an die schwache Hoffnung klammerte, daß es vielleicht stimmte. »Jeder, der mir etwas antut, wird eines schrecklichen Todes sterben.«

Caradoc sah seinen Leibarzt an, und Helebore schüttelte den Kopf.

»Dain hat mit dir gelegen, das ist alles«, erwiderte Caradoc und wischte seinen Finger an ihrer Wange ab. »Und dafür wird *er* eines schrecklichen Todes sterben, genau wie du.« Er trat einen Schritt näher, um dem Arzt die Sicht auf sie zu versperren, und beugte seinen Kopf an ihr Ohr. »Ich hätte dich ja noch eine Weile länger leben lassen«, flüsterte er, »aber Helebore befürchtet, wenn wir die Sache zu lange aufschieben, werden die *pryf* die Wollust in deinem

Blut schmecken und abgeschreckt werden, statt zu kommen, wenn er sie ruft. Es war sehr töricht und unklug von dir, Ceridwen, dem Keiler von Balor Schande zu bereiten. Denk an meine Worte, wenn du unter der Klinge des Arztes stirbst.«

»Euer Arzt ist hier derjenige, der töricht ist, wenn er glaubt, er könnte die *pryf* mit meinem Blut anlocken«, gab sie erbittert zurück. »Und er ist noch törichter, wenn er mich tötet. Denn ich bin die Tochter von Rhiannon, sie, die die Drachen aus der Tiefe herbeiruft.«

»Drachen?« Caradoc hob den Kopf und starrte Helebore aus zu Schlitzen verengten Augen an. »Von Drachen habt Ihr nie etwas gesagt.«

»Weil es keine Drachen gibt«, erwiderte der Arzt, während sich seine Lippen zu einer schmalen, verächtlichen Linie verzogen.

»Er hat überhaupt keine Ahnung, wovon er spricht«, sagte Ceridwen. »Das Drachennest ist leer, aber ich kann sie nach Carn Merioneth zurückholen.«

»Sie tischt Euch Lügen auf, um ihr Leben zu retten.« Helebore warf ihr einen finsteren Blick zu.

»Sie ist die Tochter von Rhiannon, Mann, und Drachen sind sehr viel mehr nach meinem Geschmack als Würmer, ungeachtet ihrer gewaltigen Größe.«

»Sie ist eine Frau, und Frauen kann man grundsätzlich nicht trauen.«

»Ach, und Ihr meint, ich sollte statt dessen Euch vertrauen?« Caradoc lachte spöttisch. »Das denke ich nicht, Helebore. Ich habe mich schon oft gefragt, was das wohl ist, was Ihr mit Eurem Versprechen von Reichtum zu gewinnen hofft. Ich dachte immer, es hätte etwas mit den *pryf* zu tun, aber vielleicht hat das Mädchen tatsächlich ein Geheimnis ausgeplaudert.«

»Sie weiß überhaupt nichts«, erwiderte Helebore mit schriller Stimme, ein deutliches Zeichen für seine wachsende Erregung.

»Warum gehen Euch dann die Nerven durch, Mann?« Caradoc ließ Ceridwen stehen und näherte sich der bleichen, haarlosen Gestalt. Wieder versuchte sie, sich loszureißen, aber es waren zu viele, die sie festhielten.

Helebore wich einen Schritt zurück, dann noch einen, als ihm der Keiler bedrohlich nahe auf den Leib rückte. »Es gibt zahlreiche Bücher, in denen von Drachen berichtet wird, in vielen Ländern und vielen Sprachen, aber sie sind nur Phantasiegeschöpfe, Sagengestalten, Caradoc, und sonst gar nichts. Keiner hat jemals einen Drachen gesehen. Kein einziger.« Er legte den Kopf schief und zog eine Grimasse, wobei er einen Mund voll brauner, fauliger Zähne enthüllte. »Wohingegen ich, Helebore, die *pryf* gesehen habe. Ich habe ihre glänzenden dunklen Körper durch die tiefen Höhlen weit unterhalb der Meereswellen gleiten sehen, die sich an den Klippen von Ynys Enllin brechen, und ich bin ihnen auch hier gefolgt. Was andere den Drachen zugeschrieben haben, gehört in Wirklichkeit den *pryf*: Gold, Juwelen, Schätze und noch mehr, sehr viel mehr.« Der Arzt hielt inne, als er mit dem Rücken gegen die Wand stieß, und blickte zu dem größeren Mann auf. »Die Frau lügt, Caradoc. Gebt mir ihr Blut, und ich werde es Euch beweisen.«

Der Keiler schien zu schwanken, während er ihr einen schrägen Blick über seine Schulter zuwarf.

»Nein!« rief Ceridwen und zog und zerrte erneut verzweifelt, um sich aus dem eisenharten Griff der Wachen zu befreien.

»Einen Becher voll.« Caradoc wandte seine Aufmerksamkeit wieder dem Arzt zu. »Einen kleinen Becher«, erklärte er entschieden.

»So wenig?« jammerte Helebore.

»Benutzt das Blut, um mir zu zeigen, was Ihr gesehen habt, dann könnt Ihr von mir aus mehr haben.«

»Es ist zwar nicht viel, aber ich denke, es läßt sich machen.« Helebores ausgemergeltes Gesicht nahm einen unangenehmen, selbstgefälligen Ausdruck an, und er ließ sich sogar dazu herab, Ceridwen anzulächeln. »Ich werde sie erst auf der Brustwehr reinigen müssen, um sie von ihrer schmutzigen Tat reinzuwaschen.«

»Tut, was Ihr tun müßt.«

Das süffisante Lächeln des Arztes wurde noch breiter. Er bedeutete den Wachen, die Ceridwen festhielten, ihm zu folgen. »Bringt sie zur Nordmauer.«

Snit beobachtete, wie sie alle den Raum verließen, seine Hände zu kleinen Fäusten geballt. Diesmal war der Undankbare eindeutig zu weit gegangen, viel zu weit, indem er eine Undankbarkeit bewiesen hatte, die jedes Verständnis überstieg. Hatte Caradoc denn nicht die Schönheit ihres Gesichts gesehen? Das seidige Gold ihrer Haare? Die Lieblichkeit ihrer Seele, die aus ihren Augen leuchtete?

Die letzte Burgwache schloß die Tür hinter sich, und Snit sprang auf das Bett hinunter. Sie hatte geheimnisvolle Worte über Dämonen gesprochen, seltsam vertraute Worte. Ja, sie waren dazu bestimmt, Freunde zu sein, er und sie. Sorgfältig sammelte er ihre Habseligkeiten ein und legte sie in die Mitte des hübschen Tuches, aus dem ihr Bündel bestand. Seine Finger streiften über den Stoff, und es prickelte in seinen Fingerspitzen, kein unangenehmes Gefühl. Neugierig ging er in die Hocke und berührte den Stoff noch einmal. Wärme strahlte von dem seidigen Gewebe aus, wohlige Wärme. Wundersames Zeug, dachte er, als er das Tuch aufhob und vorsichtig seine Wange daran rieb.

Pfui Teufel! Jetzt habe ich einen Fleck darauf gemacht! Er wischte mit der Hand über den Schmutzfleck, schaffte es jedoch nur, ihn noch breiter zu verreiben. *Bah!* Er sollte sich wirklich schämen.

Eilig rollte er alles in das Tuch ein, wobei er den Aschefleck so gut wie möglich verbarg, und schnürte das Bündel dann mit ihren bunten Bändern zusammen – bis auf eines, das er für sich selbst behielt und in sein Haar flocht. Sie waren schließlich Freunde, nicht wahr? Dann warf er sich das Bündel über die Schulter und strebte zur Nordmauer.

23. *Kapitel*

Von ihrem Aussichtspunkt in den Hügeln im Südosten blickten Dain, Morgan und Rhuddlan auf Balor Keep hinunter. Auf einem Teilstück des nördlichen Festungswalles waren Fackeln angezündet worden, seit es nur noch leicht nieselte. Die Flammen tanzten vor dem dunklen Nachthimmel, während gelegentlich Blitze durch die Wolken zuckten und die Burg und die Brustwehr sekundenlang in gleißendes Licht tauchten.

»Eskalade«, sagte Morgan. »Wir können die Westmauer erklettern. An der Stelle sind immer die wenigsten Wachen postiert. Vom Strand kann man über eine Art Pfad auf die Klippen hinaufgelangen, wenn gerade Ebbe ist.«

»Und wenn Flut ist?« fragte Dain, ohne seinen Blick von der Burg abzuwenden. Es war ein unheimliches Gemäuer, und Ceri war dort drinnen, irgendwo.

»Dann gibt es keinen Strand, und wir werden naß.«

»Die Gezeiten spielen keine Rolle«, warf Rhuddlan ein. »Ich kann euch durch die Höhlen bis zum Fuß des Festungswalls führen.«

»Das ist richtig«, erklärte Morgan. »Die Höhlen liegen direkt unterhalb des Burghofes und öffnen sich auf die Klippen, aber wie kommen wir in die Höhlen hinein?«

Dain drehte sich zu den beiden um, als Rhuddlan nach Osten zeigte. »In der Nähe des Gehölzes dort drüben an der Hügelflanke befindet sich ein Eingang.«

»Führt er in die Lichthöhlen?«

»Nicht direkt. Wir werden zuerst in die Canolbarth, die Mittellandhöhlen, hinuntersteigen müssen, um von dort aus in die Lichthöhlen hinaufzugelangen, die sich zu den Klippen öffnen.«

»Canolbarth?« wiederholte Morgan nachdenklich. »Ich war als Kind ein paarmal in den Lichthöhlen, und von Canolbarth oder irgendwelchen anderen Höhlen war niemals die Rede.«

»Keiner kennt die wirkliche Länge oder Tiefe der unterirdischen Höhlen, die unterhalb von Carn Merioneth beginnen«, erklärte Rhuddlan, »aber ich bin viele Meilen in ihrer Dunkelheit gewandert und zu den Canolbarth gekommen und noch weiter jenseits davon. Was die Eingänge betrifft, die überall in den Hügeln verstreut liegen, so gibt es außer den Quicken-Tree und den Druiden niemanden mehr, der weiß, wo diese Öffnungen verborgen sind.«

Dain bemerkte, wie Morgan ganz still wurde. Dann fluchte der jüngere Mann unterdrückt.

Rhuddlan warf dem Waliser einen fragenden Blick zu.

»Es ist das Gerede über Druiden, das Morgan nicht gefällt«, erklärte Dain. »Andere Religionen sind eine Beleidigung für seinen Gott. Welche Rolle spielen die Quicken-Tree in unseren Plänen? Wo werden sie sein?«

»Wir werden von unterhalb der Burg aus agieren. Morgans Männer werden ebenfalls dort gebraucht, wenn er damit einverstanden ist.«

»Ja«, murmelte Morgan. »Je weniger von uns über den Wall klettern, desto besser.« Er blickte Dain an. »Der Ort, an den wir uns begeben, ist sehr viel heidnischer, als ich bisher wußte, mein Freund.«

Sie hatten bereits während ihres Marsches beratschlagt, wenn sie abends um ihr Lagerfeuer saßen, hatten verschiedene Pläne entwickelt und immer wieder durchgesprochen, was jeder Mann über Balor und seine Verteidigungsanlagen wußte. Morgan und Owain kannten sich am besten mit der Garnison und der Einteilung der Wachen am Festungswall aus, dennoch unterwarfen sie sich Rhuddlans Urteil mit einer Natürlichkeit, die Dain faszinierend fand. Er selbst hätte sich für keinen ihrer Pläne entschieden. Wenn er an den Geruch von Schlacht dachte, an Schwertergeklirr und schnaufende Männer, die voller Blutgier übereinander herfielen, drehte sich ihm der Magen um. Wenn er schon töten mußte, um Ceri zu befreien, dann zog er es vor, schnell, leise und im Alleingang zu töten.

»Du kannst Ceridwen nicht die steilen Klippen hinunterbringen«, fuhr Rhuddlan fort, als er auf Balor zeigte. »Unsere Arbeit wird darin bestehen, den Südwestturm zu besetzen und zu halten, dort drüben auf der Linken, und den Tunnel freizumachen, der unter dem Turm hindurchführt.«

»Unter der Kampfarena?« Morgan konzentrierte seine Aufmerksamkeit wieder voll und ganz auf Rhuddlan. »Du willst, daß wir den Weg durch die Kampfarena nehmen, um aus Balor herauszukommen?«

»Es ist der sicherste Weg.«

»Sicher?« Der Waliser klang äußerst skeptisch, und sein Respekt vor dem Urteil des Quicken-Tree-Anführers geriet sichtlich ins Wanken. »Ich schlage vor, wir verschwinden durch das Torhaus und nehmen das Risiko mit den Fallgruben auf uns, ein weitaus besserer Kurs, als uns mit den Bestien in der Arena anzulegen.«

»Es ist nicht weiter wichtig, Morgan«, warf Dain ein. »Ich werde allein über die Mauer klettern. Was immer in der Arena ist, wird sich gegen mein Schwert behaupten müssen, nicht gegen deines.«

»Nein«, widersprach Rhuddlan. »Wir müssen –« Er verstummte abrupt, und die anderen schwiegen ebenfalls und horchten. Obwohl unablässig Wasser von den Blättern und Ästen tropfte und den Wald mit einem sanft prasselnden Geräusch erfüllte, hatte jeder von ihnen den Laut gehört, der nicht in das Geräuschmuster paßte. »Llynya«, rief der Quicken-Tree nach einem Moment. »Komm aus deinem Versteck und zeig dich.«

Dain beobachtete, wie der Kobold hinter einem Baum hervorkam und in einen wäßrigen Fleck Mondlicht trat. Wie Rhuddlan, so hatte auch er sofort gewußt, daß sie es war. Er hatte ihre Gegenwart bereits auf dem Marsch von Wydehaw nach Balor gespürt und war zu dem Schluß gekommen, daß sie ihnen folgte. Sie war zu einem Schatten geworden, den er nicht mehr loswurde.

Nachdem sich das Mädchen zu erkennen gegeben hatte, ignorierte Rhuddlan sie und wandte seine Aufmerksamkeit wieder Dain zu. »Moira und die anderen sind nicht weit hinter uns und Madron wahrscheinlich auch nicht, aber Llynya hat es vorgezogen, allein zu reisen und meinen Anweisungen zuwiderzuhandeln, wie sie es ja meistens tut.«

»Warum kommen die Frauen?«

»Weil dies ein Quicken-Tree-Ort ist, sogar noch mehr als Deri. Sie kommen, um zu kämpfen.« Rhuddlan winkte Llynya herbei.

»Du wirst mit Dain und Morgan über den Wall klettern. Achte darauf, daß keinem von beiden etwas passiert.«

»Ja«, erwiderte Llynya, obwohl sie es nicht wagte, seinem Blick zu begegnen.

Morgan lachte, offensichtlich belustigt.

Dain konnte nichts Amüsantes daran finden. »Sie bleibt bei dir, Rhuddlan, und bei Morgan. Sie hat mir schon zu lange nachspioniert und mich an Orten beobachtet, wo ich lieber mein Privatleben gehabt hätte.« Er richtete diese letzte Bemerkung an Llynya, die lediglich dadurch zu erkennen gab, daß sie verstanden hatte, daß sie den Kopf noch ein wenig mehr senkte und ihre Stiefelspitze in die aufgeweichte Erde bohrte.

»Ja, das Mädchen bleibt hier«, pflichtete Morgan Dain bei, »aber du wirst nicht ohne mich gehen. Also spar dir die Mühe, es auch nur zu versuchen.«

»Ihr werdet auch nicht ohne Llynya gehen«, warf Rhuddlan energisch ein. »Sie wird euch helfen, den Eingang zum Südwesttunnel zu finden. Ich weiß nicht, welche Form er angenommen hat, seit Balor auf den Ruinen von Carn Merioneth erbaut wurde. In den Tunnel und Höhlen gibt es viele Abzweigungen und Sackgassen, in denen man sich hoffnungslos verirren kann. Llynya wird euch sicher durch das Labyrinth führen. Allein werdet ihr nur kostbare Zeit vergeuden und die Gefahr für euch und Ceridwen noch vergrößern.«

Dain warf dem Mann einen forschenden Blick zu. »Du bist sehr besorgt um die Sicherheit des Mädchens, genau wie Madron.«

»Und um deine«, gestand Rhuddlan zu Dains Überraschung.

»Warum?«

»Weil ich euch beide brauche. Von dir brauche ich die versprochene Stunde Magie, von Ceridwen ihr Erbe. Ihr beide müßt eine lange verschlossene Tür öffnen und das Siegel an einem Stauwehr in den unterirdischen Gängen erbrechen, an dem Tor, das die *pryf* in ihrem dunklen Labyrinth gefangenhält.«

»Sie sind nicht eingesperrt, Rhuddlan. Sie sind den dunklen Fluß heraufgekommen.« Dain hatte sie gefühlt, hatte sie deutlich gehört.

»Ihr Ruf hallt über eine Entfernung von Hunderten von Meilen unter der Erde wider und umhüllt dich wie eine Liebkosung«, erwiderte Rhuddlan. »Trotzdem sind sie eingesperrt und müssen befreit werden.«

Es ist eigentlich nicht zuviel verlangt für das, was Rhuddlan mir gegeben hat, überlegte Dain. Oder vielleicht doch? Er zweifelte nicht an seiner Fähigkeit, alles Erdenkliche zu öffnen. Es hatte sich gezeigt, daß dies eine seltene Gabe war, die er besaß. Aber Ceridwen hatte, so flink ihr Verstand auch sein mochte, kein solches Talent bewiesen.

Andererseits war es ihr gelungen, die Tür zur oberen Turmkammer zu öffnen. Keine besonders schwierige Aufgabe, das nicht, aber unlösbar für viele, die er kannte.

»Es ist nicht so kompliziert wie bei der Druidentür«, fuhr Rhuddlan fort. »Aber wie bei Nemetons Tür sind Intelligenz, Einfühlungsvermögen und Fingerspitzengefühl nötig. Anders als bei Nemetons Tür ist in diesem Fall auch die wissende Berührung einer Frau erforderlich. Wir haben herausgefunden, daß jemand anderer versucht, das Siegel zu erbrechen, und wir müssen die ersten sein, um eine Katastrophe zu verhindern. Das ist der Grund, weshalb wir so früh aus dem Westen gekommen sind. Weshalb ich noch vor Beltaine wieder in den Norden nach Balor gegangen bin.«

»Und was habt ihr gefunden?« wollte Dain wissen.

»Spuren von demselben Unhold, der Ceridwen geraubt hat. Sein eigenartiger Geruch ist überall in den Höhlen und sogar an Orten, von denen ich geglaubt hätte, daß sie sicher vor Eindringlingen wären.«

»Dann ist also Helebore derjenige, der uns beiden Kummer verursacht.«

»Helebore und noch ein anderer, der sehr viel schwerer faßbar ist«, erklärte Rhuddlan. »Trig hat ein paar vage Hinweise gefunden, aber sie reichen nicht aus, um seine Spur zu verfolgen. Merioneth ist ein heiliger Ort für die Quicken-Tree. Ich habe geschworen, Merioneth und alle, die dort leben, vor Entweihung und Zerstörung zu beschützen.«

»Und du bist dir sicher, daß ich diese Tür öffnen kann?«

»Ja, ich bin mir absolut sicher. Mit Ceridwens Hilfe wirst du sie öffnen und überleben, um die Geschichte zu berichten.«

Ceridwen hing von den Stricken herab, die ihre Arme an ein Holzkreuz fesselten, das in einem Mauergang hinter der Brustwehr auf der Nordseite der Burg errichtet war. Der Regen hatte endlich aufgehört, obwohl noch immer Blitze über den Himmel zuckten und lautes Donnergrollen zu hören war.

Die Reinigung von ihren Sünden, wie Helebore es genannt hatte, war die Hölle. Eine sehr kalte, dunkle und einsame Hölle. Nur zwei Posten waren zu ihrer Bewachung zurückgelassen worden, keiner von ihnen Gruffudd. Sie unterhielten sich zwischen den Mauerzacken, weit genug von ihr entfernt, als daß ihre Stimmen nicht mehr als ein unverständliches, an- und abschwellendes Murmeln waren. Dennoch waren der Donner und die Wachen nicht die Erklärung für alles, was sie oben auf der Mauer hörte. Von Osten drang noch ein anderes Geräusch an ihr Ohr, ein seltsames, periodisch auftretendes Heulen und Wimmern, das der Wind sein konnte, das aber höchstwahrscheinlich eine andere Ursache hatte, wie ihr Instinkt ihr sagte. Was auch immer es sein mochte, sie betete, daß es nicht näher käme.

Helebore hatte vor, schnell zurückzukehren. Eine kurze Reinigung, so hatte er gesagt, sollte genügen, um sie für seine Schwarze Magie bereit zu machen. Sie genügt vollauf, dachte Ceridwen, um mich vor Kälte und Angst völlig hilflos zu machen. Nachdem sich der Arzt vergewissert hatte, daß sie fest an das Kreuz gefesselt war, hatte er den anderen Wachen befohlen, in seine Räume hinunterzugehen und einen eisernen Kessel zu holen, um Ceridwens Blut darin aufzufangen. Für den Fall, daß der Becher überlaufen sollte, hatte er erklärt.

Sie kniff die Lider zusamen und riß mit aller Kraft an ihren Fesseln. Vergeblich. Die Stricke gaben nicht einen Millimeter nach. Ihr Herz hämmerte vor Furcht, und jeder Pulsschlag erinnerte sie daran, daß Helebore es ihr eigenhändig aus der Brust schneiden würde. Er hatte es ihr hämisch lächelnd versprochen, und er hatte ihr auch erklärt, womit er es tun würde, mit einem speziellen Messer, das er Athame nannte, einer Hexenklinge – und zwar, nachdem er ihr bewiesen hatte, daß sie im Irrtum war und Caradoc ihm völlig freie Hand mit ihr ließe.

Aller Wahrscheinlichkeit nach *würde* er ihr beweisen, daß sie sich irrte. Was wußte sie denn schon von Drachen, außer den Dingen, die sie darüber gelesen hatte? Sie hatte Madrons Traum, aber Träume konnten sie nicht retten. Wieder zog und zerrte sie verzweifelt an den Stricken.

Verdammnis war ihr Schicksal. Die Hölle, nicht der Himmel, wäre bis in alle Ewigkeit ihr Zuhause. Sie konnte beinahe fühlen, wie die feurigen Flammen des Fegefeuers durch den kalten Regen nach ihr griffen und an ihr hochzüngelten. Sie würde dem Teufel bereits als halbe Dämonin gegenübertreten. Die schwarze Salbe war noch immer auf ihrem Gesicht und kennzeichnete sie als eines von Satans ureigenen Geschöpfen. Ihre Lage war hoffnungslos, absolut hoffnungslos.

Sie biß die Zähne zusammen und riß abermals mit aller Kraft an den Stricken. Sie war verdammt. Es gab nichts außer dem Blitz, womit sie arbeiten könnte, um sich zu befreien, und sie wußte nicht, wie. Es war ihre eigene Schuld. Sie war so entzückt von den anderen magischen Tricks gewesen, die Dain sie gelehrt hatte, daß sie überhaupt nicht mehr nach dem Tanz mit dem Blitz gefragt hatte.

Llynya hatte ihn gesehen, hatte beobachtet, wie Dain Feuer vom Himmel heruntergeholt und es gezwungen hatte, nach seiner Pfeife zu tanzen. Sie würde zu einem Häufchen Asche verkohlen, hatte er Ceridwen gewarnt, aber es war ein Risiko, das sie einzugehen bereit war, wenn sie nur ein Scheibchen von der glühenden Hitze dazu verlocken könnte, dem Blitzstrahl zu entwischen und sich durch ihre Fesseln zu brennen.

Sie wußte keine Beschwörungsformel. Dain glaubte fest daran, daß es von entscheidender Bedeutung war, die passenden Worte zu sprechen, wenn ein Zauber gelingen sollte. Tatsächlich hatte er ihr sogar oft erzählt, daß allein die richtigen Worte den Zauber bewirkten, ohne daß man einen Talisman brauchte. Sie hatte auch keinen Talisman bei sich, nur den Blitz, der im Zickzack über den Nachthimmel schoß, und das verzweifelte Bedürfnis, ihr Leben zu retten.

»Himmelsfeuer, Himmelsfeuer ... setz deine Energie frei und erlöse mich.« Sie improvisierte, flehte mit irgendwelchen Worten, die ihr gerade einfielen, während sie sich angestrengt bemühte, sie mit Zuversicht und Bedeutung zu erfüllen. »Entreiß einen Blitzstrahl aus ... aus Gottes Händen und schleudere ihn durch die Dunkelheit herunter, damit er –«

In diesem Moment öffnete sich die große Tür der Burg im Hof unter ihr. Der Atem stockte ihr in der Kehle. Ein Trupp Männer marschierte heraus, zwei von ihnen mit einem Kessel an einer Tragestange zwischen sich. Hinter den beiden ging Helebore, den Kopf gesenkt, seine Kapuze tief in die Stirn gezogen. Nebelfetzen waberten um sie alle herum.

»Himmelsfeuer, Himmelsfeuer, setz deine Energie frei und erlöse mich«, wiederholte Ceridwen noch eindringlicher und flehender, während sie an ihren Fesseln zerrte.

Fackelschein flackerte über die sich langsam bewegende Kolonne, als die Männer die Treppe hinuntergingen und den Burghof in Richtung Nordmauer durchquerten. Helebore blieb einmal stehen und blickte zu der Stelle hinauf, wo Ceridwen an dem Holzkreuz hing. Die Kerze, die der Arzt in der Hand hielt, warf makabre Schatten auf sein Gesicht und verlieh seinen leichenblassen, ausgemergelten Zügen etwas Dämonisches, von dem sie befürchtete, daß es seine wahre Natur war.

»Himmelsfeuer, Himmelsfeuer –« Ihre Stimme versagte, als er fortfuhr, sie anzustarren, und sie mit seinem durchbohrenden Blick lähmte. »Süße Maria, heilige Mutter Gottes –« Ein greller Blitz schoß aus den Wolken herab, begleitet von einem krachenden Donnerschlag. »Aaaah!« Der Schrei wurde ihrer Kehle entrissen. Schmerz brannte sich einen Weg über ihre Handgelenke, doch dann war sie frei und fiel auf den kopfsteingepflasterten Mauergang.

Einen Moment lang erfüllten sie Staunen und Verwunderung. Sie hatte es geschafft. Es war ihr wahrhaftig gelungen, den Blitz zu beschwören. Dann ließ sich ihr Retter blicken.

»Du!« keuchte sie, als das schmutzige, kantige, kleine Gesicht über ihr auftauchte.

»Mein Name is' Snit«, sagte er. Ein kleiner Dolch schimmerte in seiner Hand.

»Snit.«

»Heda, ihr zwei!« brüllten die Wachen auf der Mauer und setzten sich in Bewegung. Einer von ihnen hielt eine schußbereit gespannte Armbrust in der Hand, der andere schwang ein Schwert.

Mit einer raschen Handbewegung und einem Aufblitzen von Stahl zog Snit ein zweites Messer aus seinem Gürtel und drückte Ceridwen das Heft in die Hand. »Tu dein Bestes.«

Ihr Bestes bestand darin, hinter das Holzkreuz zu kriechen und sich gegen den Angriff zu wappnen. Der kleine Mann rannte vorwärts, um den Kampf mit den Wachen aufzunehmen – ein mutiges Unterfangen, denn er reichte den Männern nur knapp bis zur Taille und war mindestens vierzig Kilo leichter als jeder seiner Gegner. Im allerletzten Moment rollte er sich zu einer Kugel zusammen und warf sich einem von ihnen gegen die Beine. Der Wachtposten verlor prompt das Gleichgewicht und stolperte über ihn. Snit nutzte die Situation blitzschnell aus, indem er wieder auf die Füße sprang und den größeren der beiden mit einem kräftigen Schubs über den Rand des Mauergangs stieß. Sein kurzer, überraschter Aufschrei endete auf den Pflastersteinen des Burghofes.

Sein Tod verursachte augenblicklich ein Chaos in Helebores Gefolge und ließ die Männer in allen Richtungen auseinanderlaufen. Ceridwen blieb nur ein flüchtiger Blick dafür, bevor sich der andere Wachtposten auf sie stürzte.

Er sprang nach rechts und griff nach ihrem Haar, und sie stach ihn mit dem Messer in die Hand. Er fluchte und stürzte sich erneut auf sie, dann war Snit auf ihm und hieb blindlings mit seinem Dolch auf ihn ein. Der Mann brüllte vor Wut, schüttelte den kleinen Kerl ab und schleuderte ihn auf den Mauergang. Doch Snit ließ sich nicht so leicht entmutigen, und als Ceridwen Anlauf nahm und sich mit ihrem ganzen Gewicht gegen den Wachtposten warf, hob der Kleine sein Messer und grub die Klinge in die Kniekehle des Bogenschützen. Getroffen heulte er auf vor Schmerz und stürzte zu Boden.

»Kommt mit, schnell«, wies Snit sie an und flitzte davon.

Ceridwen bückte sich und hob die Armbrust des Mannes auf, während sie innerlich fluchte, daß der andere sein Schwert mit sich über die Mauer genommen hatte. Dann folgte sie Snit in Richtung Osten, und die beiden rannten die Brustwehr entlang, so schnell ihre Füße sie trugen. Als die Mauer eine scharfe Kurve machte, kam Ceridwen abrupt zum Stehen und schnappte entsetzt nach Luft. Hinter der Biegung war ein weiteres Holzkreuz in den Steinboden eingelassen worden, und daran hing ein Mann. Oder das, was einst ein Mann gewesen war. Sein Anblick erinnerte kaum noch an ein menschliches Wesen. Seine Haut hing in Fetzen von seinem nackten Körper herab. Voller Grauen wich sie zurück, weg von dem entsetzlichen Anblick verstümmelten Fleisches und dem übelkeiterregenden Gestank, den er ausströmte. Eine einzelne brennende Fackel beleuchtete das langsam verfaulende Gesicht. Leere Augenhöhlen waren zu einer Brutstätte für Maden geworden. Das pfeifende Geräusch, das sie gehört hatte, war nichts weiter als Luft, die durch das wenige aus- und einströmte, was noch von seiner Nase übriggeblieben war. Ein Ohr fehlte, und an seiner Stelle war eine blutige, verfilzte Masse roten Haares.

Ragnor.

Ihr Peiniger.

Trotz allem, was er ihr angetan hatte, war sie zutiefst erschüttert über sein Schicksal.

Hinter sich hörte sie das Klirren von Schwertern und laute Rufe, als eine große Gruppe von Soldaten über die Brustwehr stürmte und in alle Richtungen ausschwärmte. Sie durfte keine Zeit mit Zaudern vergeuden. Mit einem schrillen Stoßgebet trat sie vor, während sich ihre Hand fest um die Klinge schloß, die Snit ihr gegeben hatte.

»Geh heim zu deinem Gott«, murmelte sie und erlöste Ragnor mit einem raschen, sauberen Schnitt durch die Kehle von seiner Qual.

Sie trat zurück, fort von dem Blutstrahl, dann rannte sie hinter Snit her, bevor er aus ihrem Blickfeld verschwand.

Dain zog sich über die Zinne in Balors Außenmauer herauf, gefolgt von Morgan, Llynya und einer dicken Nebelschwade, die von der See tief unter ihnen heraufwallte. Die Kletterpartie war ein gefährliches Unternehmen gewesen, der Stein glitschig von Gischt und Regen. Die Klippe selbst war beunruhigend oft unter seinen Fingern abgebröckelt. Mit dem Gewicht einer anderen Person auf seinem Rücken würde er es wahrscheinlich nicht schaffen, denselben Weg wieder hinunterzuklettern. Deshalb würde er tun, was Rhuddlan gesagt hatte, wenn er Ceridwen fand, und sie durch den Turm hinunterbringen.

Der letzte Blitz hatte ganz in der Nähe eingeschlagen, da der Sturm die Gewitterwolken über der See rasch auf die Küste zutrieb und weiter landeinwärts. Wenn er sich nicht bald legte, würde das

Unwetter in den Bergen steckenbleiben und dafür sorgen, daß die ganze Nacht über die Hölle los war.

Nachdem sie den Festungswall erklettert hatten, überprüften sie ihre Waffen. Volle Köcher hingen über ihren Rücken, Dolche wurden in Gürtel gesteckt. Llynyas Bogen war kürzer als der von Morgan und Dain, aber Rhuddlan hatte Dain versichert, daß der Kobold eine sichere und geübte Bogenschützin sei und äußerst geschickt im Umgang mit dem Schwert, das sie trug.

Von ihrem Standpunkt aus konnten sie bewaffnete Soldaten über einen Abschnitt der nördlichen Mauer ausschwärmen sehen. Die Fackeln brannten noch immer hell, unberührt vom dichten Dunst, der von den Klippen heraufwallte. Nebelmeer, so wurde er genannt, und als Dain hinter sich blickte, erinnerten ihn die Schwaden tatsächlich an ein Meer, weißgraue Wogen, die lautlos übereinander hinwegrollten und sich höher und höher auftürmten, um alles in ihrem Weg zu verhüllen. Die undurchsichtigen Schleier glitten zwischen die Schartenbacken, trieben zum Mauergang hinunter und sammelten sich in milchig trüben Wirbeln um ihre Füße. Der Ozean unter ihnen war nichts als Brausen und weite Leere, gefüllt mit tiefhängenden Wolken.

»Wenn diese Suppe noch dicker wird, werden wir blind kämpfen müssen«, sagte Morgan.

»Mich behindert der Nebel nicht«, erklärte Llynya. »Ich kann meinen Weg deutlich erkennen, ganz gleich, wie neblig es ist.«

»Du kannst durch das hier durchsehen?« Morgan bewegte seine Hand durch die Dunstschwaden, die über die Mauer heraufkrochen. Seine Finger verschwanden in den weißen Nebelwolken.

»Vielleicht ist ›riechen‹ der treffendere Ausdruck.« Sie drehte den Kopf nach Osten. »Und ich rieche etwas furchterregend Scheußliches dort drüben.« Sie streckte die Hand aus, und Dains Blick folgte der Richtung, in die sie zeigte.

»Ist es Helebore?« wollte er wissen.

»Ja. Er ist dort, aber ich rieche noch Schlimmeres als ihn.«

»Bleib hinter mir«, befahl er, »und wenn es sein muß, kletterst du wieder über den Wall. In jeder Mauerzacke sind Schießscharten, an denen du dich auf der Außenseite festklammern kannst.«

»Rhuddlan hat mich nicht losgeschickt, um als Klette am Festungswall zu kleben.«

»Rhuddlan hat dich losgeschickt, um uns durch den Tunnel unter dem Kampfplatz zu führen. Und bis wir dort angekommen sind, bleibst du hinter mir!«

Die drei machten sich auf den Weg zur Nordmauer, ohne irgendwelchen Wachen zu begegnen, da die Soldaten vor ihnen liefen und unweit einer Brustwehr auf der nördlichen Seite zusammenströmten. Im Fackellicht konnte Dain sehen, wie sie hektisch auf dem Mauergang hin- und herrannten und zwischen den Zinnen herumkletterten, als ob sie nach etwas suchten. Als er und seine Gefährten noch näher kamen, konnten sie den Lärm der Suche hören: aufgeregte Männerstimmen, das metallische Klirren von Kettenhemden, das Stampfen von schweren Stiefeln.

»Schwachsinnige Hurensöhne! Ich werde euch allen die Eier abschneiden lassen!« schrie jemand über den Krach hinweg. Helebore, nach der scharfen, zischenden Stimme zu urteilen. »Ihr seid so blöde, daß ihr euch von einer verlausten Schlampe überlisten laßt, und jetzt ist sie mir entwischt! Von wem kriege ich jetzt das Blut, das ich brauche? Von wem?«

Dain sah Morgan an, und ihre Blicke trafen sich über den wirbelnden Nebel hinweg. Der dunkelhaarige Waliser grinste.

»Es ist wirklich verflucht schwer, sie festzuhalten.« Morgans Grinsen wurde noch breiter.

Dain fühlte unendliche Erleichterung in sich aufsteigen. Ceri war frei. Aber wo steckte sie?

»Llynya, kehr zu Rhuddlan zurück.« Er wandte sich an den Kobold. »Sag ihm, daß Ceridwen geflohen ist und nach einem Weg aus der Burg suchen wird. Laß ihn Kundschafter ausschicken.«

»Ich darf euch nicht verlassen.«

»Wir sind alle aus ein und demselben Grund hier, nämlich um Ceridwen zu retten. Und jetzt geh, und wenn du deine Nachricht überbracht hast, kehrst du zum Südwestturm zurück und wartest dort auf Morgan und mich.« Sein Ton warnte sie, daß er keinen Ungehorsam dulden würde.

Llynya nickte wortlos und verschwand blitzschnell den Weg hinunter, den sie gekommen waren.

»Was jetzt, Dain?« fragte Morgan.

»Wir werden auf der Innenseite der Mauern nach deiner Cousine suchen. Du übernimmst die Garnison und den unteren Burghof. Ich durchsuche die Burg und den oberen Hof. Wenn du sie findest, bring sie in den Südwestturm. Wenn nicht, klettere über den Wall und komm mit deinen Männern und den Quicken-Tree durch die Höhlen herauf.«

»Wegen der Kampfarena …«, begann Morgan vorsichtig, und Dain fragte sich, ob es vielleicht die Fähigkeiten des Walisers überstieg, zu dem gefürchteten Ort vorzudringen.

»Ja?«

»Sie ist ein Irrgarten für sich. Ich habe gehört, daß Caradoc manchmal Männer durch das Labyrinth jagt, und noch keiner von ihnen überlebt hat. Es gibt dort Fallen und noch andere Gefahren außer den wilden Tieren, die er dort eingesperrt hält. Falls du in der Arena landest, paß auf, daß du deinen Verstand beisammenhast.«

»Du hast noch nie erlebt, daß es mir an Verstand gefehlt hätte, ab Kynan.« Dain fühlte eine neue Woge der Erleichterung. Es war nicht der Kampfplatz selbst, den Morgan fürchtete.

»Nein. Und es hat dir auch noch nie an Mut gemangelt«, gab der jüngere Mann zu. »Aber du neigst dazu, angesichts der Not eines Mitmenschen nicht mehr an dein eigenes Leben zu denken.« Er zögerte und senkte den Blick. »Es waren nicht die Peitschenhiebe, die du damals für mich auf dich genommen hast, wegen der ich mir Vorwürfe gemacht habe. Ich war damals mit meinem schwerverletzten Bein gar nicht in der Verfassung, sie auszuhalten.« Seine Stimme wurde leiser, unsicherer. »Es war auch nicht der Analverkehr, der mir so große Sorgen bereitet hat, obwohl ich beim besten Willen nicht verstehe, wie du das ertragen hast –«

»Ich möchte nicht darüber reden«, fiel Dain seinem Freund barsch ins Wort, um ihn von seinem unglückseligen Kurs abzubringen.

»Ich auch nicht, aber angesichts der Gefahr, die uns bevorsteht, muß ich darüber reden«, erwiderte Morgan und fuhr beharrlich fort: »Es war das andere, was ich mir niemals verziehen habe, Dain – das, was Jalal dir mit seinem *kif* und seiner Schwarzen Magie angetan hat. Ich erinnere mich noch an eine mondlose Nacht zu Beginn unseres zweiten Jahres in der Wüste. Du und Jalal habt um ein kleines goldenes Kohlenbecken gesessen, das du in die Dünen getragen hattest, und ihr habt irgend etwas in die Flammen gestreut und Worte gesungen, die euch nur der Teufel persönlich eingeflüstert haben konnte. Dämonen tanzten in jener Nacht im Sand und heulten durch das Lager, und das ist es, was ich fürchte, Dain, daß es noch viel zu früh für dich ist, um zu sterben. Bis du deinen Frieden mit Gott geschlossen hast, könnte deine Seele noch immer durch jene finsteren Wüstentaten verdammt sein. Taten, die zu verhindern ich nichts unternommen habe, wie ich zu meiner großen Beschämung gestehen muß.«

Dain erinnerte sich noch an jene Nacht. Sein Verstand war von einer Wolke aus Wein und Haschisch getrübt gewesen, und Jalal hatte ihn in die Dünen geführt – nicht um Dämonen zu beschwören, sondern um ihm von Linderung und Kurtisanen zu erzählen; und wenn sie gesungen hatten, dann war das Lied ohne Zweifel eher obszön als diabolisch gewesen. Vielleicht hatten sie auch ein oder zwei Prisen *rihadin* in die Flammen gestreut. Aber in einem Punkt hatte Morgan recht, nämlich darin, daß jene Nacht ein Anfang zwischen ihm und Jalal gewesen war. Von dem Tag an war der Zuchtmeister nicht mehr als Mann in sein Zelt gekommen, der ihn zum Geschlechtsverkehr zwang, sondern nur noch als Lehrer, um ihn in Hexenkunst, in Magie und Sternkunde und in der Herstellung von Arzneitränken zu unterweisen. Und gegen Ende des zweiten Jahres waren überhaupt keine Männer mehr in sein Zelt gekommen. Jalal hatte Dains wahren Wert entdeckt. Ein weiteres Jahr später war Dain in der Lage gewesen, seine und Morgans Freiheit zu erkaufen, denn bis dahin hatte er einiges gelernt, das er seinem Lehrmeister beibringen konnte.

»Es war der Wind, den du in jener Nacht durch das Lager hast heulen hören«, sagte er zu Morgan, »und ebensowenig, wie du den Wind hättest aufhalten können, hättest du mich davon abhalten können, meinen Weg zu gehen. Du trägst keine Schuld an alledem und brauchst dir wirklich keine Vorwürfe zu machen.«

»Und dein Frieden mit Gott?« fragte Morgan, eindeutig noch nicht zum Nachgeben bereit.

Dain lächelte. »Das ist etwas, was man sich hart erkämpfen muß, aber ich habe nicht vor, heute nacht zu sterben.«

»Dann bitte ich dich, hinter mir zu bleiben, um deine Chancen zu verbessern, falls es zum Kampf mit einem wilden Keiler kommen sollte.«

Dain schlug ihm kameradschaftlich auf die Schulter und beugte sich dem Befehlston in der Stimme seines Freundes. »In Ordnung. Wenn wir uns in der Arena treffen, lasse ich dir den Vortritt beim Kampf mit der Bestie.«

»Ja, und viel Erfolg bei deiner Suche.«

»Das wünsche ich dir auch.«

Dain wartete, bis der Waliser den Mauergang hinunter verschwunden war, bevor er sich seiner eigenen Aufgabe widmete. Er würde den oberen Burghof und die Burg durchsuchen, aber zuerst würde er Helebore töten. Der Arzt stellte eine größere Bedrohung für Ceridwen dar als jeder andere. Wenn Helebore vernichtet war, würde nur noch Caradoc nach ihrem Tod gieren.

Der Nebel hatte sich in der Zwischenzeit noch mehr verdichtet und stieg um ihn herum auf, kroch über den Mauergang und wallte in den Burghof hinunter. Helebore war noch immer nordöstlich von ihm und geiferte ununterbrochen über den kostbaren Fang, den er verloren hatte. Ein glatter Schuß wäre schwierig zu bewerkstelligen bei all den anderen Männern, die um ihn herumliefen, und mehr als zwei Schüsse würden Dains Position verraten. Er überprüfte das Gelände, sah das mit Holzschindeln gedeckte Dach des Stalles, das im Norden an die Mauer angrenzte, und merkte sich die Lage des Gerüsts, das zur Brustwehr hinauf führte. Es gab keinen geeigneteren Ort als den, wo er im Moment war. Dain griff nach seinem Bogen und legte einen Pfeil ein – dann hielt er mitten in der Bewegung inne, noch bevor er ihn halb gespannt hatte. Die Männer auf dem Festungswall riefen aufgeregt durcheinander und zeigten in den Burghof hinunter. Er spähte ebenfalls in die Tiefe und fühlte, wie sein Herzschlag zu einem schwerfälligen, bleiernen Rhythmus gefror. Ceridwen rannte dort unten durch die Mondschatten und den Nebel, gefolgt von einem zerlumpten Kind, und beide rasten auf die Burg zu. Einer der schnelleren Wachtposten polterte bereits die Stufen des Gerüsts hinunter, um ihnen den Weg abzuschneiden, sein Schwert kampfbereit in der Hand. Dain zog die Bogensaiten straff, visierte sein Ziel an und jagte einen Pfeil durch die Schulter des Mannes in seine Brust. Er stürzte von den Stufen und blieb reglos im Schlamm liegen.

Mit einer geschmeidigen Bewegung sprang Dain auf das Stalldach und spannte einen weiteren Pfeil. Der nächste Mann, der die

Treppe hinuntereilte, erlitt das gleiche Schicksal wie der erste, mit einem sauberen Schuß durch den Hals. Dain wartete nicht erst auf den dritten, sondern kletterte vom Stalldach herunter und rannte davon, so schnell er konnte. Inzwischen stürmten weitere Männer die Stufen des Gerüsts hinab. Er ließ seinen Bogen fallen und zog den Damaszener und sein Schwert. Blitzschnell wirbelte er zu der anführenden Phalanx von Männern herum und erledigte einen von ihnen mit dem ersten Hieb seines Schwertes. Er wehrte einen Gegenschlag mit Scyld ab und duckte sich unter den gekreuzten Schwertern seiner Gegner hindurch, um dem zweiten Posten einen Dolchstoß in die Achselhöhle zu versetzen. Der dritte fügte ihm eine Streifwunde an der Schulter zu und erhielt einen sauberen Schnitt quer über sein Gesicht als Belohnung für seine Mühe. Blut strömte über Wangen und Nase des Mannes und bedeckte ihn wie eine Maske.

Keuchend vor Anstrengung fuhr Dain herum, um sich dem vierten Gegner zu stellen, der die Mauer herunterkam. Der fünfte fiel über ihn her, noch bevor er wieder zu Atem kommen konnte. Schwertklinge traf klirrend auf Schwertklinge. Andere folgten dicht dahinter und umzingelten ihn von allen Seiten. Das letzte, was er sah, bevor er unter einem gewaltigen Hieb zu Boden ging, war Ceridwen, die um eine Ecke der Burg verschwand.

24. *Kapitel*

Ceridwen hockte allein in einem Hohlraum im Fels irgendwo unterhalb der Burg. Die Höhle war kaum groß genug, um sie und Snits geheimes Lager seltsamer Beutestücke zu beherbergen. Das Licht der Kerze, die er ihr dagelassen hatte, beleuchtete ein Sammelsurium von zerbrochenen Töpfen und ausgefransten Körben, die jeder ihren Anteil an undefinierbarem Krimskrams enthielten und »ein bißchen was von diesem und jenem«. Bindfaden war offenbar ein beliebtes Sammelobjekt und glatte, glänzende Steine. Die größte Überraschung war ihr Bündel gewesen. Snit hatte es bei ihrer Ankunft hinter einem der Körbe hervorgezogen und auseinandergerollt, um ihr zu zeigen, daß noch alles da war: *rihadin,* schwarze Salbe, Spiegel, rotes Buch, die vertrocknete Babyfledermaus, alles, bis auf das eine Quicken-Tree-Band, das er sich ins Haar geflochten hatte. Sie hatte kein Wort darüber verloren. Es war ein geringer Preis für ihre Freiheit, auch wenn es eine ziemlich unsichere Freiheit war.

Sie war mit Snit durch eine winzige Tür auf der Seite der Burg geschlüpft und schließlich in einem engen Tunnel gelandet, der sie zu der Höhle geführt hatte. Angesichts der durchschnittlichen Körpergröße der Wachen überraschte es sie nicht, daß keiner der Männer imstande gewesen war, ihr zu folgen. Sie hatte sie hinter sich gehört, ihre wütenden Stimmen und hastigen Schritte und das Klirren von Schwertern, und die bedrohlichen Geräusche der Verfolgungsjagd hatten ihren Füßen Flügel verliehen.

Sie war noch im Besitz von Snits Messer und der Armbrust, obwohl sie nur zwei Bolzen hatte und höchst unzureichende Kenntnisse über die Funktionsweise der Waffe. Snit war wieder verschwunden, um etwas zu essen zu holen, heiße Suppe, um ihre Knochen zu wärmen, aber das war schon eine halbe Ewigkeit her, und die dünne Wachskerze war inzwischen zu einem Stummel heruntergebrannt. Sie hielt ihre Hände über die Flamme, nahm die

Hitze durch ihre Fingerspitzen auf und stellte sich vor, wie sie über ihre Arme heraufkroch und in ihre Brust, um die eisige Kälte aus ihren Gliedern zu vertreiben. Sie wußte nicht, was sie als nächstes erwarten sollte, aber sie hatte sich an dem Tunnelschacht postiert, den sie heruntergeklettert waren, um sich wieder einen Weg in den Burghof zu bahnen, falls Snit bis zu dem Zeitpunkt, wenn die Kerze endgültig verlosch, nicht zurückkehren würde. Sie nahm an, daß es inzwischen kurz vor Tagesanbruch war, deshalb würde jeder weitere Fluchtversuch warten müssen, bis sich wieder die schützende Dunkelheit der Nacht herabsenkte – obwohl sie bis dahin wahrscheinlich schon verkrüppelt und zu Eis erstarrt wäre, wenn sie den ganzen langen Tag in dem engen, zugigen Tunnel eingezwängt wäre.

Die Kerze flackerte unruhig in einem unsichtbaren Luftzug, und Ceridwen hielt hastig die Hände um das Licht. Zu ihrer großen Erleichterung beruhigte sich die Flamme wieder. Ihr seltsamer Verbündeter war alles andere als mitteilsam und hatte bisher noch mit keinem Wort ahnen lassen, warum er sie gerettet hatte. Daß er mit Balor Keep vertraut war, stand außer Zweifel, und sie hoffte, sie könnte sich sein Wissen zunutze machen, um einen Weg in die Freiheit zu finden. Daß er der Domh-ringr-Elf war, den sie mit Brochans Talisman herbeigerufen hatte, war allerdings fraglich. Tatsächlich erschien ihr das immer unwahrscheinlicher, je länger sie darüber nachdachte. Er war aus Balor, nicht aus der Geisterwelt. Und dennoch – als sie Magie am dringendsten gebraucht hatte, schien er magische Fähigkeiten entwickelt zu haben, und trotz allem hatte er etwas an sich, das an die hellseherischen Geschöpfe im Wald erinnerte.

Ceridwen spähte den niedrigen Tunnel entlang, als der schwache Duft von süßem Weizenbrei sie abrupt den Kopf heben ließ. Snit kehrte zurück, und er hatte Essen mitgebracht, heißes Essen. Er kam aus dem dämmrigen Schacht hervor, eine Schüssel in der Hand, während er etwas von Ärger, Ärger, Ärger vor sich hinmurmelte.

»Was gibt es denn für Ärger?« fragte sie und nahm ihm die Schüssel aus der Hand, die er ihr reichte. Hungrig machte sie sich über den Inhalt her, schöpfte sich den Brei mit der Hand in den Mund und leckte ihn von ihren Fingern ab, da kein Löffel dabei war.

»Probleme mit meinem Herrn«, erklärte Snit, »und mit dem Herrn meines Herrn. Helebore und Caradoc haben einen anderen gefangen, einen wie dich, nicht so einen wie den, den du auf dem Wall getötet hast.« Stechende grüne Augen, von dichten Wimpern umkränzt und merkwürdig alt für das Gesicht, aus dem sie blickten, hefteten sich auf sie. Er war kein Junge mehr, dennoch wirkte er irgendwie kindlich. Seine Haut war zwar schmutzig, aber glatt und faltenlos, doch die Buckligkeit seines Körpers schien schmerzhaft und beschwerlich und verlieh ihm das Aussehen eines alten Mannes. »Du hast ihn doch getötet, nicht?«

»Ja«, gestand sie, den Mund voller Weizenbrei.

»Du hättest besser die Finger von ihm lassen sollen. Er sollte leiden. Caradoc wollte ihn für das bestrafen, was er dir angetan hat.«

»Und jetzt ist Caradoc derjenige, der mir etwas antun wird, wenn ich nicht aus Balor fliehen kann. Kennst du den Weg?«

»Es gibt Tausende von Wegen in die Burg und Tausende von Wegen, die herausführen, und keiner von ihnen ist gefahrlos«, erwiderte er. Seine Augen waren nur noch Schlitze, als er sie ansah. »Man wird zerquetscht, verstehst du, wenn man auch nur einen falschen Schritt macht.«

»Zerquetscht? Wovon?« Sie schöpfte eine Handvoll Brei aus der Schüssel und schob ihre Finger in den Mund. Sie würde fliehen, und sie würde Dain und Mychael finden, und dann würden sie alle dieses Gebiet namens Wales verlassen, das hatte sie sich geschworen.

»Von heißen Wänden, die sich in der tiefen Finsternis bewegen«, erklärte Snit geheimnisvoll. Er warf sein Haar über die Schulter zurück und beugte sich vorsichtig über die Kerze hinweg, um mit einem Finger über den weichen Körper der Fledermaus zu streichen. Als nächstes tauchte er neugierig eine Fingerspitze in die schwarze Salbe.

Seine Antwort gefiel ihr gar nicht. Keine der Wände in den Höhlen, an die sie sich von ihrer Kindheit her erinnerte, hatte sich jemals bewegt oder jemanden zerdrückt, und sie hatten sich auch nicht heiß angefühlt. »Müssen wir denn unbedingt durch die tiefe Finsternis gehen, um hier herauszukommen? Gibt es denn keinen Weg durch den Burghof?«

»Ach.« Er tat ihre Idee mit einer wegwerfenden Handbewegung

ab, während er sich wieder auf seiner Seite der Kerze niederließ. »Caradoc hat sämtliche Wachen ausgeschickt, um den Burghof nach dir abzusuchen und auch die Burg, aber in Snits geheimem Schlupfloch werden sie dich nicht finden. Er hat versucht, kleine Jungs mit Messern in den Tunnel hinunterzuschicken, aber ich hab' sie alle in die Flucht gejagt.« Er schnüffelte an der Salbe an seinen Fingerspitzen, dann schmierte er sich den schwarzen Brei auf die Wangen in einem Muster, das zu Ceridwens Bemalung paßte. »Helebore schlägt vor, dich mit den Schmerzensschreien des anderen auszuräuchern, doch der Herr meines Herrn ist zu schüchtern, um den Hexenmeister mit den heißen Brandeisen des Arztes zu malträtieren. Merkwürdig, das muß ich schon sagen. Bisher hat Caradoc noch nie davor zurückgescheut, jemanden zu foltern.«

Bei dem Wort »Hexenmeister« hob Ceridwen erschrocken den Kopf. Großer Gott, Dain war gekommen, um sie zu retten, und statt dessen Caradoc und Helebore in die Hände gefallen. Plötzlich verging ihr der Appetit, und sie stellte ihre Schüssel mit Weizenbrei beiseite. »Hat der Hexenmeister auch einen Namen?«

»Helebore nennt ihn ›Verfluchter Lavrans‹. Caradoc sitzt nur schweigend da und starrt ihn an und brütet dumpf vor sich hin.« Snit zog seine Brauen zu einem finsteren Stirnrunzeln zusammen und senkte sein Kinn auf die Brust, um einen ratlosen und grübelnden Keiler von Balor zu imitieren.

»Wir müssen ihn retten, Snit, so wie du mich gerettet hast.« Ceridwen versuchte angestrengt, die Panik aus ihrer Stimme herauszuhalten. »Bring mich zu ihm, und dann werde ich dir die Farben des Feuers zeigen.«

Snit legte neugierig den Kopf schief. »Welche Farben?«

»Gold, Rot, Blau«, erwiderte sie, als sie in aller Eile ihre Schätze in das Bündel rollte. »Vielleicht habe ich auch noch etwas Grün.«

»Grünes Feuer, um den Hexenmeister zu retten?«

»Ja. Ich denke doch, daß es funktionieren wird.« Sie schnürte das Bündel zusammen und warf es sich über die Schulter. »Können wir ihn mitnehmen, wenn wir durch die tiefe Finsternis gehen?«

»Er ist ziemlich groß.« Snit klang unsicher, als er das aussprach, was ihr am meisten Sorgen machte. Sie selbst hatte schon große

Mühe gehabt, sich durch seinen engen Tunnel zu zwängen. »Aber die Tunnel unterhalb von Helebores Kammern sind größer als die weiter oben«, fügte er hinzu, »und in der tiefen Finsternis verändern sich ihre Höhe und Breite ständig, aber sie sind immer groß genug, um einen Mann durchzulassen. Es sei denn, die Wände beschließen, ihn zu zerquetschen und seine Knochen innerhalb seiner Haut zu Staub zu zermahlen. Ein Mann, der derart plattgedrückt ist, braucht nicht viel Platz.«

»Nein«, pflichtete sie ihm bei, zutiefst entsetzt. »Nein, weiß Gott nicht.«

Noch bevor sie ihren Satz zu Ende gesprochen hatte, war Snit bereits aufgesprungen und verschwand einen dunklen Schacht hinunter, so daß ihr nichts anderes übrig blieb, als hastig hinter ihm herzukrabbeln und zu hoffen, daß er sie tatsächlich zu Dain führte.

Der Weg war lang und schien um so länger, als es stockfinster in dem Schacht war, und zweimal befürchtete sie schon, sie hätte Snit verloren, da sie ihn nicht sehen konnte und sein gedämpftes Murmeln ihre einzige Orientierungshilfe war. »Hmmm, hmmm, hmmm.« Das Geräusch hallte von den kalten Steinwänden wider, die sich über ihnen wölbten, und wurde jedesmal schwächer, wenn er um eine Biegung in dem engen Gang verschwand.

Nach einer Weile, die ihr wie eine Ewigkeit vorkam, verrieten ihr ein schwacher Lichtschimmer und ein kaum merklicher Hauch von Wärme, daß sie sich einem Raum näherten. Stimmen hallten den Schacht herauf – die eine ein leises, unverständliches Gemurmel, die andere tief und dröhnend.

»Daß sich die Dinge zwischen uns so entwickelt haben, ist bedauerlich, höchst bedauerlich«, sagte die tiefe, dröhnende Stimme, und Ceridwen wußte, es war Caradoc, der da sprach. Er legte eine Pause ein, und als er erneut anfing, schwang Zorn mit. »Daß du mein Vertrauen so schmählich mißbrauchst und meine anverlobte Braut entjungfert hast, wird dein Tod sein, alter Freund!«

Seine Ankündigung wurde lediglich mit Schweigen aufgenommen.

Ceridwen versuchte, sich an Snit vorbeizudrängen, aber er versperrte ihr den Weg, bedeutete ihr mit einer Handbewegung zurückzuweichen und zwang sie, auf allen vieren zu kriechen, als das Ende des Tunnels in Sicht kam. Dort war das Licht heller;

der flackernde Schein eines Feuers, das sie riechen und hören konnte.

»Die Brandeisen liegen bereit, Keiler. Sie sind heiß, sehr, sehr heiß.« Es war unverkennbar Helebore, der sich da vernehmen ließ, mit vor Übereifer und Ungeduld schriller Stimme. »Ich wette mit Euch, daß das Mädchen in Sekundenschnelle aus Snits Rattenloch herausgelaufen kommt, das undankbare Frauenzimmer. Wenn Lavrans nach ihr schreit, wird sie aus ihrem Schlupfwinkel hervorstürzen, und wir müssen sie haben. Wir *müssen.*«

»Habt Ihr denn überhaupt keinen Sinn für Schönheit, Mann?« Caradoc klang milde entrüstet über Helebores mangelnde Wertschätzung. »Denn hier ist Schönheit.« Ein Stuhl scharrte über den Fußboden, und Ceridwen zuckte zusammen, als sie ein schmerzgepeinigtes Aufstöhnen hörte. »Seht sie Euch an, Helebore, und erinnert Euch daran, daß ihr einst Jalal al-Kamams berühmten Schwan gesehen habt, den *bedzhaa,* weit und breit bekannt für die sinnlichen Genüsse, die er anderen verschaffen konnte. Und für den Schmerz, stimmt's, Lavrans?« Wieder scharrte der Stuhl, und Caradocs Stimme nahm einen gedämpften, drohenden Ton an. »In den Wüstenzelten erzählte man sich damals, du könntest einem Mann Schmerz zufügen, so köstlich, daß er die Engel im Himmel sieht, und ihm Lust bereiten, so unerträglich intensiv, daß er das Gefühl hat, in den Abgrund der Hölle zu stürzen.«

Merkwürdige, grauenvolle Worte – Ceridwens Herz begann vor Furcht zu rasen. Sie und Snit blieben am Rand des Tunnels stehen, hoch oben in der Wand, und sahen hinunter in die höhlenartige Kammer. Nur mit Mühe konnte sie sich davon abhalten, entsetzt aufzuschreien, als sie die Szene unter sich sah. Caradoc hatte Dains Haar gepackt und seinen Kopf in einem schmerzhaften Winkel zurückgezerrt, während er ihm eine Messerklinge an die Kehle hielt. Blut floß an der Seite von Dains Gesicht herunter. Seine Arme waren an den Stuhl gefesselt.

Helebore stand daneben, ungeduldig und mit saurer Miene, in seiner behandschuhten Hand ein Brandeisen in einem Becken von glühenden Kohlen. Der Raum roch wie Dains Alchemiekammer stark nach Schwefel und enthielt eine Reihe von Tischen und Regalen, die mit Flaschen und Krügen und irdenen Gefäßen gefüllt waren. Ceridwen erkannte einen Destillierapparat und verschiedene andere Geräte. Soweit sie erkennen konnte, war sonst niemand in dem Raum außer dem kahlköpfigen Arzt, dem Keiler von Balor und dem Mann, den sie befreien mußte.

»Erinnerst du dich noch an das Wüstengefängnis in Jaffa, Lavrans? An die Schreie der Männer, die unerträgliche Hitze und die bittere Kälte?« Caradoc beugte sich tiefer hinunter und zog die Schneide des Messers so vorsichtig über Dains Hals, daß sie eine dünne rote Blutspur hinterließ. Ceridwen starrte wie gebannt darauf. »Zu der Zeit dachte ich, daß nichts noch schlimmer sein könnte, daß ich wahrhaftig den Abgrund der Verdorbenheit erreicht hätte und nicht noch tiefer sinken könnte, als ich mit alten Männern um ein lausiges Rendezvous kämpfte.« Er schmunzelte. »Wie jung ich damals war, wie dumm und ahnungslos.«

Dain schien zu Stein erstarrt zu sein. Oder tot. Seine Augen waren geschlossen, sein Körper völlig reglos, als ob noch nicht einmal mehr Atem in ihm wäre.

»Was die Verderbtheit angeht, war ich im Irrtum«, fuhr Caradoc fort. »Es gab durchaus noch Schlimmeres. Und ich bin mir ziemlich sicher, daß du genau die gleiche Erfahrung gemacht hast. Weißt du noch, wie man einen Mann auf diese Weise markierte? Mit der bloßen Spitze einer angefeuchteten Stahlklinge? Angeblich besteht der Trick bei diesem lustvollen Vergnügen darin, es so behutsam zu tun, daß kein Blut hervorquillt.« Das Messer zitterte, und Ceridwen sah, wie Dain die Finger so fest um die Armlehnen des Stuhls krampfte, daß seine Knöchel weiß hervortraten.

Er lebte noch.

»Ich habe es nie geschafft, ohne daß es blutete«, sagte Caradoc. »Ich habe sie jedesmal geschnitten, ganz gleich, wie vorsichtig ich das Messer angesetzt habe – mit angehaltenem Atem und ohne mich zu bewegen –, während ich verzweifelt versuchte, nicht mit der Spitze und der Schneide durch die Oberfläche der Haut zu dringen. Dennoch habe ich ihnen jedesmal Schnitte beigefügt, und sie haben mich verflucht und mich verprügelt und mir von Jalal al-Kamams Schwan aus dem hohen Norden vorgeschwärmt. Ah, pflegten die Männer zu seufzen, seidiges, kastanienbraunes Haar wie das einer Frau, sanfte braune Augen, so samtig wie die eines Kamels, und eine Hand – Allah sei gepriesen! –, eine Hand, so geschickt und geübt wie die eines könglichen Magiers.« Caradoc hielt inne und ließ seinen Blick über Dains Körper wandern, während er ihn auf eine so widerlich anzügliche, lüsterne Art mit den Augen liebkoste, daß sich Ceridwen der Magen umdrehte. »Es geht das Gerücht um, daß Jalal noch immer auf dich wartet.« Er streichelte Dains Gesicht mit der Messerklinge, ohne eine Spur zu hinterlassen. »Erinnerst du dich noch an das erste Mal, als dich dein Zuchtmeister an einen Mann verkauft hat?«

Dain gab keine Antwort, und Caradoc setzte erneut das Messer an seine Kehle, um einen zweiten Schnitt unterhalb des ersten zu ziehen.

»Ich schon. Beim ersten Mal boten sie mir etwas zu trinken an, süß wie Ambrosia, sehr viel stärker als Wein, ein Gebräu, das sie zusammengemischt hatten, um einem den Verstand zu rauben. Am Anfang waren sie großzügig, später nicht mehr.« Er zögerte mit der Klinge. »Du erinnerst dich doch sicher an die Ambrosia, nicht? Ihr betäubend süßer Duft, wie sie sie verbrannten, um einem Nase und Mund mit Rauch zu füllen, wenn man den Mund nicht gerade voller Wein hatte. Man wäre glatt imstande gewesen, einen Mord zu begehen, um noch einmal solch himmlische Genüsse auszukosten, stimmt's, Lavrans?«

Ceridwen biß sich auf die Lippen und tastete nach der Armbrust, die hinter ihr lag, langsam und vorsichtig, um nicht mit der Waffe gegen die Tunnelwände zu stoßen und Caradoc durch das Geräusch auf sich aufmerksam zu machen.

»Was sagst du, Lavrans?« fragte der Keiler gefährlich sanft, wobei er seine Finger noch fester in Dains Haar vergrub und seinen Kopf noch eine Idee weiter nach hinten zerrte. »Welche ist die schlimmste Erinnerung, die dich in der Nacht heimsucht und dich schwitzend und zitternd aufwachen läßt? Welcher Alptraum verfolgt dich stärker als alle anderen?«

Dain sagte noch immer nichts. Der Keiler fluchte, und in einer blitzschnellen Bewegung fuhr die Messerklinge hinauf und hinunter, schnitt Dain ins Gesicht und durchtrennte die Fesseln, die seinen rechten Arm an den Stuhl banden. Zwei Schnitte, der eine blutig, der andere hastig.

Caradoc schob sein Gesicht dicht vor das seines Gefangenen, während er Dains freie Hand packte und mit eisenhartem Griff umklammerte. »Ich habe damals die Gerüchte gehört, daß du genauso verkauft worden wärst wie ich«, zischte er, »und ich habe mich oft gefragt – hält Lavrans durch? Ist er vielleicht stärker und tapferer und mehr Mann als ich?« Er drehte Dains Hand herum und hielt sie in das Licht, dann zog er mit der Messerspitze eine flache Spur über Dains Handgelenk und ritzte eine schmale rote Linie in die weiße Narbe, die sich über seine Pulsadern zog. »Es scheint, daß du am Ende doch nicht so stark warst, wie ich dachte. Denn was könnte dich wohl sonst dazu getrieben haben, dir das hier zuzufügen, wenn nicht äußerste Schwäche, *bedzhaa?«*

Ceridwen begriff sofort, was die Narbe zu bedeuten hatte. *Großer Gott.* Wie konnte es sein, daß sie ihr bisher noch nie aufgefallen war? Der Spiegel hatte die Wahrheit gesagt. Dains Weisheit beruhte auf grenzenlos schmerzhaften Erfahrungen; er hatte die Finsternis in den Seelen der Menschen gesehen. Eine verzweifelte Novizin hatte sich einmal eigenhändig dazu verdammt, im ewigen Fegefeuer zu schmoren, indem sie sich die Pulsadern aufgeschnitten hatte. Daß Dain unter den seltsamen Taten, von denen Caradoc sprach, derart gelitten hatte, daß er sich in seiner Verzweiflung das Leben nehmen wollte, tat ihr im Herzen weh.

»Hast du in deinen Träumen gewürgt und bist dann mit dem gleichen widerlichen Geschmack im Mund aufgewacht wie ich?« verlangte Caradoc zu wissen. »War es so?«

»Ich habe nicht geträumt.« Dain sprach seine ersten Worte mit tödlicher Ruhe, und Ceridwen betete, es möge wahr sein, daß ihn seine schrecklichen Erlebnisse nicht noch im Schlaf verfolgt hatten. Sie war nicht so naiv, daß sie nicht verstand, wovon Caradoc sprach. Die Bilder ließen ihre Hände zittern und ihre Wangen vor Scham erröten. Ein Schmerz drückte sie tief in ihrer Brust, ein qualvoller, dunkler Schmerz.

Als sie die Armbrust in ihren Schoß gezogen hatte, gab sie Snit ein Zeichen, ihr zu helfen, die Waffe zu spannen. Es war schwieriger, als sie es sich vorgestellt hatte, und erforderte ihre vereinten Kräfte. Sie hatte nur für einen einzigen Schuß Zeit.

Sie hörte Caradoc erneut sprechen. »Sag mir, daß du nicht besser warst als ich, und ich werde dich leben lassen.«

»Du meinst, wie Ragnor und deinen Vater? Ich denke nicht.«

»Vater?« schnaubte Caradoc angewidert. »Gwrnach hat mich an Saladin verkauft, und ich habe ihn dafür in die Hölle geschickt.

Es war ein faires Tauschgeschäft für Vater und Sohn. Und was Ragnor betrifft ... das Mädchen hat ihm die Kehle durchgeschnitten, und ich kann mich nicht mehr an seiner Qual erfreuen. Vielleicht solltest du seinen Platz einnehmen.« Es entstand eine bedrohliche Pause, dann war ein rauher, gequälter Laut zu hören, der nur von Dain stammen konnte. Ceridwen wischte sich eine Träne mit dem Handrücken ab. »Ja, Dain, ich rate dir ernstlich, darüber nachzudenken. Ich könnte dich eine Woche lang mit meinem Messer bearbeiten, bevor du ein Holzkreuz als Stütze benötigst.«

Endlich war die Armbust gespannt. Snit legte den Bolzen in die Einkerbung, und Ceridwen hob sie an ihre Wange, um durch die Zielvorrichtung zu spähen. Ein Fehlschuß war so gut wie ausgeschlossen, dennoch zitterten ihre Hände. Dain blutete aus einer neuen Schnittwunde.

Snit warf einen kurzen Blick auf das Paar unter ihnen, dann auf die Armbrust. Mit einer Zuversicht, die sie ermutigend fand, änderte er den Winkel der Waffe und schob sie ein paar Grad von sich selbst und der Zimmerdecke fort. Auf sein Nicken hin drückte Ceridwen den Abzug, und Caradoc stürzte mit einem lauten Schrei zu Boden, quer durch den Schenkel geschossen. Sie blickte Snit an, und er zuckte die Achseln. Dain sprang auf, schleuderte mit seiner freien Hand den Stuhl herum und zertrümmerte ihn an der Wand, um sich zu befreien.

Bis Helebore aus seiner Erstarrung erwachte, hatte Ceridwen bereits *rihadin* und *aqua ardens* in seine glühenden Kohlen geschleudert. Die grellen Stichflammen, die augenblicklich aufschossen, und die Explosion von Farben erschreckten ihn derart, daß er sich mit einem Satz in die Ecke flüchtete.

»Dain!« schrie Ceridwen. Er hob mit einem Ruck den Kopf. Nachdem er sie entdeckt hatte, griff er rasch nach seinen Messern und einem Schwert, das neben dem Stuhl lag. Dann kletterte er auf den Tisch und sprang hoch, um sich an einem der Dachbalken festzuklammern. Die Wachen auf dem Gang riefen aufgeregt durcheinander und hämmerten mit den Fäusten gegen die Tür. Ihr Lärm verstärkte noch das Chaos aus feurigen Explosionen und Helebores gellenden Schreien.

Dain erreichte mit letzter Kraft die Tunnelöffnung, atemlos und aus mehreren Schnittwunden blutend. Als die Wachen die Tür aufbrachen, packten Ceridwen und Snit ihn hastig an seinem Wams und zogen ihn in den Schacht hinein.

Morgan glitt den Innengang des Südwestturms entlang; sein Kinn war grimmig vorgeschoben, seine Laune an einem gefährlichen Punkt angelangt. Er hatte in dieser Nacht nichts anderes getan, als seinem eigenen Schwanz nachzujagen. Die Wände rechts und links waren mit Holz verschalt und führten ihn hinunter zur Kampfarena. Er hatte beide Burghöfe durchsucht, sowohl den unteren als auch den oberen und die Garnison, und hatte nichts und niemanden gefunden. Aber angesichts der Ereignisse zu Beginn dieser Nacht hatte er es für ratsamer gehalten, nicht wieder über den Festungswall zu klettern. Wenn es noch mehr Probleme geben sollte, dann würden sie sich höchstwahrscheinlich im Südwestturm ergeben, und wenn Dain und Ceridwen zusammen waren, würde Dain sie in den Turm bringen. Im Moment sah es jedoch so aus, als wären sie beide spurlos von der Erdoberfläche verschwunden.

Der Turm war merkwürdig leer und verlassen, da die meisten der Schloßwachen kreuz und quer über die beiden Höfe rannten und durch die Burg schwärmten. Sie waren ein ziemlich undisziplinierter und unfähiger Haufen, wie Morgan fand. Gegen Mitternacht hatte er Kampfgeräusche im Burghof gehört, das unverkennbare Klirren von Schwertern. Er war den Festungswall entlanggerannt, nur um festzustellen, daß er zu spät kam. Sie hatten Dain überwältigt, aber das Mädchen war ihnen entwischt, wie er dem wütenden Gebrüll des Hauptmanns von Balors Streitmacht entnommen hatte.

Es war nicht schwierig gewesen herauszufinden, wohin sie Dain gebracht hatten. Balor war keine große Burg. In das Gebäude hineinzukommen war ebenfalls relativ einfach; er hatte dazu nur einen Mann töten müssen. Zu Helebores verdammtem Kerker vorzudringen und festzustellen, daß er wieder einmal zu spät gekommen war, weil dort bereits das Chaos herrschte und Dain verschwunden war, hatte sich als weniger leicht erwiesen. Er war schnell genug gewesen, um sich unter die Gruppe der Wachen zu mischen, die die Tür aufbrachen, und anonym genug in Kettenhemd und Helm des toten Mannes, um keinen Verdacht zu erregen. Er war auch schnell genug gewesen, den Schrei einer Frau zu hören und zu sehen, wie Dain – als wäre die Situation nicht schon kompliziert genug – in einem Tunnelloch in Höhe der Decke des verdammten stinkenden Verlieses verschwand.

Aber so wahr ihm Gott helfe, es war ihm nicht gelungen, sich durch dasselbe Loch zu quetschen, ganz gleich, wie angestrengt er es versucht hatte. Da er nicht größer oder breiter als Dain war, wußte er beim besten Willen nicht, wie sein Freund das Kunststück bewerkstelligt hatte.

Das Geräusch nahender Schritte ließ Morgan hastig seinen Dolch ziehen. Die Morgendämmerung sickerte durch die Risse in der Holzverschalung und erhellte den Gang genug, um zu sehen und gesehen zu werden, aber er war nicht in der Stimmung, sich zu verstecken, sondern brannte darauf zu kämpfen. Jeder von Caradocs Männern, den er jetzt erledigen konnte, war später ein Gegner weniger.

Die Schritte entfernten sich wieder und verhallten in einem anderen Korridor, ein Umstand, der dem Mann das Leben rettete, und Morgan eilte weiter auf seinem Weg zur Kampfarena und der eisenbeschlagenen Tür, die sie versiegelte. Hinter dem Labyrinth der Arena würde er nach dem Gang suchen, der zu den unterirdischen Höhlen führte. Vielleicht tauchten Dain und Ceridwen nach ihrer Flucht durch die Eingeweide von Balor Keep ja ebenfalls dort auf.

Als er sich der Tür näherte, legte er den Kopf schief, um zu horchen. Er war bisher nur in der Arena gewesen, wenn Caradoc Wetten angenommen und Tierkämpfe veranstaltet hatte. Ganz gleich, ob es sich um Keiler, Bären, Hunde, Hähne oder eine Kombination davon handelte, Caradoc hatte während des grausigen Spektakels immer Männer an der Tür postiert, um Waffen zu konfiszieren und auf diese Weise das Blutvergießen aus der Galerie herauszuhalten und auf den Kampfplatz zu beschränken. Ob auch im Morgengrauen Wachen an der Tür stünden, wußte Morgan nicht.

Plötzlich hörte er jemanden husten, an einer Stelle weiter voraus, wo der Gang eine Kurve machte, und er fluchte unterdrückt. Es hatte ganz den Anschein, als wäre er in dieser Nacht vom Pech verfolgt. Mindestens ein Mann bewachte die Tür.

Es wäre klug gewesen, vorsichtig zu agieren, aber er scherte sich keinen Deut darum. Mit einer raschen Bewegung verlagerte er seinen Dolch in die rechte Hand und zog mit der linken sein Schwert. Er würde durch diese verdammte Tür gehen, ganz gleich, wie viele Männer ihm den Weg versperrten. Seine Schritte holten energisch und weit aus, trotz seines Hinkens, und als er um die letzte Ecke bog, bewies ihm ein schneller Blick, daß er eindeutig im Nachteil war.

Drei Wachen standen an der Tür.

Er zögerte keine Sekunde, sondern verschränkte fest die Hände, wobei er das Heft des Dolches gegen den Griff des Schwertes preßte, und holte zu einem gewaltigen Hieb nach dem ersten Wachtposten aus. Er traf ihn so hart an der Seite des Kopfes, daß dieser ohnmächtig gegen die Wand prallte. Der Mann sackte langsam an den Holzbrettern herunter, und Blut sickerte unter seinem Helm hervor, doch noch während Morgan sein Schwert hochriß, um einen Hieb des zweiten Postens abzuwehren, stürzte er mit seinem Dolch vorwärts und schnitt dem ersten die Kehle durch. Auf diese Weise müßte er sich kein zweites Mal mit demselben Wachtposten befassen.

Die dritte Wache flankierte ihn und hätte ihm mit seinem Sturmangriff beinahe den Arm abgehackt. Morgan konterte mit einem schnellen Dolchstoß in den Unterarm des Mannes. Er parierte Schlag auf Schlag, während er an zwei Fronten zugleich mit seinem Schwert angriff und zwischendurch immer wieder einen blitzschnellen Sprung zur Seite machte, um jedes sich bietende ungeschützte Fleisch mit seinem Dolch zu verwunden. Der Mangel an Bewegungsspielraum in dem engen Gang stellte eine noch größere Gefahr für ihn dar als die beiden mittelmäßigen Schwertkämpfer, dennoch waren sie eine ernstzunehmende Bedrohung, wenn sie sich beide zugleich auf ihn stürzten. Er wehrte einen Schlag mit seinem Schwert ab und duckte sich unter einem anderen Hieb, während das Schaben von Metall über Metall noch in seinen Ohren widerhallte. Dann, ganz plötzlich, taumelte der dritte Mann rückwärts gegen die Holzwand, von einem Pfeil durchbohrt. Den letzten verbleibenden Wachtposten ereilte das gleiche Schicksal, noch während er schockiert und völlig überrascht auf seinen toten Kameraden starrte.

Morgan ließ seinen Schwertarm sinken, hielt seinen Dolch jedoch weiter stoßbereit erhoben. Das war verdammt knapp gewesen. Der zweite verfluchte Pfeil war um Haaresbreite an seiner Wange vorbeigesirrt, das konnte er beschwören. Keuchend vor Anstrengung und heftig schwitzend unter seinem gestohlenen Kettenhemd spähte er den Gang hinunter, um nach seinem Retter Ausschau zu halten – oder seinem nächsten Gegner.

Es war Llynya, die gleich darauf in einen staubigen Strahl Sonnenlicht trat.

»*Malashm*«, sagte sie. Sie sah unordentlich und zerzaust aus und dennoch auf eine wilde Art hübsch im hellen Licht des Tages.

Überrascht ließ Morgan seinen Dolch sinken. Ihr Haar war dunkel, wie er schon vermutet hatte, aber nach dem, was er in der Nacht von ihr gesehen hatte, hätte er nicht erwartet, daß sie so bezaubernd wäre, daß ihre Augen so grün wären oder ihr Mund so üppig. »Erstklassiger Schuß«, sagte er anerkennend, als er sich den Schweiß von der Stirn wischte. »Alle beide.«

»Ceridwen?« fragte sie.

Er schüttelte den Kopf, noch immer mühsam nach Atem ringend. »Könnte sein, daß ich ihre Stimme gehört habe. Bin mir nicht ganz sicher.«

»Dain?«

»Lebt. Hab ihn als letztes in einem Tunnel verschwinden sehen bei seiner Flucht aus Helebores Kerker.«

»Ja, es gibt dort jede Menge Löcher und Tunnel, die sich durch den Fels schlängeln.« Sie trat zu dem ersten Toten und rollte ihn auf den Rücken. Mit raschen, gezielten Handgriffen tastete sie ihn nach Schlüsseln ab. Als sie auch an seinem Gürtel keine fand, ging sie zum nächsten.

Morgan beobachtete sie, und er war sich nur zu deutlich der Kürze ihrer Röcke und der eleganten Form ihrer Beine bewußt, als sie sich über jeden Wachtposten beugte. Der Stoff ihrer Kleider floß mit der Geschmeidigkeit von Wasser über ihren Körper. Die Zweige und Blätter in ihrem Haar verliehen ihr ein nymphenhaftes Aussehen, was ihm in seiner Hast, den Festungswall zu erklimmen, überhaupt nicht aufgefallen war. Aber jetzt, während noch immer die Hitze des Gefechts durch seine Adern pulsierte und das Licht des neuen Morgens ihr Gesicht enthüllte, fragte er sich, ob sie wohl wußte, wie perfekt der Augenblick für einen Kuß war.

In dem Moment blickte sie zu ihm auf, und er hatte seine Antwort. Llynya hatte offensichtlich keine Ahnung von dem reizvollen Bild, das sie bot, oder von der Richtung, die seine Gedanken eingeschlagen hatten. Dennoch ließe sich an solcher Unschuld leicht etwas ändern. Selbst ein züchtiger Kuß und eine Liebkosung würden schon genügen. Morgan kannte sich recht gut in diesen Dingen aus.

»Und Ihr, Morgan ab Kynan«, sagte sie, »wie geht es Euch?«

Er grinste. Er würde an diesem Morgen wohl nicht mehr dazu kommen, dunkelhaarige Mädchen zu küssen. »Ich habe mich bloß warmgekämpft und bin bereit für den nächsten Widersacher«, versicherte er ihr.

»Dann wollen wir hoffen, daß der dritte Mann den Schlüssel hat.« Llynya wies auf den Toten zu seinen Füßen.

Er ging in die Hocke und durchsuchte den Wachtposten. »Nichts. Er hat die Schlüssel nicht.«

»Mist!« fluchte sie, obwohl es eher ihr Tonfall war als das Wort, welches ihm verriet, daß sie fluchte. *Mist?* Er hatte schon als Säugling schlimmere Ausdrücke benutzt.

Morgan erhob sich wieder und betrachtete das Türschloß mit nachdenklicher Miene, dann streckte er die Hand aus und griff nach einem der kräftigeren Zweige in ihrem Haar. »Eiche?«

»Ja.« Sie nickte, und eine seidige Ringellocke löste sich und fiel an der Seite ihres Gesichts herab.

In diesem Moment hätte Morgan beinahe ebenfalls geflucht, um die heiße Erregung zu unterdrücken, die plötzlich in ihm aufwallte. Er zwang sich, seine Aufmerksamkeit wieder auf die Tür zu konzentrieren, und es gelang ihm, das Türschloß mit dem Stöckchen und der Spitze seines Dolches aufzubrechen.

»Beweg dich flink und leichtfüßig«, warnte er sie, als er die Tür einen Spaltbreit öffnete und hineinspähte. »Die Kampfarena ist berüchtigt für Fallen und wilde Keiler, und beides könnte innerhalb von Sekunden dein Tod sein.« Er sah sie über seine Schulter hinweg an. »Vielleicht solltest du besser hierbleiben. Ich werde zurückkommen und dich holen, wenn die Luft rein ist.«

Llynya warf ihm einen Blick zu, der ihm unmißverständlich

klarmachte, daß sie nirgendwo bliebe, und schob sich an ihm vorbei. »Ihr wißt überhaupt nicht, was flink und leichtfüßig ist, ab Kynan, bis Ihr mit mir gereist seid. Und was wilde Keiler betrifft – ich kenne mich besser mit ihren Tricks aus als die Sauen, die sie geworfen haben.«

Morgan blieb nichts anderes übrig, als ihr in die Arena zu folgen und zu beten, daß sie die Wahrheit sagte.

Dain blieb stehen und zog Ceridwen zurück, als sie eine Stelle in dem Tunnel erreichten, wo er sich aufrichten konnte, ohne mit dem Kopf anzustoßen.

»Warte«, sagte er, während er sich erschöpft mit dem Rücken gegen die Wand lehnte, eine Hand fest um ihre Finger geschlungen, den anderen Arm um ihre Taille gelegt.

»Snit«, rief er Ceridwens seltsamem Verbündeten nach. Er hatte einen flüchtigen Blick auf den Jungen erhascht, bevor sie ihn, Dain, mit vereinten Kräften in den engen Tunnel gezerrt hatten. »Kannst du etwas Wasser besorgen?«

»Ja.«

Es war stockfinster, dennoch wußte Dain, wann Snit den Gang hinunter verschwunden war. Er tastete nach Ayas' kühlem Kristallheft an seinem Gürtel und zog den Dolch heraus, um ihn einen Moment lang fest mit seiner Handfläche zu umschließen. Der Kristall glühte auf und verströmte blaues Licht, wie er gehofft hatte. Rhuddlans Magie war stark.

»Hat Caradoc dir etwas angetan?« fragte er, wobei er den Dolch so weit von sich weghielt, daß sein Licht auf Ceridwens Gesicht fallen konnte.

»Ja«, erwiderte sie mit schmerzerfüllter Stimme.

Eisige Kälte breitete sich in seinem Inneren aus, als er seine schlimmsten Befürchtungen bestätigt hörte. Geschlagen schloß er die Augen und ließ den Kopf hängen. Als der gottverdammte, unverbesserliche Narr, der er war, hatte er auf dem langen Ritt nach Balor seiner Verzweiflung nachgegeben und zu ihrem Gott gebetet, er möge sie beschützen, und ihr Gott – derselbe, der ihn in Palästina im Stich gelassen hatte – hatte ihn wieder abgewiesen.

»Aber nur durch den Schmerz, den du erlitten hast, Dain«, sagte sie. Er fühlte ihre Hand an seiner Wange, die Liebkosung ihres

Daumens. »Caradoc hat mich nicht angerührt, noch nicht einmal mit einem Blick. Du bist derjenige gewesen, den er mit seinem Messer gefoltert hat.«

Dain öffnete langsam die Augen. »Er hat dich nicht vergewaltigt?«

Ceridwen schüttelte den Kopf, und Erleichterung durchflutete ihn und beraubte ihn seiner letzten Kraft. Er zog Ceridwen mit sich und ließ sich an der Wand hinuntergleiten, bis sie beide auf dem Steinboden des Tunnels saßen.

»Was ist mit Ragnor?« fragte Dain. »Hast du ihn getötet?«

»Ja. Ich habe ihm die Kehle durchgeschnitten«, erwiderte sie ruhig.

»Es war eine Gnade, ohne Zweifel.«

»Ohne Zweifel.« Sie schwieg einen Moment, dann sagte sie: »Wenn Snit zurückkehrt, werde ich dir das Blut vom Gesicht waschen. Tun die Schnittwunden sehr weh?«

Ein kurzes, verächtliches Lachen stieg aus seiner Kehle auf. »Caradoc hatte nicht die Absicht, mir Schmerz zuzufügen. Er wollte mir Lust bereiten, der verlogene Bastard, als ob ich Geschmack an seinen abartigen Vergnügungen gefunden hätte. Er ist genau wie ich weitaus besser im Umgang mit einem Messer, als er sich wünschen würde. Jeder Schnitt, den er beibringt, geschieht absichtlich und nicht aus mangelnder Geschicklichkeit.« Er verlagerte sein Gewicht auf dem harten Boden und zuckte zusammen. Ceridwen und dieser Snit hätten ihn beinahe zerquetscht in ihrem Bemühen, ihn durch den Tunnel zu bugsieren. »Caradoc könnte einem Säugling den Flaum vom Hintern rasieren, ohne mit seiner Messerklinge auch nur so viel wie eine leichte Rötung auf der Haut zu hinterlassen.«

»Ich verstehe nicht«, sagte Ceridwen verwirrt.

Er hatte auch nichts anderes erwartet, dennoch fiel es ihm nicht leicht, die unausgesprochene Frage zu beantworten, die in ihren Worten mitschwang. Trotzdem, er würde sie nicht belügen. »Ich schon, und vielleicht ist es das, was du nicht verstehst.«

»Vielleicht«, gestand sie.

Ein Seufzer, halb ein Stöhnen, entschlüpfte ihm, als er in den Beutel an seinem Gürtel griff. Sie mußte das Schlimmste von Caradocs Monologen mitbekommen haben und brachte es offenbar nicht fertig, ihn zu belügen. Er holte einen Quicken-Tree-Kuchen heraus und zerbrach ihn in zwei Hälften.

»Rhuddlan schwört auf Kümmelkuchen als Heilmittel für alles, was einen plagt.« Er gab ihr ein Stück und schaute zu, wie sie davon abbiß. »Du hast gehört, wie Caradoc von einem Mann sprach, Jalal al-Kamam?«

Sie hob den Kopf und begegnete seinem Blick, das Blau ihrer Augen noch leuchtender durch das Licht von Ayas, und einen Moment lang befürchtete Dain, er brächte nicht den Mut auf, ihr die Wahrheit zu sagen.

»Jalal betreibt Menschenhandel. Er reist mit seiner Karawane durch die Wüste, um Sklaven zu kaufen und zu verkaufen, Sklaven, die sich darauf verstehen, Lust oder Schmerz zu bereiten, und er verkauft sie an jeden, der genug Gold hat, um den Preis zu bezahlen.« Er zwang sich, ihrem forschenden Blick standzuhalten. »Mein Kreuzzug endete damit, daß ich einer seiner Sklaven wurde, und einige behaupteten, ich sei der beste gewesen, den er jemals hatte. Als *bedzhaa* wurde ich viele Male an viele Leute verkauft, bis Jalal feststellte, daß ich als Magier noch wertvoller für ihn war denn als Hure.«

Sie senkte schweigend den Blick und entzog ihm die Hand, die er gehalten hatte.

Das tat weh. Er stieß erneut einen tiefen Seufzer aus. »Ich kann nun einmal nichts anderes sein als das, was ich bin, Ceri, und ich kann nichts an dem ändern, was ich einst war – obwohl ich es weiß Gott versuche«, fügte er mit einem angewiderten Murmeln hinzu.

»Ich wollte dich auch gar nicht anders haben – bis auf den Schmerz und die Verzweiflung, die du durchgemacht hast.« Ihre Stimme war ein leises Flüstern, kaum hörbar. Sie streckte die Hand aus und berührte vorsichtig die blutende Narbe an seinem Handgelenk.

»Ach, das. Das war nur Dummheit«, versicherte er ihr mit einer kleinen Lüge. »Weiter nichts. Ich war kein Kind mehr, als Jalal mich unter Saladins Gefangenen auswählte, und auch ich hatte eine Wahl.« Er verflocht seine Finger fest mit ihren. »Jalal war Zerstörer und Retter zugleich, und oft wußte ich nicht, wo der eine anfing und der andere aufhörte. Er hat mich nicht nur zu den obszönsten und widerwärtigsten Dingen gezwungen, sondern er hat mich auch die Magie gelehrt, Ceri, an der du so großen Gefallen gefunden hast, und noch vieles andere. Ohne Jalal hätte ich die Druidentür nicht öffnen können, und ich wäre auch nicht in Wydehaw gewesen, um dich zu retten.«

»Ein gesalzener Preis für die Rettung eines unbekannten Mädchens.«

»Aber jetzt kenne ich dich ... und ich habe dicht erfahren.« Er liebkoste ihren Handrücken mit seinem Daumen, eine Geste, die seinen Worten eine intime Bedeutung verlieh.

Tränen quollen unter ihren Wimpern hervor, und als er sich vorbeugte, um sie von ihren Wangen zu küssen, drehte sie den Kopf so herum, daß sich ihre Lippen trafen.

»Du bist mein, Dain Lavrans«, flüsterte sie dicht an seinem Mund. »Alles, was du einst warst, und alles, was du bist, ist ein Teil von mir, wird immer ein Teil von mir sein.«

Er küßte sie leidenschaftlich, unfähig, dem zu widerstehen, was sie anbot. Und er schwor sich, das Schlimmste von allem vor ihr zu verbergen, mit mindestens ebensoviel Erfolg, wie er es vor sich selbst verbarg. Caradoc mit seinem Gerede von Messern. Du lieber Gott, selbst der Analverkehr war schlimmer gewesen als die Messer. Wenn ein Mann unbedingt mit einer Messerklinge geschnitten werden wollte, dann hatte Dain keine Skrupel gehabt, es zu tun. Wenn einer wollte, daß er ihn mit rasiermesserscharfen Dolchen quälte, war er dem Wunsch bereitwillig nachgekommen und im Gegensatz zu Caradoc vorsichtig genug gewesen, keine blutenden Wunden zu hinterlassen, es sei denn, Jalal war für Blut bezahlt worden.

Aber die Ambrosia. Wenn in der Nacht Dämonen aus seinem Hirn krochen, um unter seine Haut zu schlüpfen und ihn erzittern und erbeben zu lassen, dann rochen und schmeckten sie nach mit Opium vermischtem *kif*. Das teuflische Zeug hatte ihm mehr von seiner Seele gestohlen, als der Analverkehr jemals von seiner Männlichkeit geraubt hatte.

»Wenn ihr fertig seid ... ich hab' das Wasser mitgebracht.« Snit war zurückgekehrt, und er klang alles andere als glücklich.

Dain löste seine Lippen von Ceridwens. Sie waren noch lange nicht in Sicherheit. In Wirklichkeit würde er sich erst dann sicher fühlen, wenn er Ceri in den hohen Norden gebracht hatte.

Sie tranken beide durstig, und Dain bot Snit ein Stück von dem Quicken-Tree-Kuchen an, was die Laune des Jungen sichtlich hob.

»Schmeckt gut.« Augen, so grün wie Sommerlaub, beobachteten Dain über einem schwarzen Streifen Farbe. Die beiden hatten sich als Dämonen bemalt, obwohl Dain bezweifelte, daß sie imstande wären, auch nur einen Fingerhut voll Unheil heraufzubeschwören. Ein schmutziger *fif*-Zopf baumelte an der Seite von Snits Gesicht herab. Dain sagte nichts, fragte sich jedoch, ob Rhuddlan wohl wußte, daß er einen der Seinen verloren hatte. Denn trotz seines mißgestalteten Körpers war Snit unleugbar ein Quicken-Tree und jung genug, um noch dunkles Haar zu haben.

»Ihr sucht wohl auch nach einem Ausgang aus den Höhlen, wie ich annehme«, sagte Snit.

Dain schüttelte den Kopf. »Nach einem Eingang. Ich will zu der Kampfarena und von dort aus weiter in die Lichthöhlen.«

»Zur Kampfarena?« Snit rümpfte seine kleine Nase. »Ein stinkender Ort, die Arena, und sie taugt zu nichts anderem, als die Keiler zu reizen, die dort herumlaufen.«

»Frei?«

»Nicht alle, aber einer von ihnen ist ein ganz übler Bursche, der den gesamten Platz beherrscht, ein riesiger, aggressiver Keiler namens Grunzer. Caradoc hat ein Vermögen mit dem Biest gemacht, das steht fest.«

»Kannst du uns dort hinbringen?«

»Ja, wenn Ihr Euch sicher seid, daß Ihr wirklich dorthin wollt.« Snit klang skeptisch.

Dain war alles andere als erpicht darauf. »Ich bin mir sicher.«

»Llynya!« schrie Morgan. Licht, er brauchte mehr Licht, verflucht noch mal. Er hatte sie aus den Augen verloren. Sie war tatsächlich so schnell, wie sie behauptet hatte, zu verdammt schnell.

Wieder ertönte der schreckliche Lärm, der Llynya Hals über Kopf hatte davonstürzen lassen, ein dumpfes, schmerzerfülltes und viehisches Stöhnen, das auf schaurige Weise von den gekrümmten Wänden des Labyrinths zurückgeworfen wurde. Es endete in einem durchdringenden, rauhen Quietschen, das wie ein Messer durch die Luft schnitt und bei dem sich Morgan die Nackenhaare sträubten.

»Scheiße«, fluchte er. Es war ein Keiler. Wahrscheinlich einer, der vom letzten Kampf übriggeblieben war. Ein verwundeter Keiler, dem keiner den Gnadenstoß versetzt hatte.

Der Geruch nach Blut und Innereien war immer stärker geworden, je weiter sie in die Kampfarena vordrangen. Geröll und Knochen häuften sich auf dem Boden. Llynya hatte sich todsicher verirrt. Niemand konnte sich mit Hilfe seines Geruchssinns orientieren, wenn der Gestank derart stark war, und die vereinzelten qualmenden Fackeln an den Wänden taten nur wenig, um die Gänge zu erhellen. Morgan räumte einen verwesenden Kadaver mit einem gezielten Fußtritt aus dem Weg.

»Llynya!« Er marschierte weiter, sein Schwert kampfbereit in der Hand, während er wünschte, er hätte einen Speer. Es war verdammt riskant, auf einen verwundeten Keiler zu treffen mit nicht mehr als der Länge seines Schwertes zwischen ihm und dem Tier.

Morgan fluchte abermals, fest entschlossen, sie zu finden. Llynya hatte ihn zielstrebig und unfehlbar durch den größten Teil des Labyrinths geführt. Warum sie beim Grunzen des Keilers Reißaus genommen hatte, wußte er nicht. In der einen Sekunde war sie noch neben ihm gewesen, in der nächsten war sie plötzlich verschwunden. Wie vom Erdboden verschluckt.

»Llynya, verdammt noch mal! Antworte mir!« bellte er. Wenn er den Keiler mit seinem Gebrüll auf sich aufmerksam machte, um so besser, denn er hatte eine plötzliche, unerklärliche Zuneigung zu dem Kobold entwickelt und würde auf keinen Fall zulassen, daß ihr etwas passierte.

In dem Moment drang ein leise gesungenes Lied an sein Ohr, das sich auf einer verspielt klingenden Melodie einen Weg durch die verzweigten Gänge des Labyrinths bahnte. Es konnte nur Llynya sein, die da sang. Morgan folgte dem lieblichen Klang, und als er sich der Quelle des Geräusches näherte, fielen ihm die fremdartigen Worte der Strophen auf:

»*Pwr wa ladth ... Pwr wa ladth ... Pwr wa ladth ...*« Ihr Lied wurde zu einem nervösen Gestotter, das verdächtig nach einer flehentlichen Bitte klang.

Mitten in der Kurve kam Morgan schliddernd zum Stehen. Es war Llynya, allerdings von dem Keiler in einer Sackgasse des Labyrinths in die Enge getrieben. Sie stand mit dem Rücken gegen die Wand gepreßt und wehrte das Tier mit dem falschen Ende ihres Dolches ab, und das Heft tat etwas Merkwürdiges. Es glühte und leuchtete.

Magie. Morgan fluchte und bekreuzigte sich hastig. Es war wieder mal sein Pech, daß er sich ausgerechnet in eine Heidin verlieben mußte, die mit dem Heft ihrer Klinge Hexenkunst praktizierte. Sie hatte das Tier mit dem kristallenen Licht und ihrem Gesang hypnotisiert.

Dennoch lief offensichtlich etwas schief, denn der magere alte Keiler warf angriffslustig den Kopf mit den langen Hauern hoch und kam Schritt für Schritt näher, während seine Hufe kleine Staubwölkchen aufwirbelten. Llynya versagte die Stimme.

Morgan zögerte keine Sekunde, sondern rannte mit hoch erhobenem Schwert herbei und ließ die Klinge mit einem gewaltigen Hieb auf den Nacken des Tieres niedersausen. Die scharfe Schneide grub sich so tief durch das verfilzte Fell, daß sie das Rückgrat des Keilers durchtrennte und ihn gelähmt zu Boden stürzen ließ. Seine Augen verdrehten sich, bis nur noch das Weiße zu sehen war, als ein Blutstrom aus der Wunde schoß.

»Es war doch meine Pflicht... Rhuddlan hatte mir eingeschärft... Euch zu schützen«, stotterte Llynya atemlos. Morgan stemmte einen Fuß gegen die Flanke des Tieres und zog mit einem Ruck sein Schwert aus dem Nacken des Keilers. »Ich dachte, ich könnte den Keiler ablenken, um Euch zu schützen ... ich dachte, ich könnte ... ich wollte doch nur –«

Er machte zwei rasche Schritte auf sie zu, packte ihr Kinn und brachte sie mit einem Kuß zum Schweigen. Llynya wurde ganz still, und als er mit seinem Mund zart über ihren streifte, öffneten sich ihre Lippen für ihn, so weich und verführerisch, um ihn zu kosten.

Nach einer Weile löste sich Morgan behutsam von ihr und hob den Kopf, um ihre Augen zu sehen. »Süß«, murmelte er, und er wollte noch mehr sagen, aber in seiner Erregung fehlten ihm einfach die Worte. Sie war süß, so köstlich süß wie Nektar und Honig, und warm, von sinnlicher Hitze erfüllt, die sich ausbreitete, um sich wie ein samtener Umhang um ihn zu legen. Ihre Augen waren so grün wie frisches Waldlaub und flache, sonnenbestrahlte Seen, und sie lockten ihn, lockten ihn unwiderstehlich. Mit einem

Seufzer beugte er den Kopf, um erneut seine Lippen auf ihre zu pressen.

»Morgan!« Der Ruf ertönte aus dem Tunnel hinter ihm. Er schaute über seine Schulter zurück und fluchte wegen des Kusses, den er nun nicht mehr bekäme. Es waren Dain und Ceridwen, sicher und wohlbehalten.

Er drehte sich wieder zu Llynya um. »Wenn Balor Keep hinter uns liegt, werde ich kommen und dich holen«, versprach er. Als sie schweigend nickte, ließ er sie los und trat beiseite.

25. *Kapitel*

Llynya führte sie aus dem Labyrinth heraus und noch tiefer unter die Erde, in ein verschachteltes Gebilde von Höhlen, Einsturzstellen und Geröllbergen – Überreste dessen, was früher der Weg von Carn Merioneth zu den Lichthöhlen gewesen war. Rhuddlan hat recht gehabt, dachte Dain. Durch die Zerstörung der Burg war jeder einstmals klar erkennbare Durchgang unkenntlich gemacht worden, und es waren nur noch Schotter und Felsbrocken übriggeblieben, um die sie sich vorsichtig einen Weg bahnen mußten, und schmale Spalten im Gestein, durch die sie sich hindurchzwängten, und noch schmalere Vorsprünge über scheinbar bodenlosen Abgründen, die es zu überspringen galt. Ohne Llynya, die sie von oben hinuntergeleitete, und die Quicken-Tree, die von unterhalb des Irrgartens agierten, hätten sie niemals ihren Weg gefunden. Snit war nicht mit ihnen gekommen, sondern sofort verschwunden, nachdem er Dain und Ceridwen durch die Kampfarena zu Morgan und Llynya gebracht hatte.

Eine ganze Weile, nachdem Llynya sie aus der Arena hinausgeführt hatte, hatten sie ein weiteres bläuliches Licht in der Dunkelheit vor ihnen leuchten sehen. »Das wird Bedwyr sein«, hatte sie gesagt und recht behalten, als sie schließlich auf den Quicken-Tree-Mann trafen, der an einer Stelle Wache hielt, wo ein Haufen von Felsbrocken und eingestürzten Balken den Tunnel blockierte. Bedwyr hatte jedem von ihnen über das Hindernis hinweggeholfen und sie gewarnt, vorsichtig zu sein, denn auf der anderen Seite war nichts als ein steiler Felssturz, der in einen gähnenden Abgrund abfiel, was Dain zum ersten Mal die wirkliche Breite und Tiefe der Höhlen vor Augen führte. Der Pfad, den sie in der Nacht zuvor mit Rhuddlan gegangen waren, durch die sich windenden Schächte der Canolbarth, hatte nichts davon erkennen lassen.

Als sie sich den Lichthöhlen näherten, wurden sie von anderen Angehörigen der Quicken-Tree begrüßt, Liosalfar, die die fernsten

Winkel der Höhlen auskundschafteten, jeder mit einer Traumstein-Kristallklinge in der Hand. Trig war einer der fünf, die ihnen entgegenkamen.

»Du hast deine Sache gut gemacht«, sagte er zu dem Kobold, bevor er einen der anderen Männer anwies, mit Bedwyr zusammen den Weg zurückzugehen, den Llynya gekommen war, und den Tunnel zu bewachen. Dann winkte er zwei weitere Liosalfar herbei und erklärte: »Ihr wißt ja, wo ihr gebraucht werdet. Geht zu Rhuddlan und sagt ihm, daß alle wohlbehalten eingetroffen sind.«

Die blauen Lichter entfernten sich in einer Linie den Steilhang hinunter und leuchteten bei jeder Biegung des Pfades flüchtig auf, bis sie in dem Abgrund aus Finsternis verschwanden.

Dem letzten verbleibenden Mann gab Trig ein Stück Stoff, das er aus einem Beutel an seinem Gürtel zog. Es war weißes Tuch aus feingesponnener Wolle, geflickt und zusammengenäht mit einem schimmernden Faden von dem Grau und Grün der Quicken-Tree. »Gib dies hier Aedyth und frag sie, was sie davon hält. Sag ihr, daß wir es in der Nähe des Crwyn Track gefunden haben.« Der Mann eilte davon, und Trig wandte sich zu Ceridwen und Dain um. »Wir werden Rhuddlan am Teich der Weissagung erwarten, damit es keine Verzögerung bei der Zeremonie gibt.«

»So früh schon?« fragte Llynya, während sie einen Blick in Morgans Richtung warf, bevor sie ihre Aufmerksamkeit wieder auf Trig konzentrierte. »Sie sind müde und haben eine Menge durchgemacht. Ich dachte, es bliebe noch genug Zeit, daß sich alle ausruhen könnten.«

»Sie können sich nach der Zeremonie ausruhen, falls Caradoc nicht schon im Anmarsch ist. Er wird Ceridwen nicht kampflos aufgeben. Und auch der Mönch wird nichts unversucht lassen, um sie wieder in seine Gewalt zu bekommen.«

»Aber Dain ist verletzt worden.«

Trig hob seinen Dolch, um Dains Gesicht in seinem Lichtschein sehen zu können, und fluchte unterdrückt.

»Es ist nicht so schlimm, wie es aussieht«, versicherte Dain ihm.

»Es sieht nach Metzelei aus.« Die Stimme des Quicken-Tree-Mannes klang grimmig.

»Caradoc nennt es Kunstfertigkeit. Mach dir nicht zu viele Sorgen, Trig. Ich habe noch genügend Kraft für Rhuddlans Stunde der

Magie, obwohl der zeremonielle Teil seines Türöffnungsrituals möglicherweise ausfallen muß. Mir steht wirklich nicht der Sinn nach einer weiteren ›Reinigung‹, so bald nach der letzten.«

»Für Reinigung bleibt keine Zeit mehr«, erwiderte Trig. »Rhuddlan und die anderen sind bereits unter der Burg in Kämpfe verwickelt worden, und obwohl sie die Männer von Balor Keep zurückgeschlagen haben, ist es noch lange kein endgültiger Sieg.«

»Was ist mit meinen Männern?« warf Morgan ein.

»Sie sind bei Rhuddlan und sichern den gesamten Bereich um die Höhlen herum, so gut es ihnen in der Eile möglich ist. Wenn Caradoc erneut angreift, werden wir gewarnt sein.«

»Von den Burgwachen, die mich oder Llynya gesehen haben, ist keine mehr am Leben«, erklärte Morgan dem Hauptmann der Liosalfar mit einem Seitenblick auf den Kobold.

»Und keiner ist uns gefolgt«, fügte Dain hinzu. »Wir sind auf unterirdischen Pfaden von der Burg in den Turm gelangt, durch enge Schächte, die kaum groß genug für einen erwachsenen Mann waren.«

»Der Ort hat mehr Löcher als der Stiefel eines Bettlers«, sagte Trig angewidert. »Früher gab es hier nicht derart viele Schächte. Der Mönch hat einen Tunnel in die Höhlen, den wir vor zwei Wochen, als wir das letzte Mal hier waren, völlig übersehen haben. Wir dachten, wir hätten die Höhlen gegen sein Eindringen versiegelt und bräuchten nur den ursprünglichen Tunnel zu finden, wenn wir das nächste Mal hierherkämen.«

»Es war einer von deinen Burschen, Trig«, sagte Dain, »der uns den Weg gezeigt hat. Ein Junge, der irgendwann verschwunden ist.«

»Er heißt Snit«, fügte Ceridwen hinzu.

»Ich weiß von keinem Snit«, erwiderte Trig. »Aber es sind genug von uns hier, so daß uns jeder finden kann, wenn er will. Wenn er sich in den Schächten auskennt, wird er nicht mehr lange verschwunden bleiben. Und nun kommt. Wir dürfen keine Zeit vergeuden.«

Der Liosalfar führte sie den steilen Felshang hinunter zu den Lichthöhlen. An einigen Stellen benutzten sie Stufen, die in den Steinboden gehauen und im Laufe der Jahrhunderte glattgeschliffen worden waren, Spuren der Geschichte der Höhle. Manchmal mußten sie sich vorsichtig einen Weg über Geröllfelder und um Felsbrocken herum bahnen. Je tiefer sie vordrangen, desto feuchter wurden die Wände, durchtränkt vom salzigen Geruch des Ozeans. Eine milde Brise drang zusammen mit der nach Tang und Salz duftenden Gischt in den Tunnel und trug Sonnenwärme in die kalte Finsternis.

Ceridwen, die neben Trig ging, blieb abrupt stehen. »Warte«, sagte sie, während sie ihr Gesicht dem warmen Wind zuwandte. »Ich kenne diesen Ort.« Erregung schwang in ihrer Stimme mit. »Komm, Dain.« Sie griff nach seiner Hand.

Sie folgte dem Geruch nach Meer und frischer Luft und führte ihn vom Hauptschacht fort. Obwohl die Zeit drängte, erhob Trig keine Einwände gegen die Verzögerung, und Dain sah, wie der Hauptmann den anderen mit einer Geste bedeutete zu warten.

Bald verbreiterte sich der Pfad, während sich die Felswände zu beiden Seiten bauchig wölbten und zu neuen Höhen aufragten. Die Luft wurde zunehmend frischer und wärmer und das Licht hell genug, so daß Dain Ayas wieder in seinen Gürtel zurückschob.

»Ja«, murmelte Ceridwen. »Hier ist es.« Sie streckte die Hand aus und berührte eine schwarze Schlangenlinie, die sich horizontal an der Wand entlangzog. »Als Kind mußte ich mich auf die Zehenspitzen stellen, um sie zu erreichen.« Eine zweite Linie schlängelte sich von der Decke herunter und kreuzte die erste, und Ceridwen lächelte. »Meine Mutter sagte damals, sie hätte das gleiche tun müssen, als sie ein kleines Mädchen war, sich auf die Zehenspitzen stellen, um die Drachen zu berühren, um sie zu sehen.«

»Sie sehen nicht so besonders wild aus, Ceri«, meinte er, während er sie beobachtete und abwartete, was als nächstes käme. Sie war das letzte Mal als Kind hier gewesen.

»Nein«, pflichtete sie ihm bei. Sie fuhr die einzelnen Linien mit den Fingerspitzen nach und spreizte ihre Hände, als sie auseinanderliefen und die Malereien komplizierter wurden. »Sie sehen nicht besonders wild aus ... noch nicht.«

Dain folgte ihr weiter in das Licht hinein. Die nebligen Strahlen der Sonne umrahmten Ceridwens Gesicht und ließen die schwarzen Dämonenstreifen auf ihren Wangen noch krasser hervortreten. Ihr Haar war eine krause, zerzauste Masse, ungekämmt und wirr, und fiel bis zu ihrer Taille herab. Ihr Gewand war schmutzig, der Saum eingerissen und mit getrocknetem Schlamm verkrustet. Sie sah wie der perfekte Höllenengel aus, und die Liebe, die er für sie empfand, schmerzte ihn tief in der Brust und machte ihn vollkommen wehrlos.

Ein Grinsen spielte um seine Lippen. Er hätte wissen müssen, daß nur eine Frau in der Lage wäre, ihn endgültig zu besiegen.

»Siehst du?« fragte sie und schenkte ihm ein flüchtiges Lächeln. »Hier sind die Klauen und die Flügel, die es ihnen ermöglichen, unter den Wellen zu fliegen. Die Schuppen fangen dort hinten an, wie bei einem riesigen Fisch. Sie haben Barthaare und goldene Katzenaugen.« Sie bewegte ihre Hand über eine breite Kurve, gekrönt von einer langen, gebogenen Flosse. »Dies hier ist Ddrei Glas. Sie ist hellgrün, so grün wie die Schaumkronen der Meereswellen im Mondschein. Und das hier ...« Ihre Hand glitt höher hinauf zu dem größeren Drachen, dessen Schwanz um den Körper des kleineren geschlungen war. »Das hier ist Ddrei Goch. Er ist rot, um sich den ersten Strahlen der Morgenröte auf dem Wasser anzupassen.«

»Fangzähne, so groß wie die Hauer eines Keilers.« Dain zeichnete einen der vielen Zähne nach, wobei seine Fingerspitzen die mit Ruß geschwärzte Rille in der Wand entlangglitten. Der Fels war warm, sehr viel wärmer, als er es bei einer Höhlenwand auf einer kalten Klippe hoch über dem Ozean für möglich gehalten hätte. Er preßte seine Handfläche flach an die Wand, um mehr von dem Stein zu berühren, und plötzlich wußte er genau, was er da fühlte – einen Hauch von Magie. Ihre Vitalität war unverkennbar.

Jalal wäre erfreut gewesen.

»Wild«, sagte Ceridwen, als sie zu ihm aufschaute.

»Ja, Ceri. Wild.« Er zog seine Hand von der Wand zurück und hob sie an ihr Gesicht, um ihr eine zerzauste Strähne hinter das Ohr zu streichen. Nicht jeder Tag in der Wüste war qualvoll und trostlos gewesen. Jalal hatte ihm Wunder gezeigt, faszinierende Dinge, die die Vorstellungskraft der meisten Menschen weit überstiegen: riesige Städte, Jahrtausende alt und verlassen und halb unter den Sandmassen begraben; Karten, auf denen sämtliche Gestirne am Himmel verzeichnet waren und alle Länder und Gewässer der Erde; und die Kunst der Magie.

»Komm«, sagte Ceridwen. »Es gibt noch mehr zu sehen.« Sie ergriff seine Hand und führte ihn zum Ausgang der Höhle. Vor der bauchförmigen Öffnung ragte eine Felsnase aus Kalkstein aus den Klippen heraus, hoch über der westlichen See. »Hier war der Lieblingsort meiner Mutter, wo sie oft saß, um auf ihrer Harfe zu spielen. Der Drachenschlund. Wir konnten sie hören, Mychael und ich, wenn wir in unserem Bett lagen. Sie war diejenige, die uns in jener Nacht gerettet hat, in der Nacht, als Grwnach –« Sie hielt mit erstickter Stimme inne und ließ Dains Hand los. Nach einem Moment fuhr sie zu sprechen fort, jedoch ohne ihn erneut zu berühren. Ihre Hände waren fest vor ihrer Taille verschränkt und hielten nur einander fest. »Sie spielte auf ihrer Harfe, weißt du, und die Musik weckte mich. Ich bin schon als Kind ständig in Schwierigkeiten geraten, lange bevor ich in dem Kloster in Usk eingesperrt wurde, und in jener Nacht zwang ich Mychael, mich auf meinem großen Abenteuer zu begleiten ... mit dem Ergebnis, daß wir uns hoffnungslos in den Canolbarth verirrten.«

Sie wischte sich hastig eine Träne ab und verschmierte die Dämonenstreifen auf ihrer Wange. Dain war in Versuchung, ihr seinen Ärmel anzubieten, tat es dann aber doch nicht. Seine Liebe konnte ihr diesen Schmerz nicht ersparen.

»Vielleicht hätten wir in unserem Bett sterben und mit dem Rest von Carn Merioneth untergehen sollen«, sagte sie bedrückt.

»Du wirst sterben, wenn die Zeit dazu gekommen ist, Ceridwen. Nicht eher.«

Ein Windstoß wehte die Klippen herauf und wirbelte durch die natürliche Aushöhlung im Gestein, in der sie standen, zerzauste Ceridwens Haar und bauschte den Saum ihres Gewandes.

»Es liegt schon so lange zurück«, sagte sie mit bebender Stimme, als sie sich umwandte und Dain ansah. »Manchmal kommt es mir vor, als wäre es gar nicht mir, sondern jemand anderem passiert.«

Er hielt ihren Blick fest, und als sie zu ihm kam, nahm er sie in seine Arme und küßte sie. Das Zittern ihres Körpers ließ in der tröstlichen Wärme seiner Umarmung nach, der salzige Geschmack ihrer Tränen verschwand auf seiner Zunge. Dain schmiegte seine Handfläche an ihre Wange und vergrub seine Finger in ihrem Haar, als er den Kuß vertiefte. Sie hatte Süße und Sanftmut in sich, genug für ein ganzes Leben, aber auch Wildheit und Zähigkeit, denn sie hatte Gwrnachs Vernichtung überlebt und Ragnor getötet.

Er löste sich nicht von ihr, als der Kuß vorbei war, sondern hielt sie weiterhin fest umschlungen und ließ sie an ihn gelehnt ausruhen, während sie auf die Irische See hinausblickten.

»Werden wir heiraten?« fragte Ceridwen.

»Ja, wir werden heiraten.«

»Und Kinder haben?«

»Wenn du möchtest. Und wenn du keine Kinder möchtest, wirst du froh sein, einen Magier geheiratet zu haben, der sich in solchen Dingen auskennt.«

Sie schwieg einen Moment, dann fragte sie: »Bist du wirklich ein Hexenmeister?«

Dain lachte, amüsiert darüber, daß sie endlich anzweifelte, was er so energisch abgestritten hatte. »Vielleicht«, gestand er. »Ich habe die Gabe des Sehens –«

»– aber sie ist nicht sonderlich stark ausgeprägt«, beendete sie den Satz für ihn und lachte an seiner Brust.

Er beugte sich hinab und knabberte an ihrem Ohrläppchen: »Hexe. Ja, wir werden heiraten und Kinder haben. Ich werde dich in den hohen Norden bringen und einen Palast aus Eis für dich bauen, und jede Nacht werde ich ihn mit meiner Liebe zum Schmelzen bringen.«

Sie schlang ihre Arme noch fester um ihn und hob ihr Gesicht, um zu sprechen, ihre hellblauen Augen von Wärme erfüllt im goldenen Licht der Sonne. »Tu all diese Dinge, Dain Lavrans, und ich werde wunschlos glücklich sein.«

Zärtlich streifte er mit den Fingerspitzen über ihre Wange, bevor er seinen Mund auf ihren senkte, um sie erneut innig zu küssen. In der Tiefe unter ihnen donnerte die Brandung gegen die Felsen und wirbelte feine Gischtschleier in die Luft, während er Ceridwen in den Armen hielt, um sie zu küssen und von ihr geküßt zu werden und sich vom tröstlichen Beistand ihrer Liebe erfüllen zu lassen.

Trig ließ nur eine leise Andeutung von Ungeduld erkennen, als sich Dain und Ceridwen wieder zu ihnen gesellten.

»Der Drachenschlund«, sagte er und wies mit dem Kinn in die

Richtung, aus der sie gekommen waren. »Dort sind Macht und Energie. Und eine Zuflucht, wenn man sie braucht.«

»Ja«, sagte Dain, als er dem Blick des Liosalfar begegnete. Er hatte Rhiannons Lieblingsort als all das erkannt, was er war.

Sie setzten ihre Wanderung durch die Lichthöhlen fort und gelangten schließlich in eine große Höhle am Rand der Canolbarth. Dain erkannte sie sofort wieder; Rhuddlan hatte sie bei ihrer Ersteigung des Festungswalls von Balor Keep hier hindurchgeführt. Jetzt brannten überall in der riesigen unterirdischen Wölbung Fackeln, erhellten die fernsten und dunkelsten Winkel und warfen einen ringförmigen Lichtschein auf die Dampfschwaden, die von dem tiefen Teich in der Mitte des Bodens aufstiegen – ein Wahrsageteich, wie Rhuddlan erklärt hatte. Numa und Elixir liefen schwanzwedelnd herbei, um sie zu begrüßen, überschwenglich in ihrer Wiedersehensfreude, während sich andere Angehörige der Quicken-Tree auf die bevorstehende Schlacht vorbereiteten. Die Quicken-Tree hatten Freunde zur Verstärkung herbeigeholt, Krieger, die nicht aus Deri waren. Ebiurrane, wie Rhuddlan sie nannte, die mit ihrem Anführer, Llyr, aus dem Norden eingetroffen waren.

Moira war ebenfalls dort und wartete schon auf Dain, ihre *rasca*-Salbe griffbereit neben sich. Sie wusch seine Wunden mit Wasser aus dem Teich, was Dain an seiner Heiligkeit zweifeln ließ, da sein Blut jedesmal in das Wasser zurückfloß, wenn sie das Tuch ausspülte.

»Es gehört schon etwas mehr dazu als das«, sagte plötzlich eine vertraute Stimme hinter ihm.

»Still, Kind«, schalt Moira.

»Madron.« Er begrüßte den Neuankömmling, ohne sich umzudrehen, während er stillhielt, um sich von Moira verarzten zu lassen. Elixir war nicht mehr von seiner Seite gewichen.

Aus den Augenwinkeln erhaschte er einen Blick auf einen lavendelblauen Rock. »Hier bin ich Moriath, Tochter von Nemeton, und du bist ein Idiot, der besser meinen Rat hätte annehmen sollen, statt das Mädchen zu nehmen. Es hätte dir eine Menge Schwierigkeiten erspart.« Sie trat vollends in sein Blickfeld und setzte sich auf einen glatten, flachen Stein vor ihm.

»Meine Schwierigkeiten sind nur ein paar Kratzer, mehr nicht.« Sie sah so hübsch wie immer aus, ihr rotbraunes Haar unter ihrer

Haube zu Locken gedreht, nicht geflochten, ihre grünen Augen klar und funkelnd.

»Narr, Narr und noch einmal Narr. Deine Probleme haben gerade erst begonnen«, sagte sie, allerdings nicht unfreundlich. »Ich habe dich immer gemocht, Dain. Vielleicht zu sehr. Denn du hast die Druidentür geöffnet und ein bißchen Geist und Witz in meinen Alltag gebracht, aber was du jetzt getan hast, wird dich teuer zu stehen kommen.«

»Ceridwen gehört mir«, erwiderte er und blickte zu der Stelle auf der anderen Seite der Höhle hinüber, wo das Mädchen mit Elen und Aedyth saß und sich mit kleinen Quicken-Tree-Kuchen und warmem Honigmet stärkte. Sie hatte noch ihre Armbrust bei sich, und er hatte ihr den Damaszener zurückgegeben. Die Frauen hatten ihr das Gesicht gewaschen und waren dabei, ihr Haar zu ordentlichen Zöpfen zu flechten, während sie auf Rhuddlans Ankunft warteten. Numa lag zu Ceridwens Füßen in einer rührenden Demonstration hündischer Treue. »Caradoc will sie nicht länger zur Braut«, fügte Dain hinzu, »und Rhuddlan will nur, daß wir eine Tür für ihn öffnen. Danach gehen wir in den Norden.«

»Es gibt Türen und Türen, lieber Magier von Wydehaw«, erwiderte Madron, »und ich befürchte, Rhuddlans Tür wird dich auf die Probe stellen, bis du die Grenze deiner seelischen Belastbarkeit erreicht hast.«

»Ich bin schon einmal in einer Situation gewesen, wo ich die Grenze meiner seelischen Belastbarkeit erreicht habe, und wie du siehst, gibt es mich immer noch.«

»Ja, aber ist deine Seele wieder heil?«

Sein Blick schweifte zu Ceridwen zurück. »Fast.«

»Fast ist nicht genug. Rhuddlan hat dich zu seinem eigenen Nutzen mit Ceridwen verbunden, Dain, nicht zu deinem«, warnte sie ihn, und vielleicht hätte sie ihm noch mehr verraten, wäre Rhuddlan nicht in dem Moment angekommen.

Der Anführer der Quicken-Tree schritt aus den dunklen Zonen der Höhle ins Licht, rechts und links von Liosalfar flankiert, und rief sie alle in Hörweite herbei, um mit der Zeremonie zu beginnen. Noch bevor er den Teich erreicht hatte, erfüllte das Dröhnen von Trommeln die Luft, und die Quicken-Tree strömten von allen Seiten herbei.

Ceridwen schloß sich den anderen an, die sich in der Mitte der Höhle versammelten, begleitet von Elen, Aedyth und Numa, die getreulich an ihrer Seite blieb. Wie der Drachenschlund, so war auch die Höhle mit dem Teich der Weissagung ein vertrauter Ort für sie, ein felsiger Mutterschoß der Erde, der Kindheitserinnerungen an Feste und Tänze in ihr heraufbeschwor und daran, wie sie von den Gesängen in den Schlaf gewiegt worden war. Jedesmal hatte ihre Mutter über die Wasser des Teiches geherrscht. An diesem Tag sollte sie, Ceridwen, Rhiannons Nachfolge antreten – dies hatte ihr die Weißhaarige, Aedyth, erzählt, die ihr Gesicht von den schwarzen Dämonenstreifen gesäubert und eine warme Salbe auf ihren Händen verrieben hatte, während sie die ganze Zeit leise *»Domnu, Domnu, Domnu a matria patro leanda, eso a prifarym, Domnu«* gesungen hatte.

Ceridwen erinnerte sich an Domnu, sie, die die Erde als ihre Mutter hatte. Rhiannon hatte oft von der Göttin gesungen – und noch jemand anderer während einer langen Nacht im Wald von Wroneu. Aber sie hatte keine Erinnerung mehr daran, wie man die Wasser des Teiches der Weissagung beherrschte. Seit Aedyth ihr mitgeteilt hatte, was sie tun sollte – ohne ihr jedoch zu erklären, *wie* das zu geschehen hätte, da sie offenbar voraussetzte, daß Ceridwen dies wußte – hatte sie ihr Gedächtnis nach der Methode durchforstet, aber nichts gefunden. In diesem Fall würde ihr auch Dains Magie nicht helfen. Brochans wundervoller Talisman hatte keinen Platz in den Ritualen von Merioneth. Das Wissen, das sie brauchte, stammte von ihrer Urahnin, Arianrod, einer Druidenpriesterin aus uralter Zeit, und war von Generation zu Generation, jeweils von der Mutter an die Tochter, weitergegeben worden. So stand es in ihrem roten Buch, mit einer Knappheit, die es besser auf die Abschnitte über Drachen und Blut hätte verwenden sollen, wie Ceridwen fand. Obwohl das Buch bestätigte, daß sie in direkter Linie von Arianrod abstammte, war sie noch ein Kind, als Rhiannon starb. Wenn ihre Mutter ihr tatsächlich das Wissen vermittelt hatte, dann hatte sie es längst wieder vergessen.

In diesem Moment fiel ihr Blick auf die Frau in Lavendelblau, die neben Dain saß. Ceridwen blieb zögernd stehen, und die Frau drehte den Kopf und hielt ihren Blick fest.

»Moriath«, flüsterte Ceridwen und wußte, daß es wahr war.

Dies war die Frau, die sich als altes Weib maskiert hatte, die geheimnisvolle Erscheinung, die ihr den Traum geschickt hatte, hellhäutig und mit Augen, so grün wie die Bäume im Hochsommer.

»Ah, Ceridwen«, rief Moriath und strich ihre Röcke glatt, als sie sich von dem Stein neben dem Teich erhob. »Komm zu mir und laß dich ansehen.« In ihren Worten schwang Zuneigung mit und ein unterschwelliger Befehl von solch subtiler Kraft, daß Ceridwen sich nicht sicher war, ob sie ihn ignorieren sollte – trotz Dains Warnung, daß die Hexe ihnen nicht freundschaftlich gesonnen war.

Dennoch widersetzte sie sich dem Befehl und rührte sich nicht von der Stelle.

Ein schwaches Lächeln spielte um Moriaths Lippen, als sie mit raschen Schritten auf sie zukam. »Du bist wirklich kein Kind mehr.«

»Hast du etwas von meinem Bruder gehört?« wollte Ceridwen wissen.

»Nein«, erklärte die ältere Frau, »schon seit vielen Monaten nicht mehr, aber meine Besorgnis hat in erster Linie immer dir gegolten, da du Rhiannons Tochter bist. Das ist der Grund, weshalb ich in der Nähe von Usk geblieben bin, um über dich zu wachen.«

Ja, dachte Ceridwen, und jetzt geht es schon wieder los, dieses verdammte Gerede von »Rhiannons Tochter«.

»Trotzdem wolltest du, daß ich Caradoc heirate.« Es war ein Vorwurf, keine Frage.

»Ich hielt es für die beste Lösung für uns alle, um Carn Merioneth wieder zu der heiligen Stätte zu machen, die es einst war. Ich wäre immer in deiner Nähe geblieben, um dafür zu sorgen, daß dir nichts zustößt.« Moriath sprach ohne die geringste Andeutung von Reue oder Entschuldigung und ließ Ceridwens Verhör mit einer selbstsicheren Würde über sich ergehen, die äußerst ärgerlich war.

»Du hast mir in jener Nacht in deinem Häuschen nicht gesagt, wer du bist. Warum nicht?« verlangte Ceridwen zu wissen.

»Aber natürlich habe ich das getan, Ceri«, schalt die Hexe sie sanft. Mit einer leichten Handbewegung rief sie Numa herbei. Die Hündin reagierte ohne Zögern und kam angetappt, um die Hexe zweimal zu umkreisen und sie freudig winselnd mit der Schnauze anzustupsen.

Ceridwen nahm die Widerlegung durch die Hexe und Numas Treulosigkeit mit ebensoviel Würde hin, denn wenn sie ehrlich war, mußte sie zugeben, daß Moriaths Worte ein Körnchen Wahrheit enthielten: Tief in ihrem Traum hatte sich ihr das alte Weib als das junge Mädchen aus ihrer Kindheit zu erkennen gegeben, als die getreue Amme, die sie und Mychael gefunden und beschützt und umsorgt hatte, bis sie sie bei den Nonnen und Mönchen zurückließ.

»Daß Ragnor dich gefangennahm, hätte nicht passieren dürfen«, fuhr Moriath fort, während sie die Hündin gedankenverloren wieder zu Ceridwen zurückschickte. »Und auch nicht, daß du nach Wydehaw gebracht und in Dains Obhut gegeben wurdest. Diese Dinge haben Probleme und Zwistigkeiten erzeugt, die es niemals gegeben hätte, wenn du nach Carn Merioneth auf deinen rechtmäßigen Platz gekommen wärst.«

Ceridwen blickte zu Dain hinüber. »In diesem Punkt irrst du dich, Moriath. Daß ich in Dains Obhut gegeben wurde, ist das einzige, was mich gerettet hat. Wir sind jetzt nur hier, um für Rhuddlan eine Tür zu öffnen, danach gehen wir in den Norden, gemeinsam. Carn Merioneth ist nichts als eine Erinnerung. Es ist Balor mit all seiner Gottlosigkeit und Niedertracht, das dort oben regiert.«

Moriath reagierte auf ihre Worte mit einem Lächeln, das eine Spur Traurigkeit enthüllte, aber keine Gekränktheit. »Dich erwartet noch mehr als nur eine Tür, Kleine. Öffne sie, und dann wirst du verstehen.« Sie trat einen Schritt vor und berührte Ceridwens Gesicht, eine zarte Liebkosung ihrer Fingerspitzen, die sanfteste Geste der Zuneigung. »Ich habe dir in meinem Cottage einen Traum geschickt. Nutze ihn, vielleicht kannst du dann den Mann retten, den du liebst.«

»Genug, Moriath«, warnte Rhuddlan sie. »Ich werde nicht zulassen, daß die beiden zu Schaden kommen, wie du sehr wohl weißt.«

»Oder daß du selbst zu Schaden kommst«, erwiderte die Hexe, während ihr Lächeln verblaßte. »Dennoch blutest du in genau diesem Moment aus den Wunden der Schlacht, die du uns aufgezwungen hast, eine Schlacht, die sich hätte vermeiden lassen, wenn du nicht so unklug vorgegangen wärst. Ich hätte nicht noch einmal Männer mit ihren todbringenden Schwertern in die Höhlen gelassen.«

Moira trat zwischen die beiden, und ihre würdevolle Haltung und ihr ernster Blick aus dunklen Augen mahnten die beiden Streithähne zum Schweigen. In den Händen hielt sie einen Kelch, der mit juwelenbesetzten Drachen geschmückt war, sein goldenes Inneres bis zum Rand gefüllt. »Es wird Zeit, daß die Diskussionen aufhören und die Zeremonie anfängt. Sie müssen trinken.«

Dain betrachtete die transparente, rote Flüssigkeit und entschied augenblicklich, daß er nichts dergleichen tun würde. Er würde keinen Tropfen davon anrühren und Ceridwen schon gar nicht. »Ich habe deinen *gwin draig* schon einmal gekostet, Moira, und ich kann dir garantieren, daß wir heute nicht das geringste zustande bringen werden, wenn ich wieder davon trinke.«

»Wenn du zum zweiten Mal davon trinkst, ist es anders als beim ersten Mal«, erwiderte sie. »Dann ist es mehr wie Wein und weniger wie der Drache.« Ein mildes Lächeln spielte um ihre Lippen und ließ einen rosigen Hauch in ihre Wangen steigen, sichtbarer Beweis dafür, daß ihr Tadel wegen der Verzögerung nichts mit ihm zu tun hatte – tatsächlich hatte keine Frau jemals mütterlicher ausgesehen –, aber Dain war alles andere als beruhigt.

»Du mußt trinken, Dain«, drängte Rhuddlan ihn. »Und Ceridwen desgleichen, wenn wir die *pryf* aus den Höhlen unter den Canolbarth befreien wollen. Es ist ein Ort, den man physisch nur sehr schwer erreichen kann, und es ist noch schwieriger, die Tür aufzubrechen. Denn es ist ein Wehr, aus dem Äther der Erde und den Gezeiten gemacht, das die *pryf* in ihrem unterirdischen Loch gefangenhält. Deshalb ist es weitaus besser, im Geist dort hinzugelangen, durch den Teich der Weissagung, und dessen Kräfte zu nutzen, um das Werk zu vollbringen.«

»Äther«, wiederholte Dain, ganz und gar nicht einverstanden mit dieser Entwicklung der Dinge. Äther war bestenfalls eine heikle Angelegenheit, und durch Wahrsageteiche zu reisen war noch um einiges gefährlicher, wenn nicht sogar unmöglich. Jalal hatte Andeutungen über solche Reisen des Geistes fallenlassen, jedoch keinerlei Neigung gezeigt, sie selbst zu unternehmen oder andere darin zu unterweisen. »Du, Rhuddlan, müßtest eigentlich besser als die meisten wissen, daß meine magischen Fähigkeiten begrenzt sind.«

»Deine magischen Fähigkeiten, wenn du es denn so nennen willst, werden vollauf genügen«, erwiderte Rhuddlan. »Der Drachenwein wird dir Entspannung und Seelenfrieden bringen und dir deine Aufgabe erleichtern.«

Dain schob grimmig das Kinn vor und ließ seinen Blick zu Moriath schweifen. Die Hexe wußte Bescheid. »Man hat mir schon einmal einen solchen Trank eingeflößt, der mir Seelenfrieden schenken sollte, und ich muß noch immer für das Vergnügen süßen Vergessens büßen. Ich werde nicht von dem Drachenwein trinken, Rhuddlan.«

Rhuddlan gab nach. »Ich kann dich nicht dazu zwingen. Das ist nicht unsere Art. Aber wenn du einwilligst, daß ich dir eine Schnittwunde beibringe, kann dein Blut einen Pfad durch den Teich bahnen.«

Blut. Es wurde immer schlimmer.

Dain fluchte im stillen. Ceri hatte ihm Drachen gezeigt, und jetzt wollte Rhuddlan Blut. Er war sich durchaus der tieferen Bedeutung bewußt. Zum Teufel mit Moriath und auch mit Rhuddlan.

»Und wenn ich nicht einwillige?«

»Du wirst es müssen«, gab Rhuddlan zurück. »Wir haben eine Abmachung getroffen, und beide Seiten werden ihr Versprechen einlösen oder es brechen. Ich habe dir das Mädchen gegeben, Lavrans. Gib du mir meine versprochene Stunde Magie.«

Blut, Drachen und Magie, seine Rettung und seine Geißel, das gottverfluchte Rätsel seines Lebens.

Und die Abmachung. Es half ihm nicht sonderlich, sich daran zu erinnern, daß er seine Versprechen in der Hitze der Wollust gegeben hatte. Daß er wieder in diese geschickt ausgelegte Falle getappt war, selbst Ceridwens wegen, war Salz in seiner Wunde. Er sah sich verzweifelt in der Höhle um. Trig hatte den Drachenschlund als Zuflucht bezeichnet, aber Dain befürchtete, daß er für ihn und Ceri nichts dergleichen wäre. Einhundert Quicken-Tree und Ebiurrane säumten die vielen Felsvorsprünge der Canolbarth, und nicht weniger als fünfzehn Liosalfar standen in einem Kreis um den Teich herum. Es würde kein Entrinnen geben.

»Na schön, du sollst deine Magie haben, Rhuddlan, auch wenn

ich bezweifle, daß sie dir viel nützen wird.« Er schob seinen Ärmel hoch und hielt ihm seinen Arm hin. Er würde niemandem erlauben, ihm Ceridwen wegzunehmen. Sie würden Rhuddlans Stunde der Magie hinter sich bringen und dann auf Nimmerwiedersehen verschwinden.

Rhuddlan zögerte nicht, das Angebot anzunehmen, als er seinen Dolch zog und einen schnellen, sauberen Schnitt von Dains Ellenbogen bis zu seinem Handgelenk setzte. Aus der Wunde quoll augenblicklich Blut, Beweis genug, daß der Schritt weitaus mehr als nur ein oberflächlicher Kratzer war. Ceridwen keuchte erschrocken auf, als Dain zusammenzuckte.

»Wenn du Ceridwen auch so tief schneidest«, stieß er zwischen zusammengebissenen Zähnen hervor, »wirst du es mit mir zu tun bekommen, Quicken-Tree-Mann.«

»Ceridwen wird trinken«, warf Moriath hastig ein. »Nein, Dain, sieh mich nicht so an«, fügte sie hinzu, als er sich mit drohender Miene zu ihr umwandte. »*Gwin draig* fließt in ihrem Blut, ist bereits ein Teil von ihr und wird ihr in keiner Weise schaden. Der Wein wird ihr nur helfen, ihren Weg klar zu erkennen.«

»Und mein Blut?« fragte er, während er beobachtete, wie es von seiner Hand in den Teich tropfte.

»Dein Blut wird sich mit dem Wein vermischen, den sie in das Wasser gießt, und dich noch stärker an sie binden, so daß du vermutlich« – sie warf Rhuddlan einen Blick zu – »in der Lage sein wirst, ihr zu helfen oder sie zu schützen, wenn du ihr folgst.«

»Sie schützen? Wovor?« verlangte er zu wissen. »Vor den *pryf?*«

»Nein. Sie braucht keinen Schutz vor den *pryf.* Aber Rhuddlan fürchtet, daß Ceridwen vielleicht nicht nachgiebig genug sein wird, um die Reise zu beenden oder die vorliegende Aufgabe – während du, Dain, sehr gut weißt, wann es besser ist, sich zu beugen, ob es nun in Stärke oder in Schwäche ist. Genau das ist es, was Rhuddlan von dir braucht, dieselbe Fähigkeit, die dich damals vor der Vernichtung bewahrt hat… an jenem Ort, wo der Wind heiß von der See her weht und alle Berge aus Sand sind.«

Eine recht treffende Beschreibung von Akabah und der Nefud-Wüste. »Dann hast du also in jener Nacht in deinem Cottage tatsächlich in meiner Seele herumgestochert und unliebsame Erinnerungen aufgerührt.«

»Ich habe dich berührt, ja, und habe die Dinge gesehen, die du getan hast.« Sie wich seinem Blick aus, und er beobachtete zu seiner großen Verblüffung, wie sie errötete.

»Verurteile mich nicht, Moriath«, warnte er sie.

»Das tue ich nicht. Ich schwöre es.« Sie sah ihm in die Augen. »Aber ungeachtet deines Wesens oder deiner Stärke, Dain, ist es deine Schwäche, die dich gefährdet. Glaub mir, *in remotissimo angulo terrae* ist kein Ziel, nach dem du streben solltest. Laß sie gehen, Magier, und folge ihr nicht.«

Der abgelegene Winkel der Erde, übersetzte er im Geist. Lateinisch, wie so vieles in Nemetons Turm. Die Hexe war ebenso gelehrt wie ihr Vater, aber gründlich im Irrtum mit ihrem Rat.

»Ungeahntes Leid erwartet dich dort«, fuhr sie warnend fort. »Vielleicht sogar der Tod.«

»Und vielleicht auch die Macht, die Moriath lieber selbst ausüben würde«, unterbrach Rhuddlan sie. »Sie befürchtet, du könntest auch hier den Platz ihres Vaters einnehmen, so wie du es im Hart Tower und in Deri getan hast.«

»Ist das der Grund, weshalb du mir den Traum geschickt hast?« fragte Dain, während er sich zu Moriath umdrehte. »Um mich von diesem abgelegenen Winkel fernzuhalten, den ich deiner Warnung nach meiden soll?«

»Ich habe dir den Traum nicht geschickt«, erklärte sie. »Ich habe nur in deine Seele hineingesehen, und er war da.«

Ein böses Omen, dachte Dain, wenn ein solcher Traum ungebeten im Unterbewußtsein eines Mannes existieren kann.

»Kann Ceridwen nachgeben und trotzdem noch stark genug sein, um zurückzukehren?« fragte er, wohlwissend, daß Ceri – trotz all der Rederei über Nachgiebigkeit – Kraft bräuchte, wenn sich Moriaths Mutmaßungen als richtig erwiesen und er in den tiefen Höhlen den Tod fände. Denn er würde Ceridwen bis in die Hölle und wieder zurück folgen, wenn es sein mußte. Vielleicht war er auch stärker, als die Hexe wahrhaben wollte. Sicherlich konnte sie selbst mit einem Blick in seine Vergangenheit nicht alles von dem gesehen haben, was er zum Überleben gebraucht hatte.

»Sie ist Rhiannons Tochter«, erwiderte Moriath mit neuer Zuversicht. »Dazu geboren und erzogen, viele solcher Reisen in ihrem Leben zu unternehmen.« Sie hielt inne, und als sie erneut sprach, schwang Unsicherheit in ihrer Stimme mit. »Hör nicht auf Rhuddlan, Dain, denn meine Furcht ist real. Du bist kein Druide, und es ist immer ein Druide gewesen, der durch den Drachenwein ein Bündnis mit der Priesterin geschmiedet hat. Nemeton und Rhiannon waren viele Jahre lang das Wehr inmitten des Chaos, und davor waren es Nemeton und Teleri, Ceridwens Großmutter.«

Ceridwen hatte die Unterhaltung bis jetzt schweigend verfolgt, doch was sie da hörte, gefiel ihr gar nicht. Ihre Rolle bei der Zeremonie war von Geburt an ihre Bestimmung gewesen. Aber daß die Quicken-Tree Dains Blut auf ganz ähnliche Weise benutzten, wie Caradoc ihres hatte benutzen wollen, war eine abscheuliche Gemeinheit. Sie würde auf keinem Fall zulassen, daß Dain in Gefahr geriet.

»Moriath hat recht, Dain«, sagte sie, während sie vortrat und Moira entschlossen den Kelch aus den Händen nahm. »Du wirst nicht mitkommen. Es ist zu gefährlich für dich. Rhuddlan wird mit mir trinken.« Sie warf dem Quicken-Tree-Mann einen kalten Blick zu. »Soll er doch derjenige sein, der nachgibt, wenn es darauf ankommt.« Es war keine Bitte, sondern ein Befehl, und noch bevor sie irgend jemand aufhalten konnte, hob sie den goldenen Kelch an ihre Lippen und trank einen großen Schluck.

Als sie fertig war, reichte sie den Kelch an Rhuddlan weiter. Blaßgraue Augen, von einem grünen Kranz umrahmt, blickten sie über den Rand des Gefäßes hinweg an. »Du bist so stark, wie ich gedacht habe«, sagte er. »Hoffen wir nur, daß du auch weißt, wie man nachgibt, und daß ich mich in dem anderen Punkt irre.« Er trank von dem Drachenwein.

»Das ist ziemlich unwahrscheinlich«, ließ sich Moriath mit verzweifelter Grobheit vernehmen, »wenn wir alle von Caradocs Schwert durchbohrt werden und den heutigen Tag nicht überleben. Mein liebes Mädchen, Rhuddlan hat alles so eingefädelt, wie er es haben wollte. Es spielt überhaupt keine Rolle, daß er von dem Drachenwein getrunken hat. Er geht in die Höhlen, wann und wo es ihm gefällt, und er tut dort, was er will – mit einer Ausnahme: Er kann nicht das Wehr öffnen, das er in jener Nacht errichtet hat, als Carn Merioneth fiel. Dafür braucht er dich, und du hast getrunken, wie es deine Aufgabe war, aber für Dain gibt es kein Entrinnen mehr, es sei denn, er trachtet selbst danach und beschließt, dir nicht zu folgen. Moira war diejenige, die sein Blut bereits in den Teich hat fließen lassen. Rhuddlan hat die Mischung nur noch verdickt. Ihr beide, du und Dain, seid gebunden, und dafür haben wir einen Krieg unterhalb der Burg.«

»Achte auf das Wasser, Ceridwen«, befahl Rhuddlan, als er den Inhalt des Kelches in den Teich goß. Er blickte Moriath an. »Du sollst deine Chance haben. Wenn sie ihren Weg zu dem Wehrtor sehen kann, werde ich mich nicht einmischen. Wenn sie nicht dazu imstande ist, werde ich sie und Dain eigenhändig dort hinzerren und sie zwingen, ihre Aufgabe zu erfüllen.«

»Sie wird es schaffen.«

Ceridwen blickte Dain an und betete verzweifelt, daß sie die Fähigkeit hätte, den Weg zu sehen und ihre Aufgabe zu erfüllen, bevor irgend etwas schieflaufen konnte und Dain ihr zu folgen versuchte. Moira war bereits dabei, seine Wunde mit *rasca* zu versiegeln, was ihr wieder etwas Mut machte. Sein Schmerz würde bald enden.

»Du wirst hier nicht gebraucht, Dain. Ich weiß, was ich zu tun habe. Wirklich.« Sie sprach die Lüge mit Überzeugungskraft, ihr Blick ruhig und unverwandt, und er lächelte auf seine eigene unnachahmliche Art.

»Du bist *alkemelych,* Ceri, die kleine Zauberin. Ich habe volles Vertrauen in deine Fähigkeiten.«

Sie konnte ihn nicht täuschen.

Das Dröhnen der Trommeln schwoll an, als Ceridwen den Blick auf den Teich senkte und stumm um Hilfe flehte, obwohl sie selbst nicht so recht wußte, zu wem sie eigentlich betete. Sie konnte Gott nicht länger mit einem Namen bezeichnen.

Dampfschwaden wogten und rollten über das Wasser, ähnlich wie Sturmwolken, die sich weit draußen auf dem Meer zusammenballen. Sie spürte nichts von dem Drachenwein, bis ... bis sich der Teich unter dem wirbelnden Dunst glättete und sie die Ruhe nicht nur sah, sondern auch fühlen konnte, die sich in ihr Inneres stahl und sie mit Zuversicht erfüllte.

Tochter von Rhiannon ... die Worte drangen zusammen mit dem Drachenwein in ihre Adern, beruhigten und trösteten sie und wiesen ihr den Weg. *Tochter von Teleri, Tochter von Mair, Nessa,*

Esyllt, Tochter von Heledd und Celemon aus dem Geschlecht von Arianrod.

Ihre Vision von Arianrod war klar. Sie stieg aus der Stille des Teiches auf, mit einem Fluß als ihrem Haar und Augen von der tiefen blauen Ruhe des Ozeans, sie, deren Wesen eins mit den Wassern der Erde war. Wasser, süßes Lebenselixier.

Geliebte Tochter von Don, genannt Dana, Danu des Lichts, Domnu der Finsternis, sie, die die Erde als ihren Mutterschoß hat.

Ein Chor von Stimmen erhob sich um sie herum, Hunderte von Stimmen, zu einem melodiösen, hypnotischen Gesang vereint. *»Dommmm-nu, Dommmm-nu, Do-amm-nu. A matria patro leandra, eso a prifarym, Domnu.«* Steinmutter, führe uns in die tiefen Höhlen der *pryf.*

Ja, sie wußte, wo das Herz der Erde lag, *in remotissimo angulo terrae,* und sie wußte auch, daß sie dorthin gehen mußte. Sie beugte sich vor und tauchte ihre Finger in den Teich, und das Wasser wurde zu einem Teil von ihr, während es über ihre Haut leckte und in ihre Poren drang. Sie hatte erbittert gegen diesen Ort, diesen Augenblick, diese Verantwortung angekämpft, und all ihr Kämpfen war sinnlos vergeudete Kraft gewesen, denn es gab überhaupt nichts zu fürchten. Es war ihre Pflicht und ihr Recht, das Wehr zu öffnen und alle Türen, an die sie gelangte. Ihre Mutter hatte es getan und die Mutter ihrer Mutter; sie hatten Tore geöffnet und in die Ferne geblickt, weiter, als jeder Horizont reichen konnte. Die Lichthölen und die Canolbarth waren ihr Zuhause. Dies war der Ort, wo sie hingehörte – sie, Ceridwen das Gefäß, gesegneter Kelch.

Und dennoch würde sie nicht bleiben, denn ihre Zukunft lag anderswo – im Norden, bei Dain.

»Domnu, Domnu, Domnu«, sang sie und richtete sich wieder auf, während das Wasser in den Teich zurückfloß und ihr innerstes Wesen mit sich nahm.

Langsam hoben sich die brodelnden Dampfschwaden von der Oberfläche des Teiches, dehnten sich zu ätherischen Fetzen und stiegen in die Dunkelheit auf, als das Wasser sie einen nach dem anderen freigab. Ohne den milchigen Schleier wurden die Tiefen des Teiches sichtbar, und es war in jenen Tiefen, wo Ceridwen den Abgrund erblickte.

Sie streckte die Hand aus und dachte, wie mühelos sie doch den Ort gefunden hatte, wohin sie gehen mußte.

In einer kristallenen Höhle tief unterhalb der Canolbarth schritt ein Mann an einer langen klaffenden Spalte im Boden entlang. Er mußte den Kopf beugen, um nicht gegen die niedrige Decke zu stoßen, und seinen Köcher vor sich halten, um zu verhindern, daß er von den scharfkantigen, zerklüfteten Wänden in Fetzen gerissen wurde. Seinen Bogen hielt er an der Seite, seine Hand fest um den Ledergriff geschlungen, der an jedem Ende mit Streifen weißer, mit graugrünen Fäden durchwirkter Wolle umwickelt war. Quer über seiner Brust hing ein Seil in losen Schlaufen.

Das abgebröckelte, violett glitzernde Gestein zu beiden Seiten des Spalts fing das Licht des blauen Kristalls ein, den er in den Händen trug, warf einen amethystfarbenen Schein auf den Boden zu seinen Füßen und wies ihm den Weg in den finsternen Tunnel, der vor ihm gähnte. Vor zwei Monaten war der Boden noch eine glatte, unversehrte Fläche gewesen. Er hatte beobachtet, wie er eingerisssen und der Riß Stück für Stück länger geworden war und sich im Zickzack einen Weg durch die Höhle gebahnt hatte; und er hatte das endgültige Nachgeben des Kristalls gespürt, als er durch die Kraft der gigantischen Würmer entzweigesprengt wurde, die im Erdinneren unter der Höhle gefangen waren und sich verzweifelt wanden und ringelten. Veränderung war das Wesen aller Dinge, doch das Aufbrechen des violettglitzernden Schachts hatte eine Vorahnung drohenden Unheils in ihm wachgerufen. Er hatte alles versucht, was er wußte, um die *pryf* zu befreien, und sich bei der Hälfte auf bloße Vermutungen verlassen; er hatte unvorstellbare Gefahren auf sich genommen und dabei sehr viel mehr als nur sein Leben riskiert, und dennoch widersetzte sich ihm das Stauwehr noch immer.

Er erreichte das Ende der niedrigen Höhle und glitt in einen hohen, stockfinsternen Tunnel, den nur der schwache blaue Lichtschein seines Kristalls erhellte. Hinter ihm strahlte das Gestein mit unverminderter Kraft. Ohne seinen Schritt zu verlangsamen, schlang er sich den Köcher über die Schulter. Oberhalb der Canolbarth trugen Männer einen erbitterten Kampf aus, und obwohl es nicht sein Kampf war, drängte alles in ihm danach, dabei zu sein.

26. *Kapitel*

Ceridwen hob ihre Hand in den aufsteigenden Dunst. Der Teich der Weissagung zu ihren Füßen war eine spiegelglatte, glasklare Fläche, dennoch verdichtete sich der Dampf immer mehr und wogte in dicken Schwaden um sie herum, während er die Luft mit feinsten Tröpfchen von Feuchtigkeit erfüllte. Der warme Nebel wurde ständig wärmer und roch nach Salz. Sie starrte hinunter in die klaren Tiefen des Wassers, reglos und wie gebannt. Dort unten im Abgrund schimmerte das versiegelte Wehrtor, ein smaragdgrüner, perfekter Kreis, der das riesige Loch in der Tiefe verschloß, rund und pulsierend und geheimnisvoll leuchtend.

»Sie braucht zu lange.«

Es war Rhuddlans Stimme, aber er irrte sich. Sie war sich ganz sicher, daß nicht mehr als eine Minute verstrichen war, seit sie die Ruhe des Drachenweins durch ihre Adern hatte strömen fühlen.

»Es ist ihr erstes Mal, Elfenmann. Nur Geduld.«

Um sie herum schwoll das Lied an Domnu wie eine mächtige Woge an, um wieder zurückzuweichen und erneut anzuschwellen, mit einer Resonanz und Inbrunst gesungen, die Ceridwen innerlich erzittern ließ; und oberhalb und unterhalb der Melodie und jenseits davon ertönten das Dröhnen der Trommeln und der Klang eines Wortes … eines Wortes voller Macht und Anmut. Es war das Zauberwort, das ihr in Moriaths Traum auf der Zunge gelegen hatte, als sie nach dem Weg in das Labyrinth der *pryf* gesucht hatte, in das Drachennest. Jetzt hörte sie es zum ersten Mal klar und deutlich – *Ma-rahm, ma-ma-rahm.*

Sie blickte Dain durch die Nebelfetzen an. »Ma-rahm«, sagte sie lächelnd. »Nicht Sesam.«

Er wollte nach ihrer Hand greifen, aber sie wies ihn mit einem energischen Kopfschütteln zurück.

»Folge mir nicht an den Ort, an den ich gehe. Es ist nicht nötig.« Sie war schließlich Rhiannons Tochter.

Der dichter werdende Nebel wirbelte in Spiralen um sie herum, wand sich um ihren Körper und hüllte sie vom Kopf bis zu den Füßen ein, während er ihre Haut wärmte und ihre Seele erhitzte, bis sie mit einer kraftvollen Armbewegung den undurchdringlichen Schleier von Weiß zerteilte und sich vor dem Wehrtor wiederfand.

Ja, dachte sie, und ihre Lippen verzogen sich zu einem breiten Lächeln, ich weiß, wie ich es tun muß. Das Wissen lag ihr im Blut, erfüllte sie durch und durch.

Sie stand an der Schwelle des Tores und blickte hinauf zu seinem obersten Rand. Es war siebenmal so hoch wie sie selbst, massiv und völlig undurchsichtig, obwohl sein Aussehen an geschmolzenes Glas erinnerte. Die schimmernde smaragdgrüne Tür füllte das tiefe Loch aus und ließ nichts anderes erkennen als den Rahmen aus roh behauenem Felsgestein, der sie umschloß.

Sie war ein Gebilde aus Hitze, ein pulsierendes, lebendiges Ding, das Wärme ausströmte wie die Strahlen der Sonne. Intensives, sattgrünes Licht strahlte kranzförmig von ihren äußeren Rändern aus, knisterte und vibrierte summend in den dicken Dampfwolken, die sich um Ceridwen herum zusammenballten. Wo das grüne Licht verblaßte, begann Heliotrop in acht Schattierungen von langsam kreisender Brillanz. Ceridwen beobachtete, wie die Lichter flackerten und schillerten und den Nebel mit Farbe durchtränkten, und dachte voller Ehrfurcht, daß Rhuddlan dieses wundersame, außergewöhnliche Gebilde mit nichts als Äther und der Magie der *tylwyth teg* erschaffen hatte, denn sie hatte gehört, wie Moriath ihn Elfenmann nannte.

Von Staunen erfüllt und von der Macht einer unsichtbaren Präsenz beherrscht, von der sie instinktiv wußte, daß es Rhuddlan war – ja, und sie konnte ihn fast lieben, denn er war ein Elf –, hob sie die Hand an das Siegel. Schriftzeichen aus längst vergangener Zeit bedeckten seine Oberfläche, Zeile für Zeile voller Rätsel, die mit den plastischen Linien und Schleifen eines Halbreliefs über seine Vorderseite hinunterflossen. Sie preßte ihre flache Hand an die schimmernde Fläche, und die Annalen glitten unter ihren Fingern hindurch und enthüllten ihre Geheimnisse von Drachenhütern und Zeitwächtern und von Äonen über Äonen Quicken-Tree-Geschichte: eine Zeit, als Liosalfar und Dockalfar eins waren und ihre Heimat Yr Is-ddwfn war; Geschichten über die Zauberkriege und die Menschwerdung der *tylwyth teg;* Aufzeichnungen über das Zeitalter der Bäume. Die smaragdgrüne Oberfläche erzählte von Anfängen, die vor unendlich langer Zeit in Vergessenheit geraten waren: von der Sonne und den Sternen und dem Himmelsgewölbe, von dem Mond und der Erde, der großen Kugel aus Himmelsstaub … *Gefäß der Materie und der Gedanken, Gefäß des ewigen Mysteriums und Wunders von Leben und Tod* … kreisend, auf immerdar kreisend, umschlungen und gewärmt von einer riesigen Schlange, die den eigenen Schwanz verschlingt … *getragen von Weisheit, Blitzstrahl des Kosmos, Schwert der Götter, Einer ist Alles – Ouroboros* … Die Flut tiefgründigen Wissens ergoß sich in ihr Inneres, zuckte in einem Glutstrahl sengend heißen Lichts durch sie hindurch, bis sie mit einem schmerzerfüllten Aufschrei ihre Hand zurückriß.

Als sie auf ihre Handfläche blickte, sah sie, daß sie mit einem Symbol gebrandmarkt worden war, einem Symbol, das sie noch nie zuvor gesehen hatte. Es glühte in eleganten Linien auf ihrem empfindlichen Fleisch, und der Schmerz ließ sie die Tränen von Arianrod weinen. Die Salzwassertropfen fielen in ihre Hand, schlossen die Wunde und linderten den Schmerz.

Moriath hatte sich geirrt. Sie konnte das Wehrtor nicht allein öffnen. Frau und Mann zusammen bildeten jenes Bündnis, das stark genug war, das Siegel am Tor des Elfenmannes zu erbrechen, der eine im Verein mit dem anderen. Dain würde keinen Schaden erleiden bei dieser Reise durch den Teich der Weissagung.

Ceridwen wischte sich die Tränen von den Wangen und streckte die Hand nach ihm aus, während sie stumm seinen Namen rief, und seine Hand reckte sich ihr aus den Nebelschwaden entgegen, um ihre zu umfassen, noch immer mit Ceraunnos' Armbändern aus Eisen und Tierzähnen geschmückt. Sein Tun hatte nichts Zögerliches, seine Berührung ließ keinerlei Zweifel erkennen, nur tröstliche Sicherheit. Ein blasses elfenbeinfarbenes Licht strahlte von ihren miteinander verflochtenen Fingern aus und hüllte ihre Hände in sanft glühenden Schein … *Amor, lux, veritas,* dies ist der Weg zu den Sternen.

Doch sie brauchten nicht derart weit zu gehen, nicht an diesem Tag.

Ceridwen schlang ihre Finger noch fester um seine und blickte an den heidnischen Armbändern vorbei in den dicken Nebel. Dain war nichts als eine dunkle, verschwommene Silhouette, halb verborgen in den wirbelnden Dunstschwaden. Sie rief abermals nach ihm, und die milchigen Schichten zwischen ihnen lösten sich eine nach der anderen auf, bis sie die Zaubersymbole auf seinem Wams sehen konnte und sein langes Haar, das wie ein Schleier im Wind des Abgrunds wehte. Dünne Nebelfetzen hafteten an ihm, als sich die letzte Dunstschicht hob, wanden sich wie eine Krone aus hauchfeiner Gaze um sein Haupt und schlängelten sich in einem windzerzausten Muster an seinem Körper herab.

»Dain.« Sie flüsterte seinen Namen, und er zog sie in seine Arme.

Kraft war seine Magie, sein Körper der Schutzschild und die sichere Zuflucht, die sie brauchte, um das zu tun, was getan werden mußte – nachgeben und noch ein wenig mehr nachgeben, mit ihrem ganzen Wesen, nachgeben und loslassen und sich innerlich öffnen, damit der Äther des Wehrtores in sie eindringen konnte, um vom Feuer der Sonne im Herzen der Muttergöttin verzehrt zu werden. Auf diese Weise würden die *pryf* endlich befreit und der Weg nach Yr Is-ddwfn wieder geöffnet.

»Du bist an den Ort gekommen, vor dem Moriath dich so eindringlich gewarnt hat«, sagte sie, als sie ihre Wange an den weichen Stoff seines Quicken-Tree-Umhangs schmiegte, »aber ich schwöre, daß alles gut werden wird.«

»Ja.« Er zog sie noch fester an sich und beugte seinen Kopf näher zu ihrem, und sein Atem streifte warm und weich über ihr Ohr. »In den langen Stunden, die wir dort oben gestanden und beobachtet und gewartet haben, habe ich immer nur befürchtet, daß du mich nicht brauchen würdest, Ceri. Nicht, daß du nach mir rufst.«

Lange Stunden, dachte sie, nicht nur ein paar kurze Augenblicke, wie ich es empfunden habe. »Deine Furcht ist unbegründet, Hexenmeister« – sie hob den Kopf und blickte zu ihm auf – »denn die Tür, die wir für Rhuddlan öffnen sollen, kann nicht ohne dich entsiegelt werden. Das ist der Grund, warum er uns beide verbunden hat.«

Dain lächelte. »Das eine, was ich an diesem Ort erfahren habe, ist, daß wir beide schon lange vor Beltaine verbunden wurden, vielleicht sogar schon vor jener Nacht, als Ragnor dich nach Wydehaw brachte.«

Ceridwen verstand. Während sie auf das Wehrtor zuschritten, fühlte sie eine Vertrautheit mit ihm, die weit über die kurze Zeitspanne hinausreichte, die sie ihn kannte. Einige wenige Frühlingswochen konnten nicht all die Liebe zu ihm hervorbringen, die ihr Herz erfüllte, eine Liebe, die sogar noch stärker war als ihre Verbundenheit mit dem verlorenen Merioneth. Wenn es an der Zeit war, in den Norden zu gehen, wäre sie an seiner Seite, und ihre Liebe zu Dain Lavrans würde für den Rest ihrer Tage ihr Tun und Denken bestimmen. Sie hob ihm ihre Lippen entgegen und gab ihm den Kuß des Friedens, der süßeste Segen, den sie erteilen konnte, bevor sie sich dem Wehrtor zuwandte.

Dain schlang einen Arm um ihre Taille und hielt sie an sich gedrückt, während er den seltsamen Ort betrachtete, an den Ceri ihn geführt hatte. Jalal hatte niemals etwas Derartiges gekannt oder eine derart unvergleichliche Frau sein eigen genannt. In diesen Dingen hatte er seinen Zuchtmeister aus der Wüste weit übertroffen.

Aber nicht Rhuddlan. Elfenmann, so hatte Moriath ihn genannt, und Dain wußte instinktiv, daß es stimmte. Er war nicht wie die Elfen der Phantasie, ein Geschöpf aus der Märchenwelt, sondern ein Mann-Kind der Natur, *tylwyth teg*. Im Grunde war es Rhuddlan – mehr noch als das Mädchen –, der ihn gezwungen hatte, zum Wehrtor zu gehen, während er all die Jahre, so schien es, nur auf den richtigen Köder gewartet hatte, um ihn, Dain, anzulocken und seinem Willen gefügig zu machen – Ceridwen ab Arawn.

Das Tor sei nichts, wovor man sich fürchten müßte, hatte Rhuddlan ihm erklärt, als sie alle beobachtet hatten, wie Ceridwen durch die Nebelschwaden zu dem Stauwehr glitt. Die Reise durch die Wasser des Teiches bewahrte sie vor den Gefahren des Tores, von denen es viele gab, wie Moriath ihn gewarnt hatte; aber etwas, was lediglich zu sehen war, konnte ihnen keinen Schaden zufügen, hatte Rhuddlan ihm versichert, und was sie fühlten, würde durch den Teich der Weissagung abgeschwächt und gelindert. Dain hatte sich zu dem Quicken-Tree-Mann umgewandt, als sie beide am

Rand des brodelnden Teiches gestanden und gewartet hatten. Er hatte Rhuddlans leuchtenden grauen Blick festgehalten und sofort gewußt, daß ihm der Quicken-Tree-Anführer etwas Entscheidendes verschwiegen hatte. Irgendwo an diesem Ort drohte ihm Gefahr, große Gefahr. Er fühlte sie so deutlich, daß er sich lieber davon abgewandt hätte, statt mitten hineinzumarschieren, wäre Ceridwen nicht gewesen.

Ja, der Elfenmann hatte das richtige Gespür bei der Wahl des Magneten erwiesen, der imstande war, ihn zu dem Tor zu ziehen. Dain hatte vom Rande des Teiches aus einen flüchtigen Blick auf das Wehr erhascht, während er Ceridwen beobachtet hatte; dennoch empfand er noch immer Ehrfurcht und Verwunderung, als er jetzt davorstand. Als er am Teich gewartet hatte, war die Hitze des Tores durch das Wasser aufgestiegen und hatte die große Höhle erwärmt. Hitze aus der Vergangenheit, hatte Rhuddlan ihm erklärt, denn das Stauwehr war ein Gebilde der Vergangenheit, und die Vergangenheit war heiß. Dain ließ seine Hand durch die Dunstschwaden gleiten und sah, wie sich die feinen Nebelfetzen von seinen Fingern lösten und sich in winzige grüne, weiße und amethystfarbene Kräusel verwandelten.

Dies war wahre Magie, dieser Ort jenseits von Zeit und Raum, an dem Nemeton gestanden hatte. Die Zeichen des Barden zierten die Oberfläche des Tores. Nicht alle Symbole, nicht die lateinischen oder arabischen und auch nicht die Runen, die Dain unter all den anderen Kritzeleien im Hart Tower gefunden hatte, sondern nur die rätselhaftesten Schriftzeichen, diejenigen, die er nie entziffert hatte. Der Schlüssel zur vollkommenen Verwandlung? überlegte er. Oder der eine, der sein Schicksal besiegeln würde?

»Ma-rahm, maa-aa-rahm, la shadana may-am«, sangen die Quicken-Tree, während sie tief aus ihrem Inneren Kraft schöpften, um sie in ihre Stimmen zu legen und dann die Höhle mit jener Kraft zu erfüllen. *»Ma-rahm, ma-ma-rahm.«*

Ma-rahm, dachte Ceridwen, und sie begann zu singen, ließ ihre Stimme mit dem Chor der wilden Geschöpfe verschmelzen, wie es einst ihre Mutter getan hatte. Es gab keine einfache Übersetzung des Wortes, aber sie wußte, so, wie sie das Lied an Domnu in den Mutterschoß der Erde geführt hatte, so verschaffte auch *ma-rahm* Einlaß, ähnlich wie eine aufbrechende Knospe, die Einblick in das

Herz der Blüte gewährt. Es war alles das gleiche, ein Prozeß der Öffnung und Freisetzung, das Hineinführen des einen in das andere.

Dain hörte Ceridwens Stimme neben sich und ihr Echo, zurückgeworfen von dem Stauwehr. Er fühlte, wie der Widerhall ihrer Stimme seine Haut liebkoste und eine Gegenschwingung im wogenden Dampf erzeugte. Auf der anderen Seite der Nebelschwaden wurde der Gesang der Quicken-Tree noch beschwörender und kraftvoller; die Worte stiegen in die Luft auf, wo sie von den wirbelnden Luftströmungen des Abgrundes eingefangen und hinuntergezogen wurden, um ihn und Ceri bis ins Innerste zu durchdringen.

Dain wußte um die magische Wirkung von Klang und Stimme – er selbst war ein Meister in der Kunst, mit Geräuscheffekten zu verzaubern –, aber er hatte noch nie zuvor etwas wie dies hier gehört, einhundert Stimmen, zu einem Chor von hypnotischer Kraft vereint.

»*Ma-rahm, ma-rahm*«, sangen sie, und die Trommeln antworteten mit einem noch schnelleren Rhythmus. Eine leichte Farbveränderung zog wie eine Wolke über die leuchtendgrüne Oberfläche des Wehrtores hinweg und hinterließ einen opalisierenden Schimmer.

Dies also war der Weg.

»Gib acht, Dain«, hörte er Moriath in Gedanken warnend sagen. »Es besteht die Gefahr, daß du weiter und immer weiter gehst, bis du an einem Punkt angelangt bist, wo es kein Zurück mehr gibt.«

Vielleicht. Aber er stand ja erst am Anfang seiner Reise. Er stimmte in Ceris Lied ein, und als sie ihre Handfläche erneut an das Tor preßte, legte er seine daneben.

Das Stauwehr war warm und fühlte sich seidig unter seinen Fingern an.

Eine Hand legte sich auf seine Schulter, Rhuddlans, und Dain fühlte, wie die Kraft des Elfenmannes in ihn strömte, zusammen mit einem starken Druck, um ihn an der Stelle festzuhalten, wo er stand. Rhuddlan wäre dazu imstande, mich zu zwingen, meine Aufgabe zu erfüllen, dachte er, dennoch war keine Gewalt nötig, um ihn an der Tür zu halten. Das verflixte Ding hatte seinen ganz eigenen Reiz, eine verlockende Mischung aus Geschichte, Ritual und verborgenen Geheimnissen, die unter seine Hand glitt, durch die Haut seiner Handfläche eindrang und sich von dort aus einen Weg in sein Bewußtsein bahnte – wundersamer Trick. Durch das Ganze schlängelte sich eine Ader, reich an zeitlosen Rätseln der Menschheit.

Er mußte wieder an Moriaths Warnung denken, denn er befürchtete, daß er diesem verführerischen Faden bis zu seinem Ursprung folgen würde, koste es, was es wolle. Deshalb ermahnte er sich, vorsichtig zu sein und sich ausschließlich von Vernunft leiten zu lassen, dann spreizte er seine Hand noch etwas mehr und ließ sie langsam, mißtrauisch, über die grüne Oberfläche des Tores gleiten. Für Wissen zu sterben wäre ein sinnloser Tod. Er würde der Ader nur kurz folgen, nicht länger.

Und so verstrichen die Augenblicke, einer nach dem anderen, jeder noch reizvoller und faszinierender als der vorangegangene, während er die Geheimnisse von Zeit und Raum erfuhr und vom Hier und Dort, eine Karte des Todes, die eine Reihe von Zuständen und Todesarten zeigte, höchst interessant und ganz anders als das, was er sich vorgestellt hatte, und ein Aufflackern von Leben unter seiner Hand, wo er Ceridwens Taille umfaßt hielt – Genesis. Er blickte sie an und sah, daß sie in tiefer Konzentration versunken war, ihre Augen geschlossen, ihr Gesicht dem Licht des Stauwehrs entgegengehoben, eine Frau, die den Blick nach innen gerichtet hatte und alles sah. Sie wußte Bescheid, die schöne Frau an seiner Seite, strahlend in seiner Umarmung. Das Tor würde sich öffnen lassen, das wußte er. Und auch das Siegel, eine Ätherverbindung aus Erde und Seewasser, ließe sich erbrechen – wenn man nur die Kraft aufbrächte, sich von der Tür zu lösen und sich den Luxus ihrer Berührung zu versagen.

Er ließ seine Hand weiter darüber gleiten, während er begierig alles in sich aufnahm, nicht gewillt, jetzt schon darauf zu verzichten. Er war stark, und hier war alles, wonach er jemals gestrebt hatte: die Schlüssel zu Verwandlung, Befreiung, Rettung, sogar zu Unsterblichkeit – davon war er überzeugt –, und alles zum Greifen nahe. Er preßte seine Hand noch fester gegen das Tor, von dem Verlangen getrieben, noch mehr zu erfahren, und plötzlich gab es nach und ließ kaum mehr als eine Haaresbreite zwischen ihm und der Oberfläche. Ein flüchtiger Moment der Furcht wich rasch einem angenehmen Gefühl der Schwere, die seinen Körper erfüllte, eine Empfindung, die das Risiko mehr als wert war und die Klugheit seines Tuns bewies, denn er würde mehr erfahren. Süße Erleichterung. Die Schwere liebkoste ihn von innen nach außen und schenkte ihm gnädiges Vergessen, ließ ihn tiefer und tiefer in eine Welt eintauchen, so reich, daß er sich fragte, ob er sich vielleicht der Stelle näherte, wo der Tod begann.

Er zog seinen Arm von Ceridwens Taille und löste sich von ihr. Sie brauchte ihm jetzt nicht zu folgen. Tatsächlich war es das beste, wenn er allein ginge. Er kannte dieses Land ... nur zu gut.

In diesem Moment griff eine andere Hand nach ihm, kleiner und sehr viel weniger sanft als die auf seiner Schulter, aber nicht weniger stark. Sie umfaßte energisch sein Kinn, zog seinen Kopf hoch und zwang ihn, in ein Paar grimmiger grüner Augen zu blicken.

»Narr«, sagte Moriath, ihre Stimme ebenso unerbittlich wie ihr Griff um sein Kinn. »Du bist schon viel zu weit vorgedrungen. Hüte dich davor, dem Pfad in deinem Geist noch weiter zu folgen – verfluchtes Ding aus der Wüste. Hier wird er dich nur in einen seltsamen Tod führen. Kämpfe um das, was du willst, Dain, bevor dich deine Schwäche zerstört.«

Sie ließ ihn los, und er sah wieder auf das Wehrtor. Es würde ihn verschlingen und vernichten, wenn er sich nicht davon losreißen konnte. Seine Hand war bereits bis zu den Fingerknöcheln darin eingesunken, dennoch war sein Wunsch, noch tiefer einzudringen, stärker als sein Wille zu kämpfen, mehr ein Bedürfnis als eine Versuchung, ein verzweifeltes Bedürfnis. Ja, er wußte, wie man Verlockungen erlag, und er kannte tausend Arten, sich Trost und Vergessen hinzugeben. Es war seine tödliche Schwäche, genau wie Moriath gesagt hatte. Sie hatte ihm einen seltsamen Tod prophezeit, und vor langer Zeit hatte sie ihm einmal erzählt, daß Nemeton hier gestorben sie. War es auf diese Weise geschehen, wie der Magier den Tod gefunden hatte? Von verzweifelter Sehnsucht getrieben?

Die Frage war ihm noch kaum durch den Kopf gegangen, als sie auch schon beantwortet wurde – mit einem plötzlichen Schwall von Blut, der unter seiner Hand hervorsickerte und die schimmernde Oberfläche des Tores verhüllte. *Der privilegierte Barde der*

Quicken-Tree ist nicht auf der Suche nach Vergnügen und Wissen gestorben, sondern in einer Schlacht, mit einer Messerklinge in seinem Herzen, ermordet von Grwnach dem Zerstörer; und hinter ihm starb Lady Rhiannon in einer Lache ihres eigenen Blutes, geschändet und niedergemetzelt von einem goldhaarigen jungen Mann, Sohn des Zerstörers.

Entsetzt riß Dain seine Hand zurück und stolperte rückwärts, durch die Wahrheit, das Grauen und das Blut von der verhängnisvollen Versuchung des Tores befreit. Blut, immer Blut. Ein unkontrollierbares Zittern erfaßte ihn, zusammen mit einem schmerzhaften Stich, so scharf, daß er aufschrie und auf die Knie fiel. Er schlang seine Arme um seine Mitte im vergeblichen Versuch, die Sehnsucht seines Körpers nach den heimtückischen Wonnen der Tür zu unterdrücken. Er hatte dieses unstillbare Verlangen schon einmal gefühlt, damals in der Wüste, was es nur noch schlimmer machte, denn er war ihm wieder erlegen.

Rette mich.

Mit grimmiger Miene blickte er auf den roten Blutfleck, der seine Handfläche bedeckte. Abscheu und Ekel rumorten in seinen Eingeweiden, und er kämpfte gegen den Drang an, sich zu übergeben. Verfluchte, gesegnete Gabe des Sehens. Er wäre dort gestorben, hätte er nicht diese verdammte Fähigkeit besessen. Auf dem Tor waren mehr als nur Worte gewesen. Es hatte ihm eine Vision beschert: Er hatte den Tod des Druiden gesehen und Rhiannons letzten Schrei gehört, ihre Stimme genau wie Ceridwens, ihr Haar, ihr Körper, ihr Gesicht täuschend ähnlich – ein Spiegelbild der Tochter.

Rette mich.

Er schlang seine Arme noch fester um sich und versuchte, tief Luft zu holen, um sich zu beruhigen, und er war sich nur vage der Tränen bewußt, die über sein Gesicht strömten. Er hatte gedacht, es sei Ceridwen, die dort lag, vergewaltigt und brutal niedergestreckt von Caradocs Schwert, während ihr Lebensblut langsam aus ihrem Körper sickerte und auf die kalten Steine floß wie Wein aus einem zerbrochenen Krug. Der Schock und das Grauen, die ihn bei dem Anblick überwältigten, lähmten ihn regelrecht und setzten jeden Instinkt außer Kraft.

Moriath konnte nichts davon gewußt haben, denn ganz gleich,

welchen Gewinn sie sich davon versprach, die Hexe hätte keine Verlobung zwischen Ceridwen und dem Mörder ihrer Mutter gebilligt.

Er hob den Kopf, um Ceridwen anzusehen. Sie stand noch immer reglos da, tief in Trance versunken, und ließ ihre Kräfte auf das Tor einwirken. *Jesus, Ceraunnos, rette mich.* Er hatte schon geglaubt, er hätte sie verloren.

Ceridwen wußte von Dains Schmerz, hatte ihn gefühlt, als er durch das Stauwehr geströmt war. Sie hatte seinen gepeinigten Schrei gehört und konnte seine Tränen spüren, als ob sie ihre eigenen Wangen hinunterflössen. Er war ein Teil von ihr, so wie das Tor und die Geschöpfe dahinter. Sie hatte ihre Hand abermals auf seine verführerische Oberfläche gelegt und diesmal nicht Hitze gespürt, sondern ein Gefühl vollkommenen Einklangs. Seine Wärme hatte sie wie die weichste Decke eingehüllt und war in sie eingedrungen, in jeden Teil ihres Körpers, um durch die Berührung ihr Wesen über die Grenzen ihrer Haut auszudehnen. Dann hatte Ceridwen ihr Innerstes geöffnet und alles in sich aufgenommen.

Ihre Lippen verzogen sich wie von selbst zu einem Lächeln. Reines Licht strahlte vom Zentrum ihres Wesens aus, der Kern pulsierend und von Wärme erfüllt – das Herz der Muttergöttin.

Rhuddlan zog seine Hand von Dains Schulter, da es jetzt nichts mehr zu tun gab. Nemetons und Rhiannons Tod hatten die Existenz des Stauwehrs erfordert. Die Vision, die jene Augenblicke noch einmal heraufbeschwor, war der Schlüssel gewesen, um die Macht des Äthers zu brechen – jener verhängnisvolle Strom von Lebensblut, hervorgerufen durch Lavrans' Gabe des Sehens. Und Ceridwen hatte Rhuddlan bewiesen, daß er sich in ihr geirrt hatte, zumindest teilweise. Sie war durchaus fähig, die Zerstörung des Tores herbeizuführen und unter Kontrolle zu halten. Seine Auflösung hatte bereits begonnen, mit einer Öffnung dort, wo Dains Hand eingesunken war, und einer zweiten, wo sich das Symbol des Tores heiß in die Handfläche des Mädchens eingebrannt hatte.

Rhuddlans Blick schweifte zu Ceridwen, und um ihrer selbst willen war er froh, daß sie nicht mehr war als das, was sie war – sicher und unerschrocken im Nebel, eine gute Kundschafterin und stark genug, sich dem Herzen der Muttergöttin zu ergeben. Ohne die Gabe des Sehens wäre sie jedoch nutzlos, wenn sie im Tor der

Zeit stünde; andererseits war es ihr dank ihres Fehlens erspart geblieben, ihre Mutter sterben zu sehen. Er wünschte inständig, jemand anderem wäre der Anblick ebenfalls erspart geblieben.

Er brauchte Moriaths Tränen nicht zu sehen, um zu wissen, daß sie bitterlich weinte. Moriaths seherische Fähigkeit war so stark, daß sie immer zuviel sah. Sie war die Tochter ihres Vaters und hätte Anspruch auf eine Position als Druidenpriesterin am Teich der Weissagung, aber Rhuddlan verwehrte ihr dieses Recht energisch. Sie war in ihrem siebzehnten Lebensjahr als die Beltaine-Göttin mit ihm verbunden worden, und er würde nicht zulassen, daß sie aus irgendeinem Grund mit einem anderen verbunden würde, mit oder ohne den Zauber von Sex. Sie war seine Schwäche, eine Schwäche, auf die er nicht verzichten wollte, und am Ende würde seine Geduld über ihre Dickköpfigkeit siegen.

Tatsache war jedoch, daß sie den Magier gerettet hatte. Lavrans litt an einer seltsamen Krankheit, die außerhalb von Rhuddlans Erfahrungsbereich lag, aber Moriath hatte sie erkannt und genug gewußt, um rechtzeitig einzuschreiten.

Wieder floß eine schimmernde, opalisierende Woge in Kaskaden durch das Wehrtor, ließ es heller und dünner werden, und Rhuddlan fühlte, wie sich eine vertraute Unruhe tief im Inneren der Erde regte. Er lächelte. Bald war es soweit.

Dain streckte die Hand nach Ceridwen aus, als die erste Erschütterung einsetzte, zog sie fest an sich und stützte sich gegen den Stein, der das Tor einrahmte. Sie öffnete langsam die Augen, und obwohl der Boden unter ihren Füßen vibrierte und bebte, schien sie vollkommen ruhig.

»Es ist Zeit, daß wir gehen«, sagte Dain, während er sich erschöpft mit dem Handrücken über die Augen strich. Er fühlte sich elend und bis ins Innerste erschüttert, aber immer noch ungebrochen. Das Tor wies bereits Risse auf und begann, an einigen Stellen auseinanderzubrechen und in kleine Stücke zu zerbröckeln. Die Löcher, die sie verursacht hatten, wurden zunehmend größer. Ihre Aufgabe war erfüllt. Er wollte sich abwenden und durch die Nebelschwaden zurückgehen, doch sie ergriff seine Hand und hielt ihn zurück.

»Warte«, sagte sie. »Ich möchte es sehen.«

Dain blieb keine Zeit mehr, Ceridwen zu fragen, was sie sehen wollte – denn in diesem Moment kamen sie, krochen mit unglaublicher Schnelligkeit aus dem Abgrund herauf und ringelten sich, dunklen Schatten gleich, über die andere Seite des Wehrtores, um die Erde in ihrem Kielwasser erbeben zu lassen.

Die *pryf*.

Größer, als er gedacht hatte.

Sehr viel größer.

Groß wie Schloßtürme, aber lebendige Wesen, schlangenähnliche Würmer der höchsten Ordnung.

Ihre klagenden Schreie wurden von der Rückseite des Wehres als Echo zurückgeworfen, und an der Stelle, wo das Siegel zerbrochen war, strömte ein heißer, starker Wind heraus, vom Geruch fetter, fruchtbarer Erde erfüllt. Der erste Wurm rollte in eine Kurve hinter dem Tor, während sein schimmernder Körper über die glatte Oberfläche glitt, krümmte sich zu einer engen Schleife zusammen und kroch dann wieder zurück in das tiefe Loch. Der zweite Wurm war um einiges dicker und größer, und seine schiere Masse verursachte eine Kollision mit dem Tor. Die enorme Wucht des Zusammenstoßes warf Dain und Ceridwen um, als ein heftiger Ruck durch den Boden unter ihren Füßen ging. Das Siegel dehnte sich so weit aus, daß es Ceridwen beinahe berührte an der Stelle, wo sie gestürzt war.

Das Siegel würde einer weiteren Attacke nicht mehr standhalten, doch diese käme unweigerlich, denn durch die klaffenden grünen Öffnungen konnte Dain Hunderte der gigantischen Geschöpfe sehen, ihre Körper glänzend schwarz mit tiefgrünem Schimmer, ein Knäuel von *pryf* – *prifarym*, wie die Quicken-Tree gesungen hatten –, das sich unablässig wand und ringelte und sich die gesamte endlose Länge des Abgrundes hinauf- und hinunterschlängelte. *Geboren aus dem Schaum von tausend Schlangen, in heller Aufregung ineinander verknäult unter den Steinen von Domh-ringr.*

Die Schicksalsringe des Jüngsten Gerichts. Dain blickte auf den Rand von Felsgestein, der das Tor umrahmte, dann wieder in das Wurmloch, auf das Chaos in seiner Tiefe, und er wußte, er würde es nicht wagen, sich diesem Gericht zu stellen.

Ein Blitzstrahl purpurfarbenen Lichts knisterte im Mittelpunkt des Knäuels, und ein einzelner *pryf* löste sich aus dem Wirrwarr, um mit ernormer Schnelligkeit in Richtung Tor zu kriechen.

»Jetzt, Ceri!« schrie Dain über das Brausen des Windes und die Schreie hinweg und zog an Ceridwens Hand. »Wir müssen fort, schnell!«

Ja, er hatte recht, dachte sie. Die *prifarym* würden bald durch das Wehr brechen. Einige, um in die tiefen Höhlen der Canolbarth zu gleiten, und andere – die blassen, silbergoldenen, die tiefer unten waren, als sie jemals würde sehen können –, um ihre Patrouille durch den Abgrund fortzusetzen ... *unendlich tiefe Kluft im Inneren der Erde, Ursprung allen Lebens.*

Und ein paar – wie der eine, der geradewegs auf sie zukam und sich mit kraftvollen, wellenförmigen Bewegungen seines jungen Körpers den Schacht hinaufarbeite –, um sich einen Weg hinaus in die offene See zu bahnen.

Dain fluchte, als er sich hastig vom Boden aufrappelte und Ceridwen mit sich zog. Sie warf einen letzten Blick auf das gigantische Geschöpf, das sich zielstrebig auf das Wehr zubewegte – sein ausdrucksloses Gesicht in den Wind gereckt, seine Unbeirrbarkeit und Entschlossenheit wie einen Schutzschild vor sich –, dann zerteilte sie mit einer raschen Armbewegung die Nebelschleier und eilte mit Dain an ihrer Seite durch die Öffnung, um sie beide sicher in die Höhle des Teiches der Weissagung zurückzubringen.

Moriath war dort und streckte die Arme nach ihr aus, als die Dampfwolken wieder in den Teich zurücksanken.

»Du hast deine Sache gut gemacht, meine Kleine«, flüsterte die ältere Frau und schenkte ihr ein gelassenes, erfreutes Lächeln.

In Rhuddlans kühlem, grauem Blick spiegelte sich die gleiche Empfindung wider, und er nickte anerkennend, eine Geste, die sowohl Dankbarkeit als auch Entlassung bedeutete.

Kraftlos und erschöpft – ja, sie konnte fühlen, wie Dain neben ihr am ganzen Körper zitterte – ließen sie sich in einen anderen Teil der Höhle führen, fort von dem Teich, und streckten sich auf weichen Stapeln von Teppichen aus. Aedyth und Moira kümmerten sich um sie und brachten ihnen Honigmet und Kümmelkuchen, um ihren Geist und ihren Körper zu erfrischen.

27. Kapitel

Caradoc stürmte wutentbrannt in die große Halle von Balor Keep, und der Schmerz in seinem Bein und sein Hinken verstärkten noch seinen Zorn. Sein Hauptmann, Dyfn, eilte neben ihm her, sorgsam bedacht, einen ansehlichen Abstand zum Schwert seines Herrn zu halten – obwohl es ihm nicht viel nützen würde, denn der Keiler war so schnell, daß er den Mann selbst aus einiger Entfernung niederstrecken konnte, noch bevor dieser imstande wäre, dem Schwerthieb auszuweichen. Das einzige, was Caradoc davon abhielt, war die bevorstehende Schlacht.

Beim ersten Angriff hatten sie eine schmähliche Niederlage erlebt. Die Wachen an der Tür zur Kampfarena waren tot aufgefunden worden, einer mit durchgeschnittener Kehle, die beiden anderen von schwarzgefiederten Pfeilen durchbohrt. Dyfn hatte dreißig Männer in den Irrgarten unter dem Burgturm geführt, um Dain und seine Gefährten aufzustöbern, aber alles, was sie gefunden hatten, war der alte Grunzer gewesen, dem jemand den Kopf abgeschlagen hatte, und Fußspuren, die in einen Geröllhaufen führten. Das wirkliche Ausmaß ihres Dilemmas war ihnen jedoch erst hinter dem Geröllhaufen klargeworden. In die gottverdammten Höhlen, all die Jahre über leer und verlassen, war eine Armee eingefallen, wie Caradoc sie nicht mehr gesehen hatte, seit er an der Seite seines Vaters um Carn Merioneth gekämpft hatte – eine unsichtbare Armee von Männern, die sich in der Dunkelheit verbargen und ihre Anwesenheit nur durch das gelegentliche Aufblitzen von kaltem Stahl und ein seltsames blaues Licht verrieten. »Die Wilden«, hatte sein Vater sie genannt, und Caradoc schwor sich, so wie sie damals besiegt worden waren, so würde er sie auch diesmal wieder besiegen.

Er trat auf das Podium am Ende der Halle und faßte mit beiden Händen an sein verletztes Bein, um es hochzuheben. Das kleine Miststück hatte ihn mit ihrem Armbrustbolzen beinahe kastriert, und dafür würde sie ihm büßen.

»Schickt mir den kahlköpfigen Arzt her«, stieß er zwischen zusammengebissenen Zähnen hervor, während er zu seinem großen Lehnstuhl humpelte. Dain Lavrans hatte seine Allianzen in diesem Kampf sehr unklug gewählt. Damals bei der Schlacht um Carn Merioneth hatte Gwrnach die Überlebenden des Gemetzels entkommen lassen, aber Caradoc war nicht so weichherzig wie sein Vater. Er würde die gesamte Streitmacht von Balor in die Höhlen führen und jede Menschenseele vernichten, die es wagte, widerrechtlich durch die Gänge unter seiner Burg zu schleichen – bis auf eine, Ceridwen ab Arawn. Ceridwen würde er später töten, mit Helebore an seiner Seite, um ihr Blut aufzufangen.

Mit dem Ende der Zeremonie waren diejenigen der Quicken-Tree, die kämpfen konnten, mit den Liosalfar in die Tunnel der Lichthöhlen gegangen, um bei der Bemannung der Verteidigungsanlagen zu helfen. Die Kundschafter hatten vom Aufmarsch aller Streitkräfte in Balor berichtet, nachdem Rhuddlan die erste Vorhut in die Flucht geschlagen hatte, und sie rechneten mit einem zweiten, sehr viel massiveren Angriff.

Was ihn selbst betraf, so hatte Dain entschieden, sich wieder auf den Weg an die Erdoberfläche zu machen. Er hatte erreicht, weswegen er gekommen war; Rhuddlan brauchte ihn nicht mehr und konnte seine eigenen Schlachten schlagen.

»Moira schickt uns Kümmelkuchen für unsere Reise«, sagte Ceridwen, als sie neben Dain trat, der gerade ihre Proviantbündel zusammenpackte. Die Hunde waren bei ihr und begannen, an den Sachen zu schnüffeln. »Und zwei dicke Teppiche für unsere Pritsche, einen Topf *rasca*-Salbe, vier Kürbisflaschen von etwas, was sie ›Katzentau‹ nennt – obwohl man sich nur schwer vorstellen kann, wie jemand Tautropfen aus dem Fell einer Katze sammelt –, und sieben Ellen Quicken-Tree-Tuch, ein kleines Vermögen. Sie sagte, Rhuddlan hätte weitaus mehr von seiner Stunde Magie bekommen.«

»Das ist richtig«, erwiderte Dain, während er mit einem energischen Ruck einen Riemen anzog. Er konnte gar nicht schnell genug aus den Höhlen verschwinden. Im Gegensatz zu den Quicken-Tree, die überglücklich über die Aussicht waren, Carn Merioneth in einer erbitterten Schlacht zurückzugewinnen, verspürte er keinerlei Bedürfnis, wieder zu kämpfen. Lady Rhiannon verdiente es, gerächt zu werden; er empfand diese dringende Notwendigkeit bis ins Innerste. Aber so sicher, wie er es fühlte, so sicher wußte er auch, daß ein anderer käme, diese Tat zu vollbringen. Vielleicht war dieses Wissen ein Überbleibsel der Vision am Wehrtor, vielleicht war es auch seine Intuition. Wie auch immer, es spielte keine Rolle. Caradocs Tod war nicht seine Angelegenheit.

Und dann diese Würmer. Die *pryf*. War er eigentlich der einzige, der sich Sorgen darüber machte, daß die Geschöpfe frei waren und sich einen Weg in die Canolbarth bahnten und innerhalb kürzester Zeit in die große Höhle eindringen konnten? Rhuddlan hatte ihm zwar versichert, dies sei nicht die Jahreszeit, in der die *pryf* über die Mittellandhöhlen aufstiegen, doch angesichts der Schnelligkeit, die Dain beobachtet hatte, befürchtete er, daß die *pryf* noch höher hinaufkriechen würden, ob es nun die richtige Jahreszeit war oder nicht.

Der Anführer der Quicken-Tree hatte ihm versprochen, ihnen einen Führer mitzugeben, einen Liosalfar, der wohlbewandert im Umgang mit den Würmern war. Dain hatte nur verächtlich geschnaubt. Die Geschöpfe, die er gesehen hatte, waren viel zu groß, als daß selbst ein äußerst geschickter Mann mit ihnen fertig werden konnte. Im Vergleich zu den *pryf* wirkten Elefanten nicht größer als Ratten, und er war überzeugt gewesen, daß er niemals etwas Größeres als einen Elefanten zu sehen bekäme, zumindest nicht in diesem Land.

»Und Moriath hat mir das hier für dich mitgegeben«, sagte Ceridwen und hielt ihm zwei Lederbeutel hin.

Dain warf nur einen flüchtigen Blick auf die Ledersäckchen, bevor er sich wieder der Aufgabe widmete, ihre Habseligkeiten einzupacken.

»Willst du sie nicht haben?«

»Nein.« Nur der Himmel mochte wissen, was die Beutel enthielten.

»Aber du weißt doch überhaupt nicht, was drin ist.«

Das war es ja gerade. Die Hexe hatte ihn auf den Knien liegen sehen, als er gegen das schlimmste seiner Bedürfnisse angekämpft hatte, entblößt in all seiner Schwäche. Er wollte keine Geschenke von ihr.

»Dieser hier ist von Edmee.« Der größere der beiden Beutel erschien in seinem Blickfeld, baumelte von Ceris ausgestreckten Fingern herab.

Seine Hände hielten mitten in der Bewegung inne, und sein Blick schweifte zu ihrem Gesicht.

Sie blickte mit einer herausfordernden Neigung ihres Kopfes auf ihn hinunter, ihre Augenbrauen neugierig hochgezogen. Er hatte nicht vergessen, daß sie Edmee auf den Knien hatte liegen sehen, von ihren süßesten Bedürfnissen getrieben. Und es schien, als hätte auch Ceridwen den Anblick noch vor Augen.

Dain erhob sich und nahm den Beutel. Er zögerte nicht, ihn zu öffnen, sondern schüttete den Inhalt direkt in seine Handfläche. Es waren sechs Leinenpäckchen, alle ziemlich klein, obwohl von unterschiedlicher Größe, jedes einzelne mit feinem grünen Faden in einem Muster bestickt, das die Blätter einer Pflanze zeigte: Baldrian, Kamille, Dill, Hagedorn, Melisse, Mistel.

Ein unfreiwilliges Grinsen spielte um seine Mundwinkel. »Sie ist ein praktisches Mädchen.«

»Ein Vorrat an Arzneimitteln?«

»Ein Rezept gegen Kopfschmerzen. Wir hatten davon gesprochen, Hagedorn und Melisse in den Tee zu mischen. Die Idee mit der Mistel stammt von ihr. Sie scheint zu befürchten, daß du mir hart zusetzen wirst.« Er blickte Ceridwen prüfend an. »Weise Voraussicht, oder was meinst du?«

»Sie ist ganz einfach um dein Wohl besorgt, weil sie dich mag« – Ceridwens Brauen wölbten sich noch eine Idee höher – »auf ihre eigene Art.«

»Auf ihre eigene Art«, pflichtete er ihr bei, während sein Grinsen noch breiter wurde, »obwohl sie sich nicht soviel aus mir macht, wie es vielleicht den Anschein hatte.«

»Für mich hatte es den Anschein, als machte sie sich eine ganze Menge aus dir.«

Es war ein Argument, das er nicht widerlegen konnte. Außerdem war dies nicht der richtige Zeitpunkt, um die Sache zu erklären, obwohl er es versuchte.

»Wenn Edmee zu lieben beschließt, wird sie dem Mann ihrer Wahl weitaus mehr von sich schenken, als sie mir jemals geschenkt hat, Ceri.«

»Dann wünsche ich ihr Liebe«, erwiderte sie, und ihr Lächeln wurde spitzbübisch, als sie ihm den anderen Beutel hinhielt. »Dies hier ist Moriaths Geschenk. Traust du dich, es aufzumachen?«

Moriath. Madron. Sie hatte ihm das Leben gerettet. Er hatte ihren Vater sterben sehen.

»Mach du ihn auf«, sagte er, Feigling, der er war. Er wies mit einer Kopfbewegung auf den Beutel, während er Edmees Arzneikräuter wieder einpackte.

Sie tat, worum er sie gebeten hatte, zog die Schnur auf und ließ den Inhalt auf ihre Handfläche gleiten. »Es ist ein Stein«, erklärte sie schließlich.

Ein Stein? Er betrachtete den kleinen Stein in ihrer Handfläche und fühlte, wie sich sein Herzschlag beschleunigte. Was Ceridwen dort in der Hand hielt, war nicht bloß irgendein Stein. Er war rot, so wie der Stein der Weisen wäre, laut Aussage aller Schriften, die er gelesen hatte, aber es war nicht das Rot von Zinnober. Seine Farbe war klarer, dennoch war es kein Kristall wie Rubin oder Granat. Der Stein besaß jedoch eine gewisse Transparenz, denn unter der Oberfläche konnte er krakelierte Streifen von sattem Safrangelb erkennen.

»Oder Glas«, meinte Ceridwen bei näherem Hinschauen. »Vielleicht ist es ein ähnlicher Talisman wie Brochans.«

»Nein, Ceri. Das ist Nemetons Stein.« Der Barde hatte das Geheimnis gekannt. Dain griff nach der langersehnten Medizin, ein Zaubermittel, das Wunder wirken und Seelen heilen konnte, und nahm sie in die Hand. Wider Erwarten schoß kein Blitzstrahl durch die Decke herab, um ihn niederzustrecken, und ihm kam auch keine plötzliche Erkenntnis. Der Stein war weder schwer noch leicht, weder heiß noch kalt, sondern wirkte wie der Inbegriff der Mäßigkeit. Dennoch erkannte Dain das Geschenk als das, was es war.

Er blickte auf, suchte die Höhle nach Moriath ab und entdeckte sie am Teich, wo sie sich mit Aedyth unterhielt. Sie wandte sich zu ihm um, als sein Blick auf sie fiel; und einen Moment lang war es, als stünden sie wieder vor dem Wehrtor, Moriath mit glänzend grünen, grimmig funkelnden Augen, voller Kraft und von einem Wissen erfüllt, das sich seiner Kenntnis entzog, ihr Haar wie eine feurige Aureole von rotbraunen Locken um ihr Gesicht. Genau das war es, was ihn gerettet hatte, ihre Grimmigkeit, und mit diesem Blick konnte sie wahrlich den vollen Verdienst für sein Leben in Anspruch nehmen.

Hübsches Ding, dachte sie, und er hörte ihren Gedanken. Sie senkte ihren Blick auf den Stein in seiner Hand, dann sah sie ihm erneut in die Augen. *Verwende ihn, so gut du kannst, Magier, oder verwende ihn gar nicht. Es spielt keine Rolle.*

Er schloß seine Finger um den Stein, der ihm lieb und teuer war, und seine Lippen verzogen sich zu einem Lächeln. Damit wandte Moriath sich wieder ab.

An einem Feuer in der Nähe, wo Quicken-Tree und Ebiurrane versammelt saßen, ertönte schallendes Gelächter. Die melodischen Stimmen klangen wie klares Wasser, das über Felsbrocken sprudelt und Hügelflanken hinunterströmt.

»Elfen«, sagte Ceridwen, als sie hinüberblickte, wo das hellhaarige, wilde Volk saß, damit beschäftigt, Dolche zu schärfen und Köcher zu füllen.

»Ja. Elfen.« Aber nicht Moriath. Dains Blick schweifte wieder zu der Hexe zurück. Sie war ebenso menschlich wie er, vielleicht sogar noch mehr.

Er und Ceridwen hatten gerade ihre letzte Kürbisflasche mit Wasser gefüllt und verkorkt, als ein plötzlicher Tumult oberhalb der Höhle ihre Aufmerksamkeit erregte und sämtliche Anwesende abrupt verstummen ließ. Dains erster Gedanke galt den *pryf*, und er machte eine rasche Bewegung, um Ceridwen zu packen und zu fliehen – er würde es nicht auf eine Konfrontation mit diesen entfesselten Giganten ankommen lassen, Quicken-Tree oder nicht Quicken-Tree –, aber es war kein Schrei der *pryf*, der von den Höhlenwänden widerhallte. Es war der Schlachtruf von Balor.

Er fluchte lästerlich. Die Linien der Quicken-Tree hatten dem feindlichen Ansturm nicht standgehalten. Diejenigen, die in den Lichthöhlen gewesen waren, strömten durch die oberen Tunnel herunter und versammelten sich in der großen Höhle. Dain zog sein Schwert und wies Ceridwen an, ihren Damaszener bereitzuhalten.

»Stoß schnell zu –«

»– und tief«, beendete sie den Satz für ihn.

»Und bleib hier«, befahl er ihr, dann blickte er auf die Hunde und bedeutete ihnen mit einer Geste, sich nicht von der Stelle zu rühren.

Die Quicken-Tree griffen nach ihren Waffen und eilten ihren Kameraden zu Hilfe; einige der Bogenschützen kletterten auf Simse hoch oben in den Höhlenwänden und bezogen dort Stellung. Dain wußte, seine Größe und sein Gewicht würden auf dem Boden der Höhle bessere Dienste leisten. Die fremden Elfen waren nicht so groß wie Rhuddlans Quicken-Tree, und die Deri-Elfen hatten nicht sein Gewicht. Morgan und seine Männer waren offenbar zu derselben Erkenntnis gelangt, denn selbst der jüngste, Rhys, war größer und kräftiger als die Wilden. Die Waliser schwärmten durch die Höhle aus und verteilten sich entlang der Gefechtslinie, um die anderen mit ihrer Körperkraft zu unterstützen.

Die Geräusche erbitterter Kämpfe von Mann gegen Mann hallten überall durch die große Höhle, während sich das Klirren und Schaben von Metall mit den Schreien der Krieger mischte. Dank der Verstärkung durch frische Kämpfer konnten sich die Quicken-Tree lange genug behaupten, um den massiven Vorstoß der feindlichen Streitmacht aufzuhalten.

»Zu den Canolbarth! Zu den Canolbarth!« ertönte der Befehl, und Dain verstand augenblicklich. In den dunklen, gewundenen Schächten wären sie trotz der zahlenmäßigen Überlegenheit von Balors Truppen im Vorteil und hätten eine bessere Chance, den Gegner zu bezwingen.

Er erledigte seine letzte Burgwache mit einem schnellen Schnitt quer durch die Kehle und rannte zu Ceridwen zurück.

Rhuddlan war bei ihr und erteilte Anweisungen. »Geh mit Llynya. Wenn sie dich aus den Höhlen hinausbringen kann, wird sie es tun. Wenn nicht, wird sie an deiner Seite kämpfen.«

Sie wird es nicht schaffen; es wird zum Kampf kommen, dachte Dain, als er sich den Schweiß von der Stirn wischte.

»Was ist mit dem Liosalfar-Führer, den du uns versprochen hast?« wollte er wissen.

»Die Liosalfar sind in erster Linie Soldaten. Ich brauche jeden einzelnen von ihnen, um in den Canolbarth zu kämpfen, genug, um Caradoc in das Labyrinth zu locken, und genug, um ihn von hinten in die Enge zu treiben.«

Ein guter Plan für die Quicken-Tree, dachte Dain, aber wahrscheinlich weniger gut für ihn und Ceri. Er blickte auf den Kobold, der sich im allgemeinen Durcheinander des Rückzugs einen Weg in ihre Richtung bahnte. Morgan eilte neben ihr her. Der walisische Prinz war immer ein Gewinn in einer Schlacht, aber Llynya war kein Liosalfar, und Dain bezweifelte, daß sie auch nur die blasseste Ahnung davon hatte, wie man mit den *pryf* umging.

»Wo ist sie, verdammt noch mal?« verlangte Caradoc zu wissen, während er Helebore an der Kehle gepackt hielt. Sie standen neben einem dampfenden, brodelnden Teich in der von Fackeln erhellten Höhle, die sie erobert hatten. Ein stechender Schmerz schoß von seinem verletzten Schenkel in seine Leiste hinauf, während ein frischer Strom Blut an seinem Bein herablief. Der Feind war in geschlossener Formation in die vielfach verzweigten Tunnel am anderen Ende der Höhle gestürmt – wie Ratten, die in einem Loch verschwinden, dachte Caradoc verächtlich. Aber in welchem der gottverfluchten Tunnel steckte Ceridwen ab Arawn?

Der Arzt röchelte eine Antwort und wand sich verzeifelt unter den Händen des Keilers, die sich immer fester um seine Kehle schlossen.

Caradoc ließ ihn mit einem Fluch los. »Sprecht gefälligst deutlicher, Mann.«

»In den mittleren Höhlen«, stieß Helebore keuchend hervor. »Ich bin dort gewesen, und wenn Ihr mir nur erlaubt hättet, ihr Blut abzuzapfen, könnte ich sie finden.«

»Und ohne ihr Blut könnt Ihr es nicht?« Wenn er die kleine Schlampe das nächste Mal in die Finger bekam, würde er sie höchstpersönlich ausweiden, um an ihr Blut zu gelangen.

»Doch, das kann ich.«

»Dann zeigt mir den Weg.« Er wandte sich an seinen Hauptmann. »Ich werde acht Männer in das Loch mitnehmen, das uns der Arzt zeigt. Führt Eure restlichen Leute in die übrigen Schächte und kämpft bis zum Ende. Schlachtet alle ab, die es gewagt haben, unbefugt in mein Herrschaftsgebiet einzudringen.«

Dyfn nickte und hob sein Schwert zum Zeichen, daß Balors Männer ihm folgen sollten.

Caradoc drehte sich wieder zu dem Medikus um. »Findet das Mädchen, Helebore, oder findet Euer Grab.«

Was als ein Massenvorstoß der Quicken-Tree begonnen hatte, verwandelte sich schnell in Rückzug, als kleine Gruppen von Flüchtlingen durch das Labyrinth zu entkommen versuchten. Die Canolbarth waren ein echter Irrgarten, ineinander verschachtelt und voller Kurven und Windungen, mit höher und tiefer gelegenen Ebenen, die durch enge Schächte miteinander verbunden waren. Wo sie alle hinführten, war ein Rätsel, das Dain nicht gefiel.

Er und Morgan waren zu Anfang hinter Ceridwen und dem Kobold gegangen, um sie besser schützen zu können, aber als sie auf die ersten Soldaten von Balor stießen, waren diese plötzlich vor ihnen aufgetaucht, ein Beweis für die unberechenbaren Launen der Canolbarth. Llynya hatte den feindlichen Kundschafter zu Dains Verblüffung mit einem schnellen, geschickten Dolchstoß erledigt, eine Tat, die seine letzten Zweifel an ihren kämpferischen Fähigkeiten ausgeräumt hatte. Er und Morgan hatten kurzen Prozeß mit den anderen gemacht. Was Ceridwen betraf, so hätte er ihr gern eines von den Balor-Schwertern zu ihrer Verteidigung gegeben, aber er wußte, daß sie nicht so kräftig entwickelte Muskeln besaß wie Llynya. Sie hatte in einem Kloster gelebt – nicht im Wald. Sie konnte niemals ein Schwert mit tödlicher Wucht schwingen, deshalb war ihr mit dem Damaszener besser gedient. Außerdem würde es ohnehin keiner ihrer Verfolger wagen, sie auf der Stelle zu töten, da Caradoc wollte, daß sie lebend gefangengenommen wurde.

Als sie ihren Weg fortsetzten, richteten sie es so ein, daß Llynya die Führung übernahm, danach folgte Morgan, dann Ceridwen und hinter ihr Dain, während die Hunde die Nachhut bildeten. Das Licht von Dains und Llynyas Traumsteinklingen warf einen bläulichen Schimmer auf den Boden vor ihnen, während sie sich tiefer herunterarbeiteten, durch trockene Höhlen und Stollen und oft auch durch flache Teiche und enge Tunnel, die glatt und schlüpfrig vom Schlamm waren. Andere bläuliche Lichter flackerten in jeder Tunnelkreuzung und in den engeren Schächten und dort, wo die Wände eingestürzt waren und einen Blick auf die dahinterliegenden Höhlen gesatteten, tröstliche Lichter, die ihnen signalisierten, daß sie nicht allein waren. Sämtliche Quicken-Tree kämpfen in dem Irrgarten, ganz Balor war hinter ihnen her, und zwischen den beiden Gruppen waren die Liosalfar, um die Soldaten der Garnison einen nach dem anderen abzuschießen und Caradocs Männer in einen Hinterhalt und in die natürlichen Fallen der Canolbarth zu locken.

Zweimal warnte Llynya sie vor heimtückischen Löchern im Boden, und mehr als zweimal wurden die Geräusche eilender Schritte, die sie um sich herum hörten, durch das Klirren von Schwertern und Todesschreie von Männern unterbrochen. Sie selbst trafen zum Glück nicht noch einmal auf feindliche Soldaten, während Llynya sie im Laufschritt gezielt durch Kammern und Schächte hinunterführte.

Nach einer Zeitspanne, die ihnen wie Stunden erschien, erkannte Dain an einer allmählichen Verbreiterung des Ganges, daß eine größere Kammer vor ihnen lag. Dennoch war er nicht auf die riesigen Ausmaße der Höhle gefaßt, zu der sie schließlich gelangten – und er nannte sie auch nur deshalb Höhle, weil sie tief unter der Erde lag und die Logik ihm sagte, daß dieser Ort, ungeachtet seiner gewaltigen Dimensionen, von Wänden begrenzt sein mußte. Das gigantische Gewölbe mußte einfach irgendwo aufhören.

»Der Abgrund«, sagte Morgan. Sie alle waren abrupt am Rand des Tunnels stehengeblieben, erschrocken über die undurchdringliche Wand von Finsternis, die vor ihnen aufragte.

»Nein«, flüsterte Ceridwen. »Der Abgrund ist nicht so finster.«

Sie konnten nicht das geringste sehen – das Licht der Traumsteinklingen wurde bereits eine knappe Armlänge von ihren Gesichtern entfernt verschluckt –, aber sie konnten die Leere fühlen. Schwer. Überwältigend.

»Wir müssen trotzdem weiter«, sagte Llynya und schnallte ihre letzte volle Kürbisflasche los. Sie trank einen Schluck und reichte Morgan die Flasche, der daran nippte und eine Grimasse zog. Sie grinste.

»Was ist das?« fragte er, als er die Flasche an Ceri weitergab.

»Katzentau. Ein gutes Mittel, wenn man auf Reisen ist. Hier.« Sie aß einen Bissen Kümmelkuchen und reichte den Rest herum. »Wir können uns unten in der Höhle frisches Wasser holen. Bald werden noch andere kommen, dann wird es nicht mehr so dunkel sein.«

Llynya sprach die Wahrheit, wie Ceridwen bald darauf erkannte, als überall entlang der Höhlenwand Lichter auftauchten. Blaue Funken von Leben, die ankündigten, daß sich andere Gruppen der Quicken-Tree näherten, zusammen mit den Walisern.

Sie beobachtete, wie mehr und mehr Lichter aus dem Nichts erschienen und dann in der Dunkelheit innehielten, ein Hinweis darauf, daß an jenen Stellen weitere Gänge in die riesige Höhle mündeten. Blaue Schatten bewegten sich innerhalb jedes stehenden Lichtscheins, als ob alle entschieden hätten, zuerst Rast einzulegen und sich zu erfrischen, bevor sie sich an den Abstieg machten.

»Seht doch«, sagte Llynya mit deutlicher Erregung in der Stimme, und Ceridwen wandte sich wieder zu der Höhle um.

Der Atem stockte ihr in der Kehle, denn es war ein überwältigender majestätischer Anblick, der sich ihr bot, wo nur wenige Augenblicke zuvor nichts als undurchdringliche Dunkelheit geherrscht hatte. Steinsäulen, Hunderte von Meter hoch, ragten vor ihnen auf, und riesige Steinzapfen hingen von einer Decke herab, die sie nicht sehen konnten, ihre Spitzen schimmernd im Licht der Traumsteinklingen. Andere Felsformationen wuchsen aus dem Boden der Höhle hervor, einige so groß wie Hütten. Ihre runden, verwitterten Formen erinnerten an Sandburgen, die von Wellen überspült worden waren, oder an häufig angezündete Kerzen, deren Wachs heruntergetropft, zerlaufen und erhärtet war, um dann erneut erwärmt zu werden und erneut zu tropfen.

Ein Fluß aus Stein bedeckte eine vollständige Seite der Höhle, seine opalisierende Oberfläche wie ein gigantischer erstarrter Wasserfall; und überall in der Höhle verstreut – teils auf dem Boden, teils in langen, unregelmäßig geformten Partien an den Wänden – glitzerten Blöcke von blauviolettem Quarzgestein mit unzähligen Facetten. Sie absorbierten das Licht der Traumsteinklingen und warfen es als sanften lila Schein wieder in die Höhle zurück, verwandelten den Ort in ein phantastisches Märchenreich.

»Dies ist die Höhle, in der Rhuddlan hofhält«, erklärte Llynya. »Seht ihr die Throne im Wasser weiter zur Linken, dort drüben, wo die hohen Felsen wie Wächter aufragen?«

»Rhuddlan ist König?« fragte Ceridwen verwirrt. Sie blickte zu der Stelle hinüber, auf die der Kobold wies, und sah einen stillen Teich, der von kerzenähnlichen Felsformationen umgeben war.

Das Wasser reflektierte das amethystfarbene Licht des Quarzgesteins und erweckte den Eindruck, als ob das Podium mit den wuchtigen Stühlen über dem Rest des Höhlenbodens schwebte. Ein breiter Streifen um den Teich herum war mit Steinpfeilern gefüllt, einige nicht höher als ein Mann, andere doppelt so groß.

»Er ist König auf dieser Seite der Berge«, erwiderte Llynya, als sie erneut von dem Kuchen abbiß.

Bevor Ceridwen noch fragen konnte, wer denn auf der anderen Seite der Berge König sei oder welche Berge sie überhaupt meinte, begann der Kobold, in die Höhle hinunterzuklettern. Tatsächlich hatten sämtliche Quicken-Tree sich wieder in Bewegung gesetzt.

Da sie tiefer als die anderen waren, gehörten sie zu den ersten, die den Höhlenboden erreichten, und als Ceridwen noch einmal zurückschaute, bot sich ihr ein weiterer atemberaubender Anblick. Ein magisches Netz von Lumineszenz spannte sich kreuz und quer über die Höhlenwand entlang der Quicken-Tree-Pfade, denn jedes Stück Quarz hielt das Licht der Traumsteinklingen noch lange, nachdem die Männer vorbeigegangen waren, und glühte blau und purpurrot vor dem samtschwarzen Hintergrund aus massivem Gestein.

Es war ein Wunder ganz eigener Art.

Eine perfekte Drachenhöhle, dachte Dain. Er, der früher an gar nichts geglaubt hatte, war mittlerweile soweit, daß er an alles glaubte, besonders an das Unmögliche. Sein Blick schweifte von dem Netz aus Licht zum Rest der mit Reichtümern gefüllten Höhle. Amethyst war im Überfluß vorhanden, teilweise allem Anschein nach von einer Qualität, die eines Königs würdig gewesen wäre. Rhuddlans Thron und der etwas kleinere daneben waren aus schwarzem, mit dunkelgrünen Flecken gesprenkeltem Marmor gehauen, der nirgendwo sonst in der Höhle zu finden war, obwohl sich eine Ader von weißem Marmor durch die Höhle zog, und in das Weiß waren dicke Brocken von Rubin eingebettet. Jemand, der einen Hammer oder ein gutes Messer dabeihatte, konnte leicht in Versuchung geraten, sich ein paar Edelsteine herauszubrechen. Dain hoffte nur, Morgans Männer wären vernünftiger.

»Wenn wir die Lanbarrdeinhalle durchquert haben«, sagte Llynya, »können wir versuchen, an die Oberfläche zu gelangen, indem wir wieder durch ein paar der kleineren Tunnel zurückgehen, die sich hinter den Wänden nach oben winden.« Sie führte ihre Schützlinge quer über den Höhlenboden, in der Hoffnung, sie zu beruhigen, obwohl sie doch selbst dringend Beruhigung gebraucht hätte. Für Rhuddlan war es ja alles gut und schön, sie nach Wydehaw zu schicken, um die Quecksilberfrau anzulocken, damit der große Meister sein Vergnügen hatte; aber leider hatte jener Abend damit geendet, daß Ceridwen gefangengenommen worden war und beinahe den Tod gefunden hätte. Llynya haderte noch immer mit sich wegen ihrer verdammten Neugier und, ja, wegen der Sehnsucht nach einem kleinen Abenteuer, die sie damals vom rechten Weg abgebracht hatte. Sie würde das Mädchen nicht noch einmal im Stich lassen, doch jedesmal, wenn sie versucht hatte, einen der Pfade durch die Canolbarth zu nehmen, die an die Erdoberfläche führten, war sie von Balors Soldaten überrascht worden. Nur unter Aufbietung all ihrer Geschicklichkeit war es ihr gelungen, ihnen aus dem Weg zu gehen und einen erneuten Zusammenstoß zu vermeiden.

Ungeachtet ihrer Bemerkung von vorhin würden sich ihre Wahlmöglichkeiten auf der anderen Seite der Halle beträchtlich vermindern, besonders wenn die *pryf* bereits in der Nähe waren und die wenigen Tunnel blockierten, die sie vielleicht noch in die Berge von Eryri führen konnten. Sie hatte ihre Befehle erhalten, und sie war bereit, kehrtzumachen und zu kämpfen, wenn es dazu kam, aber es bestand immer noch eine Chance, Ceridwen aus der Schlacht herauszuhalten.

Ein klarer Strom ergoß sich aus einer Öffnung hoch oben in der Südwand der Lanbarrdeinhöhle und bahnte sich einen Weg in östlicher Richtung, bis er wieder unter dem Fels verschwand. Sie hielten an, um ihre Kürbisflaschen mit frischem Wasser zu füllen, wie es auch andere Quicken-Tree taten. Llynya musterte die Gesichter derjenigen, die sich an dem Bach versammelten, bis sie einen Liosalfar aus Deri entdeckte. Es war Math.

Die Weißhaarigen und die jüngsten der Quicken-Tree suchten Zuflucht in der riesigen Höhle, da sie Zeit brauchten, um sich von dem anstrengenden Marsch durch den Irrgarten zu erholen. Jeder, der kämpfen konnte, war entweder noch in den Canolbarth oder bereits wieder auf dem Weg dorthin – bis auf die Bogenschützen, die Stellung auf den hohen Felsvorsprüngen der Halle bezogen. Falls feindliche Soldaten aus der Falle in dem Irrgarten entwischen sollten, würden sie sich mit einer weiteren tödlichen Bedrohung konfrontiert sehen.

»Math, *malashm*«, rief Llynya dem jungen Mann aus Deri zu, als sie sich einen Weg zwischen den Wasserträgern hindurchbahnte, die hin- und hereilten in ihrem Bestreben, die kämpfenden Männer und Frauen mit frischem Wasser zu versorgen.

»Llynya.« Math hob grüßend die Hand. Um seinen Unterarm war eine blutdruckträkte Bandage gewickelt.

»Du mußt zu Aedyth gehen und dich frisch verbinden lassen«, sagte sie und zeigte dabei auf seine Wunde.

»Ja, aber nicht jetzt. Rhuddlan ist gerade dabei, die Balor-Männer von hinten anzugreifen. Wenn wir nur an diesem Ende unsere Stellung halten können, dann werden wir sie bald haben.«

»Und wenn nicht?«

Er trank durstig einen großen Schluck aus seiner Wasserflasche, bevor er antwortete. »Dann werden wir in der Halle kämpfen, und wenn es sein muß, treiben wir Caradoc und ganz Balor in die tiefe Finsternis hinunter und lassen sie von dem alten Wurm zu Staub zermahlen.« Es war Maths erste Schlacht, und seine Erregung spiegelte sich im hellen Grün seiner Augen wider. Er war der jüngste der Liosalfar aus Deri, kaum älter als Llynya.

»Ich möchte trotzdem versuchen, Ceridwen hier rauszubringen und in die Berge zu führen«, erklärte sie. »Rhuddlan hat es mir ausdrücklich aufgetragen.«

»Ja«, pflichtete er ihr bei. »Die Gefechte finden zum größten Teil in den südlichen Canolbarth statt und verlagern sich nur langsam in diese Richtung. Wenn du die Tunnel hinter dem Steinfluß nimmst, läufst du nicht Gefahr, mitten in das Getümmel hineinzugeraten, aber ich rate dir dringend, einen großen Bogen um das *pryf*-Nest zu machen. Die *prifarym* sind seit vielen Jahren nicht mehr dort gewesen, und das Nest wird ohne Zweifel der erste Ort sein, wohin sie kriechen.«

»Danke.«

»*Malashm.*« Math nickte. »Und viel Glück.«

»*Malashm.*« Llynya wandte sich zum Gehen und stellte zu ihrer Überraschung fest, daß Morgan dicht hinter ihr stand. Sie errötete augenblicklich. Seltsamer Mann, dachte sie, mich so zu überrumpeln. Noch seltsamer war seine Wirkung auf sie. Ihr wurde jedesmal schwindelig, wenn sie an seinen Kuß dachte. Seine Lippen hatten sich köstlich warm auf ihren angefühlt und süß auf eine Weise, wie sie es niemals von einem Kuß erwartet hätte.

»Dann gehen wir also weiter?« fragte er.

»Ja.« Seit er sie geküßt hatte, war sie kaum fähig gewesen, ihm in die Augen zu sehen oder sich davon abzuhalten, ihn verstohlen anzustarren – ein beunruhigendes Phänomen, besonders da er ihr im Irrgarten die ganze Zeit über so nahe gewesen war – aber jetzt riskierte sie einen schnellen Blick.

Er lächelte sie an, und sie fragte sich, ob er zu den Leuten gehörte, die Gedanken lesen konnten. Sie errötete noch stärker und wandte hastig den Blick ab.

»Rhys hat mir heute erzählt, Ihr wärt ein Prinz und zugleich ein Dieb«, sagte sie, während sie auf ihre Stiefel starrte.

»Das ist richtig, ich bin beides.«

Gut, dachte sie, denn es war etwas, was sie unbedingt hatte wissen wollen. Sie blickte flüchtig zu ihm, bevor sie erneut verlegen zu Boden sah.

»Rhys sagt, Ihr hättet einmal einen englischen Grafen mitten in der Nacht aus seinem Bett entführt, obwohl der Turm, in dem er schlief, von hundert bewaffneten Soldaten bewacht wurde, und daß Ihr ihn im Wald so lange festgehalten habt, bis er das Land zurückgab, das er einem walisischen Bandenführer weggenommen hatte.« Sie wagte es, ihm in die Augen zu sehen.

»Es ist eine alte Geschichte, und ich kassiere immer noch Pachtgeld von zwei Achtelmeilen des Gutes«, gestand er mit einem leichten Achselzucken. Seine schwarze Tunika war an einigen Stellen zerrissen, ebenso wie das langärmlige weiße Hemd, das er darunter trug. Getrockneter Schlamm bedeckte seine Stiefel bis zu den Knien. Er hatte sich seit zwei Tagen nicht mehr rasiert, dennoch war sein Blick noch immer von diesem Strahlen erfüllt, als ob Sonnenschein aus seinen Augen leuchtete. Blauer Sonnenschein, so klar wie ein Gebirgsbach.

»Rhys sagt, Ihr hättet einem Gutsverwalter drüben bei Hay-on-Wye die Pachteinnahmen eines halben Jahres abgeknöpft und alles den Pächtern zurückgegeben«, fuhr sie fort.

»Nicht alles«, versicherte er ihr, wobei sein Tonfall andeutete, daß er den größten Teil der Summe für sich behalten hatte, obwohl Rhys ihr etwas ganz anderes erzählt hatte.

»Rhys sagt –«

»Ich wußte gar nicht, daß du heute soviel Zeit damit verbracht hast, dich mit Rhys zu unterhalten«, fiel Morgan ihr ins Wort. »Vielleicht sollte ich dem Jungen mehr zu tun geben.«

Unverzagt nahm Llynya ihre Befragung wieder an der Stelle auf, wo er sie unterbrochen hatte, eifrig darauf bedacht, zum wichtigsten Punkt zu kommen, bevor sie der Mut verließ. »Rhys sagt, Ihr könntet das Gelbe von einer Butterblume stehlen und es dem Himmel zurückgeben, und ich ... und ich ...« Sie zögerte einen Moment, dann platzte sie heraus: »Und ich möchte den Trick gerne lernen, wenn Ihr ihn mir beibringen wollt.«

Es war das Kühnste, was sie jemals getan hatte, einen Mann ganz offen zu bitten, ihr seine Zeit zu widmen – und dann war da noch der Trick selbst. Junge, Junge! Wenn sie das Gelbe einer Butterblume stehlen konnte, konnte sie sicherlich auch lernen, Lavendelblau von Veilchen zu stehlen und Grün von Gras. Sie könnte nach Belieben Regenbögen zaubern und Regentropfen in bunte Edelsteine verwandeln. Die Möglichkeiten waren unbegrenzt, absolut unbegrenzt.

Morgan war bezaubert und verdutzt zugleich. Es kann doch unmöglich sein, daß sie Rhys' Bemerkung wörtlich genommen hat, dachte er. Das Gelbe von einer Butterblume? Wer außer dem Herrgott persönlich wäre denn wohl zu so etwas imstande? Dennoch brauchte er nur die aufrichtige, ungekünstelte Erwartung zu sehen, die in ihren Augen glänzte, um zu erkennen, daß sie tatsächlich daran glaubte. Wundersames Geschöpf, sie übertraf alle Erwartungen, die er jemals gehabt hatte. Sie glaubte an das Unmögliche. Und warum eigentlich nicht? Sie war diejenige, die Licht aus dem Heft ihres Dolches gezaubert hatte. Sie war diejenige, die Wildschweine mit einem Lied in Schach hielt.

»In Wahrheit habe ich es nie versucht«, sagte er schließlich, während er seine Fingerspitzen über ihre weiche, weiche Wange gleiten ließ. »Vielleicht können wir gemeinsam an dem Zaubertrick arbeiten, wenn wir die Berge erreichen.«

Als Llynya strahlend nickte, hätte er sie am liebsten in die Arme genommen und bis in alle Ewigkeit geküßt, außer daß genau da jemand nach ihr rief. Sie wandte den Blick ab, und Morgan stahl blitzschnell ein Blatt aus ihrem Haar.

Sie merkte nichts davon.

»Ich muß mich noch mit Math beratschlagen, bevor wir gehen«, sagte sie, als sie sich wieder zu ihm umdrehte. »Es wird nur einen Moment dauern. Wartet hier auf mich.«

Und ob ich warten werde, dachte er, als er das Blatt unter seinem Hemd verschwinden ließ, um es direkt auf der Haut zu tragen. Er fragte sich, ob Dain der Verführung von Magie wohl ebenso leicht erlegen war. Was die Verdammnis seines Freundes anging, so war er überzeugt, daß sie wieder aufgehoben worden war durch das, was er an dem brodelnden Teich in der anderen großen Höhle beobachtet hatte. Elfen, hatte Madron gesagt, und vielleicht erklärte das ihre übernatürlichen Fähigkeiten und die ihrer Tochter, der stummen, bezaubernden Edmee. Hier unten schien so ziemlich alles möglich.

Llynya kehrte wenig später zurück, wie sie es versprochen hatte, und bald darauf kletterten alle vier mit den Hunden einen gewundenen Pfad hinauf, der an der Ostwand der Höhle aus dem Fels herausgehauen worden war. Auf halbem Weg bergauf wählte der Kobold einen Tunnel aus, und sie alle folgten, einer nach dem anderen, und ließen die geheimnisvoll leuchtende Schönheit von Lanbarrdein hinter sich, um in die Dunkelheit zu treten.

»Findet Euer Grab, findet Euer Grab«, murmelte Helebore erbittert vor sich hin. Caradoc konnte sich darauf verlassen, daß er ihm ein Grab zeigen würde, o ja, und es wäre ganz bestimmt nicht seins.

Balors Soldaten wurden einer nach dem anderen in den Tunnels niedergemetzelt. Spitze Pfeile kamen aus der Dunkelheit geflogen und durchbohrten ahnungslose Burgwachen. Scharfe Messer taten das gleiche, um in Sekundenschnelle wieder in der Dunkelheit zu verschwinden und nichts als Blut und Tod zurückzulassen. Sie hatten zu fliehen versucht, wieder und wieder, und jedesmal war ihnen der Weg abgeschnitten worden.

Helebore und Caradoc hasteten einen weiteren engen, schlammigen Schacht entlang. Blaue Lichter blitzten hier und dort um sie herum auf – jedes einzelne von ihnen eine tödliche Gefahr, wie sie gelernt hatten –, während ihre eigenen Fackeln nichts anderes taten, als einen schwachen Lichtschein zu verbreiten und die verdammten Tunnel mit stinkendem Rauch zu füllen. Sie hatten bereits vier der ursprünglich acht Männer ihrer Eskorte verloren; Caradoc hatte jedoch noch sechs weitere abkommandiert, die in ihrer Dämlichkeit glaubten, bei ihrem Herrn wären sie sicherer. Idioten, alle miteinander, dachte Helebore. Sie waren verloren, verloren, verloren. Der Blinde, der den Lahmen führte.

Obwohl er dem Keiler natürlich nicht sagte, wie aussichtslos ihre Lage war. Er würde sich schwer hüten! Caradoc war noch immer im Glauben, er, Helebore, wäre dem Mädchen dicht auf den Fersen und triebe sie mehr und mehr in die Enge. Ein anderer hätte vielleicht laut darüber gelacht, daß sich sein Herr so an der Nase herumführen ließ, aber Helebore wußte es besser. So wie er auch genau wußte, wo sein eigenes Grab läge – direkt unter seinen Füßen, und zwar in dem Moment, in dem er stehenbliebe, ohne die verdammte Frau gefunden zu haben.

Dennoch blieb er stehen, ganz plötzlich, und drehte mit einem Ruck den Kopf herum, alle seine Sinne hellwach. Da! Er schloß die Augen und atmete tief durch die Nase ein. Ein Lächeln unverhohlener Schadenfreude verzog seine dünnen Lippen. *Ja. Ja. Ja.* Trotz all seiner Missetaten hatte Gott ihn nicht im Stich gelassen, obwohl es durchaus sein konnte, daß Gott seine Milde im nachhinein bereuen würde, wenn Helebore erst einmal an seiner Seite war und die Zügel der Zeit in Händen hielt. Er sog abermals prüfend die Luft ein und stellte fest, daß ihn seine Nase nicht getäuscht hatte. Es war Ceridwens Geruch, unverkennbar. Im Gegensatz zu vorher trennte sie jetzt nur noch wenig voneinander, und ohne all die anderen Körper, die die Luft mit ihren Ausdünstungen verpesteten, erkannte er ihren speziellen Geruch überall wieder, einen ekelhaft weiblichen Duft, aber mit einem beunruhigenden Hauch von Reinheit darin, trotz all der Unzucht, die sie mit Lavrans trieb.

Er öffnete die Augen, während er herauszufinden versuchte, woher der Geruch kam. Zu beiden Seiten war nichts als massiver Fels. Helbore huschte ein Stück den Tunnel zurück und verlor die Witterung. Er machte kehrt, schob sich langsam wieder vorwärts und verlor sie nach vier Schritten erneut. Merkwürdig.

»Gebt mir Eure Fackel«, befahl er dem Keiler und erlebte einen flüchtigen Moment des Triumphs, als das Licht widerspruchslos in seine ausgestreckte Hand gedrückt wurde.

Er zog die Flammen kreuz und quer über die Wände, während er zuerst an der einen schnüffelte, dann an der anderen. An der Wand zu seiner Linken, wo sich ein feiner Riß durch das Gestein zog, war der Geruch deutlich stärker. Aufgeregt ließ er seine Finger an der Ritze entlanggleiten und entdeckte – siehe da! –, daß der Spalt eine optische Täuschung war. Zwei Wände standen auf einem gemeinsamen Sockel, klafften jedoch immer weiter auseinander, je höher sie aufragten. Obgleich der Riß in Höhe seines Kopfes nicht breiter als eine Handspanne war, konnte er im Licht der erhobenen Fackel sehen, daß sich die Öffnung weiter oben genügend verbreiterte, um einen Mann durchzulassen – und es war in dem kühlen Luftstrom, der durch den Spalt drang, wo er Ceridwen ab Arawns unverwechselbaren Duft roch.

»Du da.« Er zeigte auf einen der Infanteristen. »Hilf mir mal hoch.«

Gräßliche Wende der Ereignisse, daß er sich jetzt auch noch anfassen lassen mußte. Dennoch ertrug er die Berührung zähneknirschend und folgte bald darauf dem Geruch, der ihm Unsterblichkeit schenken würde.

Hinter der Lanbarrdeinhöhle waren die Tunnel mit Löchern im Boden übersät, wo sich das Erdreich im Laufe der Zeit gesenkt hatte, und mit Abzweigungen, die nichts anderes taten, als in einem Bogen wieder zum Ausgangspunkt zurückzukehren. Ceridwen befürchtete schon, daß sie so lange in der Dunkelheit wandern würden, bis sie alle vor Erschöpfung zusammenbrachen, und daß sie niemals wieder das Tageslicht sehen würden.

»Behamey!« befahl Llynya abrupt. Elixier und Numa erstarrten mitten in der Bewegung. Bei Dain, Morgan und Ceridwen löste der Befehl die gleiche Reaktion aus. Obwohl sie das Wort nicht kannten, verstanden alle sofort, daß sie mucksmäuschenstill sein sollten, denn sie hatten das Unbehagen gespürt, das in Llynyas Stimme mitschwang. Der Kobold schloß einen Moment lang die Augen und wandte das Gesicht einem engen Stollen links vor ihnen zu, dann sah sie Dain grimmig an. »Helebore«, erklärte sie. »Der

Mann hat eine ausgezeichnete Nase. Er ist in diesen Tunnels und verfolgt uns.«

»Wie viele Männer sind bei ihm?« wollte Dain wissen.

»Mehr als ein oder zwei«, antwortete sie. »Wie viele es genau sind, kann ich nicht erkennen.«

»Ist Caradoc darunter?« fragte Ceridwen.

Der Kobold zuckte hilflos die Achseln. »Das kann ich nicht sagen. Der Keiler riecht wie jeder andere Mann. Es ist nur der Unhold, der einen derart üblen Gestank ausströmt, daß ich ihn unter allen anderen herausriechen kann.«

»Ich möchte diese verfluchte Klette endlich loswerden, Lavrans«, warf Morgan ein. »Laß uns Widerstand leisten und kämpfen.«

Dain ließ sich die Sache durch den Kopf gehen, denn auch er hatte die ewigen Ausweichmanöver satt; aber sie waren nur drei Schwertkämpfer, und die bessere Alternative war immer noch, in die Berge zu fliehen.

»Nicht, solange wir noch eine Chance haben.« Er drehte sich zu Llynya um.

»Das denke ich auch«, pflichtete sie ihm bei.

Und so setzten sie ihren Weg fort, wobei Llynya noch größere Vorsicht bei der Auswahl der Schächte walten ließ und jeden einzelnen zuerst auf Spuren oder den Geruch von Helebore überprüfte, während sie die ganze Zeit über versuchte, einen Pfad zu finden, der ihre Schützlinge an die Erdoberfläche führen würde.

»Mist«, murmelte sie eine Weile später, als sie abrupt stehenblieb. Wieder einmal endete der Tunnel, den sie sich entlanggetastet hatten, in einer Sackgasse.

Dain fluchte unterdrückt. Wenn es nicht irgendein Loch im Boden war, das ihnen den Durchgang versperrte, dann war es der Geruch des Medikus. Er machte kehrt, um den Weg zurückzugehen, den sie gekommen waren, während er sich fragte, wie zum Teufel sie bloß jemals aus diesem Irrgarten herausfinden sollten, als Ceridwen hinter ihm plötzlich erschrocken aufkeuchte. »Jesus!«

Er wirbelte herum und zog blitzschnell sein Schwert, in der Annahme, daß Helebore sie bedrohte, aber dies war nicht der Fall. Das Klirren der Schwertklinge hallte mehrfach von den Schachtwänden wider, aber ansonsten blieb alles still in dem Tunnel – Ceri und die Hunde völlig reglos an seiner Seite. Morgan und Llynya standen nebeneinander, ihre Rücken steif vor Anspannung. Er blickte über Llynyas Kopf hinweg zu dem Tunnelabschnitt vor ihr und sah nichts hinter der Stelle, wo der Schacht blockiert war – bis er plötzlich eine Bewegung in der Dunkelheit wahrnahm, eine schwarzglänzende, im Licht der Traumsteinklingen bläulich schimmernde Masse, die sich quer über das gesamte Ende des Ganges wälzte.

»*Großer Gott.*« Ceridwen wich einen Schritt zurück.

Wände bewegen sich nicht, sagte Dain sich.

Als ob sie ihm das Gegenteil beweisen wollte, bahnte sich gleich darauf eine zweite dunkelglänzende Masse einen Weg durch den Schacht, mit gleitenden, wellenartigen Bewegungen, und ein gedämpfter, seltsam schabender Laut erfüllte die Stille.

Wände erzeugten auch keine Geräusche.

Ein durchdringender Schrei, klagend und melodiös zugleich, folgte der wellenartigen Bewegung, und Dain wußte Bescheid. Die *pryf.* Das Wesen bewegte sich erneut, beschleunigte sein Tempo, und das schabende Geräusch wurde lauter.

Llynya fluchte, ein erbittertes Durcheinander von Worten, dem zu entnehmen war, daß der Kobold sie mitten in das Nistgebiet der *prifarym* geführt hatte.

Der Fluch, der Dain daraufhin entschlüpfte, ließ Llynyas im Vergleich dazu zahm erschien. Diesmal gab es keinen Teich der Weissagung, keine Nebel, durch die sie entkommen konnten. Er beobachtete, wie sie einen Blick mit Morgan tauschte, dann wichen die beiden drei Schritte rückwärts, wirbelten herum und rannten davon. Dain packte Ceridwen und tat das gleiche.

Jetzt saßen sie wirklich gründlich in der Falle, gefangen tief unter der Erde zwischen dem Medikus und den Würmern.

Würmer. Der verfluchte Hurensohn von Arzt hat mir Würmer gegeben.

Caradoc stand vor dem blockierten Durchgang, die Hände zu Fäusten geballt, sein Atem keuchend vor Wut, und betrachtete die gerippte Haut der grünlich-schwarzen Kreatur, die sich wenige Schritte vor ihm vorbeiwälzte. Sie füllte die gesamte Öffnung des Schachts aus, mehr wie eine sich bewegende Wand als wie ein Tier.

Gigantische Würmer. Unvorstellbar riesig; dennoch hatte ihm das Mädchen Drachen versprochen.

»Ich sehe keine Reichtümer, Helebore«, brüllte er über das unheimliche Geräusch von *pryf*-Haut hinweg, die sich an Fels und Erdreich rieb. Seine Stimme war viel zu laut für den engen Tunnel und führte dazu, daß sich seine ängstlichen Männer noch tiefer duckten, aber das kümmerte ihn nicht. Sollten sie sich doch ruhig vor lauter Angst in die Hosen machen. Er brauchte einfach ein Ventil für den Schmerz, der in seinem Bein tobte, für den Zorn und die Frustration, die sein Herz zu sprengen drohten. Er ließ seinen Blick zurückschweifen, um den in Ungnade gefallenen Mönch abermals anzubrüllen, und sah, daß Helebore in den Schatten neben dem Bauch des Wurmes kauerte. Der Arzt beugte den Kopf, um seinen Mund näher an den feuchtglänzenden Körper des Tieres zu bringen – dann ließ er seine Zunge hervorschnellen und leckte an der schleimigen Haut.

Eine der Burgwachen erbrach sich irgendwo in der Dunkelheit.

Caradoc war stark in Versuchung, den Medikus zu töten – ein schneller Schnitt in den Nacken, ein hübscher, sauberer Schnitt, um Haut, Knochen und Sehnen zu durchtrennen –, denn ein bißchen Blut war stets ein wirksamer Balsam für Schmerz und Zorn, aber leider brauchte er den geistesgestörten Bastard noch. Seine Burgwachen waren massakriert worden. Jeder einzelne von ihnen in der Blüte seiner Jahre, jeder von ihnen ein treuer, tapferer Soldat, und sie waren allesamt tot. Und Balor wurde in diesem Moment von jenen plattfüßigen Hurensöhnen überrannt, die ihnen in den Höhlen aufgelauert hatten. Rhuddlan, so hieß ihr Anführer. Ein Name, den Caradoc nicht vergessen würde. Wie Dain an diese Wilden gekommen war, alle in schimmerndes Grün gekleidet, mit starken Armen und schnellen Bögen, das wußte er nicht, aber er wußte, er würde nicht eher aufgeben, bis sie allesamt in der Hölle schmorten.

Pest und Hölle.

Er erstickte fast an seinem eigenen quälenden Aufschrei. Er hatte alles verloren. Alles! Er hatte gemordet und verstümmelt und gemetzelt, um seinen Weg zu machen und es zu etwas zu bringen und sich einen Platz zu schaffen, der ihm gehörte und nur ihm allein, und nun war ihm alles wieder genommen worden, und alles nur wegen einer flennenden Schlampe. Er holte zitternd Atem und hob das Kinn, um die Luft seine Kehle hinunterströmen zu lassen. Er brauchte das Mädchen, und er brauchte den Arzt, um sie aufzustöbern. Durch Ceridwen könnte er alles wieder zurückgewinnen und mächtiger als jemals zuvor sein. Er schwor es beim Blut von Jesus Christus, und hatte er nicht für seinen Erlöser gekämpft und beinahe sein Leben für ihn gelassen?

»Ihr hattet mir einen Becher versssssprochen«, zischte Helebore, während seine dunklen Augen in seinen Kopf zurückrollten.

Völlig übergeschnappt, dachte Caradoc durch den Nebel seines Zorns und beobachtete, wie Speichel und Wurmschleim von den Mundwinkeln des Arztes herabtropfen.

»Einen kleinen Becher von ihrem Blut.« Helebore lachte mekkernd, und das Weiße seiner Augen war flüchtig zu sehen. »Und wenn ich es bekommen hätte, könnte ich die *pryf* selbst jetzt noch meinem Willen unterwerfen und sie zwingen, in ihre Löcher zurückzukriechen.« Er erhob sich auf die Füße und leckte sich die Lippen. »Kommt mit. Sie war hier, und zwar erst vor wenigen Minuten.«

Das Ende war nah. Dain konnte es in den Wellen hören, die sich weiter voraus in der Dunkelheit donnernd an einem unsichtbaren Strand brachen. Er roch es in der salzigen Gischt, die die Luft und seine Lungen füllte, während er durch den Tunnel rannte. Er fühlte es im Sand unter seinen Stiefeln. Tief unter der Erde gab es einen Ozean, wie er ihn in seinem Traum gesehen hatte, und hinter diesem Ozean wartete der Tod auf ihn. Daß sie in das *pryf*-Nest gestolpert waren, war ihrer aller Verderben gewesen, denn die Würmer hatten sie erbarmungslos gehetzt und verfolgt, hatten ihnen den Weg abgeschnitten und sie aus einigen Stollen hinausgedrängt und andere aufgebrochen und zerstört, um ihnen schließlich nur noch einen einzigen Tunnel zu lassen, dem sie folgen konnten, den einen, der sie hinaus an den Strand des Ozeans schwemmen würde.

Verdammte Madron, denn es war in ihrer Eigenschaft als Hexe gewesen, daß sie ihm das Ende seines Lebens gezeigt hatte. Und dennoch, als Moriath, die grimmige Wehrtorgöttin der Quicken-Tree, hatte ihm dieselbe Frau den Stein der Weisen geschenkt. Dain berührte den Beutel, der an seinem Gürtel hing. Bald würde sich zeigen, wessen Magie stärker war.

Ceridwen rannte neben ihm her, dicht gefolgt von den Hunden, und vor ihnen flitzten Morgan und Llynya durch den Tunnel, denn sie waren nicht allein. Helebore war ihnen in dieselbe Falle gefolgt und wurde mit ihnen zusammen auf das Meer zugetrieben. Es war eine abscheuliche Wende der Ereignisse, daß ausgerechnet die *pryf*, die er und Ceridwen befreit hatten, der Katalysator ihres Todes sein sollten. Caradoc und seine Männer waren unmittelbar hinter ihnen, so nahe, daß sie ihre eilenden Schritte hören konnten. So nahe, daß Llynya wegen des üblen Gestanks des Arztes zu würgen begann.

Zu verdammt nahe.

Ein Armbrustbolzen sauste aus der Finsternis hinter ihnen vorbei und grub sich in die Tunnelwand. Erdklumpen spritzten auf. Steinsplitter flogen durch die Luft. Dain hörte Ceris kurzen Schrei, als sie von den scharfkantigen Felsstückchen getroffen wurde. Der zweite Bolzen hätte ihn beinahe aufgespießt, und er spürte eher, als daß er es sah, wie Elixier kehrtmachte und den Tunnel hinunterschoß. Numa eilte mit einem einzigen langen, eleganten Sprung an Ceridwens Seite. Der qualvolle Schrei eines Mannes kündete von Elixirs finsterem Sieg, und innerhalb weniger Augenblicke war der schwarze Rüde wieder neben Dain, um seine Flanke zu schützen.

Wie die Gänge, die zu der Lanbarrdeinhöhle führten, so endete auch dieser Tunnel hoch oben in der Klippenwand – eine Information, die Llynya ihnen gab, zusammen mit dem Befehl, hinunterzuspringen, wenn sie den Felsvorsprung erreichten. Der Strand, das schwor sie, wäre nicht allzu tief unter ihnen. Llynya zögerte keine Sekunde, ihrem eigenen Befehl zu befolgen, sondern stürmte geradwegs auf das Sims zu, ihre Traumsteinklinge in der hoch erhobenen Hand. Einen Moment lang schwebte sie in der Luft, von einem matten lila Schein beleuchtet, der von der gegenüberliegenden Klippe ausstrahlte, einer violett schimmernden Landspitze, die in einen Abgrund von Dunkelheit ragte. Der Geruch nach Salz und Tang war stark, das Rauschen der Brandung, die irgendwo unten in der Tiefe an den Strand schlug, ziemlich laut. Llynya breitete die Arme aus, und ihr Umhang blähte sich um sie und flatterte wie Schmetterlingsflügel. Sie war *sidhe*, das Feengeschöpf, Verkörperung der Anmut, als sie durch die Luft flog. Morgan war so vernünftig, einen Augenblick zu zögern, allerdings nicht lange. Er kam schliddernd auf dem Felsvorsprung zum Stehen und ließ Llynya gerade genug Zeit, auf dem Strand zu landen und ihm zu zeigen, wie weit es in die Tiefe hinunterging, bevor er sprang. Dain nahm sich nicht einmal soviel Zeit, sondern packte Ceridwens Hand und sprang gemeinsam mit ihr in die Leere.

Sie hatten kaum festen Boden unter den Füßen, als von oben ein Ruf ertönte.

»Lavrans!« Es war Caradoc. »Gib mir Ceridwen, und ich lasse dich unbeschadet entkommen!«

Dain schob Ayas tief in den Sand, um das Licht der Klinge auszulöschen. Llynya hatte das gleiche mit ihrem Dolch getan, aber die violetten Kristalle, die die Meeresklippen wie eine Kruste überzogen, hatten bereits genug von der Traumsteinlumineszenz absorbiert, um einen schwachen Lichtschimmer auszustrahlen.

»Wir sind elf gegen vier«, warnte Caradoc ihn. »Und zwei von euch sind nur Frauen. Opfere Ceridwen zum Wohle aller, Dain, sonst werde ich jeden einzelnen umbringen.«

Llynya lieferte dem Keiler die passende Antwort, noch bevor Dain sprechen konnte, indem sie einen Pfeil in ihren Bogen spannte und einen der Männer hoch auf dem Felsvorsprung traf. Morgan erwischte einen anderen, als er von der Seite des Kobolds aus schoß.

»Dain!« schrie Llynya, und als er den Kopf drehte, zeigte sie auf eine hohe Klippe, die aus dem langen, halbmondförmigen Strand aufragte. »Bring sie dorthin!«

Er ließ seinen Blick zu der Stelle schweifen und sah, was sie meinte. Eine Höhlenöffnung hob sich als ein schwarzer Fleck von der amethystfarbenen Felswand ab. *Und so beginnt der Tod ...*

Er hatte keine Zeit, über die Folgen nachzudenken, sondern handelte einfach, indem er Ayas in seinen Gürtel schob und seine Hand noch fester um Ceridwens schloß, während sie hastig aufsprangen und davonrannten, so schnell ihre Füße sie trugen.

Ceridwen blickte noch einmal zurück und sah, wie Caradoc und seine Männer auf den Strand hinuntersprangen und auf Morgan und Llynya schossen, die quer über den Sand rannten und auf die nächstgelegene Höhle in den Meeresklippen zusteuerten. Sie befürchtete, daß die beiden es nicht mehr schaffen würden, denn inzwischen sprinteten andere Soldaten aus Balor einen Pfad an der Felswand entlang und rasten auf sie zu, um sie abzufangen.

Als Caradocs Männer auf dem Strand landeten, trafen sie auf Elixir und Numa, kampfbereit und voller Blutgier. Sie arbeiteten gemeinsam, um ihr erstes Opfer zur Strecke zu bringen, einen kleinen, schmächtigen Mann, dem Elixir mit einem einzigen kräftigen Biß das Genick brach. Numa hatte ihre Zähne noch im Fleisch des Mannes vergraben, als plötzlich eine Messerklinge tief in ihren Hinterlauf schnitt. Mit einem schrillen Aufjaulen fuhr sie herum, die Lefzen drohend hochgezogen, um sich ihrem neuen Feind und seiner Klinge zu stellen. Es war Caradoc, und er war schneller als die Hündin, indem er das Tier mit einem brutalen Dolchstoß ins rechte Auge blendete, noch während er ihr mit seinem Schwert die Eingeweide aufschlitzte.

Ceridwen schrie entsetzt auf, als ob sie selbst von dem Schwert durchbohrt worden wäre, und ihr erster Impuls war, zu der sterbenden Hündin zu laufen. Dain ließ es jedoch nicht zu, sondern zerrte sie energisch in das dunkle Höhlenloch.

»*Khardeen!*« Llynya stieß ihren Schlachtruf aus. Sie hatte ihren Bogen auf den Boden geworfen und begegnete dem Feind mit ihrem Schwert, das sie fest in beiden Händen hielt. Die Soldaten hatten ihr und Morgan den Fluchtweg abgeschnitten, und jetzt mußten sie sich im Nahkampf gegen drei von Balors besten Männern behaupten. Morgan war schnell mit seiner Klinge, den Göttern sei Dank, aber Llynya hatte Angst, daß sie trotzdem sterben würden. Morgan hatte in dem ungleichen Kampf bereits zwei Stichverletzungen erlitten, und sie fühlte Blut an ihrem eigenen Arm herunterlaufen. Numa war tot. Elixir rang erbittert mit einem Mann am Strand, und Ceridwen und Dain waren in ein Loch geschlüpft. Mögen die Götter ihren Pfad erleuchten und möge der alte Wurm ihnen beistehen, betete sie, denn Caradoc, der böse Mönch und zwei andere Männer waren hinter dem Paar her.

Sie riß ihr Schwert hoch und holte in hohem Bogen nach ihrem Gegner aus, wobei sie ihm sekundenlang ihren ungeschützten Körper darbot – ihr erster Fehler in diesem Gefecht und wahrscheinlich ihr letzter, wie ihr klarwurde. Er stürzte vorwärts, und sie versuchte verzweifelt, dem Hieb auszuweichen.

Sie wußte augenblicklich, daß sie nicht schnell genug wäre, doch als die tödliche Schneide seines Schwerts nur noch knapp eine Handbreit von ihrem Kopf entfernt war, ließ der Mann die Waffe plötzlich fallen und starrte sie aus weitaufgerissenen Augen an, sprachlos von dem Pfeil, der in seiner Kehle steckte, der einzigen ungeschützten Stelle zwischen Helm und Kettenpanzer.

Am ganzen Körper zitternd, aber noch immer auf der Hut, sog Llynya Luft in ihre Lungen und wurde Zeugin, wie der Soldat in seinem eigenen Blut ertrank. Mit ihrem zweiten Atemzug wirbelte sie herum, um Morgan bei seinem Kampf beizustehen. Der Mann, auf den sie losstürmte, überlebte nur wenige Sekunden, bevor er einem weiteren wohlgezielten Pfeil zum Opfer fiel. Llynya drehte mit einem Ruck den Kopf, um zu sehen, wie es Dain erging. Nur daß es nicht Dain war, der von den Klippen herunterschoß, sondern ein Fremder.

Er war ganz in Weiß gekleidet, mit goldblondem Haar, durch das sich eine leuchtendkupferrote Strähne zog, eine reine Flamme gegen den violett glühenden Hintergrund der Felswand, und er spannte gerade seinen Bogen für einen neuen Schuß.

Morgans letzter Gegner ging mit einem erstickten Schrei zu Boden.

»Wir haben einen Retter«, stieß sie keuchend zwischen zwei Atemzügen hervor.

»Dann laß ihn auch Dain und Ceridwen retten. Komm.« Morgan machte kehrt und rannte auf die Höhlen zu.

Llynya warf einen letzten Blick auf den Fremden hoch oben auf den Klippen, bevor sie Morgan folgte.

Hier war Energie, geballte magische Energie. Nicht nur ein Hauch davon, sondern die unverdünnte Substanz. Dain fühlte es in dem Moment, als er die Höhle betrat, und das Gefühl verstärkte sich mit jedem Schritt, den sie weiter in ihre Tiefen vordrangen. Die Dunkelheit wich schnell einem Leuchten des Gesteins selbst – eine Erscheinung, an die er sich inzwischen gewöhnt hatte. Die Wände des Tunnels waren glattgeschliffen, fast seidig in ihrer Ebenheit, und in wechselnden Schattierungen von Blauviolett und Grün gefärbt. Die perfekte kreisförmige Krümmung von Wand, Boden und Decke erschwerte es zu rennen, dennoch wagten sie es nicht, ihren Schritt zu verlangsamen.

Als sie bereits ein ganzes Stück im Inneren der Höhle waren, stießen sie auf einen breiten, klaffenden Gang, der quer durch den Tunnel schnitt, in dem sie sich befanden. Seine dunklen, roh behauenen Wände bildeten einen starken Kontrast zu dem glatten, durchsichtig-glänzenden Gestein, das sie umgab, seine Breite und Höhe um einiges größer als die der Gänge, die sie in dem *pryf*-Nest gesehen hatten. Als Dain den Gang hinunterblickte, konnte er die Stelle sehen, wo dieser einen anderen schimmernden Tunnel durchschnitt. Ein schneller Blick in die entgegengesetzte Richtung zeigte ihm wieder einen anderen Tunnel, und alle diese Röhren liefen schräg auf etwas zu – wie Speichen in einem Rad, die sich in einer Nabe treffen –, und alle wurden von dem breiten Gang mit den dunklen, zerklüfteten Wänden durchschnitten, der zu beiden Seiten aufragte.

Beim Anblick des gigantischen Tunnels beschlich ihn ein höchst ungutes Gefühl, und er fragte sich, ob es möglich war, daß ein *pryf* – soviel größer, als er ursprünglich erwartet hatte – wirklich derart riesig werden konnte.

Er brauchte nicht länger zu rätseln.

Ein langsames, dumpfes Grollen kündete von der Ankunft des Geschöpfes, ein vibrierendes Geräusch, das die Erde unter ihren Füßen erzittern ließ. Dain und Ceridwen stolperten vorwärts und stützten sich haltsuchend ab, wo sie konnten. Das metallische Rasseln von Kettenpanzern und ein schlecht gezielter Armbrustbolzen, der an ihren Köpfen vorbeisirrte und von der Wand abprallte, bewies ihnen, daß sie nicht allein waren.

Dain blickte über seine Schulter zurück und sah die vierköpfige Schar ihrer Verfolger hinter ihnen. An der Spitze des Trupps war der Armbrustschütze, der sich damit abmühte, seine Waffe im Laufen nachzuladen und in der Tunnelkreuzung nicht das Gleichgewicht zu verlieren. Diesmal ertönte kein klagender Schrei, um ihn vor seinem Schicksal zu warnen, sondern ein Brummen, das an eine tiefe Baßstimme erinnerte. Dain sah, wie der Mann erschrocken zur Schachtöffnung herumfuhr, sah den Ausdruck panischer Angst auf seinem Gesicht, als der gewaltige Wurm aus dem

Schacht herausschoß und ihn mit sich riß. Dies war kein glatthäutiger *pryf*, sondern ein schwieliges, knotiges Monstrum, zottig und von unzähligen Narben bedeckt, als ob es Tausende und Abertausende von Jahren im tiefsten Inneren der Erde verbracht hätte. *In remotissimo angulo terrae.*

Genau dort waren sie, im abgelegensten Winkel der Erde, mit dem Wehrtor unmittelbar vor ihnen. Dain blickte Ceridwen an, und er sah in ihren Augen, wie ihr die Erkenntnis dämmerte.

Ein grauenhafter Schrei hallte durch den Tunnel, und beide fuhren entsetzt zu dem Wurm herum. Als nächstes war ein lautes Schaben und Knirschen im Schacht zu hören. Es fiel Dain nicht sonderlich schwer, sich vorzustellen, was passierte, wenn jemand von dem uralten *pryf* mitgeschleift und überrollt wurde und zwischen seinen tonnenschweren Körper und die Tunnelwände geriet, wie ein Mensch dabei zermalmt und die Knochen innerhalb seiner Haut zu Staub zermahlen würden.

»Es ist nur der eine Mann«, sagte er und wich Ceridwens Blick aus, als er zitternd durchatmete. »Die anderen sind heil davongekommen und immer noch eine große Gefahr für uns. Vielleicht könnte ich sie alle töten, ohne daß du dabei zu Schaden kommst, aber ich befürchte, daß der eine oder andere eine Möglichkeit fände, sich das zu nehmen, worauf sie schon so lange erpicht sind – dein Blut.« Er blickte sie eindringlich an. Sie trug sein Kind unter dem Herzen und hatte das neue Leben auf die gleiche Weise gefühlt wie er. Sie wußte, daß er recht hatte mit dem, was er ihr sagen mußte. »Es kann durchaus sein, daß ich hier sterben werde, Ceri, aber ich möchte Caradoc lieber nicht mit einer Macht ausgestattet wissen, wie Rhuddlan sie besitzt, und auch Helebore nicht, nicht hier. Deshalb bitte ich dich: Geh jetzt und verlaß mich, damit ich eine bessere Chance in diesem Kampf habe. Sie können mich in diesem engen Schacht nicht von der Flanke angreifen, wie sie es vielleicht bei dem Wehrtor könnten.« Keiner würde an ihm vorbeikommen. »Rhuddlan wird kommen und dich holen.«

»Ja«, erwiderte sie mit grimmiger, resoluter Miene. »Aber ich habe nicht die Kraft, dich im Stich zu lassen und dich Caradoc und seinen Männern auszuliefern.« Sie zog den Damaszener aus ihrem Gürtel, und er wußte, diesmal würde sich das quecksilbrige Mädchen nicht aus dem Staube machen.

»Du solltest um dein Leben laufen«, sagte er verärgert. Wußte sie das denn nicht?

»Das solltest du auch tun.« Sie würde sich nicht umstimmen lassen, und die Zeit drängte. Der *pryf* hatte sich schon fast durch den Tunnel durchgearbeitet, wobei sein spitz zulaufender Schwanz eine Furche von Licht in der Tunneldecke hinterließ.

»Dann gehen wir gemeinsam weiter.«

Der Gang verengte sich, bevor er schließlich auf das Gesims einer großen, sich kuppelförmig wölbenden Höhle mündete, erfüllt von der starken Energie, die Dain unaufhaltsam anzog. Ein Blitzstrahl knisterte in der Mitte der Höhle und schoß durch ein immenses Loch aus der Erde heraus, das den größten Teil des Höhlenbodens einnahm.

Das Stauwehr. Fetzen des smaragdgrünen Siegels flatterten um die Einfassung aus rohbehauenem Stein, und in der Tiefe des Loches und an den Seitenwänden krümmten und ringelten sich Unmengen von *prifarym*. Ein erneuter Blitzstrahl erhellte die Dunkelheit in der Tiefe und zuckte, bläulich-weiße und purpurrote Funken versprühend, quer über den Abgrund von Felssims zu Felssims. Sein Licht wurde von den Kristallen an der Kuppeldecke aufgefangen und als ein geheimnisvolles Leuchten von trübem Dunkelblau reflektiert.

Es war genauso, wie sie es in Erinnerung hatten, eine Falle, ein gähnender Abgrund; doch diesmal tat er sich direkt zu ihren Füßen auf, statt ein Stück vor ihnen zu liegen, wie es bei der Reise durch den Teich der Weissagung gewesen war. Und er war größer, sehr viel größer.

Dain fühlte augenblicklich, wie die Verlockung des Abgrunds ihre Fangarme nach ihm ausstreckte, wie sie ihn mit einem warmen, süßduftenden Lufthauch umschmeichelte, verheißungsvoll und verführerisch, als ob seine Schwäche der größte Wunsch des Stauwehrs wäre. *Elender, gottverdammter Ort.* Er würde hier tatsächlich noch sein Grab finden. Aber bevor er dem Abgrund zum Opfer fiel, würde er Caradoc und Helebore in die Tiefe stoßen, Stück für blutiges Stück, wenn es sein mußte.

Einige Meter weiter zu seiner Rechten enthüllte ein flackernder Kreis von blauviolettem und grünen Licht einen weiteren Tunnel wie den, durch den sie gekommen waren. Es gab noch eine Reihe anderer, kaum erkennbar in dem seltsamen blauen Glühen, das die Höhle erfüllte. Eine sehr viel dunklere, schartig ausgefranste Öffnung zwischen zwei der glatten Schächte in ihrer Nähe wies darauf hin, daß der alte *pryf* sowohl im äußeren als auch im inneren Kreis herrschte. Sie waren am Ende angelangt. Domh-ringr oder nicht, seine Zukunft, falls er überhaupt noch eine hatte, würde hier entschieden werden.

Wieder wehte ein süßer, nach fruchtbarer Erde duftender Lufthauch aus dem Abgrund herauf und strich über seinen Rücken, kitzelte seine Haut, schmeichelnd und verlockend. Ein gedämpfter Fluch verzweifelter Frustration entrang sich Dains Kehle. Er würde das hier nicht überleben. Niemals. Er hatte einfach zuviel von seiner Seele an Jalals dunkle Ambrosia verloren. Morgan hatte es bereits geargwöhnt, und Moriath wußte, daß seine seelische Kraft nicht ausreichte.

Doch sie hatte ihm den Stein der Weisen geschenkt.

Er schloß seine Hand noch fester um Scyld und griff mit der anderen nach dem Lederbeutel an seinem Gürtel. Mit zitternden Fingern holte er den kostbaren Stein heraus und hielt ihn in der Faust – und fühlte nichts.

Dennoch ließ er nicht los.

»Lavrans!« rief der Keiler, als er mit blankem Schwert aus dem Tunnel herausstürmte und sich ihnen drohend näherte, wobei sein Gang jedoch durch ein schmerzhaftes Hinken behindert wurde. Hinter dem Keiler tauchte Helebores Totenschädel auf, und auch er schwang ein großes Schwert. »Ich werde sie kriegen, Dain!«

»Zuerst wirst du sterben.« Er holte mit Scyld aus, und plötzlich wurde sein Traum Wirklichkeit: das Wurmloch zu seinen Füßen, die glänzende Schneide seiner Klinge und die hoffnungslose Hoffnung, diese Frau mit seinem Mut und seinem Schwert retten zu können.

Caradoc packte den Wachtposten an seiner Seite – der einzige, der noch von seiner Eskorte übriggeblieben war – und schubste ihn mit dem simplen Befehl vorwärts: »Töte den Magier, wenn du kannst. Mach dich auf einen qualvollen Tod gefaßt, wenn du es nicht kannst.«

»Keiler!« Der Schrei kam von Morgan, der mit Llynya durch den Schacht stürmte.

Helebore fuhr blitzschnell herum, als die unerwartete Stimme hinter ihm ertönte, dann tat er sein Bestes, um der dunkelhaarigen Furie zu entkommen, die sich auf ihn stürzte. Von den beiden, die sie am Strand zurückgelassen hatten, war es ausgerechnet die Frau, die sich ihn als Angriffsziel auserkoren hatte, und der bloße Gedanke daran ließ ihn vor Horror zurückschaudern. Er hatte das Schwert des Mannes an sich genommen, der den Hunden zum Opfer gefallen war, und benutzte es jetzt, so gut er konnte, um sie sich vom Leib zu halten, als er Schritt für Schritt zurückwich, vollauf damit beschäftigt, ihre kraftvollen Schwerthiebe abzuwehren, ohne jedoch dazu zu kommen, selbst einen Schlag gegen sie zu führen.

Sie war unerbittlich, hieb und drosch wie eine Wilde auf ihn ein, während sie ihn langsam rückwärts auf den Rand des Abgrunds zutrieb. Mehr von dem himmlischen *pryf*-Duft erfüllte die Höhle, sehr viel intensiver als zuvor. Am liebsten hätte er Caradoc die Wahrheit über die *pryf* an den Kopf geschleudert, um ihm endlich die seit langem überfällige lobende Anerkennung abzuringen, die er ihm, Helebore, schuldete. Daß der Keiler ihn behandelte, als ob er nichts weiter als ein Arzt sei, war Helebore lange Zeit ein Dorn im Auge gewesen. Aber jetzt nicht mehr. Er hatte das Mädchen gefunden, wie er es versprochen hatte; er hatte die *pryf* wie versprochen gefunden, und er hatte sie beide zusammen an einem Ort. Ein schneller Schritt, ein bißchen Blut, und die Welt gehörte ihm – wenn nicht in diesem Zeitalter, dann im nächsten oder übernächsten, denn Zeit war der Schatz, das einzig Wahre und Entscheidende. Während Narren auf dilettantische Weise herumexperimentierten, um Gold herzustellen, und Caradoc nach Macht und Reichtum strebte, hatte Helebore, der unvergleichliche Gelehrte, das Wesen des Ganzen erkannt. Zeit.

Die Frau traf ihn mit ihrer Klinge, hieb mit einem sauberen Schnitt quer über seinen Oberarm, und Helebore fiel auf die Knie, schockiert und gelähmt von dem Schmerz. Er war kein minderwertiger Raufbold, so behandelt zu werden. Hinter ihm bewegte sich die ledrige, narbenübersäte Kreatur, die den Armbrustschützen überwältigt hatte, in den inneren Kreis hinein. Ihr gesichtsloser Kopf glitt langsam an ihm vorbei, nah und vollkommen lautlos, und verschwand dann wieder im nächsten Loch. Prachtvolles, herrliches Geschöpf. *Pryf.* Er hatte das Wort zum ersten Mal an der Wand eines Schachts unterhalb von Ynys Enlli gesehen.

Drachen, pah! Wer brauchte schon Drachen? Er ganz bestimmt nicht. Er hatte Würmer, Tiere von mythischen Proportionen, die ihm einen Weg zum Zentrum des Kosmos bauen würden.

Sie versetzte ihm abermals einen Hieb mit ihrem Schwert, das Miststück, und er taumelte unter der Wucht des Schlages. Hastig streckte er eine Hand aus und bekam die dunkle Haut des *pryf* zu fassen. Kühl und fest war sie, ein tröstlicher Halt. Blut strömte an der Seite seines Gesichts herab.

Helebore hob sein Schwert und holte kraftlos nach dem Mädchen aus. Was für eine Teufelin sie doch war, ununterbrochen auf ihn einzuhacken. Der *pryf* bewegte sich erneut, und Helebore merkte, wie er mitgezogen wurde, seine Finger fest in eine tiefe Narbe an der Seite des Geschöpfs gekrallt.

Die Klinge des Mädchens bohrte sich in seinen Schenkel, und der Schmerz war qualvoller und unerträglicher als alles, was er jemals gekannt hatte. »Pest und Hölle«, fluchte er und bemühte sich angestrengt, sich zu befreien, aber der *pryf* schien ihn irgendwie erwischt zu haben. Der gigantische Wurm blähte seinen Leib auf und wand sich schwerfällig, während er Helebore langsam über den Boden schleifte. Der Anblick, wie er sich mit dem Geschöpf bewegte, mußte die Frau erschreckt haben, denn sie wich mit weit aufgerissenen Augen zurück und schien sich endlich geschlagen zu geben.

Ein höhnisches Grinsen verzog Helebores dünne Lippen. Ein vollständiger Sieg! Als sich der Wurm mit einem mächtigen Ruck zusammenkrümmte und sich um eine Kurve wand, wurde er beinahe über den Rand des Wurmloches gestoßen und erlebte einen Moment höchster Panik, aber sein Griff hielt und rettete ihn vor dem Abgrund. Er stieß ein lautes, triumphierendes Gelächter aus, als er auf seiner Ruhmeswoge und den Wellenbewegungen des Wurmes ritt, bis er plötzlich mit einem seltsam losgelösten Gefühl erkannte, daß er im Begriff war, in die Tunnel geschleift und zwischen dem Wurm und den Wänden zermalmt zu werden.

Llynya stolperte rückwärts; ihr Schwertarm pulsierte schmerzhaft und hing kraftlos an ihrer Seite herab, und obwohl ihre Finger noch immer fest um das Heft der Klinge geschlungen waren, kratzte die Spitze über den Steinboden.

Sie beobachtete den Mönch, während sie mühsam nach Luft rang und wieder zu Atem zu kommen versuchte. Der alte Wurm hatte ihn jetzt vollends in seiner Gewalt, und der Unhold schien gerade eben begriffen zu haben, was das bedeutete. Sein flüchtiger Ausdruck des Triumphs war wilder, panischer Angst gewichen.

»Hilf mir! Laß mich nicht – Uaaaaahhhh!« Er wand sich hin und her und zappelte wie verrückt im vergeblichen Versuch, sich zu befreien. »Miststück, elende, widerwärtige Hure!« Sie wollte, daß er starb, war bereit gewesen, einen Kampf auf Leben und Tod zu führen, um ihn zu vernichten. Ein derart rasender Zorn, wie ihn der Mönch in ihr erzeugt hatte, war ein gänzlich neues und schreckliches Gefühl für sie. Es ließ sie am ganzen Körper zittern und erfüllte sie mit einem allumfassenden Schmerz. »Du wirst in den Flammen der Hölle umkommen, Schlampe! In den Flammen der Hölle! Hilf mir, ich flehe dich an, erstich den *pryf*, erstich mich, bitte, laß mich nicht –«

Ein gellender Schrei entrang sich seiner Kehle, als ihn der alte Wurm hinter die Wand schleifte, und Llynya wandte sich schaudernd ab. Sie drückte beide Hände auf ihre stechende Seite, während sie sich in dem trüben blauen Licht suchend nach Morgan umsah, und als sie ihn schließlich am anderen Ende der Höhle entdeckte, begann sie zu rennen.

Morgan fühlte, wie seine Kraft mit jedem Schwerthieb, den er abwehrte, mehr und mehr verebbte. Seine Stiefel waren feucht und glitschig von seinem eigenen Blut und machten jeden Schritt trügerisch. An seiner rechten Körperseite sickerte ein stetiger Blutstrom herab und durchtränkte sein Hemd und seine Tunika, seine Beinlinge waren ebenfalls blutbefleckt. Caradoc erging es zwar nur wenig besser, aber der Keiler war ihm gegenüber im Vorteil, da er um zwanzig Pfund schwerer war und zusätzlich zehn Jahre Kampferfahrung besaß.

Diesmal würde es ausreichen.

Caradoc versetzte ihm einen knochenzerschmetternden Schlag gegen die Rippen, und Morgan stolperte auf dem Rand des Abgrunds. Er biß die Zähne gegen den rasenden Schmerz zusammen.

Jesus, hab Erbarmen, Jesus, hab Erbarmen, begann die Litanei. Er schüttelte den Kopf, um wieder klarer sehen zu können, und wurde erneut von einem mächtigen Hieb getroffen, diesmal mit der scharfen Schneide voran. Sein Mund füllte sich mit Blut, und der nächste Schlag riß ihn von den Füßen.

Ein grünes Augenpaar sah ihn von irgendwo aus der Ferne durch das trübe blaue Licht hindurch an, und ihre Blicke trafen sich. *Llynya, dunkelhaariger Engel...* Er streckte die Hand nach ihr aus, als er stürzte.

Dain stemmte einen Fuß gegen den toten Wachtposten und riß Scyld aus der Brust des Mannes heraus. Er war eines qualvollen Todes gestorben, wie von seinem Herrn befohlen. Ein schneller Blick in Richtung der Quelle der Schreie, die die Luft erzittern ließen, sagte ihm, daß Helebore gerade das gleiche Schicksal ereilte. Ansonsten hallten nur noch die Geräusche eines einzigen anderen Kampfes von den Höhlenwänden wider, und als Dain zu den beiden Kontrahenten herumfuhr, blieb ihm einen qualvollen, grauenhaften Moment lang das Herz stehen.

»Morgan«, flüsterte er, als er vorwärtsstürmte. »Morgan! *Morrrgannn!*«

Llynya schrie ebenfalls entsetzt, aber sie kam zu spät, zu spät. Mit einer Drehung seines Körpers, die selbst im Todeskampf noch elegant und geschmeidig wirkte, stürzte der Dieb von Cardiff in den Abgrund. Ein greller blauweißer Blitz hieß ihn willkommen, schoß knisternd und funkensprühend aus dem Wurmloch heraus, um an der Kuppel zu tanzen, während eine dunkle Wolke von Nebel und Donner aufstieg, um ihn zu verschlingen und mit sich zu ziehen.

Llynya kam taumelnd zum Stehen, den Blick voller Entsetzen auf den zuckenden, gleißenden Strahl aus Licht und Hitze geheftet, der Morgans Tod bezeichnete. Ihr Schwert glitt aus ihren Fingern und fiel auf den Boden, ihr Atem ging in schmerzerfüllten, keuchenden Stößen. Sie stand eine Ewigkeit so da, am ganzen Körper zitternd und dennoch unfähig, sich zu rühren, bis eine große Woge von Traurigkeit über ihr zusammenschlug und sie kraftlos auf die Knie fallen ließ.

Er war tot.

Morgan stürzte, stürzte endlos und unaufhaltsam in die Tiefe, wie in seinem schlimmsten Alptraum. Furcht hatte sein Bewußtsein soweit blockiert, daß er zu keinem Gedanken mehr fähig war, und er hatte noch nicht einmal mehr sein Schwert, um sich daran festzuhalten. Die Klinge war am Rand des Abgrunds zurückgeblieben. Er konnte sie halb über die Felskante hinausragen sehen, glitzernd im grellen Licht des Blitzes. Er hörte Dain seinen Namen rufen, und auch Llynya rief verzweifelt nach ihm.

Aber jetzt war er allein. So allein. Und er fror erbärmlich.

Der warme Wind bei seinem Sturz war plötzlich eiskalt geworden, unglaublich kalt. Er fühlte, wie eine eisige Taubheit am untersten Wirbel seines Rückgrats einsetzte und sich langsam heraufarbeitete, wie Risse, die sich in der Eisdecke auf einem See ausbreiteten, um seinen Rücken und seine Rippen zu bedecken und dann weiter in seine Arme und Beine auszustrahlen und seinen Nacken hinaufzukriechen. Er war dabei, zu Eis zu erstarren, von außen nach innen, und zwar mit erschreckender Schnelligkeit.

Erstaunlicherweise löste diese Erkenntnis keine neuerliche Panik in ihm aus. Tatsächlich erschien ihm diese Kälte eher wie eine Gnade. Die eisige Taubheit linderte den quälenden Schmerz all der Verletzungen, die er im Kampf mit … mit … Er wußte nicht mehr, mit wem er gekämpft hatte, aber es hatte ein Kampf stattgefunden, und er war schwer verletzt worden, aber jetzt empfand er keinen Schmerz mehr, und das war der Segen der eisigen Kälte.

Er fühlte auch keine Angst mehr; die Kälte hatte ihm alle Furcht genommen. In Wirklichkeit konnte er sich nicht mehr erinnern, was es gewesen war, das ihm derart angst gemacht hatte. Es gab nichts, wovor er sich fürchten müßte, überhaupt nichts.

Seine Finger wurden taub, dann seine Zehen, und er spürte, wie die Kälte von hinten über seinen Kopf kroch und sich über seine Stirn und Wangen ausbreitete und weiter hinunter bis zu seinem Kinn. Das einzige an ihm, was nicht zu Eis gefror, waren tatsächlich sein Atem und ein kleiner Hautfleck auf der linken Seite seines Brustkorbs.

Ahhh, jetzt erinnerte er sich wieder. Das Blatt. Er hatte es unter sein Hemd geschoben, um es direkt auf der Haut zu tragen. Er erinnerte sich sogar noch daran, wem er es gestohlen hatte – dem hübschen kleinen Kobold, Llynya. Ein Lächeln spielte um seine eiskalten Lippen und ließ die Wärme der sommerlichen Wälder zu seinem Herzen strömen.

Veritas. Er war der Dieb von Cardiff. Und er war auf seinem Weg zu den Sternen.

Dain stürmte vorwärts, von all der rasenden Berserkerwut seiner nordischen Vorfahren erfüllt. Morgan war in dem Abgrund verschwunden, zu einem Schicksal verurteilt, das nur Gott allein kannte. Ein seltsamer Tod, hatte Moriath gesagt, und Dain hätte seinen Zorn am liebsten laut herausgeschrien. Morgan war von ihnen allen derjenige, der den Tod am wenigsten verdient hatte, der es am wenigsten verdiente, ihn, in welcher Form auch immer, zu erleiden.

Caradoc stand an dem Stauwehr; Schweiß rann in Strömen über sein Gesicht, und seine Brust hob und senkte sich schwer von der Anstrengung des Mordens, dennoch fuhr er herum, um seinem Feind zu begegnen. Ihre Schwerter trafen mit einem blechernen Klirren aufeinander. Die ungeheure Wucht von Dains Angriff ließ den größeren Mann taumeln, und Dain nutzte seinen Vorteil, um auf den Bastard einzuschlagen, schonungslos und unerbittlich, während er Caradoc am Rand des Stauwehrs entlangtrieb und ihn mit jedem mächtigen Schwerthieb eine Länge messerscharfen Stahls spüren ließ.

Es ist für dich noch zu früh zum Sterben, Dain, hatte Morgan gesagt, *denn du bist verdammt,* und es war alles wahr. Er war dazu verdammt gewesen, seinen Freund sterben zu sehen. Und er würde doppelt verdammt sein, wenn er nicht dafür sorgte, daß Caradoc das gleiche Schicksal erlitt.

Blut wollte der Keiler haben. Schön, er würde ihm Blut geben. Soviel von seinem eigenen Blut, daß er darin ertrank.

Caradoc hinkte auf dem linken Bein, und Dain schnitt ihn dort, fügte ihm eine tiefe Schnittwunde am Knöchel und eine zweite am Knie zu, um Sehnen und Bänder zu durchtrennen und ihn zu verkrüppeln. Der Keiler brach mit einem qualvollen Stöhnen am Rand der Tiefe zusammen, und Dain riß sein Schwert hoch, um zu seinem letzten, tödlichen Schlag auszuholen. Aber es sollte nicht sein, denn plötzlich nahm die Schlacht eine unerklärliche Wende, aber vielleicht war sie nicht so unerklärlich. Dain fand bei seinem nächsten Schritt keinen Halt mehr auf dem Fels, nur noch Luft, in der die Fetzen des grünen Siegels flatterten. Er verlor das Gleichgewicht, und Scyld glitt aus seiner Hand und flog in einer wirbelnden Spirale davon, die es weit über den Rand des Abgrunds hinweg zum Mittelpunkt des Wurmlochs trug, bevor es in die Tiefe fiel. Als Dain fühlte, wie er mit dem Fuß abrutschte und seinem Schwert zu folgen drohte, stürzte er sich mit einem letzten verzweifelten Satz auf den Keiler und zerrte seinen Feind mit sich über den Rand.

Im Abgrund herrschte Chaos, ein tosender Sturm, der durch die Tiefe brauste, heiß und kalt zugleich. Es war wie bei Rhuddlans Reise durch die Zeit, aber ohne die lindernde Wirkung des Gesangs. Dain wurde von dem Sturm gepeitscht und niedergedrückt, wurde hin- und hergezerrt von Kräften, die keinen Namen hatten – und er hatte Nemetons Stein verloren, hatte ihn in seiner rasenden Wut irgendwo fallen gelassen.

Er konnte das Geräusch seines eigenen rauhen Atems hören und Caradocs Keuchen unter ihm, als der Keiler verzweifelt versuchte, sich an seinem, Dains, Stiefel festzuhalten. Sie waren nicht geradewegs in das Wurmloch gestürzt, sondern an der Seitenwand hinuntergerutscht. Dain hatte seine Finger in das Erdreich und den Fels gegraben und die Zehen in eine Mulde über einem vorstehenden Stein gepreßt und klammerte sich mit aller Kraft fest, während sich die *prifarym* keine Armeslänge von ihm entfernt in einem spiralförmigen Tanz um den gesamten Umfang des dunklen Zylinders ringelten und ohrenbetäubenden Donner und heftige Erschütterungen erzeugten, die ihn von der Wand zu schütteln drohten. Aber er klammerte sich an dem Gestein fest und trat mit einem Fuß nach Caradoc, der ihn in die Tiefe zu ziehen versuchte.

»Lavrans! Dain!« flehte Caradoc, und die Stimme des Keilers hob und senkte sich in dem dunklen Schacht wie sturmgepeitschte Wogen. »Dain!« schrie Caradoc, und Dain blickte hinunter.

Panische Angst beherrschte die Züge des Keilers, entzündete weiße Funken im kalten Zentrum seiner Augen und grub tiefe Falten in sein Gesicht, von der Nase bis zum Mund. Panische Angst kroch entlang der Strähnen seines Haares und verwandelte jede einzelne in eine züngelnde, feurige Flamme. Er war die Verkörperung der Hölle in Zorn, Wut, Wollust und Begierde.

Hoch über seinem Kopf rief noch jemand nach ihm, ihre Stimme gebrochen vor Entsetzen. Dain blickte hoch, und es war, als ob er auf dem Grund eines Flusses läge und der Strom von Wasser eine dünne, flüssige Barriere zwischen ihnen bildete. Sie streckte die Hand nach ihm aus, als ein mächtiger Blitzschlag in der Tiefe unter ihm knisterte und einen Strahl grellweißen Lichts hinaufschickte. Er sah die gleißend hellen Vorreiter der Strahlen an sich vorbeiströmen und Ceridwens Körper durchdringen, und er hörte ihren markerschütternden Schrei, als sie vom Rand zurückfiel.

... geküßt von dem Wurm im Leib seiner Mutter.

Ein zweiter und ein dritter Blitzstrahl zuckten aus dem Donner des ersten heraus und schossen mit unerträglicher Hitze aus dem Abgrund herauf, bevor sie ihn einhüllten. Kein Stern brannte so hell oder so vollständig. Das Licht strömte durch ihn hindurch mit einer Reinheit, die seine Seele verbrannte, schoß mit der ungebändigten Energie eines Sonnenstrahls von seinen Fußsohlen durch seine Schädeldecke, während es ihn ihm Strom des Lebens einfing und die grundlegenden Elemente seiner Existenz veränderte. Er konnte sich nicht rühren, konnte weder atmen noch sprechen, sondern wurde in dem Abgrund festgehalten, erstarrt und wie gelähmt durch eine Macht, der keine Schwäche standhalten konnte.

Dies also waren Leben und Tod zusammen, das eine in dem anderen.

28. Kapitel

Ceridwen lag auf dem Rand des Abgrunds, wie in einem Traum gefangen. Bunte Lichtstrahlen schossen blitzend von der Kuppeldecke herab und wirbelten durch die Höhle; weißes Licht strömte vom Stauwehr aus, während dichte Nebelschwaden aus dem Wurmloch heraufwallten und über das Sims schwebten. Der kühle Dunst kroch in Wogen über sie hinweg, befeuchtete ihr Gesicht und ließ sie am ganzen Körper frösteln. Außer dumpfem Donnergrollen, das aus der Tiefe drang, war alles still. Keine Todesschreie hallten mehr von den Wänden wider, kein Schwertergeklirr war mehr zu hören. Die Schlacht war vorüber, und alle hatten verloren.

Wenige Schritte von ihr entfernt hockte Llynya in sich zusammengesunken auf dem Boden, den Kopf auf die Brust gesenkt, die Knie gespreizt; und nur die Art, wie sie ihr Schwert umklammert hielt, ließ erkennen, daß noch Leben in ihr war. Hinter ihr zerrte Elixir Numas leblosen Körper durch den tief hängenden Nebel. Geliebte Hündin, dachte Ceridwen. Es gab nichts, was sie noch für das Tier tun konnte. Ein greller Lichtstrahl hatte sie durchbohrt, als sie die Hand nach Dain ausgestreckt hatte – wie lange mochte das inzwischen her sein? –, hatte sie seltsam benommen gemacht und mit dem Gefühl zurückgelassen, nicht mehr ganz von dieser Welt zu sein, sondern irgendwo zwischen dem Diesseits und dem Jenseits zu schweben.

Sie ließ ihren Blick zum Stauwehr schweifen. Dain war noch immer dort gefangen in dem Licht. Sie wußte es.

Mit schierer Willenskraft zwang sie sich, ihre Hand über den Rand zu bewegen und nach Morgans Schwert zu greifen. Es war mit Caradocs Blut befleckt, eine Tatsache, die es um so kostbarer für sie machte. Sie mußte wieder in den strahlenden Lichtstrom zurückkehren, und das Schwert würde mit ihr gehen, denn wenn Dain noch lebte, bestand die Gefahr, daß Caradoc ebenfalls überlebt hatte. Unter dem Heft der Klinge lag ein weiterer Schatz – Nemetons Stein. Ceridwen streckte die Finger danach aus, zog ihn näher zu sich heran und schob ihn in ihren Lederbeutel zu dem Elfenpfeil. Vielleicht würde der Stein ja doch noch seinen Wert beweisen, denn sie glaubte nicht, daß Moriath Dain etwas völlig Wertloses geschenkt hatte. Talismane, das hatte der Magier sie gelehrt, waren hübscher Tand, nur zu dem Zweck brauchbar, für den sie bestimmt waren. Der wahre Trick bestand darin, diesen Zweck zu erkennen. So würde sie es auch mit Nemetons Stein halten.

Das Geräusch schneller Schritte ließ Ceridwen abrupt den Kopf drehen und beschleunigte ihren Herzschlag, riß sie auf höchst unwillkommene Weise aus ihrer Lethargie. Hat vielleicht doch einer der Soldaten von Balor überlebt? dachte sie erschrocken. Sie biß die Zähne zusammen, während sie sich mühsam auf die Knie zog, und nutzte Morgans Schwert, um sich aufzurichten. Zeit war von entscheidender Bedeutung. Die Wahrheit dieser Erkenntnis erfüllte die Höhle überall um sie herum, dennoch war Zeit so schrecklich schwer faßbar und rann ihr noch leichter durch die Finger als Wasser.

Vor ihr hatte sich der Blitzstrahl zu einer massiven Wand von Helligkeit verdichtet. Sie streckte die Hand danach aus, um sie zu berühren, und hielt abrupt inne, als sie plötzlich jemanden ihren Namen rufen hörte.

»Ceri! Nicht!«

Fünfzehn Jahre hatten zwar das Timbre seiner Stimme verändert, aber nicht ihre typische Eigenart. Verblüfft fuhr sie herum und erkannte ihn, den Mann, der aus den Nebelschwaden hervorstürzte, ganz in Weiß gekleidet.

»Mychael.« Sein Name kam in einem rauhen Flüstern über ihre Lippen. Hellblaue Augen fingen ihren Blick über die ganze Breite der Höhle hinweg auf. Sein Haar hing ihm bis auf die Schultern herab, eine prachtvolle Mähne aus goldenen und silberblonden Strähnen, von einem ungewöhnlichen kupferroten Streifen auf der rechten Seite seines Kopfes durchzogen. Sein Mund und seine Nase waren fast ein Ebenbild ihrer eigenen Züge, nur nicht ganz so weich und feingeschnitten. Sein Kinn und sein Unterkiefer hatten jedoch nichts mit ihr zu tun, sie wirkten ausgesprochen männlich.

Der Nebel wogte um ihn, als er auf sie zurannte, gab einen Pfad zum Stauwehr frei, und sein Blick schweifte von Ceridwen zu dem Wurmloch.

»Wie viele sind dort unten?« fragte er, als er am Rand stehenblieb. Obwohl er das Aussehen eines Engels hatte, konnte sie an seinem keuchenden Atem erkennen, daß auch er nur ein Sterblicher war, einer, der weit und schnell gelaufen war.

»Zwei«, erwiderte sie, »aber ich möchte nur einen von beiden zurückhaben.«

Mychael blickte von dem Loch auf. »Dann bete zu Gott, *gefell*, daß ich die richtige Wahl treffe, denn ich kann nicht zweimal in dasselbe lebendige Wurmloch hinunterklettern, und du, meine Zwillingsschwester, kannst es auch nicht.«

Er hatte sie Zwilling genannt.

Er ließ sich auf die Knie fallen, wickelte ein Stück Seil ab, das er quer um die Brust und Schulter geschlungen trug, und fädelte es vorsichtig durch eine feingemeißelte Rille im Gestein, einer von vielen, die ihr bisher nicht aufgefallen waren. Als er den Rand des Stauwehrs erreichte, warf er den Rest des Seils in das Loch und griff dann mit seiner Hand hinunter. Ein flüchtiges Lächeln der Befriedigung spielte um seine Lippen.

»Was ist?« fragte sie.

»Die Temperatur ist konstant. Sie ist weder heiß noch kalt, was bedeutet, daß sie nicht in die Vergangenheit oder Zukunft gestürzt sind, sondern noch immer hier sein müßten, irgendwo.« Das Licht spielte über die weiße Wolle seiner Tunika, hob einzelne Fäden hervor und ließ sie blau und purpurrot glitzern.

Die Vergangenheit und die Zukunft, dachte Ceridwen. Der Fluß der Zeit.

Plötzliche Furcht bemächtigte sich ihrer. Es war genau das, wonach Dain so viele Jahre gestrebt hatte, Macht über die Zeit. Sie konnte ihm das nicht übelnehmen, dennoch konnte sie ihn unmöglich gehen lassen.

Sie fiel auf die Knie und packte Mychael mit beiden Händen, bevor er sich über den Rand gleiten ließ. »Bring ihn mir zurück«, befahl sie, ihr Gesicht dicht vor seinem, während sie ihre Finger noch fester in seine Schultern grub. »Weil du mein Bruder bist, flehe ich dich an: Bring ihn mir zurück.«

Der Keiler war nicht länger bei ihm. Dain wußte es genauso sicher, wie er wußte, daß auch er nicht mehr lange durchhalten würde. Das Licht, das ihn hielt, zog ihn gleichzeitig in die Tiefe. Merkwürdiges Zeug. Die Strahlung barg sowohl Seligkeit als auch Grauen. Losgelöst beobachtete er, wie beide Erscheinungen mit seinen Emotionen spielten. Was immer er auch sein mochte – und in dieser Hinsicht waren ihm unzählige Ideen durch den Kopf gegangen –, in seinem Innersten war er bereits jenseits der äußersten Grenzen von Empfindung, jenseits der wilden Feuersbrunst von Leben und Tod, die um ihn herum tobte und durch ihn hindurch, jenseits der sichtbaren Bewegung von Zeit.

Und dennoch, wenn er die Wahl hätte, entschiede er sich für das Leben, köstlichster aller Segen, Katalysator und Medium der Veränderung, und er würde die Zeit des Quecksilbermädchens wählen. Ja, er wußte es aus tiefstem Herzen: Er würde sich für das Leben und für Ceridwen entscheiden.

... und aus der gleißend hellen Lichtflut kam das, was er für immer außerhalb seiner Reichweite geglaubt hatte – Erlösung. Ein goldener Arm, in Weiß gekleidet, streckte sich in den Abgrund hinunter und ergriff seine Hand.

Rhuddlan und Moira knieten neben der Blutspur im Sand. Sie hatten noch andere gefunden, aber diese hier war zu dunkel, um einfach daran vorbeizugehen, denn sie sprach deutlich von Tod.

»Rhayne«, sprach Moira, und ihre Augen waren von Trauer erfüllt, als sie zu Rhuddlan aufblickte.

Der Strand war mit Toten übersät, doch es waren Männer aus Balor und keine Quicken-Tree. Die Ebiurranie-Elfen zerrten sie in die See hinaus, überließen Mor Sarff ihre Körper, um die Fische damit zu füttern und sie wieder dem Salzwasser zu übergeben.

Trig rief sie vom Eingang zu den Höhlen an der Landspitze, nachdem er den Pfad durch die undurchdringlichen Nebelschwaden gefunden hatte, die aus allen Öffnungen hervorquollen. Ein derartiger Aufruhr konnte nichts Gutes für das bedeuten, was sich am Stauwehr abgespielt hatte.

»Komm«, sagte Rhuddlan zu Moira und berührte sie leicht am Arm. »Du wirst gebraucht.«

Im Inneren des Schachts fanden sie weitere Hinweise auf das

Gemetzel, das in der Höhle und den Tunnels stattgefunden haben mußte. Eine der Burgwachen von Balor Keep war zermalmt worden, und als sie wenig später die große Höhle betraten, konnten sie hören, wie gerade ein anderer zu Staub zermahlen wurde. Der alte Wurm mußte mächtig erzürnt gewesen sein, um aus der tiefen Finsternis heraufzukommen.

»Math, geh und finde Conladrian«, befahl Ruddlan, obwohl er befürchtete, daß der Hund einen Weg gewählt hatte, von dem er nicht mehr zurückkehren würde.

»Rhuddlan?« Es war Shay, der ihn rief, und als sie ihn erreichten, fanden sie ihn bei Llynya. Er hielt sie mit beiden Armen umschlungen und wirkte weitaus erschrockener als jemals während der Schlacht.

Rhuddlan ging neben ihr in die Hocke und nahm behutsam ihr Gesicht zwischen seine Hände. Seine Handflächen wurden feucht von ihren Tränen. »Llynya?« Er sprach ihren Namen sanft, erhielt jedoch keine Antwort.

»Was ist mit ihr passiert?« verlangte Trig zu wissen, als er herbeigelaufen kam, sein Ton war sehr viel schroffer, als er normalerweise mit seinem Anführer sprach. Rhuddlan verstand. Trotz ihrer Wildheit war die Kleine dazu ausersehen, ein Liosalfar zu werden. Ja, vielleicht war sie es bereits.

Er strich tröstend mit dem Daumen über ihre Wangen und musterte sie eingehend. Hinter dem Schleier ihrer geschlossenen Wimpern spürte er Leben und Wärme. »Sie hat ganz einfach bis zur völligen Erschöpfung gekämpft, das ist alles.« Er erhob sich wieder und rief nach Wei. »Hilf Shay, sie in die Lichthöhlen zu bringen, und übergebt sie Aedyth.«

Wei legte prüfend seine Hand an Llynyas Wange und warf dann ihm und Trig einen fragenden Blick zu.

Rhuddlan nickte, und Trigs Miene wurde grimmig, als er sich hinunterbeugte, um Llynyas Stirn zu fühlen und selbst herauszufinden, was mit ihr nicht stimmte. Es war mehr als nur Erschöpfung. Der Kobold war plötzlich um Jahre gealtert. Rhuddlan hatte die Traurigkeit in ihrem Herzen gefühlt, Shay aber nicht noch mehr erschrecken wollen, denn alle wußten, daß Traurigkeit einen Menschen ebenso gründlich vernichten konnte wie der alte Wurm.

Wei hob Llynya auf seine Arme und strebte mit schnellen, leichtfüßigen Schritten auf einen der Schächte zu, dicht gefolgt von Shay.

Der Rest der Quicken-Tree eilte weiter durch die in mattes blaues Licht getauchte Höhle, während Nebelschwaden um sie herum aufwallten, milchig weiße Fetzen, die sich durch die Luft wanden und ihre Sicht behinderten. Dennoch wußten sie alle, wo sie gebraucht wurden, denn nichts konnte die Wand aus Licht verhüllen, die das Stauwehr ausstrahlte.

Drei Gestalten waren am Rand des Abgrunds, als sie zu der Stelle kamen.

Dain stöhnte und rollte sich auf den Rücken, und einen Moment lang glaubte er, er sähe doppelt. Zwei identische Gesichter beugten sich über ihn, beide mit zarter, heller Haut, obwohl nur eines tränenüberströmt war; beide Köpfe goldhaarig, obwohl nur einer der beiden eine rostrote Strähne aufwies, die sich seitlich durch das helle Gold zog.

»Ceri?« fragte er, und das süße, tränenfeuchte Gesicht beugte sich noch dichter über ihn und begann, ihn mit heißen, innigen Küssen zu bedecken. Er gab sich vollkommen dem warmen, heilenden Genuß hin, ihre Arme um sich zu fühlen und sie an sich zu pressen, während sie ihn mit Liebe überschüttete. Es war so einfach, alles das zu nehmen und ausnahmsweise nicht über das Wesen des Gottes zu rätseln, der seine Gebete erhört hatte, sondern lediglich zu akzeptieren, daß es geschehen war.

Andere versammelten sich um sie – Quicken-Tree, wie er am Klang ihrer Stimmen erkannte und an dem frischen, grünen Geruch, den sie ausströmten – und drängten zum Aufbruch.

Moira kniete sich neben ihn und Ceri und redete auf sie ein, und als sie ihre Lippen widerstrebend voneinander lösten, drückte sie jedem von ihnen einen Kuß auf die Wange.

»Die Flut kommt«, sagte sie. »Wir müssen uns beeilen. Könnt ihr gehen?«

»Ja«, erwiderte Dain, aber Ceri schüttelte den Kopf.

»Mach dir keine Sorgen«, sagte Moira, als sie Dains erschrokkenen Ausdruck sah. »Sie ist nur schwanger, und was sie heute geleistet hat, hätte selbst die Stärkste vollkommen erschöpft.«

»Llynya?« flüsterte Ceri mit besorgter Stimme, noch während Dain sich fragte, woher Moira wußte, daß Ceridwen sein Kind unter dem Herzen trug.

»Llynya hat viele Male getötet, seit diese Schlacht begann«, erklärte Moira. »Jedesmal, wenn wir töten müssen, zerbricht etwas in uns, ganz gleich, wie gut und löblich die Sache ist, für die wir kämpfen. Wei und Shay haben Llynya bereits in die Lichthöhlen gebracht. Morgen werde ich sie in die Wälder mitnehmen. Die Bäume werden Llynya neue Kraft spenden und ihr helfen, ihren Seelenfrieden zu finden.«

»Morgan?« fragte Dain, doch Moira schüttelte den Kopf und bestätigte damit, was er bereits wußte. Diese Wunde würde noch lange brauchen, um zu verheilen. »Was ist mit der Schlacht selbst?« wollte er wissen.

Moira reagierte, indem sie Ceri eine von zwei kleinen Kürbisflaschen in die Hand drückte, die sie aus ihrem Bündel herausgeholt hatte. Die andere reichte sie Dain. »Trinkt das hier, jeden Tropfen davon.« Als sie die Flaschen an die Lippen setzte, beantwortete sie seine Frage: »Balor Keep existiert nicht mehr, und alle seine Männer sind tot. Was dort oben über den Höhlen liegt, ist jetzt wieder Carn Merioneth, und du bist seine Herrin, Ceridwen.«

Seine Liebste sah ihn prüfend an, bevor sie sprach. »Würde es dir gefallen, Burgherr einer großen Festung zu sein?«

Er wußte, wie seine Antwort lautete, ohne erst lange darüber nachdenken zu müssen. »Es ist wahrlich ein wunderbarer und seltsamer Ort, den Ihr hier habt, Lady of Merioneth, und was Ihr mir anbietet, ist der Wunschtraum der meisten Männer, aber in Wahrheit würde ich lieber mit Euch in den Norden gehen und niemandes Herr sein.«

»Gut, dann werden wir in den Norden gehen, Moira«, sagte sie zu der Quicken-Tree-Frau. »Und statt einer Lady Ceridwen werdet ihr einen Lord Mychael haben, denn ich glaube, daß mein Bruder in Wirklichkeit derjenige ist, den Rhuddlan die ganze Zeit über gebraucht hat.« Sie sah zu dem Quicken-Tree-Anführer und ihrem Bruder hoch, und die beiden anderen taten es ihr nach.

»Du bist in dem Wurmloch gewesen?« wollte Rhuddlan wissen, während er Mychael mit intensivem Interesse musterte, das nicht minder intensiv erwidert wurde, allerdings mit einem gewissen Maß an Mißtrauen und vielleicht mit einer Spur von Drohung.

»Ja, viele Male«, erklärte Mychael, und Ceridwen dachte, wie stark und schön ihr Bruder doch geworden war. Nur sein Haar war etwas merkwürdig und nicht allein wegen der auffallend roten Strähne. Als Mönch hatte man ihm eine Tonsur geschnitten, und obwohl sein Haar zum größten Teil bis auf die Schultern herabfiel, war es auf der ehemals kahlgeschoreren Stelle am Hinterkopf nur teilweise nachgewachsen. Ungeachtet seiner Länge, war der rote Streifen jedoch beständig.

Rhuddlans Miene verzog sich zu einem flüchtigen Lächeln. »Und du hast sie alle überlebt, bisher jedenfalls. Wir haben eine Menge zu besprechen.«

»Falls du Rhuddlan von den Quicken-Tree bist oder Llyr von den Ebiurrane«, lautete Mychaels bedächtige Erwiderung.

Rhuddlans Lächeln wurde noch breiter. »Nicht viele kennen Llyr von Ebiurrane, aber ich bin Rhuddlan.«

Ceridwens Zwillingsbruder entspannte sich sichtlich, und obwohl er nicht lächelte, zog er seine Hand vom Dolch in seinem Gürtel zurück. »In Ordnung, Rhuddlan.« Er nickte. »Wir haben viel zu besprechen.«

»Aber nicht hier«, meinte Rhuddlan. »Bedwyr, Nia, tragt die Lady, bevor wir zusammen mit Balors Toten von der Flut hinausgespült werden.«

Der Rückweg durch die Nistgründe der *pryf* verlief wesentlich glatter und problemloser dank der Liosalführer, die vorausgingen und die Tunnel freimachten. Trotz ihrer gigantischen Größe und einer Eigenschaft, die Ceridwen als eine allgemeine Unlenkbarkeit empfunden hatte, gehorchten die Würmer den Befehlen der Quicken-Tree-Krieger. Allerdings waren die Stimmen, die die Männer dabei benutzten, anders als alles, was sie je zuvor gehört hatte. Es war ein dunkler, volltönender, vibrierender Klang, der von einer tiefer gelegenen Stelle in ihrer Kehle zu kommen schien als normale Laute. Vielleicht kam er ja auch von einer noch tieferen Stelle, denn er erzeugte starke Schwingungen, die sie am intensivsten in einer vagen Region in der Mitte ihres Rumpfes spürte. Sie legten Rast in der Lanbarrdeinhöhle ein, um sich zu erfrischen, bevor sie sich daran machten, die steile Wand zu den Canolbarth zu erklimmen. Von dort aus war der Marsch zu den Lichthöhlen eine grausige Angelegenheit.

Der größte Teil der Balorschen Soldaten war in den Mittellandhöhlen ums Leben gekommen, und obwohl die Leichen Beweis ihres überwältigenden Sieges waren, empfand keiner der Quicken-Tree und der Ebiurrane Freude oder Triumph bei ihrem Anblick. Durch jeden Tunnel und jede Galerie sangen die *tylwyth* ein Lied, das den Seelen der Verstorbenen den Weg ins Jenseits erleichtern sollte, und es war fast mehr, als Ceridwen ertragen konnte, die reinen, klaren Stimmen zu einem düsteren Klagelied erhoben zu hören. Es hatte einfach zu schwere Verluste gegeben, und zwar nicht nur auf Seiten des Feindes. Zwischen den Haufen von Leichen in Kettenhemden und Panzern lagen auch tote Elfen, in schimmerndes graugrünes Tuch gekleidet.

Zu dem Zeitpunkt, als sie die Lichthöhlen erreichten, senkte sich bereits die Dämmerung über die Irische See. Von ihrem Aussichtspunkt im Drachenschlund aus beobachtete Ceridwen, wie die Sonne langsam unter den westlichen Horizont sank. Hinter ihr loderte ein helles Feuer, das tanzende Schatten auf die Bilder von Ddrei Goch und Ddrei Glas warf, und neben ihr auf einem Stapel weicher Teppiche saß Dain und hielt ihre Hand in seiner.

»Wir können in Carn Merioneth bleiben, wenn du möchtest, Ceri«, sagte er. »Du machst dir sicher Gedanken darüber.«

»Ja«, gestand sie, »aber ich glaube, ich habe vorhin am Wehrtor wahrer gesprochen, als mir in dem Moment bewußt war.« Sie lenkte seine Aufmerksamkeit auf die Gruppe von Männern, die weiter hinten in der Höhle zusammensaßen und sich beratschlagten. Es waren Mychael und Rhuddlan und die Hälfte der Liosalfar, und sie sprachen über die Burg und den Festungswall und den wilden Keiler, der noch immer frei in den Höhlen umherlief, und auch über Dinge, die Ceridwen nicht verstand, über das, was jenseits der tiefen Finsternis und der violett leuchtenden Schächte war, die dort auseinandergerissen wurden.

»Ich habe mich die ganze Zeit gefragt, Dain ... in dem Abgrund ... was ist dort mit dir geschehen?«

Er schwieg eine Weile nachdenklich. »Es läßt sich kaum mit Worten beschreiben, Ceri«, sagte er schließlich.

»Ich habe gefühlt, wie das Licht durch mich hindurchströmte.«

»Ich habe es auch gefühlt, eine Flut von Licht, und ich weiß nicht, woher sie kam, ob von Gott oder von irgendeinem anderen höheren Wesen oder von nichts und niemandem außer von der Erde selbst. Und ich weiß auch nicht, was es war. Wie auch immer, es hat mir eine schwache Ahnung von etwas vermittelt, was ich vorher nie verstanden habe. Ich mußte eine gehörige Portion von meinem Zynismus aufgeben, um dort herauszukommen.«

Sie lächelte und drückte einen Kuß auf seine Wange. »Ja, und deinen Zynismus werde ich wahrscheinlich vermissen.«

»Vielleicht kann ich nicht länger den Dämon spielen«, sagte er, während er ihr einen aufrichtigen Blick unter dichten Wimpern zuwarf. Als er Ceridwens niedergeschlagene Miene sah, mußte er lachen. »Ja, und *das* würdest du ganz sicher vermissen, stimmt's Ceri?«

Die Art, wie sie errötete, war bezaubernd, und Dain lachte erneut und zog sie auf seinen Schoß für einen Kuß.

»Dann wirst du also mit mir in den Norden gehen?« fragte er, als sie schließlich den Kopf hob.

»Ja«, flüsterte sie, ihre Augen von sinnlichem Glanz erfüllt. »Wir werden einen Palast aus Eis bauen und ihn jede Nacht mit unserer Liebe zum Schmelzen bringen.«

»Rhuddlan hat bereits mit den Ebiurrane vereinbart, daß wir mit ihnen reisen.«

»Gut«, meinte sie und schmiegte sich noch fester an ihn.

»Wir werden in einer Woche aufbrechen. Meinst du, daß dir bis dahin genug Zeit mit deinem Bruder bleibt?«

»Genug«, murmelte sie schläfrig an seinem Hals.

Atemzug für Atemzug glitt sie langsam in Schlummer hinüber. Dain hielt sie umfangen und streichelte gedankenverloren ihren Rücken, während er beobachtete, wie nach und nach die letzten Strahlen der Sonne auf den Schaumkronen der Wellen verblaßten, bis sich tiefe Dunkelheit über die offene See senkte. Weit draußen im Norden funkelte ein einziger Stern am samtschwarzen Firmament und stürzte dann in einem glitzernden Bogen Himmelsstaub ins Wasser. Es war das Zeichen, daß ein Kind zur Welt kommen würde, *sein* Kind, geboren von dem Quecksilbermädchen. Zärtlich legte er eine Handfläche an Ceridwens Wange und drückte einen Kuß auf ihre Lippen. Liebe war voller Lebenskraft, und genauso, wie er sie spendete, würde er sie von ihren Lippen trinken.

Behutsam, um Ceridwen nicht zu wecken, ließ Dain sich mit ihr auf die Teppiche aus magischem Quicken-Tree-Tuch zurücksinken und zog sie fest in seine Arme, um mit ihr zu schlafen und zu träumen, sicher und geborgen im Drachenschlund.

Epilog

Draußen vor dem Festungswall, auf einem bewaldeten Abhang, der einen Ausblick auf Balor und die Irische See bot, saß Mychael hoch oben in einer uralten, weitverzweigten Eiche. Er überflog die Seiten des roten Buches, das Ceri ihm vor zwei Tagen gegeben hatte, bevor sie und Lavrans zu ihrer Reise in den Norden aufgebrochen waren. Das Buch stammte aus Usk, hatte sie ihm erklärt, und die lateinischen Abschnitte darin seien die Prophezeiungen von Nemeton, die Moriath niedergeschrieben hatte.

Er erinnerte sich noch an Nemeton, einen hochgewachsenen Mann mit wallendem roten Bart und einem einzelnen eisgrauen Streifen in seinem rötlichen Haar. Mychaels Haar wies jetzt ebenfalls eine solche Anomalie auf, ein kupferroter Streifen inmitten goldblonder Strähnen, ein Zeichen dafür, daß er sich in die Wurmlöcher hinuntergewagt hatte.

Was den Rest des roten Buches betraf, jene Kapitel in fremden, unbekannten Sprachen, die einige der anderen Seiten füllten, so hatte Ceridwen nicht gewußt, was darin stand oder wer sie geschrieben hatte. Mychael wußte es auch nicht, aber er wußte, daß er schon einmal Fragmente der merkwürdigen Handschrift gesehen hatte, denn er erkannte die Schriftzeichen wieder, die in der tiefen Finsternis in den Fels geritzt waren. Ja, das rote Buch war schon eine seltene Kostbarkeit.

In den lateinischen Abschnitten war viel von Drachen die Rede, wie er gehofft hatte, und von jungfräulichem Blut, was ihm allerdings gar nichts nützte. Denn er war kein jungfräuliches Mädchen, und es war auch ziemlich unwahrscheinlich, daß er Zugang zu einem haben würde. Er war ein Diener Gottes und hatte das Leben von Strata Floria nicht völlig aufgegeben – trotz des eigenartigen Abstechers, den er gemacht hatte, indem er in den Norden nach Balor gekommen war. In Wahrheit hatte er mit jeder Stunde, die er länger in den Höhlen verbracht hatte, mehr befürchtet, daß die heilige Zuflucht des Mönchsklosters womöglich seine einzige Rettung wäre, wenn seine Aufgabe in den unterirdischen Tiefen von Merioneth erfüllt war.

Seine Lippen verzogen sich zu einem leisen Lächeln. Es hatte einmal eine Zeit gegeben, als er Ruhelosigkeit als den Fluch seines mönchischen Lebens betrachtet hatte. Dann hatte er eine Vision gehabt, eine Vision von Macht und Würde und furchteinflößender Schönheit und von heidnischen Dingen, die getan werden mußten – zweifellos ein sicherer Weg, seine Seele zu verdammen –, doch er war unfähig gewesen, dem lockenden Ruf zu widerstehen.

Eine dreitägige strapaziöse Reise hatte ihn zu den Klippen hoch über der Irischen See geführt. Von dort aus war er einem versteckten Pfad und seinem Instinkt gefolgt und in das Herz der Höhlen gelangt. Dort hatte er sich an eine lange zurückliegende Nacht erinnert und plötzlich beklemmende Furcht empfunden, während er an Ceri dachte. Vielleicht hätte er in diesem Moment wieder kehrtgemacht, um atemlos und reuig in sein Kloster zurückzulaufen, wenn nicht plötzlich ein klagender Schrei aus der Dunkelheit aufgestiegen wäre, der ihn wie eine Liebkosung berührt hatte. Es war jener Schrei, der ihn tiefer hinuntergelockt hatte, die Sehnsucht darin, die Andeutung von Verzweiflung und drohender Auflösung.

Auf diese Weise hatte er die *pryf* gefunden, gefangen in dem Labyrinth hinter dem Stauwehr, und den alten Wurm, der beharrlich seinen Weg durch die tiefe Finsternis verfolgte. Er hatte die riesige Kristallhöhle mit ihren schwebenden Thronen entdeckt; er hatte Spuren jener Wesen gefunden, die über alles das herrschten; und er hatte den Edelstein gefunden, der sich erwärmte, wenn man ihn berührte, und ein helles, leuchtendes Licht ausstrahlte.

Er blätterte eine weitere Seite in dem Buch um, und sein Blick fiel auf vertraute Darstellungen. Ddrei Goch und Ddrei Glas krümmten und wanden sich über eine der Pergamentseiten, die weitaus älter war als jene, die in Moriaths Handschrift beschrieben waren. Langsam glitt er mit den Fingerspitzen an den gewundenen Linien entlang und fühlte, wie die Macht dieser vorzeitlichen Geschöpfe über die Jahrtausende hinweg nach ihm griff. Das war es, was ihn von Strata Floria herbeigerufen hatte, die Drachen, die er noch immer finden mußte.

Er hatte ihre Nester gesehen und die Worte im Fels, die von der Hege des Drachen sprachen. Er hatte diese Worte ehrfurchtsvoll berührt und sich an all die Geschichten erinnert, die seine Mutter damals erzählt hatte – die schöne Rhiannon mit ihrer Engelsstimme und der mütterlichen Liebe, der er schon vor so langer Zeit beraubt worden war. Aber er hatte keine anderen Drachen gefunden als die, die aus dem Inneren seines Herzen nach ihm riefen.

»Ddrei Goch«, flüsterte er, während er ein goldenes Auge und die lange, mit Barthaaren versehene Schnauze des Tieres nachzeichnete, ein wildes Geschöpf mit einer rötlichen, schuppigen Haut. »Ddrei Glas.« Seine Berührung bekam etwas Zärtliches. Sie war grün, durchscheinend grün wie Luft und Wasser, blaß und silbrig, wild und grimmig und so durch und durch weiblich, so ganz anders als er selbst, daß sie ihn faszinierte.

Eine plötzliche Bewegung auf der Lichtung unter ihm erregte seine Aufmerksamkeit und lenkte ihn von dem Buch ab. Er beugte sich vor, während er einen Schleier von Blättern beiseite schob, um besser sehen zu können. Ein Mädchen wanderte allein durch die Wälder. Er erinnerte sich daran, sie am Wehrtor im dunklen Labyrinth der *pryf* gesehen zu haben. Sie hatte hart und erbittert gekämpft, aber ihren Freund in der Schlacht verloren, und die tiefe Traurigkeit über den Verlust drückte sie noch immer nieder. Mychael konnte es an der unnatürlichen Schwermut ihrer Bewegungen erkennen, als ob jeder Schritt eine Last wäre, die sie kaum ertragen könnte. Ihr Gesicht wirkte verhärmt, ihre Augen von Trauer verschleiert. Llynya war ihr Name.

Er beobachtete, wie sie sich tief über ein Polster gelbblühender Blumen am Fuße eines Haselnußbaums beugte. Sie pflückte eine Blüte und hob sie an ihre Lippen. Es war eine Butterblume.

Mit geschlossenen Augen pustete sie in die leuchtendgelben Blütenblätter und ließ sie wild flattern. Hauchdünne Stempel und Staubgefäße erzitterten im süßen Luftstrom ihres Atems und verhedderten sich ineinander, und einen flüchtigen Moment lang … für den Bruchteil einer Sekunde, nicht länger … schien sich die goldglänzende Farbe von der Blume zu lösen und die Luft mit ihren gelbschillernden Nuancen zu zieren, als ob das Mädchen tatsächlich die Farbe von den Blütenblättern gepustet hätte.

Was für eine abstruse Idee, dachte Mychael, dennoch musterte er sie noch eingehender und erkannte die Tränen auf ihren Wangen. Ihre Traurigkeit saß tief, doch er wußte, im Laufe der Zeit fände sie Trost in Erinnerungen und Linderung für ihren Schmerz, genauso wie er die Drachen finden würde, denn alle Dinge begeben sich im Laufe der Zeit.

Danksagung

Für die großzügigen Geschenke und Leihgaben historischer und astronomischer Werke sowie solcher über Magie und für diverse andere phantastische Einfälle, Anregungen, Unterstützung und Fachwissen möchte sich die Autorin bedanken bei: Margaret Aunon, Sandra Betker, Debra und Tom Catlow, Victoria Erbschloe, Margaret Frohberg, Joy Hopely, Jane Ronald-Houck, Jean Muirhead, Susan Parker, Olivia Rupprecht, Debra und Tom Throgmorton; ferner bei Rebecca Kubler und Lance Gillis für ihre Begeisterung beim Lesen des Manuskripts; bei Cindy Gerard, liebenswerter Muse, weil sie das Manuskript dieses Romans nicht nur mit Enthusiasmus gelesen hat (wieder und wieder), sondern dabei auch eifrig den Bleistift in ihrer Hand benutzte; und bei Stan, Kathleen und Chase McReynolds für ihre Beiträge, die zu zahlreich sind, um sie aufzuführen – und bei allen von ganzem Herzen.

Mein spezieller Dank und meine Wertschätzung gelten Elizabeth Barret für ihr Einfühlungsvermögen, ihr Verständnis und ihre Geduld und weil sie sich dessen, was war, annahm und es verbesserte. Es war schon immer so – *namasté*.

Anmerkung der Autorin

Schriftsteller, die Forschungsarbeit betreiben, sind ein unstetes Völkchen. Wir verbringen unsere Tage damit, durch anderer Leute Werke zu wandern, eifrig suchend, wenn wir wissen, was wir wollen, ewig forschend und sondierend, wenn wir es nicht wissen, während wir uns für kurze Zeit zwischen einem Satz gebundener Seiten aufhalten und uns dann im nächsten Band praktisch häuslich niederlassen.

Bei der Arbeit an diesem Roman habe ich einige Anleihen gemacht, und zwar in erster Linie bei Giraldus Cambrensis und seiner *Journey Through Wales 1188*. Mit größtem Vergnügen habe ich auch das Werk von Mircea Eliade entdeckt, speziell sein Buch *The Forge and the Crucible: the Origins and Structures of Alchemy* und einen Artikel, den er für *Parabola* schrieb: »The Myth of Alchemy.«

Hier noch eine historische Anmerkung: Während des Mittelalters war die Grenze zwischen England und Wales als *the March* – die Mark – bekannt. Die Lehnsmänner der Mark, ursprünglich Gefolgsleute von William dem Eroberer, waren Barone, deren Ländereien die Grenzgebiete umfaßten. Sie waren zwar Untertanen des Königs von England, aber nicht dem englischen Gewohnheitsrecht unterworfen und somit ihre eigenen Gesetzgeber. Was sie besaßen, verteidigten und schützten sie mit der Macht ihres Schwerts, während sie Schlösser bauten, Krieg gegen ihre Nachbarn – die Waliser – führten und sich häufig auch untereinander bekämpften. Mit den Walisern auf der anderen Seite der Grenze verhielt es sich ähnlich; auch ihr größte Fehler war ihre Uneinigkeit, da die walisischen Prinzen ebenso dazu neigten, sich gegenseitig den Krieg zu erklären wie den landhungrigen Baronen. Schließlich wurde die Mark, mittlerweile über vierhundert Jahre integraler Bestandteil der Geschichte Wales', per Gesetz der Krone unterstellt. Dies geschah unter der Herrschaft Heinrichs des Achten, der im Februar 1536 das Statut Nr. 27, Absatz 26 (in diesem Jahrhundert als »Act of Union« bezeichnet) erließ, dessen Zweck es war, Wales in das Gebiet von England einzugliedern.

Eine historische Tatsache, die ich allerdings phantasievoll abgewandelt habe, betrifft den Dieb von Cardiff. Zwar hat sich die Geschichte tatsächlich so zugetragen, doch entspricht das Pseudonym nicht der Wahrheit. Ein Waliser, Ifor Bach of Senhennydd, entführte eines Nachts einen normannischen Grafen aus seinem Bett, um sich für die Konfiszierung einiger Ländereien zu rächen, und obwohl über einhundert Soldaten und eine noch größere Anzahl von Bogenschützen die Burg in Cardiff bewachten, gelang es dem »immens kühnen« Ifor, an der Turmwand hochzuklettern und sich mit William von Gloucester davonzumachen. Und erst nachdem Ifor die beschlagnahmten Güter ordnungsgemäß zurückerhalten hatte, ließ er den Grafen wieder frei.

In diesem Buch tauchen eine Reihe von walisischen Namen und Wörtern auf, und ich möchte zwei Hinweise bezüglich der Aussprache geben: »c« wird wie »k« gesprochen, wie bei »Kerze«; »dd« wird wie das englische »th« gesprochen, wie zum Beispiel in »those«.

Auf der Landkarte von Wales ist Merioneth zu einem autonomen Fürstentum aus einer früheren Zeit auferstanden. Der River Bredd zusammen mit Carn Merioneth, Balor Keep und Wydehaw Castle sind reine Phantasiegebilde, desgleichen die Höhlen unterhalb von Carn Merioneth. Und was die *tylwyth teg* angeht ... ich kann mir nicht helfen, aber ich muß einfach an sie glauben, so sicher bin ich mir, daß ich ihnen schon einmal begegnet bin.

Liebe ... Licht ... Wahrheit.

Glenna McReynolds

Glossar

anthanor – ein Brennofen, wie er in einem alchemistischen Labor benutzt wird
aqua ardens – »Wasser, das brennt«, Alkohol
athame – ein kleines rituelles Messer
bedzhaa – arabisch für »Schwan«
Beirdd Braint – »privilegierter Barde«, die zweite Klasse der druidischen Rangordnung
Beltaine – keltisches Frühlingsfest am Vorabend des 1. Mai und am 1. Mai
Calan Gaef – keltisches Herbstfest, das am 31. Oktober und 1. November gefeiert wird
Canolbarth – die Mittellandhöhlen unterhalb von Carn Merioneth; Zeremonien werden in der größten Höhle am Teich der Weissagung abgehalten
cariad – Liebste, Geliebte
crwth – Musikinstrument; eine Leier, die mit dem Bogen gestrichen wird
Cymry – Bezeichnung für »Waliser, Waliserin« in der Landessprache
Ddrei Goch, Ddrei Glas – die Drachen von Carn Merioneth
Ebiurrane – nördlicher Stamm des wilden Volkes
gwin draig – Drachenwein
hadyn draig – Drachensperma
kif – Haschisch
Liosalfar – Soldaten der Quicken-Tree
penteulu – Oberbefehlshaber der Streitmacht eines großen walisischen Prinzen
pryf – Drachenlarven, Wurm
pudre ruge – roter Puder zur Behandlung von Wunden
Quicken-Tree – südlicher Stamm des wilden Volkes
rasca – medizinische Salbe der Quicken-Tree

rihadin – kleine, leichtentzündliche Päckchen Harz, die in verschiedenen Farben brennen
tylwyth teg – walisische Feen

BLANVALET

FASZINIERENDE URZEIT-ROMANE BEI BLANVALET

J. Tarr. Zeit des Feuers
35163

J. Wolf. Unter dem Rentiermond
35150

M. Mackey. Das Lied der Erde
35137

J. Wolf. Die Tochter des Hirsch-Clans
35083

BLANVALET

ROMANTISCHE UNTERHALTUNG BEI BLANVALET

Wunderbare, sehnsuchtsvolle Geschichten von schicksalhafter Liebe.

D. Purcell. Nur ein kleiner Traum
35135

N. Roberts. So hell wie der Mond
35207

L. Spencer. Was der Himmel verspricht
35138

E. J. Howard. Erntezeit
35067

BLANVALET

Der zweite Band der großen Artus-Trilogie von

BERNARD CORNWELL

»Seit Marion Zimmer Bradley hat keiner die Geschichte von Arthur poetischer, aufregender und schöner nacherzählt!«
BamS

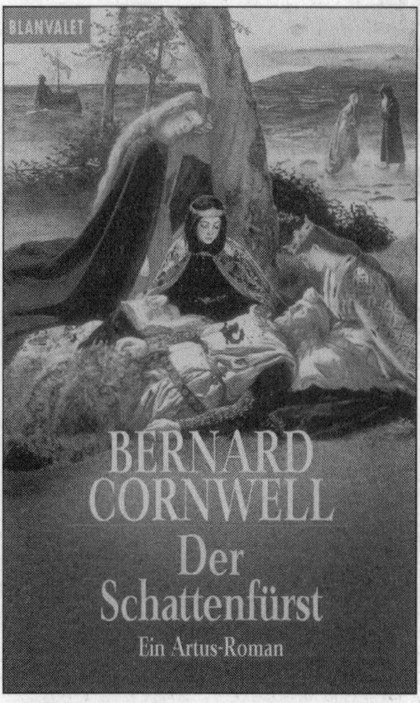

Bernard Cornwell. Der Schattenfürst 35148

BLANVALET

SUZANNE FRANK

Der erste Band einer großen Saga über
eine unsterbliche Liebe jenseits von Zeit und Raum:
Chloe wird während eines Tempelbesuchs in Ägypten in das
Jahr 1452 v. Chr. zurückversetzt – und erwacht in der
exotischen Welt am Hofe der Pharaonin Hatschepsut...

»Ein exotisches, atemberaubendes und romantisches Feuerwerk der Ideen. Glänzend geschrieben! Wo bleibt der nächste Band?«
Barbara Wood

Suzanne Frank. Die Prophetin von Luxor 35188